只有对这个时代的把握，对文学和作家的理解，才保证了此片的精彩。

——贾平凹

莫言

故乡这地方有母亲生你时流出的血，这地方埋葬着你的祖先，这地方是你的血地。

——莫言

贾平凹

故乡就是以父母存在而存在的。只有父母在的时候，才是真正的故乡。

——贾平凹

劉震雲

大家说我是
现实魔幻主义，
其实我小说里的人物
就生活在这样魔幻
而真实的世界中。

——刘震云

其实故乡也是
我们自己的
一个投影，
写故乡
也是写自己。

——阿来

我生命和文学的根就是冰雪根芽。

——迟子建

只要我在哪个大地上书写过，我就有理由把它看成我的故乡。

——毕飞宇

文学的故乡

LITERARY
HOMETOWNS

张同道 主编

访谈录

中国广播影视出版社

图书在版编目（ＣＩＰ）数据

文学的故乡访谈录 / 张同道主编 . -- 北京：
中国广播影视出版社，2020.6（2024.4重印）
（电影眼文库）
ISBN 978-7-5043-8393-8

Ⅰ. ①文… Ⅱ. ①张… Ⅲ. ①访问记—作品集
—中国—当代 Ⅴ. ①I253

中国版本图书馆CIP数据核字（2019）第 289686 号

文学的故乡访谈录

张同道　主编

责任编辑	任逸超
封面设计	焦莽莽
责任校对	张　哲

出版发行	中国广播影视出版社
电　　话	010-86093580　010-86093583
社　　址	北京市西城区真武庙二条 9 号
邮　　编	100045
网　　址	www.crtp.com.cn
电子信箱	crtp8@sina.com

经　　销	全国各地新华书店
印　　刷	永清县晔盛亚胶印有限公司

开　　本	787 毫米 × 1092 毫米　1/16
字　　数	416（千）字
印　　张	31 印张
版　　次	2020 年 6 月第 1 版　2024 年 4 月第 2 次印刷

书　　号	ISBN 978-7-5043-8393-8
定　　价	88.00 元

目

录

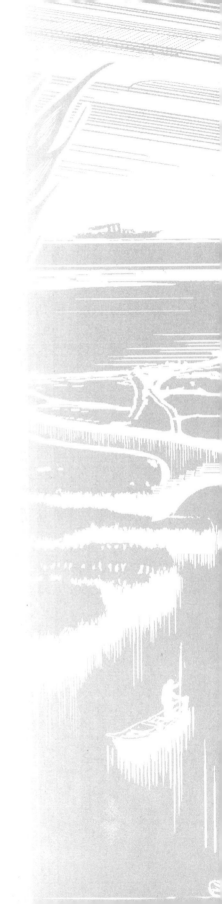

莫言曾说："作家的故乡并不仅仅是指父母之邦，而是指作家在那里度过了童年，乃至青年时期的地方。这地方有母亲生你时流出的血，这地方埋葬着你的祖先，这地方是你的血地"。系列纪录片《文学的故乡》拍摄了这样一批作家：他们把故乡的土地转化为文学的故乡，为世界文学创造了一片陌生的风景，如莫言的高密东北乡、贾平凹的商州乡村、刘震云的延津、阿来的嘉绒藏区、迟子建的冰雪北国、毕飞宇的苏北水乡。

文学是土地的呐喊

——《文学的故乡》导演手记

张同道

1. 缘起

拍摄《文学的故乡》蓄谋已久。日历翻到2012年12月10日，瑞典国王将诺贝尔文学奖授予中国作家莫言先生。那时我正客居洛杉矶，从电视屏幕上见证了这一时刻。我突然意识到，纪录片应该为文学做点什么。

意识来自鲁迅先生。中国电影繁花烂漫的30年代，没有一台摄影机为鲁迅留下哪怕一分钟的活动影像，没有留下鲁迅用绍兴口音普通话朗诵《阿Q正传》的片段。待明星公司意识到鲁迅的分量带着摄影机赶来时，先生已经走在去万国殡仪馆的路上。

鲁迅已矣。历经百年陶炼，中国新文学已经到达世界高度。与这些杰出作家呼吸在同一片天空下是我们的幸运，而不是低估文学的理由。作为一名文学的逃兵，我希望用摄影机为当代鲁迅留下一段影像。

2. 创意与影像

《文学的故乡》并非作家传记，也不是作品读解，而是讲述作家如何把生活的故乡转化为文学的故乡。这一灵感依然来自鲁迅。《阿Q正传》里的未庄、《祝福》里的鲁镇是否少年鲁迅生活过的安桥头？《红高粱》里的高密东北乡是否就是莫言生活的故乡？这一念头引诱我用影像探寻文学的故乡。

《文学的故乡》拍摄的作家首先是在作品里成功地塑造了文学的故乡，如莫言的高密东北乡，贾平凹的商州；其次，《文学的故乡》里的作家大多生长于乡村，这也是故乡最初、最原始的内涵；最后，《文学的故乡》里的作家应拥有不同的地理形貌与文化背景，组合起来基本象征了中国的面貌。

然而，文学是作家的心理搏斗，纪录片需要物质形象，如何把心理戏剧呈现为画面？有人担心纪录片拍成了采访加空镜，也有人担心拍成一组生活碎片，而不是文学表达。《文学的故乡》首先呈现的是土地。每位作家都来自土地，每片土地都有河流：胶河流过莫言的高密平原，黑龙江流过迟子建的冰雪北国，梭磨河流过阿来的嘉绒藏区，丹江流过贾平凹的商州乡村，黄河穿越刘震云的延津世界，里下河流进毕飞宇的苏北水乡。土地里不仅滋生庄稼草木，也滋养文化风俗。其次，《文学的故乡》跟踪记录作家回故乡的影像。故乡隐藏着作家的童年、成长与最初的感知，一旦回到故乡，所有记忆都将被激活，可能随机迸发出精彩的纪实场景，成为鲜活的文学现场：作品里写过的地方，写作的地方，留下童年记忆的地方。第三，作家心理创造过程的文学意象再现。艺术创作比女人生育还要神秘——什么情境下受孕，怎样发育为婴儿，如何生长为健壮的生命，飞鸿踏雪，几乎无迹可循。然而，本片力图情景化再现文学作品的受孕过程，揭示艺术创造的神秘机理。

为此，本片确认了摄影美学：

1. 土地山川

土地之宽厚，山川之壮丽，季节之峻美，非航拍不足以完成表达。航拍不是空洞的山水风光，而是准确描述作家身后的独特地貌与风神。特别是从空中观看作家在大地山川上的活动，作家仿佛故乡土地上一棵行走的树，一株活动的庄稼。

2. 还乡场景

还乡是本片的核心内容，全部采用长镜头跟踪拍摄，捕捉作家在还乡过程中的情感悸动，眼神闪烁，与家人、朋友、乡亲的交流，童年生活场景以及文学现场。盯住现场，发现现场，还原现场。

3.文学意象再现

文学意象再现采用蒙太奇方式拍摄，突出意象造型与象征，并通过剪辑打通现实与虚幻，制造亦真亦幻的艺术效果。

3.《文学的故乡》制作关键词

剧本。剧本是本片的基础，结构、观点、故事、表达都要在剧本里尽可能体现。所选作家的主要作品我大多读过，但面对如此庞大的专业阅读，我依然分身乏术。于是，青年作家杨栗应邀加入剧组，她承担贾平凹、莫言、毕飞宇等作家的剧本工作。事实上，这三位作家的拍摄基本上按照剧本进行。拍摄之前，与贾、莫两位老师沟通了剧本大纲，得到基本认可。毕老师更是直接参与了剧本策划，从结构、意象、场景甚至到一些有趣的细节。唯一的遗憾是他不愿意回到出生的村庄。

但另三位作家却是不同的风景。迟子建不愿按照剧本拍摄，她建议边走边拍，"随便都够编50分钟了"，她表示可以做个副导演。刘震云客气地表扬了一番，然后建议放弃剧本，跟踪纪实拍摄。阿来则不太关心剧本如何，"就按照你的想法拍吧。"事实上，这三集在后期编辑中所付出的功夫数倍于剧本拍摄。

叙事。莫言在诺贝尔颁奖礼演讲的题目是《讲故事的人》，作家就是当代说书人。那么，作家的故事谁来讲述？最初的剧本带有解说词，甚至贾平凹集就是按照这一思路拍摄的。然而，拍完贾平凹采访，我立即意识到，应废除包治百病的解说词，让作家第一人称讲述自己的故事。贾老师的陕西话自然亲切，讲到精彩处妙语连珠，表情生动，瓦解了照片上严肃紧张的刻板神情。我意识到，作家才是最优秀的故事讲述者。于是，清退解说词，屏蔽标识时代特征的历史影像，《文学的故乡》放弃宏大叙事的冲动，回归单纯的个人讲述。

象征。《文学的故乡》希望为每位作家找到一个意象，既有现实逻辑支点，又具象征意蕴，从某一角度提炼作家的精神气质。莫言篇里反复出现的是一位民间说书艺人，他在田间地头、桥上树下摆出小鼓，用高密茂腔、山东快书、西河大鼓演唱莫言的打油诗——艺人说莫言，莫言说文学；贾平凹篇里，一位农民在油画般层层叠叠的远山前锄地，迎着日头，步步向前——贾平凹曾说"我是农民"。而其余四位作家则提取一组象征性动作，本人出演：水乡的毕飞宇驾一叶小舟顺流而下，沿途遭遇小说里的人物青衣、玉米、端方，最终到达一片浩瀚的水域，每次都从水转场；北国的迟子建乘坐马爬犁越过雪原，越过岁月，驶入文学的冰雪根芽；山地的阿来从出场到结尾一直行走——他就是一位大地旅人，走过山原，走过河流，走进文学，行走是他与世界交谈的方式；刘震云则是两种意象的交叉：人群里的刘震云侃侃而谈，发表演讲、接受采访；独处的刘震云静默，读书，写作，思考，媒介里的名人与生活中的作家，两幅侧影。

背景。一幅油画，背景往往是郁积的油彩，前景是人物。小说亦然。迟子建说，"我笔下的人物出场的时候，他背后像驮着一架山。"是的，每位作家都背负着自己的大地山河，草木四季。纪录片应该呈现每位作家最贴切的背景和季节。迟子建的故乡矗立于冰雪北国，雪野，白桦林，冰封的黑龙江和松花江。阿来的故乡盛开在夏季，从草原、森林、灌木到草甸，大地的阶梯（借用阿来语）逐级升高，每升一级就上演不同的地理形貌、植物花卉。贾平凹的商州隐藏于山势连绵的秦岭，刘震云的延津停泊在一马平川的黄河边，毕飞宇的故乡是水盈盈的河网、黄灿灿的菜花，莫言的高密则是四季变幻的容颜，从红高粱、黄小麦、绿玉米到一片苍茫的原野。

纪录片里的风景不是形容词的华丽堆砌，而是人物活动的真实舞台。

再现。再现是局部的，节制，素朴，且是意象化处理，卑微的愿望只在为观众提供一个进入历史和文学的影像通道。

莫言的再现主要是童年时代，这是莫言文学的支点，却无任何个人影像。为了原汁原味地再现，我们从莫言村庄里找到一位少年，酷似《透明的红萝卜》里的小黑孩，草丛中放羊，谷地里抓蚂蚱，一人游荡于田野上，背景避开了现代文明的所有元素。

《文学的故乡》是一部纪实与想象交织的作品，呈现的不仅是物质真实，更是心理真实。伏案写作几乎是所有作家的公共姿势，纪录片里的写作场景展示的只是写作环境，但真正的创作发生在心里：情感与思想的搏斗，想象与创造的纠缠。如何把一位作家的内心戏剧呈现在画面里？我们不惜冒犯传统让幻象开进纪录片。阿来走进官寨，遇见小说里的土司。毕飞宇驾一叶小舟，沿途遇见小说里的人物。为了拍摄青衣，舞剧《青衣》演员、著名舞蹈家亚彬专程赶到兴化，小桥上、菜花田，留下两场实景舞蹈。

这是蒙太奇真实，不是长镜头真实。

这是心理再现，不是真实再现。

4. 现场

纪录片的现场是神圣的。用影像建构一个完美的现场，是纪录片的最高境界。现场跟踪拍摄要求摄影师具有"三到"真功：眼到，心到，手到。关键是三到同时到，发现的同时想好拍摄方法，并用摄影机美学地、准确地捕捉下来。这不仅要求摄影师技术熟练，观察细腻，反应灵敏，而且需要高度人文修养与美学积淀。我把摄影师分为三个层次：用手拍摄的，技术熟练，章法分明；用脑袋拍摄的，新颖别致，影像奇崛；用心灵拍摄的，物我一体，自然圆融。《文学的故乡》里，摄影师大飞基本上实现了三到拍摄。假如说刚开始的纪实场景还略显慌乱，那后来的拍摄则越来越娴熟自然，甚至纪实里带有表现的味道。

我坚持请求每位作家回故乡，就是希望作家重返现场，回到真实空间，情有所动，心有所感，触发自然而内在的反应。《文学的故乡》里最珍贵的正是现场捕捉的影像。莫言回到家里，用高密话请95岁的父亲去县城过生日，父亲坚决拒绝。莫言又说又写，反复劝解，父亲才勉强同意，却突然问道：

家里还有馍，还有烟，要不要带上？贾平凹走进秦岭深处的村庄，看见炊烟升起的房子，三句两句便与一位农妇拉上家常，走过去帮着炒菜，仿佛邻家大嫂。迟子建回北极村，一见白桦林便情不自禁地躺在雪地上，全然忘了零下40度的极寒天气。春节前夕，阿来回到马塘老家，久未见面的妈妈喜极而哭，把头倚在儿子肩上。天黑了，一家人载歌载舞，阿来也兴奋地又唱又跳。痛饮狂歌之后，他沙哑地说，"我刚才我拉着我妈手，我都流泪了。我从来不是这么脆弱的一个人，我是个男人啊！但你说乡愁这件事情，你经常地回去，它就不是乡愁。我觉得我家乡很美，但是你让我留在这儿，我不愿意。"刘震云回到老庄，碰见一位养鸡的老步，老步当即表扬刘震云在北大的演讲好，关键是收尾收得好，又回到了吃的。

最有戏剧性的是毕飞宇。他原本不愿回到出生的村庄，担心情绪失控。无奈只好找一个相对古朴的村子拍摄。然而，毕飞宇在村里漫步一圈，默默不语，若有所思。突然，他扭过头说，"还是去杨家庄吧。"杨家庄就是他出生的地方。在一个模拟空间里，他找不到自己的童年。鲁迅先生说，水管里流出的是水，血管里流出的是血。信哉斯言！

30年别离模糊了毕飞宇的记忆，他努力打捞起来的只是无法拼接的碎片。左问右寻，在一片河湾前，他确定记忆的版图，却无法印证。他疑惑地四处打量，突然拍了一下脑门，"啊"的一声转过头去。摄影机监视器里，毕飞宇从特写走到中景，男子汉宽厚的背部微微抖动。摄影师大飞一动不动，稳稳地盯着背影，唯有鸟儿自在鸣叫。长达一分四十秒的静默之后，毕飞宇转过头，擦了一下发红的眼圈说，"就是这儿"，走出画面。顺着他走去的方向，我看见四个生锈的铁字：杨家小学。那是他出生的地方。

小学对面是木匠家，毕飞宇自称5岁前几乎长在这儿。家里没人，他屋里屋外转了一圈，准备离开，一个影子从胡同深处缓缓飘移。邻居说，哑巴回来了。哑巴是毕飞宇的童年玩伴。他迎上去，握住哑巴的手，一起走进家门。哑巴嘴里发出单调重复、含义不明的声音，不时用手指点墙上相片里的木匠。

毕飞宇用手比画着，哑巴似乎明白了什么，但又无法确认。这是一场没有语言的交流，仿佛默片电影。作为一位老纪录片人，尽管并不惊奇，但我依然要重复一句：生活远比舞台更有戏剧性。戏剧是可以导演的，生活没有导演。

事实上，阿来几乎所有拍摄都在现场进行，包括访谈：在草原上说青年时代的漫游，在梭磨河边说当年的诗人岁月，在土司官寨说《尘埃落定》，在森林说《空山》，在海拔4400米的山峰讲他即将着手的小说《植物猎人》。连惠特曼的诗歌都是在草甸的晨雾里朗诵的。

现场无法安排，无法调度，也不可预测，但现场最富于情感张力与戏剧效果。现场把纪录片的根扎进土地。

5. 拍摄

《文学的故乡》拍摄六位作家，按照工业化制作模式，应该至少三个导演组，分头并进。但最终我还是选择了最原始的手工作业方式，一个导演、一个摄影从头拍到尾。六位作家，六座巍峨高山，我要一座一座攀登，品味，思索，留出足够的耐心、韧性与节奏。从2016年4月启动，到2018年5月完成后期制作，历时25个月。这并非我纪录片生涯中制作周期最长的一部作品，却是我个人投入心力最多、耗时最长的一次审美之旅。两年时间里，我残忍地拒绝了几乎所有讲学、开会、评奖乃至聚会的邀约（包括我曾答应又爽约的，这里再次向朋友们致歉），全身心沉浸在《文学的故乡》里。这种紧张、焦灼、兴奋与疲劳交织的纯粹时光沉淀为生命里一道深深的刻痕。

我们的摄制组是一支美学收割队，从零下42度的北极村，海拔4400米的巴郎山，油菜花盛开的苏北水乡到高粱红透的高密东北乡，秦岭深处，黄河岸边，一路收割现场，收割季节，收割美学。

多数拍摄是跟踪式。《文学的故乡》开机堪称闪电式。从沟通、决定到赶赴现场在一天之内。第一个拍摄的是刘震云，他正忙于电影《一句顶一万句》的首映，去西安参加丝路电影节。通完电话我立即召集摄影组，当天到达西安。所有活动都由电影节安排好了，我们唯一能做的就是像新闻记者一样抓拍。然后跟随刘震云五天四城拍路演，大飞真的忙飞了。莫言去烟台长岛、龙口一带故地重游，在快艇上、景区与当年军营旧址，我们一路跟踪拍摄。分开陪同的热情人群已属不易，跟上莫老师军人式的步伐更是紧张，大飞几乎一路都保持了百米冲刺的速度，赶到前面寻找摄影角度，把跟踪纪实拍出构图与节奏——因为我不喜欢黑乎乎、晃悠悠的跟腔派。莫老师感慨地说：日本NHK来高密拍摄时我觉得就很敬业，没想到你们的团队更认真。

即便作家专程接受拍摄，跟踪纪实也是高难度动作，因为所有现场都不可能摆拍。迟子建回北极村旧居与新住户交流，毕飞宇回中堡镇老街，偶遇许木匠，木匠认出之后伸出热情的双手大喊"毕飞宇"，如果没有抓拍到就会永远错过这些场景，即便排练都无法重现。巴郎山，爬上海拔4400米高峰，还要抢拍阿来寻找植物的场景。这些情景来不及构思，大飞凭本能的直觉和丰厚的经验准确、细腻、美学地捕捉下来。

莫老师开始接受拍摄时就说，作家不是演员，不能让作家这样那样。我并非摆拍的仰慕者，但拍作家仅仅限于物质表象的纪录是不够的，要传达精神气质，意象镜头无法缺席。而意象镜头需要造型，需要光影，需要调度。为此，我不得不请作家像演员一样走来走去。好在莫老师谅解我们的苦衷，从红高粱小桥、玉米地到荒草萋萋的胶河河床走了一遍又一遍，不厌其烦。拍到后来，每次讲完之后莫老师都会主动说"我走一圈"。最神奇的拍摄发生在高密杨林，我称之为美学森林——恰如法国诗人波德莱尔笔下"象征的森林"。秋天的阳光射进密林，莫老师踩着金黄的落叶悠然漫步，诗兴大发："蓝天白云，阳光灿烂，这不正是诗歌的境界吗？"午后一团浓云掠过，雨雪霏霏，白茫茫一片化境。一天之内，我们捕捉了杨树秋冬两季容颜。纪录片里，我把阳光和雪景交叉剪辑，配上莫老师讲述"文学故乡"的画外音，季节交替、情景交融，莫老师甚为满意。拍摄一月之后，高密的朋友发来照片，杨林砍伐一空，空茫茫大地真干净。

　　造型镜头拍摄最辛苦的是迟子建与毕飞宇。

　　马爬犁是北极村民俗表演项目，原来却是林区的主要交通工具。借用马爬犁的意象，让迟子建驶回童年，驶入文学。拍摄那天早晨，零下40多度，羽绒服如同单衣，摄制组每人都配备了专业御寒服，摄影机也贴上暖宝宝。迟子建一来就把爬犁上的被子换成野草，车夫鞭子一甩，"驾"的一声，白马快跑，身着红色羽绒衣的迟子建成为雪原上一道流动的风景。大飞乘坐另一辆马爬犁，捕捉奔跑中的迟子建，又躲在树林后拍摄林中移动的马爬犁，接着又同车拍摄近景。速度就是温度，马的奔跑鼓动如针的风毒辣地刺向迟子建。两个小时过去，迟老师的脸已经皴了一片。我宣布马爬犁拍摄到此结束，可迟老师看见大飞意犹未尽，毅然决定再来一条。北极村3小时高寒拍摄最终在影片里浓缩为48秒。

　　为拍摄毕飞宇划船遇见小说人物，我们选定的一条小河流经大片油菜花海，穿过简陋的小桥，伸向一片浩瀚的水域——这个意象准确装载了文学隐喻。我请毕老师自己划船，但他并不自信——毕竟40多年没碰篙了。趁大飞和我实地侦查小桥的工夫，毕老师悄悄操练身手。待我们归来，他宣布已经找回了舞水少年。对于水乡人，水不仅流在河里，也流在血液里——毕飞宇如是说。

　　拍摄开始了，毕飞宇手持长篙，左右逢源，身体应和着水的律动，节奏悠然，小舟缓缓游动。对着摄影机镜头，向左看，向右看，向小桥上看——看想象中舞蹈的青衣。当无人机飞起，大片油菜花迅速后退，毕老师划船驶出河道，驶进一片辽阔的湖面。

　　划船并不是最折磨人的事业，扬州大学的拍摄才称得上一次考验。在当年的教室，大飞设计了一条一分四十三秒的长镜头：毕飞宇从楼道走进，路遇一位女生，到教室门口摄影机进屋，穿过书架看见一位正在看书的大学生，窗外，毕飞宇向书架张望。摄影机穿窗而过，转移到毕老师身后，毕飞宇看见大学生的背影从楼道远去，抬脚走出小楼。教学楼连接了两段人生，今日毕飞宇仿佛看见自己青春的背影。拍摄难度首先在于三个人物的复杂调度，速度、节奏、眼神与摄影机的配合；其次，摄影机穿越布满铁栏杆的窗户，里外两位摄影师需要无缝对接；最后，镜头一气呵成，全程手持拍摄，焦点、光线、景别、运动，任何一点疏漏都得重来。第一条，女生慢了；第二条，男生快了；第三条，摄影机穿窗时碰了栏杆……后来，毕老师告诉我，拍到第三条他已怒火中烧，好在他自己带了消防栓，依然一条一条按照调度拍摄，直到第七条完美无缺。看了成片，毕老师说：长镜头最好。

拍摄的日子，凌晨4点等日出，深夜1点倒素材，都是家常便饭，每天还要看罢素材才能休息。散会了，大飞还有自己的功课要完成：健身。年轻的摄制组始终保持着激情和斗志。

从2016年9月18日开机，摄制组六下高密，三赴马尔康，两去商洛、延津和兴化，多次在北京、上海、南京、扬州、济南、烟台、成都、西安、广州等地拍摄，并远赴日本、美国、法国、瑞典，采访30多位国际学者和翻译家、出版人、诺贝尔文学奖评委，直到2018年4月27日补拍刘震云一场，历时一年七个月，实际拍摄时间超过220天。

我们一直在路上。

6. 后期

后期制作从2017年夏天正式开始，至2018年5月最后结束。

结构。

六位作家，除了第一人称自述之外，规定动作很少。为每个人找件合身的衣服，成为后期最重要的工作。

《莫言》集和《贾平凹》集在剧本阶段就定下了结构，采用顺叙方式，基本按照时间推进人生故事与文学发展。

《毕飞宇》集和《迟子建》集采用复线叙事，明线是现在进行时的回乡之旅，暗线为文学创作的发展。

《阿来》集则采用戏剧化结构，开篇便是30岁人生抉择，顺叙讲文学创作到现在，然后再回溯成长，最后又回到现在进行时，讲述即将开始的创作。

《刘震云》集的结构则全然放弃时间线，按照空间进行结构，一是世界的、媒介的空间，作为名人的刘震云；一是乡村的、独处的空间，作为作家的刘震云。刘震云在小说结构上异常用心，看片时刚刚转入第三个段落，他回头说了一句："结构的力量。"

节奏。

结构是骨架，节奏是灵魂。

节奏包括段落与段落之间的大节奏，与段落内部的小节奏。每一个现场、每一组素材里都沉睡着一种节奏，但从散乱的纪实素材里提炼节奏，犹如从石料中发现雕塑。比如阿来拍摄植物的段落，内容很精彩，但粗剪效果却冗长，沉闷。经过反复研究，发现这一段落缺了叙事的推进，只剩细节，便嫌重复。于是，把阿来开始拍摄、逐步认识植物、植物与文学的关系到最后决定写关于植物的小说理出一条叙事线，再加上乌云暴雨、路边野餐等环境、细节铺垫，这个段落就变得跌宕起伏，节奏生动。叙事是核心推动力，而细节从属于叙事。再生动的细节如果不能置于叙事链里，也显得苍白。

声音。

《文学的故乡》突出纪实气质，声音上以同期声和音效为主，音乐辅助叙事，渲染情绪。音乐统筹王同为本片贡献了智慧，基本上实现了音乐与文学的融合。但遗憾也是明显的，本片音乐主题比较含混，辨识度较低。

特效。

《文学的故乡》的文气如何呈现？从包装、字幕到片头题字，我们做了一点探索。《文学的故乡》片头由莫老师题写，书法古朴而生趣。关于片中引用的图书、杂志，我们借用竹简形式制作了竹简包装板，并将竹简与每位作家的地理结合，如迟子建的竹简铺在雪地上，阿来的竹简铺在草原上。人名条也用竹简，每位作家的名字请书法家邓宝剑书写。原来设想小说段落都用书法表现，也请宝剑兄创作了一些小说片段的书法作品，但最终只有莫言篇里采用了书法，其他作罢。因为央视规定片中不能出现繁体字，而简体字的书法效果又值得忧虑。

7. 沟通

感谢参与本片的六位作家，他们付出了真诚、时间与智慧。假如本片确有值得牵挂之处，我相信那是作家和作品的魅力。

远离文学20多年，我已不敢相信自己的判断，也与作家素无来往。于是，我邀请北师大国际写作中心张清华教授作为总策划。清华兄器宇轩昂，侠气凛然，茂密的胡须与卷曲的头发渲染着诗人气质。简单沟通，一拍即合，很快形成了最初的拍摄名单。

然而，最初的协商是艰难的。我的纪录片需要占有作家的时间，必须回故乡回文学现场拍摄，接受采访，但作家未必需要纪录片。《文学的故乡》所选的都是名家，忙碌是所有名人的共同特征。何况，有的作家习惯于隐藏在文字背后指点江山，不愿意暴露在镜头前。

怀着崇敬的心情，首先联系莫言先生，但他委婉地拒绝了："待有了新作品再说吧。"我理解，多年来，莫老师不接受任何纪录片拍摄。

感谢贾平凹先生带着他的商州第一个接受拍摄，给了我最初的信心。这得力于西北大学张阿利教授的运筹协调。但人选依然迟迟难定，清华兄亲自出面，善为沟通，刘震云、阿来两位比较爽快地答应了，但毕飞宇在第一次通话中上来就说，"我没有乡愁！"当我阐述完对文学故乡的诠释后，他才表示接受拍摄。迟子建犹豫良久，直到秋天才勉强应允，"那就拍拍我身后的那片土地吧。"

此时，9月进入下旬，额尔古纳河右岸的森林即将落叶，高密的高粱已然红透。不管莫言、迟子建是否同意，先让大飞去采集额尔古纳河的五彩林，收割高密的高粱，然后直奔兴化种水稻。

不久，清华兄告诉我，莫言老师终于接受拍摄。我知道，这是他不懈努力的结果。于是，11月我们跟随莫老师拍摄他回高密为父亲祝寿。

六位作家确定了，但安排拍摄依然艰难。出国、开会、写作以及名目繁多的社会活动挤爆了日程表，为拍摄专门留出时间显得过于奢侈，何况还得考虑季节、天气等元素。能跟拍作家自己的活动尽量争取，像莫言去济南参加歌剧《檀香刑》的活动，刘震云为《一句顶一万句》电影路演；必须单独安排的拍摄带有明显的妥协性，在作家活动的空隙见缝插针。2016年秋季拍摄贾平凹，从10月一直约到11月，那一年但凡贾老师有空时商洛便秋雨连绵。2017年春节前拍摄了迟子建，凑了她回家过年的机会。从北极村直接去马尔康拍摄，也是阿来春节前看望父母，但时间只有三天，回到成都已是大年三十。第二次拍摄阿来是翌年7月，从高山到草原，追随花的踪迹，这一次拍摄充分。2017年清明节是一次接近理想状态的拍摄，春水泛绿，大片油菜花燃烧似的绽放，长达两周的时间，毕飞宇几乎全程陪同。剧本里所有设计都已实现，而剧本里没有的纪实现场灿烂盛开。7、8月去山东，跟随莫言去烟台故地重游，又借他回乡休假之际，拍摄红高粱小桥、红萝卜的滞洪闸、城关小院、乡村旧居。甚至莫老师已然同意去蒲松龄故居一行，但想到此行出现在影片里不过一分钟，我克制了自私的愿望。9月去美国拍摄。10月赴日本、欧洲拍摄。11月拍摄刘震云回延津，多次约、多次变，终于回到老庄。至此，主体拍摄基本完成，零星拍摄一直持续到2018年4月。

拍摄开始时，我带着小说寻找文字背后的土地。

拍摄结束时，我捧着泥土品味小说背后的意蕴。

8. 作家的生成

我相信，每一位作家都是被命运选择的人，作为一片土地的代言人。天赋是生命的基因，命运是生活的安排，性格是内心的驱动，土地则是文学的舞台。所有这些因素集中呈现于童年，甚至可以说，童年决定了一个作家的基本走向。饥饿、孤独与屈辱使童年莫言看到了人性的底线，体验到自然的力量；父亲的遭遇让贾平凹感受到世态炎凉，体会了世道人心；漂泊的故乡和野性的童年赋予毕飞宇敏感与好奇。这迫使他们寻找自己的方式面对世界，正如冯至先生谈到奥地利诗人里尔克时所说的，"他呢，赤裸裸地脱去文化的衣裳，用原始的眼睛来观看。"（《里尔克——为10周年祭日作》）。脱去文化的衣裳便是抛开前人的俗套，睁开原始的眼睛正是用自己的眼睛去发现。由此，刘震云在一位河边梳头的农家女身上发现推动历史的力量，开启了写作之路；莫言在小黑孩身上找到了自己的童年，释放出未被文化腐蚀的感官世界，让习惯了"文学经验"的人耳目一新；阿来在土司传奇里体味出人性的秘密，讲述了一个陌生又温润的故事。

文学是土地的呐喊。法国作家巴尔扎克曾说，"小说是一个民族的秘史。"沉重深厚的土地，伤痛殷殷的土地，埋葬了祖先和灾难的土地，堆积了太多流血的伤口和苦涩的记忆，堆积了厚厚的话语土层。与其说作家选择了土地，不如说土地选择了作家——高密东北乡选择了莫言，秦岭商州选择了贾平凹。被选择的人注定要经历更多的苦痛——不仅生活里经受，而且文学里体验。幸福千篇一律，而痛苦姿态万千。是痛苦让文学温暖、思考、升华，如同佛祖化身人间色相遍尝众生疾苦。文学是从大地里生长的植物，带着泥土的愤怒、无奈、爱情与心跳，远胜历史书里的庸俗概括与肆意扭曲。

9. 文学的故乡

《文学的故乡》是作家的故乡，他们把生活的故乡变成文学故乡。

《文学的故乡》也是我的故乡，从作家的故乡回到我的文学故乡。

《文学的故乡》更是所有人的故乡，我期待每人都能找到自己的文学故乡。

文学的故乡，其实就是精神的故乡，美学的故乡。

文学的故乡
LITERATY
HOMETOWNS 访谈录

NOURISH

莫言

故乡这地方有
母亲生你时流出的血，
这地方埋葬着
你的祖先，
这地方是你的血地。

一、莫言和他的高密东北乡

莫言　张同道

【作家的故乡并不仅仅是指父母之邦，而是指作家在那里度过了童年，乃至青年时期的地方。这地方有母亲生你时流出的血，这地方埋葬着你的祖先，这地方是你的"血地"。】

莫言，作家，中国作协副主席，1955年生于山东省高密县平安庄。主要作品有《透明的红萝卜》《金发婴儿》《红高粱家族》《天堂蒜薹之歌》《酒国》《丰乳肥臀》《檀香刑》《四十一炮》《生死疲劳》《蛙》《我们的荆轲》《锦衣》等。曾获日本福冈亚洲文化奖、法兰西文化与艺术骑士勋章、意大利诺里诺国际文学奖、美国纽曼华语文学奖、韩国万海大奖、中国茅盾文学奖、话剧金狮编剧奖、瑞典诺贝尔文学奖。

2016年11月，2017年6月、8月、10月，2018年4月，纪录片《文学的故乡》摄制组五次跟随作家莫言回到高密，并去龙口、长岛、济南等地拍摄，并在北京进行访谈。这是访谈整理稿。

1. 故乡·童年

【高密东北乡，它是高密县城的东北方向这一片低洼的地方。秋天是望不到边的高粱地，夏天到处都是青纱帐。冬天漫漫的荒原，一眼看不到边的雪。】

2. 旧居

【最早的阅读实际上是从墙壁开始的，报纸、杂志的散页贴到墙上是为了

美化房间，但也给我提供了最早的阅读材料。】

3. 父亲

【我父亲的严厉，让我们感觉到他可敬不可爱，可怕不可亲。但是他也教会了我们做人的基本准则，那就是正直。】

4. 母亲

【我母亲就把剩下的鱼头，刮下来的鱼鳞，吃剩的鱼刺，找一个蒜臼子捣碎，再加上两瓣蒜捣一捣，就吃这些东西。】

5.《丰乳肥臀》

【假如我文学的高密东北乡是一个建筑群的话，那么《丰乳肥臀》是里边的主建筑，地标性建筑。】

6. 高密南关小院·写作《丰乳肥臀》

【那样一种激情，那样一种澎湃的泥沙俱下黄河奔流一样的感觉，语言的浊流，那样一种想象力，那样一种对字和词大胆地使用的魄力，现在很难重复了。】

7. 军营

【对多数的农村青年来讲，当兵是唯一的出路。我从18岁开始，就做当兵的梦。】【每天两班岗，白天还要种地。1978年就开始拿起笔来写作，写的第一篇短篇小说，题目就叫《母亲》。】

8.《春夜雨霏霏》·莫言的诞生

【那期《莲池》的第一篇就是《春夜雨霏霏》，作者莫言。第一次看到自己的小说变成了铅字。】

9. 军艺·《透明的红萝卜》·高密东北乡

【既满足了上大学的梦想，又是学文学，这太好了。军艺这两年，尽管时间短暂，但对我来讲，是命运的巨大的转折。】

【有一个穿着红衣的姑娘，拿着一柄鱼叉，叉着萝卜，背对着阳光走过来，然后在这个梦境的基础上，借助于在桥梁工地上做小工的这段记忆，写

成了《透明的红萝卜》。】

【我这个高密东北乡，写的是我们高密县城东北方向这一片地，刚开始写的都是真人真事，真河真桥，后来有了想象和虚构，森林、丘陵、沙漠、大河、山脉，什么都有了。高密东北乡，我是把它当中国来写的，精神的故乡，文学的故乡。】

10.《红高粱》

【尽管过去了只有40年，已经很难再看到当时的真实面貌，已经被文学化了，被艺术化了。《红高粱》小说浓烈的传奇色彩就来自这个方面。】

11.《檀香刑》

【这个故事是典型的中国故事，这种讲述方法也应该是地道的、中国的、民间的讲述方法。我想借助这两大因素，应该比较彻底地摆脱掉了西方文学对我的影响。】

12. 大江健三郎

【他每次都说中国作家肯定会获诺贝尔奖的，比如说莫言肯定要获得。】

13.《生死疲劳》

【我2005年写《生死疲劳》的时候，感觉到大包干带给农民的积极性已经发挥到了极致，如果要迎来农业的进一步发展，必须对土地制度进行改革。好的作品里面是有未来的。】

14.《蛙》

【当年写《蛙》的时候，我已经感觉到独生子女的政策，到了必须废止的关头了。正是因为这个政策，我们成了独生子女的父亲。过了许多年之后，我们重新来思考，也是感觉到有很多的痛苦和遗憾。】

15. 话剧《我们的荆轲》

【写作就是不断地用自己的心理体验来赋予人物以灵魂的。我每写一笔都想我要是荆轲，我会怎么想。所以我说我们每个人的内心深处都有一个荆轲。】

16. 诺奖

【我已经是60多岁的人了，越来越体会到，一个作家最终是靠作品的质量来取胜的。我的第一轮创作应该就是从短篇、中篇、长篇。然后到了《丰乳肥臀》写完之后，又一个轮回。那么现在进入第三轮了，就是又从戏曲、短篇、诗歌开始。我正在努力，希望能够再写出让自己满意，让自己感觉到没有耗费年华的好的作品来。】

1. 故乡·童年

【高密东北乡，它是高密县城的东北方向一片低洼的地方。秋天是望不到边的高粱地，夏天到处都是青纱帐。冬天漫漫的荒原，一眼看不到边的雪。】

【我想在人的最基本的欲望得不到满足的情况下，很多人性的东西都会发生严重的扭曲。所以这也让我从小就看到了人的底线。】

张同道：现在您创造的高密东北乡已经成为世界文学的风景。那么现实中的高密东北乡是什么样，尤其在你出生的时候?

莫言：我出生于1955年，60多年了。我记忆中那个东北乡跟现在的东北乡相比，差别太大了。这60多年的变化，天翻地覆。

我印象里面，这个村庄非常小。总共几十户人家。一出村庄，就是一望无际的原野。田野里面，秋天是望不到边的高粱地，夏天到处都是青纱帐。冬天漫漫的荒原，一眼看不到边的雪。村子里边有一条很窄的土路，然后有那么几十栋破败不堪的、低矮的、茅草的、土墙的房子。在我的记忆中，儿童进这样的房子都要低头弯腰。现在，你想成年人进那样的房子，大概要弯腰90度才能够钻进去吧。里边一团漆黑。我们这个村子是80年代初的时候才有电。就那么一种落后的状态。周边几十个村庄差不多也是这样。

高密东北乡，是指高密县城的东北方向这片低洼的地方。在民国之前，这里荒无人烟。到了民国之后，县城周围的，或者外地的人生活遇到困难了，或者惹了祸事了，就跑到这个地方来。这个地方是三县交界，有很多无主的荒地。人到这里以后，支起个草棚子，开荒种地。从很多的村名，也依稀可见当年的状况。有很多"屋子"，什么陈家屋子、王家屋子，还有什么坡，郭家坡子、李家坡子。像我们这个村，原来叫三份子，就是说这个村一份归平度县管，一份归胶县管，一份归高密管。我们邻村叫黑天愁，是我姑姑家那个村庄。为什么叫黑天愁？一到黑天土匪就来骚扰，所以就发愁。我们那个村河对岸的村叫沙口子。胶河每年到了秋天，洪水泛滥，经常决堤，一决堤，大量的泥沙外泄，所以这个村叫沙口子。还有很多丘，艾丘，王家丘，杨家丘，说明这些村当时都是洼地里比较高的地方。基本上是这么一种荒凉的状况。

由于这地方地势低洼，高粱特别多，青纱帐茂盛，土匪猖獗。抗日战争时期，这里是游击区。今天国民党的游击队来了，明天八路军的游击队来了，后天可能是日本鬼子跟伪军又一块儿下来扫荡。老百姓深受其扰，所以当时也有很多家境不错的人，一怒之下把自己的房子点火烧了，然后当土匪去了，或者当兵去了，为了免受欺负，免受欺凌。我的很多小说也都是描述的在那样一种历史背景下的，兵荒马乱的情况下，普通人的生活状态。

张同道：童年是你作品反复表现的题材，你的童年是怎样一种生活？

莫言：我的经历，跟一般的孩子相比有点儿特殊。小学五年级就辍学了。辍学以后，大活儿干不了，只能跟在大人后边干一些小的事情，帮人家牵一下牛，割一割草，所以就过早地进入了成人的世界。跟我同龄的孩子们还在学校里面打打闹闹的时候，我已经跟在大人们身后，天天下地劳动，有的时候也独自去放牛放羊。

在这样的过程中，我确实少学了很多书本的知识，但也比同龄孩子更早地接触了民间的文化，接触了大自然。我曾经对台湾作家说过，当你们用眼睛阅读的时候，我用耳朵阅读。这种阅读是不自觉的，你天天跟大人在一起，大人讲，你就听着，听得津津有味，也不是刻意地要记下来，但是记住了。那时候我也想不到将来会成为一名作家，是吧？就是感觉到有趣，听过了，记住了，童年时期记忆力好，印象也深刻。

当后来拿起笔写作的时候，童年时期用耳朵阅读得来的这些素材，全部在脑海里面，栩栩如生地复活了。所以这一段经历对我来讲非常宝贵，非常重要，直到现在发挥作用。

张同道：但其实您的童年过得并不愉快？那个时候物质比较缺乏。

莫言：我们这一代人，讲起童年来，都是差不多的：第一是饥饿，第二是寒冷，第三是炎热，第四是劳累，总而言之都跟肉体的感觉有关系。我1955年生，1959年、1960年、1961年，这"三年困难"时期，正是五六岁，记忆最深刻的时候。现在说起来当初的事，孩子们可能以为我在胡编乱造，而有一些没有这种经验的人，也认为我的话可信度比较低。在那样一种状态下，食物，吃的东西，是孩子们最关注的，给孩子们留下的最深刻的、最痛苦的、最难以忘怀的印象，就是跟食物，跟吃有关系。

张同道：最饿的是什么时候？

莫言：最饿的时候就是1960年，我那时候刚刚记事。完全没有粮食吃，就是野菜，好的野菜都吃光了。只有一种名叫蒺藜毛的野菜，刺很多，扎嘴，我大姐跟我二哥，每天背着筐子去割。割回两大筐子蒺藜毛，我母亲就用棒槌，放在一块捶布石上，先把这些野菜砸烂，然后掺上点谷糠什么的，团成团子，放在锅里蒸熟。很难吃，又扎嘴，但也得吃，一边吃一边哭，没法子，就这么熬过来了。

那个时候，真是很奇怪的，我老感觉到这个土地在跟人在闹别扭。现在亩产小麦一千多斤，玉米也是一千多斤，一年一亩地一吨多粮食。当时天天干活，一亩地一年产两三百斤粮食，而且当这个粮食不长的时候，草也不长，野草都没有。

因为我们农村人，没有草是没法做饭的。所以不但没得吃，也没得烧。

当时为了烧的，可以说是挖空了心思。秋天一刮风，妇女儿童都跑出来抢落地的树叶子，要靠这个烧火做饭。到了80年代以后，我每年春节回家探亲，早上起来到田野里去转圈，看到满地的草，玉米秸子，棉花秆，一堆堆的，没人管，没人要。河沟的野草长得一米多高，我说这么多草都没人割了。当年我们拿着镰，背着筐，满田野转，找不到草啊，一上午也割不了一个"喜鹊窝"。沟崖上都被镰刀给旋得光光的。现在粮食多得吃不了，草也多得没人割了。我恶作剧，点火，放火烧荒。从大沟的边上，点燃野草，风一吹，一路地烧过去，风助火势，呼呼响，一下烧几里长，然后把扔到沟里的那些玉米秸、棉花柴，又全部引燃，很壮观的。80年代初我每年春节回去都跑到田野里去放火烧荒，这在当年是无法想象的，草与粮食，都是农民的命啊！生产队分草给各家，玉米秸、棉花秆儿，都要用秤称，社员眼盯着秤杆，差一斤也不行。

张同道：那个时候也还搞阶级斗争吧？

莫言：当然了，社会政治方面的生活不正常，老搞阶级斗争。大家饿得饥肠辘辘，但还是天天搞革命，搞斗争，其实都是一个村子里的人，无非是有的人当年富一点，有的穷一点，什么阶级啊，斗争啊，其实那个时候，地主富农的土地和财产早就被剥夺了，地主富农分子，白天劳动可以记工分，晚上还要在治保主任监督下义务劳动到深夜。我家邻居，老头老太太有五个儿子，两个当八路牺牲了，两个当国民党军，一个被镇压，一个在青海劳改，这样的家庭，既是革命烈属，也是反革命家属。村子里的干部发挥想象力，让老太太享受革命烈属待遇，让老头享受反革命家属待遇。老头80多岁了，夜里还得去接受改造，义务劳动。老太太不忍心了，说儿子是我们合伙养的，我们轮换着接受改造吧。80多岁的老太太，夜里去拉小车，从河底往上推土，一个小脚的老太太……后来他们那个在家的儿子，拿着烈属证去公社革委会反映情况，说能不能两折了，我们不享受烈属待遇了，也不享受反革命家属待遇了。公社革委的人说不行，不享受烈属待遇是对革命烈士的不敬，不享受反革命家属待遇是对反革命分子的宽容，一码归一码，村子里的处理是正确的……现在一想，太荒诞了。再一个就是大家在干部的指挥下，搞大兵团作战，今天跑到这里来，明天跑到那里去，战天斗地。很多的工程，有的有用，有的无用。比如说挖了很多水库，这些水库后来是有用的。但是也做了很多的无用功，好好的一个山头，非要把它炸平，好好的一条河流，非要让它改道，做了很多没有经济效益的事。

总之，回忆童年时期，第一是印象复杂；第二，感触很多。总之，我想，在人的最基本的欲望得不到满足的情况下，人性就会发生严重的扭曲。当一个人，一个月没饭吃的时候，或者一个月都在半饥半饱的状态下，那么他也许还可以保持着正直。如果三个月、五个月，一年、两年，都在饥饿的状态下，要保持一种高贵的、正常的心态就非常困难。当然我想这样的人也有，宁愿饿死也不丧失人格，但是一般的人做不到。所以这也让我从小看到了人的底线，了解到人在生存得不到保证的情况下，最基本的欲望得不到满足的情况下，会有什么样的特殊表现。那个时候，面子、尊严，实际上都是轻如鸿毛，这跟我们古代先贤的说法是吻合的。管子不是讲吗，"仓廪实而知礼节，衣食足而知荣辱。"

总之，我想，那样的时光，一去不复返了。我们用自己的作品反映这一段历史，也写了很多了，但是我觉得这个还是不能忘记。尽管我们老写这些玩意儿，自己也觉得无趣，年轻的读者也会感觉到没意思。但是我想作为一个过来的人，还是有责任把这段历史用文学的方式，给它一个记录。

张同道：会不会因为童年时代经常挨饿的状态，让你的感官对自然的感触，对世界的思考，会特别敏锐？

莫言：一个孩子，如果他天天跟同龄人在学校里边，他的精神是分散的。一会儿老师来了，一会儿同学之间有这样那样的事情。假如一个孩子，孤独地站在一片田野上，牵着两头牛，或者赶着几只羊，一天都见不到人，那么这时候，第一，他会感觉到孤独；第二，他会感觉到各种各样的莫名其妙的恐惧；第三，他会产生各种各样的联想。这一段经历对我，是刻骨铭心的。因为我辍学以后，差不多有两年的时间，是经常地去放牧的。

那个时候，人民公社的牛和马无法在集体的饲养下活下去了，就分到各家各户来代集体饲养。我们家也分到了一头牛，一头母牛，一只角直，一只角弯，不对称，有点奇怪，因为牛角基本上都是对称的。牛是生产队的，但是生产队已经没有任何饲草了，分到各家各户。各家各户每天吃饭后要涮锅，有点儿涮锅水，那里面可能还有点儿营养，然后给牛喝。因为每家每户都有孩子，可以牵着牛去放，放牧去。后来大多数牛还是饿死了，但我们家这头牛活下来了，这应该是我的功劳。因为那些孩子没有辍学，不可能天天去放牧。我辍学了，可以天天牵牛去放牧。后来邻居家那几头没饿死的牛也归我放，给我记一个半劳力的工分。草地上的草也不多，盐碱地，涝洼地，但勉强可以让牛维持生命吧。

那几头牛的形象，我现在还记得，它们的毛色，它们的角的形状，它们的叫声，等等。你赶着几头牛，一天不回家，天天跟牛对话，一眼望不到边的田野，头上是蓝天白云，飞来飞去的各种各样的鸟，这些印象都很深刻。放牛的孩子，无聊而寂寞，孤独而恐惧，有各种各样的想法，幻想，幻觉，白日梦，是吧？然后结合着听到老人们讲过的一些神鬼故事，联想到一起。所以在我小说里面，会经常出现一个儿童的形象，这个儿童经常处在幻觉当中。几十年后，成了我获诺奖的理由，幻觉现实主义，把幻觉跟历史、跟传说、跟现实结合起来。

这一切都是建立在一个少年在孤独的环境里边产生的各种各样的幻觉和想象之上。我长成大人以后，个人的经历，各种社会的经验，和现实融合在一起，根还是要寻到那个时候去。这样一段经验，现在看起来，确实很难说是好还是不好。假如说我没有辍学，跟我同龄的孩子一样在学校里混，那时候尽管课程很少，但毕竟还是在上学，多少还是可以学到一些知识，那后来我很可能在恢复高考以后考上大学。也有可能在大学里拿起笔来写作，成为一个作家，但那肯定是另外一个作家，跟我这样一个作家不一样。

张同道：当你写作的时候，童年记忆成为你的财富。

莫言：我刚开始也没有意识到我自己有一个很大的宝库。我刚开始写作时也是赶时髦，天天看报纸，读刊物，看别人写的那些东西，然后模仿人家。1984年考到解放军艺术学院以后，才产生了一个觉悟，认识到还是应该要——其实也是老生常谈——写自己熟悉的东西，写自己刻骨铭心的体验。由此，慢慢地扩展，由写个人内心，然后再写到广大的、广阔的社会现实，由写一己的痛苦，再普及到大众的痛苦。这样一个过程，是必须从自我出发的。

在军艺产生了这样一种觉悟之后，才感觉到童年的这一段经历是多么的宝贵。最明显的感受就是，过去挖空心思地找素材，不知道该写什么好，现在感觉到素材在找我。以前天天编故事，现在是各种各样的精彩的故事，排着队等我来写。

军艺两年，听课，出操，参加学校里的各项活动，还写了十几部中篇，十几个短篇。《红高粱家族》系列，《透明的红萝卜》《白狗秋千架》《球状闪电》《筑路》《爆炸》《金发婴儿》，等等。那时候的写作速度非常快，一部中篇，一个星期基本上可以写完，短篇不过夜，早上起来开笔，晚上就写完了。这样一种创作奇迹的出现，根源就在于打开了童年记忆的大门。过去认为不能入小说的东西进入了小说，调动起了一个孤独少年的丰富联想，结合了自己成年以后的比较丰富、比较曲折的生活经验，底层生活经验，成就了那个时期跟大多数的小说不一样的、富有个性的一批小说。

2. 旧居

【最早的阅读，实际上是从墙壁开始的。报纸、杂志的散页贴到墙上是为了美化房间，也给我提供了最早的读物。】

莫言：这个房子是70年代北方农村的标配，五间房子，中间一间是堂屋，后面这个桌子是最神圣的地方，春节摆供时祖先的牌位都摆这里。年轻人来给老人磕头也都在这个位置。这两个锅做饭，做饭时烟通过炕洞，再通过墙上一个烟道，从房顶上冒出去，然后炕就会热，冬天主要靠这个方式来取暖。

这一间原来就是我们家的储藏间，放了几个大瓮，放了一个柳条编的那种大篓子，里面放点粮食。这间算是卧室，当时一家人就睡在这儿，我父亲、我母亲，几个孩子都在这个小屋里边。当时没感觉到有这么小，感觉还挺宽敞的，儿时记忆里是挺宽敞的。地面也不铺砖，就是一般的土地，经常在炕上听到老鼠在炕前来回跑，墙角上有老鼠洞。

张同道：最早的记忆都在这儿。

莫言：我最早的记忆就是这个炕上了，这是我出生的一个地方，我们兄妹四个都是在这里出生的。东边这一间是我爷爷我奶奶住的。

张同道：我看您好多演讲会讲到母亲，在油灯下干活，讲故事。

莫言：对，原来这个地方有一个门框，门框这里挂了一个小煤油灯，下面一个门槛。母亲在下面做饭，我们就站在门槛上对着小油灯看书，看着看着那个灯火就把头发给烧了。天长日久，这个门槛就被我们弟兄们站出了一个很大的豁口，很光滑的，用脚踩的。当年家里面照明，就是一个小油灯，为了省油，将灯芯按得小小的，真是一灯如豆。晚上忙完了地下的活以后，母亲坐在炕上做针线，给我们缝棉袄做鞋子，然后我们就凑着一个小灯火看书写作业。有时候我母亲也让我们读书上一些故事，她也会讲故事。那时候劳累，我母亲也不认识字，有时候偶尔会讲故事，都是很沉痛的故事。

我至今印象很深的，就是她做梦梦到我的外祖父。我外祖父去世很早，我母亲梦到他，说好多年不见了，问他吃什么？我外祖父就说吃棉袄里面那个棉絮，吃下去然后拉出来洗洗再吃。还记得我母亲讲过一个故事，就是公鸡变人的故事，讲有一家养了一个多年的公鸡，成了精了，跟这家的女儿经常晚上幽会。后来母亲就叫女儿把这个小伙子穿的一件金光闪闪的锦衣给藏起来。拂晓时这个小伙子拿不到那衣服就跑掉了。第二天打开鸡窝，走出了一只赤身裸体的公鸡。然后打开那个柜子，看到一柜鸡毛。我2000年去澳大利亚访问的时候讲过这个故事，我一直想把它写成一个戏曲剧本。现在终于写完了，好多年的一个愿望今年实现了。

张同道：据说，你每次赶集听到的故事回来学给母亲听。

莫言：对，我每次去集上听别人说书，母亲也希望我能转述给她听。听故事不仅仅是儿童的需要，也是成年人的需要，成年人也希望通过听故事来缓解一下自己的情绪，来使苦难的生活多一点趣味。我记得六七岁的时候，透过这个后门，就能望到河里的水。那个时候每年到了七八月份，上游的洪水就排泄下来，河里的水似乎比河堤都高，非常危险。村里的大人全都跑到河堤上去看守堤坝。我当时腿上生了一个很大的疮，坐在炕上，在那儿斜着就看到河里的水滔滔东去，像野马奔腾一样。

2002年春节期间，日本的大江健三郎先生也来过这个老房子，站在这个地方，透过窗户向河道张望。他读过我的短篇小说《秋水》，感叹，站在这个地方能望到河里的水。但他来的时候河里早都干透了，没有水了。

当时我们农村到了春节的时候，会弄一点旧报纸，把这个土墙贴上一遍。经过多年的烟熏火燎，土墙黑乎乎的，贴上报纸后，晚上一点灯，感觉到真是蓬荜生辉，特别亮。那年夏天，我因为脚上长疮出不去，坐在炕上转着圈看墙上的报纸，报纸有的字朝下，有的字朝上，我也只好颠倒着看。看到1958年"大跃进"的报纸，一亩地小麦产量几万斤，也看到"文革"前的一些报纸，批判苏联的肖洛霍夫。所以最早的阅读实际上是从读墙开始的。我母亲有一本夹鞋样的册子，是用十几本教育刊物合订的。这些刊物是母亲跟我舅舅要的，我舅舅在我们村小学里当过一段老师。这本册子我也翻得烂熟，从这里我知道了苏联的教育家苏霍姆林斯基，还记得一个中国老师写的一篇怎样教育落后学生的文章。从这篇文章里我知道了有文化的人把"麻子"叫做"天花瘢痕"。

当时很多字不认识，大概能读懂什么意思，不认识的字就跳过去了，也懒得查字典。那会儿雨大，满院子都是水，蛤蟆在甬路上爬来爬去，房后河堤上很紧张，随时都会决口，全村人都在堤上守着。我就坐在这里，一边翻来覆去地看墙上的报纸，一边透过窗户望着河堤上看守堤坝的人。

张同道：这个窗户还能打开吗？

莫言：外边已经堵了。冬天了，因为这个地方特别冷，到了冬天的话外边贴上土坯，挡风。夏天的时候就会把土坯推掉，把这个门打开，打开后面就很敞亮。有的时候也为了冬天的时候不太麻烦，只把上面一个角弄开，也为了安全。

张同道：现在是封上了。

莫言：应该封起来了吧，开不开了，封了，后面用土坯泥起来了。因为当时后面就是一个菜园子，菜园子后面就是河堤。冬天的时候水缸就放在这个地方，对着窗户。所以夜里面寒冷，冷啊，那会儿，我母亲早上起来做饭，水瓢都冻到缸里的水里面，也不敢硬敲，硬敲就把水缸敲破了。慢慢地敲开，敲开之后舀一点水做饭。当年墙上挂满了灰尘，有时候煮饺子，一开锅，蒸汽往上一冲，上面这么长的灰挂啪啦啪啦就掉到锅里去了。有时候灰挂掉到粥里，搅和搅和就喝了，老人说"吃灰眼明"。原来这个地方有一窝蜜蜂，这个地方墙上挖出一个洞来，外面放了一个木板，木板上钻了很多洞眼，蜜蜂就钻进来，酿蜜，我小的时候还有，后来堵住了。这边放了几个自家做醋的坛子，醋坛子里面就是家里酿造的醋。

讲到这个醋坛子也想到了我奶奶讲过的故事。太平天国时，老百姓把太平军叫"长毛"，太平天国时就叫做"闹长毛时"。长毛烧杀掠抢糟蹋妇女，什么坏事都干。后来长毛撤退了，这家人天天从灶后的坛子里舀醋吃，觉得这个坛子里的醋蛾怎么这么大呢。把坛子搬到明阳里一看，天哪，里面浸泡了一颗人头。这就是太平天国那些士兵的恶作剧，把人头塞到老百姓家的醋坛子里。这是我奶奶讲过的故事，这故事跟我们教科书上读到的太平天国故事大不一样。

张同道：您从民间吸取了很多文学资源。

莫言：这都是不经意的，不是有意识地要去搜集材料，不是有意识地去积累生活，而是生活中的一部分。你在这个村子里生活，跟老人们在一起，他们总是会主动讲一些东西，不是我有意识去问他们。夏天乘凉的时候在院子里讲，冬天吃完了饭在炕头上讲，那会儿没电视没收音机，偶尔什么话题引起来，老人就讲些历史上的事情，然后你讲我讲，互相补充，完全是一种自然而然的积累状态，就这样听了很多故事。

这个房间就是我爷爷和我奶奶住的地方。当时有一个炕沿，炕沿是一根长方形木头，被屁股磨得很光滑了。我们恶作剧，正月十五儿童放一种喷溅火花的小玩意儿，叫"滴滴急儿"，我们让滴滴急儿的火花落到炕沿上，把炕沿烧了一个洞。我记得当年这个地方，墙壁上，挖了一个洞，洞里面放着一个南瓜形状的一个小罐子，罐子里面放着像半个核桃那么大的一块石头。那就是50年代初期，我爷爷得膀胱结石时去胶州做手术取出来的，很恐怖的。我听父亲讲过用小推车将爷爷推到胶州医院治疗的事，那时全是泥巴土路，到胶州50里，不容易。那时医院服务态度好，有钱就给，没钱就减免了。这件事能写成一篇小说。

这间房子是我婶婶和我叔叔住的地方。我叔叔当时在供销社里当会计，我婶婶还有我一个二姐，我跟这个二姐有一张合影。那是我19岁前唯一的一张照片。二姐是我婶婶最大的孩子，大排行，她是二姐。

张同道：你说的是照片上这个人吗？

莫言：对，就是我那个堂姐，我叔叔的大女儿。我这衣服实际上是一个破棉袄，袖子是接着的，扣子是掉了的，上面发亮的是一冬天的鼻涕，还有吃饭时滴上的汤水。因为那个时候没有衣服换，棉袄再怎么脏，也只能等到春天暖和了洗。我上身穿着破棉袄，下面穿着单裤。已经是农历的四月天了，为什么不脱棉袄？因为没衣服换，穿单衣又冷，所以只能熬到5月份，选个好天，赶快把棉衣拆了，把外表洗干净，赶快晒干，你光着脊梁等候着，缝缝补补然后给你穿，当褂子。里面的棉花和衬里扒出来，晒一晒，第二年再用。有时候生了虱子的，就将里子放到锅里煮，也有将里子放到碾上轧的，想想就恶心。那时候就这样，这不是魔幻，是现实。一年就这么一件衣服，冬天套上棉花就是棉袄，夏天扒下来就是褂子。裤子一条腿长，一条腿短，这种棉袄现在如果真的拿到实物，让有文化的人一看，看到这个棉袄他们就会吓跑了，那种破旧肮脏的程度是难以想象的。

我二姐她从小干净，也利索。同样一件衣服，我穿上两天脏得就没有眉目了，我二姐穿一个月还依然很干净。有人以为我是在丑化当年的生活，其实还真不是丑化。

张同道：这是您的第一张照片。

莫言：这是我此生的第一张照片，具体的时间我确实也想不清楚了，大概应该是我七八岁的时候吧。因为我印象特别深，是我的班主任老师给我送过来的。我上学时6岁，那么二年级就是8岁，8岁就是1963年，1963年这时候生活已经好转了，有粥喝了。最困难的是1959年、1960年、1961年，这三年里面又以1960年最为艰苦。如果是我8岁照的话，那1963年生产已经恢复了，已经可以糠菜半年粮了，不是像当年那么艰苦了。那时候县照相馆下来巡回照相，因为我这个姐姐要照相，我是硬跑过去非要跟她合影，因为照一张照片要两毛多钱。

我记得我们晚上吃饭的时候，听到有人在大门外喊我的名字，跑出去一看是于老师，我的班主任老师，她来给我们送照片。因为那时候县里来的照相师，在学校里的墙上挂了一块毯子做背景，给大家照相。最后照片也都寄到学校里，老师负责分给我们。

我的第二张照片应该就是这张照片了，1974年，这是准确无误的。我1973年8月20日到高密县第五棉花加工厂去做临时工，当时叫合同工。第二年让我去县棉麻公司学习棉花检验技术，就是给棉花验品级的，这是学习班结业时的一个合影。1974年，生活已经比较好了，这些人都是同事、工友。当时流行这种大背头，我也留这种大背头，看上去很滑稽。

莫言：后来我们分家了，我爷爷我奶奶和我婶婶一家到前面新盖的房子去了，我们一家在这个旧房子里。这个时候我母亲、我父亲住到西边那个房子里。先是我母亲我父亲我们在这个房子，我二哥在那个房间结婚。后来我二哥也搬出去了，到一个新盖的房子去了。那么这个时候就剩下我父亲我母亲就搬到那个房子了，我在这个房子里结婚，生了女儿笑笑。我探家的时候，一般就是在这个房子里写作，在这个地方安了一个写字台，特别冷。我最深刻的印象就是，这个房间里冷得拿不出手来，要戴着手套，穿着大衣，穿着棉鞋，拉着一个灯泡在这儿写作。写《金发婴儿》，在这个房子里。还写了《枯河》，一个短篇一个中篇，《枯河》也是我比较著名的短篇小说。

因为房子后面就是河道，到了冬天感觉风全都从外边刮进来了。前面这个窗户只糊了一层薄薄的窗纸，寒风中那个窗纸瑟瑟地发抖，呜呜地响。这种寒冷真是令人记忆深刻。

张同道：早期作品除了在军艺写的，就是在这儿写的？

莫言：上军艺在宿舍里写，在教室里写。放假以后只能在这里写。这边他们睡觉，我就坐在这个地方写。

张同道：也没有取暖设备？

莫言：没有。那会儿哪有？那时候就是一天做三顿饭在下面，那点烟火到了这个炕上来了。这边也没有炕，就安了这么一张桌子，还放着一个缸，缸里盛着红薯干之类的粮食。我在这里还安装了一个捕鼠的设备，三块大土坯，吊起来一块，旁边挡上两块，下面弄上一团乱麻，弄上一个小机关，老鼠从这中间过道里跑，绊到乱麻上，上边那块悬着的大土坯，"啪"地落下去了，能把老鼠砸成肉饼子，但我的技术不好，土坯落下好几次，老鼠毛也没砸住一根。经常有老鼠在房梁上来回乱窜，有时候夜里睡着觉，老鼠掉到枕头边，就这么个破房子。

3. 父亲

【父亲的严厉，让我们感觉到他可敬不可爱，可怕不可亲。但是他教会了我们做人的基本准则，就是正直。】

【我想他的坚信是有用的，坚信读书能够改变人的命运。】

张同道：你小时候的印象中父亲是个什么样子？

莫言：我父亲今年已经95岁了。我小时候，父亲就是一个威严的象征。我们都很怕他，我哥、我姐姐，都怕我父亲。实际上他也不打人，也不骂人，就是严肃，严厉。现在我也进入老年了，反思了很多事情，对我父亲这么一个有个性的老人，他的一生，我也帮他进行思考。他1923年出生，可以说是历经了历史上的很多重大事情。国共十年的土地革命战争，抗日战争，这个时候，我父亲已经结婚了，然后就是解放战争，土地改革，解放后的政治运动，大炼钢铁、大跃进、人民公社、四清运动、"文化大革命"，全都经历了。

我父亲读过三年私塾，在私塾里边接受了最传统的儒家教育。儒家的道德标准，应该是他人生观的基座，什么智啊、信啊、仁啊、义啊，对他来讲，都是行动准则。像他这样受过儒家教育的家长，对待子女，就是严格，不苟言笑。慈的一面是由母亲给予我们的，父亲给我们的只是严格。现在想起来，父亲这种严，对我们的成长，发挥了很大的作用，正面的作用。尽管在当时让我们很痛苦，让我们很恐惧，让我们感觉到父亲可敬不可爱，可怕不可亲。但是他教会了我们做人的很多非常重要的方面，就是要正直无私，读书上进，热爱劳动，不占别人的便宜，更不能贪公家的便宜。

我们村紧靠着一个国营的胶河农场。在生活困难的时候，我们村子和周围几个村庄的老百姓，主要是靠偷农场的东西来维持生存，家家户户都把偷农场的东西当作一种光荣，当作一种能干的象征。

我们还用镰刀割麦子的时候，这个胶河农场已经使用上苏联产的康拜因，就是联合收割机。因为它土地广阔嘛，几万亩地，一大片一大片的，麦浪滚滚，红色的联合收割机，在地里边工作，那状况，真是让我们感觉到心潮澎湃。用联合收割机收割的时候，会留下很高的麦茬。我们用镰刀割，贴着地面割，为了节约草，还要用草来盖房子。他们就是把麦草，拦腰斩断了，然后麦粒紧接着脱出来了，会留下高高的麦茬和一铺一铺的麦秸草。这些草，对于我们农村人来讲，都是宝贵的财富，既可以喂牲口，又可以当做饭的柴草。

当农场的小麦开始收割时，村子里的人，夜里都不睡觉，偷偷地去弄他们丢弃在地里的麦秸草，一夜可以搞很多。农场的康拜因在前面收割，链轨拖拉机在后边耕地，把草翻到地里，翻到地里就是肥料。弄草的人就是要在康拜因和拖拉机之间把草抢出来。对这些来弄草的老百姓，农场好像也不是特别地管，有时候也有警卫，但警卫也不真正地抓，喊一喊，把人吓跑了为止。我胆子特别小，一听到警卫呐喊，就紧张得想撒尿。而那些偷惯农场的人，根本就不在乎。这样，我自然也弄不到多少草。那个时候，我们村里的人，一般都是白天在生产队里劳动，低头打盹。晚上拿着扁担，拿着绳子，跑到农场的地里去抢麦草。

有一次我与二哥，跟着村里的人去搞回两大捆。我母亲很高兴，说这些草可以烧半个月了。我父亲板着脸，很不高兴，骂我们没有出息，你们弄这点东西有什么用，偷偷摸摸，占公家的便宜，成不了大气候。

我心里面也很不服气，没有草，做不熟饭，吃生米吗？但我们不敢说。我估计父亲心中也很矛盾，一方面确实是必须有草烧才能够把饭做熟，这是一个现实；另外一方面，我们夜里面跟着人家去偷公家的东西，与他的道德标准是严重违背的。他一方面骂我们，但看到我们偷回来这么多的柴草，心里边也应该感觉到欣慰吧。

那时候在生产队里干活，每天上午都要休息两次，下午也休息两次。大家在干公家活的时候都惜力，偷懒摸滑。一旦队长说歇一会儿，人一下就分散开了，割草的割草，剜菜的剜菜，就为自家来做事，割草回家喂羊，剜菜回家喂兔子。队长喊半天，大家才不情愿地集中过来，慢吞吞地干公家的活儿。

当别人去干私活时，我父亲就坐在路边，也不抽烟，两眼发直，一副很生气但又无可奈何的样子。我们也不敢出去割草剜菜。我知道他很矛盾，一方面他不敢怀疑人民公社制度，但一方面他看到人们在这种体制下，一点积极性也没有了，都在磨洋工。我父亲坚信读书是正路，只要我们在学习方面努力，他就非常欣慰。比如他回家看到我们捧着一本书在看，当然不是闲书了，不是小说了，你看一本医书，翻看一本《新华字典》，他感觉到你在学习，你在干正事，他认为将来这些东西是有用的。而偷偷摸摸，一兜粮食两把草，眼前的一点利益，将来是没有用的。但后来我父亲也妥协了一点，毕竟是生活在这样的社会环境里，学习重要，但活下去更重要，该挣的，还得要挣。他只是希望我们在闲着不能下地劳动的时候，不要睡人觉，找一本书看一看，翻翻字典，记住几个字。他坚信读书能够改变人的命运。我在那么艰苦的环境下，把我大哥上中学留下的书，翻来覆去地读了。这样一种学习，对我后来的写作和成长，发生了很重要的作用。这就要感谢父亲，没有他，就没有我们的今天。

张同道：你去年回去是专门为父亲过生日？

莫言：基本每年都回去为父亲过生日。以前都是在家里过，家里条件比城里差，家具、餐具，都不方便，客人又多，分成好几处吃饭，很难有欢聚一堂的感觉。我的侄女在县城一家大公司工作，她说让爷爷到我们公司的饭店里来过生日，我们饭店有个很大的厅，所有的客人可以团聚在一起。我们回去好不容易说服了他。他不愿意来。他老了以后，就怕给我们添麻烦，能够自己克服的困难，全部自己克服，甚至有病，小病，他都不吭声，熬着。我们说过生日你还是到县城里去，那边条件好，花不了几个钱，后来总算把他说服了。现在条件也比以前好了嘛，家家户户都有车了嘛，以前要进趟县城很不容易，现在路也修好了，所以他去了。在县城饭店过生日，我看到他是很高兴的。在饭店里面一个大厅，十几桌，差不多近百个人聚在一块儿，都是他的晚辈，敬酒，唱歌，欢声笑语，喜庆满堂的那种感受，他很高兴。

张同道：你在《枯河》《爆炸》中写出来的父亲，那种严厉的形象，也有你父亲的影子。

莫言：这些早期的作品里边，确实有一个严肃的，甚至是不通情理的父亲形象，这跟我的父亲留给我的印象应该是有关的。但如果说这样的一个人物形象，就是我父亲的写照，那也是不对的。我父亲确实有暴怒的时候，也对我们兄弟动过拳头。父亲晚年自己也很后悔，说年轻的时候脾气不好，主要原因，一方面在外边经常受压，因为我们家庭出身成分比较高，在贫下中农面前要低头哈腰，没有什么自尊，谁都可以骂，谁都可以训；卖命干活，还不讨好，所以满腹怨气。回家自然对老婆孩子就没有好气，甚至把在外边受的委屈，回家发泄到老婆孩子身上去，这是他晚年的一个反思了。我们也完全理解。如果换成我们，也恐怕要这样，是吧？外边是软弱的、无力的，一个人不能跟社会，跟政治来对抗，回家一看也是吃糠咽菜，破屋烂室，夏天热如蒸笼，冬天滴水成冰，哪有什么好心情，这个我是理解的。

我们这些家庭出身非贫下中农的孩子，在学校里边也被归为另类。开会前，老师说：贫农、下中农家庭出身的同学留下，其他人可以放学了。像我们这些富裕中农家庭的，也经常不能跟出身贫下中农的同学在一块儿。这样一种伤害对我来讲也是刻骨铭心的。我对这个家庭出身问题一直反感和愤怒，我感到这是很不公平的，每次填表填到这栏就心生不满。凭什么？我们生在新社会，长在红旗下，从小饿肚子，祖辈即便是刘文彩那样的大地主也跟我们没关系啊，凭什么因为家庭出身就让我们入另册，就不准我们参军，当工人，升学？当时有个不成文的规定，即地富反坏右的后代，只允许上到小学毕业，表现特别好的，也就是特别老实巴交的，可以上到初中毕业，而到了高中，几乎是清一色的贫下中农子弟。我觉得这一招很狠。还有，很多表格都有一栏：何时参加革命工作。考上大学算参加了革命工作，当了工人算参加了革命工作，当了兵算参加了革命工作，城里青年到农村插队算参加了革命工作，只有我们这些在农村干活的，不算参加革命工作。

我写过两篇小文章，关于我父亲的，也讲过我们兄弟三人挨打的事情。我大哥挨过我父亲一次打。我父亲教我大哥学算盘，他很怕我父亲，越怕越学不会，越学不会，我父亲就越生气。我爷爷在旁边添油加醋。我爷爷他不认字儿，老木匠，他说还用学，看还看不会？我在旁边看都看会了。他真的会打算盘。我爷爷，不认字儿，会打算盘，看会的。我父亲本来就满肚子火儿，我爷爷一讽刺，更生气，拿起算盘来对着我大哥的脑袋敲了一下。我二哥他也挨过一次打，因为白天在生产队的劳动。当时我们是棉花产区，种棉花，每年得要花出很多时间来给棉花喷洒农药。喷药的时候，可能他跟几个女孩儿在打闹吧，不小心把药水溅到了我们生产队长的女儿身上去了。这个女孩儿回家就跟她父亲说了。这个队长是老贫农，出身好，说话硬气，骂：你们这些地富反坏，富裕中农，不老老实实，怎么着？还敢欺负我们，想翻天？蒋介石还没反攻回来呢。

我父亲听到这些话，哪里受得了？你想他该有多么愤怒，他冲上去，一脚就将我二哥踢翻了。众人拉住我父亲，我二哥还在那里哭呢，有人说，你还不快跑！在众人掩护下我二哥跑掉了。要是不跑的话，那天晚上真是……后来队长也跟我父亲道了歉，说是话说过了。我也挨过父亲一次打，那完全是我的原因，该打。我在桥梁工地上给铁匠做学徒，肚子饿了，到生产队的萝卜地里去拔了个萝卜，被人捉住了，押到工地领导面前，领导就召集人开会，挂起毛主席像，让我向毛主席的像请罪。正好给我二哥看到了，我二哥回家向我父亲汇报了，我回家挨了一顿痛打，对，打出了一个小说《透明的红萝卜》。

我想除了我大哥挨打挨得有点儿冤枉，我跟我二哥都是罪有应得。尤其是我，偷生产队的萝卜，被人捉住。被人捉住，又向毛主席请罪，我父亲认为他的面子让我给丢尽了。当时的这种请罪模式，很多年轻人不知道，先挂

出一张毛主席的像来，然后让犯错误的人站在像前，背一段语录，一般就是
"不拿群众一针一线""三大纪律八项注意"，然后自己列罪状，干了什么坏事
儿，我拔了个萝卜，罪该万死什么的，深深地忏悔。第三，表决心，今后再
也不敢了。这一套仪式我还弄得挺熟的。民工们都说这个小孩儿做检查，做
得还挺流畅，很有才华嘛，很多人就在旁边添油加醋，逗乐儿。请完了罪，
领导将那个小萝卜给了我，说，给你的，吃了吧，好不容易偷的。我真的将
这个小萝卜接了过来。我二哥正好放学回来，看到了这一幕。

张同道：那当时你是饿的，要去拔个萝卜吃？

莫言：农村儿童，偷瓜摸枣，有时候是饿的，有时就是恶作剧，调皮捣
蛋。即便生活后来比较富裕了，吃得饱穿得暖了，偷瓜摸枣的事也是很多的。
尤其是那会儿有个生产队，有一个人民公社，有一个国营农场，这都是公家
的东西。你去偷私人家的东西，还不好意思，反正是公家的，就去偷呗。小
时候就是嘴贱嘛，嘴馋嘛，当然也是饿的。现在你给我个萝卜，我也不会吃。

4. 母亲

【我母亲就把剩下的鱼头，刮下来的鱼鳞，吃剩下来的鱼刺，找一个蒜臼
子捣碎，加上两瓣蒜捣捣，吃这些东西。】

【母亲，不论她身体多么瘦小，无论她多么软弱，但在孩子心目当中，母
亲是最有力量的，还是处处感觉到需要母亲的保护。】

张同道：当时妈妈其实是在家里最苦，劳动最多，吃的又最少。

莫言：最苦的还是我母亲。我们是个大家庭，上面有爷爷，有奶奶，跟
我叔叔也没分家，下面有一群孩子。我大哥那会儿上学，还没上大学，上高
中嘛。我们兄妹四个，我叔叔是在供销社里面工作，我婶婶，我二姐，还有
我两个堂弟。最多的时候，我们家13口人，是我们村子里最大的家庭。农村

人，只要兄弟们各自结婚后，马上就要分家，否则这个日子就没法过了。为了一些财产的事，谁干活多谁干活少的事儿，天天打架。所以儿子一结婚，父母做的第一件事情就把老舅叫来主持分家，哪怕只有两间房子，一人一间，中间隔开，单过，这样大家不闹矛盾。

而我们家，十几口人在一起，一天三顿饭，我母亲要做。养了牛，还要喂牛，清扫牛圈。后来养猪，还要喂猪，还要喂鸡。有小孩儿，还要看小孩儿。我婶婶白天去生产队劳动，挣工分嘛，家务活全在我母亲身上。当时大家觉得家务活不是活，不累。现在我们才知道，这个家务活实际上是干不完的，太劳累了，而且她一个小脚的妇女。现在我们家里是自来水，煤气灶，什么都是方便的。那个时候你要烧火做饭，要到井里去挑水，若是没有经验，你饭都做不熟的。你要贴饼子，下边锅灶的火还不能灭，灭的话，那饼子贴不住，一边烧着火，一边贴饼子，把一顿饭做出，太难太难了。

我母亲真是太不容易了，上面有老人要照顾，下边有孩子。有点好吃的，也到不了她口里。

那时集上能买到一种小干鱼，叫柳叶鱼，麦收繁忙时，会烧几条改善生活。鱼肉给老人和孩子吃了，我母亲就把剩下的鱼头，刮下来的鱼鳞，吃剩下来的鱼刺，找一个蒜臼子捣碎，加上两瓣蒜捣捣，就吃这些东西。

她有很多病，胃出血、胃溃疡，确实是受尽了病痛的折磨，还有饥饿、战乱。我母亲生我大哥的时候，是1943年9月。那天早晨，在我们邻村，爆发了一场很大的战斗，国民党的游击队跟日本人在打仗，子弹贴着我们的房顶嗖嗖嗖地来回飞。该生孩子还得生孩子，炮弹，迫击炮弹落到我们后面那个河堤上，震天动地，震得房顶往下落土。爷爷奶奶经常讲到这场战斗，我大哥的乳名都跟这场战斗有关系。

80年代改革开放后，终于能吃饱了，终于不再为吃、烧这些问题担忧了，但她的身体已经很差了，哮喘，饿的。50年代修水库，村里的男人都修水库去了，修水库的民工吃的面，那会儿没有机器磨，都要靠妇女拉着石磨把粮食碾碎。我母亲她们，几个小脚女人拉着一个大石磨转圈，这其实是驴干的活儿。一方面吃不饱，一方面干着沉重的活儿。她的哮喘，就是那时得上的。听着她上气不接下气地喘息，一边喘息着一边干活，我心中真是痛苦。母亲晚年，物质上、经济上没有问题了，但是她这种饿出来的病没法子治好。

张同道：去世时年龄也不大。

莫言：73岁，1993年。也不是说只有我母亲一个人受苦，那一代人都是差不多的。我奶奶她们这代人也好不到哪里去，农村妇女基本都是那样，差不多的命运，到了晚年，一个个弓腰驼背，各种各样的病。

张同道：但是你和母亲的感情是特别深。

莫言：感情深。因为父亲越严厉，孩子越感觉到需要母亲的保护。母亲，不论她身体多么瘦小，无论她多么软弱，但在孩子心目当中，是最有力量的，孩子处处感觉到需要母亲的保护。

5.《丰乳肥臀》

【假如我文学的高密东北乡是一个建筑群的话，那么《丰乳肥臀》是主建筑，地标性建筑。】

【面对生命和生存，道德是没有力量的。道德是人吃饱了以后才去想的一些问题。】

【我们每一个人心里面，灵魂深处，都有一个上官金童。】

张同道：所以母亲去世，你想为母亲写一本书。

莫言：母亲去世，我当然悲痛，但过后也曾很罪过地想，她活着每分钟都在受罪，不断地喘息，没有一刻是舒服的，去世了，不用活受罪了。我总感觉像我母亲这样一批农村的妇女，这样一群母亲，受尽了人间的苦难，应该为她们写一本书。

在我们过去的文学作品里，有很多母亲的形象，这些母亲形象跟我们的母亲有雷同的部分，但也有很多没有表现的东西。我感觉到应该由我来写一部为母亲们树碑的作品。

构思这样一个母亲形象的时候，可以沿着过去的老路来想，写母亲的吃苦耐劳、勤俭节约、博爱宽厚、无私奉献。但是我想这个没有把中国农村的广大妇女的这种悲惨状况概括进去。因为我写这个母亲，有我母亲生活的影子，但肯定不是为我自己母亲写传记，应该是塑造一个我心目当中能够代表广大的北方农村母亲的集合性形象。所以慢慢地才有了《丰乳肥臀》里面的上官鲁氏，这样一个母亲。

这个小说，1995年春天开始动笔，83天写完初稿，写了大概40多万字，后来越改越长，变成了50多万字。这个母亲就跟过去的文学作品里的母亲区别很大了。我把她设置到了一个铁匠家庭里边，给她设置了一个无能的丈夫，设置了一个强悍的能抢锤打铁的婆母，然后再设置到差不多百年长的跨度里面去，把我们高密东北乡近代历史上的重大事件都写进去了。

这个母亲，不是传统意义上的贤妻良母，尤其是在生育繁衍后代这方面。丈夫性无能，为了生孩子，她什么手段都采取了。这样一个母亲形象，是饱受争议的。有人认为我写的不是一个伟大的母亲，而是一个荡妇，在道德方面瑕疵很多的一个女人。小说里面，这个母亲的八个孩子，来自七个男人。这样写我也是犹豫再三，知道会引发争议。事实上，在农村，这种现象一直存在，人们并不认为这有什么大逆不道。男子无能，这个家族要延续，女的只好出去"借种"，和别的男人发生关系，当然这个很难跟"伟大"，跟"高尚"联系起来，是合理存在着但却拿不到桌面上来的事，农民们对这种事给予了足够的宽容，但道德卫士们绝对不会宽容。我自己认为，这一笔，恰好是对中国的封建制度最痛苦的、也是最激烈的批判。

在中国的农村里，一个女人如果结婚之后不能生育，这个女人是要被休回家去的，这是一个被休的无可辩驳的理由。而结了婚以后，一直生女孩儿，不能生男孩儿，不能为这个家族生出来传宗接代的儿子，这个女人还是不完整的，在家庭中没有地位，要受到村人的耻笑，要受到公公婆婆的冷眼，受到丈夫的辱骂和殴打。

我们现在都知道生男生女不是由女人来决定的，但是在那个年代，人们第一是没有这个知识，第二他没有这么高的思想觉悟。一个女人，在社会当中，在家庭当中要有地位，你第一必须生孩子，第二你必须生男孩儿。这也是上官鲁氏为了生存，而不得已地，违心地向不同的男人借种这样一种行为背后的原因。

我想这是对当时社会的一种真实的写照，也是最尖锐的批评，也是最痛苦的控诉，也是代替了这些妇女表达了她们无可奈何的一种心声。直到现在，在农村中，这种情况还是存在的。当然现在有很多科学手段，可以借助技术，试管婴儿，但是退回去10年、20年，在农村中，为延续香火心照不宣委曲求全的事儿还是有的，每个村里都有。丈夫没有生育能力，又要延续这个家庭的香火，那么就只好找一个人，然后怀孕生孩子。大家也都认可，也没有人对这种现象进行嘲笑。作为这个女人的丈夫，也只能认可这件事情。孩子是我老婆生在我家里的，那就是我的孩子。

这样一种想法，我认为是通情达理的，不是什么耻辱。当然文化水平高的人，有身份的人，会对这种现象看不惯。但农村人，认为这没有什么了不起。如果没有孩子，老了后只能是变成五保户，给社会添负担，给村民添累赘，是吧？我有了孩子，就有一个完整的家庭，我这个家庭的香火，就可以延续下去，否则的话，这个家庭就到此为止了。

张同道：这不是简单地从道德上来思考的问题。

莫言：在严酷的现实面前，道德是软弱的。面对生命和生存，道德是没有力量的。道德是人吃饱了以后才去想的一些问题。当然，确实有极端的个例，宁愿饿死，我也不怎么着，宁为玉碎，不为瓦全，这种情况也有。但是放到一个广大的社会里面，这都是个例，神一样的个例。

张同道：我觉得你写的这个母亲上官鲁氏，她就像大地一样，接纳各种各样的生命。

莫言：这是母性。所谓母性的最主要的表现形式，就是只要是一个生命，在我眼前，我都要保护他，我都要尽我的可能来养育他。所以后来她的女儿们的孩子，不管是国民党、还是共产党、游击队的后代，甚至是伪军的后代，到了母亲眼前，都是她的孩子，这些孩子都是平等的，她都感觉到有责任把他们养活。不能因为这个孩子他爸爸是帮助日本人干坏事的伪军，那我就把无知的孩子给他饿死。这种事情，我想任何一个母亲都不能做的，都不会做的，这也是人性当中超越了阶级性的一个部分。我们过去不愿意承认这个部分，但是现在我觉得我们应该承认这个部分。人性当中，确实有超阶级的部分，并不是像过去讲的，所有的爱都是阶级的爱，没有超越阶级的爱情。鲁迅先生那句著名的"贾府的焦大绝不会爱上林妹妹"，并不一定完全正确。

张同道：您这里边特别写了一个形象，上官金童，一生恋乳症，心理上长不大，永远在心理发育上有一种阴影。

莫言：这个人物形象，我想可能会让人们持续地研究下去。上官金童应该有丰富的象征意义，至于他象征着什么，我自己也说不太清楚。确实有这么一种人，看起来身材高大、面目英俊，堂堂正正像一个男人，但实际上他非常之窝囊，他的心理状态、精神状态是个孩子，他有一种严重的依赖性。

上官金童的恋乳症，是一种复杂的象征。有的人认为这是淫荡的下流的描写，这种批评当然可以成立，但是我想这也是比较简单的、比较粗暴的批评。你要结合着这本书的整体来看，不能从书里边抽取一个章节、一个片段，来无限地上纲。你还是要看这个人物、这个细节在这整本书当中的作用，这样的批评才是有根有据，才是合情合理，才是比较正当的，才是令人信服的。

上官金童这个人物，在某种意义上讲，写的是我自己，也是写的很多人。有一个哲学家叫邓晓芒，是武汉大学哲学系的教授，他写过一本书，其中一个章节对《丰乳肥臀》进行了比较全面的批评分析。他认为我们每一个人灵魂深处，都有一个上官金童。这句话让我非常感动，我觉得是对这本小说最高的评价。我们每一个人心里面，灵魂深处，都有一个上官金童。

张同道：上官金童的爸爸是瑞典传教士，妈妈是中国人，这是一个中西混血儿。

莫言：有一段时间，曾经有一种言论，就是中国人人种不行，要改良人种，包括中国文化。这看起来是一个人类学的问题，实际上是一种文化现象，中国传统的文化跟西方的文化结合以后，到底会产生什么？会产生出伟大的文化吗？就像中国人跟外国人结合一样，难道真的会产生一种优良的人吗？会产生伟大的人物吗？实际上是未必的，有很多的可能性。后来我还看到有人讽刺我，说为了得诺贝尔奖，在1995年的时候，就把这个中国妇女跟瑞典人结合到一起，然后生出混血儿来，说我写瑞典传教士是别有用心的。

实际上这就是历史真实。在高密、青岛，胶东半岛，最早来传教的就是瑞典人、挪威人。在胶州，瑞典的传教士建的中学叫瑞华中学，教堂里的传教士，他们叫牧师，都是瑞典人。

张同道：结果后来您在瑞典还真碰到了。

莫言：我2012年12月去瑞典领奖的时候，接到了一个从乌普萨拉来的电话。乍一听，就是我的乡亲，讲一口地道胶东话。她说，我到你们高密去过，我爸爸是最早的传教士，经常到高密教堂布道。我说你来吧。她女儿跟她一块儿来看我，一见面，我问："吃了吗？""吃了，吃了两个鸡子儿。"因为我们那地方把鸡蛋叫鸡子儿，听起来特别亲切。她是在青岛出生的，1947年，她18岁，抗日战争结束以后，国共两党战争爆发了，青岛那边又是主要的战场，他们一家就回去了。她的中文名字叫任雪竹。

这个人，我想她的母语实际是汉语，她最早受的教育是中国的文化教育，她对中国乡村是非常了解的，与她一起玩耍的也是我们乡村的孩子。由她我想到赛珍珠，赛珍珠跟这位瑞典山东老乡经历基本是一样的，也是传教士后代，在中国出生、长大。她的山东土话讲得比瑞典话还要熟。

她说，他们这些人，在中国度过了青少年时代，对中国有深厚的感情，经常回去，有回老家的感觉。80年代以前他们回不来，改革开放后，那些传教士的后代们，以及当年在中国的教友们，每年都要聚会。当年的教会学校，胶州的瑞华学校，已经重新建起来，做了一些很好的事情。

张同道：今天回过头来看这本书，在您整个文学创作中，《丰乳肥臀》是一个什么位置？

莫言：假如我文学的高密东北乡是一个建筑群的话，那么《丰乳肥臀》是主建筑，地标性建筑。这个建筑里边，可能有这样、那样的问题、毛病，但是它毫无疑问，是最厚重的、最庞大的。

张同道：当时为了争夺《丰乳肥臀》的翻译权，日本两个翻译家展开了竞争。

莫言：这个详细情况我不太了解。最早来找我的就是吉田富夫先生。吉田富夫先生当时刚翻译完贾平凹的《废都》，就来找我。后来也有人要翻译，我说已经跟吉田富夫教授说好了。至于他们之间有没有竞争我不太了解。吉田富夫、毛丹青还专门跟我回了趟高密。在一个特别寒冷的上午，去看了高密的老铁路，看了当年瑞典人的教堂，现在是高密一中的办公室。他戴了一个带帽檐的帽子，帽檐往下一翻，大家都笑了。吉田先生真是很敬业，他来过两次高密。

张同道：他说他跟你一谈，马上你们就谈到一块了。说他也是在农村长大的，很了解。

莫言：他讲到了他们家是铁匠世家，《丰乳肥臀》这部小说里打铁的是上官鲁氏的婆婆上官吕氏。女人抡锤打铁在中国是很难见到的，几乎没有。但我小说里用这种夸张的描写，表现这个婆婆的强悍和力量。抡大锤，耗力巨大，铁匠行当里最重的劳动。吉田先生一看说，这不奇怪啊，我母亲就抡大锤。他母亲也是个铁匠，也是抡大锤的，那真是打铁先要自身硬，钢铁撞击。他母亲打铁，他给母亲拉风箱打下手。我在《透明的红萝卜》里写过一个黑孩子给铁匠拉风箱，当小工，当然利用了我自己在桥梁工地上给铁匠当学徒的经验。吉田说他少年时，也给铁匠母亲拉风箱。他说我们两个小铁匠，合作应该是默契的。

张同道：他说看到《透明的红萝卜》里的黑孩，说他小时候就叫黑孩。他是想说明，他跟您是有缘分的。

莫言：对，我跟着他去他的老家广岛时，他说过他小时候就叫黑孩子，真是有缘分。他在老家没有房子，我们住在他弟弟家，在一个大山的深处。日本农民的生活，家里也完全现代化了。他们家有很多大型农业机械，他弟弟是个很幽默的人，嘲弄他的哥哥，说你们这些知识分子，不行。他那两只粗糙坚硬的大手，给我留下深刻的印象。他弟弟烤了一条鱼给我们吃，什么调料都不加，只加一点盐末，那是我此生吃过的最好吃的鱼。

张同道：这本小说在出版之后引起很大的风波，尤其是在《大家》获奖之后。

莫言：1996年，实际上它的第一版是1995年12月份就出来了，但版权页里写1996年1月份，紧接着颁发了《大家》"红河文学奖"，奖金10万元，当时是全国奖金最高的一个文学奖，所以引人注目。

另外，这个小说的题目，在当时确实有一点骇世惊俗，比较吸引大家眼球。诸多原因，促成了对这个小说批判的一个浪潮。直到现在，我想很多老同志依然很难接受这本书。当时出版社也建议，说能不能把这个书名改了？比如改成《母亲大地》之类的书名。我想了半天，我说我不能改这个书名。一旦改了，我就感觉到跟我创作本意是严重相背离了。想到用这样一个书名，跟我在军艺的一堂课有关系。军艺的时候，请了中央美术学院孙景波教授给我们讲美术史，他用幻灯给我们放了大量的图片，第一张图片是一个远古的雕塑，老祖母的雕塑，一个女人体，胸部和臀部极其夸张。孙教授讲，这体现了原始人的生殖崇拜，我们原始的图腾，都是跟多子多孙的生殖崇拜有关系的。那时候人们认识到一个女人的身体，这个夸张的胸部和臀部，跟生育繁衍有关系。

后来我也说过，我看到了地铁站的入口台阶上，一个农村妇女抱着一对双胞胎喂奶。联想到这个，后来也是因为母亲的去世等这一系列的因素，促成了这本书的写作动机。最早的原因还是因为看到了这个美术课上的老祖母的形象，确定书名叫《丰乳肥臀》。当时这个出版社还真是挺大胆的，我这么一说，他们说那就不改吧，就《丰乳肥臀》。果不其然，麻烦紧接着来了。假如没这个书名，我想很可能事情会好多了，不会有这么大的风波。

当然我想更深层的批评，还是对书里的内容。书里边，我是把敌对双方都当人来写，甚至在写到日本人的时候，也没有把他们妖魔化。甚至写了小说中的母亲难产的时候，是一个日本军医帮她接了生。当然日本人会把这个拍成照片，作为他们的人道主义进行宣传，这样的事实在抗日战争的历史上也是可以找到的。你要无限地上纲这个情节，那也很可怕。至于小说里写到的地主、国民党的军官，包括伪军军官，因为都是一个村庄的人，都是兄弟，都是亲戚，他们身上有一些东西是很难因他们的职业，以及他们站的阵营来抹杀掉的。像司马库就是国民党的军官，还乡团，但他是一条汉子，他敢作敢当。

在多年的写作过程中，我塑起来一个理念：把好人当坏人写，把坏人当好人写。过去我们的文艺作品里面所写的坏人，多半坏得一无是处；而好人，好得没有任何弱点。大家开玩笑说，英雄人物肚脐眼里都是没有灰的。这个我觉得是非现实主义的，是不真实的。不管什么样的人，我都把他当人写。

《丰乳肥臀》的这种写法，跟那些我们过去的革命战争文学区别太大了。让一些部队的老作家难以接受，愤而批判，也是完全可以理解的。我认为他们那样想是有他们的道理的，并不是这些人跟我个人有什么恩怨，我想他们可能也是出自公心，出自他们的文心，他们认为我写的这种文学不好，而只有按照他们那种想法写的作品才是伟大的，才是高尚的，才是真正的文学。所以我想这实际上不涉及个人的恩怨派系，就是观念不一样，看法不一样。

张同道：你离开部队，和这个有直接关系吗？

莫言：应该有关系。部队领导也没说你写了《丰乳肥臀》受到批评了，你必须转业，你必须走。但我自己感觉到，已经42岁了，当兵当了22年了，我也知道部队希望部队作家们写什么样的作品。其实这样的作品，我也写过一些。但是我觉得能施展我的创作才华的，更能符合我的文学理念的，还是写《丰乳肥臀》这种小说，但这种小说显然不是部队需要的。我的创作跟我的职业已经产生了矛盾，我也想趁着年轻，地方还有单位可以接受我，就转业了。现在想，其实未必非要一个单位接受我，完全可以作为一个自由作家来写。《检察日报》的老总，他也是学中文出身，他读了我的作品以后，认为我是一个很好的作家，同意接受我，于是就决定转业。部队的领导说你可以走，也可以不走。你走的话，我们欢送；你留下我们欢迎。我说还是走吧，转业。

6. 高密南关小院·写作《丰乳肥臀》

【那样一种激情，那样一种澎湃的泥沙俱下黄河奔流一样的感觉，语言的浊流，那样一种想象力，那样一种对字和词大胆使用的魄力，现在很难再重复了。】

莫言：你看这种水磨石地板，比现在的瓷砖厚多了，全是水泥加上小石头块磨出来的，越擦越亮。这个地方原先有一组沙发，那个地方有一套组合家具吧，这个地方放电视。这个桌子不是原来的，台灯是原来的。

张同道：这张照片就是在这儿拍的？

莫言：对，这是写作《丰乳肥臀》时拍的。

张同道：《丰乳肥臀》就是在这屋写的吧？

莫言：就这个位置，这个地方原来有一个暖气片，挂在这个墙上。风扇是原来的。

张同道：这个屋大约待过多久？

莫言：我们是1987年年底从乡下搬过来的，当时是旧房子，已经破败不堪了。1990年重新翻修，原来是5间，翻修成4间，加盖了东西两厢。我们住到1995年就搬到北京去了。我在这里写了长篇《丰乳肥臀》，中篇《白棉花》《战友重逢》《怀抱鲜花的女人》《红耳朵》，还有十几个短篇小说。应该说这房子还是发挥了积极作用。

张同道：尤其是在这里写了《丰乳肥臀》。

莫言：对，1995年，春节过后开笔，写了差不多三个月，拿出初稿来。

张同道：是你母亲去世之后，是吧？

莫言：我母亲是1994年冬天去世的，1995年春节回来就开始写，83天写出初稿。500字一张的稿纸，900多张，大概有四十七八万字，就在这儿写。写了就摞到旁边，当时有朋友来，看到我桌子上什么都没有，就两摞稿纸，一摞是写好了的，一摞是空白的。旁边有一个小书架，书架上有一本字典，也没有什么别的资料。

张同道：我看您喜欢用很大的稿纸。

莫言：愿意用500字一张的稿纸，解放军文艺社稿纸，解放军艺术学院的稿纸也是这样的规格，500字一张，旁边是很大的空白便于修改。因为格小，只能用很小的字来写。

张同道：我看您的字写得很工整。

莫言：刚开始也是非常潦草的草稿，后来为了节约时间，一下手就非常工整地写，写得工工整整，免得再抄一遍。不好的就撕掉重新写。

张同道：您写的文风情感很激越，像飞起来一样，但是文字还是那么工整。

莫言：写字是潜意识支配。写的时候你不会去想这个字怎么写，只想你写什么，至于怎么写是手来完成的，跟脑子好像没关系一样。因为一拿起笔来，自然就是那种字体，有时候也潦草一点，特别困的时候也可能写出格。

张同道： 当时《丰乳肥臀》选择在这儿写，情感与家乡更接近？

莫言： 主要是这边安静。那时候我也没什么名气，来找我的人比较少。有些朋友知道我写作，也不来打扰。住在高密，写发生在高密的故事，自然非常亲切也很便利。比如说写到了天主教堂，就放下笔，骑着自行车到教堂去现场观察，看到的情景回来以后就写到稿纸上了。譬如我看到一个青年坐在那个地方，用两枚硬币拔胡子，上面牧师在讲道，下面人种种的表现，都是现场得来的，回来马上就写，真正的来自生活。你在屋里确实想象不到神圣庄严的宗教仪式，到了乡下会变成很有趣的方式。我们在西方见到过高大巍峨的教堂，但是你来到高密县城里的教堂，你就发现它就是一个普通的老百姓的平房，然后稍加改造，圈了一个院子。那些前来参加活动的人，都是露天坐着。有背着干粮远路而来的老太太，风尘仆仆，一边吃煎饼一边咳嗽。也有一些年轻人，当时也没有手机，一边听讲一边在干别的事情，剪指甲的，拔胡子的。当然也有一些年轻人，专心致志地听讲，眼泪汪汪。

张同道： 我看牧师还能讲高密话。

莫言： 他们讲的都是高密话，现在的牧师都是本地人。

张同道： 当时写的时候，是否遇到一些困难，写得不顺畅？

莫言： 写一部50多万字的作品，自然不可能一帆风顺。写到大概二三十万字的时候确实感觉到很困难，就是叙事的角度遇到一些困惑，到底是用全知的视角一下写到底呢？还是用有限的视角？第一人称还是第三人称？当时我经常跟余华通电话，余华是我鲁院的同学。那时候他在他的老家，还没到北京来。余华给我很多鼓励，他说你不要管那么多，怎么顺利就怎么写。

现在看起来，这部小说确实有些问题。但是也有一些现在无法写出来的东西。那样一种激情，那样一种澎湃的泥沙俱下黄河奔流一样的感觉，语言的浊流，那样一种想象力，那样一种对字和词大胆使用的魄力，估计现在很难重复了。当时也是因为写得急写得快，有一些地方也显得粗糙了，来不及精雕细琢。

张同道：我也看到一些批评意见，你的小说太长了，有的地方不够考究。如果都精雕细琢，还能不能写出那样的小说？

莫言：《丰乳肥臀》这一部是最长的，50来万字。其他的都二三十万字，《生死疲劳》大概40来万字，不是特别长。确实有很多所谓的长篇只有10来万字，甚至有八九万字，纸厚一点，空白留得大一点，插插图也当长篇。但我觉得长篇还是应该有一定的长度。后来我不是写过一篇文章叫《捍卫长篇小说的尊严》吗？讲长篇小说，第一个特征就是长，短的话就不能叫长篇了。另外就是在文体上、语言上都有它自己特殊的要求。

我觉得像《丰乳肥臀》这部书是写不短的，因为它写了一个地方百年的历史变迁，一个地方从荒原变成一个现代化的城市。也写了以老母亲为中心这么一个家族几代人的命运，人的命运跟地方的变化是紧密地交织在一起，差不多写了一百年的历史。这样一部作品我想50万字已经是很节约了。如果按照我们传统的现实主义手法来写的话，那还不得写二三百万字、四五百万字，所以我觉得《丰乳肥臀》不能再短了。现在回头一想，还是稍微嫌短，应该再长一点，写七八十万字，分成上下两册，就可能感觉更好一点。

张同道：这么长一本小说，会不会在当时有心理上和生理上的一种过度劳累？

莫言：也没有什么特殊的感觉，那时候比较年轻。再一个就是那会儿确实事情比较少，写完了我觉得还是比较从容的。当然也有一种焦灼感，希望能尽快完成，尽快回北京。因为请假这么长时间了，那时候我单位刚换了一个领导，他对我抓得还蛮严的，过两天就会来信催，写完了赶快回部队。

张同道：那你觉得写长篇小说是不是跟一个作家的身体状况很有关系？

莫言：当然，你首先要有足够的耐心，要坐得住。屁股上长尖的人是肯定写不了长篇的，首先要有耐心坐住。第二个要有足够的体力，因为连续三个月，天天坐在这个地方，上午八九点钟开始，中午简单休息，晚上一直写到12点，一天十几个小时高强度的脑力劳动，确实是对人的体力要求非常高的。

那时候我40岁，年富力强，所以还是坚持下来了。写到大概三四十万字的时候感觉到有点焦虑，有点不耐烦了，快写快写，尽快完成。现在很多中国作家写的长篇被批评的一个现象就是虎头蛇尾，开篇都写得很好，到了结尾有点仓促，这就是跟作家的体力有关系，耐心有关系。《丰乳肥臀》这部小说我想它最后所以加上了一个"拾遗补缺"，就是感觉到写了45万字，言犹未尽，有的地方写得不够细，最后加了一个"拾遗补缺"，这也是无奈之举。

像《生死疲劳》是最为典型的，后边写得仓促了。一个人变成驴，变成牛，变成猪，变成狗，这四变变得很从容，尤其变猪，13万字，充分展示了他变换成这样一个动物，他的生活，他所目睹到人间的变化，写得比较细腻，展示得很充分。到最后变成猴子，就匆匆一带而过。实际上这是最有意思的一个章节，最容易写得漂亮的一个章节。因为人跟猴子从动物学上来讲，是最近的，人跟牛、人跟驴，都是相距甚远的两种动物，人跟猴子都属于灵长类。我们也有很多传说，猴子变人，我们也看到猴子的表情跟人是那么相似。所以从这个意义上来讲，最后这个人轮回为猴子，这个章节应该是写得最好的。

《生死疲劳》构思之初有非常大胆的设计、设想，后来也都没写。譬如说猴子学会了开车，每天开着它女主人的那辆豪华轿车，戴着帽子，在马路上奔驰，交警碰到拦下看到是猴子。这样的情节都没写，这是非常遗憾的。《生死疲劳》写到40多万字的时候已经不耐烦了。非常遗憾。现在再回头来重写也不可能了，精力也不行了，也找不到那种感觉了。

张同道：这种感觉过了之后再想进去很困难，是吗？

莫言：有的人可能一部长篇写10年、20年，他一天写一点，一天写一点，这是一种写作的方式、习惯。我构思比较成熟了，躲起来，一鼓作气把它完成。前边、后边的这种气不断掉，是一以贯之的。一旦把它放下来，从头来收拾，当然更加冷静了，会发现当初写的时候很多粗疏之处，会纠正一些技术错误。但是如果要想把一部长篇再续下来，难度确实很大的。续下来就不像了，肯定不是原来那个风格了。

张同道：文气接不上了。

莫言：当然也有一些作家不断地修改自己的旧作，我觉得写完了就是写完了，不要再去弄它了，就那样，保持原貌，比较真实。

张同道：那在这儿写的时候，是不是会感觉到灵感滚滚而来？

莫言：也不是说这三个月每天都是灵感滚滚，是有阶段性的。也许哪一天写得特别顺，灵感源源不断。有时候一上午找不到感觉，顺不下去。总体来说能够在83天写完将近50万字，还是处于一种高度兴奋、灵感源源不断的状态。有的时候写得特别高兴的时候就故意不写了，留下这种劲头明天好接。假如今天把这个灵感全部用光，明天就接不上了。

张同道：您不是中国传统苦吟派的，您是大江东去的那种写法。

莫言：我认为并不能用一种风格概括我的全部作品。像篇幅比较长的《丰乳肥臀》《生死疲劳》，确实有你刚才说的那种大河奔流、滔滔不绝的感觉，但是有一些长篇，像《酒国》《天堂蒜薹之歌》，还是写得比较节制的，也是比较讲究章法，某些地方甚至是精雕细琢的。

张同道：您的文体意识特别鲜明。

莫言：我确实有对文体比较自觉的追求，希望用自己的语言、自己的方式讲自己的故事。不仅仅我讲的故事跟别人不一样，在语言、结构方面都希望出奇、出新。

张同道：有时会用书信的方式。

莫言：书信体实际上是偷懒的办法。我在一些学校里给孩子们讲写作的时候，经常说，当你不会写的时候，你就假想，我这是给爸爸或者给妈妈或者给同学写信。并不是每个人都会写小说，但没有不会写信的，当然文盲除外。你就权当是写一封信，自然就找到感觉了。不要一开始就摆出一个架子来，我要写小说，那可能真的不会写了。古今中外文学史上这种书信体的小说太多了，而且多半都是年轻人初学写作的时候愿意使用的一种方式，也是比较容易掌握的一种方式，因为容易写得亲切，容易写得自如。但如果一本书纯粹用书信构成，就显得做作，这毕竟不是一种大的结构。大的结构中可以借助书信，承担一部分叙事功能。

张同道： 你有时候会加个话剧。

莫言： 加个话剧也是无可奈何。有些素材你用真真假假、虚虚实实的方式来处理，可能带给人的思维空间更宽阔、弹性更大，也更多义。我在《蛙》这部小说里，最后用了一部话剧。这个话剧里边的很多情节跟小说里面的情节，实际上是矛盾的，说的是不一样的。这矛盾的地方，是话剧说得准确呢，还是书信说得准确？我想这两个方面都应该成立，读者也可以根据自己的经验，来选择一种他们认为的真实。完全的真实，在小说里是不存在的。就是一种对立的、对比的、矛盾的真实，这个也许更符合事物的本来面貌。

张同道： 我觉得这里边有两个比较有意思的点，一个是历史和现实的变化。第二个就是你小时候的高密，这是一个极其丰富瑰丽的世界，但现实中高密的印象就是一个平原，这正是一个作家有作为的地方。要是照相机一样把它拍出来，作家想象力在里面就没有了。

莫言： 现实中高密的地点跟我写的作品可以对照的，一个就是泄洪闸、滞洪区，跟小说《透明的红萝卜》的关系。再一个就是东边的小石桥，跟小说《红高粱》的关系。那是抗日战争时期那场伏击战的发生地，也是电影《红高粱》的外景地。《透明的红萝卜》是我的成名作，《红高粱》是轰动之作，这两部作品都是有真实事件和地点与之对应的。《丰乳肥臀》是我争议最多也最有分量的作品。这个小说里面描写的上官鲁氏的家庭居所，实际上也是以我家老屋作为根据的，东厢房、西厢房，现在不在了。房屋的结构布局与小说中一样。出了大门往北就是河堤，这也是《丰乳肥臀》的主人公上官鲁氏的家，跟我记忆中的老屋，是可以连起来的。

张同道：所以在你小说中人物出门就往北跑。

莫言：我小说中的人物，出了大门往北跑，往北再往西，过了桥再往西，就通往县城了。很少写往东走的，往东是出县了，往西就是到了人民公社驻地，到了棉花加工厂，这是一条我跑了十几年的路线。法国有个女翻译家曾问我，为什么你小说中的小孩，一出门就往北跑，往北跑往西跑，过了石桥又往西？我说我小时候就这样跑，所以小说里的孩子也这样跑。写的时候这都是潜意识，我没有意识到重复得这么厉害，由此可见童年记忆对一个作家的制约。

张同道：我们上次找了一圈，不知道你写的教堂是哪一个？

莫言：老的早就拆了。现在这个教堂就是在原址上建起来的。原来就是一个老百姓的四合院，几排平房，平房的建筑模式跟这些房子是一模一样，只是比这还要低还要矮。后来他们弄了一些钱来，把原来的房子推倒，在现在老房子的基础上盖成一个四层的楼房。另外在高密老一中后边有一排房子，当年是作为教师办公室，那是当初的基督教堂，那个还有，现在好像改成养老院了。当年他们的总部应该是在青岛，但他有很多牧师，胶州、高密，也有几位挪威的女传教士，他们的后代都是在中国长到十几岁，抗战开始的时候才回国的，所以一口山东话。

张同道：比如你在《丰乳肥臀》中写的马牧师。

莫言：那个教堂的原型是我想象的，应该是根据高密一中后来成为教师办公室那个房子想象的，而且把它挪到了东北乡去了，实际上当时的东北乡是没有教堂的。东北乡当时有一个大户人家姓单的，他们家信奉基督教，他们也捐资了，建县里这个教堂。他们家在我们村里建了一所学校，算是教会学校。现在根据我小说里面的描写建了个教堂，在村庄东头，我没进去过。现在很多东西都是根据我的小说建的，学校也建得跟原来的不一样。根据后来人的想象，可能到外地参观，参考了一些图片，真真假假的，那会儿的房子没这么好，破破烂烂的。

张同道：你是根据高密东北乡的生活虚构出来的。

莫言：它有一个基本的想象的基础，然后其他的都是在这种基础上的添油加醋了。当时我看到的高粱地，几百亩算最大的了，在小说里夸张成几千亩；那个教堂可能是50米高，写到小说里就80米高了。对童年印象放大，再加上创作的需要。像家庭里边这些故事，这么多的女儿，这么多的女婿，他们之间的斗争，今天是友，明天是仇，翻来覆去的，这也并不是说只发生在高密这个地方，我知道的、我听到的、我看到的，发生在全国甚至全世界只要是有用的细节都综合起来了，天南海北的素材，挪到了高密东北乡这个地方。把天南海北的人也都调到了这个地方，你们都在我这个舞台上，在这条胡同里给我演戏，在这几间草房子里给我演话剧，是这么一个关系。你如果按照小说去按图索骥，那肯定是差之毫厘失以万里了。哪里去找？没有。当然现在要按照这个小说里复原场景，这也是目前经常出现的一种荒唐现象，他们忘掉了小说是作家虚构的，或者在少量真实的基础上大量虚构的。大家都以为我们平安村里面，真是曾经有过一个教堂，根据就是莫言小说里面写过，现在就给你真建了一个教堂。再过去100年以后，如果这个教堂还在的话，就是历史建筑，很少有人去考察源头了。

张同道：你用艺术构造的这个世界反过来又影响了现实。

莫言：艺术跟生活的关系实际上就是这样一种辩证的关系，所有的艺术来源于生活，好的艺术又反过来影响生活。我们看电视剧，很多电视剧的细节毫无疑问都是生活中来的，但看了电视剧，人们又回去模仿电视剧里人物的行为。刚开始演员模仿生活，最后是生活中的人模仿演员。小说当然没有电视剧没有舞台戏那么直接，因为他的人物毕竟还需要读者自己的想象来丰满，影视作品、舞台作品一开始就给你给定了一个非常具体的形象，你认可他就在脑子里生根了。

张同道：在你写《红高粱》之前，大家没有把高粱这种粮食当做多么高级的东西。

莫言：高粱在北方是一种非常具有代表性的植物吧，包括我们的抗战歌曲《松花江上》也有，"漫山遍野的大豆高粱"，那指东北了。但是像山东这个地方，在解放以后，高粱的种植面积是越来越小。我们这个地方之所以种，是因为地势低凹，雨水很多，到了夏天涝雨成灾，别的植物就涝死了，只有高粱秆高嘛，能够存活下去，所以那时候种它是与此有关的。但因为这个粮食品质不好，产量也低，不好吃，慢慢地也不种了。但一直没有绝迹。因为当时我们这个地方盖房子，上边用那个房芭，都是用高粱秆做的，现在都用芦苇了。所以那个时候为了建筑房屋，生产队里面有时候还要扎晒棉花的箔，也要用高粱秆，所以还是要种一些。另外烧酒必须用高粱。

当年我也看过一个老作家写的小说叫《高粱红了》，是写东北解放战争时期故事的一部长篇小说，忘了这个作家名字了，也有的作家描写过我们的战士淳朴——是魏巍的《谁是最可爱的人》吧——"就好像是北方田野上的一株红高粱"，过去的文学作品里面也有过关于高粱的描写。但到我写完了这个小说《红高粱》以后，它真的变成了一种象征，远远地超越了一种粮食作物的名字，带着某种象征意义了。

最近，家乡的一些知识分子，希望我能提炼一下"红高粱精神"，我大概想了一下，提炼成16个字："正直向上，坚韧顽强。宽容淳朴，奋斗争光。"正直向上是一种品格，一种精神，也是高粱生长的状态，我反复跟他们说仅供他们参考，我的家乡能人很多，我必须虚心。

7. 军营

【对多数的农村青年来讲，当兵是唯一的出路。我从18岁开始，就做这个当兵的梦。】

【每天两班岗，白天还要种地。1978年就开始拿起笔来写作，写的第一篇短篇小说，题目就叫《母亲》。】

张同道：说起部队，这是您一生最重要的一段职业。

莫言：部队是我人生的转折点。当时，农村青年把当兵看得十分重要，大家都想当兵，对我来说就是几近疯狂的梦想。千方百计地要到部队去，实际上是千方百计地要逃离农村。因为那个时候大学不通过考试招生了，通过贫下中农推荐，而这个推荐，基本上是个谎言，根本轮不到农村的孩子。给几个名额，公社干部都不够分的，是吧？公社干部的孩子排着队等呢，今年是书记的，明年是主任的，后年是副书记的，每年也会有几个农村的青年点缀一下，但这些农村的青年，也都是有关系的。工农兵大学生，所谓的贫下中农推荐，都是瞎话，谁推荐过？全都是公社干部自己分配了，招工也轮不到农村的孩子，招工也都是在公社干部内部分配。名额极少，他们的孩子，他们的亲戚都不够分的。

对多数的农村青年来讲，当兵是唯一的出路。因为每年征兵的数额很大，每个村都能摊上几个。当然当了兵也不是必定不回农村了，但起码给你一个平台，一个机会。你如果有才华，你如果有本事，可以在部队里面施展，那里比较公平。在部队里你可以入党，可以提干，甚至被推荐去上大学。

我从18岁开始，就做当兵的梦，每年都去参加体检，一直到1976年，终于走了，到部队去了，费尽了千辛万苦，漏网之鱼。因为农村阶级斗争搞得还是很厉害的，"文革"没有结束。像我们这种富裕中农家庭出身的孩子，理论上来讲，当然是可以当兵的，但实际上是不会轮到你的。村里有些人，看我当了兵，愤愤不平，发牢骚说我们贫农、雇农的儿子，都捞不着去当兵，凭什么让他一个富裕中农的儿子去当了兵？所以这得要感谢我在棉花加工厂的那么一个环境。我在棉花加工厂当临时工，正式名称是农民合同工，我从1973年8月20号进入这个棉花加工厂，一直到了1976年2月16号离开，两年半的时间。所谓合同工，就是每年加工棉花的时候招一批农村青年来，棉花加工完了，下放回家，第二年再来。所以也叫季节工。但为了维修机器，看管厂房，会留下少数人不下放，我就属于没被下放的，这与我叔父在这个厂里当会计有关，也与我会打算盘，会记账，还会写写黑板报有关。棉花加工完了，我在那里当警卫，站岗，保卫棉花加工厂。我们警卫组有两杆大枪，79式，拉大栓那种，各配有5颗子弹。我背着大枪，夜里在厂区巡逻，想的就是当兵的事。在棉花加工厂工作，让我得到了一个机会，就是在报名应征的时候，可以不跟村里的人一块儿去报名参加体检，而是跟社直机关的人一块儿去报名参加体检。村里人当时都去挖胶莱河去了，在几百里之外，我就在公社驻地报了名，参加了体检。有很多好人帮忙。当时我们公社武装部的部长、副部长的儿子、侄子，也都在棉花加工厂跟我一块儿做工，他们的爸爸也知道我了。我们厂里的书记，一个参加过抗日战争的老革命，也帮我说了好话。终于，漏网之鱼，在21岁的时候，我参军离开了家乡。

张同道：你第一站是不是先到丁氏庄园？

莫言：当兵的时候，我的想法是走得越远越好，最好去新疆、西藏、海南岛，远离故乡。坐上汽车以后走了几个小时，说到了，黄县。心中遗憾极了，这么近。当时叫黄县，现在叫龙口，拉到一个大院子，后来才知道叫丁家大院。我1999年去过一次，今年夏天，2017年，又去了一次，故地重游两次，丁家大院。

那个时候，我们高密根本没有这样的建筑。我们这些高密的孩子一来这里，感觉到很震惊，全都是那种砖瓦的、高大的房屋。高密当时全都是土房子。而且黄县的老百姓的生活水平，在当时是整个山东最高的，很多农村妇女都穿着皮鞋，很多农村的青年都戴着手表，这让我们大开眼界。

张同道：当时的那个丁家大院，还不像现在修得那么漂亮，"文革"的时候。

莫言：当时有一点点破败了，但是基本上还是完整的。丁家大院当时是黄县城里边的一个建筑群，出了丁家大院往前走不远就是黄县最大的一个工厂，叫黄县内燃机配件厂，生产柴油机的喷油嘴，是县团级单位。我们在这个院子里，待了大概20多天吧，我还记得我睡过的那个房子，地面上铺着长长的石板，石板上铺了薄薄的稻草，我们就睡在稻草上。窗子都是那种花格子的木窗。院子很深，两边都是巷道。那会儿墙上的那些木头刻的对联什么的都没有，因为"文革"期间全部都扫荡干净了。

张同道：这次去的时候，找到那个房间了吗？

莫言：我1999年去的时候，已经找到了我的房间。当时改成文化馆，他们工作人员可能记住了。现在他们对外介绍，专门介绍我当时在那个房间睡过。

丁家大院，待了20多天吧。新兵连训练，那会儿时间比较短，后来都是三个月、半年，我们那会儿就是一个月。在新兵连待了20多天，连部通知我，你和另外四个人要到一个国防部的保密单位去，提前去。大家都对我们很羡慕。来了一辆卡车，拉着我们跑了几十里路，到了一个村里。路过生产队的饲养棚，院子里拴了牛、马，露天牲口圈臭气熏天，旁边是一个很大的晒粉丝的广场，挂着一排一排洁白的粉丝，广场旁边一个大池子，蓄着粉丝厂的废水，也很臭。中间就是我们这个小营房，只有三排房子，有一个不完整的篮球场，场边堆着煤渣。

1976年3月初，来到这个地方。我应征入伍的时候是济南军区蓬莱要塞区内长山守备区34团的新兵。因为这个地方有总参下属单位，需要几个后勤兵，竟然把我给分来了。来了以后，就看到这个院子，这么破败，说实话，心里面很失望。因为一直想象着高大的楼房，宽敞的操场，整齐的队伍，鲜红的标语，响亮的口号，敲锣打鼓地欢迎我们。结果我们一进来，冷冷清清，什么人都没有，只有几个家属抱着孩子在操场边玩耍，还有几只家属养的鸡在墙角刨食儿，完全是一种农村的生活状态。

单位只有两排房子，后边就是家属院。第一间是储藏室，第二间是站办公室，然后是管理员的房间，这个就是我的房间，里面，靠窗位置住着我们的班长，我就在靠门的位置，还有两个新兵住在里边。后来为了便于管理，把警卫班的8个战士全部移到前面这两个打通的大房间里去了。

在这个大房间里，我睡在最墙角上那个位置。这排房子的第一间是我们技师的房子，他负责维修无线电设备。第二间房子就是业务室，一间房子里面，安装了几台测向仪器。第三个门口就是我们教导员的宿舍兼办公室。另外这一间，就是保密室。保密室住了个业务干部，也就是保密员。有一年擦枪走火，吓了我们一跳。

当时这个小院里还住着济南军区三局的一个站，对外叫264。院子里有一个小小的水塔，也没有下水道，水龙头旁边挖了一个很大的水池子，往下渗。渗不下去嘛，结果就是臭水坑。

当时的生活状态，现在想起来是非常艰苦的。没有取暖设备，每年冬天自己去拉煤，每个房间里装了一个铁皮的炉子。晚上我们要轮流站岗，起来不断地填煤，满屋都是灰尘。但当时我又感觉到很好，因为在老家里面，没有住过有炉子的房间。这个基本还是保持了原貌，这个房子在当初也让我感觉到是非常高级的房子了，因为全部是砖头、水泥抹墙面，是吧，上面全是瓦，屋里都是水泥铺的地面。而且不管有没有下水道，它毕竟是自来水，是吧，吃的呢，也很好。

张同道：去哪吃呢？

莫言：我们刚来的时候，食堂只有两间小房子，这就是食堂。这不是一个烟囱还保留着呢嘛？里面有两间房子，摆了两排凳子，这是我们最早的食堂。食堂有时候也盛不下啊，大家夏天的时候就蹲在门口吃。到了1978年，就建了前面这排房子，变成了一个新的食堂。前面这排房子，当时上级领导机关说，还要不要建？因为这个单位是已经在准备撤销之列了。后来我们反复争取，说生活条件太艰苦了，连个吃饭、做饭的地方都没有，后来上级拨了一点款来，我们自己拉砖、拉沙、拉石头，我们亲自盖的，把这个房子建了起来。盖这个新房子，我当时是副班长，领着干，出了大力气。当时在我们站里，干起力气活儿来，我跟我们班长可以打个平手。房子盖起来之后，第二年我就走了。当时是红瓦，现在变成蓝瓦了。

张同道：据说你一来吃了8个馒头，也能吃上肉了。

莫言：新兵连生活艰苦，吃窝窝头，来到这里一看，哇，全是白馒头。那馒头很小，不是我们后来见过的山东大馒头。就是很小的小馒头，大概一巴掌可以抓两个的小馒头，所以可以吃8个。肉呢，在新兵连吃不到的。来到这里，看我们能吃，管理员就说，杀猪，给他们油油肠子！一个星期后，吃不动了。哈哈哈。一顿饭两个馒头就够了。

在这个地方待了差不多4年呐。1976年的2月份到1979年的9月份。3年8个月的时间。旁边最头上这间房子是个储藏室。储藏室放了一些杂乱的物品。后来有一段时间，改成了我们警卫班的学习室。里面摆上了几张桌子，我们不站岗的就在里面学习。我早期的小说，最早的小说初稿，没有发表的，都是在这个房间里写的。

张同道：就在这里开始创作了？

莫言：我是1976年2月份到部队，这时"文革"还没结束，还"批邓反击右倾翻案风"，紧接着又爆发了"天安门广场"事件。到了9月份，毛主席去世，然后紧接着就粉碎"四人帮"，1977年，《人民文学》复刊。这时候我开始订《人民文学》，站上也订了《解放军文艺》《中国青年》《中国青年报》这些刊物、报纸。那个时候搞短篇小说全国评奖，一年评一次奖，人们的文学热情非常高。一个短篇小说得了奖就可以让一个作家名扬天下。

我一直有文学情结，希望能够写点东西，有文学的爱好。在军队里边，没有衣食之忧了嘛，而且也有了阅读的机会，读了很多的书。我在黄县当兵时，一个战友的未婚妻，是县图书馆的管理员，他每个星期进城去，会借一大包书回来。他借回来，我就跟着看。高尔基、哈代、巴金、茅盾、曹禺等人的作品就是那时读的，然后就跃跃欲试，自己拿起笔来开始写。

张同道：据说你去延庆去送了一趟水果，回来就开始决定要写了，是吧？

莫言：对。大概是在1977年年底。此地产苹果，我们营区旁边就是一大片苹果园。我们单位有一辆解放牌的大卡车，我们的上级机关在延庆，我们就拉了几十篓苹果，还有几百斤大葱，满满地装了一车。我跟车，开了两天到延庆，这是美差，可以顺便去趟北京，回来时在潍坊下车坐上火车又回家看了看。

到了延庆，上级机关大院子，开阔了眼界。在机关大院里第一次坐了吉普车，到北京游了颐和园，参观了故宫，进毛主席纪念堂瞻仰了遗体，也见了好几位局里的领导，看到外边的世界真精彩，感觉到应该干一些有意义的事情，我能干什么？只能是学习写作，当然最终还是基于一种对文学的强烈的兴趣和爱好。

1978年就开始拿起笔来写作，写的第一篇短篇小说，题目就叫《母亲》。讲母亲曾经是一个地主的女儿，后来背叛了家庭，跟八路军一块儿。最后她把父亲绑了票，让爸爸拿出很多钱来，帮助八路军游击队购买武器弹药。写这么一个小说，还是一种习惯性的思维吧，看革命作品看多了，克隆出一个作品来。寄给了好几家刊物，自然都是退稿。那个时候寄稿子是不花钱的，你只要找一个大的牛皮纸袋，剪上一个角，注明"稿件"就可以免费邮寄。当时负责给我们送报的是一个骑着小摩托车的姓孙的邮递员，每星期来两次。每当听到他的摩托车响，大家都跑上来了，看有没有家信。我当然就是看有没有编辑部的来信。等来等去，往往等半年、几个月，突然来了一个大信封，一看是我的稿子又退回来了。

在黄县这几年，因为每天都有两班岗，白天还要种地，我们种了几十亩地，还要训练，也没多少时间，就写了一个短篇《母亲》，另外写了一个话剧《离婚》。

我为什么要写话剧呢？是因为读了曹禺的话剧剧本，另外当时有一个话剧《于无声处》特别走红，上海剧作家宗福先的剧本。原先我们在这个小房间里面吃饭，后来前面新盖了饭堂，这里就改成了一个小会议室，看电视、开会，里面有一台14英寸的黑白电视机。当时电视机可是稀罕物，播放毛主席追悼会的时候，我们将电视搬到球场上，周围好几个村子里的老百姓都来看，人山人海啊。我们单位是无线电工作部门，经常发电报，一发电报电视画面就颤抖、扭曲，基本看不了。只有在不发电报的时候才可以看。就是在电视上，摇晃着，扭曲着，看了话剧《于无声处》。写出剧本后，也寄给过很多家刊物，都退，附一张铅印的退稿信。后来寄到解放军文艺社，退稿时附了一封编辑手写的信，说你的作品我们读了，但是我们这个刊物容量有限，希望你投到大型刊物或者出版社看一下。我们的教导员看到这个退稿信，挺高兴，说：不简单了！出版社的编辑都给你亲笔回信了。

后来我到了解放军艺术学院学习的时候，写了两部以黄县站为题材的小说，《苍蝇》《门牙》，是对当时生活的一段回忆。

张同道：也有一个机会，差一点儿学了计算机？

莫言：当时，总参三部有一所郑州工程技术学院，培养技术干部的，说要招一批基层的战士来学电子计算机的终端维修，让我们去参加考试。我们领导就让我去，但他们不知道我只有小学五年级的学历。因为那会儿爱虚荣，问我什么学历，我说是高一，实际上是小学五年级，数学根本就没学过。但这是个改变命运的机会啊，就咬牙切齿地答应下来了。离考试还有半年时间，让家里把我大哥、二哥中学学过的所有的课本，数、理、化、语文，全寄来，就在一个放工具的小房间里，安了一张桌子，在那里复习。所谓复习，完全是从头学起，数学我连四则运算都不会，连正数负数都不懂，咬牙切齿地自学。我们单位有一个技师，他是高中毕业，他辅导我，也去驻地的中学找过两次数学老师。

总之，咬牙切齿地把初、高中的数学看了一遍，应该是看懂了一些，也有很多看不懂的，做习题很少。我知道这样考肯定是考不上的，但又觉得还有一线希望，基层来的战士，大家水平都不会高嘛，也许我还是里边水平比较高的一个。复习了半年多，物理刚学到电学，化学基本没学，正在非常焦虑的情况下，上面突然来电说，你们站的谁谁不要来了，没有名额了。一方面，我感觉到很失望；另外一方面，也感觉到如释重负。领导也安慰我说没关系，没有事。我说我觉得挺好的，难得这个机会，让我自学了一点知识。

当时军队掀起一个学文化的热潮。我们单位领导跑到黄县去请教员，请不到，就让我上台讲数学，我哪里会啊？就是现学现卖吧，头一天晚上自己把两道习题搞懂了，第二天给大家讲。这个时候，我们三部五局七处的王政委下来视察，听我讲了一堂课，我讲的是三角函数。王政委是数学系毕业的大学生，就问我，你是哪个大学毕业的？我说，政委，我没上，我中学都没毕业呢。他说你讲得不错，三角函数全都是中学的知识，我们那会儿大学一年级才学这个，讲得很清楚。可能这次就给领导留下了这么一个印象。

8.《春夜雨霏霏》·莫言的诞生

【这期《莲池》的第一篇就是《春夜雨霏霏》，作者莫言。第一次看到自己的小说变成了铅字。】

莫言：1979年的下半年，上级机关下令把我调到保定训练队。我先到了延庆，找到军务科，战士归军务科管，军务科说你直接去保定就行了，你来延庆干吗？我又从延庆坐公共汽车，到了北京，到北京又买火车票，坐四个小时的火车，到了保定。我们部队在保定地区满城县的大山沟里面，还要坐三个半小时的公共汽车才能到，非常麻烦。辗转到了满城。一下车就看见全是山，满目荒凉。我从来没这么近距离地看过山，心里还是充满了好奇。

张同道：当时那些房子你还有印象吗？

莫言：我们训练大队所在地叫石门，这里是老根据地，离狼牙山不远。沿着河边的一条山路，踏几十个台阶地爬上去，是一片平地，有一排房子。这就是大队部，最头上两间是招待用房，然后是副大队长、副政委、大队长、大队政委的宿舍。然后就是一个套间办公室，里边住的是干事、公务员，旁边是助理员，再旁边就是我的保密室。最头上那间是打字室，打字员是一个北京的小伙子，他爸爸是北京四季青人民公社的党委书记。这小伙子羽毛球打得很好，画也画得很好，他曾经给我画过一张像，可惜不知道放到什么地方了。这排正房旁边就是小会议室，也是看电视的地方。1979年我刚调来时，会议室里是一台黑白电视机，14英寸的，第二年就换了一台21英寸的日立牌彩色电视机。当时我很想把那台淘汰下来的黑白电视机买回家，但是要价太高，我买不起。会议室的对面，前面是一个羽毛球场。然后再沿着这个山路一阶阶上去，就是四中队、五中队、三中队。吃饭要沿着这个山沟再转过去，有两排房子，那是后勤处，然后食堂。大礼堂也是一个大教室，开大会的地方。我曾经一夜之间，自己把这个大礼堂的地面拖了一遍，多大的工作量？为了拖得快，一下子弄湿三根拖把，然后弄到一块儿来拖，真是卖力了。

张同道：您还面临一个考验，就是当时当兵的时间，其实已经到了。

莫言：1976年入伍，到保定是1979年秋天，1981年那会儿还没提干。你想，当兵第六个年头了。那会儿两年就可以复员回家，三年就是超期服役了，我都当了六年，很老的兵了，津贴费已经拿到每个月25块钱了。第一年是6块，第二年7块，第三年8块，然后10块，15块，20块，25块，第六年了。

上级机关调我去保定是想把我提成干部。这大概是因为王政委听过我的数学课，一个战士能讲三角函数也算个小小的奇迹。我刚到保定训练大队，那边正在提干，训练大队的领导说，这个人刚来，我们不了解，考察一年吧，但第二年总政下了一个文件，不允许从士兵里面直接提干了。从士兵里边要提干的话，必须经过训练队的培训，得一年以上的培训，其他的必须军校毕业。我到了训练大队先是担任保密员，这个是干部岗位。其实一个团级单位，也没有多少秘密文件。我主要的工作是给后勤的战士讲数学，初中的。训练大队的赵政委，是四川大学数学系毕业的，他听了我几课，说还可以，但举例少了点。

1979年，我们招了一批高考落榜但数理化成绩比较好的学生，里边也有初中毕业考中专的，用郑州工程技术学院第五系的名义招的。但工院没有校舍，就把这批学生下放到每一个局的训练大队来培训，算是中专生，后来给了他们大专学历。这帮孩子当时报的是郑州工程技术学院，一下车发现到了大山沟里，有的立刻就哭了。小孩儿，大的十六七岁，小的才十四五岁，哇哇地哭，穿着小号军装的，只有1米4高。让我当新兵班长，教他们立正稍息，从齐步走开始训练，后来我给他们当了政治教员。

其实这也是我们上级干部部门的一个安排，他们了解我，知道我有一点水平，爱好文学，能讲数学，但就是被总政的文件给卡住提不了干。教员是干部职务，让我"以战代干"，同时兼任保密员，保密员也是一个干部编制，他们是想创造条件破格提拔我。这对我也是一个很大的挑战，因为我确实知识不完整，尽管读了几本书。

教材是政治经济学、哲学，是大学的基本教材，我哪里学过？只好自学。幸好有一个暑假，我就拼命，也不回家了，拼命地学，拼命地补，然后买了大量参考教材。另外，我们这个训练大队还有一个小图书馆，里面有三千多册图书。我兼任了图书管理员，也是为了利用职务之便读书，这里面有很多马列著作、哲学著作，黑格尔、康德。总之还是"赶鸭子上架"，硬逼上去的。我现在回忆起讲的第一课，确实是胡说八道。第一课，讲哲学，竟然把《诗经》里面的"杨柳依依，昔我往矣"，这些东西给引进去。而且那个时候，也没有脱稿讲话能力，讲什么全都写出来，讲一个小时的课，要写几十张纸，上去就念稿。

张同道：我听说你在旁边那个小树林里练习演讲。

莫言：当时有一个错觉，以为谁的嗓门大，谁可以脱稿演讲，谁的水平就高。我的普通话讲得不好，只好跑到树林里边去，拿着讲稿，先去读两遍，吼两遍，用这样的方式来克服上讲台的畏惧情绪。一个农村人，在农村待了21年，然后当兵，在黄县这么一个小单位里，十来个人，没见过什么场面。第一次上讲台太紧张了，尽管在黄县给他们讲过文化课，但那就是七八个人。

只有通过这样克服畏惧的训练，包括回家探家，也在我婶婶家的一个空房子里面大声地朗读。今年我在《文汇报》发了一篇散文叫《朗读与呐喊》，讲述了这一段历史和记忆。

后来我的讲课得到了很多的好评，首先嗓门大，第二可以脱稿讲。另一个中队的政治教员是一个老同志，他讲课就是念书，念教材，下面学生爱干什么干什么。我可以脱稿讲课，而且把教材里边的内容提炼、综合、举例，有精心的设计，比那个老同志讲得要好。

去年我去无锡见到了几个当年的学员，他们早都转业回去了。讲起听我讲课的印象，他们有很多的说法。他们给我起了一个外号叫"野狼嚎"，说我一讲课满山都听到了，山沟里的狼都跟着叫。后来别的中队有意见，说这个管教员一讲课，我们就没法上课了，他那个大喊大叫呀。我们政委跟我说，你把调门放低点，有理不在声高嘛。

张同道：如果再不提干，是不是就得回老家了？

莫言：当时局里面一个干事跟我说，实在提不了干，你就转志愿兵吧。一些后勤的老司机、老炊事员都转了志愿兵。转了志愿兵可以在部队干15年，每月40块钱，复员回去给安排工作，这当然也是一条出路了。那时确实很焦虑，如果提不了干，也转不了志愿兵，只能回家种地了。这个时候，写作也是我的一条希望之路。如果能发表几篇小说，即便复员回家，拿着几部发表的小说，去找找教育局，当个小学的民办教师或许有希望。

当政治教员，起初磕磕绊绊的，渐渐地越讲越熟了，备课也不要像以前那样全写出来了，自己有了一点时间，又重新拿起笔来搞业余的文学创作。因为是在保密室，一个人一个房间，时间充足，环境也安静，就写了一些小说。保定是文学之乡，文学刊物多。保定市有一家《莲池》，保定地区有一个《花山》，小小的保定有两个文学刊物。

我知道自己的小说水平低，不敢往《人民文学》等大刊物投，专门找这种小一点的刊物，门槛低一点。就认准了这个《莲池》投稿。终于有一天来了一封信，不是退稿，不是大信袋，是一个《莲池》编辑部窄窄的薄薄的小信封，心怦怦乱跳，打开一看，果然是编辑写的一封信。说你的这个小说《雨夜情思》，我们看了，认为很有基础，请你下个星期到编辑部来，面谈一下。这个高兴的，立刻给我们参谋干事办公室的人看。下个星期没有课的时候，坐上公共汽车，进了城。

我们部队在满城，满城到保定，要坐三个小时的公共汽车，找到了《莲池》编辑部。在一个很破旧的建筑里面，见到了给我写信的毛兆晃老师。一看这个毛老师，老知识分子，烟抽得很厉害，身上穿着油花花的制服棉袄，棉袄被烟烧出一些洞。毛老师说，你的稿子我们看了，写得很细腻，还以为你是一个女军官呢。想不到你是一个男的，还是个战士，拿回去改一改吧。

然后我就回去改，实在想不出该怎么改，索性又写了一个，《岛上的故事》，送过去。毛老师翻了翻，说你这个还不如原来的好，不行，拿回去吧。怎么办呢？干脆把这个《雨夜情思》跟《岛上的故事》，两篇合成一篇，寄过去。毛老师回信说，这个很好，准备第5期发。第5期果然发了，并且还写了"编者按"，说作者是我们保定驻军的一个战士，很有才华，很有前途等，小说题目改成了《春夜雨霏霏》，这是毛老师给改的。

当时《莲池》每期都在《光明日报》发广告，我在《光明日报》看到了这个广告，1981年第5期《莲池》的头条就是《春夜雨霏霏》，作者莫言。当时我大哥在湖南常德工作，他也看到了《光明日报》上的广告，立刻写信问我，说这个《莲池》上的莫言是不是就是你？我说是我。所以我第一次用的笔名就叫莫言。

毛老师认为我是有培养前途的，就带着我去白洋淀体验生活。当时白洋淀几乎干了，只有一条很狭窄的臭水沟能勉强行船。老百姓在干涸的淀里面挖藕。毛老师编辑部里还有事，把我放在村子里就回去了。我住到一户农民家，冰凉的土炕，没有被子，没有枕头，只好枕着鞋子。也没地方吃饭，村里只有一个炸油条的，每天吃油条，连吃了一个星期油条，病了，发高烧，只好回来了。这次体验生活，见到了《小兵张嘎》的原型赵波，老头儿床头摆了一支半自动步枪，是参加全国民兵比武的时候奖励他的。听赵波讲他抗战的故事，他也讲到徐光耀，为了写《小兵张嘎》，在他们家住过几个月。

总之，跟保定文坛建立了很密切的联系，回来就写了一个《丑兵》，在1982年的《莲池》第2期发表了，他们附了一篇短评，介绍了我的情况。这一年的《莲池》第5期，发表了我的《因为孩子》，这篇比较短，写湖边人家的故事，应该是去白洋淀深入生活的成果。1983年《莲池》第2期发表《售棉大路》，立刻被《小说月报》转载。《小说月报》一转载，知名度就大大提高了，因为那时候像《小说月报》这样的刊物，发行量都是上百万册。

由此，我的创作的自信心也大大提高了。当时幻想着这辈子一定要发表12篇小说，然后出一本集子，就心满意足了。而且拿着一本小说集，回到县里边，没准还能找一个比民办教师更好的工作。1983年第5期《莲池》发表了我的《民间音乐》。这篇小说在我的早期创作中有特殊意义，毛兆晃老师看过稿子后拿不准，让当时的年轻编辑钟恪民老师看，钟老师一看，大加赞赏，向编辑部领导力推，发了头条。我的前五篇小说都是在《莲池》发表的。

我发表了第二篇小说《丑兵》后不久，局政治部副主任和宣传科长，来训练大队视察。我们训练大队的政委、队长也向他们反映我的情况，说这个战士不但能讲课，而且还能写小说，已经发表了两篇小说了。我们政治部副主任和宣传科长，又悄悄地去听我讲政治课，听完以后，很满意，副主任跟我说你讲得不错，知识很熟，但就是个人的话比较少，背的东西比较多，基本上就是背诵这个课本上的教材，举例比较少，应该举一些生动的例子，讲一些故事，等等。然后把我那两篇小说要了去。当时我们局是副军职单位。按说提一个排职干部，正团单位就可以批了。总政的文件留了一个活口，就是特别优秀的战士，经大军区以上政治机关审查后，可以破例提拔。他们就拿着我的小说，和有关的材料到了总参政治部干部部去，特别批准，破例提拔。

1982年夏天，在家里休暑假，我大哥也在家里面休假。有人送来一封信，我大哥一看，是我单位干事写来的，说我的提干命令下来了，任命为总参三部五局训练队正排级教员。我父亲正好扛着锄头从地里面回来，我大哥说谟业的提干命令下来了。我父亲接过信看了看，没说什么。水缸就在院子里放着，缸里面一般都放一个水瓢，葫芦瓢，父亲拿起瓢，舀了半瓢凉水喝下去，扛着锄头又干活去了。这一点让我很感动。还记得去年暑假，村里面有一老人，听说自己的儿子在部队提成了军官，就满村吆喝：我儿子提干了，我儿子当了营部书记了。我父亲一声没吭，喝半瓢凉水，扛着锄头又下地干活去了。

暑假休完以后，回到保定，紧接着调令就来了，把我调到延庆，到局宣传科做干事去。我不想去，我说我刚刚在保定文坛混熟了，到了北京去，举目无亲，文坛一个人不认识。干部部江干事，是我的恩人，他多年来一直在向局里的领导介绍我，推荐我，他说，你不要那么狭窄的目光，北京的刊物更多，文坛更大，你不可能一辈子在保定待着吧？你不能老在《莲池》发作品吧？你应该向《解放军文艺》《人民文学》这些大刊物投稿。我真的不愿意离开保定，我对保定的感情特别深。但军令如山，不能违抗。

张同道：写作也是改变命运了。

莫言：学习写作是改变命运的一种设想，而且也确实改变了我的命运。当然最大的动力还是爱好，把写作看得比什么都重要，甚至比提干还要重要。后来没想到作品也发表了，干也提了。假如没有那两篇小说的话，仅仅是讲政治课很好，我估计总参干部部还不一定能批准我提干。这两篇小说，对我提成军官发挥了很大的推动力。

张同道：它是个标准性的成果。

莫言：对，这是很有说服力的两块大砖头，沉甸甸的。发表小说，在那个时代，的确不是一件容易事。在80年代的时候，一个战士能在刊物发表了两篇，每篇都一万多字的短篇小说，是很少见的。当时连队里面有不成文的规定，只要在军报上，或者在军区的报纸上发表一篇文章都要立功的，都可以提干的。后来有好几个军队作家跟我聊起来，也是因为在军报上发表了文章，本来是要复员回家了，然后留下来提了干。

张同道：小说一发表，女儿也出生了，人生的命运也有变化。

莫言：对，这是1981年，正好11月份，女儿也出生了，这个时候小说也发表了。给女儿起名字的时候，我大哥说叫爱莲吧，你的首篇作品就是在《莲池》发表的嘛。当时我觉得爱莲这个名字也太土了。

9. 军艺·《透明的红萝卜》·高密东北乡

【既满足了上大学的梦想，又是学的文学，这太好了。军艺这两年，尽管时间短暂，但对我来讲，是命运的巨大转折。】

【有一个穿着红衣的姑娘，拿着一柄鱼叉，叉着萝卜，背对着阳光走过来，然后在这个梦境的基础上，借助于1969年在桥梁工地上做小工的这段记忆，写成了《透明的红萝卜》这部小说。】

【高密东北乡，写的是我们高密县城东北方向这一片土地，起初写的都是真人真事，真实地貌，后来有了森林、丘陵、沙漠、大河、山脉，什么都有了。高密东北乡，我是把它当中国来写的，精神的故乡，文学的故乡。】

莫言：人调到了北京，但是我的稿子还依然投往《莲池》。1983年第5期发了我的《民间音乐》。《民间音乐》这个小说，孙犁老先生看到了，他在《天津日报》的副刊发了一篇文章，其中有一段提到，近日从《莲池》上读到莫言的小说《民间音乐》，讲一个小瞎子和一个女人的故事，写得比较空灵。他说了几句赞扬的话。我以改稿子为理由请假从延庆到《莲池》编辑部，恰好看到了这张报纸，就偷偷地把涉及我的那一小块剪下来，带回延庆去。

军艺文学系招生的时候，我正好在长辛店学科学社会主义，准备为即将开展的干部理论教育做准备。看到一个战友，他不学科社，却悄悄地复习语文基础知识。我说你看这个干吗？他说你不知道吗？解放军艺术学院成立了文学系，面向全军招生，招收那些发表过文学作品、有文学基础的干部。我说我能不能报考？他说好像不行，要营以上干部，你才是个正排职干部。听他这么一说，我也就死了心了。大概过了差不多一个月，他告诉我，我给你打听了，只要是干部就可以报名，你也可以的。我立刻请假跑回延庆，长辛店到延庆当时多麻烦！先找了我们宣传科的科长，科长带我去见政治部主任，主任说确实有这么一件事，但是考虑到你刚调来，我们正在培养你，你完全可以一边做干事，一边业余创作。我说我还是想去报考。我说我这辈子有一个大学梦，很想上大学。主任说这个通知下来快两个月了，报考早就结束了，马上就要考试了，即便人家同意你参加考试，你也没有时间复习了。我说我试试。他说那好，你自己去北京，到总参干部部去，让他们联系一下解放军艺术学院，看看能不能给你补报上。我就跑到总参干部部，找到了一位徐干事，说了这个情况。他说我给你打电话问一下。他打通了军艺文学系的电话，那边说，赶快来。我就拿着刊载《售棉大路》和《民间音乐》的刊物，拿了那块有孙犁文章的报纸，跑到军艺去，正好碰到刘毅然，说了情况，将刊物和报纸交给他。然后又看到徐怀中，他正在办公室里埋头工作。刘毅然说主任正忙着，不用见了，你回去等消息吧。

当时是个什么情况呢？军艺文学系是第一次招生，要照顾到各大单位。当时有十大军区、海陆空、国防科委、总参、总政、总后，其他的单位都有几个很不错的人选，像济南军区的李存葆，他的《高山下的花环》得过全国中篇小说奖，已经名闻全国了；总政的钱钢，得过全国的报告文学奖；沈阳军区的宋学武得过全国短篇小说奖。其他的也都发表过作品，得过这样那样的奖项。总参来报名的，只有一个，就是我在长辛店学科社的那位战友，他没发表过任何作品，只有几篇没有发表的评论电影的稿子。徐怀中主任很为难，说第一届招生，别的单位都有，总参没有，也不好；但从总参招来一个没发表过作品的人，也不好，怎么办呢？正好我来了。刘毅然说总参来了个叫莫言的拿着作品来报名。徐怀中一看我的作品，尤其是看了《民间音乐》，还有孙犁先生的评语，特别喜欢，就跟刘毅然他们说，太好了，这个人就是文化考试差一点，我们也要录取他。

后来我文化考试考得蛮好的，3门课，得了239还是249，忘记了，语文得了90分，这个记得。这些都是刘毅然后来告诉我的，徐怀中主任也跟我说过这个情况，因为总参没有别的人来报，我一来，正好填补了一个空白。

到了军艺，那完全是上了一个台阶了。第一，写作由业余变成了专业。过去你创作是业余，首先要做好本职工作，然后在别人下了班之后，你来写作。到了军艺，写作就是第一，学的就是文学。另外也满足了虚荣心，多年来想上学，哪怕是上个中专都可以。大哥上过大学，二哥是高中生，就我只上了5年小学。来上军艺既满足了上大学的梦想，解决了学历问题，又是学的文学，这太好了。所以军艺这两年，尽管时间短暂，但对我来讲，是命运的巨大转折。

今年3月份，我跟徐怀中主任、朱向前同学又重回军艺文学系，做了开春第一讲。我们回顾了当年上军艺考试的过程，也回顾了军艺文学系当时的气氛，徐主任讲了他在课程设置上的一些考虑。因为我们这些人受的教育都不完整，都有创作的经验，也都发表了一定数量的文学作品，如果按照大学生那样按部就班地从中国文学史、欧洲文学史学起，第一是时间不够；第二，也不符我们这些人的情况。所以他采取了一种讲座式的、八面来风的课程设置，遍请名家，讲座式的教育。另外，请作家来谈创作，也是一个重要的课程。当时有名的作家，几乎都给我们讲过课，哲学、美术、音乐方面，著名的专家、教授都来给我们讲过。所以让我们在知识面上也得到了扩展，眼界自然也有很大的提高。

在军艺期间，我打开了故乡记忆的闸门，打开了童年记忆的闸门，源源不断地开始写故乡，写童年。这个标志性的作品就是《透明的红萝卜》，让我变成了很受瞩目的青年作家。过去只能说我是一个业余作者，发表过文学作品。《透明的红萝卜》一发表，尤其是冯牧先生主持召开了一个大型的研讨会，让我在文坛上变成了一颗新星吧。当时像刘索拉、何立伟、韩少功，这一批作家，包括王安忆，纷纷写中篇小说，韩少功的《爸爸爸》，刘索拉的《你别无选择》，何立伟的《白色鸟》，王安忆的《小鲍庄》，包括我的《透明的红萝卜》，一批年轻作家写出了风格各异的中篇小说，这变成了1985年的一个突出的文学现象。

接下来就是《爆炸》《白狗秋千架》《红高粱》这一系列作品，《红高粱》是当年文坛的一个亮点，从某些角度改变了中国军事小说、历史小说的写法。写个人的记忆、个人化的历史，由此开启了"新历史主义"小说创作的源头。新历史主义小说这个词儿，应该是张清华教授最先提出来的。

张同道：写《透明的红萝卜》的时候，是在现在的荣誉教室，当时是阶梯教室？

莫言：《透明的红萝卜》是在宿舍里写的。在荣誉教室里写的是几个短篇，像《大风》《石磨》，是坐在荣誉教室里披着大衣写的，暖气不好。

张同道：我们采访了肖立军、朱伟，回忆当年怎么抢稿。

莫言：朱伟编辑了我的《爆炸》和《红高粱》。肖立军编了我的《透明的红萝卜》。当时全国很多刊物的编辑在我们系里，像拉网一样，各个宿舍串。我们的宿舍原来实际上是一个很大的排练厅，后来间隔开来，一间一间的。因为是排练厅，所以这个宿舍就很长，进去像胡同一样的。四个人一个房间，四张床，四张写字台。我是去得最早的，我就先选了宿舍左侧最顶角上的那个位置，靠窗户的，我的对面就是成都军区的施放，绍兴人。那边那个就是新疆军区的徐广泽，他坐了三天三夜的火车来到了北京，第一次到北京，没座，站着。一到宿舍，放下背包第一件事就是睡觉，睡到第二天早上九点了还没起来。我说怎么回事儿，推一推他，翻了个身，还在睡。他对面就是崔京生，东海舰队创作室的。

后来别的宿舍都改动了，为了封闭，挂上各种各样的门帘，进去像迷宫一样，每个人都把自己的空间，用布帘子给圈起来了。我们保持原状，我那张桌子就对着东窗户，写作的时候，大家都各人写各人的。那几个短篇，是在教室里写，是因为施放爱下象棋。每天晚上一帮戏剧系的小孩儿跑来找他下棋，争夺棋子，嗷嗷地叫，我就只好跑到教室里去。教室是跟音乐系合用的，讲台上摆了一架钢琴，老是有人来弹钢琴，一弹几个小时。那时的创作环境真是很艰苦。一出我们宿舍的门，对面就是卫生间，又脏又乱，每天水流出来，臭水，也没人打扫卫生。我们宿舍是楼边角上的了，暖气根本就不热。冬天，毛巾冻得像砖头一样——战士们的毛巾都要叠得方方正正放在茶缸上嘛，湿毛巾。吃饭就更不方便了，只有一个食堂，离我们大概有一里路，去了以后排大队，排到以后什么都没有了，只有馒头、冷米饭。洗澡就更困难了，就只有一个澡堂，里面只有五六个喷头，洗个澡就是一场搏斗，打着肥皂，排着队在那等着，别人冲完了赶快上去冲。

军艺的创作条件极其艰苦，但是比我们老家好多了。回了我们老家，更加冷。1985年的春节回去，我就写了一个《枯河》，写了一个中篇《金发婴儿》，就是在我们家老房子里，东边那个房间里写的，穿着大衣，戴着棉帽子，戴着手套写。过完春节回北京，两个耳朵全是冻疮，流着黄水儿回来了。我们同学都是城里人，没受过这样的罪。钱钢一看，说你这是冻疮吧？我说是冻疮。你怎么会有冻疮？我说家里面冷。钱钢感叹说，真不容易。

张同道：可是这也没有冻住你的创作激情。

莫言：没有，手冻僵了，思想还是活跃的，没有冻住创作激情。总算得到了一个名正言顺的写作机会，而且写得越多越光荣，是吧？当时在机关里写作，要悄悄地，你写了以后，人家说你不务正业，影响工作。但是到了军艺，我当时也没有说要跟谁比一比，赛一赛，就感觉到自己终于得了一个机会，憋了很多年了，现在可以放开写了。而且那会儿发表作品也不要去投稿，我们那个文学系变成了全国各大刊物争夺的目标，《人民文学》的，《北京文学》

的，《解放军文艺》的，《昆仑》的，轮番来搜索，每个宿舍来订货。一篇稿子还没写完就被人家抢去。

张同道：《透明的红萝卜》出来，对你来讲还是一个标志性成果。

莫言：《透明的红萝卜》这个小说，应该是1984年的11月份，很冷的时候写的。写完了以后我自己拿不准，是不是小说可以这样写，我也想不好，反正先写出来再说吧。写出来以后，先给刘毅然看了。刘毅然看了以后，说很好，里边有很多诗的思维，有一些通感。刘毅然说，我已经给徐主任了，让他看看。不是说我自己送给主任的，是刘毅然帮我送给徐怀中主任，他看了以后非常喜欢。

张同道：《透明的红萝卜》是你在文学上回归故乡的标志。

莫言：这是我的最重要的一部作品，没有《透明的红萝卜》，我也不会成为一个青年作家。而且它跟我故乡的关系是非常直接的。

我的故乡大栏，那里当年是一片荒原，是放牛放羊的栏，放羊的时候圈起一圈栅栏来，叫栏，有大栏，有小栏。还有什么王家屋子、陈家屋子，就是最早的人割草放羊搭一个棚子。

60年代胶河连年泛滥，年年抗洪。后来就想了一个办法，把北边三千亩土地作为一个滞洪区，一旦河水从上游放下来，有决口危险的时候就打开闸门泄洪，保住村庄，让水往北淹，因为北边村庄很少，是一片洼地。把水放出来，减缓对河堤的压力，所以叫滞洪区。滞洪区，就是让洪水从这里排出去，牺牲这片庄稼，保住村庄的堤坝。那么这个地方建了一个滞洪闸，水大的时候就把闸门拨开，让水泄出来，水小的时候就把闸门合起来。

我来参加的工程是一个加宽的工程，因为当时这个桥只有这个宽度的一半。发生了好几起来往车辆掉到桥下的事故。后来上级拨了一批款，那时候是人民公社时期。上级给拨了一批款，要把这个桥加宽一半。这在当时是一个很大的工程，50多个村庄，每个村庄来几十个农民，有石匠，有小工，也有铁匠。我刚来时砸石头块儿，后来帮铁匠打铁，就在这个桥洞里面。我的印象里桥洞是很高大的，有的石匠、铁匠家住得很远，晚上就睡到桥洞里。我们家因为比较近，晚上就回去。但是我小说里写那个小黑孩也睡到桥洞里。

桥洞里支起一个铁匠炉来，我就给铁匠拉风箱，帮他烧铁活儿，偶尔也帮他打两锤，当了三个月铁匠学徒。我的成名作《透明的红萝卜》，就是在这个桥梁工地上做铁匠学徒时候的一段童年记忆的基础上，改写而成。

今年的3月1号，我跟解放军艺术学院的第一任系主任徐怀中将军，还有我的同学朱向前，后来他也当了军艺的副院长，我们一起回军艺给学员们讲了一课。主要是回忆了一下我的成名作——中篇小说《透明的红萝卜》的写作构思过程。

1984年的冬天，有一天早晨我在军艺的宿舍做了一个梦，梦到一片很辽阔的萝卜地。因为我们这个地方秋天会大面积地种植红萝卜，萝卜很大。有一个穿着红衣的姑娘，拿着一柄鱼叉，叉着萝卜，背对着阳光走过来，就做了这么一个非常浪漫、色彩非常辉煌的梦。然后在这个梦境的基础上，借助于1969年在桥梁工地上做小工的记忆，写成了《透明的红萝卜》这部小说。

现在回头来看，这依然是我的重要作品，它之所以能让我成名也还是有道理的。第一点，它充满了梦幻的色彩，因为起源于梦境。第二个，充满了童年记忆，里面的主人公也是一个小男孩，是一个从头到尾没说一句话的黑孩子。他的感觉是超常的，他能够听到颜色，能够看到声音，运用了诗歌里面的通感修辞手法。当然这一切都借助于这一段丰厚的生活。

当时这个涵洞外面一片高大的黄麻地，旁边就是生产队的萝卜地、白菜地。有时候我们在桥洞里面，铁匠让我去偷红薯回来，在这个铁匠炉上烤着吃。

有时候要加夜班，那时候动不动加夜班。铁匠炉里生着火，铁匠炉的外面挂着一个马灯，灯光昏暗，炉火熊熊，照耀得桥洞里一片通亮，外面一团漆黑，非常神秘。来自全公社50多个大队的200多名民工，大家都聚在一起，共同地劳动生活了三个月。这期间有竞争，有矛盾，也有一些很神秘的人，说一些神秘的故事。总之,我想这三个月的桥梁工地的生活,给我留下了深刻的印象。因为我过去就局限在我那个小小的村庄,小小的生产队里,在这个桥梁工地上,第一次接触了来自几十个村庄的人,开阔了我的眼界。

我的小说里面经常有一个小男孩,出了家门往北一走,沿着河堤往西跑,就跑到这个地方来了。这个地方也是通往我们公社,通往我们县城,通往北京,通往上海的必由之路。所以我笔下的孩子们,都是沿着这个路线走出家门,走向世界的。

张同道:红萝卜的故事在这儿。

莫言:红萝卜的故事就是在这个地方,就是基于我在这里当小工这一段生活。当然小说里面写的是一个从头到尾没说一句话的一个小黑孩,但这个小黑孩身上应该是有我的影子的。假如我没有给铁匠当小工的这么一段生活,我不可能写出《透明的红萝卜》这篇小说来。

还有当时我感觉到这个桥梁那么高大,这个桥洞是那么样的深,这个工程是这么样的大。但是我1989年带着中央电视台一个摄制组回来,钻到这个桥洞里,就感觉桥洞变矮了。今天我感觉到它变得更矮了,更小了。因为当年感觉到能把一块大石头从下面抬上去是多么样的艰难,我们用的是最原始的方法,地上铺上圆木,把坡地远处的大石条,用绳子拉过来,拉过来后,再用最原始的方法,就是外边高高地用土堆起来,然后沿着土堆成的斜坡把石头拉上去,上面的石头铺好以后,再把这些土挖掉。我想当年埃及的金字塔、中国的万里长城也是用这样一种最笨的方法来办成的。涉及这种重大的工程,实际上也调动了农民在工程建设方面的智慧。农民当中有很多是有工程师潜质的,就是可惜没有条件让他们好好地发挥出来。

张同道:小黑孩是您性格中很重要的一部分。

莫言:小黑孩实际上跟我真是不太像。我说话太多了,我还是喜欢说话的。但小黑孩是一句话不说的。

张同道:这篇小说是徐怀中老师帮着推荐发表的。

莫言：徐怀中主任把这个小说，帮我送到了《中国作家》，给了冯牧。冯牧当时是作协党组副书记，兼任《中国作家》的主编。冯牧看了，很高兴，说很好。就让肖立军当责编。肖立军就来跟我们联系说，为了重点推一下，让我们搞一个座谈会，整理成文字。

我跟他一块儿去见徐主任。我们俩骑自行车到万寿寺，从外国语学院穿过去。过马路的时候有一场惊险，差一点丧身车轮之下。因为我不太会骑自行车，很紧张，对面来了个大卡车，高速行驶。那时候西三环已经是交通要道。我觉得能够过去，一蹬车就过去了。听到后面一阵剧烈的刹车声，随着是一股糊了胶皮的味儿漫过来了。接着就看到在我身后大概几米处，一辆大卡车停下来，一个司机摇摇晃晃下来，司机说，哎哟，你这个！司机见我穿着军装，也没骂我，只是脸色煞白地说，你干吗啊？多危险啊！一看那刹车痕迹，地面都是黑的了，轮胎都磨得冒火星了。肖立军在后面吓得脸色苍白，他在我后面嘛，看到了危险的程度。肖立军说抽支烟吧，压压惊。我们两个约定，谁都不要说这件事情，尤其不要对徐主任说。后来肖立军说，我目睹了一个中国文学史上差一点发生的悲剧。如果司机不是那样剧烈地刹车，那我肯定到了车轮里去了。

张同道：我们采访时他也说了这件事儿。

莫言：他说了？真是，我自己只有一种迷迷糊糊的感觉。因为我不太会骑自行车。在家里面骑大轮子金鹿自行车还可以。在乡间土路骑可以，没车；到了北京大马路上，车多，紧张。

张同道：这个小说的反应当时有过预估、预想吗？

莫言：没有，我当时拿不准啊，我当时想小说这样写是不是可以？能不能发表我都拿不准。后来他们一致肯定，然后又把稿子轮番传阅了，举行了这个座谈会。我记得是晚上，去请徐怀中主任，他感冒了，说，哎哟，我刚吃了药，但还是去吧。就找了个大衣披上，骑着一个破自行车，到了我们文学系办公室里面，那天晚上北风呼啸。金辉、施放、李本深……八个人座谈，然后我整理好，给了肖立军。后来说刊物要开研讨会，在华侨大厦。那时候开个研讨会是一件很了不起的事情。冯牧主持，他是作协德高望重的领导，北京的评论家大都参加了，各大报纸发消息，所以一下子算是成了名了，成名作《透明的红萝卜》。

张同道：今天就很难设想，一个青年作家，第一部重要作品就一下获得这样的一个礼遇。

莫言：其实这也不是偶然的。因为我前边已经发了十来篇小说了。在《透明的红萝卜》之前，像《民间音乐》《售棉大路》《黑沙滩》《岛上的风》，中篇都有了。第一个就是说，那些小说写得确实不是那么好。另外有一些小说是因为发表的刊物发行量比较小，有一点点埋没。主要是那些小说基本还是用传统的写法来写的。《透明的红萝卜》就是用一种比较新的，比较个性化的手法来写的，有点新东西。

总而言之还要感谢当时的文学环境。那个时候，文学是社会关注的焦点。另外就是作协领导对年轻人的扶持。像冯牧那种地位的人，为我一个不入名册的小作者举行盛大的研讨会，在华侨大厦，挂的大横幅：《透明的红萝卜》研讨会。饭店服务员问，这是农业部的会吧？新品种，透明的红萝卜。现在这种会再开也没用，是吧？研讨会越来越多了，不算事儿了。

张同道：全社会关注。

莫言：评论家也认真，在会议上就争吵起来了。

张同道：徐怀中老师还把小说的名字给改了一下。

莫言：我原来的名字叫《金色的红萝卜》。后来徐老师说，金色的，红色的，到底是什么色的？改成《透明的红萝卜》。我说实话，看了他改成"透明"两个字，我还不是特别的舒服。金色多么辉煌啊！因为那个时候我对颜色特别敏感。改成透明的，我觉得不如原来的好。事实证明改得高明，那个时期，透明成了一种美学境界。

真是要感谢徐主任，画龙点睛，一下子就把作品境界提高了一大截子。

今年我们在军艺课堂上，我拿出这个稿子的复制件给他看。他看到他改那两个字。他说我自作主张。没有啊，我说主任，你这是画龙点睛。

张同道： 那么就从这儿开始，您就进入到一个喷发时期。整个创作状态，就像迷狂一样。

莫言： 一条河，拦河坝把它拦起来了。把拦河坝一拆除，河水滚滚而下。既然你们认为这样就是好文学，那这类的东西太多了，源源不断，就开始写。军艺两年，那么紧张的学习，我也特别听话，所有的课外活动，公务勤务，都抢着参加。但还是利用晚上的时间、星期天的时间，写了那么多，争分夺秒。

为了节约时间，不去食堂排队，买方便面，一买一提包，50袋。当时我觉得方便面是很好的食品，美食。当时有一种叫"热得快"的东西，就像一个自行车车座的弹簧一样，插上电直接扔到水里面，一会儿工夫水就咕噜、咕噜烧开了。不知道你见过没见过？"热得快"。

张同道： 我用过。

莫言： 用过啊。一包方便面，放两三个虾米，泡到铁碗里。把热得快插上，一会儿烧开了，香气扑鼻。其实一包不饱，但舍不得吃两包，三包两顿。方便面，最早是两毛钱一包，二两面票。后来涨价涨到两毛五一包。

张同道： 那在这个时候，您的作品中第一次出现了高密东北乡，一个关键的字眼，第一次写下这几个字，您还有印象吗？

莫言： 我原来的印象是在《白狗秋千架》这部小说里面，第一句是"高密东北乡原产白色温顺的大狗，繁衍多年之后很难再找到一匹纯种"。后来我大哥和高密莫言研究会的人发现，这说法是不对的。最早应该是在《秋水》这篇小说里。因为《秋水》写得比这个《白狗秋千架》要早几个月。《秋水》这篇小说里出现了高密东北乡这个字眼。

那会儿完全无意识，后来慢慢地高密东北乡就变成我的文学地标，所有的故事都放在东北乡这个范围之内。

张同道：怎么从无意识变成了一个有意识的经营？

莫言：因为当时正是福克纳、马尔克斯在中国文坛引起了巨大反响的时候，而福克纳的约克纳帕塔法县和马尔克斯马贡多镇都给中国作家很多启示。我们也认识到，一个作家应该有自己的一块故土，应该建立一个属于自己的文学王国。那就像这个，福克纳也好，马尔克斯也好，都是在自己故乡的基础上虚构一个文学的故乡，这毫无疑问给了我很大的启示：我们可以一辈子只写这个小地方，但是这个小地方在某种意义上，代表中国。可以通过这个小的地方走向世界。我想这就是马尔克斯、福克纳对我们那代作家的启示。

后来你看我写高密东北乡，韩少功写他的湘西，李杭育写他的葛川江。就是每个作家后来都在写自己的故乡。这个地方的地名，有的是真实的，有的是虚构的。我这个高密东北乡，就写的是我们高密县城东北方向这一片土地。我的硕士论文的题目叫《超越故乡》，就论述了故乡跟作家创作的关系，以及故乡对作家创作的制约。要真的成为一个了不起的作家，还应该超越故乡。我们在故乡这片土地上站稳了脚跟之后，然后应该不断地把故乡的范围和界限扩大，让故乡具有更广泛的代表性。

张同道：从一个地理上的故乡，最后变成一个——

莫言：精神的故乡，文学的故乡。刚开始的作品也许写的都是真人真事，确有其人，确有其事。个人的经验，家庭成员的事件，邻居的故事。就是地形上也确实有一条胶河，河上确实有座石桥，桥上确实发生过一场战斗。慢慢地这些东西写完了，就需要新的东西补充进去。那么这个时候发生在天南海北的、外国的、别人的文学作品里的，都可以改头换面变成自己的，拿到高密东北乡来。

张同道：所以最后改变的不光是它的地理形态，沙漠、河流、高山。

莫言：是，高密东北乡后来有了森林、丘陵、沙漠、大河、芦苇、湿地，什么都有了。你们已经去了我的故乡六次，什么都没有，就是一片平地，河底长满野草，一点水都没有。可是在我的小说里面，胶河跟长江也差不多了，大河滔滔，波浪翻滚，河上有船、水鸟，你们一定感到被我严重地忽悠了吧。

张同道：这恰好是一个作家想象力展示的地方。

莫言：所以从这个意义上来讲，高密东北乡，我是把它当中国来写的。包括高粱地也是一种精神象征。真正的高粱地不会像我的小说里描写的那么美。颜色不会那么辉煌，也不会那么波澜壮阔，它就是一片庄稼地而已。

10.《红高粱》

【我在村子里劳动的时候也听各种各样的人反复地讲这个故事。我悟到一点，所谓的历史尽管过去了只有40年，已经很难再看到当时的真实面貌，已经被文学化了，被艺术化了。《红高粱》小说浓烈的传奇色彩就来自这个方面。】

【我把自己童年记忆中的民间传说、民间故事的讲述方法、在民间积累的素材，以及我在后来通过阅读所了解到的西方现代派作家们讲故事的方法结合了起来，《红高粱》是一个土洋结合的产物。】

张同道：最早对《红高粱》这个印象是怎么产生的呢？

莫言：小时候确实钻过高粱地，吃过高粱秸秆，知道很多高粱品种。有的高粱秆像甘蔗一样是很甜的。国营胶河农场"文革"前就种植杂交高粱，他们用汽车将这种高粱秸秆送到县糖厂去榨糖，汽车从我们村子里经过时，孩子们会爬上汽车往下扔高粱秸秆。"文革"后期，农业学大寨，为了提高产量，我们县里每年冬天会派一批人，到海南岛去杂交高粱，得到种子，回来种植。我当时非常羡慕这些被派到海南岛种高粱的人。我们村子里那个家庭出身很好的小伙子，连去了三年，讲话的腔调都发生了变化。杂交高粱，穗子又大又红，十分美丽，产量很高，秸秆榨出汁儿来像糖水一样，但结出的高粱米却苦涩不能入口。我在《红高粱家族》里对这种杂种高粱发过议论。

另外也听到过好多发生在高粱地里的土匪故事，也知道在高粱地包围的小石桥上发生过一场跟日本人的激烈战斗，在过去的小说里也看到过有关高粱的描写，所以，用《红高粱》做这篇小说的题目不是偶然的。

张同道：写出《红高粱》之后，听说有两个文学杂志争夺这篇小说？

莫言：啊，这都是在军艺发生的事情。这篇小说1984年底就有构思了，1985年写完的，1986年第3期《人民文学》上首发。1985年是抗日战争胜利40周年，我去参加过一个总政文化部组织的座谈会。会上谈到了军队青年作家的写作问题。很多老作家感慨，说老作家经历过战争的考验，有丰富的战场经验和知识，但是因为"文革"十年耽搁了，现在想写，写不了了。年轻人身体好，创作精力旺盛，但没有亲历战争，所以中国战争文学的未来令人担忧。当时我是初生牛犊，口出狂言，我说你们不要担忧，我们尽管没上过战场，但是我们看过很多描写战争的电影、文学作品，我们还可以查资料。我说尽管我们没有亲手杀过人，但是杀过鸡啊，看过杀猪的啊。我这个发言很多老同志不置可否。

接下来讨论怎么样用文学的方式来纪念抗日战争胜利40周年。我当时想，我一定要写一篇跟抗日战争有关的小说，回去就开始写，写的时候还是调动故乡的经验。我家后面有一条胶河，胶河往东流八里，有座小石桥，叫孙家口桥。这个桥上发生过一场悲壮的阻击战。当时这个桥连接的是胶平公路，南到胶州，北到平度。现在看来是一座很窄的小桥，当年却是交通要道。游击队获得了日本人的汽车将从这里经过的情报，在老百姓的协助下，在桥头上挖了陷阱，埋上农村耙地用的铁耙，耙齿朝上，很尖锐的，可以扎破轮胎。游击队埋伏在河堤后面。等到日本人来了，轮胎扎破，汽车瘫在桥上，然后发生了一场激烈的战争。

当时，无论是国民党的游击队还是共产党的游击队，装备都是比较差的，跟日本军队的装备根本没法比。单兵战斗力，与1938年那批老日本兵相比，那更是差得太远。那批老鬼子战斗力非常强。一个老日本兵，如果占据了有利地形，可以抵抗我们游击队一个班。所以尽管这么一场看起来是势在必胜的战斗，却打了整整一天，游击队牺牲几十个人，但最终还是把这一小队日军全歼了。

据史料记载，车上还有一个中将衔的高级军官，名叫中冈尼高。小说发表多年后，有人查遍日军侵华战争的将官名录，说根本没有这么个中将，少将也没有，甚至大佐都没有。这就变成了一个悬案。但是我们县政协文史资料上是这么写的。最早是少将，后来变成中将了。

在1938年的时候，成建制地消灭了日军一个小队，打死一个中将，还缴获了汽车、重机枪，这是一场很大的胜利了。但查了当时的报纸，竟然没有记载。当然，我想这场胜利到底细节上是不是像我写的这样已经无关紧要了。因为我写这个小说，并不是要写一部有关抗日战争的信史，而只是把抗日战争作为一个小说的背景，我重点要写的还是我故乡这一片高粱地，还是要写我故乡这些人，写"我爷爷""我奶奶"这些人，这些老百姓在日本入侵这样一个特殊的历史阶段的一个特殊的战争环境下，他们的爱国心怎么样被激发起来，他们怎么样从对日本人的极端恐惧，慢慢变成视死如归，与日本侵略者进行生死搏斗。很多祖先的热血洒在这个桥头上，前几年我去看，桥墩桥石上还依稀可见子弹留下的痕迹。

这场战斗，是我的乡亲们经常讲述的历史故事。我在村子里劳动的时候听他们反复地讲。张大爷讲的跟李大爷讲的有很大的区别，而且越讲越传奇，越传奇离现实越远。通过这我悟到一点，事件尽管过去了只有40年，已经很难看到真实面貌，已经被文学化了，被艺术化了。《红高粱》小说浓烈的传奇色彩就来自这个方面。本来就是一场一般的战争，经过口口相传，几十年之后就成了传奇。本来是一枪打死一个鬼子，到了最后变成一枪打死3个、5个鬼子。本来是个大佐，最后变成中将。故事本身的传奇性决定了这个小说重要的艺术特征。

张同道：在讲述祖先的时候，每讲一次就更传奇化。

莫言：这是我在采访的时候，在回忆的过程中的一个发现。当年我想，这里在开枪开炮，我们村庄的人也能听到，胆大的人甚至会站到高处，爬到树梢上去，爬到房顶上去，向这个方向张望。他们会听到子弹发出尖利的叫声，也会听到双方在进行肉搏的时候所发生的呐喊。当时的老人们，会讲述他们听到的战斗，他们在远处看到的战斗。他们也会转述参加过这场战斗的人讲给他们听的故事，一代一代人的这种口口相传，就会让这个故事越来越传奇。

文人们把老百姓讲述的故事当成素材，经过加工、提高，与事实相差更大，但这已经是文学作品了。讲故事的人是口头传说，说指挥这场战斗的人是一个大个子，黑皮肤。到了我的笔下，可能他的身体像黑铁塔一样，浓眉大眼，脸色像钢铁一样，他的脸上可能有几个黑痣，他的手很大，拳头很大，他的嗓音嘶哑。我会对每个人进行肖像描写，也会对战斗过程当中每个人的心理进行刻画，刻画他们面部的表情，写他们心里每一瞬间的感受，他们刚开始恐惧，他们看到子弹射中了战友时的心情。

我不能在小说里只写他们的英勇无畏，我还要写他们在战斗过程中随时可能发生的瞬间的怯懦，写英雄的另一面，写英雄作为人的一面。

总之，我想老百姓的传说，民间的口述传说是传奇的过程，也是一种文体，传奇的文体就建立在口头传说的基础上。

张同道："我爷爷""我奶奶"这种写法出来令人耳目一新，很多人以为这是从外国学习的一种方法。

莫言：我是在多年后，看到一个著名的编剧说，小说《红高粱》是模仿了美国一个华裔作家写的一部小说叫《内华达山脉》，好像那个小说里使用了这么一种叙事的视角。我觉得如果确实是这样的话，发明权应该是归人家所有。但是我在写《红高粱》这部小说的时候，真的没读过据他说是发表在中国出版的《外国文学》这个刊物上的这么一部翻译小说。

这个没有关系的。在文学写作过程中，不谋而合、不约而同的现象是经常出现的。这个也是比较文学的重要课题。为什么一个在中国的作家，一个在美国的或者在欧洲的作家，这两个从来没有见过面的作家，会不约而同地写了类似的东西呢？这就是比较文学的课题。世界上很多民族的远古的神话传说都是类似的。日本的一个民间传说居然跟我们高密东北乡的一个民间故事那么样地相似。云南的一个少数民族的远古神话传说里面，竟然跟欧洲的某个民族的神话传说很类似，这就是比较文学能够存在的一些重要的原因。在小说写作过程中，在当下的小说写作中，我相信依然还存在着很多的不谋而合，为什么是这样？这就是文学内在的统一性，人类感情的发展过程当中必然的统一性，这也是我们人类作为一个整体在文学艺术方面的表现。

张同道：是不是在您小时候听那些老人讲故事，也会用这种说法，"我爷爷"怎么着？"我奶奶"怎么着？

莫言：这是我们经常使用的一种说法，这是老人讲故事时一种不容置疑的确定性的口吻。老人都讲"我爷爷"亲眼看到了发生在什么地方的故事，斩钉截铁的口吻让你不容置疑。我大爷爷当时经常讲他的老爷爷，就是我爷爷的老爷爷给他们讲当年他去赶高密集，回来的时候，深夜，路过桥头，看到桥中间坐着一个身穿白衣的女人，在那里放声大哭。他心里很惊讶，半夜三更，一个身穿白衣的女人在这儿哭，这个女人是个什么人呢？我大爷爷当时就跟我讲，说他的这个老爷爷胆子特别大，仗着几分酒劲就走上去。这个女的就拦住他说，你站住，你知道我是什么人吗？我爷爷的老爷爷就非常肯定地说，你是一个狐狸，于是那白衣女人化作一道火光而去。老人讲故事就是用这样一种不容置疑的，斩钉截铁的，亲身经历者的口吻。

这一下子就获得了一种巨大的可信性。我们听了以后，认为这个故事就是真的，是我们祖先亲眼看到亲身经历的，你不能怀疑。我写《红高粱》的时候，之所以使用了这样一种视角，就在于我们的民间传说的传承过程中，一般都是用这样一种口吻。我作为一个小说作家，实际上也是一个讲述故事的人，我不过就是用笔来把我要讲的故事先写出来，然后让大家来阅读而已。

所以我想民间故事里面这样一种讲述方法，是让你感慨万千的，他在故事结尾的时候会说，他们家的后代现在还在什么地方，你看我们这个桥上当时哪块石头有一个弹孔，是谁谁谁用枪打的。神话传说里面，赵州桥鲁班修，什么人推车压了一道沟，这道沟是张果老这个神仙推着车从这里走过时轧的，那么到底是不是他轧的呢？不知道，也没人去追究。

很多神话传说最后都落实到一种物质上来，落实到一块石头上，落实到一座山上，落实到一棵大树上，让你后代儿孙听故事的人必须相信他说的是真的。那么到底是不是真的呢？我们愿意相信这是真的。

张同道：这个小说一出来，耳目一新，既有民间的东西，但是它又很洋，你的讲述方式特别洋，一个故事掰开了来讲。

莫言：这跟我所受的教育有关系。因为写作毕竟是作家的创造性的劳动。这个作家所受的教育，这个作家的知识结构就会直接影响到他作品的风格。我小学上到五年级就辍学回家，放牛放羊，很早就进入了成年人的世界。当跟我同龄的孩子还在学校里面学习的时候，我已经是一个小农民，跟大人们生活在一起。做他们劳动的下手，他们扶耧我牵牛，他们推车我拉车。然后同时听他们劳动的间隙里面讲述民间的传说、神话的故事，也听他们谈论社会，感叹命运，谈论生活中的种种。

我作为一个孩子，比同龄人更早地进入到了成年人的社会当中去。这样一种用耳朵的阅读，用耳朵的学习，对我后来的写作发挥了积极的作用。第一是素材的积累；第二，老人们，爷爷奶奶们讲述故事的这种口吻。我21岁时当兵离开故乡，走进了军营。在部队学习了文化，读了很多的中国文学作品，也阅读了大量的翻译成中文的外国文学作品，了解了西方的现代派文学，这样就让我把自己童年记忆中的民间传说、民间故事的讲述方法、在民间积累的素材，以及我在后来通过阅读所了解到的西方现代派作家们讲故事的方法结合了起来。所以《红高粱》是一个土洋结合的产物。这株高粱是从这块土壤上长出来的，但是在生长的过程中，可能吸收了来自日本或者来自美国的化肥，根是这里的，但是吸收的部分养料是来自于外国的。

所以这样一部看起来很土的小说，里面也有一些很洋的叙事角度。它没有按照正常的时间，讲故事的人不时地穿插进去，切割着时间的链条。我作为一个现代的人，一个当代的人，在讲述祖先的故事，而且在议论我的祖先，对他们进行评价。这样就不断地产生间隔疏离的效果。这是现代派叙事重要的特征，也是让历史的故事获得现代的视角，让读者跟着作者不断地对这个故事进行反思。

这样一种写法，是我阅读了大量的西方文学作品以后，得到了启发。现在回头来看，我的祖先们的讲述中难道就没有这样的讲法吗？实际上也有的。我想起了我爷爷的哥哥，我们叫大爷爷。我的大爷爷在讲述他的爷爷给他讲的故事的时候，也经常会把故事停下来，进行一些评价。他会讲：我爷爷当时给我讲到这个地方的时候，我感觉到浑身发凉，毛孔都炸开了，你看他把作为一个听众的表现讲述给我听了。那么他的爷爷讲的故事，我的大爷爷作为一个听故事的人，听到故事的反应，构成了新的故事讲给我听，我接受的这个故事里面既有他讲述他祖先的故事，也有他作为一个听众在听故事时的反应，是一个整体。从这个意义上来讲，我们的民间故事里面，实际上也包含了西方现代派作家叙事的技巧，只是我们没有发现而已。

从这个意义上来讲，说我这个《红高粱》是一株土生土长的高粱也是成立的，也并不是只有西方的作家，他们才会用这样一种碎片式、拼凑式的方式。在口语当中，在我们日常的讲话当中，我们并不总是按照时间的顺序一件一件地从前往后讲。我们也经常是前面讲一句，后边讲一句，老百姓形容这种讲话的风格就是"头上一句，腔上一句"，"驴嘴咶到了马胯上"，这是一种贬义的讽刺的话，但实际上也是一种现代派的叙事方式。

张同道：《红高粱》写出来，两家文学杂志都非常看好。

莫言：这部小说，我是给朱伟写的。《透明的红萝卜》在《中国作家》发表之后，《人民文学》小说编辑组副组长朱伟特别感兴趣，专门找到我说，你为什么不把这个《透明的红萝卜》给我？我们《人民文学》是老牌刊物。我说我给你再写一篇。后来给他写了篇《爆炸》。《爆炸》是1985年《人民文学》11期发的，头条。当时能在《人民文学》发个头条可是不容易。他听说我要写一个有关抗日战争的小说，就说这个写完得给我，必须给我。我说好。那天晚上我刚刚写完这个小说最后一页，《十月》的老编辑张守仁先生——他也是翻译家，翻译了很多俄文作品，也写了很多散文，像李存葆《高山下的花环》就是他当责任编辑——到我们军艺约稿，听同学说我刚写完一个中篇，就过来要。我说不行，已经说好了给《人民文学》朱伟了。他说没关系，我拿回去看看。这么一个德高望重的老编辑要拿回去看看，那你拿去吧。看完后他很喜欢，马上给了郑万隆，当时郑万隆是《十月》的副总编。郑万隆看了也很高兴，给我打电话说，我们要发这个稿子。朱伟听说了，训我，你不是说好了给我写的吗？为什么又给了别人？你言而无信，你立刻打电话给我要过来。我说张老师前两天拿走的时候没说要，我没说要给他，他只是说拿回去看一看。我说我怎么跟人家要啊？要不我再给你写一篇吧。朱伟说不行，必须要回来。

后来朱伟可能找到了郑万隆，郑万隆说服了张守仁，又把稿子给了《人民文学》。许多年后我在一次会议上碰到张守仁先生，这时候他已经退休了。我说，张老师对不起啊，当年的事情。他说平生一大遗憾，在领导压力下，把《红高粱》给了朱伟。本来《十月》到手的稿子，给了《人民文学》，结果变成了《人民文学》最有名的作品之一。这件事的原因在我跟张老师没有说清楚，我的态度比较暧昧，因为《十月》在当时的影响也很大，在《十月》发表也是很好的。

由此也可见，当时对我们军艺文学系这帮学员的稿子抢得多么厉害。编辑那会儿热情也高，那会儿没有轿车，都是骑着自行车、坐着公交车，每天跑到魏公村，在文学系的破楼里转来转去。

张同道：那个时候文学影响力真是大。

莫言：1986年春节，我正好在高密，收到了朱伟一封信。朱伟说，《红高粱》王蒙看了，非常高兴，王蒙说我真写不过莫言了，明年第3期，配插图发头条。那时候王蒙是《人民文学》主编。这个小说一发表，轰动效应远远大于《透明的红萝卜》。好几位老作家主动出来写评论文章，像从维熙先生，写了一篇著名的文章，叫《五老峰下荡轻舟》。他说我们过去的战争文学，或历史文学像个五老峰，老套子、老路子、老人物、老语言、老故事，叫五老峰；莫言在五老峰下荡轻舟，意思就是说跟过去惯常的写法不一样，开辟了战争文学、历史文学的一条新路子。

从此以后用"我奶奶""我爷爷""我姥姥""我姥爷"作为叙事开端的这种小说越来越多。所以张清华教授说新时期的新历史主义文学是从《红高粱》开始的。当然这种说法很多人会不同意的。但是我想这个新历史主义文学，《红高粱》应该是其中比较有名的一部作品，这是实事求是的。

张同道：开创了一个叙述模式。

莫言：更重要的我想是一种思维模式。过去我们的战争文学有一种约定俗成的想法、套路，就是要忠实地再现一场战争的壮丽画卷。这是对一部作品的最高评价，也是作家的最高追求。我在写战争的时候，并不把战争过程当作一个我要再现的重点。这不是我的任务，这是历史学家的任务。我要在这样一部作品里写什么呢？写人。我要写在战争的特殊环境下，人性的变异，人性的变化，人的兽性怎么样被调动起来，人性怎么样被压抑。尤其在惨无人道、兽性的战争里面，人性、人道主义闪耀出来的一线光芒，那令人眩目的感人的效果。写战争中的感情，写战争中的人性，以及塑造在战争环境里的人物，是我追求的终极目标。

张同道：这个出来不久，张艺谋就看上这篇小说了，好像也和《人民文学》有关系。

莫言：朱伟是责编，《人民文学》当时有个小说组的女编辑叫向前，她的丈夫是福建电影制片厂的厂长陈剑雨，电影圈的人。张艺谋当时刚刚拍完了

《老井》，在《老井》里面演男主角，获得了东京电影节的最佳男演员奖。他要改行当导演，到处找剧本。是不是朱伟向他推荐的我就不知道了，反正他看到了《红高粱》，非常的喜欢，然后到军艺来找我，那时候正好放暑假。

大多数同学都回家了，我就抓紧这清静的时间，在宿舍里躲着写《筑路》这部中篇小说。有一天上午，听到有人在楼道里喊："莫言、莫言"。我出来一看，张艺谋来了。那时候没有电话，更没有手机。他一个人光着背，提了一只鞋，鞋带可能被人踩断了，脚扎出了血。就是那种自行车轮胎做的、农民穿的简易胶皮鞋。我们谈得很投机。因为这之前我看过他摄影、陈凯歌导演的《大阅兵》《黄土地》，对张艺谋的摄影家地位很认可。80年代早期这批电影，最令人刮目相看、眼目一新的就是摄像，画面，尤其《黄土地》，就是一幅幅油画的组合。我对他还是很信任的，相信这样一个能够把画面拍得如此之美的大摄影师，改行当导演，这个电影的画面好看肯定是没有问题的。我说没问题，有空我也参加编剧。最后确定我、朱伟、陈剑雨三个人联合编剧。

张艺谋为了让我们找到感觉，专门把我们拉到电影资料馆看了一部电影，日本人拍的《野芦苇》，是一帮土匪在一望无际的野芦苇地里面发生的故事。他特别注意到了芦苇的感觉。因为《红高粱》这个小说里面，第一主人公实际上不是我爷爷、我奶奶，应该是高粱地。我为描写高粱地花费了大量笔墨。我想张艺谋作为一个大摄影师，首先被这个小说感动的也是我对高粱的描写。所以他后来找到了《野芦苇》让我们看。

当然对我们来讲还是要把故事编给他。至于镜头下出现什么样的高粱地，那是导演的事儿。张艺谋当时也想得非常辉煌。他希望按照小说里所描写的拍出血海一样，一望无际，在阳光下一片通红的高粱地。但是那个时候已经很少有人种高粱了。东北也没有，我们老家更没有。只能委曲求全，他找了一帮人到高密去，请当地农民种了两块高粱。一块大的，大概有四十亩，另外一片在发生过阻击战的小石桥边的荒地上，大概几亩高粱。巩俐骑着小毛驴跑，就是在桥头那一点点捉襟见肘的高粱地边。所以也真是委屈他了。整个电影里面没有像《野芦苇》一样恢宏、壮观的高粱画面，这个我觉得很遗憾。而且他拍的时候高粱是绿的，我希望高粱红了以后再拍。张艺谋当时的理论是，高粱一旦红了以后，高粱秸秆就变硬了，风吹过去就没有女性身体那种柔软的感受了。所以他在高粱绿的时候就开拍了。由此也可见，电影也好，其他艺术制作也好，最初的想象往往因为各种条件限制，而难以完全实现，甚至会在中途改弦更张，本来想拍高粱，结果变成了玉米，这都是可能的。

张同道：这个效果最终还是非常好的，尽管受到种种限制。

莫言：当时这部电影总投资是60万，已经是一笔巨款了。现在60万还不够一个演员一集电视剧的片酬。

为了找到感觉，导演、演员，都跑到我们县王屋水库去，晒了大概一个月。姜文、张艺谋、巩俐，我们有一张合影镜头，张艺谋跟姜文光着背，晒得黑黑的，像黑鲅鱼一样，穿着大裤头子；我跟他们两个一比，显得很白。他们很敬业，拍摄过程中，确实非常的认真，一条一条地反复拍。

当地老百姓从没见过拍电影，以为有多么好看，包括县里的领导都专门跑过去看。但待了一上午没看到怎么拍，就巩俐在桥上走了几个来回。说这太难看了，有什么好看的，很遗憾地回去了。这个电影没想到后来造成那么大的影响。我请剧组主创人员到我们家吃饭。姜文一脚把热水瓶给踢碎了，一声巨响。张艺谋说，爆响，爆响，我们这个电影肯定要爆响。结果真是在西柏林电影节一举夺魁。

1988年春，我在老家供销社躲着写小说。堂弟拿了一张报纸过来说，三哥你看，《人民日报》整版，"《红高粱》西行"，讲述张艺谋的电影《红高粱》获得西柏林电影节金熊奖，国际三大A级电影节之一。中国电影第一次在资本主义国家的电影节上获得了最高奖项。过去我们中国也有很多电影获奖，多数是东欧的，像罗马尼亚、保加利亚、捷克的，东欧社会主义阵营的，获得西方国家A级电影节奖项是第一次，影响蛮大，一时间到处都在传唱《妹妹你大胆地往前走》。

我写完了小说，回到北京。到北京站是深夜了，街上一帮小青年提着啤酒瓶子，摇摇晃晃，醉醺醺地唱着《妹妹你大胆地往前走》。这个时候我才知道《红高粱》这个电影在全国造成这么大的影响。我躲在高密，我什么都不知道。

张同道：电影的成功，反过来又让您的小说获得了很多国际关注。

莫言：中国新时期文学走向世界，电影起了很大推动作用。我的《红高粱》被张艺谋改编成电影，苏童的《妻妾成群》也被张艺谋改成电影，刘恒的《伏羲伏羲》、余华的《活着》等都被张艺谋改编成电影。第五代导演刚开始都愿意拿我们这些小说家的作品改编。他们的电影在国际上获得各种各样的奖项，西方翻译家找到小说原本，然后开始翻译。所以我说这一点必须承认的，就是新时期的电影对我们新时期文学走向世界，起了带动作用。

张同道：反过来说，这些小说提供一个非常好的故事母本。

莫言：大家互相帮助。没有我们的小说做基础，他们后来那些电影我觉得越拍越差。他们离开了文学母本，自己编的故事显得很不合理，很生硬。反过来说，如果没有电影在国际上率先造成影响，也不会有那么多的外国翻译家来关注我们的小说。当然迟早会关注的，但不会那么快。因为电影以一种崭新的形象，将中国艺术展示在世界舞台上。

那么人们就想了解这部电影根据谁的小说改编的？读者有这个迫切的需要，出版家也有非常敏锐的嗅觉，电影影响这么大，如果这个时候找人把小说翻译过来，肯定也会有很好的市场。主要的动机、推动力就在这里。慢慢的，我们的作品翻译得越多，对中国当代文学感兴趣的读者越多，那么这个时候完全不需要电影的推动了，文学自身已经产生了一种强大的输出力量，小说本身的力量，艺术本身的力量。

张同道：是，2004年我在美国纽约大学访学，看图书馆里摆着一排中国文学，两个人最多，第一个是您的，第二个是余华的，对学生们都是标志性的读物。

莫言：在八九十年代，实事求是地说，中国当代作家，在国际文坛上影响最大的是我跟余华，被翻译作品的数量也是我们两个人比较多。当然这并不说明我的作品比别人写得好，这里边有一些偶然性。现在情况发生了变化，是一种全面开花的状态。不但50后、60后的作家，70后、80后、90后的作品也都有人在翻译。

11.《檀香刑》

【这个故事是典型的中国故事，这种讲述方法也应该是地道的中国的、民间的讲述方法。我想借助这两人因素，应该比较彻底地摆脱掉西方文学对我的影响。】

【我的很多道德、价值观念、人生理想，是建立在茂腔戏曲的基础之上的。而茂腔戏曲这样一种直白、爽快、流畅，一泻千里的语言方式，对我的小说方式，对我的小说语言，对我的口头语言，也都是有影响的。】

【蒲松龄的故乡淄川离我的老家高密不太远，只有三百多里路。而蒲松龄的故事，我在不认字的时候，已经听说过了很多。这样一种童年时代受的影响，当你成为一个作家的时候，发挥作用就是必然的了。】

张同道：前面这一段写作，您既用了深厚的民间资源，又用了西方一些资源，包括您说的马尔克斯、福克纳，但是从《檀香刑》开始，您提出的观点是要大踏步地后退，还用故乡的茂腔，这种戏曲的方式，而且您明确地说，问我师从哪一个，淄川爷爷蒲松龄。这个转变是怎么发生的？

莫言：从80年代初期开始对西方文学的学习，大家不约而同地群起模仿。后来很快意识到模仿是没有出路的。在1987年我已经很清醒地认识到这个问题。我曾经在《世界文学》上发表一篇散文，题目叫《两座灼热的高炉》。我说马尔克斯、福克纳是两座灼热的高炉，而我们是冰块。如果靠得太近的话，会被他们蒸发掉。所以一定要远离他们。尽管我有类似的题材，看到你小说里某一个细节，让我联想到了我生活中的好几个细节，是那么的精彩，但是为了避免模仿的嫌疑，我宁愿不要这个细节。这是我当时的清醒认识。但是这个惯性很大。马尔克斯、福克纳这种独具特色的作家，有强大的惯性，你一旦上了他的"贼船"，就很难跳下来，跳下来以后还要跟着往前冲一段。

从1987年我认识到应该远离他们，在写作过程中，千方百计地要消灭他们的影响力，但总还是有痕迹留下。1999年写《檀香刑》的时候——实际1998年就开笔了——刚开始也不是特别明确，就是感觉到我的故乡茂腔这个小戏，对我的文化素养的构成，起了重大作用的。我的很多道德、价值观念、人生理想，有很多是建立在茂腔戏曲的基础之上的。而茂腔戏曲这样一种直白、爽快、流畅，一泻千里的这种语言方式，对我的小说方式，对我的小说语言，对我的口头语言，也都是有影响的。我想我一定要写一部跟茂腔有关的小说。

从我们村前面经过的那条胶济铁路，是中国大地上最早的铁路之一。因为胶济铁路的修建，在高密发生了近代史上有记载的悲壮故事，这就是孙文抗德。这样一个不识字的农民，为了保护乡亲们的利益，在政府跟德国人已经签约的情况下，率众起来反抗，最后牺牲了宝贵的生命。由此还引发德国军队对一个村的老百姓灭绝性的屠杀——沙窝惨案。多年之后我在德国巴伐利亚，听一位德国教授朗读德皇威廉二世写给侵略山东的德国士兵的信，才知道德国兵杀高密农民，是受到德皇鼓励和奖赏的。这个历史事件在艺术当中，没有人表现过。所以我想胶济铁路、孙文抗德、沙窝惨案，然后加上茂腔，可以构成一部很有分量、很有特色的小说。这个故事是典型的中国故事，这种讲述方法也应该是地道的中国的、民间的讲述方法。我想借助这样两大因素，应该比较彻底地摆脱掉西方文学对我的影响。

所以就有了一个看起来斩钉截铁的《后记》。要大踏步的撤退，实际上这大踏步的撤退，站在另一个角度上来看，就是大踏步的前进。我离对西方文学的模仿越来越远，那我就离中国小说民族化的道路越来越近。

张同道：这个时候是有意识地学蒲松龄吗？

莫言：童年的时候，听老人讲了很多故事，每个村里面都有几个会讲故事的人。他们讲的故事，后来我读了《聊斋》才发现源头。我当时也产生疑问：到底是这个故事在先，还是蒲松龄的小说在先？是我的王大爷读了蒲松龄的小说讲述给我听呢？还是当年蒲松龄听了我们村的人讲故事写了这个小说呢？我想这两种情况都是有的。一个是乡村知识分子读了蒲松龄的小说，然后变成口头故事，再一代代地传下来；再一个就是蒲松龄听到了这种民间故事，整理成他的文言小说。所以这种影响是童年时期无意当中就接受了。

后来慢慢地想，当我们要抵抗西方文化的时候，往往要借助于中国传统的文化，来证明我们的文化伟大，增强我们的文化的自信，这也是一个模式了。你们外国人有的东西，我们中国早就有了。看到外国足球比赛，就说足球是在中国发源的，我们什么时候，在哪个地方出土过一块砖头，上面就有足球比赛的刻画。讲到魔幻小说，那我们蒲松龄早就写了。实际上曹雪芹的《红楼梦》里面也充满了魔幻。《西游记》更是，还有更早的《搜神记》《山海经》。

这种魔幻小说的源头，实际上在中国比西方更加久远。我之所以特别强调了蒲松龄，是因为蒲松龄的故乡淄川离我的老家高密不太远。而蒲松龄的故事，我在不认字的时候，已经听说过了很多。这样一种童年时代所受的影响，当你成为作家的时候，它发挥作用就是必然的了。

张同道：《檀香刑》这里面有一部分为人津津乐道，也被有些人非议的就是关于酷刑的描写。赵甲这个人物，这里面是不是有对鲁迅的一种继承？

莫言：我当年读鲁迅的《药》，印象特别深刻的，就是鲁迅对看客文化的批判。《阿Q正传》里，写阿Q临死前喊"20年后又是一条好汉"。鲁迅的小说里表现了中国人的麻木，看到自己的同胞被杀而无动于衷是一种麻木状态，争看同胞被杀更是病态的恶趣。据说鲁迅是因为看到这样一个纪录片而发愤弃医从文。他写的小说，从批判国民性这个方面，给我们开辟了方向。但是我老觉得鲁迅写了看客，写了死刑犯，即将被斩首的、被处死的人，但他没写刽子手。他写了看客的麻木、看客的恶趣，也写了即将被杀的人古怪的心理，20年后又是一条好汉。他在他的小说《药》里写了个康大叔，那是个刽子手。我们通过鲁迅对康大叔这样一个人物的外形描写，对这样一个人物语言声调描写，感受到了刽子手的霸气，但遗憾的是鲁迅没有描写刽子手的心理。

所以我想如果要写一部完整的对看客文化进行剖析的小说，不但要写看客，不但要写被处死的罪犯，而且也要写刽子手，这样三位一体的描写才构成一场完美的戏剧。刽子手跟被斩首的人，是表演者，观众是看客。因此就决定在《檀香刑》里面把这个刽子手赵甲作为一个重要人物。像这样一种人怎么样在那样一个社会里生存下去？这样一种以杀人为职业的人是靠什么样的方法来开脱自己、安慰自己，使自己不至于活不下去，不至于天天做噩梦。我想就是像小说里赵甲那样，他认为他自己做的是光明正大的事业，是在完成皇帝的旨意。他在执刑杀人的时候，他认识到我不是一个人，我只是皇家机器上的一个环节，国家机器上的一个齿轮、一个刀片。真正开动这个机器的是皇上。真正地让我刀起头落的完全不是我个人，而是皇朝王法。他会把罪责推得干干净净的。他从事的就是一个职业。而且既然是一个职业，那么就要做好，就要做得完美，就要成为行业里的高手。既然演戏就要演得精彩。既然是表演，就要表演得让观众喝彩，就要让受刑的人——表演的另一方也感到满意。刀起头落，干活利索，不让受刑者受更多的痛苦。当然反过来，当这个皇家王朝政权需要给这个罪犯施加最大痛苦，让他不得好死时，像《檀香刑》一样，那作为一个刽子手，我也要力尽其责。全世界的酷刑文化的核心，就是要让这个该死的人、犯罪的人不得好死，给他最大的肉体和精神的折磨，从而产生一种皇朝王权所期待的震慑作用。

这不仅仅是中国历史上有过的现象，实际上也是欧洲历史上普遍存在的现象。当年有人批评《檀香刑》，说我是丑化中华民族。国外也有一些人不怀好意地说，你们中国为什么有这么多的酷刑？为什么老百姓看这样的酷刑看得津津有味？有那么大的兴趣？我反驳说，实际上这种东西欧洲早就存在。当年在巴黎广场上建立断头台，观看断头台执刑的最佳位置，是广场周围楼房的阳台，这些阳台全部被有钱的小姐们、太太们抢先包去。那些小姐们、太太们看到断头刀落下的一刹那间，脸色发白，惨叫一声，晕过去了，但第二次有这样的事情她们还来看。

我想这种看客不仅仅是中国存在，全世界各个国家都存在。因此我从这个角度来想，我在小说里这样的描写，不是说要特意来抹黑中国人，把中国人描写得残酷无情，而是在揭露人类历史上曾经存在过的一种普遍现象。人性之恶，普遍的，就像人性之善是普遍的一样。这个小说我觉得这一部分还是非常必要的。当然在执刑过程当中有一些太过细腻的描写是不是需要减少一部分？有没有必要这样淋漓尽致、刀刀入扣地描写，这个确实值得商榷。我想假如再写一遍的话，这一部分会弱化它，而精神的开掘、心理的描写应该强化。

张同道：您的作品会引起一个暴力和悲悯的话题。

莫言：残酷和暴力是生活当中的重要现象。在我童年的经验中，已经目睹了很多这样的残暴事件。从60年代初的灾荒饥饿，到"文革"期间的那种人和人的互相倾轧、斗争、折磨，最后都要付诸于对人的肉体的凌辱和伤害。在历史上，这种事情更多。《红高粱》是有一个真实的战斗故事作为原型。《檀香刑》也以一个真实的历史事件为原型。《生死疲劳》里面的地主，《天堂蒜薹之歌》里面的蒜薹事件，都有个真实的故事内核。

所谓的悲悯，起初我认为，就是他人受苦要给予同情，他人受难要给予帮助。物质上给予施舍，精神上给予抚慰，言语上给予劝解，这都应该是悲悯。后来我慢慢地认识到，悲悯实际上并不是这么简单。悲悯实际上应该建立在对人的一种理解上，对人的弱点的理解上。首先一个人要认识了自己，认识到自己的局限，认识到自己的弱点。然后由此推及对整个人类的一种认识。推己及人，以己度人，然后知道人都是不完善的。无论多么高大上的人，也必定有他低下的卑贱，甚至有一些下流的方面。区别就在于，君子可能把负面的东西，用一种修养、信仰把它克制住，让人性正面的一部分放出光彩，让负面的一部分受到压制，压到最小。宗教实际上就是在转化人的欲望，克制人的恶念，放大人的正面的、向上的一面，善的一面、慈悲的一面。你只有有了对自己全面的认识，然后推及对人类的缺陷和不完整、不彻底的认识上，然后才有可能进入到悲悯的境界。所谓悲悯并不是一种简单的施舍，而是对人的理解。

张同道：这是怎么建立起来的？

莫言：这个应该是在写作的过程当中慢慢地认识到的。我写完了《丰乳肥臀》以后，这种认识就越来越强化。我在80年代就确立了"要把好人当坏人写，把坏人当好人写"的创作理念。过去我们的文学作品里面的公式化、高大上，把正面人物写得光彩四射，把反面人物写得一无是处。其实英雄也有怯懦时，恶棍也有善良的一闪念间。最终实现，要把所有的人都当人来写，认识到人身上的局限性。当然好人和坏人，还是有区别的。就像我刚才讲的，坏人信仰缺失，教育缺失，没有道德戒律，他并不认为他的坏是坏。而好人呢，他受到了良好的教育，受到了好的家庭影响，天性中善良的一面被大大发扬，所以他就是好人。总之，把人当人写，写出的人物就不是扁平的，而是丰满的，是立体的，是活的，是有血有肉的。

这个理念从写《丰乳肥臀》开始，一直到了《生死疲劳》。写到《蛙》时，感到仅仅有"把好人当坏人写，把坏人当好人写"还不够，还缺少对创作主体的自我批判，于是就加上了"把自己当罪人写"。其实真正的作家最终都会往内转，由批判社会，批评他人，转向批判自我。鲁迅也是走了这样一个路径。鲁迅也是在批判他人，揭露社会的阴暗面，揭示国民性当中的阴暗部分，揭示人性的恶之后，最终回归到面对内心自我审视。你不能老拷问别人的灵魂，你不能老是站在审判席上当法官，审判别人，拷问别人的罪。你最终必定要像陀思妥耶夫斯基一样，把自己放在被审判席上，让别人来审问自己，或者是自己审问自己。把自己当成罪人，然后你才可能进入一种真正的悲悯境界。这个过程是慢慢地在阅读、写作当中完成的。现在实际上也没有完成得很好。审判自己，说起来容易，做起来难哪。

张同道：生活中不太容易。

莫言：对，你在写作的时候，执行自我批判，把自己当罪人，这是艺术创造的状态。你回到生活当中了，面对的是家长里短，油盐酱醋，你就是一个生活中的人，那自然要面对最普遍的、最寻常的、世俗的东西。所以不可能永远在扮演一个什么角色。但在文学创作中经过深刻的自我审视的人，还是应该可以影响到他以后生活的态度，起码会影响到他对别人的态度。

张同道：在这个过程中，我们看到您对茂腔的熟悉、热爱。您是从小就听茂腔？

莫言：当时农村没有别的娱乐活动。电影也很少，县里面有个巡回电影队，一年我们看顶多一部、两部电影。还有就是一家一户有一个小喇叭，有线广播，是县里的广播电台，播完了新闻以后往往放一段茂腔。再一个是乡村剧团，尽管生活艰苦，半饥半饱，但是文化娱乐还是有的。每到春节，村子里的业余剧团会演一些戏。过去演旧戏，"文革"期间是演样板戏，我们这些孩子也被派上角色。演不了主要人物，演小土匪，匪兵甲、匪兵乙，跑龙套。茂腔是我们生活的一部分，也是我们农村最重要的文化娱乐。后来我也比较多的接触了茂腔的文学脚本，进行过一些研究，发现了它的特点，同时也发现了一些应该改进的地方。

2008年春节期间，我在高密参加一个茂腔创作座谈会，做了一个很长的发言。今年我把稿子整理出来，在《作家》刊物上发表了。我的观点，要使茂腔艺术水平得到提高，首先要整理茂腔剧本。剧本的文学性要提高，但是这个事情也有些老艺人不同意。比如说茂腔里面有一个剧目叫《东京》，里面先是讲述一个非常悲惨的故事，父亲被诬陷，进了监狱，这个女人要化装成男的进京替父告状。正好碰到元宵佳节，进入一个灯市，然后就有了著名的唱段叫《赵美蓉观灯》。这个唱段有两百多句，全是对灯的描述。这一大段在整个剧本里面显得旁逸斜出，而且跟悲苦的剧情氛围相反，充满了欢乐和戏谑。这是茂腔保留的一个著名唱段。如果按照我把剧本文学性提高的这种想法，这段戏应该砍掉的。但砍掉这一段戏，这个戏就没什么看头了。老观众说，我们看的就是这个东西。老艺人说，你把这一段砍掉，我们怎么演？我想也有道理。老百姓看戏的时候没那么多深仇大恨，也没有那么多的高雅艺术欣赏情调，哪一段好看，哪一段听着愉快，他就看哪一段。所以这种地方戏的改编、创新，实际上面临着很多具体的矛盾，并不是一件简单的事情。

作为一个小说作者，我主要还是着眼于从茂腔这里面吸取营养，主要是语言方面的。我的小说结构实际上也受到了茂腔剧本的影响。在我的小说里也经常能看到突然偏离主体的一些精彩的、夸张的、华彩的描写。比如说《白狗秋千架》，本来是写两个年轻人的感情，却突然写了一大段解放军的坦克车过河，年轻的姑娘在河边给解放军唱当时最流行的歌曲《见到你们格外亲》，"小河的水清悠悠，庄稼盖满了沟"。刊物编辑说，这段是不是可以删掉？我说这不能删掉，这是我最得意的地方，还是留着比较好。这一段如果再一夸张，不就是一个"赵美蓉观灯"吗？

茂腔的语言，是浅显的、直白的、流畅的，有大量的排比句，有很多东拉西扯的闲笔，这样的披头散发式的描写，在我的小说里比比皆是，这也都来自于民间戏曲的影响。总之，我想民间艺术里面确实有很多宝贵的、值得我们学习的东西，但是用现代审美眼光来看，它里面确实也有陈旧的、腐朽的、应该抛弃的东西。

张同道：你登台演出过吗？

莫言：登过台，演不了大角色，就是脸上抹点锅底灰，扮演小土匪之类。演过《智取威虎山》里面的八大金刚之一，演过《沙家浜》里面的刘副官。我们这些小孩上去就是跑龙套，出洋相，逗台下的人笑。

张同道：《檀香刑》这次歌剧改编，您感觉怎么样？

莫言：说实话，刚开始我没有太上心。而且一拖再拖。在我获诺贝尔奖之前，我的老乡、现任山东艺术学院音乐学院院长李云涛找到我，要把《檀香刑》改编成歌剧，我同意了，签了改编合同。获奖以后，忙来忙去，就把这事给搁下了。李云涛很执着，为这件事操心费力。我在高密南山休假的时候，他找到我。他写了一个提纲，我看了一下，不太符合我的心意。我在他提纲的基础上修改，确立了这个歌剧要表现的几个场面，最重要的是把故事线索理清楚，我是原作者，知道那些是重要的，那些是次要的。

他把剧本写出来以后，我一看——当然我不了解西方歌剧，还是按照中国戏曲的标准来审看这个歌剧剧本，我觉得太直白了。第一是唱腔不押韵，第二，很多人物、很多情节，没有交代清楚。李云涛也告诉我，在西方歌剧里面分什么咏叹调、宣叙调。宣叙调就是用唱的方式来讲述事件的过程，咏叹调抒发内心情感。

在西方歌剧里面，唱出一句"你吃了饭了吗？"这是很正常的；民间戏曲里面唱出一句，"你吃了饭了吗？"这就笑话了。我把这个剧本给顺了一遍，把人物给收拾了一下，主要是把唱词重新写了一遍，做到基本押韵，有文学色彩。排出来一看，我基本上是满意的。歌剧这种西方来的艺术形式，在中国，多少年来还是有点水土不服，能够欣赏歌剧的人比较少。我们更愿意去看《江姐》《洪湖赤卫队》《红珊瑚》这样民族化的歌剧，那里面有优美的唱段，有比较丰富曲折的故事情节。《檀香刑》比较接近西方歌剧的模式，没有太往民族化方面努力，音乐不像民歌那样柔顺，但是你一旦听进去还是感觉很震撼。我去济南看了一场，去潍坊看了一场，感觉到演员用西洋的唱法来唱中国的故事，有一种民间戏曲所不具备的令人灵魂震颤的力量。我听一天茂腔也找不到这样一种感受。听《檀香刑》的演员唱，感觉到心灵深处被唤醒的东西很多。我很喜欢这个歌剧。

最近我又把剧本顺了一遍，增写了几个我认为比较好的唱段。李云涛曾经告诉我，歌剧要求演员张开大嘴唱，如果唱词收尾字用的是闭口音，那么他发不出洪亮的声音来。这让我长了知识。我说，将来再写歌剧的时候一定要多用开口的音，尽量少用闭口的、唱不响的音。

张同道：我们看了觉得挺震撼，包括那个舞美。

莫言：它的舞台设计的确很有特色。在潍坊演出很成功，到了临沂也可以，尤其是第二次在济南演，反响热烈。这就是舞台艺术的特点。电影、电视剧一旦拍成无法修改，舞台艺术是今天演了，明天再演，可能明天就比今天演得好。不好的情节随时都可以改。所以它是一个不断地磨、不断进步的过程。以前讲"十年磨一戏"，它不仅仅表现在剧本阶段，也表现在演出阶段。在演出过程中，它在不断提高进步。每一个细节，每一句台词，每一个唱腔，都是多少代的演员反复琢磨，逐渐提高，最后成为一个艺术精品。

12. 大江健三郎

【他多次说中国作家会获诺贝尔奖，比如说莫言肯定要获得。】

张同道：前些年，您和日本文学界互动频繁，而且很深入，特别是和大江健三郎先生，我们看了纪录片也很触动。因为那个时候您比他年轻得多。

莫言：年轻20岁。

张同道：他已经是获得诺贝尔文学奖的一位世界著名作家。您和他最近还有联系吗？

莫言：最近没联系。我第一次去日本是1999年，是因为《丰乳肥臀》在日本要出版，去做一点宣传。毛丹青教授牵线搭桥，到日本一直也都是他陪同。去了日本总共10次，其中6次是跟毛丹青在一起。包括大江先生到中国来，到我老家去过年、对谈，也都是由毛丹青在中间联系，充当翻译。

跟日本这种联系，我想更多还是文学的吸引。我读过川端康成的《雪国》，里面描写秋田地方的黑狗，站在河边的石头上伸着舌头舔水。这引发了我的一个很重要的短篇小说《白狗秋千架》。因为我读了他这一句话，眼前马上出现了一个白狗的形象，然后才有了《白狗秋千架》的第一句话。我在参观川端康成纪念馆的时候，当着馆长的面也这样说过。当时我记错了，我记得是《伊豆舞女》里的一句话，馆长翻来覆去找也找不着。我们到了旅馆以后，馆长打电话给毛丹青，说找到了，秋田的黑狗，是在《雪国》里面。川端康成对中国当代文学的影响也是蛮大的。我们往往一谈就谈到了马尔克斯、福克纳、海明威这些西方作家，实际上受到了川端康成影响的中国当代作家也很多。余华也谈过，他当年读了《伊豆舞女》之后，受到的震撼。我本人也读了川端的很多书，也读了谷崎润一郎的，三岛由纪夫的。日本文学我觉得跟我们也有隔阂。日本人的思维方法，日本文学里那些有心理深度的东西还是令我感觉到震惊。比如我看《楢山节考》，好像拍成电影了，但是最早是短篇小说，这个人把母亲背到山上去等死。还看过一个小说《桑孩儿》，写把初生的孩子溺死，看后心情很复杂。中国作家对日本文学的了解程度，是比较全面的。日本那些著名作家对中国当代文学的影响也是持续不断的。这个也是大江先生跟我之间心灵默契的一个重要的文学基础。当年他获得诺贝尔奖，在获奖演讲中提到了我，还提到了韩国一个诗人。西方一些出版家当然不会放过这个机会，就在我的英文版书上，把大江先生的话作为推荐语给印上去了。

最早见到大江先生是在中国社科院外文研究所搞的活动上，然后参加了跟他的对谈。2002年的时候，NHK要拍21世纪的中国领军人物这么一个纪录片系列，在文学方面选了我，然后就来中国拍摄。庞大的团队，当时还是用录像带，说拍了36盘带子的素材，最后剪出来只有50分钟。当时用的那带子是高清的，画面质量很好。日本人的工作态度太认真了。先是在北京，在我家里面，让我、大江，还有张艺谋对谈。房间很小，安了两台机器就转不开人。我当时住的是部队的房子，听说日本电视台来拍摄，他们不准进。后来找了很多人疏通，终于同意进来。最后到高密去过春节，在我家里面，让我在院子里面跟大江先生谈了大概七八个小时。哎呀，很冷啊！农村那会儿条件也差，春节期间我们县招待所里面连暖气都没有，热水也没有，我们在家过年，把大江先生一个人扔到饭店里面，让他受了很多苦。但他任劳任怨，导演怎么摆布他，他怎么样服从。我们谈了那么长时间，他也没有表现出不耐烦。那时候他已经60多岁了。他比我大20岁，今年83岁了。

张同道：其实这次我们也联系了他。他家人给我们回信说，您要是拍，关于莫言先生的采访，我们很愿意，但是他现在病得很严重，没办法见人。

莫言：我相信这完全是真实的。他的儿子身体状况非常差，他的夫人腿也不好。

张同道：现在说是大江先生本人病得非常厉害。我们原来也想到日本去采访他。我们认为这是一段文学佳话。据毛丹青讲，当时2002年他见到您的时候，就明确的说，10年之内莫言要获诺贝尔奖。

莫言：他来中国每次演讲都会点出我来，点得我都不好意思了。他说中国作家肯定会获诺贝尔奖的，比如说莫言肯定要获得。2008年的时候，他在台湾也说，今年是2008年，中国开奥运会，希望今年能让你获奖。

张同道：当时在家里跟你说过10年之内你是可以获得诺贝尔奖？

莫言：他没有这么明确地说几年之内。他在高密问我多大了？我说47岁。他说，那太年轻了，说10年以后吧。果然是，我57岁的时候获得了。2002年到2012年，正好十年。他当时说太年轻了，47岁太年轻了。再过10年，57岁。

张同道：我想他是深信不疑，他不是随口说说。

莫言：他对我的评价是建立在对我的作品广泛阅读基础之上的。因为我每出日文版的书、英文版的书、法文版的书，他都会第一时间去阅读。他精通英文、法文。所以他对我获得诺奖的判断，并不是跟我个人有什么特别的友谊，不是这个，他就是读书，读我的书。因为我跟他没法进行语言的沟通。

当时社科院几个朋友劝我说，莫言你哪怕学20句英文，你跟大江先生这些外国作家能进行几分钟的寒暄也是好的。你什么都不会，见了面就是笑，一切借助翻译，很多话都没法说了。我也感觉到我跟大江先生，包括跟其他一些外国作家在一块儿相处的时候，因为语言不通，产生的那种焦灼感。有很多话想表述出来，但就是没法交流，说不出来。一通过翻译，就变得干巴巴的。任何带感情色彩的，带幽默色彩的话都无法表露。这真是很大的遗憾。期待着科学进一步的发展，这种同声快速翻译机器能够出现，然后我们每人戴上一个。

张同道：您已经创造奇迹了。

莫言：我在北师大研究生班的时候有人专门教英语，但那时候心安不下来，错失了一个学英语的机会。现在再学也来不及了，算了吧。

13.《生死疲劳》

【我2005年写《生死疲劳》这本书的时候，已经感觉到大包干带给农民的积极性已经发挥到了极致，如果要迎来农业的进一步发展，必须对土地制度进行改革。好的作品里面是有未来的。】

【故乡无论是贫穷还是富饶，土地是肥沃还是贫瘠，你都是无法摆脱的，尤其是搞文学的人，更是无法摆脱的。只有发自内心的，用最真诚的声音、最优美的文字，来歌颂你脚下这片厚重的大地。】

【如果仅仅是讲了几个故事，没有语言方面的贡献，那么他顶多是一个小说家。而文学家我觉得首先他是个文体的创造者、语言的丰富者。】

【我站在这个地方就感觉到它属于我，我好像就是一个地主，我感觉到我是这里的主人。】

张同道： 站在故乡的田野上，都是你小时候熟悉的环境。

莫言： 对，站在故乡的田野上，感受着从遥远的地方吹来的风，真是非常的心旷神怡。我们当年认为人生有最舒服的几个时刻，其中一个就是锄完了地，站在地头上，挂着锄头，被凉风吹拂。刚经过了一个炎热的中午，在房子里面即便是在有空调的房间里面，也不如站在田野里，站在玉米地边上，感受着南风吹拂你，这种凉爽，这种舒适，这种与土地息息相关的感受。

我21岁才离开家乡到部队。当了兵以后，前3年依然是在一个村庄的边沿上。后来到了保定，尽管它的环境变为山区，但是依然是跟土地密切相关的。总之，我跟土地的、跟农村的联系始终没有切断。一个写农村题材的作家，他对土地的感情，他跟土地的联系，就像一棵树跟土壤的关系。

我站在这个地方就感觉到它属于我，我好像就是一个地主，我感觉到我是这里的主人。而站在大城市里，即便这个房子我买下来了，但依然感觉到我不是主人，我顶多买了其中一个单元，我的楼上是人家的，楼下也是人家的，我出门就要看到别人。但是站在这个地方我就感觉到，我就像一棵树，站久了，我的脚下会生出根来，我会像一棵树在这个地方成长起来。这种感受是非常宝贵的，也是多年来我一直注意保护的。

我什么时候切断了跟土地这样一种血肉相连的感觉，我的创作也就到了尽头。之所以现在感觉到还能写，就在于一站在土地上还是激动，尤其是站在故乡的土地上，当年的经历还是历历在目，当年的记忆能够被激活，还是能产生想放声歌唱的冲动，发自内心的一种激情。

张同道： 您过去少年时代、青年时代在田野里劳动，都留下哪些记忆？

莫言： 个人对土地的感觉也是在不断地变化的。因为童年的时候、少年的时候，一直到后来青年的时候，由于当时农村生活的贫瘠，由于当时农业技术的落后，产生了想逃离的强烈愿望，想到外面去闯荡，去感受更精彩的生活。那个时候，逃离家乡，是我们农村青年共同的愿望。我们想出去上学，想出去当兵，想出去当工人，即便当不了兵，上不了学，当不了工人，宁愿跑出去当盲流，也想离开这片土地到外边去看看。但是你离开之后，还是要回到这个地方来。

一旦离开了故乡，马上就跟故乡产生一种千丝万缕的扯不断的感受。我现在依然记得，我当兵后第一次回到家乡，站到我家责任田旁边，热泪盈眶。我千方百计想逃离的土地，现在一回来，依然还能让我那么激动。这个时候我才理解了，故乡无论它是贫穷还是富饶，土地是肥沃还是贫瘠，你都是无法摆脱的，尤其是一个搞文学的人，更是无法摆脱的。只有发自内心的，用最真诚的声音、最优美的文字，来歌颂你脚下这片厚重的大地。

张同道：这个感觉是真实的。

莫言：这种感觉我觉得是我们这代人共同的感受，大家都是这样的。像后来很多知青，在他插队那个地方早就待够了，全都走了，谁也不愿意待了。过了几十年以后，却又成群结队的，带着他们的下一代，重返当年自己插队那个地方。到了以后感觉到特别亲切，特别自豪，这个窑洞是我住的，这是我们生产队的羊圈，这是我们生产队的记工房，那种骄傲感、自豪感油然而生。跟他们当初千方百计逃离这个地方那种心境完全不一样。这样一种情感上的变化，值得我们搞文学的人认真地研究：我们为什么离不开这个地方？

我想，一个河北的作家，他站在这个地方可能是没有感受的，他站在他那个狼牙山下可能有感受。一个广东的作家，他站在我们的玉米田边也没有感觉，但是他站在他的甘蔗林旁边就有感觉了。如果是长白山林区的作家，站在原始森林边上他会热泪盈眶，但是他站在我们这个杨树林边上他也毫无感觉。为什么呢？因为让他感动的地方有他的童年，有童年的记忆。故乡就是有他祖先坟墓的地方，有他世世代代血脉延续的地方。或者更广义地说，这个地方的文化培养了你，这个地方的文化就是这个地方的社会生活的总和。

张同道：您说过一个概念叫血地。

莫言：对，这是我硕士论文里面创造的一个概念，故乡就是血地。当然了，故乡在文学上来讲也不是非常具体的封闭的这么一块地方，它是一个开放的概念。因为一个作家的积累总是有限的，你不可能永远写你的家乡，但是你永远可以打着故乡的旗号来写作，你可以把发生在天南海北的，甚至月球上的事情，都移植到你这个故乡里面，当做你家乡的事情来写。你可以把天南海北所有的人当做你的乡亲来写，你可以把许多陌生人当做你的亲人来写。当然，你也可以把自己当做所有人来写，就是这么一种辩证关系。

我们站在这个出发点上，然后不忘根本的，敞开心怀，吸纳来自四面八方的文化和素养。

张同道：您写《生死疲劳》就是近半个世纪农民和土地的关系。

莫言：《生死疲劳》实际上是我对农民与土地关系的一次思考。我想中国几千年来最大的问题就是农民跟土地的关系问题。农民有了自己的土地，农民成了土地的主人，那肯定是社会安定、农产丰富，自己是主人，所以他要好好种地。什么时候农民跟土地疏离了，农民成了土地的奴隶，而不是土地的主人，这个时候农业肯定是发展不好的。所以历朝历代，当封建地主把土地兼并起来，农民变成佃户，农民变成长工的时候，他们就采取一种消极怠工的生产方式，甚至是破坏农具，故意破坏生产力。当什么时候农民有了自己的土地，生产必定会有一个大的发展。

我们现在可以回头思考一下50年代初期，土地改革把土地进行了平均化分配，从1950年到1957年这几年农业是大发展的。人民公社的初期还可以，渐渐地，干部脱离了生产，集体养着不干活的闲人越来越多，官僚主义越来越严重，农民毫无自主权。大家在人民公社这种体制下，感觉到自己跟土地没有关系了，感觉到自己不是土地的主人，理论上是主人，但实际上好像是替别人干的活，替书记干活，为队长干活，所以农业大萧条、大倒退。到了80年代初，农村改革，土地承包给农民，农民又感到自己是土地的主人了，这块地今后几十年属于我，我要好好耕种它，我可以多打粮食，多打了属于我自己，农民有了积极性，农业自然又发展起来了。

所以说《生死疲劳》是我在思考农民与土地的关系。到了前两年，重新确定地权，就是进一步强化农民的主人感，这块地就是你的，尽管在理论上土地是国有的，普天之下莫非国土嘛，但实际上它的使用权是属于你的，你是可以流转的，可以转包给别人的，这一下子又明确了，跟大包干初期是不一样的。初期我只是承包者，地还是公家的，集体所有，我只是暂时耕种。两年前开始农村确权，我觉得是一次深刻的革命，这个土地就是你的，只是理论上归国家所有而已。我在《生死疲劳》里面，集中探讨这个问题，我在《蛙》里面集中探讨人口、人的问题。

一个作家应该具有某种社会敏感性，他可以在国家的某些政策没有颁布之前，感受到一种改革前夕的迫切性。我2005年写《生死疲劳》这本书的时候，已经感觉到大包干带给农民的积极性发挥到了极致，如果要迎来农业的进一步发展、农村的进一步繁荣、农民的进一步富裕，必须对土地制度进行改革。当然我们不可能像过去一样土地私有化，但是实际上也是一种部分的私有化，让土地跟农民更加密切，农民成为土地的主人。所以我可以不太谦虚地说，《生死疲劳》的作者，在2005年的时候，已经预感到了土地进一步改革、农村进一步改革的必要性。

我当年写《蛙》的时候，已经感觉到独生子女的政策到了必须废止的关头了。一个作家的社会责任感就体现在这个地方。不是体现在上边颁布了什么新政策，你来鼓噪呐喊解释它，而是在某种政策出台之前，你已经形象化地表现了、表述了这个问题。当然你的这个想法未必是很准确的，但是你已经感受到了，读者也能感受到，我想这就是一个作家跟社会生活的密切联系，他的创作有反映生活、预见生活的能力。就像我们以前讲的，好的作品里面是有未来的。

张同道：《生死疲劳》两个核心人物，一个西门闹，一个蓝脸，蓝脸一直坚持单干，生活中是不是有原型？

莫言：这人物是来自生活的。我们村西边那个村子里，确实有这么一个单干户，他当时是臭名昭著的人物。他与社会潮流格格不入，逆历史潮流而动。包括我们这些孩子也感觉到这个人真是一个老顽固，是一个应该被历史淘汰的反动分子。他的地在我们村庄的东边。他经常推着木轮车——那时候大家已经用胶皮轮车了，只有他用木轮车——他太太是小脚女人，赶着一匹毛驴，毛驴是个残疾，只有三个蹄子，毛驴的残腿上绑了一只破胶皮鞋。老头推着木轮车，瘸腿毛驴拉着车，小脚女人赶着毛驴。每当这个奇怪的劳动组合从我们学校门前经过时，我们都会跑出来观看。我们感觉到这太不和谐了，这与轰轰烈烈的社会主义完全是背道而驰。儿童尚且这样认为，成年人更认为他是怪物。"文革"开始后，这个单干户受到了严厉的批判。后来他就悬梁自杀了。我童年时期脑海里面已经有这样一个人物形象。

我一直感觉到这是个人物。一个人能以个人微薄的力量，跟整个社会对抗，这需要多么大的勇气！他后来妻离子散，儿子女儿都跟他分家了，老婆也不跟他过了，毛驴也死了，只剩下他一个人，他依然单干，不投降。广阔的大片的庄稼是人民公社的，生产队的，只有他那一点地，在人民公社的庄稼地中间，像一道淹没在水中的堤坝。人民公社用化肥，用农药，庄稼长得好；他的地里庄稼长得很矮，很瘦弱。我总认为这是个非同一般的人物，这个人物身上有一种非常宝贵的独特性。

到了80年代，农村改革，人民公社解散。这个时候回头来想，也许蓝脸这个人有某种先见性。因为把土地再次分配到个人手里的时候，大家自然地回忆起这个人，说还是他有预见，如果大家当初都像他那样硬挺着不加入人民公社，哪里还有后来这些折腾和麻烦？所以我想，尽管这个人物在当时是被我们当做另类看待的，但是这样一种另类的行为，表现了一个农民认准死理不回头的坚毅。他的这种力量来自于跟土地的关系，他太热爱这块土地了。他说我作为一个农民，你分给我一块地，就好像是让我的生命跟这土地捆绑在一起一样。我刚种了五年，还没种够呢，你们又要拿回去，这种痛苦他是不能忍受的。

西门闹这个人物，也是有原型的。这涉及对土改运动中一些极"左"行为的批评。尽管我们不能说土改运动是错误的，但是土改运动中确实存在着某些过激的行为，对少数人造成了伤害，也带来了副作用。西门闹应该是这样一个被伤害的人物。

张同道：上次参观牟氏庄园的时候，是不是跟你想象中的西门闹家的场景有点相似？

莫言：不一样。西门闹那个场景比牟氏庄园简陋多了，西门闹也就是一个简单的四合院而已。

张同道：小地主。

莫言：小地主，土地主。牟氏庄园是深宅大院，主人是地方豪强。如果我写《生死疲劳》之前看一看牟氏庄园会好多了。

张同道：牟氏庄园不是到处都有的，很大的地方才会出这种大地主。

莫言：他在富庶地区。高密比较贫困，没有那么大的地主。只有在胶东这种相对富裕的地方才会有。光靠农业积累不了那么巨大的财富，他有很大的生意，在东北有钱庄、绸缎庄，各种各样的副业、商业，然后钱就多了。纯粹的土财主不可能建起那么豪华的大宅院。

张同道：对，光靠土地收获没有那么多钱。

莫言：土地太受年景的限制，丰年有收入，歉收年一下子没有了。

张同道：我注意到您特别有一种文体意识，越到后来，这种文体的特色就越突出。《生死疲劳》采用佛教的轮回转世，好像大家都知道，可是从来没有人用这种方式写小说。

莫言：文体，是我们这一代作家比较看重的。从20世纪80年代开始，一大批作家，开始强调文体，重视怎样写小说，甚至把小说写什么放到第二位。怎样写就是一个结构，就是一个文体了。语言是一个作家最鲜明的风格标识。好作家往往是文体的创造者。这种文体是对我们语言的丰富。获得了文学家称号的作家，都是语言的创新者。如果仅仅是讲了几个故事，没有语言方面的贡献，那么他顶多是一个小说家。而文学家首先是个文体的创造者，语言的丰富者。这是我的一个很不成熟的看法。

我本身也感觉到在创作过程中，一旦找到了一种叙事、讲故事的声调，那么接下来的创作就势如破竹。往往是故事想得很周全了，但就是找不到第一句话，定不了调子，找不到文体，找不到语言的感受，写不出来，写出来也感觉到苍白无力。一旦找到了文体，找到了第一句话，定了调门，写起来就会很顺。我想很多作家，在创作过程中，都有过这种体会。

张同道：《生死疲劳》采用"六道轮回"的方式结构。

莫言：小说的结构也是一个轮回。感觉到在写的过程中，语言也像车轮一样，在不断地向前滚动。语言自身产生一种巨大滚动力，语言本身不断繁衍，由一到二，由二到三。然后借助于联想，语言本身就无穷无尽地滚下去了。当然也有个缺点，就是太顺了，容易让人感觉到疲劳。

张同道：您写作过程中是不是常常能感受到一种非常亢奋、若有神助的现象？

莫言：这种情况不是经常出现，但是肯定会在每一部作品写作过程中出现。写得越顺的时候，往往也是写得越好的时候。哪一天只写了200字，肯定是没找到感觉。哪一天写了一万五千字，这一天写的多半是好文章。你感觉到这个时候仿佛有一种力量在帮助你。你这一句话没写完，下两句话已经在那儿等着了。你要完成的就是赶快地书写，一切都是现成的。不是那种寻章摘句，冥思苦想，为了一个字，为了一句话，而抓耳挠腮。

张同道：您写到猪那段很有种狂欢的感觉。

莫言：那段的标题就叫猪撒欢。那段我自己感觉写得特别过瘾，写得特别顺畅，仿佛自己变成那头猪了。

张同道：王德威教授用了一个词评价您的作品，他说你的作品很像一个"嘉年华"，就是说的那种狂欢，到了狂欢节一样，人人都是平等的，都可以用这种戏谑的、讽刺的语言。

莫言：对，是酒神精神狂欢节，这个东西确实在我的作品里比较多。有很多篇硕士、博士论文都是在研究这个。很多作家也都有，这就是一种乡村生活的真实的写照，并不是我创造的。我在农村生活了几十年，我亲身经历的，自己参加的和看到的这种类似嘉年华的场面太多了。有的是政府组织的，有的是群众自发的。

14.《蛙》

【当年写《蛙》的时候，我已经感觉到独生子女的政策，到了必须废止的关头了。正是因为这个政策，我们成了独生子女的父亲。过了许多年之后，我们重新来思考，还是感觉到有很多的痛苦和遗憾。】

莫言：《蛙》是我最后的一部长篇小说，2009年，写完了《蛙》，至今也没再写一部长篇。这部小说也是思考了一个几十年来的问题。当年乡镇干部最重要的工作就是抓计划生育，而且是一票否决。哪个地方计划生育没有做好，那么这个地方的工作全部否定。所以都是第一把手抓计划生育，强行推行独生子女政策。这毫无疑问是违背了人性的。人们愿意自由地生育，尤其中国人都愿意有多一点的孩子。

当时政府宣传渲染人口暴涨的紧张局面，让我们感觉到如果不控制人口的话，国家就会停止发展，甚至倒退。当时我们也相信这片土地上的人口已经饱和，如果不实行独生子女政策，大家很快就会饿肚子。现在来看，当年这种估计是不是正确？现在确实要重新思考。我觉得那时是站在当时的生产力水平上来估算的，忘记了科学的发展和进步对农业的影响。这样错误估算出来的粮食产量是满足不了人口需要的，所以为了大家不挨饿，必须在生育方面严格控制，使我们的生活能够保持相对富裕。这个独生子女政策的确立是基于一个并不客观的判断，因为随着生产力水平的提高，农业科技的进步，我们的粮食亩产是可以两倍、三倍，甚至四倍、五倍来增长的。而且土地承载人口的量，也远远地大于我们当时的估算。但是毫无疑问，制定独生子女政策的人，是真心希望国家富强、人民幸福的，并不是说他们是坏人，故意制定了这样一个让大家痛苦的政策。所以要历史地看待这个问题。

我在《蛙》这个小说里面也是这样分析。当时之所以要这样做，就是因为如果不这样的话，大家可能都没有饭吃，我们中国也要因此而贫困。而这种判断的不严谨，也是随着社会的发展才逐渐认识到的。随着社会越来越富裕，生活越来越提高，随着这批独生子女的长大，教育问题、心理问题、养老问题、老龄化问题，越来越凸显出来。我们回头检讨当年的独生子女政策，感觉到这个政策也许存在着某种认识的不周全之处。而且在当时那个情况下，希望能够尽快地调整生育政策，不能让我们这个社会继续老龄化下去。这是我写《蛙》的时候一种比较大的思考。

当然，让我写这篇小说最根本的动力，还不是来自于这些分析。因为我不是一个理论家，我也不是一个政治家，我也不是一个经济学家，我真正关心的问题还是人物，人的命运。我也反复讲过，我之所以写《蛙》，就是因为我的一个姑姑。她是一个妇科医生，她个人的某些经历，以及跟她一样的乡村妇科医生的经历，让我感受到了一个时代的悲哀与愤怒、一个时代的痛苦与无奈、一个时代的阵痛与遗憾，所以才有了这个作品。最终还是因为人物形象激励我写出这篇小说。我在写的时候也仅仅是把计划生育独生子女政策当做一个时代的背景来处理，当做一个表现这个人物、塑造这个人物的一种背景材料使用。更多是写了姑姑，在那样一种情况下，坚决地推行独生子女政策，这么一个人。

有的人认为她是天使，有的人认为她是魔鬼。一方面她是技术非常好的妇科医生，接下了成千上万的婴儿；但同时她也是个魔鬼，通过她的手也让很多孕妇终止了妊娠。总之，我想这也是一个充满痛苦、充满矛盾的形象。最后，在小说里边，姑姑进行了深深地忏悔，在自我忏悔中，应该使她的精神得到了升华。总之，还是写人，写人的情感，写人在大的历史背景下的无奈和遗憾。最终她通过反思忏悔进到了一个更高的境界，作为一个人，她站到了更高的位置上去了。

张同道：您本身就是姑姑接生的。

莫言：是，我们东北乡十来个村庄的孩子都是她接生的。

张同道：这里面是不是也包含你个人的痛苦？

莫言：这个当然。当年写《蛙》的时候，我已经感觉到独生子女的政策，到了必须废止的关头了。我们这个年龄的男人多半是独生子女的父亲，如果没有这个政策的话，那我们可能都是两个或者三个孩子的父亲，正是因为这个政策，我们成了独生子女的父亲。当时我是一个军人，要坚决执行上级的命令，不能因为我一个人影响到整个单位的荣誉，不能因为我给别人增加麻烦，这样一种基本觉悟还是有的。过了许多年之后，我们重新来思考，也是感觉到有很多的痛苦和遗憾。

张同道：这个姑姑的形象在您不止一部作品中都出现了。

莫言：姑姑的形象在《弃婴》《爆炸》里面都出现过，这都算是一种预热，一直到《蛙》比较集中地表现。在前面两部短篇出现，也都是片段，她的形象也不鲜明。当时我也没想把她作为一个丰满的人物来写。这种现象在很多作家的创造中都存在的。包括马尔克斯很多中篇小说里面的人物、情节，都在《百年孤独》里面汇总。有的时候作家是有意识的，有的时候是忘掉了。因为作品太多，你忘了在哪一部小说里，写过哪一个情节。然后又在另一部小说里出现，这也是一个遗憾。

15. 话剧《我们的荆轲》

【写作就是不断地用自己的心理体验来赋予人物以灵魂的。我每写一笔都想我要是荆轲，我会怎么想。所以我说我们每个人的内心深处都有一个荆轲。】

张同道：莫老师，您曾经创作《霸王别姬》《我们的荆轲》《锅炉工的妻子》三个话剧，最早怎么与话剧开始结缘？

莫言：我从小就有戏剧的情结。当时农村的文化生活比较单调，电影看不上，只是到了春节前后，生产队放假，有点空闲，村子里的业余戏剧班子就唱几天茂腔。"文革"前唱传统戏，帝王将相、才子佳人、节妇烈女、孝子贤孙，"文革"开始传统戏不让唱了，就将样板戏改编成茂腔，这让我从小就对舞台艺术感兴趣。辍学以后在我大哥中学的语文课本上——当时中学语文课本分成汉语和文学两部分，汉语主要是古文语法方面的，文学就是节选了古今中外的经典文学作品的片段，就从这样的教材里边看到了郭沫若的《屈原》、曹禺的《北京人》、老舍的《龙须沟》《茶馆》，这样一些话剧的片段，所以那个时候就对话剧很感兴趣，也知道有这么一种艺术，在舞台上全靠说话，没有唱腔。

当兵以后接触的书也跟话剧有关系。在山东黄县，就是现在的龙口，我一个战友的未婚妻是黄县图书馆的管理员，他借来了莎士比亚的剧本，也借来了郭沫若、老舍、曹禺的剧本，这个时候我就开始对话剧感兴趣。

我真正的没有发表过的处女作实际上是一部话剧。那个时候也正是话剧最热的时候，当时有一部轰动了全国的话剧，叫《于无声处》，是讲"四五"运动的时候跟"四人帮"做斗争的故事。我写了类似题材的话剧，寄给了解放军文艺社，解放军文艺社回信说我们不能发表这样大型的剧作，请您寄给剧团，或者其他的发表剧作的刊物看一看。当时我很高兴，终于收到了出版社一封笔写的回信，而不是铅印的退稿信。

后来，写话剧这个兴趣就压下了，开始写小说。1997年，我从部队转业到了地方报社，但还是跟军队文艺界的很多朋友有密切联系。那个时候空军还有一个话剧团，话剧团的王向明导演，找到我跟部队作家王树增，让我们俩给他写一个《霸王别姬》，历史题材话剧，我们一块儿商量了很久，然后分头去写。多年后，我想把这部剧收入我的剧本集，跟王树增商量，他很大度，说这部戏就是你的作品，不要署我的名。

这个话剧写好以后，空军话剧团在人艺的小剧场连续演了一个月，后来这个话剧也作为文化部外派演出的剧目，去过埃及、慕尼黑，参加过非洲和欧洲的话剧节，也曾经去过韩国，去过马来西亚、新加坡。我还跟团去了马来西亚和新加坡。演出很受欢迎，也由此激发了我写话剧的热情，下决心要写一个历史剧三部曲。紧接着就有了《我们的荆轲》。

这也是一个写烂了的题材，电影、电视剧、戏曲、话剧，都有很多同题材的创作。怎么样写出新意来，这确实是想了很久。空军话剧团王导演找到我，希望我来写，我感到难度很大，没有答应。在往家走的路上，突然感觉到有了灵感。《我们的荆轲》这个题材不能按照老路数来写，应该赋予它一种新的个性化解释，围绕着荆轲刺秦的动机和目的展开跟过去的写法不一样的思维。荆轲为什么要刺秦？他要达到一种什么目的？我想看过我这个话剧的，都会感觉到我的解释，是能够自圆其说的。

荆轲这个几乎被定性的历史人物，在我的剧本里面有了新的面貌，他的人性得到了一种全方位的拓展。这个戏写得很快，7天就写完了初稿。当我打电话让王导演来拿剧本的时候，他说拿提纲是吧？我说剧本。他大吃了一惊。当然后来还是做了一些修改。没有来得及排演空军话剧团就撤销了。后来沈阳话剧团把这个戏拿去演过几场。

2009年春天，我到北师大参加一个活动，跟北京人艺的任鸣导演同台演讲，顺便说到这个戏。任鸣说你发给我看看。他看了以后很感兴趣，推荐给院里。人艺的张和平院长，组织专家论证，看这个剧本有没有搬上舞台的价值，获得了大多数人的认可，认为还是可以演的。他们也对剧本提出一些意见，认为还应该让荆轲这个人物有一个更高的关于理想、人格的追求。我对剧本又进行了一番修改，添加了我自己比较满意的一个章节。荆轲在易水边上迟迟不出发，太子丹问他为什么不走，他说在等一个高人，跟高人有约，今天在这里见面。到底是真有这个高人呢，还是荆轲的一种托词呢？我想每个人都有自己的解释。借着这样一个情节，荆轲向观众倾诉了他心目中的高人的形象，这也是他自己的理想的关于人的一种理解和追求。加上这个片段，使戏有了本质性的提高。

这个戏在北京演了三轮，30多场，后来还去过彼得堡演出，好像还得过什么奖。因为这个戏，我获得了话剧金狮奖的编剧奖，这也是话剧界的最高荣誉。现在在我的案头上，还有一个话剧的半成品。我会尽快地腾出精力来把它完成，搬上舞台。

至于这个《锅炉工的妻子》，实际上是《霸王别姬》的一部分，原作叫做《钢琴协奏曲——霸王别姬》。当时设计了新旧两组人物，就是古代和当代的两组人物，围绕着事业和爱情展开故事，进行对照，过去是霸王、吕雉、虞姬，现在就是钢琴教师、音乐指挥和锅炉工。排演时大家感觉到乱，篇幅也太长，没法演，索性就把当代这一块抠下来了。

今年出剧本集时，我把抠下来这部分做了修改，添加了内容，使它变成一个独立的剧。进大剧场容量不够，但是作为一个小剧场的演出还可以。

钢琴教授、锅炉工、音乐指挥，这三个人在改定后的剧本里面，都比过去要丰富多了，尤其是锅炉工这个进了城的农民形象，在最后一稿里也变得非常明确。在原稿里面他就是一个受害人，无辜者，是一个愚昧、老实、忠厚的人，在新的剧本里面，赋予他另外的面貌，另外一些性格。在农村，这两个人在插队的时候，他作为当地的一个农民，实际是占据优势的。进了城以后，地位发生了逆转。知青和当地农民结婚，酿成悲剧，这也是最近几十年的文学作品里面出现了很多次的老故事。所以我想我这个剧本应该给这个老故事一点点新的展示。

张同道：我们集中说说《我们的荆轲》。刺秦是中国历史上太著名的一个故事，它的内涵已经盖棺定论，以荆轲为代表的侠义精神在几千年里一直是一个很正面、很经典的故事。但是在您的作品里来了一个大翻转，应该说是一个彻底的翻转，这个翻转的动机是什么？

莫言：这个翻转的动机就是我对历史戏有我的认识。我觉得所有的历史剧都应该当成现代戏来写，所有的历史剧实际上也都是现代剧作家借旧瓶来装新酒。如果你按照古人对历史的解释来写，那再现历史没有太大的意义，尤其像荆轲这个被写烂的人物我还能怎么写呢？无非就是把电影话剧化、把戏曲话剧化，把人家该唱出来的，我用语言，用大白话把它说出来。如果没有人物性格的重塑，没有对人物行为动机的新的解释，这样的戏是没法写的，写了也没有意思。基于这个理念，我千方百计地想，怎么样能让荆轲变成我的荆轲，或者说我们的荆轲呢？这个题目也是一种提示，《我们的荆轲》，就是说剧作家、演员和观众，我们共同塑造的一个新荆轲，是和过去的荆轲不一样的。

想来想去，既然是把历史戏，把历史故事当当代故事来讲，把历史戏当现代戏来写这样一个理念，荆轲实际上就活在我们生活当中。他从事的刺客的职业，跟我们在文坛上，在其他的行当里面的工作是相通的。我们的生活当中存在着什么样的矛盾和斗争，在他们这个侠客职业行当里面，也是存在着的。什么事情让我们感觉到痛苦、愤怒、纠结，荆轲在他那个时代也应该跟我们有类似的感受。这样写起来就非常方便，所以这个戏就有点穿越。刚开始就是一帮人，在北京的人艺剧场，各自点名自己在扮演什么样的人物。这么一段穿越性质的台词，就把这个戏搞得不是那么堂堂正正的历史戏的感觉了。我们没有特别地要求观众进入历史，而是提示观众把这个历史故事当现代故事来看，把荆轲的故事当成自己的故事来看，用自己的心来理解荆轲。

张同道：这里特别写到荆轲就是一心想出名，而且怎么能够把这个名出得更大、更绝、不可企及，那这样一种处理也是结合了对现代生活的理解。

莫言：我是一个作家，在文坛上混了这么多年，见到过很多这样的故事，这样的人。相信其他行当里的人，也会有类似的体会。无论多么高尚的人，多么伟大的艺术家，他也生活在现实当中，他同样会遇到各种各样的人，也会同样遇到很多不值一提的鸡毛蒜皮般的烦恼。所以荆轲尽管是一个高大上的历史人物，但实际上在他执行这个任务的过程中，各种俗世里面的烦恼同样会纠缠他。所以我还是刚才说的话，把历史人物当成现代人物来写，这就要给荆轲找到一个刺秦的动力。难道仅仅是为了报答太子丹赐给衣食这么一点恩情吗？这当然也是理由，但他应该有一种更高的政治抱负和理想追求。

刚开始也许他也有这种想法，就是为了灭掉秦始皇这样一个强者，因为他给周围的国家带来了不安。为了不让弱国的老百姓，或者政权，受到秦国的威胁，那么他要除掉秦始皇。在剧中，他跟燕姬的辩论过程中，发现这个理由是不充分的。因为燕姬扮演了秦始皇把他所有的刺秦的理由一一的给否定了，最后荆轲感觉到自己是没有理由来刺杀秦始皇的，他找不到一个理由。最后是为了出名刺秦。燕姬帮他设计，出名当然要出最大的名，用最小的牺牲来换取最大的名声，既然你把自己的性命都要抵押进去，那么就应该博取一个千秋万代的美名，一个豪侠之名，而不应该仅仅把他刺死就算了。那么这就来了，到底该不该把秦始皇刺死，到底把他抓住了不杀死能够出的名更大，还是利利索索地一剑封喉让他死掉出名更大？在燕姬的引导之下，经过反复讨论，还是认为抓住他能杀而不杀，这才能够让你把这个名出得更大，让所有的人感觉到是你故意把他放掉的。这样一场轰轰烈烈的大戏，就变成了一个非常功利化的论证的过程、排演的过程。

我想真正的历史学家看了《我们的荆轲》会生气的，我们把荆轲刺秦这一个高大上的故事给降格了，对荆轲的人格也是降格处理。但是我想他也推翻不了，因为按照剧本的逻辑它是顺理成章的，所以我也认为故事只要能够自圆其说就可以成立。尽管这样的讲法、这样的解释会让很多的观众和历史学家认为这是胡闹，这是戏说，但是从剧本的逻辑来看能够成立。我想这样一种说法、这样一种写法是应该允许的。

张同道：文学不是科学。

莫言：对。因为秦始皇就是一个争议人物，功过是非，评说了几千年也难盖棺定论的一个人物。有的艺术作品把他塑造成一个纯粹的暴君，有的文学作品把他塑造成雄才大略的千古一帝。实际上我想这两者都是成立的，说他暴君他也确实是个暴君，焚书坑儒；说他是一个伟大的统治者，伟大的帝王，也是成立的。不管怎么说，在他的领导下，中国的版图第一次统一起来了，殊途同归，度量衡也统一了，文字也统一了，确定了中华民族这个伟大版图。虽经几千年的变迁，但是秦朝时候确定的版图现在基本还是保持了。

张同道：您这里面还特别设计了一个燕姬这样的人物，她好像是荆轲的人生导师一样，充满了智慧，很理性，而且她还有现代女性对命运的思考。这个人物是怎么构思出来的？

莫言：我想舞台剧也好，电影也好，必须有女人。如果全是一些大老爷们在舞台上是不好看的，也不好演。《史记》里面也讲太子丹是三日一小宴，五日一大宴，不断地送美女、送珠宝给荆轲，那送过一个燕姬去也是在情理当中的，荆轲住在豪宅里面身边有个女人也是可以成立的。但这不能仅仅就是送了一个帮着做饭的女性，是一个有故事的女性，有思想的女性。燕姬是不是太子丹派来的卧底？是不是秦始皇的卧底？这都很难说了。她的身份和出身设置得比较复杂，她是给秦王梳过头的宫女，后来秦王把她送给了太子丹，那也可以说她就是秦王的卧底。秦王送给太子丹的时候，就是让她去监视太子丹，后来太子丹又把她送给了荆轲，也许太子丹又让她来监视荆轲。这样复杂的背景出身的一个女性，她的所有的行为、所有的语言都是可以成立的。最终她到底是达到一个什么样的目的，她起到一个什么样的作用？是荆轲的人生导师，还是秦始皇的一个卧底？最终是她说服了荆轲，能杀而不杀秦王，等于是她保护了秦始皇的性命，也可以说是她导演了历史，成就了荆轲的万古英名。最后她又被荆轲在没有特别理由的情况下，一剑杀死。杀燕姬这个情节，我作为编剧也受到了很多的追问。第一就是演员问，他为什么要杀她？也有一些观众问，他凭什么要杀死她？我说我也没完全想好。我只是感觉到写到这个地方，应该让荆轲把她杀死，所以他就把她杀死了。我觉得在艺术作品里面有时候留下一些连作者都不能很好地解释的细节，是非常有意思的。这样作品的弹性就会大大地增加，这让读者的脑筋会轰隆隆地运转起来。当然你也可以批评这是故弄玄虚。

张同道：这里面有一段荆轲对燕姬的情感表白，要在出发前夕过一次正常人的生活。其实这是典型的用现代观念来解构古代侠士的形象，古代文化对女人是很轻视的。

莫言：荆轲毕竟不是一般的人，他是一个超越了名利的人。他刚开始也是一个名利之徒，也像那些同行们嘲笑他的，拿绿豆粉丝、小磨香油到处去送礼，希望别人能够提携自己成名。但是后来在跟燕姬的接触中，他觉悟了，超越了名利境界，进入一种更高的追求。第一个就是关于真正爱情的，纯真的感情的追求，不仅仅为了自己低级的欲望的满足，而是有更高的精神方面的契合。所以我想在那样一个年代里，男人对女性应该不如我们现在这样的重视、尊重，但是也有例外，古代也有不要江山要美人的帝王。所以我想荆轲在那个时代做出这样一种举动，有这样一种心理，有这样一种追求，也是可以成立的。当然他的话像是我们现代人说的，古人大概没这么黏糊，没这么多的柔情。我前面也反复说过，这个戏不是一个纯粹的历史故事，是一个历史的旧瓶装当代的新酒这么一个创作的模式。

张同道：我也看了关于这个剧您写的序言，说作为一个50岁的作家，经历了那么多，要敢于对自己下狠手，要敢于揭露自己的内心。您说每个人灵魂深处都藏着一个荆轲，这该怎么理解？就是荆轲这个心理您是用自己的心理活动去演绎它？

莫言：写作就是不断地用自己的心理体验来赋予人物以灵魂的。如果要写荆轲，那我首先就应该站在荆轲的角度甚至把自己变成荆轲，来体验这个故事里面所有的遭遇。我每写一笔都想我要是荆轲，我会怎么想。我想荆轲就是我，也是可以成立的。这跟《我们的荆轲》这个题目是吻合的，所以我说我们每个人的内心深处都有一个荆轲。

有一个哲学家评论《丰乳肥臀》时说，我们每个人的灵魂深处都有一个上官金童。也有人说过，我们每个人的心里面都有一个小小的阿Q。作家在写作的时候，是不断地变换自己的身份的。他写到小说里的好人，要用自己的灵魂深处最高尚的一面来赋予这个好人的所有的行为合理性，所有的语言也符合他的性格。他写到小说里面或者剧本里面的坏人的时候，他也要调动他人性深处那些最阴暗的想法，努力地把自己想象成一个坏人。这就是一个作家创作过程中跟作品里人物的同化，这是写作者的基本功，如果做不到这一点的话就很难写好。就像福楼拜写《包法利夫人》，写到包法利夫人吞下砒霜将要死的时候，他自己都呕吐起来了，他自己感觉到满嘴都是砒霜的味道，他已经把自己跟作品里的人物同化在一起了。有的作品之所以不能把人物写得真实可信，就在于作家在写的时候与人物同化的程度还不够，所以显得故事假、人物假。

张同道：您在领取诺贝尔文学奖的整个过程中，非常的淡定，是不是跟您写《我们的荆轲》的经历有关系，在此之前您已经对于出名这样一件事做过一次很冷静、很深入的思考？

莫言：第一就是跟家教、家风有关系。我父亲教育我们要低调，自省，一直提醒我们低调做人，夹起尾巴做人，不要咋呼，不要猖狂，不要骄傲，不要目中无人。这样一种教育当然也有负面，你可以说他世故，甚至说别的更难听的话，但是我还是认可这些东西，从小所受的这个教育使我在巨大的荣誉落到自己的头上的时候不至于丧失理智。我心里很清楚，文学无第一。如果我是数学家，我证明了一个数学原理；我是物理学家，我发现了一个定律；这个当然可以骄傲，可以狂，因为是你发现了，是你发明了，你确实了不起。文学不一样。很多人会承认自己不懂物理，不懂数学，不懂化学，但没有一个人会承认自己不懂文学，不懂小说，大家都懂，大家心中都有好小说、好作家的标准。尽管我获奖了，但并不说明我就是中国最优秀的作家。猖狂一点，也只能说我是中国当代的比较优秀的作家之一，这已经很高调了。得了文学奖确实不应该咋呼，应该更加冷静，更加自省，更加客观地来评价自我，也更加客观地来评价同行们的作品。这个时候就会发现世界上有很多人具备了获得诺贝尔文学奖的资格。

我在写《荆轲》这部话剧的时候，对名利的分析，是一种精神方面的操练，我已经把名利对人的牵制和伤害分析得非常透彻了，当我陷到名利场的时候，我会有一种比较清醒的态度。现在回头来看，清醒的程度还不够。

张同道：那事实上，在当代中国这么一个发展过程中，那名利的追求也是这几十年的主旋律，几乎所有人都会面临这种问题，但能不能从里面走出来，这是个大问题。

莫言：功利不是完全负面的东西，它有它正面、积极、激励的作用，全世界的军队，都有奖励机制，立功嘉奖，各种各样的勋章，各种各样的荣誉。第一是对你做出贡献的奖赏，更重要的是对你未来的一种激励，对其他人的激励，就形成了一种向上的追求奋斗的整体的昂扬的精神状态，这是它非常正面的。当然如果你深陷在里面不能自拔，把这个当做终极的目的来追求，尤其对文学来讲，这肯定是误入歧途了。哪有一个人会说我为了得诺贝尔文学奖、得茅盾文学奖而写作？我觉得这样是得不到的。也许当你忘掉了这些奖的时候，你的作品才能够真正地写好，这些奖才会来到。说起来容易做起来比较难了，我也做得不好。我也经常会被名利的东西所牵扯，因为它的磁场是很强烈的，我们每个人身上也都含着铁，你不可能完全对这种磁场没有感应。能够及时地冷静下来，这就可以了。

16. 诺奖

【获奖前跟别人平起平坐，获奖以后就要比别人矮半头。】

【我也是60多岁的人了，越来越体会到，一个作家最终要靠作品的质量来取胜。我的第一轮创作应该就是从短篇、中篇、长篇。《丰乳肥臀》写完之后，又一个轮回。现在进入第三轮了，就是从戏曲、短篇、诗歌开始。我正

在努力，希望能够再写出让自己满意，让自己感觉到没有耗费年华的好的作品来。】

张同道：说到获奖这个事儿，您在宣布前就已经回高密了。

莫言：我9月中旬回去了。

张同道：是有预感吗？

莫言：当时网络上已经吵得很厉害。每年到这个时候各种采访、电话骚扰很多，我很烦。而这一年有人在网络上造谣，我很生气。但是面对这样一些在网络上兴风作浪的人，没法跟他去较真儿。你一较真儿人家说你以大欺小，你一回应他，正好他来劲了。所以就很烦，索性回高密去吧。那时候也是高密最好的季节，高粱红了，玉米黄了，棉花白了，秋高气爽。

张同道：您也是突然接到的消息？

莫言：这之前各种各样的传言，朋友们的短信也在预测。实事求是地讲，我自己内心深处是有一点点预感的，感觉到好像是个真事儿。主要就是说，这一年我在西方两家博彩网站上，跟村上春树是互为第一。有一家网站我是第一，村上是第二；另外一家网站，村上是第一，我是第二。因为西方博彩网站这样一种排名，所以引发了国内诺奖猜想狂潮。回去以后确实避开很多烦扰，因为高密毕竟小地方，电话我也关了，一片宁静。到了即将公布这一天，全国各地的记者，包括很多国外记者纷纷跑到高密去了。有的跑到我老家去了，在我父亲家电视机前坐着等。有的去采访我姐姐，采访我姑姑，有的在高密街头串来串去。所以从来也没出现过这样一种景象。

我在家里阁楼上该干什么干什么。到了晚上，就是10月11号的晚上6点半的时候，手机突然响了。一个人用中文跟我说，我是瑞典学院，我们的常务秘书让我向你通报，我们决定把今年的诺贝尔文学奖授予你，你愿意接受吗？我说愿意接受。他们最后交代说，现在开始半小时之内你不要把这个消息跟任何人说。我们半小时后正式公布。所以我提前半个小时知道消息了。

当然我也没有按捺住，肯定要跟家里人说。我第一个想打电话告诉我父亲，我二哥接的电话。我问家里怎么样？我二哥说，好多记者来家里，都在等着。那我也没法说了。很多记者坐在我们家炕头上，盯着电视机，等着宣布消息。我说那行，挂了吧。我就告诉我大哥，我大哥住在我楼下。我说不要跟任何人说。当然我大哥也马上就告诉他儿子了，告诉我侄子了。后来凤凰卫视现场直播，就知道了。一宣布以后，中央台播音员插播一个新闻，说中国作家莫言获得2012年诺贝尔文学奖。这会儿县里的几个领导跑到我家里来了。这个时候几百个记者都在距离我家不远的凤都酒店等着了。

我们市委书记跟我商量，那么多记者在等着，你能不能出面讲两句话？要不他们都不走。我说那好吧。实际上我应该坚持住，我就不去讲，等就等去吧，省去了很多麻烦。但还是去了。高密县委办公室的人也没有经验。按说应该先让中国记者提问，他说要尊重外宾，先让国外记者提问。国外记者一上来就提那些所谓的敏感问题。我是该怎么回答怎么回答。接下来这两天，天天都是，乱七八糟的都来了，各种各样的事儿。

张同道：我觉得这个肯定是您生命中非常特殊的一个时期，一个阶段，因为突然全世界聚焦点都到了您身上。

莫言：确实是。那个晚上，见过记者后，市里的领导把我叫到饭店去吃饭，房间里开着电视，让白岩松跟我连线。这半个小时里面，画面就是固定的，一幅中国地图，高密在不断地闪烁。市里的领导很高兴，说我给高密做广告了，让全国观众都看到高密在什么地方闪光。

张同道：从这时到去领奖两个月时间，这两个月里您都是在各种媒体的围追堵截中。但是我看到您，当时有采访，心情很快就淡定下来了。

莫言：确实马上就很冷静了。因为接踵而来的很多事情需要应对。这两个月我想我重要的工作就是完成演讲稿的写作。再就是签书，不断签书，每天签几百本。像北京有的单位，拉一面包车过去，一天最多签到了两千本。写这个稿子倒是也很快，几天就写完了。还有就是版权问题，很多违规违约的，有的还是朋友，用很恶劣的手段，我都息事宁人，忍了，认了，成全了他们。有很多情况也没法说，不便说了。

总之我想，中国籍的作家第一次获得诺贝尔文学奖，在那个时候还是一件很大的事情，关注度也很高，带给我的压力也很大。我自己尽管是心里很平静，但是树欲静而风不止。有各种各样外来的一些东西在骚扰着你，影响着你。所以我当时能够做的就是用平常心、用真心来看待很多问题。当时确定一个自己发言的基调，也就是我用我的本质，回归我的本位。我就是一个作家，就是一个讲故事的人。其他的任何东西我都关注，但我没必要在这个时候来说。我要保持我一个作家的独立性。有人希望我这样说，有人希望我那样说，我遵循着自己的良心，按照自己的想法说。我没有必要去适应那么多人的口味，也无法适应。因为每个人都有一篇自己心目当中诺奖获得者的演讲稿。那我只能写我自己的演讲稿。我也不可能用自己的演讲稿去让所有人都满意。

张同道：事实上当时这件事儿本身又变成一个平台，很多人跳到台上表演，希望从您的身上得到自己想得到的东西。

莫言：有各种各样的带着很重的表演成分的行为。也有一些不靠谱、不着边际的话。现在回头一看，就更清楚了。当时有一些东西看不太明白，现在回头一看确实非常清楚。我还是认为我当时那种态度和做法是对的，没有什么好后悔的。

张同道：我听说去瑞典路上还遇到大雪。

莫言：本来是要直飞斯德哥尔摩的，因为斯德哥尔摩机场大雪，没法降落，就停在了赫尔辛基。凌晨1点多的时候到饭店里住下，拖着沉重的行李。欧洲机场服务实际上还不如北京便利，很麻烦。不过好在有女儿担任联络翻译的工作。我就是一个随同的，跟着他们走就是了。最大的问题就是睡眠不足，失眠严重，越睡不着身体越疲倦，越疲倦越睡不着，真是很痛苦的感觉。就想赶快把这个事情做完，赶快把这个诺贝尔周应付下来，回到家里去。每一个环节，每一次活动，都是必须认真来对待的，不能懈怠，要保持一个好的形象，也要提防落入别人设下的陷阱。

张同道：看您到那儿的时候，马上就直接进到会场。

莫言：我们到了已经很晚了，他们要求有一个诺贝尔奖的获奖者的集体合影。一到拉着我快跑，到那儿去参加合影。合完影以后才开始吃饭。

张同道：颁奖的镜头可能是全世界都很知名的，瑞典国王给您颁发了奖章。那个时候，你心里肯定会有些波动。

莫言：其实这个时候已经很平静了，完全就是走一个程序。因为前面有过一个预演。就是像看戏一样，看前边。我是排在第几位？我忘记了。前面那几个人怎么样走，我就怎样走。就是提醒自己不要出错，没有太多想法。

张同道：我看在那儿活动还挺多的，华侨请您一起欢聚，包饺子。

莫言：这都是经过筛选的活动。因为当地很多华人组织以个人名义、以组织名义来邀请我们参加他们的活动。我们的原则：按惯例，就是历届诺贝尔文学奖获得者所参加的活动，比如说去中学里面与学生互动，去参观一个国际学校，然后去大学做演讲，这些活动我们必须参加，因为历届获奖者都参加了。比如跟华人团体，华侨们这种联欢、吃饭，有选择地选了几个大的。总而言之，那几天安排的还是挺满的。

张同道：我们看到一个挺有意思的场面，一群留学生唱《红高粱》。

莫言：这都是他们自发的，搞了个"快闪"。那两年还流行"快闪"。他们在机场就搞了个"快闪"，换上带着小羊毛的这种服装，手里提着红灯笼，突然在机场出现，唱上那么一段《红高粱》，然后闪电般地消失。颁奖当天晚上，也有留学生、中国旅游者，他们自发地搞一些活动，在广场上载歌载舞。我后来听过他们描述，自己没看到过，我在房间里头。

张同道：我看到这个影像还是很触动，就是您快离开斯德哥尔摩的时候，一群年轻的男女一身白衣服，头顶着蜡烛，露西亚节，到房间给您唱歌送行。

莫言：我们早上一开门发现，有一群头上顶着蜡烛，圣洁地像天使一样的女孩子，在唱歌。其实都是饭店的人，唱着非常庄严神圣的歌曲。我很感动，热泪盈眶，早上一开门听到这样一种抚摸灵魂的音乐。连续几个月来的劳累、紧张，一下子被这样一种歌声给消解了。热泪盈眶是非常必然的。

张同道： 其实很多人也都说，您回来之后，获奖之后更低调了。

莫言： 这也是发自内心，没有半点表演性质。这就是我们家庭的传统，家风。获奖以后，我父亲语重心长地通过我大哥跟我转述：告诉他，获奖前跟别人平起平坐，获奖以后就要比别人矮半头。我父亲说，我也是这样的，在村里面，儿子获奖前我跟大家平起平坐，儿子获奖以后我见人就矮半头。不是说有意识地去低调，而是内心深处的一种提醒。就是你一定要夹着尾巴做人。往往人一得意以后，翘起尾巴来了，趾高气扬，得意忘形，引发别人的反感。越是这样的时候，你应该越谦虚、越低调，越认识到自己的不足。我父亲的提醒，我觉得非常重要。确实是，获奖之前你可以跟大家平起平坐。一旦获奖以后，你跟大家平起平坐，大家就认为你高傲了。你只有比别人矮半头，大家认为说，这个人还行，没有得意忘形。

张同道： 关于诺奖一直流传着一个魔咒：很多人得了奖之后就很难再写出好作品来。您也有五年没有发表作品，直到今年秋天。

莫言： 确实是因为获奖以后有很多俗事缠身。一个是使时间受了影响，另外一个就是获奖以后压力变大了，人们对你的期待更高了。过去写的时候可能没有任何压力，想怎么写，就怎么写。获奖以后，举笔维艰，想这样写人们会不会批评？就使自己写的时候思想不够解放，落笔也就不自由，这也是一种原因。我这五年里面确实也经过很多事情，身体方面的、社会活动方面的，毫无疑问占用了很多的时间。思想方面的压力也不能说没有，慢慢调整吧。

有一些小东西实际上是前两年写好的，但是一直觉得不成熟，今年通过修改，拿出来发了一部分，包括戏曲剧本，也在《收获》发了几个短篇，明年估计还会有在《人民文学》《花城》《十月》陆续发表一些短篇小说。至于话剧剧本、歌剧剧本，还有长篇小说，有的是写半截了，有的是正在构思。总而言之，会继续写下去。至于能不能写得比以前好，我自己也不敢保证。但是内心深处还是希望能够使自己的创作往上升，而不是往下滑。我想，要一个作家永远保持一种向上的状态，一部作品比一部作品好，这也确实很难做到的。没有一个作家敢下这样的保证。有时候写作水平也像波浪一样，起起伏伏，这一部写得很好，下一部又不太好了，另外一部可能突然又跃上去。再一个我也是60多岁的人了，要希望我像30多岁，在军艺时候那样，有那么充沛的体力和精力，夜以继日地创作，确实也难以做到了。今后还是尽量少写一点，不是多写一点。少写一点，写得精一点，写得好一点。

我也越来越体会到，一个作家最终真不是靠数量，而是靠作品的质量来取胜的。有的人写一辈子，流传下来的也许就是几个短篇。有的人写了几十部长篇，真正能够传下来也不过就是一部。这个诺奖魔咒，确实存在这种现象。但也有各种各样的原因。有的获奖时已经80多岁了，你让他怎么写？但也有像马尔克斯这样的，获完诺奖，两年之后写出了《霍乱时期的爱情》，也受到了很好的评价，各种情况都有。

张同道：您因小说而得到公认，但是您还同时写话剧，去年又发表了戏曲、诗歌，这样您把文学的主要类型几乎全尝试了，您心目中对自己是否有这样一个内在的驱动，就是我要涉猎文学的主要门类？

莫言：刚才也说过我对戏曲有一种报恩之心。因为各种艺术门类是触类旁通的，我过去的小说创作得益于民间戏曲甚多，像我们这个片子里出现了《檀香刑》，①这部小说跟我的故乡的茂腔戏紧密相连，里面有大量的戏曲元素，而我从小就是接受了民间戏曲的熏陶、滋养。当年也希望将来能够写一部戏曲，来回报这种艺术形式对我的滋养之恩。

去年发表的戏曲文学剧本《锦衣》，也是我十几年前就想写的。2000年在

---

① 莫言所说的片子是指纪录片《文学的故乡》。

澳大利亚的一次演讲当中，我讲了我母亲当年给我讲述过的这个故事，然后我说将来会把它写成一部戏曲文学剧本。一直拖了好多年，终于在2015年的时候写完了，去年把它修改发表了。这样一种文学形式的尝试，我想对我的小说创作是有积极的作用的。或者说我写这么多年小说，对我写剧本也是有帮助的。我写小说，要写故事，写语言，要塑造人物，这个在戏曲里面也是通用的，戏曲也要塑造人物，要在舞台上出现典型的人物形象，让观众看了以后不能忘记。怎么样才能够成为舞台上的典型，就是这个人他唱的、他说的是跟别人不一样的，这个人他在整个的故事里面所碰到的各种各样的困境，他的处理方法是跟别的人不一样的，这都是写小说也必须遵循的最基本的追求。

我写诗歌实际是为了向诗人致敬。我只有写过这种诗，我才能够更好地读别人的这种诗；我只有写过戏曲文学剧本，我才能够更好地理解别人的戏曲文学剧本。

过去，有很多诗我看不懂。我写了几组诗之后，感觉到那些当年看不懂的诗，现在看得很明白。我知道他为什么要这样干，我也知道有时候某些诗歌里面的一些话，诗人也是不明白的，但是他也写出来了。这就像我刚才讲荆轲这部话剧里面，荆轲刺燕姬这个行为，荆轲自己也不是完全理解，但是他干了，我写了。总之，这个多种文体的实验是一个很愉快的过程。今年第五期的《人民文学》还会发表我的一个新的戏曲文学剧本，就是《高粱酒》，我把我的小说《红高粱》和《高粱酒》这两个中篇的情节写成了一个戏曲文学剧本。还有就是《十月》刊物上会发表根据我的小说《檀香刑》改编的歌剧剧本，下一步我应该写小说了。

张同道：可能大家对您的最大期待还是小说。

莫言：是啊，我写诗歌，写剧本，很多人在观看，个别人在辱骂，诅咒。就好像是我在投石问路一样，好像是河里先来了一条鲫鱼，又来了一条草鱼，大家都期待一条巨大的金色的鲤鱼在后面出现。实际上并不是这样的，我是把各种各样的作品都看得很重要，都是很认真地写的。当然大家对我的长篇小说充满了期待，这个我再怎么说也没用。大家既然都希望我写长篇，我肯定还是要写的。不是大家希望我写我就必须写，是因为我心中还有几部长篇的构想，所以我要写。长篇这种艺术形式确实是小说领域里面最重要的，也最考验一个作家的耐性、体力、才力。

从我获奖之后第二天开始，我就想怎么样突破所谓的诺奖魔咒。一般人说得了诺奖这个人就不能再创作了，就写不出好作品来了，那么这个东西确实有它的客观的原因。这个客观的原因我也充分体验了，就是在时间上，各种各样的牵扯，对精神上的各种各样的干扰，这种东西都是存在的。好在我获奖的时候还比较年轻，57岁，应该还是创作的盛年。用5年的时间摆脱出来，进入新的一轮创作，看起来这个过程有点长，但正在逐步地实现。现在对于我来讲，最大的理想就是写出一部让自己真正满意的作品来。当然它也可以是个短篇，也可以是个剧本，这个都没有限定。

现在实际上真是需要定力。不管你们怎么样地说，怎么样地猜测，甚至怎么样地贬低，你看，完了，江郎才尽了，这个作家到此为止了，这个我觉得也要沉得住气。我就是五年没有写作，六年不出长篇，八年不出，十年不出又怎么样呢？其实没人真正把我当回事，更没有人把我写不写长篇当成一回事。认识到这一点，也许就可以写了。

现在最大的对自己的考验就是不管别人说什么，我该怎么办怎么办，慢慢来，不着急。现在这个时候任何的仓促和着急都只能坏事。所以我就先写一写短篇，写一写剧本，写一写诗歌，使自己的写作技巧不至于生疏，使自己的头脑时刻在文学里面得到一种训练，保持着一种创作的激情和一种对文学素材的敏感，这是很重要的一点。

张同道：您今年夏天去长岛龙口这一路，是不是也有调研、思考的意思？

莫言：第一个就是故地重游，回到了我40多年前当兵的一些地方，然后看一看当地发生的巨大变化，借以回顾当初的一些情节。这样一种故地重游，本身就是一种对自己历史的温习，就是一种学习，也是一种对社会、时间、种种改变的一种实地的感受。这个过程当中自然也有很多的想法。跟文学有关的、跟文学无关的都有，对创作当然都会有帮助。比如说，即将在明年《十月》第一期发表一个短篇小说，一万多字，就是因为这一次蓬莱长岛之行，而得到一个灵感。过去的一篇小说写到了5000字已经结尾了，这一次在这个地方突然碰到了我的一个同学的弟弟，又获得一个新的故事的结局，就把这篇已经结尾的小说扩展成了15000字。因为我的一个失踪30多年的同学突然回来了，那么这部小说一下子就有了一个别开生面的结局。生活本身让这个小说延续下去。我原以为这个同学会永远失踪。突然在酒店碰到的这个人说，我是谁谁谁的弟弟，我哥最近回来了。那么这个人30多年到哪里去了？干什么去了？他为什么又回来了？他为什么30多年不跟家里人联系？这里面有很多谜语。实际上这是一部长篇的题材，但是我把它压缩成15000字的短篇，应该很有力量。希望你们明年能看一看。

张同道：大哥在您的成长文学创作中发挥过很大的作用？

莫言：我大哥是我们高密东北乡的最早的大学生之一。当时一个农村家庭有一个大学生大家都很荣耀，我们也感到很自豪。所以无形当中以他为榜样，希望有一天自己也能上大学。大学梦破灭之后，那就看他留在家里的中学课本，包括他的作文本什么的，所以这种影响也是一种无形的。至于写作，他没过多地给我指导。我早期的一些作品先给他看一下，让他帮着找找错别字什么的。他在文字这方面的功力确实非常深厚。我因为受的教育不完整，小学上了五年，后三年还是"文革"，所以正儿八经上的学也就两三年，认识的汉字不超过500个。很多自己认为写得正确的字，实际上是错字。我大哥受的是非常完整的教育，这方面的功力绝对比我深厚。这个就帮我好多，包括我现在用毛笔写一些字，也拍成照片让他看一下。总是在我认为没有错误的情况下，他还能给我找出来错误，这个字写错了，那个字不太恰当，等等。

所以他对我的帮助主要是一种精神标杆的作用。

我们从小就认为应该上学，应该去好好学习，不要沉溺在眼前小的利益里面。不应该为了一个工分，为了一捆柴草，跟队长，跟乡亲去闹矛盾，去打架，而是要把眼光放远一点。尽管在"文革"期间，我们这样的人看起来毫无出路，前途一片黑暗，但还是不应该丧失梦想。相信只要你真有本事，将来总有机会露出头角来。

张同道：最后一个问题，莫老师。您从这样一个辍学的少年到21岁才离开农村，充满了那么多的饥饿、孤独、屈辱，一路坎坷，但最终你还是成为一个世界级的作家。您对自己还有什么样的一种期许或要求？

莫言：我的期许是文学方面的，我期望我还能够继续写作。昨天晚上我跟两个作家朋友一块儿聊天，他们也帮我回顾了一下我的创作过程。其实我的第一轮创作应该是从短篇、中篇、长篇，然后到《丰乳肥臀》。写完之后，又一个轮回，又是短篇、中篇、长篇。那么现在进入第三轮了，就是由戏剧、短篇、诗歌开始。过去我没有公开发表过诗歌。今年在《人民文学》发表了七首诗，接下来在《花城》，在《十月》都会发表我的诗歌。过去我也从来没发表过戏曲剧本，那么这一个轮回里面是诗歌、戏曲、小说同步发表，到中篇、话剧，再到长篇。最后一个轮回希望更加丰富多彩。这个轮回转完了，我想我就该彻底的休息了。

张同道：我们期待着您的新作。

莫言：我正在努力。一个作家到了60多岁，最高的追求，也就是终身难以释怀的文学艺术了。希望能还够写出一点让自己满意的作品。

文学的故乡
LITERATY
HOMETOWNS 访谈录

贾平凹

故乡就是以父母存在
而存在的。
只有父母在的时候，
才是真正的故乡。

二、贾平凹和他的商州乡村

贾平凹　张同道

【故乡是什么？就是以父母存在而存在的。父母不在了，那个故乡只是一个名义上的故乡。】

贾平凹，作家，陕西省作协主席，中国作协副主席。1952年生于陕西省丹凤县棣花村，主要作品《商州初录》《浮躁》《废都》《白夜》《土门》《高老庄》《怀念狼》《秦腔》《高兴》《古炉》《老生》《山本》等。曾获美国美孚飞马文学奖、法国费米娜文学奖和法兰西文学艺术荣誉奖、第七届茅盾文学奖。

2016年11月12日，纪录片《文学的故乡》摄制组跟踪作家贾平凹回到秦岭深处的棣花镇。这里是访谈整理稿。

1.秦岭

【一生都是在秦岭，生在秦岭，长在秦岭，工作生活在西安，它也是秦岭山下，所以和秦岭的关系它是没办法来割裂的。】

2.童年

【整天没吃的，没烧的，小小的，老是饿。当时最大的快乐就是今天能给家里想办法拿回来一点吃的，或者是拿回来一点烧的柴火。】

3.父亲

【我父亲就被开除公职，戴上"反革命"的帽子，一下子押回原籍，押回

我们村子劳动改造。这对我打击特别大。】

4.少年

【我是十三四岁，在这一段时间我深深地体会到，或者过早体会到，人世间的世态炎凉。】

5.离乡

【当然对这个地方恨了，就觉得我怎么遇上这个事情，怎么在这个地方老出不去，当时极力想离开这个地方。】

6.写作

【我就像小母鸡愁下蛋一样，怎么都下不出来，那个焦躁不安。最后下出来的鸡蛋上都带血，然后就是不停地叫唤，然后就是源源不断地把稿子寄到编辑部，再源源不断地退回来。】

7.商州

【我熟悉的对我有影响的恐怕只有我老家，要回老家去，老家那个时候叫商洛。商州在商洛的历史上曾经叫过一段时间，我就开始写商州。】

8.采风

【古人提倡"读万卷书，行万里路"，实际上"读书"叫你养气，"走路"是扩大你视野的，但古人那个时候"行万里路"完全是生命体验。】

9.《鸡窝洼人家》

【当时我回来以后就想这不仅仅是一个"换老婆"的事情，里面就反映了大时代来临的时候，人的一种觉醒的东西。后来我把它写成《鸡窝洼人家》这个小说。】

10.《浮躁》

【那几年自己写的也是精力正旺盛，创作冲动欲望都特别强烈，所以那个时候一年能发十来个中短篇小说，现在想起来，还有些吃惊。】

411.《废都》

【我经常讲人有命运，书也有命运，《废都》的命运就是这种，好像一个人遇到了大坎儿，要判刑坐狱这种命运一样。】

12.《秦腔》

【有一句话叫"血地"。写最熟悉的，和你有直接生命联系的一些东西，就是《秦腔》这一本小说。】

13.母亲

【我妈虽然没文化，说话特别幽默，给你说得像说书一样，眉飞色舞的。我《秦腔》《古炉》的好多细节人物关系都是和我妈说话的时候知道的。】

14.《高兴》

【我的性格内向，也不会说话，我就想，如果我再没有上大学，肯定我也是在农村，我在农村肯定不如我这个同学生活得更好。】

15.使命

【每个人刚开始都是从兴趣爱好开始的，只有写到一定程度慢慢才有责任，有使命。】

16.蚕茧

【写作已经成了我自己的生存方式，也是我生命的表现方式，而且自己老觉得还有东西写，就像一个蚕一样，把嘴里的丝吐完，自己用那个茧把自己包起来。】

1. 秦岭

【一生都是在秦岭，生在秦岭，长在秦岭，工作生活在西安，它也是秦岭山下，所以和秦岭的关系它是没办法来割裂的。】

张同道：您19岁第一次翻越秦岭到西北大学求学，开始了人生新的起点。30岁的时候，因为写作又返回秦岭，开辟了商州文学的天地。那么现在60多岁了，您的作品还在写秦岭。秦岭对您意味着什么？

贾平凹：我从小就在秦岭，老家就在秦岭南坡，原来的作品以故乡商洛为写作的根据，但是商洛基本是秦岭一个界。随着写作的深入，这个界一直在扩大，扩大到秦岭。到60岁以后基本上以秦岭为背景的东西更多了，写的东西更多了。秦岭，我觉得它是中国一个龙门，它横卧在中国的腹地，它是提携了长江和黄河的，统领着北方和南方的，它是中国最伟大的一座山，也是最有中国味的一座山。当年我19岁的时候离开家乡，就翻过了秦岭到西安，西安也就在秦岭的另一个界线，反正一生都是在秦岭，生在秦岭，长在秦岭，工作生活在西安，它也是秦岭山下，所以和秦岭的关系它是没办法来割裂的。

由于创作经常有两条视角线，在过去的时候，当知识分子这个概念从西方传进来的时候，大家有一个视角，就是从世界来看一个省，然后再看一个县、一个村子，基本上是这条线，这是以鲁迅先生为代表的那批知识分子那种视角。这种视角才产生了"哀其不幸，怒其不争"这种，他是站在高处，站在旁边来看的。

当然几十年过去以后，起码十年过去以后，现在也有一条视角线，就是站在一个村庄看到一个县，再看到中国，然后再看到世界。视角在不停地交错着，这样你才能在全球化的这种背景之下，来观察中国情况，观察你所处的那个现实生活，这样他对现实生活重新有了新的认识。当时年轻时翻过秦岭到西安，开始上大学，开始从事创作的时候，基本上是站在西安的角度上，或者是站在中国的角度上，或者是站在世界这个视角上来回望故乡，他对故乡是另一种写法。

到了五六十岁以后，其实是又从老家这个角度上，可以说从秦岭这个角度上来看中国，来看世界。这样我觉得视角不停地变化着，随着年龄或写作深入地变化着，他对世界里面的中国，或者秦岭，或者村庄，他就有不同的一种见解或认识。

张同道：您每天的日常生活是怎样的状态？

贾平凹：我是1972年就到西安这个城市了，1972年到现在已经有40多年了，在这个城市也不停地搬家，也不停地移动，也干过好多工作，但重点来讲，不是当编辑就是搞写作，基本就是这两项工作。相当多的时间，35岁以后，基本上每天要到单位去看告示，基本到50岁的时候，编辑工作就不干了，就开始写作。从家里老婆驾车把我拉到工作室，8点左右就到工作室，然后就工作到晚上12点左右才回家，基本上都是这样，一年四季，逢年过节基本上都是这样。

张同道：您住在西安，多久回一次老家？

贾平凹：在我上大学的时候，开始从故乡翻过秦岭，特别艰难，要从老家到西安，早晨早早就起来，坐长途车到西安就得下午五六点了，就坐一天。实际上现在高速公路修通了以后，过秦岭基本上就不翻山，这样走一个半小时就到了。我自己回去，起码保证清明节、春节，必须得回去，清明节必须要上坟去；春节大年三十晚上，必须回去坟上送灯。在我们那儿风俗大年三十到坟上去插灯，放上灯笼，你不放灯笼别人会认为后面没人了，绝死鬼了，必须要回去。这两次回去，平均下来一年能回去四五次。

2. 童年

【整天没吃的，没烧的，小小的，老是饿。当时最大的快乐就是今天能给家里想办法拿回来一点吃的，或者是拿回来一点烧的柴火。】

张同道：童年的时候，你的故乡是个什么样子？留给你印象最深的是什么？

贾平凹：现在回想当年，在我小时候那个地方，从山水来讲它是非常美丽的，可以说是山清水秀。而且，小时候风水先生一直在讲我们那个地方风水特别好，八大景，而且对面就是笔架山，烽火台。风水那一套的名称在我那都能对应出来。有好多方位，确实挺好的。但是在小时候是特别贫困，那个地方五谷杂粮都长，但都不多，人口又多，每人平均下来的土地面积又特别少，就是贫困，小时候在我的印象中就是美丽而不富饶。原来经常有一个词叫美丽富饶，这个词在我小小的就感觉这个词是不对的，美丽的都不富饶，富饶的地方一般情况下都不是多美丽的。

我记得的，更小的时候我是记不得了。1960年吃食堂，我是能记得。开头的时候，食堂的饭挺好，把国家的粮食全部都收起来一块儿吃，吃过一段时间就没有粮了，就是红薯。我们那儿把红薯叫红苕，就是每顿，每天三顿都要吃红薯。我记得，有一次我母亲到食堂去打饭，一家打一瓢饭，里面有苞谷汁和稀饭这种饭，苞谷汁里面有面条，我们那儿叫"糊汤面"，但是大灶上的糊汤面特别稀，给你舀上一勺子。我当时还小，我弟弟更小，我母亲打上一瓢饭回来，肯定不够吃。那个时候人吃饭特别多，越没什么吃的，人吃得越多。当时打了一瓢饭回来肯定不够一个人吃，我母亲就在家里开始烧一些开水，就把这个冲稀才能吃。

我记得有一次食堂里开始做稀饭，苞谷汁稀饭，当时很不容易了。因为每天早餐一般都是红薯和菜汤，就是那种白菜汤。那个白菜也长不大，长得特别小，上面好多虫，小腻虫，我们那儿叫腻虫，你做了以后上面就漂着那些小的虫子，那还没有油，就喝菜汤吃红薯，蒸的红薯，每天早餐都是那样。

有一天食堂里吃苞谷汁稀饭，我记得我是吃了三大碗。当时吃得肚子特别大，坐在那个凳子上。因为当时小，坐在那个凳子上脚踏不到地上，吃得太多以后，就下不来了，就要大人把你抱下来才可以，都吃成那样了。后来食堂就取消了。

我上小学的时候当时学校里面还有一个文艺演出队，就是几个老师帮我们排秦腔戏。我是作为学生去看，里面有一个小孩角色，就把拉我进去了，你来演这个小孩。小孩也不说话，老师把你在台上不拉，你就不走，需要你哭的时候，你哭一下就完了。这台戏每天晚上到各个地方去演，我也跟着去，我也是这台戏里面一个角色。冬天晚上回来特别冷，我母亲还没有睡，就在炕上一直等我，等我回来把门一开就说已经特别饥了，半夜了。我母亲老说，锅里给你温了两个柿子，大柿子。柿子在冬天的时候在屋檐下或者房顶上经过霜之后，它就发软，大部分的柿子将来都做成面了，就是把稻子的皮和玉米碾碎以后，和柿子搅在一块儿吃那种炒面。但是我回来我母亲每天晚上在热水里面给我温两个柿子，每天演出回来半夜特别冷，吃两个柿子，肚子就不饥了，就可以睡觉了。

那个时候大人经常讲，肚子饥了，一睡就不饥了，但实际上是肚子饥的时候你睡不着。基本在我小时候的印象中，总是没有什么吃的，而且没什么吃的也没有什么烧的。因为我们那儿也不产煤，不产煤就在山上砍树林子，所以说把这个树林子一代一代砍树木来做饭，二三十里以内的山上就没有树木。整天没吃的，没烧的，小小的，老是饿。所以当时最大的快乐就是今天能给家里想办法拿回来一点吃的，或者是拿回来一点烧的柴火。小时候就是这样度过的。现在我有时候经常想，那个时候一旦没什么吃的时候，也就没有什么烧的，怪得很。现在吃的对农民来说不成问题了，烧的也不成问题了。我是觉得这世上的事情有时候是非常怪的。

胃是有记忆的，小时候吃过啥东西，到老，到死，他都喜欢吃那个东西，因为小时候在乡下生活比较贫困，都是家乡那些饭。我那个地方并不是关中大平原，当时人多地少。农民一个人30亩地，有时候七八亩。我那时候三四分地，后来到一两分地，把那个地种得像这个绣花一样，特别精致。所以我到关中去以后看大片的土地旁边荒芜那么多，就不可理解。后来知道人家的地特别多，随便撒一些种子就够吃了。所以我老家精心细耕，粗粮多。小时候就是苞谷子，它生长期特别长，熬出来特别好吃。再一个是苞谷子里面下些面条，小时候吃这些饭。直到现在我回老家，回商州市或者去商州各个县，我都爱吃农家乐，或者县城农贸市场的小吃，都喜欢吃那个东西。那些东西，我就是吃那个长大的，一直到现在，一想起来还是口里流口水，但那些东西都不是多值钱的东西。

张同道： 故乡是否让你感到过屈辱，就觉得命运对你不公？

贾平凹： 小时我的家庭虽然是个大家族，在一个大锅里吃饭的时候，有22口人。现在回想起来，我们那儿习惯叫"婆"，我婆在的时候那是20多口人在一个锅里吃饭。后来我长大以后看《红楼梦》，虽然《红楼梦》是写贵族的，但是那个人际关系那个家族，下面分的谁的孩子，谁的母亲，谁的媳妇像我这个家族得很。我婆在上面主事，我父辈有兄弟四个，我父亲和我三伯父在外面工作，我大伯父和二伯父在家，大伯父主要主持外面事情，二伯父主要是解决种地问题，劳力问题。我三婶虽然不识字但是特别精明特别能干的女人，在主持内部的事情。我母亲因为年纪小一点，这儿生活不好就回娘家了。我二婶特别老实，儿女特别多，五六个儿子，还有两三个女子，儿女多，整天活得特别窝囊。我大婶又特别爱干净，拿现在的话讲有一些洁癖，出门吧要好半天，别人都出去了，都到村口了，她是收拾头上，收拾脚上就是走不出去。

当时我们那个家族在我们那个地方，这么多人口在一块儿吃饭是很稀少的。我记得那个时候上学的时候，家里做了一个黑板，每个孩子回来要先给我婆婆要说"回来了"，走的时候说给我婆说"要走了"。回来每个人把今天学的东西在黑板上写，或者拿树棍在院子里的土地上写。当时挺好的，特别好，而且声望特别好的一个大家族。

后来就因为贫困，为吃饭问题引起矛盾。因为这个做娘的她下面有三四个孩子，那个做娘的后面有两三个孩子。食物特别少，四个女的，我母亲我几个婶，四个人轮流一人做一礼拜饭。在做饭的时候，我记得那么大的锅，经常下锅就开始漏，水就流下去了，锅底就漏了，赶紧抓一把面，抓一把苞谷面放进去把那个缝子糊起来，然后就烧柴。轮到你七天的时候有烧柴，或者轮到你的那七天是下雨天，所有的麦草、谷秆、玉米秆都是湿的，整天院子里烟雾腾腾，饭一时做不熟，因为20多个人要吃饭。

所以说在做完饭之后，比如说今天你做饭，你就想办法给你的孩子多吃些，吃稠一点。下一个礼拜就是另外一个人做饭，就给他的孩子多吃点，多贪点，多吃些稠的。这么时间长了就产生矛盾了，有矛盾就过不成了，慢慢地一直到"文化大革命"前才开始分家。分家以后我父亲和我三伯父回来，觉得分家不好，又把它合起来，合起来又不行，又分下去，就折腾了几次，后来终于这个家就分了。

3. 父亲

【我父亲就被开除公职，戴上"反革命"的帽子，一下子押回原籍，押回我们村子劳动改造。这对我打击特别大。】

张同道：你父亲是你们家的第一个知识分子？

贾平凹：对。因为我父亲当时兄弟四个，为了供养我父亲，我伯父还到几百里外的煤矿，下过煤窑来挣钱供养他。他当时在西安上学，上学毕业后就留到西安。

这里面有好多有意思的故事。因为我父亲在西安上学的时候，当时考完试以后，成绩没有出来的时候，他在街上浪荡，游转的时候碰上一个人，就说，"小子你愿不愿意到别的地方，有饭吃的地方？"他说，"愿意"。因为那个时候家里穷，他在西安上学。他说，你明天早上到某一个地方来。我父亲第二天早上到那个地方一看，是共产党的八路军办事处，就是延安派驻西安办事处，那个办事处主要是接收青年输送到延安去。我父亲一想，这不是叫我去当兵吗？在他的观念，在家族的观念里面当兵好像都不是多好的，也是很危险的，他不愿意去。

学校毕业以后他就分在西安郊区一个小学当老师。当时西安快解放了，西安的房子也特别便宜，给老师发的工资就是几袋面粉。当时说是四袋还是五袋面粉就可以买一个小院子，当时他就把面粉攒的差不多快要买了，逢到西安马上快解放了。解放了以后，我的大伯父在陕甘游击队里是头儿，就是在陕甘的游击队里领导，我们那儿解放得比西安还早一点，给我父亲说，你回来，到我们团部里当一个文化教员。我父亲就离开西安回去了，回去以后也没有在军营里当多久教员，他又转到地方上去教书，所以这是他的经历。

后来我父亲去世前，我经常跟我父亲开玩笑说，你那个时候要是到八路军办事处，到延安，那你就是老干部，我可以说是红二代，那起码不受灾不受饥饿这个苦；如果你那个时候不回去，继续留在西安，你也是西安户口，也不至于20多年以后我又费尽千辛万苦才把我的户口从老家迁到西安。后来我说，别人都讲，如果没有这一些经历你也不可能成为一个作家，就把你从这儿、在最贫困的地方待上将近20年，你才能再返回西安。所以我父亲解放以后是教师。教师在我们那儿村子里属于工作干部，参加工作干部他有工资，和农民比起来好多了，我父亲也挣五十多块钱，当时也挺好的。

但是"文化大革命"由于他牵扯到我大姨夫把他叫到军营去，叫到团部去，我姨夫送了他一件战利品，作战的时候国民党的上衣，只有上衣还没有裤子，把那一件衣服送给我父亲。大家都穷，那个衣服是黄呢子上衣，也是挺难得。解放以后我父亲就穿过，逢年过节才穿上几天，然后就把它放下了。在"文化大革命"中，因为家族大，家族给我父亲分的任务是，你在外头教书，你必须把家族的孩子，不管是女孩子还是你弟、你哥的孩子，当然他没有弟了，把你兄长的几个孩子，几个侄儿只要够上中学的年龄，你都要带上。我父亲这个时候在邻县当中学老师，是上初中这些学生他全部带上，你都到哪个学校你把他带到哪儿，吃住由你来解决，学习由你来解决，家族分的任务就是这个任务。三四个学生我父亲一直带上读完中学，你吃的、穿的、用的，学习的东西都由我父亲来解决。

"文化大革命"的时候要求互相要揭发，我这个堂兄就说：我叔父还有一件国民党服装。就开始查这个事情，三查两查就查出我父亲是特务。这个特务是，当时他在西安的时候，国民党也撤退了，胡宗南他属于西北王，部队也撤退了，待不下去了。胡宗南就在西安做了一次报告，就在现在的长安县办过一个学习班。他在西安新城礼堂里面做报告的时候，要求各个单位的人去听报告。那个时候国民党政府也特别腐败，反而去的人不多，各单位把花名册全部报上去。

我父亲这个学校里老师一部分人也去了，名单也报上去了。那一天实际我父亲也去了，因为我父亲的学校离情报部这个地方比较远，走到半路，我父亲和另外一个人就开溜了，偷跑出来了，说咱俩到易俗社去看秦腔，半路看戏去了，就没有参加。"文化大革命"中参加这个活动的、听这些报告的，都打成"历史反革命"了。一看这些，档案里都有，所以我父亲就打为我们县上号称是"特务分子"，把那个报告会定为"特务训练"。这个时候我父亲就被开除公职，戴上"反革命"的帽子，一下子押回原籍，押回我们村子劳动改造。这一下，我们家庭原来在我们村子属于小康人家，现在一下子就沦落到社会最底层。

现在年轻人根本不了解打成"历史反革命分子"，或者你成分是"地富反坏右"，如果是这种那可怕极了，那就是政治上彻底宣布完蛋了，永远不可能再翻。你不能翻身，你儿子或者是我的儿子，我的孙子代代就不可能再翻身，而且经济上是一落千丈，这对我打击特别大。当然对于父亲来讲那是他一生打击特别大的。对于我来说是长久的打击，以后参加工作、上学你是不指望这个东西了。

4. 少年

【我是十三四岁，在这一段时间我深深地体会到，或者过早体会到，人世间的世态炎凉。】

这个时候我是十三四岁，在这一段时间我深深地体会到，或者过早体会到，人世间的世态炎凉。人与人之间的关系对我刺激特别大，相当一段时间，原来对你这个家族好的，你的亲戚朋友、邻居、村里人由于当时你家庭有钱，在外头有工作，他也对你特别好，但到发生这种事情就没有人理你了。因为当时我的户口都随着母亲的户口，孩子的户口随着母亲户口，都是农村户口。我母亲是农村的，我也是农村的。作为劳力我和我弟弟年龄都小，挣不了工分，生产队分粮食要靠工分多少来分粮食，工分少你就分的少，而且你必须要掏一部分钱才能把粮食拿回来的。以前的时候村里人好多积极替你掏这一部分钱，因为很快我父亲回来就把钱交给他了，但现在我父亲变成"反革命"了，开除公职了，分粮的时候没有人掏这个钱。所以你看别人家都把粮食分来了，看着人家过春节家家有买肉的，有这买那的，你家里没有，看着别人孩子穿的衣服好，你也没有。这一直影响到我上大学前，我要当兵，不行，过不了。当时招收技术工人，我就报名，也政治审查不过。后来又招收养路工，当时的公路还不像现在高速路或者一般的一级路，都是土路，养路工就是拿着铁锹，旁边铲铲沙土，见到坑坑洼洼的修修路，这也不要你。

当时就说民办教师，民办教师也不要。后来学校里一个民办女教师要生孩子了，需要一个临时去的，突然有消息说我可能能被选中，挺高兴的。过了几天说不行，又叫别人做了，就是你干啥都不行。那个时候自己个子又不高，身体又不好，没力气，在农村没力气那就不行，再一个你成分又不好，所以说小小的从那个时候话就特别少了。所以我现在的性格也不爱到人面前多言多语，不爱交往。

　　后来我谈起这一段事情，别人给我讲你小时候受这么多东西，或许正是有这么多苦难，你才能当一个作家。我自己也琢磨，为什么当年当兵不行、工人不行、养路工不行、民办教师不行？后来我就想小时候没地方放羊一样，把羊或者牛赶进一个山沟的时候，如果旁边不停的有沟岔的时候，你这个羊一会儿这跑，一会儿那跑，它是走不到沟底里去的。或者把牛羊赶进沟里的时候，把所有沟岔封闭了，逼着你的牛羊必须顺着沟上走，就走到沟底里，就是沟的最尽头。我说我的命运或许就是这样。如果那个时候我早早地参军，或者我当工人，或者当民办教师，我就不可能后来到西安来，也不可能当作家，很可能就在我们那个地方当个一般的民办教师，当个养路工也就满足了。

　　正因为不让你参加，这也不让你参加，那也不让你参加，最后逼着你一直到了"文化大革命"后面的工农兵上大学，我才开始。那个时候上大学是群众推荐，我自愿报名，群众推荐，领导审核，学校考试。考试基本没考，虽然那个时候自己身份还是"历史反革命"的儿子，但是自己在水库上干活干得特别踏实，大家就推荐叫我上大学，我才上了大学。毕业后才分到陕西人民出版社当编辑，一生都在当编辑搞创作。我说如果不是当年这种不让你干这个，干那个，不可能走到这一步。所以有时候我觉得说是命运吧，也是命运，说是不幸吧也是不幸，但是不幸中有它幸的地方。

　　所以我经常回想，实际上人的一生要经历好多事情，好多苦难，苦难里面有好多欢乐的东西。我现在回想我在小时候虽然现在想起来是这样苦，那样难，但在当时特别单纯，反而很快乐，没有更多的欲望。只是说这次能吃好，能给家里多拿些东西，能多带些粮食，多割些柴火回来，这就满足了。然后最大的愿望就是参加工作，能吃到公家饭，这就可以。那个时候因为社会差距不是特别大，吃饭问题上差不多，只要能吃饱就行了，反倒没有那么多欲望，小孩的时候还欢乐，一天还玩。

5. 离乡

【当然对这个地方恨了，就觉得我怎么遇上这个事情，怎么在这个地方老出不去？当时极力想离开这个地方。】

张同道：你很早就想离开老家，大约是在多大年龄的时候有那样的想法？

贾平凹：我是初六级毕业的，实际是在初中我上了一年半左右"文化大革命"就开始，开始以后就不上课了，就回来了。我经常讲，数学学到一元一次方程就结束，所以后面我就不知道了。所以这话又说回来，后来推荐我上大学，我想初中上了一年半，当时推荐叫我上西北工业大学，飞机系，要造飞机。我说我上学的时候我语文好，数理化不行，数理化一环套一环，如果一环断了，后面环就全部接不上了，我当时说不去。后来县委书记各种调整，因为我在水库上是搞宣传办简报的，同时上马的几个水利工程，每一个工地上都有工地战报，我们那个是办得最好的，所以县上的领导也知道这个事情，就把我调整到西北大学，学中文。我觉得多看些书就能赶上，数理化在我印象中那太难了，要一环套一环。

初中上了一年半左右，我就回来。干了几年以后，我小学同学、中学同学有的就参加工作，比如有些当兵了，我没有去。人家当了建筑工人了，当了养路工了，当了民办教师，马上回来就不一样了。有国家饭吃了，人家穿着也不一样，很快就找上媳妇了，对象就找好了，也骑上飞鸽自行车了。而我没有参加工作的，没有吃国家饭的，一样还在当农民，每天天不亮到地里去劳动，晚上才能回来，或者是隔三天五天到南山或者北山去砍柴禾，或者给牛割草。尤其砍柴禾，柴禾要跑三四十里路的山上去砍柴，要把它背回来。实际上我那个时候一次背五十来斤，但是也得半夜一点起来往山上走，到回来的时候就下午五点左右，就是母亲给你拿一个黑面饼。你到山上去砍柴，那个时候个子又不高，又没力气过这个生活。

我记得有一次我给牛割草回来，当时河里还有水，当时水就打到胸脯上，背着一大背篓草回来。当时背着背篓过河的时候，水把这一背篓的草能浮起来，并不感到沉重，但一出水就特别重，满脸汗流的，狼狈不堪的。我想象那个形象都狼狈不堪的，衣衫破烂，脸挣得通红，流着汗，脸上又不干净，有土沙，汗水流过都有一道道的痕迹。我刚上了河堤，远处就看到我一个同学推着一个自行车过来了，也穿得挺漂亮的，是男同学，推着飞鸽自行车，旁边还有一个漂亮的女孩，两个人走着，一看就是人家谈的对象。我就觉得很丢人，确实在这种情况下突然出现，碰上很难看。我就又把那个背篓背下河堤躲起来，叫人家过去以后我再上去回家去。

这给我刺激很大。都一样的同学，人家现在参加工作了日子过好了，我在那个时候想，以后怎么办？就想象着，也不是梦想，也不是理想，就是想象着将来是不是我也能出去？这种想法随着年龄慢慢增长就比较强烈。但是冷静一想那不可能，因为你成分把你决定了，你父亲的家庭成分把你决定了，你不可能再出去。但是不出去内心又那么冲动，有时候想起来就特别烦躁，你想了以后又特别绝望，就各种复杂的东西在那一段时间那样交织过来的，后来多亏那个时候有工农兵上大学这个出路。

我那个时候开始修水库，我当时在水库上办简报。开始我们三个人办一份报纸，小的文艺战报，后来那两人慢慢的各种原因都走了。最后我走之前，上大学之前这报纸都是由我来办，要写文章。当时不会写文章，就学习报纸上。当时有个《陕西日报》，上面有各种小评论、社论、报道，就模仿人家把工地上的事情写成文章，然后写回来，自己拿蜡版要刻，刻完以后自己用油印机油印。印完以后，其实就是小小的一张报纸，两面印，印出来以后拿到工地上，拿个喇叭要给大家念。

所以说我那个时候围绕丰富版面写过顺口溜，为了工作需要，也是自己爱好，版面不能老是长文章，诗歌就是那个时候开始写的。思考着刻蜡版标题要变化，隶书还是别的什么体，你得自己来，来增加它的丰富性，所以写字也是从那个时候开始。我还要爬到山岩上写标语，大标语，那个时候正是"农业学大寨"，"水利是农业的命脉"，"下定决心，不怕牺牲，排除万难，争取胜利"，就写这些。那一条沟里好多大石头上石壁上，刷的大标语都是我弄的。

我在苗沟水库上参加劳动的时候，我就喜欢写。为什么？那个时候也没有多少书读，突然有一本大家流传的书，就是这个村子有这本书，那个村子有那本书，大家交换着来读。我最早读的一本没有封面也没有封底的书，我看完就觉得这写得短短的，特别有意思，就模仿着人家来写。每天晚上住在一个大工棚里面，下面铺的是麦草，上面是牛毛毡棚，劳动一天后大家在棚子里挂一个电灯在那儿，有会下象棋的就下象棋，那个时候还没有人打麻将，在外面下象棋，要么聊天的聊天，有酒的有人去喝酒，有的早早的就睡了。

那时候经常蛇从棚子外面钻进来，也有人晚上把被子一掀起来，被子平常都铺开着，一掀起来里面卧着一条蛇，经常是这样。那个时候我晚上就没有多少事，就开始看书，看看书觉得好玩儿。我也能，我试着写我周围这些人，模仿人家的笔记写我周围的事，大家一人写一段。写完以后想给大家念了就念，一念大家哈哈大笑，说写得好，就是这样，就那样鼓励起来的。到我最后上大学走的时候，我那么厚的日记本全部写的这些东西。

拿现在的话讲，你说日记也行，人物素描也行，就是短文章，写了一本。这一本笔记本当时也没当回事，我走了开始在一些爱好文学的学生里面，年轻人里面传开了，我都把这事给忘了。到大学二年级回来的时候，我看到另外一个人，他也开始爱好文学，他说你有一本什么什么，在外头传，现在轮到我了，我把它收回来了。问是不是？我才想起我那一本书，我说拿来叫我看一下，你还是把这个给我，叫我来保存。所以这一本日记本后来我就拿回来，当然现在我不知道放到哪儿去了，反正肯定在家里。我回来一看，当年写得挺不错的。后来等我上大学的时候，在图书馆借了一本书，我一看这就是我在水库上看过的书，才知道是孙犁的《白洋淀记事》。

张同道：你最早是受孙犁先生的影响？

贾平凹：对，这是最早受到他的影响。他的《白洋淀记事》里面有些很短的文章，就是两千来字的，就模仿着人家来写。所以就像吃饭一样，小时候吃过什么，长大以后还是在吃什么，学习也是这样，小时候喜欢一种东西，到后来老受他的影响。受孙犁先生的影响，也就是那个时候，才开始接触了一本文学书。当然在这之前也接触过，比如说看的《封神演义》《水浒前传》。后来我上小学五年级的时候，到我大姨家，我大姨家在县城，《红楼梦》硬皮的，我看的时候，那些古文，那些唱词、诗词，前面的那些东西看不懂，就翻过去了，一旦进入了具体描写的故事的时候，那些我能看懂，那些基本上像白话一样，口语化，能看懂，就特别感兴趣，走的时候偷偷地带回来了。但是那个书硬得很，偷了两本回来，这两本不全。我记得当时是三本还是四本，反正我只拿回来两本，而且是硬皮的、精装的，你塞在怀里容易被人发现，但是就把它偷回来了，没看完。看完一星期，我表哥就发现了，书丢了，一想，谁来过？因为我小时候爱读书，小学的时候学习好，他家离我家就三十里，跑到我家来，硬把那书要走了。那是我人生第一次偷书，偷的是《红楼梦》。

那个时候工农兵上大学你必须到生产队支部书记那儿要报名，大队要报名。那个时候农民都不知道上大学是干啥，所以我报名的时候很快就报了。我跟支书说，我要上学去。人家说好，你只要能上就上。我说那就算我跟你报名了，这时候就报上名了。到第二年、第三年，大家知道这是学习，一个逃离农村的出路，好多村上的干部就开始把他的儿女、把他亲戚的子女开始推荐。如果再等到第二年、第三年，我也不可能，也没有人来推荐我，我觉得多亏这一年。

我父亲虽然是打成"反革命"了，那时候已经开始松动，慢慢要平反了，给他落实政策了。我父亲打成"反革命"以后，我们投诉，他是冤枉的。我父亲当时受别人拷打以后，手老抖，写不成字。我小小十二三岁，就开始在家里给他写申诉材料。几乎是每天晚上，我父亲给我讲，我开始写申诉材料，我才知道我父亲的一生经历，我父亲说他的历史我才知道。而且那个时候纸是多么珍贵，因为写这个申诉材料需要纸，所以那个时候一家人出去在哪儿碰到一张纸，都如获至宝，那都要想办法弄回来。到合作社就是现在说商店，那个时候叫合作社去看人家的包装纸，问人家要来，裁成小片，或者到谁家去，看到作业本人家没有用完的拿回来，就每天这样写，然后写好把文件一签给人家邮去。那两三年就整天干这事情，但是邮出去就泥牛入海毫无消息。后来随着大的形势变了以后，我父亲才平反了。所以一生对纸的爱惜，那个时候培养了。现在我还是这种习惯，见不得谁浪费纸，对每一张纸是特别珍惜。

张同道：当时对故乡的感情能不能说都带有一种恨、怨？

贾平凹：那肯定的。因为当时想办法，　方面觉得自己不行，但是正因为不行，所以有向往，老幻想自己将来出去应该怎么样。但是想象自己有一天能不能出去，一想这个问题自己又无可奈何，当然对这个地方恨了，就觉得我怎么遇上这个事情，怎么在这个地方老出不去？当时极力想离开这个地方。

6. 写作

【我就像小母鸡愁下蛋一样，怎么都下不出来，那个焦躁不安。最后下出来的鸡蛋上都带血，然后就是不停地叫唤，然后就是源源不断地把稿子寄到编辑部，再源源不断地退回来。】

张同道：事实上你一到西安就开始写作，最早的动机是要改变命运，还是艺术理想？其实你已经改变命运了。

贾平凹：后来上大学，学校也没有考试。每一个学生进来以后写一篇文章，要让老师看一下你的水平到底怎么样。大家参差不齐。我在我们班上属于比较小的，我在我们班上是19岁，还有30岁的人，大家有的是高六的，有的是初六级的，你看这中间要差多少？学校老师让你交文章的时候，我说干脆写一首诗吧，就交了一首诗。就写了《相片》，意思是我到这个学校来，要交一份照片，看到照片我想起我父亲那个照片。西北大学办校报，校报几期发了好多教师的文章，所谓学员的文章就发了我的一个，这是人家挑选出来的，发表了我的一首诗，这一下马上有股劲了。所有的孩子成长也要不停地鼓励，其实搞创作开头也是需要鼓励的，把他鼓励一下，他觉得前途有希望，他马上来劲了，人都是人来疯，就开始创办。

我到食堂里排队吃饭的时候，大家说这是谁谁谁，在报纸上发了诗歌，从此以后自己就爱写诗了。整个三年半大学，每天都在写诗。最早我上学的时候，整个陕西省只有一份杂志，叫《群众文艺》，主要发的是当时最流行的文学形式革命故事，我在上面就写过革命故事。有一份《陕西日报》，有一份《西安日报》，小小的报纸，颜色都是发黑的那种纸，这时候是唯一能发表的三个地方。

那个时候自己对创作就特别挚爱，每天睡到宿舍里在构思，在写。有时候晚上到图书馆去，经常在那儿写东西，人家把门关了自己一晚上都在那儿，忘了。一回到宿舍里，学生都是架子床，翻来覆去。我经常讲我就像小母鸡愁下蛋一样，怎么都下不出来，那个焦躁不安，最后下出来的鸡蛋上都带血，然后就是不停地叫唤，然后就是源源不断地把稿子寄到编辑部，再源源不断地退回来。

要是发表了同学们不说话，没发表，他故意把你的信封拆开。那个时候信封都是用订书机订，原稿放里面，觉得很丢人。我那个时候把退稿的信，那个时候退稿都有一个复信，在我的床边都帖到墙上来激励自己，现在看一方面是羞耻的，一方面是激励自己。你看全部被退回来了。所以大学毕业的时候，我已经发过22篇文章，所以说后来才有办法留到出版社当文学编辑。我大学毕业的时候拿回来一箱子未发表的稿子，堆到我后来分配的房子里的阳台上，后来风吹雨淋整个淋坏了，看不清了，没办法再发表，那些东西水平太差。但是当年那么狂热，确实对创作是狂热的，那个时候又没有稿费，完全是一个爱好。

发表以后那个激动别人想象不到的。我记得第一次报纸上发了一篇豆腐块那么大一篇文章，去买了好多报纸，人家还不卖给你，因为看我是一个中学生。家里面买拉面经常用报纸来包，我买十多张人家不卖给我，我说上面有我的文章，人家嘲笑我，你还能写文章？我又不好辩解，只好到另一个报栏那边买报纸。回来以后一路上看满街人都对你微笑，实际上谁也没有对你没微笑，就是那样的特别激动，那个时候确实有些疯狂。

那个时候整天脑子里再不装别的事，就是写东西，而且当学生那个时候每个礼拜就要写一两篇东西，几乎不停地在写。大学毕业以后，基本上是当编辑。编辑白天不能写，晚上写。当时咱们也不分房子，两三年以后给你分了五平方米的一个房子，五平方多一点不到六平方米一个房子，就是一个单元房子住了三户人家，把那个最小的不知道是单间还是杂物间分给我。我说当时对我太好了，我觉得我开始有一个独立空间，原来都是四个大学生分到一个招待所的宿舍里面，干啥也不方便。然后住进去，那里面只能放一张桌子，这边只能放一个单人床，就满了，门后面放一个电炉子，放一个水壶，你可以烧水，别的东西就没有地方放了。

但是我特别满足，因为我在那个时候愿意写什么东西，就写什么东西，我愿意几点睡觉几点睡觉，每天在那儿忙这个事情。现在回想那一段生活，特别有意思。单身汉，来的都是谈文学，或者我出去都是找那些文友，再没有别的什么事。

7. 商州

【我熟悉的对我有影响的恐怕只有我老家，要回老家去，老家那个时候叫

商洛。商州在商洛的历史上曾经叫过一段时间，我就开始写商州。】

张同道： 你早期的作品，现在回想起来是不是有意要避开故乡？

贾平凹： 当时没有那种意识，当时在年轻的时候写作，又不知道怎么个写法，很冲动，老想写。现在回想大量的是我看了这本书，里面有一句话，有一个情节，或者这个故事对我有启发，突然让我联想到别的什么事情，就要写一篇东西，或者看到一个什么东西就想写，往往都是要么受一个谁的影响，谁的一句话，或者是读书得到一种什么体会，就冲动了。那个时候特别敏感，可以说早期作品都是在模仿、借鉴这方面的成分更大一点，根本没有想到要写到我的老家，写到老家基本是后来的事。因为这样写了一段，虽然很快就获得全国奖，当时全国没有现在的什么茅盾文学奖、鲁迅文学奖，其实当时有全国优秀短篇小说奖、全国优秀中篇小说奖和全国优秀散文奖，这三大奖，这三大奖后来基本上慢慢演变成鲁迅文学奖。当时突然间宣布说我获得第一届全国优秀短篇小说奖，宣布后我才知道这个事情，这是很年轻的时候就获得这个奖，当然对自己更是一个鼓励。

但是这个奖，这一篇文章小说是我毕业以后，出版社分配我去礼泉县王宝金那个村子里写史实。王宝金，当时全国的劳模，叫我带一批刚毕业的大学生一块儿去给凤凰大队写史实，在那段生活写的。那个时候的生活比较贫乏一点，积累也特别少，到那儿去写史实看到一些情况写的小说。相当一段都是这样，我跑到这儿写这个，跑到那儿看见这个东西写这个，说话受了什么启发又写了，它是杂乱无章，没有规律，一会儿城里的，一会儿农村的，题材也各式各样，这样一直写到多少。写到80年代初期的时候，这个时候外国现代的东西进入了，而读书量一下子扩大了。但是这个时候自己创作还是逮住什么写什么，看见什么写什么，啥都可以写，啥都写得不好，就特别苦闷。

这个时候外来的东西来了，结合着再创作，而且国内也出现了好多比较有名的一些更年轻的作家。我把我这个时候定为"流寇罪"，我像流寇一样，打一枪换个地方，跑到这儿抢一把，跑到那儿收一把。我说这样下去不行，这个时候才产生了想法。对我来讲最熟悉的是什么地方？不是在城市里，我才来这几年，而来几年又没有深入到城市里面去，你基本还是一个大学毕业生，才分配来，分配来就是单位到宿舍，宿舍到单位，对城市了解不深。你到周围去夏收、挖防空洞、防震，年轻人这些都叫你下去，你写这些东西气焰也不是特别盛。我说我熟悉的对我有影响的恐怕只有我老家，要回老家去，老家那个时候叫商洛。

这个时候我就回去，开始几次返回商洛。商洛一共七个县，基本上我把七个县跑遍了。七个县主要的村镇、大队公社基本上都走了一遍，拿现在的话就是像采风一样，到各地了解着看，了解情况，山水人物都来看一看，回来就开始写这个东西。当时为了避免谁闹意见这个原因，就把商洛不叫商洛，就写成商州。商州在商洛的历史上曾经叫过一段时间，我就开始写商州，就是后来我发表的《商州初录》《商州再录》《商州又录》，这就变成出名的书叫《商州三录》。这一本书当时出来以后反响特别强烈，也给我好多鼓励，从那以后就不停地回商洛，了解那些情况。

张同道：当时外部是一个什么样的刺激呢？寻根文学。

贾平凹：不是，寻根文学是这样的，当时先有了创作，在创作的基础上提出了寻根文学。寻根文学我记得最早的是《钟山》杂志，当时给我来信，要发韩少功一封信，让我来回应这个信。在创作这个基础上，提出"寻根"这个字眼，写的时候可能都是无意识的，或者是下意识的。不管是怎么样，已经有这种现象，再正式把这个旗号打出来的时候，就需要一些作家来发表东西。当时我发表的，现在记不清，寻根文学就是这样来的。

张同道：西方的东西传进来对你也是有影响的。

贾平凹：因为80年代，1984年、1985年、1986年，整个外来的东西，西方现代派的东西全部都进来了，对中国年轻的作家来讲视野一下子被打开了，想着文学原来还可以这样来进行。文学就不仅仅是苏联文学，又不是50年代或者30年代看的东西，或者五六十年代看的那些东西。又不是在学校学的那种革命现实主义、革命浪漫主义相结合的那种模式的作品，西方现代文学好多东西进来了。这个时候大家开始掀起了整个来学习，把西方现代的东西开始在中国用。几年间，把他们那个时代的东西翻过来。当然西方的东西最早传过来，我认为是在美术方面，戏剧，或者诗歌这方面。当时最早接触的就是西方的现代美术那些东西，我特别感兴趣，所以说后来西方现代的一些思想，我最早是从美术这方面开始的。

张同道：一些画家还记得吗？

贾平凹：毕加索、印象派的那些东西对我影响特别大。因为在这之前，我看过一本，我们西安有一个人写了关于中国戏曲的一本书，那本书对我影响特别大，那本书使我了解了中国传统的美术。因为最能代表中国传统美术的就是戏曲，戏曲里面的各种表演，各种意境方面的东西，专门讲这个东西，对我影响特别深。后来看到西方美术理论方面的一些书。这样一些东西在我一生创作里面，这两种，一个是戏曲，一个是美术，戏曲是中国的，美术是西方的，对我影响特别大。

张同道：《商州初录》刚出的时候当时主要的反响都有哪些意见？

贾平凹：《商州初录》当时文学界评价特别高。当时我记得好多评论家都写评论文章，当时一个作家能得到几篇评论文章也是不容易的，当时觉得挺好的。但同时在商洛地区反倒是批判的，当时好多批判我的，说你把农民的垢甲搓下来让农民看，就是这个意思。当时商洛地区组织过一个，现在可以说是一个批判会，觉得写商州这些东西不真实，那是揭露了阴暗面，当时社会的认识，政治氛围就是那个样子，认识水平就是那个样子，所以这个过后你也能理解。但是对于我当时来讲，也是产生了很多压力，当时我把很长的一封报告信，就是批判这一篇文章的长信，就发给省宣传部，同时发给杂志编辑部，或者陕西省作家协会，但后来这些单位都把这压下来了，觉得他们说的都不是文学方面的事情，都不符合文学方面的东西，都把这些东西压下来了。

张同道：当时商洛有报纸公开发表这些批评意见了吗？

贾平凹：这个我倒没注意。我估计有，肯定有，我见过有，是报纸还是杂志上面有过两篇还是三篇。

张同道：当时是什么杂志？

贾平凹：反正都是自己办的一些东西，包括当时拍《野山》在全国也获得了奖，一个中篇改的，在全国也产生了很多影响，也获得了金鸡奖，几项大奖，但商洛也在批评。他们还是批评，说你怎么能把这个写成这样，好像是侮辱老乡一样。当时我也觉得很委屈，但是又没办法辩解，这种我也见过几篇文章。

张同道：这种对你的创作产生过影响？

贾平凹：因为我的创作现在回想起来，从20多岁写到现在，一生作品争议是最多的。每一个时期，每一个阶段基本上出现两种，要说好就特别喜欢，特别好，好得我都不相信；也同时说怎么不好，攻击你，但攻击我也不服气，就是这样一直争辩着，一生都在伴随着。后来最多的就是《废都》，那是下一部。

张同道：当时你写家乡，可是家乡人认为你是在侮辱家乡，这个影响你进一步去写商州吗？

贾平凹：因为自己也不服气，我觉得我肯定对我的家乡，对我家乡的父老乡亲们是一片真心的。我说我也没有丝毫给家乡抹黑，或者我现在在城里了，我来攻击它，我毫无这样意思。我之所以写这个东西，我只想把我知道的、看到的真实表现出来，而且一般人他出于政治的目的，或者出于对文学不了解，那个时候作品里面不允许你写到不对的，他就给你乱理解了。所以说我觉得他们那些批评不符合创作的规律性，不符合文学属性，所以我说我还是坚持往下写。你批评我，我还是一次又一次地到这儿了解生活，回来写我的东西。

张同道：我看过一个文章，你父亲听到你被批判后也很紧张，专程来看你？

贾平凹：对。那个时候牵扯到家乡对你是这种看法，后来有"反自由化""清除精神污染"，全国性的这种，每次都有我。再到后来发展，就开会批评我，有评论会就批评我，说我的创作"走弯路"，就是不注意思想修养，光追求艺术上有唯美倾向，或者有资产阶级的味道。我记得那个时候，曾经在一个月里有六七本杂志都是写批判我的文章。当时也才接触文坛，又特别害怕将来写不成了。其实我父亲来看我的时候，也是受到批评，而且很激烈。

我那个时候年纪又特别小，才开始搞创作，我也惊慌无措。而我父亲作为一个过来人，他一直是语文老师，在"文化大革命"中受到冲击，他看得多了，知道都是为写文章受的灾难的人太多了。一旦犯了这个事就永远翻不过身了，所以我父亲特别紧张。

我父亲到城里来看我，看的时候平常我不喝酒，我也反对我父亲喝酒，我父亲能喝酒，我嫌他一喝醉了不好，对身体也不好。但我父亲那次出来专门拿了一瓶酒让我来喝，而且在那个时候我也抽烟，但是我在我父亲面前从来不抽烟，好像感觉我不会抽烟似的，但是我父亲也知道我抽烟，只是不说破而已。他抽烟绝不给散烟，但是我父亲那一次给我散烟了。父子俩在那儿抽烟喝酒，其实啥也没说，但是心照不宣都知道父亲为什么来，为什么来喝这个酒，我觉得那是我一生最早受批评。当时最害怕就是受批评。我父亲担心是把孩子政治前途丧失了，怕受到影响。

其实我那个时候还没有想到把政治前途什么影响，我最担心的是不让我写作，我是担心这个东西。我说只要还让我写作，只要把我手里的笔收不走，我就不怕。你批评，有些地方你批评对，有些地方你批评得不对，对不对我慢慢以后有则改，无，我继续写，我总有一天要写得让自己满意，大家满意，这是当时下的决心。

张同道：我看你文章写到父亲给你留了几句话："有事没事别惹事，事来了别怕事"。

贾平凹：我父亲特别严厉，脾气不好。他对外面人亲戚朋友特别好，在家里请人喝酒，要喝酒就炒个鸡蛋或者炒菜，最后喝完以后大家下一碗面条一吃。小时候家庭也贫困，所以觉得老被他的朋友们把家里的东西吃和喝了，孩子有时候吃不上，就觉得有些怨恨。以前我父亲老教育我，我老不吭声，就害怕到他跟前去。他特别厉害，就我结婚以后他的脾气来了还拿脚踹你，就是这种人，但是人特别好。

每一次我到学校去或者出去或者到单位去，明天我要走了，今天晚上肯定来，他形成老规律，一家老少，我妈、我妹、我姐都坐这儿。冬天坐在火盆跟前，他开始给你讲出去一定要注意什么注意什么，不怕事，但是对领导怎么样，对朋友怎么样，就给你讲那些孔孟的东西，全是儒家的东西，教育特别多，说得大家都沉闷不语，反而由他一个说。他说的时候我母亲开始在旁边打盹，然后他又训斥我母亲，我母亲就不敢再打盹了，大家只是嗯嗯地回应着。火盆那么大，一盆子火架起来，倒下去，架起来，塌下去，最后那一盆火变成灰烬了，没有了，已经到半夜两三点了吧。最后，我说就这样吧，明天我还要走呢，睡觉，这个时候大家才开始各自睡觉去。就每次第二天走，头天晚上都是这样。这在我印象中我年轻时，只要出门，我父亲开始给你做儒家教育了。在我的幼年时期，一方面村子里整个的氛围是道家氛围，但家庭教育是儒家教育，反正挺有意思。

8. 采风

【古人提倡"读万卷书，行万里路"，实际上"读书"叫你养气，"走路"是扩大你视野的，但古人那个时候"行万里路"完全是生命体验。】

张同道：再说说你当时的采风。当时采风怎么下去？是坐车还是走路？怎么吃饭？怎么个采法？是到了一个村里就去找他们了解情况，还是怎样的？

贾平凹：意识到我的创作必须要有个根据地，根据地必须写自己熟悉的地方，我就回到老家。老家前后正儿八经，开始有这种意识去的，就是去考察的，拿现在讲是采风的就有三次。那三次每次都是把这七个县，这个市一共七个县，大概走很多地方。大的走完了以后，以后没事就过去走一些更偏远的地方。因为在那个地方我特别熟悉，特别放松，因为我采风严格来讲不是拿个笔记本像新闻采访，不是那种，一般情况下就是看一看，随便聊一聊，到人家家里走一走，收获特别大。

当时我每一次下去，那个时候也没有车，也没有私家车，也没有出租车，朋友也没有车，因为只有领导干部才有车，要么就是公共班车，一般就是早早地坐公共班车去。在商洛地区市里有我的朋友，就找到他，然后就一块儿到县上，再找县上的朋友，县上的朋友把你领上，到公社去，到大队去，到村子去，一直就这样走。走到哪儿肚子饥了就在哪儿吃饭，要么就是街道里的小饭馆，要么是农民家给咱做些饭。晚上一般情况下就回到县城一个旅馆里面住着，或者在镇上朋友的家里住下，就每天这样走。因为是朋友找朋友，朋友对这一块儿特别熟，他不停地给你讲这个地方的历史风俗、人情、故事，然后带着你到一些景点上去看，了解，晚上回到房子，回到旅社的房子就记当天所有的东西，几乎每次都是这样。每一次去一个多月，走几个县，也交了好多朋友，所以当年都是这样走的。

我后来也经常给人家讲这一段生活，这一段生活其实特别辛苦，也特别快乐。古人提倡"读万卷书，行万里路"，实际上读书叫你养气，走路是扩大你视野的，但古人那个时候"行万里路"，和现在"行万里路"是截然两个内容。古人"行万里路"是骑着毛驴带一个书童，文人就带个书童，风天雪地往一个地方走，随时都有野兽把你吃掉，随时都有强盗把你抢了，随时赶不到那个地方去就把你饿死了，或者风雪来了把你冻死在这儿，所以说他这一路走，走万里路的时候完全是生命体验。而现在走万里路坐飞机就走了，这个城市和那个城市没有区别，等于不叫"行万里路"。所以当年我走商洛的时候，基本上是坐班车走，和古人还不一样，但比现在这种采风要强多了。

我为什么在商洛有收获？因为我就生活在那个地方。这一棵树苗就是哪个土上长的，土里有干旱还是水涝，我知道，有没有蝗虫有没有风沙，我知道，长什么是啥样子我小时候体会的深得很，所以我再回去我就不做技术上的考核。比如我现在如果到北京去，我先要了解北京的胡同里面卖什么东西，什么样子，北京前门是什么样子，北京的八达岭是什么样子，先做这种具体的考察，然后我才能深入到整个生活里面去，这是我在不熟悉的地方。

如果我从小在这儿长的，这儿人是什么样的，人的习性是什么样的，五谷杂粮是怎么长的，气候是什么样的，山川是什么样的，这些我了然于心。我再去只找一些人和故事，只找那些东西，我去一天相当于我到另一个不熟悉的地方去了一年，可以这样说，这里面有血肉联系，所以到那儿去就容易拿回来好多东西。这个过程不仅仅在外面收集做材料，同时也是一种提高自己思想觉悟的一个方面，同时也是让自己养浩然之气的一个东西，养气修性的一个东西，慢慢地开拓你思维开拓视野，打通你心智的一个过程，这个过程收获就特别大。

但是在这方面遇到的事情我最深刻的是，有一年南方发大水，把安康城淹了，同时涉及商洛地区的一些县。一些县整天都在下雨，潮湿，发洪水以后还有一些瘟疫病毒。我到一个县上去，感冒了，在当地要打一种柴胡注射液，当时大家特别流行注射柴胡来治。我到一个诊所去打针，当时那个针不是现在一次性的针头，是铝盒子装，把用过的针头在开水里煮，再给你打。大水过后，正流行一种肝病，我去给我打那个针头注射，从此我就得病了。这病十五年才彻底好了。

而且我记得去一个地方回不了县城，当时在一个镇子上的旅馆住下，住下来那个被子特别潮湿，睡进去好像湿被子一样，又没办法，后来半夜里又把衣服穿着再睡，睡起来第二天浑身发痒，后来痒得难受，身上就开始出疥子，好长时间不知道怎么回事。后来让一个老中医看了以后，说疥子也是看不见的一种虫子在皮肤上开始发炎，那好长时间才好，这也是这一次下乡过程中得的病。

张同道：你采风过程中既收获了作品，又染上了疾病。

贾平凹：对，染上了疾病。原来每一次回来，从乡下一个月回来，一进门老婆就叫"煤工"。一进门，把门一关，先脱衣服，你身上就开始生跳蚤了，开始脱衣服、洗澡、换新衣服，原来穿的衣服都消毒，拿开水要烫了，每一次回来都是这样。

9.《鸡窝洼人家》

【当时我回来以后就想这不仅仅是一个"换老婆"的事情，里面就反映了大时代来临的时候，人的一种觉醒的东西。后来我把它写成《鸡窝洼人家》这个小说。】

张同道：《鸡窝洼的人家》也是采风过程中发现的故事？

贾平凹：因为这一次去，我到镇安去，看到那边有一个山沟，我说顺着这个沟进吧，那个沟叫介子，进去以后沟里还有好多村庄人家。当时在县上有一个作家叫马健涛，他是关中人，工作调到那个地方，他也爱文学，接待我。他说我把你领上，对面的一个村子，就把我领到这个村子，见到当时的一个村长。去了以后先到人家家里吃饭。吃完饭出来以后，马健涛给我讲这家的媳妇，讲这个故事。一个村子的人，你娶我的老婆，我娶你的老婆，发生了这样一个事情，就说这是换老婆。

当时我回来以后就想这不仅仅是一个换老婆的事情，因为当时社会改革才开始，支书他当时思想特别，拿现在的话讲就是特别先进，总想开拓一些东西，总想出去干事情，思想特别开拓。他在村里开始搞这个发展经济，搞好多事情，一般人不理解他，连他自己老婆也不理解，这个时候才娶了另外一个女的，他俩思想好像能接近，能说到一块儿，慢慢他俩好了。他这个老婆就离婚了，后来这个老婆的男的是一个老实人，保守得要命，原来老婆又给了这个男的，好像老婆交换了。表面是交换，里面就反映了大时代来临的时候，人的一种觉醒的东西。所以说自己觉得这里面应该有意思，就把这个故事写下来。

张同道：我这里面也有一个疑问，你写的这些人物，哪些是从人物身上学的，有哪些是你的生活细节拼起来的？

贾平凹：实际每一个作家，不管你千变万化，不管写哪种东西，实际上严格讲都在写自己。当然这是在思想上来说，但实际上一些素材也无法摆脱自己，用自己的一些东西，有些作品你自己成分多一点，材料多一点，有些少一些。《鸡窝洼人家》这一部小说，基本上还是根据当时得到的情况，听到这个故事。了解两家人以后，那天吃完饭，又到另一家去看了一下，了解情况。整个商洛那种风俗那个方面我比较熟悉，就把这个故事直接融到那个环境里面慢慢构思的。

张同道：其实他们那时候在村里的生活细节，应该说你并不了解。

贾平凹：具体他这个人做些什么不了解，我可以把我了解的，比如说我跑了好几趟商洛，我了解到的就集中到他身上来。

张同道：这里面你写的烟峰性格很突出，有多少是你在当时采风中看到的？

贾平凹：我把长期跑的过程中见到的泼辣、能干的女人形象就赋予到她身上；既然她能看上这个男的，思想比较时尚的或者比较先进的开放的这种男的，写作才开始萌发，她能喜欢这个男的，肯定有他的特点，有他的长处，就把我在别的地方看到的赋予到她身上。

张同道：可以说这个故事写的就是民间的道德问题。

贾平凹：对，因为民间大家对这个故事已经都知道，而且周围村子人也知道，大家一说起来觉得是很丢人的，嘲笑的，戏弄的，是换老婆。换老婆是很下贱的一种东西，而且这个已经形成大家的思想观念，一个价值观念在这儿老对着人家。所以以至到后来我把它写成《鸡窝洼人家》这个小说以后，改成电影《野山》的时候，在那儿拍完以后在全国获了那么多奖，影响那么大，但商洛为什么当地有意见呢？实际上也在这儿。在他们的观念里面，这是一个很脏的、很不好的事情，有人耻笑的事情。你既然把这个能写出来，这不是对我们这个地方有伤害吗？他是这种思维。

张同道：但是他没看到你把换老婆变成两种思想的矛盾？

贾平凹：对，他原来就有那种换老婆的思维在里面。他不管你再弄，反正你写类似这个事情，他是觉得好像伤风败俗，伤害了他，道理在这儿。

张同道：后来拍电影也是在那个地方，这也是你说唯一一次到剧组里面去看。

贾平凹：当时导演叫颜学恕。我这几十年来作品被改编成电影的也不少，但是拍得好的，我觉得只有《野山》更好一点。而《野山》在拍的过程中，他也存在一个拍不下去了，有些情节硬伤转不过去了，颜学恕就派人把我接来，剧组再谈一谈，这怎么转换，就谈这个事情。后来拍了多少电影我从来没有到现场去过，只有这一次我到拍摄现场去。我第一次看到电影原来是这样拍的，那么多人。我记得剧组每天早上吃鸡蛋，要煮那么多鸡蛋大家来吃，而且每天上去忙了半天，拍了一两个镜头就回来了。这一次到现场去，给我增加了，以后我自己千万不要涉猎这个影视。为啥？影视浪费时间得很。我当时说这个不是一天两天能完成的，它牵扯面太多，不像写小说，门一关就是我，我写成也行，写坏了也是我的事情。这一下牵扯的事情太多，半年什么也干不了。我后来为啥再也没涉及这些事情，谁叫我改动，改本子，我说我不会做这个，因为那一牵扯多半年、一年，你是不能安生。

张同道：这个小说改编了，是不是当时在经济上也有收获？

贾平凹：没有，那个时候当时给我几百块钱。因为导演也都是朋友，导演也没有多少钱，当然家里有些事，跟我说，兄弟我最近困难得要命，我多拿一点。我说好，你多拿，我只拿了几百块钱，这是拍电影。

张同道：这个片子是不是在你的作品向整个社会传播又是一次强有力的推进。

贾平凹：《野山》基本上在圈子里面影响大，在整个社会上它没有产生全社会的轰动，所以反过来对文学的推动作用还是少一些。所以可以说作家里面我是没有享受过，或者说没有彻底享受过影视给我带来的什么推动。

10.《浮躁》

【那几年自己写的也是精力正旺盛，创作冲动欲望都特别强烈，所以那个时候一年能发十来个中短篇小说，现在想起来，还有些吃惊。】

张同道：三年左右你连续发表了14部关于商州的小说，像《小月前本》《鸡窝洼人家》《正月·腊月》《天狗》《商州》，1985年被有的评论家称作"贾平凹年"。事过20多年了，你今天怎么看你这批作品？

贾平凹：那个时候中国正流行中篇小说。文坛新时期文学以来，最早的是短篇小说特别火，后来就是中篇小说，慢慢才变成长篇小说。因为当时那几年自己也是精力正旺盛，创作冲动欲望都特别强烈，所以那个时候一年能发十来个中短篇小说，现在想起来，还有些吃惊，怎么能写那么多东西？现在回想，实际上我还是喜欢那一批作品，那批作品里面开始做各种探索，精力又旺盛，思维又活跃，挺有意思。那批作品如果现在写，也不一定能写出来，现在想起来也是一个很吃惊也不可理解的，那个时候能写那么多。

张同道：你创作的第一个高峰？

贾平凹：那个时候创作一直都很疯狂，好像写起来就止不住的感觉，包括后来不写中短篇了，90年代以后就开始写长篇了。

张同道：《浮躁》在当地影响还比较大？

贾平凹：对，第一个长篇是《商州》，那是我第一个尝试着写长篇的，下来就是《浮躁》。《浮躁》基本是我对商洛生活的集大成的一个作品，集中总结性的一个作品。因为在商洛地区考察的时候，直接里面写到商洛，县名地名都是对的，直接写了一批散文、一批中短篇小说，后来就写成《浮躁》。那以后，就基本上不写具体的商州了，就开始变了。后来虽然写商州，但是意义就不一样了，写法也不一样了，原来写必须是商州的哪个省哪个县，具体地名都是这种，包括后来《秦腔》就不再出现这种字眼了。

张同道：也是把这个作为商州文学版图的一个标志，《浮躁》后来获得美国的一个文学奖。

贾平凹：对。

张同道：这期间好像也接触了很多当地的民歌，像《后院有棵苦楝子树》。

贾平凹：采风那个时候，几次到商洛走，肯定啥都了解了。在那个过程中也学会了好多地方的，包括那边的历史，看到的人物，穿的衣服，盖的房子，吃的什么东西，包括唱的什么歌，那个时候早起来大家都一块儿。在这期间我曾经和何丹萌，我一个朋友，他也是个作家，他在商洛，他开始带我到一些地方。他作为文化馆的干部，对县市的人特别熟，找当地的熟人，带着我走。他是模仿性强的一个人，他爱歌，沿途给我教了很多民歌。后来我到一个县，比如到洛南县，洛南县有一个叫张红宇，他是我大学的朋友，他分到那儿当文化局长；还有一个作家叫王胜华也在那儿，他也把我带上到下面跑，跑了好多地方，当时好多短文章当时就写了。比如说散文里面有一个叫《事儿》这一篇，很短，实际参观回来，是王胜华叫我给他写的，提起笔就写出的这篇文章，抄下来就变成《事儿》那篇文章。那个时候思维很敏捷，才如泉涌，当时确实很有那种精神头，提个毛笔本来写书法，写着写着就写成一篇文章，一抄就拿去发表了，就是后来《事儿》那篇文章，反正不长，我觉得写得有意思。

张同道：你还有没有一些歌能记得住，能给我们哼唱的歌？

贾平凹：哼唱可以。但是陕南和陕北民歌不一样，民歌和地理是一回事情，什么样的地理形状产生民歌旋律就是那个旋律，陕北是黄土山，像和尚头一样起伏不定，一个一个地过去，所以陕北民歌它也起伏不是特别大，很舒缓，很高亢深沉的就过去了，像黄土高原一样往过去。陕南那个山都是像锯齿一样，忽高忽低的，陕南民歌节奏也是忽高忽低的。所以陕南民歌严格讲，它好听度不如陕北。但是对于陕北民歌我其实喜欢唱，因为陕北民歌，我曾长期对陕北感兴趣。一旦建立了商洛根据地以后，就要把根据地不停地扩大，建立了根据地不当流寇了，就有根据地了，但是得不停地扩大你的根据地，后来就扩大得越来越大，越来越大，这期间就把陕北的一些东西慢慢写着放进商洛。

在陕北采风过程中，也学会了好多民歌，陕北民歌比较苍凉浑厚一点，陕南民歌它比较欢快。我现在给你哼几句陕南民歌。陕南民歌叫《后院里有一棵苦楝子树》，"后院里有一棵苦楝子树，未曾开花你先尝……"实际就是这两句，它这个意思就说是一个女的，本来爱上她村里一个男的，但是村里的男的是穷人家的，父母又不愿意，把她一定要嫁给一个地主家的孩子，她临走的时候就给心爱的穷人家的孩子唱的这个歌。意思是我已经把我的青春，把我的爱要献给你，而不是献给那一家人。

11.《废都》

【我经常讲，人有命运，书也有命运。《废都》的命运就是这种，好像一个人遇到了大坎儿，要判刑坐狱这种命运一样。】

张同道：刚才谈到采风也带来了很多病，带来很长时间身体上和心理上的不愉快，但是接下来一段时间你这个不愉快还挺多的，这段时间你是不是感受到命运的一种无奈。

贾平凹：对，因为到80年代后期，一直到1988年、1989年、1990年这几年。一方面父亲去世，家里发生好多变故，自己常年的身体状况，得了肝病，身体状况常年不好，几乎每年都在西安住几个月的医院，把西安所有医院都住遍了，而且为了治病，采取了各种各样的方式；当然也有很多社会原因，基本上是很苦闷，精神很苦闷，觉得不知道干什么。

我父亲去世时，当时我是三十六七岁，在这之前，从来没有接受过亲近的人、亲朋里面有死亡现象的。年轻时候死亡这个概念离得特别远，好像与你无关系一样，当然经常周围发生的死亡，但都不是自己生命里面亲近的人去世。我父亲得了三年病，做了个手术。可以说那三年，儿女一直在提心吊胆，就不知道哪一天突然给你发生，好像头上悬一个炸弹一样，不知道什么时候给你爆炸，所以一直悬着心。他当时去世的时候，他在老家，那个时候他没有在我这儿住，看完病以后就把他送回去，送回去我又返回来，要在城里这边买药，买好多药。当时他属于胃上有毛病，到晚年特别疼痛，我得在城里给他买杜冷丁。当时杜冷丁不能随便买，必须要医生开证明只能买一次。但后来一次也不起作用，必须不停地买。他后来两三天打一次，后来变成一天打一次，一上午打一次，一上午打几次，就需要的特别多，我在城里负责给他买药。

等我回去，一到村口，我看见我的堂哥就穿着孝服，我就知道坏事了。我父亲最后咽气那个时候，我没在现场。我父亲去世对我打击特别大，因为从来没有经受过那个事情，三十六七岁，人生突然有这个，当时也受不了，当时特别悲痛。我一想起来就流眼泪，就给他写过好多文章，寄托自己那种哀思。

现在回想起来我父亲也没有跟我享过多少福，就按乡下人说没有跟孩子享过多少福，因为那个时候我条件也不行。我父亲最大的满足就是我发表作品以后，他在外头收集我在哪儿发表的作品。后来他周围的朋友，同事一旦发现报刊上有我的文章，就拿来问我父亲，给我父亲，我父亲一高兴就开始喝酒，就讨酒来喝。这是我父亲晚年的时候，唯一的精神支柱，就是完全靠儿子还能写东西，这是我父亲很得意的一个东西。但生活上我确实没有给他做更多的东西，生活照顾上。

好多东西也随着自己年龄增长阅历增加以后，思考了好多东西。对社会的问题，对个人生命的问题，和以前的想法就不一样了。你写商州以前的作品，不管你怎么写，不管你写到揭露的东西，批判的东西，总的来说风格是清晰的，是明亮的，一切都是阳光的，是这样一种东西。这个时候就各种原因对社会问题、家庭问题、个人问题、身体问题引起好多思考，对人生的好多思考，对人的命运，人性各种复杂的东西，就有写的一种思考。这种思考是以前很少有的，以前更多写写故事，这个时候就不满足写那些东西。

所以说在写《浮躁》的时候，我前言里面专门说，我以后再不用这种办法来写小说，这种办法还是50年代传下来的一种现实主义那种写法，全视觉的写法，还有典型环境、典型人物的那种痕迹，我说一定要变化。但变化在哪儿变？当时自己也不知道。但总觉得不满意以前的，我得重新上路，重新开个路子，这就写到《废都》了。《废都》的主题和之前，原来最早创作的东西，写过好多城市的东西，乱七八糟都写过，到《商州初录》这一时期一直到《浮躁》这一段时期，基本上是返回故乡，返回商州的写法。这个时候我又返回到城市，返回城市就开始写《废都》，就把自己生命中好多痛苦的东西、无奈的东西、纠结的东西和当时社会上好多同样的一些东西结合起来，就完成了《废都》。

从完成《废都》我自己有这样一个体会：我说反正是写作品，至于写哪方面写什么东西，一定要写出，当然你写的作品肯定是些故事，这个故事具体这个人的境遇。他的命运，和这个时代和这个社会命运相契合的时候，就是交接的地方。把那个地方的故事写出来，这个故事就不是你个人的故事了，它就是一个时代的社会的故事。

后来我也常讲这个体会，这就像是我在门口栽一朵花，这一朵花是我栽的，本来我的目的是给我看，我来闻它的香气。但是花开了以后，来来往往的路人从你门前过的时候，都看见了这朵花，都闻见了它的香气，这一朵花就不仅仅是你的，而是所有人的。所以我还举个例子，比如我坐车要到一个地方，这一个班车里面坐了好多人，大家都要到一个地方。按照一般规律，12点的时候，司机就要停下车来到一个地方吃午饭，吃完午饭继续往前走。如果我在车上，我在10点钟就喊司机你把车停下来，我要吃饭，我估计司机不会停车，满车的人都不同意停车去吃饭。只有到12点了，你的饥饿感，同时又是大家的饥饿感，大家才能把这个车停下来。如果仅仅是你个人的，或者你早上没吃饭，或者别的什么情况你肚子饥饿，你仅仅写这个东西，而不是写大家的饥饿，只写你个人仅有的饥饿感，这个饥饿感是境界小的，写出的作品是境界小的，作品不可能写好的；你的饥饿感已经是大家的饥饿感，写出来的作品大家才能引起共鸣，你才可能把这个作品写得好一点。

为啥说每个人都活在集体无意识里面，大家统一一个东西，你的作品一定要刺痛那些东西，才能把作品写好。所以在写《废都》的时候，当然我也不能说《废都》写得怎么样，当时确实是无意识地把自己的生命寄予这样一个和社会时代的相交接起来，发生的故事把它写出来，而且在这个过程中，包括它写什么和怎么写的问题。写什么当然考验一个作家的胆识和他的智慧，怎么写，当然考验他的技术的问题。在《废都》里面写什么？写庄之蝶发生的一些故事，当然写的主要是苦闷，他的无聊，他的颓废，他好像雄心勃勃要拯救好多女的，最后女的也没有拯救好，他反倒连自己也拯救不了，就完蛋了。在写法上完全要突破《浮躁》的那种写法，那种写法还是原来学苏联文学50年代创作的那种路子。《废都》基本上不按那个路子，但具体怎么弄慢慢实验吧，一直到后来的《秦腔》和《古炉》基本上才慢慢地走出一个清晰的写法。就是写生活，写细节，写日常，写普通人的一些活动的东西，而不是原来要写一个英雄人物，写一个高大全的东西，必须要突出一个大的，大家都围绕着这个东西来写，就突破那个东西。

创作永远都是自己在这儿做。别人给你的经验，别人给你的东西只是受到一种启发，具体还得你自己来。而往往像上台阶一样，你站在一层台阶的时候，你根本不了解第三、第四台阶会发生什么东西，你只能站在第二台阶才能体会到第三台阶，站在第三台阶才能体会到第四台阶。所以说你还在第一台阶上，别人给你说第五台阶的事情你根本不知道，你也不关心这个事情。我经常举例子，在瀑布下面用碗接水的时候，永远接不上水，因为它那个太大，接不上；只有溪流里面，水龙头下面你可能接一碗水。所以强大的思想当你还没有达到同步的时候，你就无法进入那个东西。

写《废都》的时候其实是我最痛苦的时期，而且都不在城里写作，《废都》是流浪着写。先在一个水库上写，别人说水库那个地方有几个人在那儿守着水库，有一个灶，你可以在那儿吃，那儿清静，我住在那儿。那个地方偏僻，又没有报纸，又没有广播，水库那个地方只有一个电视，还是人家的电视，经常还收不到信号，基本上就没有任何娱乐。所以说那个时候年轻精力旺盛，我规定自己每天必须写10个小时，这10个小时除了睡觉、吃饭、上厕所，满打满实实在在要写10个小时。所以《废都》还没有彻底结束，快结束的时候，80%、90%左右，基本上我40天初稿就拿出来了。带着初稿跑到一个朋友家，只要谁给我管饭我就开始写。那个作品写完以后，一出来前半年，可以说是好评如潮，都说特别好，才过了半年就全部开始批判了，就开始禁止了。禁止以后一片批判声，大家说好的不说好了，有些不发言了，有些就反过来说不好了。竟然又发生了冰火这种的变化，当时我想起我父亲打成"历史反革命"那种家庭遇到的情况，感受到了人世间的世态炎凉，这个时候也能体会到那种，就是巨大的反差。

当时身体极端不好，我记得当时我的心就不行了。我当时住院，住到一个医学院附属医院有一个干部病房，一个楼，住上去以后几乎每一个病房里的老干部都在看《废都》。那个时候《废都》疯狂得你无法想象当时那个情况，整天外头盗版也乱，到处都在卖《废都》，病房人人都有《废都》，都能看到，都在议论。突然知道我也在那儿住着，那议论纷纷的，我是住不成的。当时我化名叫龙安，因为我属龙的，希望能在那儿安生一点，实际还不安生。我就不住院了，和朋友到了四川绵阳，在那儿躲起来了。当时绵阳师专楼下面有一个报栏，那个时候到处都流行报栏，每天我下来看报栏。你反正下来一次，报栏上面一篇批判文章，差不多两三天就有批判文章。有时候不看报栏，我到河边去，河堤上去走，突然在河边风吹过来一张破报纸，我才把报纸看来，捡到这儿坐在上面，一看报纸上还是批判文章。那个时候批判大多数是骂你，攻击你，说的话特别尖刻特别难听。实际上经过我刚才讲的第一次受到批评，我父亲来看过那个时候还特别担心，觉得特别委屈，到后来经历的争议多了，尤其经过《废都》以后，反倒不是特别强烈的反抗，或者强烈的委屈，反倒没有。所以随着年龄的增长，整个遇到的事情多了以后，也无所谓了。

但是你不可否认的是《废都》给我产生阴影的影响一直持续了12年，那里面其中的苦楚只有我自己知道。有些话我也不能对着人说，但却是只有自己知道。不说你生活受到影响，不说你的工作受到影响，就从文学来讲，当然它对你也有好多好多影响。我举个例子，《废都》之后我紧接着写了《白夜》，《白夜》可以说是《废都》姊妹篇。《白夜》出版的时候《废都》正遭受批判，没有一个人给《白夜》说过一句话，所以说这一直延续了十来年这种情况，反正好事肯定没有我。我也没有想着有什么好事，我想怎么样，没有这种想法。当《废都》在法国获奖以后，获得费米娜文学奖以后，在国内没有宣传这个东西的，只有一个小报，不是主流报，登了短短几句话，说贾平凹的一部长篇小说在法国获奖，获得法国三大文学奖之一费米娜文学奖，就报道了这一句，都没敢提《废都》，就说一部长篇小说。在当时的情况，这只是从作品上，别的事情更多了，这样的例子。这一本书给我带来的东西，对我一生的生命和文学产生的影响是特别大的。

我经常讲，人有命运，书也有命运，《废都》的命运就是这种，好像一个人遇到了大坎儿，要判刑坐狱这种命运一样。它的传播完全后来靠盗版维持生命的。盗版，每一个作家来讲都是特别反对特别反感的，觉得对作家对读者都是一种伤害，但是具体到《废都》你还得感谢盗版，没有盗版延续不下去，它是靠盗版。那十来年，凡是别人来我家里来请我签字，都签《废都》。我一看不是原版的，我就留下了一本，我不是在社会上去收集，而是在家里守株待兔的，别人来签名我看到的。现在我家里有60多种《废都》的盗版本，有精装的，有这样的那样的，而且还有好多一部分书是给《废都》写续集的，光写后续的有三四本，都是那样的，人物地点都一样，把故事继续写的，反正挺有意思的。而且好多老板来给我讲，他怎么发财，当年就是卖书，卖盗版书挣的第一桶金，然后开始做生意，生意做大了，来感谢我了。我说你来感谢我，你不知道我当年遭多大的罪。

经常有人说，哪些作品是你最爱的作品？我说没有最爱的，因为所有作品就像孩子一样，都可爱，我在写他的时候都盼着他是世界上最能干的孩子，最漂亮的孩子，但是长大他不一定是那个样，所以不管它长得丑还是漂亮，他都是孩子，对于我来讲都是喜欢的。但是相比起来，有些是重要作品，有些是不重要的作品。什么叫重要作品？就是一条路在走的时候，在拐弯的时候路边长的那棵树，或者是那个石碑，它给你记录这个拐弯，这一棵树就像作品一样，它是重要的树，这个作品，它的生命在创作道路上起了个关键的作用，从这个角度讲《废都》应该是重要的作品。从那以后创作，不说内容了，就写法上发生变化，而且写法变化以后，一旦走出去是走不回去的。

你现在让我写《浮躁》以前的那种作品，很清晰的很阳光的，很明亮的，但是同样也比较轻浅的一些东西，我也就不会写了，就写不了了。就像生命一样，当我活到五六十岁的时候，我就无法再享受到20岁、30岁、40岁的青春，我只有在照片上才能看到当年的模样。而且具体的我好像没有变化，而实际上不停在变化，只有突然拿出10年、20年的照片才看到你原来还年轻过。所以到后面作品就像年龄一样，把好多东西看透了，阅历增厚了，就像文物一样包浆，它就浑厚了，不像原来那么简单那么明亮的东西，现在是浑浊的，或者是厚实的浑厚的一些东西多了。

但拿现在我的想法，我喜欢我后期的作品。后期的作品都是在我的生命中，在我的生活中体会到的东西，实际是我体会的。而好多人喜欢我早期的作品，当然更多年轻人喜欢早期的作品。早期作品优美，它清新，有好多很漂亮的句子，读过去以后可以用笔做笔记，但是那些作品太轻浅。好多是我看到一个东西，我听到一个东西，我读到一个什么东西，反射过来启发我写出来的东西；而不是像我后来的作品，完全是在生活中，我的生命里面我自己体会到的东西，我把它写出来，它有这个区别。

这或许是年龄大了以后想法不一样了，对世事的看法就不一样了。我经常在讲，现在人写作品，尤其年龄大的写作品，不光看你的故事，不光看你里面的思考，还会看里面你对生活的智慧问题。活人有智慧问题，生命的智慧问题，你要把那些东西写进去，你这个作品才产生一种厚实感，丰富感，而不单纯是一个故事，或者你是批判谁，或者歌颂谁，或者你怎么样，那都太简单。应该包容，应该更丰富，这里面有各种智慧的东西都积累在里面。

张同道：这就像季节一样，秋天不可能再做春天的事。

贾平凹：对。

12.《秦腔》

【有一句话叫"血地"。写最熟悉的，和你有直接生命联系的一些东西，就是《秦腔》这一本小说。】

张同道：我看到一个资料，说你的心情很沉重的时候，偶然看到故乡的人在一次社火中还记得你，这个给你精神上一些支持。

贾平凹：对。因为《废都》之后也存在写作问题。怎么写？以我的性格，平时比较柔和，比较随和的一个性格，实际上骨子里是一个执拗的人，凡是我认准的事一般很少能拗过来。对于《废都》的批评，和《废都》遇到的命运，当然自己心有不甘，但是也无可奈何，但具体你毕竟是作家，你还要写作，下来还是写作，我觉得也是自己思考的一个问题。当然这个时候我经常回家，当时母亲还在，我说故乡是什么？故乡就是以父母存在而存在的，父母不在了，那个故乡只是一个名义上的、意义上的字眼上的一个故乡，不老回去了，你不是整天心在纠结着。只有父母在的时候，才是真正的故乡。父母存在，故乡存在。母亲还在，我就时常回去，后来把母亲彻底接到城里来。

回去以后我们那儿经常有社火，我们那个老家的镇子上，社火在我们当地是特别有名的，在全县都是有名的。小时候我就记得每一次去县上比赛老是第一，我春节回去又耍社火，老百姓开始做，社火就是戏子抬起来小孩做好的造型，有一个芯子它在下面，放了我几本书，上面一个小孩挂了牌子说是我的名字，在我老家我还有点不好意思。一般社火的故事都变化自"三国"，尤其"三国"特别多，都是戏剧上的，比如"游西湖""三打白骨精""三英战吕布"这些戏曲故事扮的造型。里面突然有一个我的造型，当然一方面感到吃惊，觉得老家乡亲父老也没有忘记，我说下步继续再写老家的事情。因为写家乡的事情，开头写家乡，又回到城里，回到城里再返回来写老家，再写商洛，表面上看是一出一进的，实际上是螺旋式的。这一次回到老家意义就不一样了，这就像一个水煮过鸡以后，鸡汤熬得再清亮，和水一样清亮，但实际上它不清亮，它已经不是原来的。

所以我再回来的时候就带着严格的城市的一面，或者说是对整个社会思考的一面，反回来再看老家的生活，农村的生活，而这个时候恰是农村的生活开始慢慢发生又一次变化的时候。因为改革开放以后的农村，确实是蒸蒸日上，极大地发挥农民的创造力，那个时候你到各个地方，大家都是一种生机勃勃的东西。当时我看见这些东西，而且当时都在，农村人口也特别多，特别热闹，日子一下子好过了，这才导致当时我写了好多这方面的东西。

再回来的时候，农村就发生变化了，农村开始有人进城了，农村一步步在开始消退，传统文化也是慢慢在衰败，农村慢慢出现一种衰败的情况。我印象最深的就是回去以后，这家死亡一个人，就没人抬了，就是凑不齐劳力把这个棺材送到坟上去。原来这个村里一个人去世了，这个村里人肯定去的人特别多，劳力特别多，就把他抬到坟上埋葬了。现在这个村子出现的情况，几个村子的劳力集合起来，才能把这个棺材送到坟上去。我就很感慨，觉得怎么会变成这样？然后再发生这样那样的事，给你刺激，供你思考的东西就特别多了。所以说再回来面对写的时候就不一样了，所以这就写到《秦腔》。

张同道：能不能这么理解，你原来写的商州，其实就是写你采风来的，而这次回来就直逼你生活的中心了，你的家族、你自己生活了19年的一个村子。

贾平凹：对。因为确实是这样，原来一回来是流动性的，在这七个县里面跑，基本上看的都是外围的东西，但是很少写到我本家族，也偶然写到我这个镇上，但是也没有集中写，但绝不涉及家族。实际上生你养你具体的这个村子，有一句话叫"血地"，就是你娘把你从这儿生下，生在这个地方，这个地方对你产生影响是最多的，而家族里的更不用说了。但为什么好长时间没有写？原来是怕写家族的东西，家族的东西你写多了，他会对号入座，有好多人都在，你就没办法写，害怕引起好多不便的东西。因为毕竟在写作过程中，面对自己的一些毛病，自身的过错和自己家族里面，父母家族里面那种过错毛病或者是罪过要忏悔的时候，反省的时候是比较难的。他不光是牵扯到对号入座的东西，他不愿意接受人性里面最隐秘的东西，不愿意接受，不愿意把那一层纸捅破。

当你现在又返回来的时候，社会又发生了一种变化，农村现状发生了变化，你的思想也发生了变化，你思考的问题不一样了，就觉得这里面农村发生这些东西，社会上发生这些东西，它仅仅是一种现象问题，还有更深层的东西，包括有社会深层的政治原因，里面更多的是人性的东西。所以说要完成这些东西，必须要把你最后那一块地方，你这个村子，你这个家族，包括你的父母，包括你自己最隐秘的东西要进入这个里面去。这基本上就开始写这方面的东西，写最熟悉的，和你有直接生命联系的一些东西，就是《秦腔》这一本小说。

张同道：你这里面叙述方式都变了。

贾平凹：对。它这个叙述方式我刚才讲了，从《废都》的时候就开始不满以前的写法，想写，但是怎么个写法也是一种琢磨，琢磨不完善。《废都》里面激情有，但是写法上不是特别从容，相对从容，但是不如后面那么从容，技法上还不是特别成熟。慢慢地过渡了多少部长篇以后，过渡到《秦腔》以后，就把这个发展得更成熟一些，写法成熟了，但是起源还是《废都》开始的。

张同道：你想象潜在的读者都是了解这个村庄。

贾平凹：《秦腔》这种写法，读着这本书的时候就像读者要进这个村子一样。我举个例子，比如一般到一个村子里面去，有人在村口等你，然后把你领上，往村子里面走，一边走一边给你讲，这房子是谁家的房子，这房子是谁家的房子，那是谁家的大爷，那是谁家的猫、狗这样介绍进去了。而《秦腔》不是这样的，《秦腔》没有导游，《秦腔》也没有从村口进来，他是一个没有围墙的村落，你从任何一个地方都可以进来，进入的人本身就是这个村的人，而不是外界的一个客人，他不需要导游，他进来以后看见谁家房子就知道这是张三的房子，李四家的房子，我早就熟悉；看见一个老头子，知道这是谁的父亲，谁的爷爷我也知道；看见那一头猪都知道这是谁家的一头猪，他都知道。他不介绍，就不停地往过走，听见谁家吵架，谁家骂架，谁发生什么事情，把这些东西写出来。

所以这书出来以后，好多人说看不懂。为啥看不懂？他没有原来的习惯人物出来先给你介绍人物关系，这个不是先介绍人物关系，只有随着你走，看到一定程度才知道，这个人和那个人是夫妻，那个人和那个人是叔侄关系，这个人和那个人是亲家关系，所以读到好长时间，你才能把这个关系搞清。把关系一搞清，一下子一锅水就开了，完全明明白白的。

张同道：而且这个在写法上连章节都舍弃了，全部是连在一块儿的。

贾平凹：对。

张同道：包括我们刚才说的叙述方式，某种程度上这是对读者不再迁就，你没有担心过这本书在销量上，在读者关系上……

贾平凹：没有。我写作品，说一句不好听的话，我写作品从来没有考虑过读者。我在写作过程中是给我写，我是想写，我怎么写是我的事情。我把它写出来，写完了以后，出版社才考虑这部书出来能不能卖钱，受不受欢迎。当然无形中这个意见也反馈给我。但是在写作过程中，我也知道，这个能不能卖钱。但是我一直坚持，我写作的时候千万不要想这个东西。一想这个东西我就写不成了，我完全按我的写。写出来以后，受欢迎就受欢迎，不受欢迎就不受欢迎，能卖多少是多少。但是往往我这几十年下来，我的书能卖，确实能卖，后来就变成反正我相信我的书能卖，我就不管你市场不市场，我就写我的。所以《废都》出来的时候，好多人说我会炒作，把《废都》炒作，我说实在是冤，他不了解我的情况。我把稿子所有写完，编辑到我家把这取走，其他的我就不管了，你愿意怎么弄就怎么弄，我就再不管了。要说炒作，那也是出版社在炒作，我从来再不管的，所以我也不在乎我的书在哪个出版社出版。反正我还忙着要写另一个东西，所以拿走之后我就再不管了，稿费多少大概知道就行了，我也不追究那么多。当然这也带来好多书不停地在印，也不给你钱、也不给你书这种现象，也吃过好多苦。

张同道：我们继续说《秦腔》，《秦腔》里面的四兄弟能不能说就是你父亲四兄弟？

贾平凹：对，他们兄弟四个发生的大多数事情，都是真实发生过的事情，但是写到啥程度不一定是那种程度，起码都有影子，而且性格都是那样，大的事情都有。但是具体就不一定是了，具体细节就不一定是了，但是故事大部分情节基本都是。

张同道：我看这里面写夏天智其实就是以你父亲为原型，当过小学校长，一出场就装着一个白铜水烟锅，德高望重，大方、爽快，这个跟你父亲有关？

贾平凹：我父亲就有一个白铜水烟袋，有些细节是真实的。但是我父亲也没当过校长，从来没当过校长，我父亲也没画过脸谱，这是另外地方移过来的，但是有些情节，有些细节绝对是我父亲。

张同道：你父亲爱秦腔吗？

贾平凹：别人给我讲，我父亲在年轻的时候当教师，当时当教师是一个人，星期六和星期天才回家，因为他的老婆和孩子都在乡下。他的同事给我讲，每天晚上我父亲要给他和点面，擀一点面条，一个人擀面条在炉子上给他下面条吃，一边下面条一边唱秦腔。就是他的同事给我讲的，我父亲年轻的时候是那样。

张同道：我听说这个水烟袋是你送的。

贾平凹：对，这个水烟袋是我从另外一个朋友那儿来的。因为我父亲原来有水烟袋，我们那儿兴抽水烟袋，但我父亲那个水烟袋质量不是多好。后来我在西安看见一个朋友家里有一个水烟袋，因为他的家族是原来西安一个很大的人家，大户人家，他用的水烟袋是白铜的，特别好，我就要回来送给我父亲。我父亲去世前一直都用，去世以后我就把它送给另一个人。

张同道：所以你就把水烟袋送给小说中的人物。

贾平凹：对，里面为什么好多作品，包括《废都》，好多作品出来后有人对号入座，也产生过好多矛盾，在这里面一些情节，现实生活中我经历的和周围人经历的情节，运用到书上，运用的时候是真真假假，有真的，有假的。所以出来以后，别人来对号入座，我说这不是写你。他说不是写我，看哪件事我做过你怎么写？但是你写的另外的事就不是我做的，这不是对我有意见吗？正因为在我写作过程中素材来源于各个地方，我写作有一个特点，写作人物的时候，写作环境的时候，脑子里一定要固定一个人物，我熟悉的人物，就像盖房子，我必须打几个桩固定下来，然后我在盖房的时候有个范围。

写东西的时候我认识的是张三，我把这个人假借是张三，我要写那个人把魂就附在张三身上。张三是我平常认识的，我以他来写，塑造他，补充他，丰富他，他不走形；要如果没有一个张三，外头见的东西没附着，集中不起来，写写就游离了。就像环境一样，如果环境都是真实的环境，我移过来，我脑子里始终是那个方位，地域方位。文学里面有地理的东西，环境一定要真实，真实以后就不游离了，故事就在这个环境里面发生。别的东西要附在一个具体的人身上，这个人不要动，我脑子老想着他，我把好多东西都描活，如果没有这些就没办法写作。所以这样写作缺点就是容易真真假假，容易被别人对号入座，你还没办法说。你说这是编造的，与你无关，这命名这个事情，明明名字是我的名字，这个事是我发生过的，但却是另外发生的不好的事情，不是他的事情，你写在这个人身上就说不清了。

张同道：而且有些名字还直接用了人家原来名字中的字。

贾平凹：这种写作为了害怕那个人游离，就把这个人名字写上。写上后来有的改了，有的没有改，所以也产生了很多矛盾。

张同道：后来为什么不改呢？

贾平凹：也疏忽了，有的是产生一种真实。为啥要用真地名，给读者给周围人产生一种真实的东西。在我理解什么叫小说，小说就是一段真实的事情，一段说话，而且故事不要给人感觉是编造的故事。实际好多是虚构的，写出来要让大家觉得就有这个事情，而忘记了说故事，就是听别人给你讲真实事情，想达到这个作用。而且我还想什么叫好小说？好小说，尤其写日常生活的这种，会写小说的把这个作品一看，觉得自己不会写了，觉得小说还能这样写，不会写；从来没有写过小说的人一看，就这么简单，我也能写小说。如果产生这两种效果的时候，这个小说就写成了，这是我的体会。

张同道：你这里面写的夏风，也在一定程度上延续了《高老庄》的路子，而且你是批判性地写，这个人有你的一些影子。

贾平凹：对，为什么当时写《废都》的时候选择那个作家，因为我也担心出来人家骂，你要写别的行业，那个行业就骂，自己本身是作家，你骂我就行了。所以夏风多少有我的影子，但这事情都不一定是我的，但是他的精神状态、心理状况绝对是我的。

张同道：这种批判是你自己的反思吗？

贾平凹：他这个也有我的，反正是知识分子，自己也是一个知识分子，或者自己还算不上是一个知识分子，就是搞文字写作，他也有好多好多毛病，他也到城市去了。我经常反思我自己，比如我到城里这么多时间，毕竟你关心老家，和老家有割不断的血脉关系，但是无形中不知不觉你身上也有好多城市的东西，你也对农村有看不惯的、歧视的、轻视的，必然有这种东西。当然严重不到你忘本，你忘恩负义了，但你多少有一些再回来对农村生活上有不适应的地方，这是必然的，而且一些看法就变了。夏风的那些观念为什么把白雪叫走，夏风肯定也知道这个农村情况，也知道其中的状况，他就是另一种思维，这种思维和农民碰撞的时候，你说他正确的，或者不正确的那要看那一时的情况。

张同道：我看你写到夏天智对夏风的故乡的感情也有批判，父母在就有故乡，父母不在就没有故乡。是不是你跟你爸、你妈之间有过这种讨论？

贾平凹：夏风那些观念肯定都是我当时的想法，就是一个从农村到城里以后发生的变化，肯定和没有离开农村的人想法还是不一样的。但他和城市人的想法也是不一样，还是有变化的，这里面绝对有我的影子。

13. 母亲

【我妈虽然没文化，说话特别幽默，给你说得像说书一样，眉飞色舞的。我《秦腔》《古炉》的好多细节人物关系都是和我妈说话的时候知道的。】

张同道：这里面你母亲其实写得并不多，在《古炉》里面是不是原型还更多一些，写你母亲。

贾平凹：对。我母亲姓周，但是后来嫁到了贾家以后，我一个婶娘，她也叫周娥，就把她名字变成一个"小娥"。

张同道：你和你妈妈的感情很深，我看过你写过《纺车》，还看到一个故事，你在苗沟水库的时候，遇到改善伙食，有三片肉只吃一片，剩下都要赶几十里路送给妈妈。你对你妈妈印象最深的有哪些事？

贾平凹：我父亲1989年就去世了，就我母亲一个人。我在城里当时生活条件也不好，家里有好多事情，当时老家还有我弟弟和弟媳妇，还有一个在县城居住的妹妹。我是老大嘛，我应该在父母的晚年尽最大的能力来孝敬她，我说那干脆到城里来吧，到我这儿住一段。我母亲过了几年才接到城里，后来一直到去世跟我一块儿生活。她来了以后，直到她最后走，一共在我那居住了有十多年，十多年和我都在一块儿。母亲和我们一块儿生活的时间是最长的，对母亲的感情也是最深的。

我母亲这人没有文化，就是一个农村妇女，但是我母亲记忆力特别好。我《秦腔》《古炉》的好多细节人物关系都是和我妈说话的时候知道的。因为我妈对我们整个村子特别熟悉，因为农村人，平常就是关注到这么多人，谁家干了什么东西她都知道。为什么说在一个村子里人爱说是非，实际上也不叫是非，就是大家发生的这些事情，爱说，说着说着也有说走样的，也有说得真实的，也有不真实的，慢慢就引起了矛盾，那个是非就越来越多。我母亲她记忆好，老给我讲，或许是年龄大了，早年的事情记得特别清晰，谁和谁是什么关系，谁家发生了哪些事情，给我说了好多，包括《秦腔》《古炉》，尤其《古炉》里面给我提供的东西特别多。

我妈虽然没文化，说话特别幽默，给你说的像说书一样，眉飞色舞的。但我妈这个人一辈子是农村老太太，一辈子。我父亲在的时候，我妈也不掌管钱财，都是我父亲掌管钱财，我母亲一生自己手里没有多少钱，我看她也不挣钱，身上也不装那么多钱，基本上没有钱。我父亲在的时候，她花一分钱都找我父亲要。我父亲不在了，我给她钱，给她钱也不花，老攒在那儿，最后又返回来，或者给这个孩子的压岁钱，或者谁家需要啥她做那些事情，平常她也不花钱。很幽默、很善良，说话很风趣，记忆力特别好，这就是我母亲。

当时和母亲在一块儿。后来有了房子之后，我母亲在一个地方住，我在另一个地方，很近，过几天就回去，过两三天就回去一趟，这边有啥好东西先给老娘吃。从我内心来讲，我觉得照顾得还可以，对母亲的感情还可以。

我母亲，因为她从来不管你写什么东西，你得什么奖，她不管这个事情；我写东西的时候，经常在那儿写，她就在旁边看。她说你整天写字写字，你不会歇一会儿？她觉得我整天写字劳累得很。我说这不劳累，这里面快乐得很，她不相信。我在写的时候她就不敢动了，她在房子里坐在那儿老看你，一会儿说你出去转一下，天下字能写完吗？你整天写字干啥？她不懂这些文学，但是在生活上我觉得我能照顾她，后来慢慢的我的经济条件也好了，我有能力让她生活得更好一点，这一点我能做到。

对母亲，我是怀着那种很亲很亲的那种感情。因为小时候我害怕我父亲，我父亲特别严厉，孩子们都不敢到他跟前去。所有孩子在我父亲面前，他特别威严，不愿意在他面前多待，就自然是靠近我母亲这方面。所以父亲去世以后，对母亲这种感情就特别深。

我母亲去世时，我一直守在她床边，一直看着她呼吸慢慢地衰竭，一直在床边，这个过程我全部陪着。到我母亲去世时，我已经接受很多死亡了，接受了好多亲属、亲戚、朋友都去世了，经历多了以后，就不像我父亲去世时那么悲伤了。

她去世的时候是整80岁。后来我老感觉古人讲生由死都是很玄妙的一件事情，我母亲下葬的那一天，正好是80岁生日那一天，这就是她在这个世上从出生到离开，一天不少，整整80年。开始她在西安住院，看治不好了，在我那还是按照家乡的风俗来安葬她，所以一看治不了，我就把她送回老家，回来三天就去世了。去世基本上就按照家乡传统的风俗把她安葬的，因为在我那个地方，人们对死亡，相对来讲还是比较坦然的。一般人到50岁以后，就自己给自己开始做坟墓，就开始做寿衣了，就是老衣，做衣服，做挂彩，就是已经做好了。所以她去世以后，基本上按照这个把她安葬了。

张同道：看您的《纺车》写得特别深情。

贾平凹：对。我专门给我母亲写过文章。我母亲三周年的时候，我写了一篇很短的文章，当时很朴实地记载这件事情。

张同道：那个里面的故事都是真的。

贾平凹：因为写父亲、母亲，我里面有一个继父，那本散文书印刷的时候把后半部分全部没有了，长得很。父亲母亲写亲情这些东西你不能虚构，必须是真实的，你要表达的东西，你在那儿虚构就是伪情、矫情了。所有的创作，这个时代的任何创作实际都是和虚伪、虚假的东西做斗争，你在写这些文章散文里面，亲情文章里面，你要真正有感情，有感情起码是真实发生的事情，你的感情才能进去。一个人去世了，人家在灵堂上哭，你在院子外面一听，就知道谁是女儿、谁是儿媳妇；儿媳妇必须得哭，但你一听就不是女儿，女儿不一定哭，女儿光流泪抽泣，但是你一看那是真的，女儿更真情。所以虽然在写一个事情，你不投入真正的感情，那别人一看真的假的就知道，群众的眼睛是雪亮的，人都差不多谁都可以看出来，马上能体会到你这一句话是真的还是假的。

张同道：其中里面用了大量的秦腔唱段，我看那字迹都是你自己写的。

贾平凹：那不是，这个唱段是我在秦腔曲牌里面摘录的。我一个同学在政协办工作，我搜集所有秦腔的资料，历史上秦腔的剧本。因为我喜欢秦腔的曲牌，但是秦腔曲牌长得很，你不可能全部弄进去，只是把它一节一段象征性地说进去，在这之前好像没有谁写过曲牌。严格讲我自己不识谱，但是那些调、那些曲牌我知道，快慢板，或者是快板，我知道那个牌是悲哀的还是欢乐的，还是什么样子，我这一段需要什么情绪的时候，我就把那个曲牌加进去。

张同道：后来这个小说获得了茅盾文学奖，我看到你当时说听到这个消息说了四个字：天空晴朗。

贾平凹：对。因为在这个获奖之前，我讲《废都》的阴影太重，它一直影响了十多年，将近20年，18年，这18年在我感觉天上老有乌云，是不顺畅的。所以获奖以后，我觉得这次还能给我奖，在我感觉上觉得天一下子晴朗了，所以当时"天空晴朗"四个字是我当时首先说到的。

张同道：《秦腔》也是返回了小时候的故乡？

贾平凹：小时候我见我们那儿的庙宇、戏楼、魁星楼、钟楼，那些原来都有，"文化大革命"的时候这些东西就毁了。我在《秦腔》里面我就写了我小时候记忆中的棣花镇，后来当地政府在打造旅游小镇的过程中，它基本上是参考了我小说里面很多东西。我那条街是一条老街，但当时叫棣花街，就指那条老街，但我小说里这条老街叫清风街，后来他说干脆把这条街打造出来也叫清风街。

张同道：你的《秦腔》后记中讲："棣花街是月亮，清风街是水中月"，你怎么看待一个作家从生活中提炼出艺术，艺术反过来又影响生活这样一种现象？

贾平凹：县上当地政府要改造我老家这个镇子，也说了好长时间，好几位县委书记现场都在做，因为牵出好多问题，一直没有做。我写《秦腔》的时候是按原来棣花的老街道来写的，原来的老镇子的布局来写的。写成以后，老家在建设的时候，要重新改造的时候，他用小说里面的东西来给你完成那个街道。那个街道当时已经不行了，已经荒废了，快倒塌完了，当时人都搬走了，只有四五户人在那儿住，当时的房价是五千块钱可以买一个院子。后来一说要改造了，这一下子房价起来了，人又返回来，就按我小说那个样子恢复。小说里面我为了区别叫清风街，原来就叫棣花老街，现在又变了。看了后我也有很多感慨吧。我说或许作品是从生活中来的，或者是当地又把作品的东西返回到生活中去，这就像一个作品被接受的过程一样，和读者接受过程是一样的，有这样一个过程以后，这个作品才起作用了。

14.《高兴》

【我的性格内向，也不会说话，我就想，如果我再没有上大学，肯定我也是在农村，我在农村肯定不如我这个同学生活得更好。】

张同道：我觉得特别值得注意的一个作品叫《高兴》，因为这个人物很特殊，你写这个作品的动机是什么？

贾平凹：因为我写作品经常是这样的，过一段时间又思考，辐射着要写几个东西，或者是长篇，或者是短篇或者是散文，起码要找这样小的东西，然后再走一段，下来就写到《秦腔》。《秦腔》里面是写农村人怎么进城去的，这个过程中我了解到，农村开始衰败。为什么说这话，城市里好多打工的，而且我的家族后辈都在西安打工，常到我这来聊天或者办事，所以写完《秦腔》村里那些人到城里去，就必然写到这些人到城里以后是什么生活，就写到《高兴》。这里面当然有我同学刘高兴这个人物原型，也有我的家族后辈人，年轻的孩子在城里发生的事情，就写了这个《高兴》。而且为了写《高兴》，好多材料都是连贯的，在这个时候就有一个熟人的孩子被拐卖了，这就牵扯到以后写的《极花》这个小说。当时只知道这个故事，正因为这个故事去采访这个人，这个人正好是捡垃圾的，拾破烂的，我到他家里去，到他家去以后就了解到收破烂的人群真实的生活，然后又加上我同学的形象在城里也是拾破烂的，送煤块，就结合起来写了《高兴》这本书。

张同道：写这个的时候，你有没有发出一种命运上的感慨？

贾平凹：那肯定了。因为当时写这个的时候，尤其《秦腔》以后我就感叹命运，我走的时候城市是那种状况，这几十年过去，现在变成这个状况；上一代人是那种命，到我这一代人是这种命。而且像我这个年龄，经历了计划生育，像我的年龄同时在工厂里当工，经历了下岗，事情就经历得特别多了，各种运动，这一代人的命运是这样的。到了写《高兴》的时候，自己经常感慨，因为刘高兴这个主人公原型是我小学同学，也是中学同学，他后来当兵了，他的家庭好。当时我没有当上，他当兵走了。但是他当兵回来以后，他没有工作又回到农村。他那个人特别活泛，会说话，性格外向，反倒在社会上能混。我的性格内向，也不会说话。我就想，如果我再没有上大学，肯定我也是在农村。我在农村肯定不如我这个同学生活得更好，因为他交际广，性格外向，活泛，我比较死板一点。

他现在年纪大了，快60了，他到城里来打工了。我说我也是农村的，我恐怕这个时候也来打工了，但这个时候我打工身体又不如他好，个子也没有他高，又没有他能说会道，我肯定还找不到更好的工作，最多在那儿看个门，在工地上看个工地。但是我偶然的机会就上了大学，导致两个人轨道不一样，各自走各自的道，我觉得人的命运实在是无法说清，很有感慨。

张同道：反过来因为您的这本小说，又改变了刘高兴的命运。

贾平凹：对。弄完以后刘高兴反倒比我还有名，当时好多电视台都请刘高兴讲。实际上这一本书的名字，把他叫"刘高兴"，他也高兴，他是个嘻嘻哈哈的人，他自称"刘高兴"。我是用这个名字，把他的形象和一些行为写进去。写进去以后，他一下子成了一个人物，到处接受采访，电视台让他做节目，他到南方哪个电视台去过两次，人家都是请吃请住，把他老婆带上，或者拿着照片到处给人家吹，也给他名片。后来他经常给我打电话说，谁谁叫签名售书，我说我不去。你不去我就去了，他经常在那儿签。后来他名声大了，就不出来打工了，就在我们那个地方也成了一个名家。我老家房子前面就是他的老家，他在家里也会宣传，他是刘高兴，谁要照相也收钱，他也写书，反正我干啥他干啥。他说在家里总比在城里打工强，他一幅字哪怕给我几十块钱也行，照个相十块钱，只要日子能过得去就行。我听说现在反倒去那儿的人，人家都找他，还热闹得很，现在日子过得很好。

春节我回去见到他了，戴个礼帽。我说去干啥了，他说去集市上给人写对联去了。他原来都不写字，看我在那儿写字，他也练字。我说你现在怎么样？他说现在比进城好多了，坐在家里就把钱挣了，我说那就好。那个人特别聪明的一个人，我记得有一次别人采访他，电视台采访他，我没看那个节目，别人给我说的。人家问他：刘高兴，你和老贾关系这么好，老贾现在有名，有钱得很，老贾把他的钱怎么没给你一些？这个问题，我一时都不知道怎么回答。他反应快：各人要过各人的日子。你看这话，他也不说给我了，也不说没给我，各自过各自的日子，意思是没给与人家有什么关系。又问你和老贾有什么比较？他说：写，我写不过他；说，他说不过我。我觉得人家脑子特别灵活，这确实是个人物。

15. 使命
【每个人刚开始都是从兴趣爱好开始的，只有写到一定程度慢慢才有责任，有使命。】

张同道：你现在最厚的书应该是《古炉》，这个还是从《秦腔》下来的写法。

贾平凹：对。实际上《秦腔》写法我最满意的是到《古炉》，《古炉》我才熟了，从《古炉》以后慢慢稍微淡化一点，因为我产生别的变化就不是那种写法。

张同道：《古炉》这些人物都是你吸收了生活的原型。

贾平凹：对。因为好多人对狗尿苔这个人物感兴趣，我听过一个人给我介绍，他一个领导骂手下一个人，说你是狗尿苔。狗尿苔好多思维，严格来说都是我自己小时候发生的事情，也是从学校出来，"文化大革命"开始，家里发生了那些事情，基本上是我小时候经历过的，或者我听说过的，和我见到过的一些事情写成的。

张同道：这个我觉得你就把商州世界扩得更大了。《古炉》这些事本来就不在商州，但是你所有的资源都能拿来为商州所用。

贾平凹：后来我说把地域要不停地扩大。你写一些毕竟那个地方资源就少了，它就无法承载一些东西。创作在一般情况下作家去找这个素材，找题材的，你写到一定程度，题材这一类型就找你了，所以你本身就有使命感了，所以后来好多东西就觉得要扩大。当然最根本的，根要扎在那个地方，就扩大，扩大整个陕西，扩大整个陕西还不满足，后来就扩大包括河南、湖北、山西、甘肃，周围这一圈，基本上我都跑得挺多的，都了解过。把这些材料又拿回来，前线的东西都运回去，就像我把前线的东西用车运回到我老家一样。后来慢慢地扩大到整个秦岭地区。

张同道：你刚刚用这个词我觉得特别重要，就是"使命"。你开始写是狂欢、高兴，但是写到这儿的时候，但包括《古炉》本身要看一看历史，可能不仅是一个地区的记忆，用一个村庄来讲一个民族的记忆。

贾平凹：对。因为这个事情，每个人刚开始都是兴趣爱好开始的，只有写到一定程度慢慢才有责任，有使命。我既然吃这个饭，做这个事情，就不是个人爱好了，不是玩的事情，这必须要写到一定程度才能意识到这个东西。我要对这个社会负责任，同时对我负责任，同时建立一种野心或者说理想，或者说一种抱负，要完成那个东西。你就不能胡写，也不能随意写，也不能写太小的东西、太浅的东西，对自己应该更严格了，使命应该包括这几个方面，每一个作家都是这样的。

为什么后来一会儿写农村，一会儿写城市，又返回来写农村，写写农村又不对了，又扩大，扩展，就是里面一个社会责任感。比如写《古炉》，"文化大革命"开始的时候我是13岁，我现在都已经老了，当年参加"文化大革命"的那些主力人员，有些都去世了，有些更衰老了。但是参加过的不一定写小说，我既然能写，我又参加过，我就有责任把它写出来，用我的角度把它写出来。写得好不好是另一回事，起码后人可以通过这个书看当时在一个底层社会是怎么发生的，一个偏僻的村庄"文化大革命"从始到终是怎么发生的，提供这个材料。

原来说为什么写作？各个时期、各个年龄段、各个写作阶段回答不一样。有的回答是别的什么我干不了，我只有写作，我爱写；有的时候给人说，我小时候遇到的灾难太多了，苦难多，我有好多记忆得把它留下来；还有说我要给社会用笔做记录，我要为这个时代留一些东西，或者有时候说我有许多要说的话，我必须把它发出来，我得给这个社会表达我的观点、我的声音。当然，最近好多人再来问我，我回答是：到我这个年龄，在我写作过程中，我才体会到下笔如有神。这不是矫情，是真实的体会。有好多东西你不知道怎么回事思维就来了，你不知道写到那个时候写得那么顺手，写完以后你都觉得奇怪，你就觉得这些怎么写得那么好。突然有这样的想法、那样的想法，我觉得似有神助。

再一个你所谓的使命感、责任的东西，实际都不是说你强行的、故意的。我在家里写条幅，在那个房子里写过："受命于天"。你受命，受命也是责任的意思，实行的意思，受命于"天"的周密安排而沉着，因为"天"在那儿给你安排，你不要太急，你该干你的，自然到你该干啥了。

16. 蚕茧

【写作已经成了我自己的生存方式，也是我生命的表现方式，而且自己老

觉得还有东西写，就像一个蚕一样，把嘴里的丝吐完，自己用那个茧把自己包起来。】

张同道：这么多年了，40年，你的作品基本都是关于现实，但写现实有一个非常大的危险，这种作品容易忘记，事儿一过就烟消云散，但是在每个时代你都有作品留下来。现实作品很容易被风吹走，但你的很多作品都留下来了，而今天读者还在读，怎么既能躲过现实，又从里面提炼出跨越时间的东西。

贾平凹：因为和这个时代如果靠得太近，要及时反映这个时代是比较难的，一方面是你对整个大的状况，你必须要有胆识，你在里面要写一些一般人不太接受的东西，可能给你带来好多不好的影响限制；再一个从艺术上来讲容易变成一个熟悉的东西，过眼的东西。但是你现在回想一些过去的，有些东西为什么属于过眼呢？它那个现实不是绝对的现实，它更多的是政策、宣传，从这个角度来写的。目前这个时代社会大转型，你把根扎在社会里面，关注社会关注基层，就不可能出现过眼云烟。杜甫的作品当年也是写现实的，他写底层社会老百姓的东西，反映整个社会的状况，他就不可能是过眼云烟。如果你仅仅从某一个阶段，某一个事情宣传的角度来写，政治、政策的角度来看问题，来写作的话，就变成时过境迁，就过去了。

再一个在写作的过程中，你不仅仅是编一个符合那种政治、宣传、政策的故事，而大量的写作人的生命，人怎么和日子发生的任何东西，智慧的东西，把这些写出来，它也不可能变成过眼云烟。就是过了多少年，你看他说的那个故事框架或者过时了，但是里面渗透的人生的智慧、生活的艺术、生命体悟的东西，它依然保存着。整个人是千变万化，唯一不变的是人的感情问题。感情问题你只要写到人性里面最深的地方，写到真实的东西不变，就像咱现在读外国作品，托尔斯泰的作品，那些社会经历，那些框架那些事件咱也不知道，包括《堂吉诃德》，那些社会环境咱也不知道，但为什么它能留下来再读呢？它写的是人性里面最复杂的东西，人性里面写到最真实的感情问题，它才留下来，这是看你怎么个写法。

张同道：从《商州》到《极花》这30多年过去了，中国文学思潮，寻根、改革、现代派、新写实，一潮又一潮，但是你一直在摸索自己的道路，你觉得你的艺术主张有过哪几次大的变化？

贾平凹：因为每一个人的成长过程肯定要受外来的好多影响，就像一年四季一样，春天有春天的风，春天有春天的植物，冬天有冬天的风，冬天有冬天的植物状况，只有这样不停地磨炼。这给你影响，这是主观的学习影响，主观地学习本民族的东西和吸收外来的东西，建立你自己一套想法，说大一点，你的文学观、你对世界的看法；说小一点，你对这个事情，这个小事怎么写，你自己得来探索这个东西。或许在走的过程中走完了，或者没走完，或者走得慢，或者拐弯了，这都特别正常。就像一条河一样，不管转来转去，它的方向是向东边流的，把握住这个方向。如果你整天关注这个社会，研究这个社会，整天在写这个小说，或者研究这个小说的过程中，时间长了以后，就有一种神启。这种神启实际是对整个时代和社会发展趋势有一种预感，你有一种超前。这样文学作品写出来，它和社会有一种张力，产生摩擦，才是比较好的作品。

所以说好多人说，你当年写《浮躁》的时候，当年对"浮躁"这个词不理解，后来变成整个社会公认的一个词，这个社会就是浮躁的；《废都》当年写的时候，大家一片攻击声，过了20年一看，好像就是这回事。好多人说你的体悟里面是不是跟某一种东西通道一样连在一起，这是评论家说的，说你能感知好多，比如地震来了、水灾来了能感知到。我说我也没有那种功能，也没有自觉意识到这个东西。就是对社会老研究，老琢磨这个事，你写的是现实社会，又被你创作，几十年就是弄这个事情，必然你对整个社会有提前的感知。

对一些创作上就慢慢积累你自己的一些想法，建立你自己的一套想法或者自己的文学观，对世界的一种看法，慢慢就形成这个东西。因为文学这个东西它是靠你的天赋和你的阅历，你生命到一定程度你就能体会很多东西。所以现在收藏这个东西，越有岁月有包浆，一看就是老东西，新东西再做一看是另一种气息。所以你到一些老庙里去看古人塑的塑像，唐代的、宋代的、明代的、清代的，你看那些塑像就会肃然起敬，你到庙里不敢说话，不敢乱说乱动，你有一种敬畏之心。而现在修的一些新庙，雕塑家塑的，一看就是现代人做出来的，你就没有那种神的气息，没有那神气。所以我说年龄和时间可怕得很，也是厉害得很，什么东西都逃不过这两个，作品也是这样。

张同道： 贾老师，您写作的时候，有没有一些特殊的习惯？

贾平凹： 我前面也说过，对笔纸我特别珍惜，也特别尊重，因为它是我安身立命的东西，我绝不浪费，也不糟蹋它。每年我都要给笔纸烧根香，感谢一下。我经常发感慨，我这个人一生糟蹋的纸多得很，钢笔字，毛笔字。我想纸是用树来做的，已经把十几座山都砍完了。我说从这个方面来讲，当然作品也没有写出特别好的啥东西，我说这都是一种罪过，对山林自然环境的罪过。

所以说一个是对纸，对笔特别敬畏，不敢轻视不敢糟蹋不敢浪费。我在写作的时候用稿纸背面也写，但是纯稿纸还写不了，必须用格子纸，但是在背面写。因为我现在还没有用电脑，还是手写，所以我经常说是手工业、手工业者。每天早上老婆用车把我载到我这个书房里，一般情况下是七点半到八点我肯定在这儿，开始就写作。正常情况下每天八点到这儿收拾一下，烧点水开始写，写到11点，这个时候才会朋友办一些别的事情，写写字，干点别的事情。12点吃饭，睡一觉起来，两点半到三点开始写，写到五点就不写了。然后就写字，画画，会客，聊天，接待客人。晚上不写，从来晚上不写。晚上吃完饭有朋友、有事就办事，没事就走一会儿路，散步一下，然后到12点左右回到家，老婆孩子那个家里，然后到一两点睡觉，常年就是这样。

人走了我就开始写，人来了我就放下，唯一长期训练下的，很快能进入作品，你走我就进入，很快进入。要么你半天不进入，就没有写作时间，所以是专门写作。但是单位事情、社会事情多得很，会议、活动，一天多得焦头烂额。我经常感慨，我60多了，我现在生活节奏还是我30岁、40岁的生活节奏。我的那批同学人家啥也不干了，也不让劳动了，吃饭都有人给你端，下面的儿子孙子一堆。咱现在还是苦命人，还是每天忙忙碌碌，干这事，干那事。

张同道：你下一部作品《秦岭》①准备写什么？

贾平凹：因为《秦岭》我当时想写商州，后来把各地的东西都装到商州这个框子里面，后来我想应该更扩大一点。我那个故乡就在秦岭，但是秦岭它是一个中国中部一道横着的山脉，这个山脉特别长，特别雄壮，有了它以后中国才有北方和南方，可以说某种程度上秦岭应该是最能代表中国的一些精神。正好自己的老家故乡商州地区在秦岭里面，所以对山的感情，比水的感情要深得多。古人讲"仁者爱山，智者乐水"，我们那儿水是丹江水流到汉江，然后再流到长江，从小就在山路上跑来跑去。秦岭那么博大那么丰富，它不像别的地方，别的地方栽一个这树，又栽一个草，秦岭就是胡乱长，这面坡滑坡了，绝不影响这个大山。它那个是随意长，可能长成参天大树，也可能长成一丛丛荒草，但是它是那么丰富。我就觉得一直想把这个写了。这一部书以前的故事好多都涉及秦岭，开始用"秦岭"这个词。后来更多的是用秦岭这个词，而不用商州这个词，我觉得秦岭更能体现我自己想要的东西。

下来正要写这一部书，我写的是秦岭，也是秦岭发生的二三十年代的故事，因为这个故事我现在写的，一会儿写近，一会儿写远，来回收一下，出去一下再收回来。比如说写到《秦腔》在农村，紧接着写城市的《高兴》，再下来写到前面，写到《古炉》再更往前写，写到《老生》，又返回来写到《极花》，现在又开始《老生》前面再写，反正把我一生知道的那些东西写出来。

---

① 《秦岭》是贾平凹原来拟定的题目，出版时改为《山本》。

写得好或者不好是另外一回事，我也说不清为什么会这样，但是突然有这种冲动和写法，我就把它写下来。

张同道：你作品的翻译情况是怎么样的？

贾平凹：《废都》出来之前，我有好多作品在法国、日本翻译得比较多，但那都是短篇小说、中篇小说多一些。《废都》出来以后，首先在法国翻译出版，在日本，当时我看资料是，发行量是最大的外文小说，当时是鲁迅之后中国在日本发行量最大的。后来这本书就开始好像要消声匿迹了，基本上就埋头自己搞写作了，别的不管了，与外部就不沟通了，我后来电话也不接，别人也打不进来，就自己写东西。这四五年来，才开始外头翻译的东西多了。加起来各种语言版本，恐怕这四五年有将近30部作品。

张同道：你已经写了超过1000万字，但现在还这么写，什么时候你觉得我写够了，我不想写了？

贾平凹：长篇小说，包括一个长篇纪实文学不算，还有一个综合性的长篇也不算，纯粹的长篇，截至目前才完成了16部长篇。这个方面，因为好多人也说过，为什么你老写？因为新时期文学一开始，我就开始写了。当时写的好多人都不写了，自己还在写。有时候我到北京去开会，看我讲，年轻人也会讲。我发感慨说，咱就觉得很不好意思，就觉得老了。年轻人得奖，你也得奖，咱就觉得不好意思。别人说你一直在写作，为什么老能写？我说在《废都》的时候，大家都在批评的时候，我确实有些不甘心，我一定要写来证明我，所以这是一个动力。我记得当时开始写小说的时候，我最早是写诗歌，后来写散文，后来别人说你散文比小说写得好，后来我说从此以后不写散文了，我专门写小说。你说我啥好，我就不写了，你说不好我才写。后来散文基本不写了，就写长篇了。

再一个觉得写作已经成了我自己的生存方式，也是我生命的表现方式，而且自己老觉得还有东西写，也没有感觉不行了。创作这个东西，你一旦感觉没啥写，一句都写不出来，怪得很。你感觉里面还有东西来写，有这个冲动，我就写了。到什么时候觉得没有了，不想写了，或者是写不了了，写出来就糟糕得一塌糊涂，那就停止了。我说这么多话，突然有一个念头，我没有说过这一段话，就像一个蚕一样，把嘴里的丝吐完，自己用那个茧把自己包起来。

文学的故乡

LITERATY HOMETOWNS 访谈录

NOURISH

大家说我是
现实魔幻主义，
其实我小说里的人物
就生活在这样魔幻
而真实的世界中。

刘震云

三、刘震云和他的延津世界

刘震云　张同道

【从老庄出来的一个作者，当他走的地方越来越多，他会深刻地认识到，从一个村庄看世界，和从世界看一个村庄，写出的是两个不同的村庄，也是两个不同的世界。当然，当你越过认识的层面，到达人性的深处，又会发现老庄的每一个人，和世界上所有人，都有相同的心理经历，不知道一辈子会变成几个人，如《一句顶一万句》里的杨百顺，一辈子变成了四个人：杨百顺，杨摩西，吴摩西，罗长礼。这种痛苦挣扎的过程，发生在世界的每一个角落。】

刘震云，作家，中国人民大学教授，1958年出生于河南延津县。主要作品有《塔铺》《新兵连》《单位》《一地鸡毛》《温故一九四二》《故乡天下黄花》《故乡相处流传》《故乡面和花朵》《手机》《我叫刘跃进》《一句顶一万句》《我不是潘金莲》《吃瓜时代的儿女们》等。2011年，《一句顶一万句》获茅盾文学奖。2017年，他被法国文化部授予文化和艺术骑士勋章。他的作品已被翻译成二十多种文字。

1. 回乡

【好的小说重视的是可意会不可言传的人物背后、人物关系之间的那些道理。】

2. 姥娘

【割麦子，我只要扎下腰，从来不直腰，因为你直头一回，就想直第二回

和第二十回，在别人直腰的时候，我割得比别人快。】

3. 小院

【冰凉的现实掉到幽默的大海里就溶化了，这是河南人幽默的来源。】

4. 写作

【我写作的那点滋味是从《新兵连》悟出来的。】

5. 塔铺

【她也忘了，世界也忘了，但是世界因为有这一幕而变得不同，这些不同组成了世界、人性和灵魂中那些柔软和温暖的东西。】

6. 延津

【书里人物说的那些话，比你说的话要深刻得多，最重要的是他们说的还是家常话。】

7. 世界

【当世界上只有一头牛听李雪莲说话时，其实还有另外一头牛也在听李雪莲说话，他就是这本书的作者。】

8. 老庄

【熟悉让我没有感觉，而陌生，给了我极大的震撼。】

1. 回乡

【好的小说重视的是可意会不可言传的人物背后、人物关系之间的那些道理。】

地点：从延津回西老庄村路上、西老庄村刘震云家院子里

时间：2017年11月4日

张同道：这条路你每年都要走？

刘震云：去我们村就这么一条大路。

张同道：你小时候的路肯定没这么好。

刘震云：都是土路，骑自行车。

张同道：这一路要骑多久？

刘震云：从县城到我们村，40里，得三个小时吧。

张同道：三个小时，一小时十几里。

刘震云：土路，坑坑洼洼，速度起不来。

张同道：十几岁骑三个小时，还是蛮有挑战性的。

刘震云：农村孩子，有力气。

张同道：你去县城上学之后，每个月能回来一次吗？

刘震云：我小学在县城上过，那时我父母在县城工作。后来他们去乡里工作，那时叫公社，马庄公社，我就去马庄上初中和高中了。到高二我就当兵走了。

张同道：你还没到服兵役的法定年龄。

刘震云：个头长成了，把年龄改了一下。否则高中毕业，还得回村里劳动。

张同道：你现在每年还要回来几趟？

刘震云：现在方便了，有高铁。从北京到新乡，三个小时。从新乡坐汽车到延津，40分钟。有时我会在延津修改作品，在生活的喧闹中。

张同道：《吃瓜时代的儿女们》这本书写了多长时间？

刘震云：几个月，想的时间长一些。

张同道：主要是今年写的？

刘震云：不，两年前。我习惯把初稿写出来，先放上一阵。拉长时间回头看，才能知道哪些地方写得不对劲。

张同道：我看你在纽约的宾馆里也在修改这个作品。

刘震云：正好去纽约参加活动。

张同道：听说为这个作品的名字你也颇费踌躇。

刘震云：原来想叫《雾霾时期的儿女们》，但出版社说，"雾霾"这个词将来没法宣传。我说叫《吃瓜时代的儿女们》怎么样？他们说这个也不错，《雾霾时期的儿女们》显得实，《吃瓜时代的儿女们》显得比较调皮，不知道里面会说些什么。

张同道：从内容讲，这可能是你写作上的又一次创新。

刘震云：没那么严重，就是一个尝试。以前是写书里的人物，这次是写那些没出场的人。

张同道：有没有这种情况，修改的时候，有些地方一直达不到满意的程度，出去转一转，就可能把一些鲜活的东西放进去？

刘震云：细节上有可能。如果故事结构和人物结构出了问题，麻烦就大了。证明你动笔之前没想清楚。

张同道：路边的村庄，跟你小时候比，也有很大的变化吧？

刘震云：过去是土房，现在成了砖房。但在房屋的审美上，似乎还没顾上，就是弄点水泥、砖把它搭起来。

张同道：我们的文化在建筑上，在居住方式、生活方式上没有传承，甚至某些地方还在弱化。

刘震云："文化大革命"有一句话，"破旧立新"。破旧很容易，什么叫新？没顾上。所以只有破，没有立。

张同道：一个社会的文化审美，需要长时间的积累，才能一步步往上走。写小说也是这样。

刘震云：对。

张同道：你作品的语言，一直很质朴。

刘震云：质朴本身没什么价值。语言不是一个句子的问题，好的小说重视的是可意会不可言传的人物背后、人物关系之间的那些道理。

张同道：我也有新发现，所谓的幽默也不仅是文字，同时是一种哲学。

刘震云：起码，它是一种人物关系吧。譬如，我母亲今天清早跟你开玩笑，送你一个柿子，让你出100块钱。一是过去你跟我母亲见过，两人熟悉；二是她知道你能理解这个玩笑，如果你是那种古板的人，不苟言笑的人，她就不这么说了。你马上说行，接着她劝你，没事没事——你"出钱"她说没事。本来应该你说，哪有一个柿子100块钱的？但没事没事，伯母，我吃点亏得了。但"没事"这话她先说出来了，这是语言的另一个层面。

张同道：生活中自然长出来的东西，天然就带有智慧和幽默。

刘震云：《中华读书报》有个朋友叫舒晋瑜，今天早上给我打电话，她说，大家都说，看《吃瓜时代的儿女们》从头笑到尾，我怎么看着看着老想哭。我说哭是笑的一部分，她笑了。

张同道：这种写法，真正的主角没出场，读者才是主角，他们参与进来了。欧洲有一个理论叫接受美学，谈的也是这件事，你要从空白处读书，你要把你的经验补充到书里面。但是他讲的仅仅是对过去经典的重新读解问题，某种程度上你这种写法，已经超出了这个范围。

刘震云：无非是在作品和读者之间，还有一个共同的接触层，吃瓜群众。你是通过他们的心理来描写书中的人物，但是这些吃瓜群众也没出现。经过这样一个隔热层，信息的传递可能会减弱，但也可能会增强，读者看到了他们的心理，又加上自己的心理，不同的读者，会起不同的化学反应。

2. 姥娘

【割麦子，我只要扎下腰，从来不直腰，因为你直头一回，就想直第二回和第二十回，在别人直腰的时候，我割得比别人快。】

地点：西老庄村刘震云家院子里

时间：2017年11月4日

张同道：你外祖母跟世纪同龄。

刘震云：对，她1900年出生，活了95岁。我小的时候，这院子里有一棵很大的枣树，枣的形状是长形，河南话就说长枣；还有一种枣是圆形，叫零枣。这棵枣树非常茂盛，上到这棵树，能爬到房顶上去。我外祖母去世那一年，这棵树也死了。后来又栽了一棵。

张同道：拍这个照片的时候，你外祖母多大年龄？

刘震云：90多岁。她一直到去世那年，还下田劳动。

张同道：95岁还劳动？

刘震云：生活习惯。她给地主扛了大半辈子长工，通过劳动，赢得了自己的尊严。延津地处平原，麦趟子特别长，我外祖母不管去谁家扛活，割麦子的时候，都领头把镰。头把镰是什么？相当于乐队的第一提琴手，整个乐队，都要按照她的乐器定音。三里路长的麦趟子，我外祖母从这头割到那头，身后许多一米八的大汉，也就割到地中间。我外祖母晚年的时候，我问过她，你为什么割麦子比别人快？她说其实我不比别人割得快，仅仅是我只要扎下腰，从来不直腰；因为你直头一回腰，就想直第二回和第二十回，在别人直腰的时候，我割得比别人快。她年轻时的名气，演电影相当于斯特里普，打篮球相当于杜兰特，踢足球相当于梅西。如果她从张家转会到吴家，张家的压力是非常大的。

张同道：为什么这样的人会走？

刘震云：我外祖母一到吴家，吴家的老掌柜就拄着拐杖出来了，跟我外祖母说，嫂子，求你个事。什么事？能不能把我儿子认到你跟前。"认跟前"是什么意思？就是干娘，言外之意，咱可不是雇佣关系，你就是到你儿子家来了，咱们是一家人。我小的时候，"文化大革命"，老斗地主，我们家常跑来一大群我外祖母的干儿子。1991年，我外祖母91岁，德国有一个汉学家叫阿克曼，你认识不认识？

张同道：是歌德学院的院长吗？

刘震云：对。当时中德作家交流，他带一个德国诗人来我们村。当时我外祖母坐在枣树下，阿克曼坐在那儿，诗人维斯普尔坐这儿。我外祖母问阿克曼，你住在德国哪儿？阿克曼：慕尼黑，德国南边。我外祖母问维斯普尔：你呢？德国北方。你们俩怎么认识的？阿克曼：在德国开会。我外祖母：在德国认识，又一块儿来我们村，可见对脾气呀。两人点头称是。接着我外祖母问了一个政治问题，德国搞没搞"文化大革命"？俩人摇摇头，没搞。我外祖母：没搞就对了，"文化大革命"就是抓坏人，世上哪有那么多坏人？两人又点头称是。接着又问了一个国计民生的问题，德国一个人划多少地？阿克曼虽然是个汉学家，有时候亩和分搞不清楚，回答，八分。外祖母拄着拐杖站起来，八分地，人吃不饱呀。阿克曼意识过来，哎呀，不是八分，是八亩。外祖母松了一口气：饿死人的滋味不好受。

阿克曼和维斯普尔在延津待了三天。临走那天，他们特别想再来老庄跟我外祖母照个相。那时火车比较少，怕误车，没来成。去年，雨霖在延津拍《一句顶一万句》的时候，阿克曼跟他太太来探班，非要到外祖母家来一趟。25年前他来老庄的时候，院子里还是那棵大枣树，现在换了一棵。进屋，屋里就剩外祖母一张照片了。阿克曼说，他特别想到姥姥的坟上去看一看。我说挺远的，土路不好走。阿克曼说，你们不愿意去，可以不去，我一个人也要去。我又带他和他太太，专门到外祖母的坟上，站了半天。

张同道： 我觉得他还是对当年的情形，特别有感触。

刘震云： 当时，就在这屋里，外祖母给他们炖了只土鸡，大家喝了点烧酒。

张同道： 你外祖母谈起话来像个哲学家，尽抓要害问题。

刘震云： 我外祖母没上过学，但懂事物背后的道理。我母亲六七岁的时候，跟小伙伴到地里割草，傍晚回家，看到远处路上撂一东西，几个小姑娘都往那儿跑。我母亲个子高，腿长，率先捡着了，是一条布袋。她一提没提动，但还是努力把它搁在草筐里背回了家。我外祖父说，你怎么捡回来一条布袋？按农村的习惯，捡布袋是捡"气"。把布袋里的东西倒出来，老汉傻眼了，全是银元。查了查，200块，当时能买十亩地。我外祖母马上说，把它装回去。接着说，这肯定不会是一个穷人落下的；同时，它也不会是一个东家落下的，东家出门，不用带这么多钱；肯定是哪家伙计，东家让他出去办什么事，一不小心把这布袋给丢了；如果是穷人，他本来就穷，丢了也就丢了；如果是东家，丢200现大洋，他心疼，但也不在乎；怕就怕这个办事的人把钱丢了，东家责怪他，他又还不起，回家老婆再埋怨他，他要心眼儿稍微小一点，因此上了吊，那我们把钱留下就太缺德了。这也是哲学分析。

第二天村里有人敲锣喊：谁家孩子，拾了一布袋，里面有点东西，你放心，只要拿出去，三停给你一停，就是给三分之一。我外祖父马上出门说，在我们家。两个惊慌失措的人，见到布袋，大呼"妈呀"，打开布袋查钱，一块银元没少。接着又开始查钱，说过给三分之一嘛。我外祖母说，大哥，别查了，这钱俺不能要，要了，就成趁火打劫了，坏名声。这也是哲学分析。那两个人想想也是，就不查钱了，其中一人说，嫂子，我跟你说，我们是俩伙计，昨天晚上差点上吊。又问：谁捡着的？我外祖母指指我妈。一小姑娘贴墙根站着，正抠鼻涕呢。嫂子，他要是一男孩，我肯定让他跟我家孩子拜个弟兄，这是一女孩，啥也不说了。俩人走了，第二天又来了，送来一匹花布，给孩子做身衣裳吧。又说，昨天不知道，原来您就是刘郭氏啊——我外祖母娘家姓郭，所以叫刘郭氏——明星啊，斯特里普啊，我们能不能高攀一下，两家结个亲戚。我外祖母说，那可以。从这儿起，就成了亲戚，逢年过节还相互走动。

张同道：这不就是小说《口信》中那段故事？

刘震云：不完全相同，是这么个意思。

张同道：是个有见识的老人家。你小的时候，天天跟她在一起？

刘震云：对，潜移默化，受她世界观和方法论的影响。

3. 小院

【冰凉的现实掉到幽默的大海里就溶化了，这是河南人幽默的来源。】

地点：西老庄村刘震云家院子里

时间：2017年11月4日

张同道：这个院子是你最初的地盘，也是你一个精神地盘，你在好多书中都写到了这个院子，写到了姥姥。回到这个院子你有什么感想？

刘震云：从小生活的地方，回来自然有一种熟悉的感觉。首先是环境，另外是气味，还有你熟悉的人。但时间会使这个院子，包括整个村庄发生很多变化。转眼之间，我外祖母已经去世22年了。我小时候，村里还有我的三姥爷和四姥爷，后来都没了；如今，我众多的舅舅和舅母也没了。如今在村里走，好多人我都不认识，她们可能是新嫁过来的媳妇，或者是出生的第三代，街上跑的孩子可能是第四代，确实有"儿童相见不相识"的感觉。

故乡对一个人最大的影响，首先是语言，你学说话的时候在中国，说的就是中文；在河南，说的就是河南话。另外就是饮食，一块羊肉，放在新疆它可能是羊肉串，走到西安是羊肉泡馍，到了河南就是羊肉烩面。

比这些更重要的，是这地方人的生活态度。老说我的作品幽默，我曾说过，我是我们村里最不幽默的人。河南人爱用幽默的方式，来处理自己的日常琐事，包括特别严肃的事情。他们在开玩笑的过程中，已经表明对这个事情的态度及解决问题的方式。

延津离黄河不太远，农耕社会，灌溉土地比较方便；离开封也不远，在宋朝，属首都郊区；历史上应该有富庶的时期。延津没有记录，但看《东京梦华录》就会知道，那时的东京，三步一个酒店，五步一个茶肆，十步一个夜总会；元宵节的时候，整个首都都在放礼花。首都如此繁华，郊区能会差吗？正因为是富庶之地，引来兵连祸结，最后就成了贫穷的地方。不打仗的时候，人为的灾祸也不少。我八个月的时候，我外祖母把我从县城背到了这个村里。我外祖母生前跟我说，路边有人走着走着突然就倒下了。我外祖母上去摇他，大哥，地上凉，但他已经断气了。临死的时候，还知道维护自己的尊严，把他的草帽盖到了脸上。他的体力就剩下做这一个动作，但他还是处理了自己跟这个世界的关系。

当这种严峻的事情发生得太多的时候，如果你用严峻的态度来对待严峻，严峻就变成了一块铁；当你用幽默的态度对待它们，幽默就变成了大海，严峻就变成了一块冰，冰凉的现实掉到幽默的大海里就溶化了。这是河南人幽默的来源，而不是他们非要油嘴滑舌。

张同道：你对这个小院最初的记忆是什么？

刘震云：我意识到自己有记忆力，是1960年。那一年河南有涝灾，几天几夜下雨，村里的房子不断倒塌。我们村东头有一个大水坑，我和一帮孩子用土块砸蛤蟆玩。一不小心，我掉进坑里了。同伴们在村里奔跑和呼喊，我外祖母赶过去，我已经在水里漂起来了，证明已经死过去了。我外祖母与村里的人手拉手，把我从坑里拉了出来。村里有那种碾米碾面的碌碡，把我搁在上面抗，我把水吐了出来，算是死而复生吧。我记得我对世界说的第一句话是，姥姥。我姥姥哭了。从那时起老人家特别小心，不让我出这个院子。

张同道：你姥姥不仅把你养大，还有再生之恩。

刘震云：对。

张同道：当时吃的什么食物？能不能吃饱？

刘震云：饿死人的年景怎么能吃饱呢？当时村里实行吃"大锅饭"，全村只有一口锅，我外祖母是做大锅饭的炊事员。她说，全村人天天喝糊糊，锅里下多少面呢？百十口人，八斤。八斤除以百十口人，一个人能得到多少热量？所以村里饿死不少人。食物匮乏的程度，和1942年没有太大的区别。经常有人问我一个问题，你写了《温故1942》，什么时候写《温故1960》？不但中国人问，外国人也问。其实，《温故1960》，在我心里早已经写出来了。

《温故1960》和《温故1942》不单说明1960年和1942年，它的根深深地扎在秦朝——当然还有殷朝。殷朝的首都叫朝歌，离我们村也不远，安阳。

4. 写作

【我写作的那点滋味是从《新兵连》悟出来的。】

地点：西老庄村刘震云家院子里

时间：2017年11月4日

张同道：我这次采访了很多翻译家、批评家，有一个评论家非常坦率地说，我们对待刘震云没有办法，他不在我们的话语系统中，当你想对这个作者做判断的时候，你突然发现他不是这样，所以我们有时候也就不敢写评论。

刘震云：这是在表扬我吧？你写出的作品让人无法下嘴，证明里面还是有些新的东西。

从开始写作，我得到的表扬可不多。写《一地鸡毛》的时候，有人说它是流水账，作者的情感是零状态，还说，文章古今中外，必须有起承转合，我的作品没有。我回答不了这些问题，我只好采取三不原则，不反驳、不赞同、不理会。

到了《温故1942》，有人说它是材料的拼接，有《中央日报》的，有《大公报》的，有《河南民国日报》的，有白修德的，有中国政府的国情咨询，有美国政府的国情咨询，还有当时天主教留下的记录……把材料堆砌到一起，能叫作品吗？我仍是无言以对。

张同道：现在大家都知道《一地鸡毛》和《温故1942》是好作品。

刘震云：那是十年之后的事了。《一句顶一万句》写出来，大家也觉着不好，怎么能在一个作品里写一百多个人物呢？头绪太多，人太多，记不住。《我不是潘金莲》出来，又说，离现实太近了。好在我最大的优势是，我从上小学到大学毕业，没当过班干部，离老师很远，我对既成的教诲敬而远之。

张同道：在你的写作中这个情况最突出的是不是《故乡面和花朵》？

刘震云：现在看来，《故乡面和花朵》走了一段荒山野路。野路不是说它不好，而是那个阶段我对群体语言产生了特别大的兴趣，我想知道群体语言的狂欢和喧哗是什么样子。譬如，人一天要说300句话，有用的话不超过五句。众人的五句我不写了，我写295句，看语言的洪流是如何淹没人、群体和生活的。《故乡面和花朵》出版之后，有人说，这书只有两个半人看过，一个是刘震云，一个是他的编辑，还有半个是傻子。但现在各大高校写《故乡面和花朵》博士论文的特别多。为什么呢？因为《故乡面和花朵》200多万字，导师肯定没有耐心把它看完。

张同道：我很早就关注到你这本书，华艺出版社出的吗？

刘震云：对，当时金丽红、黎波在华艺出版社，他们就出了。

张同道：你写《故乡面和花朵》的时候，有一件事对你的生活影响比较大，正好姥姥去世了。

刘震云：是。

张同道：这件事你在书里用不同的方式写了几遍。

刘震云：因为这本书的形式就是无节制。如果是黄河，出了这么大的事，相当于黄河决口了。我把正在写的内容停了下来，把这件事对我的冲击，及在这种情绪下，对这个世界的思考、思虑、怀疑，包括痛斥，先写了出来。我估计也有20来万字吧，在作品里占十分之一。

张同道：这段的写作跟其他部分感觉都不一样，语言的狂欢上是一致的，但情感差距还是比较大的。

刘震云：也是出于结构上的考虑。一个特别庞大的氢气球，下边需要一个铅坠给坠住。氢气球是超现实的，这个坠必须是特别现实的。

张同道：作品还是很有力量的，这种力量当然跟其他作品不一样。

刘震云：但把它读完的人确实不多。

张同道：你以河南省文科状元的身份考进了北大。往往文科生的数学都很差，但你的数学非常好。我觉得北大这段经历还是在你身上留下了比较重的痕迹。

刘震云：我初中时突然对数学发生了兴趣，但是我高中没读完就去当兵了。我在部队还是看数学书，已经学到了高等数学的微积分。考大学的时候，数学分自然就高一些。经常有人说，你能成为状元，主要是作文写得好，我说不是，我是数学好。

前不久，北大毕业典礼，让我去说几句话。我说我在北大最大的收获，是认识了锅塌豆腐。我是一农村孩子，肉菜吃不起，锅塌豆腐过过油，拌上米饭，显得油水大。我到大三的时候，还有一件事不明白，上午到第三节课，北京女同学嘴里还在嚼什么？根据我在村里的经验，这是在牛棚才出现的现象。最后实在忍不住，问了一个北京同学，他目前在南加州教书，告诉我这叫口香糖。

我上大学的时候，还有一些"五四"时期留下来的老知识分子，像王力、王瑶、吴组缃、朱德熙，他们不上课，但会给我们办一些讲座。讲座上，他们从来不讲课堂上的东西。像吴组缃先生，会讲一些自己的生活琐事。吴先生说，他跟老舍是好朋友。他说，老舍先生的话剧比小说写得好，比如《茶馆》，有非常大的结构力量，第一幕是太监娶老婆，第二幕是两个当兵的要共同娶一个老婆，第三幕是活着的人给自个儿撒纸钱，这比写骆驼祥子的悲惨命运的变化高级多了。他说新中国成立之后，老舍一直是受宠的，人民艺术家，他说我从来没受过宠，"文化大革命"的时候让我扫厕所，我是北大扫厕所扫得最干净的人，而老舍先生跳湖了。

张同道：我看你说过，我家的鸡窝坏了，我的表哥来帮我修鸡窝，他有话要说，我就替他把话说出来了。

刘震云：这里牵涉一个基本的哲学和数学问题，谁在世界上是重要的？从CNN到BBC，再到NHK，都觉得美国总统、俄罗斯总统和德国总理是重要的，不但媒体觉得是这样，全世界的人也都这么认为，这些人说的每一句话，当天全世界都知道了，也就是说，他们的话语在这个地球上是占空间和时间的，是占面积的，而我表哥说话是不占面积的；但我认为我表哥的话很重要，就把他的话写了出来。《我不是潘金莲》里的李雪莲，为了一句话——"我不是个坏女人"，用了20年时间来对整个世界宣战，在我心里激起的波澜不比二次世界大战小。

张同道：你的创作是跟"五四"一脉下来的，跟20年代很多主题，尤其是启蒙思想、鲁迅的这脉思想有很多承接之处。

刘震云："五四"时期出过很多大家。鲁迅先生对国民性的描述，深入透彻。但说到精神传承，清朝的《红楼梦》，明朝的话本，宋词，唐诗，唐宋传奇，一直到《史记》，一直到孔子和老子，一直到《诗经》，对我都有影响。但这个影响并不具体，皆是无形的滋养。有哲学道理的作品，我停留的时间会多一些。譬如，司马迁的《报任安书》，他受过宫刑，为什么还要把《史记》写出来，即：我为什么要这么做？李密的《陈情表》，他谢绝晋武帝的邀请，不去洛阳做官，即：我为什么不这么做？包括外国文学，滋养也都是无形的。法国作家中我喜欢加缪。他出车祸之前写过一部小说，《第一个人》，跟《鼠疫》和《局外人》不一样，写得特别朴实。他重新重视了朴实的力量。

张同道：回来说你和故乡的关系。一般年轻作家最早的作品都带有自传性，然后逐步扩展版图。我回头一看，你最早成名的作品也都是关于延津的事，不管是《塔铺》，还是《新兵连》，《新兵连》说的那群士兵也都是延津去的。你那时候是有意识，还是没有意识要经营这块文学版图。

刘震云：无意识。为什么一开始写跟自己相近的生活呢？因为有个借助。这些生活、人物和人物关系，你在生活中经历过，写起来比较便利。当你的认识到达不了一定的程度，你对文学与生活和作家之间的关系，没有能力让他们起化学反应的时候，你回到质朴的写作上，是非常占便宜的。就像你的智慧没有达到一定程度，质朴你会吗？我们见了质朴的人也喜欢。当然我们见了有思想的人也喜欢。我们特别不喜欢那些聪明外露的人，油嘴滑舌的人。当你到达另一种地步，当你有了自己的认识论的时候，你才有思想基础开展另外的写作。在有思想基础开展另外的写作的时候，你什么时候能再回到质朴，这个写作就厉害了。这时的质朴和前一个质朴不是一回事，后一个质朴比质朴还要质朴，因为你说出了那些质朴背后的，那些质朴的没有被别人认识到的道理及道理之间的联系。当然，如果一篇小说只是道理的呈现，这个小说又太干巴了。

张同道：《塔铺》出来，当时反响还是非常好的，大家开始关注你。

刘震云：没有吧？写完《塔铺》没人知道刘震云是谁。大家议论稍多一点，是十年之后的事。十年之后也不知道刘震云是谁，只知道有几篇小说还不错，《新兵连》《单位》《一地鸡毛》《温故1942》。那时经常碰到一种场面，这是刘震云，没人认识；他写过《一地鸡毛》，哦，《一地鸡毛》是你写的啊？《温故1942》，哦，也是你写的啊？

张同道：《新兵连》和《塔铺》区别很大，虽然离得很近。

刘震云：《塔铺》不呈现结构的力量，到了《新兵连》，我开始意识到结构在人物关系中的重要性。一群农村孩子，在家乡一起睡打麦场，但一到部队，马上面临一个问题：政治。政治不是虚幻的，跟个人利益紧密相连。大家当兵的目的是什么？当军官。当了军官，就有了工资，能娶上老婆，转业了也能安排工作。当军官的前提是什么？入党。但一个连队一百多名士兵，不可能大家都入党。张同道入了，刘震云就入不了。过去是老乡，现在马上变成了政敌。出现这样的竞争，比国家和国家之间的仇恨大多了。本来都是好朋友，因为大家要进步，要把生活过好，便把心里最坏的最恶劣的东西全部呈现出来，相互陷害，打小报告，等等。

当时还有一个政治运动叫"批林批孔"。大家都是农村孩子，没什么文化，大家觉得，林彪可以批，孔子可以批，让人不理解的是，林彪和孔子不一个村，不一个县，也不一个姓，相距两千多年，为什么拴在一块批呀？我们的副指导员还是有政治智慧的，他说，因为林彪家和孔丘家都是地主。那个时候地主是最不受待见的，大家马上明白了，原来是这样啊，你早说啊。不可言说的荒谬，是人物结构呈现出来的。

张同道：顺着《新兵连》的路你接着出了很多作品，而且这个思路贯穿了很久。

刘震云：还是明白了一些常识吧。凡是荒诞的东西，都是一本正经的东西；生活的一本正经，和我们生活在正经里，是人与生活的互相扮演。还有，文学的思想，跟哲学的思想又不一样，哲学是把思想说出来就完了，但文学管的是那些哲学说不清的微妙的东西。

以前我在这方面的修养很不足，后来有意识地在提高。《吃瓜时代的儿女们》出版的时候，出版社要宣传，搜集了许多国外对我的评论作噱头。如《纽约时报》、法国《世界报》、《瑞典日报》、日本的《读卖新闻》，还有阿拉伯的媒体等。其中有三句话说中了我的内心，"用最幽默的方式，说出了最深刻的哲理；用最简约的方式，来说最复杂的事物；用最质朴的语言，来搭建最奇妙的艺术结构"，我未必做到了，但是我努力的方向。

张同道：我感到你是一个探险家，每次都要往前再挖出一点新的东西，找到一个新的方向。

刘震云：这是写作之前最让人踌躇的地方。

张同道：我觉得是两重探险，一重是你刚才说的微妙的人物关系，人性的探险，另一重是美学探险。

刘震云：美学探险跟思想深入不一样，你不能有意为之。譬如语言，说一个作者形成了自己的语言风格，我觉着这话有点傻。在一部作品中，作者的语言风格重要不重要？重要；但是，作品里的人物的语言，与作者的叙述语言，二者的关系是什么？譬如《吃瓜时代的儿女们》，它的人物结构，由四个不同身份和阶层的人组成，一个是农村姑娘，一个是省长，一个是县公路局的局长，一个是市环保局的副局长。农村姑娘说的是村里的语言，省长的话语中充满大量的政治术语，县一级官员有县一级的语言，市一级有市一级的语言，叙述语言如何统一？叙述语言是根据人物的心理和说出来的话派生的，于是作品也必须有四种叙述语言。

张同道：我还特别关注你从《头人》，到《故乡天下黄花》，到后来的一系列故乡作品，连续很多关于故乡的主题。

刘震云：《头人》是个中篇，《故乡天下黄花》是它的扩大版。《故乡天下黄花》是我的第一部长篇，当时我不知道长篇该怎么写，之前我写的都是短篇和中篇，于是我试着可否用中篇的结构来组织长篇。实验的结果不是特别好。《故乡天下黄花》跟《头人》一样，支撑作品的结构轴是时间，从民国到鬼子来了，到"土改"，到"文化大革命"，一个村庄，一代一代人的变化；这个轴线支撑一个中篇行，到了长篇就显得重复和雷同了。这不怪别人，怪我那时不懂故事结构和人物结构。

张同道：像作品里的申村也好，马村也好，这里边是不是也有老庄的身影？包括村庄的开辟。

刘震云：原型。借助。我童年在这里度过，到了写作童年的时候，又回到了这里。

张同道：这里面我看到了你对农村权力结构，其实不仅是农村了，城市也是一样的，这是整个中国社会的一个特点，权力在整个社会的一种发育、制约，在改变着人性。

刘震云：写权力本身没有意义，关键是权力会使人异化。

张同道：核心就在这儿。

5.《塔铺》

【她也忘了，世界也忘了，但是世界因为有这一幕变得特别不同，这些不同组成了世界、人性和灵魂中那些柔软和温暖的东西。】

地点：塔铺中学教室

时间：2017年11月5日

张同道： 回到塔铺中学的教室很熟悉吧？你在这里当过两个月的民办教师。

刘震云： 现在的教室比30多年前还是好很多，那时的教室四处透风，经常停电，同学们晚上复习功课的时候，每个桌上都点一盏煤油灯，冬天，寒风透过窗户吹进来，大家缩着身子，灯头一晃，跟阴影里的小鬼似的。第二天早上，鼻子里全是黑的，灯头燃出的烟气。同学们吃得也不好，从家里提个馍袋，带一些白薯和窝窝头。学校有食堂，五分钱一碗熬菜，但大家吃不起。逢年过节，譬如像五一，食堂里有肉菜，一毛五，我在《塔铺》里写过，大家穷年不穷节，跑到食堂买菜。肉菜冒出的香气，飘满了塔铺校园。大家还相互看对方的菜碗，谁碗里多了一片肉。

我在《塔铺》里还写过割麦子。当时学校有几十亩地，种些麦子，算是老师的一点福利。到了麦收时节，老师们都得割麦子去，不割就焦到了地里，没人给学生上课了。学生为了早日恢复上课，就帮老师割麦子。大家都是农家孩子，从小对劳动很熟悉，几十亩麦田，一个上午就割完了，整个麦田一片欢乐，大家长期绷着的神经也放松了。我记得一个老师由衷地说：哎呀，高考要考割麦子就好了。但是，最终能考上大学的农村孩子，寥寥无几。塔铺周边有几十个村庄，来这儿复习功课的有三四百名，最后能考上大学、大专和中专的也就七八个人。1978年，中国的大学毕竟少一些。就高考而言，大家在这儿做的都是无用功。

我在这里当过两个月的民办教师，现在回到延津，特别是来到塔铺，好多人上来说，刘老师，我是你的学生。我认不出来他是谁，他会告诉我，他是哪个班的。当时学校的校长姓杨，教导主任姓马，还有管总务的陈老师，教语文的马老师和朱老师，教数学的杨老师，教其他各科的王老师、穆老师、荆老师，食堂做饭的郭师傅等。那时我很小，20来岁，他们都四五十岁了。记得还有个裴老师，70多岁，教地理，他有一个俄国老婆，跟他生活在裴家庄。这么偏僻的地方，一个乡村知识分子，年轻时怎么找了个俄罗斯姑娘？据说，俄罗斯姑娘一开始来延津的时候，不会说中国话，转眼50多年过去，会说中国话，会说河南话，会说延津话；来的时候鼻子挺高，塔铺风沙大，渐渐吹得鼻子也低了；来时是白种人，吹着吹着就成黄种人了；走在街上，从背后看上去，和一个延津老太太没有任何区别。裴老师爱下象棋。他最喜欢的是和棋。他不赢你，但你也不能赢他，否则他就面红耳赤地急了。对我而言，这是一段值得怀念的生活。

张同道：考之前，其实您对自己的前途还是有担忧，部队上没有解决前途问题，又回来了。

刘震云：对，我在部队没有前途，才回到了塔铺。如果当时我在部队能提干，就不回来了。回到塔铺，我也不知道自己能否考上大学。如果没考上，现在我就是另外一个人。当然，成为另外一个人也没什么不好，也没什么不对。我说这话的前提是，在我们村，在塔铺，有好多孩子比我聪明，他们比我更应该上大学。我有一个表哥叫刘永根，他的外号叫牛顿，对数学、物理、化学，从小就露出超常的天分，只是因为家里穷，中学毕业后一直在外边打工，几年过去，能高考了，他把功课全忘了，也没这个心了。如果他生长在一个正常的环境里，他早已成为一位数学家、物理学家或化学家，如今在普林斯顿大学、哈佛大学或牛津大学当博士生导师也很正常。

张同道：塔铺对你还有什么启示？

刘震云：虽然这里很贫穷，环境杂乱差，但这里的人也向往美好。塔铺村西有一条小河，当时我复习功课，爱到村西玉米地里去，那里安静。有一天下午，我去玉米地复习功课，看到一农村姑娘在河边用耙子搂草。当我从玉米地回来的时候，晚霞落在河水里，河水是红的，这时姑娘不搂草了，一人在河边解开辫子梳头，草堆上摆着五分钱一个的塑料边的小圆镜。通红的河水，打在她的脸上。这个画面对我很有冲击力。但是，世界上没人会在乎这事。几年之后，她在农村结婚，生孩子了，你再问她，她自己也忘了。大家全忘记了，但因为有过这一幕，世界变得特别不同。这些不同，组成了世界、人性和灵魂中那些柔软和温暖的东西。我把这一幕写到了《塔铺》里。

《塔铺》之前，我也写过一些小说，但这些小说都极不成熟。当然，《塔铺》也不成熟。

张同道：但晚霞这一节，是这本小说里非常触动人心的一幕。

刘震云：对真情实感的依赖罢了。有时我复习功课也到塔铺村北的沙岗上去。周六傍晚，一些学生回村里去。农村的天黑跟城里的天黑不一样，城里的天黑由上往下黑，接着城市的灯亮了，农村从庄稼地往上黑，氤氲的雾气渐渐升上来。这些同学成群结队往前走，走得很远了，他们叽里呱啦的谈话声，还回响到你的耳旁。这些声音，这些背影，从庄稼地里往上氤氲的雾气，当然在世界上也是不重要的，很快就被人遗忘了，我也把他们写到了《塔铺》里。《塔铺》让我唯一明白的是写作和遗忘的关系。

6. 延津

【书里人物说的那些话，比你说的话要深刻得多，最重要的是他们说的还是家常话。】

【我是瘸嘴吃的后代，所以我知道什么是老百姓的肺腑之言。】

地点：西老庄村刘震云家院子里

时间：2017年11月6日

张同道：现在我们讨论一个理论问题，作家的感性和理性在写作中的位置。

刘震云：作者的感性和理性在写作的历程上总是此消彼长。用感性写作是初级行为，作者总会从感性向理性成长。但是，如果他的理性的树干生长得越来越强壮而忽略了感性的重要性，对于写作也是比较麻烦的。譬如托尔斯泰，当他的理性越来越固执的时候，作品就越写越差，《复活》不如《安娜·卡列尼娜》，《安娜·卡列尼娜》不如《战争与和平》。马尔克斯也是，写《百年孤独》的时候，他的感性和理性浑然一体，到《霍乱时期的爱情》，就不如前者那样枝繁叶茂。平衡点的掌握，也是哲学的一部分。

张同道：你这是个经验之谈，需要足够的生命体验和理性意识。二者的平衡，是很难把握的。

刘震云：理性的深入不是坏事儿，但你的感性是不是也跟着深入了？感性的深入是容易被忽略的。如果二者出现的落差过大，就会出现创作的焦虑。创作的焦虑一般不出现在理性，而出现在感性；就好像大家很少在真理的层面犯错误，错误大多犯在常识上一样。许多作者写了几部作品，接着就写不出来了，为什么？不是他不深刻，是因为他的神经末梢退化了，感知退化了。理性过重还容易出现另一种情况，作者开始居高临下，作品开始装腔作势和装神弄鬼，这时的理性就不是深刻而是肤浅，这是哲学层面的另一个辩证法。理性成长的同时，沉浸在生活中，让自己感知的末梢神经不断生长也是非常重要的。

张同道：我看你一直在兴致勃勃地观察各种人群，中国的、外国的，是不是也是从小养成的习惯？

刘震云：也可以换一个词，叫趣味。一个人特别枯燥，成立不成立？成立。枯燥不是毛病，如果他是一位数学家、物理学家或天体物理学家，没问题，他也可以取得很大的成就；如果他是一个作者，在生活中是个无趣的人，作品也一定是干瘪和无趣的。当然，沉浸在生活的趣味里并不都是为了写作，写作不需要这么功利，有趣的生活难道对任何人不好吗？同时，真正伟大的数学家、物理学家或天体物理学家，有许多也是有趣的人。

张同道：我看你的作品里，尤其是到了《故乡相处流传》，开始带有一种强烈的荒诞感，漫画感，它把历史给解构了。但我更关心这里面是对国民性、中国文化的一种思考。

刘震云：《故乡相处流传》是我写的第二个长篇，也是一种实验吧。现在看，这种荒诞和漫画化也许过于表面了。

查建英是我的师姐，她前不久发表一篇文章，说托尔斯泰、陀思妥耶夫斯基的写作是真功夫，他们的文学功力，要大于魔幻现实主义和后现代那些作家。因为魔幻现实主义和后现代作家可以装神弄鬼，坐毯子飞到天上去，死的人其实还活着，这样的描画比较容易，因为没有现实的比照；《封神演义》也这么写过，人在地下穿行，土行孙；《聊斋志异》也这么写过，人与花草、狐狸和画皮谈恋爱；但画人就难了，现实中有对应，一不注意就画歪了。或者说，画人比画鬼更需要想象力，《红楼梦》比《聊斋志异》难写。我觉得她说的有道理。

张同道：对故乡的态度是不是从《温故1942》发生一些转变？因为这个作品面对这么大的历史悲剧。

刘震云：《温故1942》比《故乡天下黄花》和《故乡相处流传》写得好些。因为这时我开始懂写作的辩证关系。这么大一场悲剧，饿死300万人，如果用悲痛、愤怒、悲天悯人的态度去审视它，可以不可以，当然可以，许多作品都是这么写的。但是，1942年饿死的是河南人，河南人消化严酷的办法是幽默——能用幽默对待自己的生死，背后又是多么悲凉啊。老舍先生生前说过，我想写一出悲剧，里面充满了无耻的笑声，说的也是这个意思。

张同道：确实每一部作品都在往前走，每一部作品都跟前面有所不同。还有一组人物，生生死死，穿越古今，孬舅、六指、白石头、瞎鹿，这样一批人物是怎么形成的？

刘震云：他们是《故乡相处流传》里面的一组人物。《故乡相处流传》是漫画式写作，这些人物从三国活到现在，有两重含义：一，现实生活中，人赛不过时光，时光在流逝，人一代一代没了，到了作品里，时光赛不过人，时光一代代没了，人还在；还有一层意蕴，时间虽然不断叠加，人性几千年没前进一厘米。一些人名的延续，也不局限在一部作品里，譬如白石头，《故乡相处流传》里有，《故乡面和花朵》里有，后来在《手机》里也出现了，严守一的小名就叫白石头，他的堂哥叫黑砖头。这次在《吃瓜时代的儿女们》新书发布会上，有记者问，《我不是潘金莲》里，在镇上管结婚、离婚的人叫老古，到了《吃瓜时代的儿女们》，在镇上管结婚、离婚的还叫老古，是同一个人吗？我说是。人性连时光都能跨越，还不能跨越作品吗？

这种跨越还会从我的作品里跨越到别人的作品里。如《我不是潘金莲》的第三部分，20年前的县长，因李雪莲告状的事儿被撤了职，回老家开了个小饭馆，年底去东北串亲戚，回来在北京转车的时候，碰上春运，买不到火车票，他急中生智，想起李雪莲告状的事，在火车站举起一个牌子："冤"，警察以为他要告状，马上把他捂住了，接着好言相劝，派人把他遣送回老家。押送这个前县长回老家的是两个辅警，一个叫老董，一个叫老薛，借用了《水浒传》里押送林冲的两个差人：董超、薛霸。一是现实和历史的延续，二是为了向施耐庵先生致敬。

张同道：到《一句顶一万句》，你开始正面写延津，完全沉浸到现实里，感性和理性融合得很均匀，不会哪个方面显得很突兀。这时你的写作观念又有哪些变化？

刘震云：重新认识到质朴的力量。写《故乡面和花朵》时，作者的主观表达滔滔不绝，恣意妄为，过去这个阶段，认识到书里人物说的那些话，比你说的话要深刻得多，最重要的是他们说的还是家常话。老詹是个神父，在黄河边劝杀猪匠老曾信主，老曾问，信主有什么好处？你就知道你是谁，从哪儿来，到哪儿去。我现在就知道哇，我是老曾，从曾家庄来，到各村去杀猪。老詹想了想说，你说得也对。突然又说，你是个手艺人，主的父亲也是手艺人，是个木匠。老曾说，隔行如隔山，我不信木匠他儿。这样的对话，无法用理性来还原，也无法用作者的语言来表述。生活的深厚，只能靠生活本身呈现；生活的趣味，无法用理性来阐述。

张同道： 里面写了许多手艺人。这么多手艺是你少年时看到的吗？

刘震云： 大部分看到过，比如木匠、铁匠、磨豆腐的、杀猪的、修脚的、给牲口的蹄子钉铁掌的，这些人在农村生活中很常见。手艺人的特点是四处流动，适合表达人物关系的宽度，适合表达陌生和熟悉的关系。我小的时候，最大的娱乐活动是几个盲人来村里拉着弦子唱曲儿。这样的表演是没有报酬的，谁家剩点馍饭，给他们端过去。盲人有老人，也有孩子。一次有人家送来一碗饭，给了小盲人。小盲人喝了一口，递给老盲人，师傅，你喝吧，咸粥。咸粥比白粥有滋味，里面可能还有些菜叶子。师傅说，你喝吧，给你的。小盲人说，师傅，你喝。师傅说，那你喝一半，我再喝。在陌生之地，一碗粥，体现了师徒之间的关系，这比职业特点更重要了。

我小时候，到县城去，要到三里外的大路上等班车。一次我跟外祖母在等车，旁边村里一个成年人过来说，大娘，跟孩子到我家暖和暖和吧，我让我家孩子在这儿盯着。我跟我外祖母到了他家，刚煮的红薯，他揭开锅盖说，趁热吃吧。他说，他小的时候，跟他爹路过老庄村，下雨了，他饿得前心贴后背，我外祖母把他们领回家，端出馍馍让他们吃。这就是穷人跟穷人之间的关系。如果说《一句顶一万句》表现的是什么，就是穷人跟穷人之间的关系。

我母亲常说，她童年时最大的节日，是随她父亲去赶集。因为集上有许多好吃的聚集在一起，有牛肉，有包子，有火烧，有羊肉烩面，有胡辣汤。但因为家里穷，这些东西他们买不起，只能瞧着别人吃。赶集干吗去？瞧嘴吃。她说，一次，要散集了，牛肉摊收摊的时候，案子上有些牛肉的碎末和白皮，卖牛肉的要把它们扔掉，我外祖父上去跟人说，大哥，这个扔了也是扔了，我家小妮看了一天了，要不让她吃了吧？满脸的乞求和笑容。那个卖牛肉的是个善良人，说，吃了吧。我外祖父把这些碎末和白皮撮到自个儿手窝里，有半手窝，让他女儿吃了。我外祖父有一米八高，一米八的大汉，舍下自己的尊严，给女儿求了半手窝肉屑，我觉得一点都不丢人。

这是我写《一句顶一万句》《我不是潘金莲》和《吃瓜时代的儿女们》等作品的心理基础。我能说出这些人物的肺腑之言，是因为这些肺腑之言本来在我们家就存在。

7. 世界

【当世界上只有一头牛听李雪莲说话时，其实还有另外一头牛也在听李雪莲说话，他就是这本书的作者。】

地点：纽约，海边一咖啡馆

时间：2017年9月13日

张同道：你的作品从2000年以后开始在国际上传播，尤其是2006年以后，传播速度明显加快，当你走上世界舞台之后，怎么再看待延津那些人？

刘震云：我走在纽约和巴黎街头，和走在我们村，感觉上没有太大的区别，在美国、欧洲、南美、印度、阿拉伯世界的大学交流，和坐在塔铺中学的教室里，心情上也没有太大的变化。因为，我是因为延津、我们村和塔铺才来到这些地方的。当然，走的地方越多，对延津、我们村和塔铺会有更多不同的认识。

张同道：能不能把这些交流的收获说一下？

刘震云：因为文化不同，对作品里的同一个人物、同一个情节、同一个细节，不同民族的读者会有不同的感触和认识。这些不同的感触和认识，对我会有触动。许多是我写作时没有想到的，对我接下来的写作会有启发。

一次在纽约交流，一位美国老太太站起来说，她读英文版的《手机》，特别喜欢《手机》的开头。《手机》的开头，讲了两个中国乡村的孩子，一个叫严守一，一个叫王小柱，是班里特别好的朋友。他们特别好不是因为两人共同拥有什么，而是因为他们的共同丧失，严守一从小没有娘，王小柱有娘，但娘傻了。两个人最爱干的一件事儿，是用矿灯往天上写字。严守一爱写：娘，你在哪儿呢？王小柱爱写：娘，你不傻。美国老太太说，我从小也没有娘，"娘，你在哪儿"这句话，我只是说到自己心里，没想到还能用灯光把它写到天上去；在现实中，就是往天上写字，瞬间就消失了，你在书里写道：这两行字，在天上停留了整整5分钟，这是不是就是文学的力量？我说，太太，你懂文学。老太太说，我没去过中国，读了这本书，我特别想去中国，我去中国的目的，就是要看看中国的天空。我说，太太，欢迎你到中国；但我心里说，你来时候可要选对日子，别赶上雾霾天。

我去法国交流，一位法国男士站起来说，他读法文版《一句顶一万句》，喜欢里面的意大利神父老詹。老詹在延津传教四十年，只发展了八个徒弟。但他仍锲而不舍，骑一辆飞利浦自行车，挨村挨户劝人信主。由于传教不成功，他没有教堂，住在和尚废弃的破庙里。他每天晚上都要给菩萨上炷香：菩萨，保佑我再发展一个徒弟吧。由于肺腑之言无处诉说，他每天给意大利老家、他姐姐家的一个八岁的男孩写信，诉说自己对教义的理解。那个八岁的意大利男孩，便认为老詹是世界上最伟大的神父，他在世界的东方，起码有几千万信徒。老詹在延津去世的时候，杨百顺去给老詹办理后事，发现老詹铺头上，有一张图纸。图纸上画着一座像米兰大教堂那样宏伟的教堂。杨百顺打开图纸时，图纸活了，教堂的玻璃是彩绘的，塔顶的钟在轰鸣。这时杨百顺知道，老詹是世界上最好的神父，他没有把教传给别人，但他传给了他自己。这位法国男士问我，你知道老詹的外甥，就是他姐姐家那个八岁的男孩现在在干吗？我愣在那里，说不知道，因为这个八岁的意大利男孩，在书里就是一个收信者。这位男士说，他现在就是米兰大教堂的大主教。我听了这话，心里一震。恰好我接着去意大利的米兰，恰好第二天米兰大教堂有弥撒。我去了米兰大教堂，教堂里人山人海，弥撒的仪式非常庄严，进行了两个多小时；当教堂的大主教——已经是个80多岁的老人——慈祥和步履蹒跚地走出来的时候，我在心里说：老人家，我认识你呀。这时我后悔我在写作的时候，对人物思考得不深不细，如果当时我能想到法国男士说的这一层，作品里的人物，一定会走得更远。

《我不是潘金莲》出荷兰文版时，我去荷兰配合出版社做推广工作，一次在书店与读者交流时，一位荷兰女士站起来说，她看这本书，从头至尾都在笑，但当她看到李雪莲与所有人说话，所有人都不听，她只好把话说给她家里的一头牛时，这位荷兰女士哭了。接着她说，当世界上只有一头牛听李雪莲说话时，其实还有另外一头牛也在听李雪莲说话，他就是这本书的作者。听到这句话，我心里又一震，我第一次明白作者是谁，就是一头牛。当李雪莲的心事无处诉说的时候，我作为一个倾听者坐到了她的身边。

张同道：我问过翻译家，李雪莲的故事非常中国化，上访这套程序是中国独特的现象，你们的读者看懂得吗？他们说，看得懂，不就是一个女人，为了自己的声誉在战斗，看的过程特别好玩。我才知道我们以为的中国国情的东西并不重要，重要的是国情下面共通的人性。

刘震云：社会之间的不同能看懂，就像我们能看懂法国作品、美国作品、南美作品和阿拉伯作品一样；不同国情下面共通的人性更能相通；不好懂的是幽默。因为各个民族表达幽默的语言和方式，还有约定俗成的典故是不一样的。但如果幽默到了人物结构的层面，大家还是能看懂的。譬如讲李雪莲走投无路的时候，要到果园去上吊。刚把自己吊到树上，有人抱住了腿，大姐，咱俩没仇啊，你不该这么害我。李雪莲说，我死我的，跟你有什么关系？那人说，关系大了，这果园是我承包的，一到秋天有人来采摘，如果大家知道这里有吊死鬼，谁还来呀？那我到哪儿死呢？真想死呀？为什么啊？我要能说清楚，我就不死了。看果园的说，你要真想死，能不能临死时也帮我一个忙。啥意思？到对面的果园去，那里是老曹承包的，他跟我是对头，俗话说得好，别在一棵树上吊死，换一棵树，耽误不了你多大工夫。不同语种的读者，都说看到这一段笑了。

张同道：这些细节是怎么想出来的，我看到这儿也觉得太绝了。现在大家都知道，你是中国最幽默的人，你认为幽默意味着什么？

刘震云：首先，我不是中国最幽默的人，也不是我们村最幽默的人，我是我们村和中国最不幽默的人，只是因为生活太幽默了，我是被幽默和身不由己。我想说的是，幽默不是说俏皮话，幽默是一种生活态度；幽默不来自于喜剧，幽默来自于悲凉。

8. 老庄

【熟悉让我没有感觉，而陌生，给了我极大的震撼。】

地点：西老庄村刘震云家院子里

时间：2017年11月6日

张同道：你在童年时代，少年时代，在一个村庄里想象世界，那时想象的世界是什么样？现在走遍了世界，回头再看老庄，又是什么样？

刘震云：在这个地球上，老庄是一个特别小的村庄。如今老庄有1030口人，又分东老庄和西老庄。东老庄大，有700多口人；西老庄小，有200来口人。我家住在西老庄。我小的时候，西老庄百十口人。那时，百分之九十的人没去过县城。村里唯一有见识的是我二舅，他是赶马车的，不但去过县城，还去过新乡。我小的时候，见到他有些发怵，我觉得他是个伟人，见多识广。

我当兵的时候，第一次见到火车。我看到火车吐出来那么多人，又上去那么多人，村里的人我都认识，这些人我全不认识，我不知道他们从哪儿来，到哪儿去，要去干什么。熟悉让我没有感觉，而陌生，给了我极大的震撼。

后来，随着作品，我去了世界许多地方。首先，许多地方跟老庄大不相同。譬如，我见过许多大河，如泰晤士河、塞纳河、伏尔加河，里昂竟有两条波涛汹涌的大河，而我的家乡是缺水的地方，唯一一条河含沙量又非常大，我就会想，如果这些河从我们村南边流过多好哇。除了河，各民族的社会制度和意识形态不同，世界观和方法论不同，肤色不同，语言也不同。

对我而言，没有老庄就没有这个世界。当然，没有这个世界也没有老庄。问题的关键是，你从老庄看世界，还是从世界看老庄，得出的老庄是不一样的。吴组缃先生比较过赵树理先生和鲁迅先生。他说，赵树理先生从一个村庄看世界，写出了《小二黑结婚》《李有才板话》和《李家庄的变迁》；鲁迅先生从世界去看一个村庄，写出了《阿Q正传》《祝福》和《孔乙己》，二者表现的是同一个中国，又是完全不同的两个中国。当然，当你越过认识的层面，到达人性的深处，又会发现老庄的每一个人，和世界上所有人，都有相同的心理经历，不知道一辈子会变成几个人。如《一句顶一万句》里的杨百顺，一辈子变成了四个人：杨百顺，杨摩西，吴摩西，罗长礼。这种痛苦挣扎的过程，发生在世界的每一个角落。

文学的故乡
LITERATY
HOMETOWNS 访谈录

NOURISH

其实故乡也是我们自己的一个投影，写故乡也是写自己。

阿来

四、阿来和他的嘉绒藏区

阿来　张同道

【文学的深度就是体验的深度。】

阿来：作家，四川省作协主席。1959年出生于四川马尔康县。主要作品有《梭磨河》《旧年的血迹》《尘埃落定》《空山》《格萨尔王》《瞻对》《蘑菇圈》等。2001年获茅盾文学奖。

2017年1月24-28日，2018年7月22-30日，纪录片《文学的故乡》摄制组两次跟随作家阿来回到故乡阿坝嘉绒藏区，期间边走边谈，所有访谈都是现场进行的。

1.梭磨河

【在我们这个山区，好像人都住在山里，其实人是住在水边的，就是哪里有水，哪里才有人家。】

2.村庄

【那个时候想象的不是家乡好，而是想象不出来这个世界上还有比这个地方更坏的地方吗？】

3.水电站-高考

【12点下了班吃点儿东西，借了一个自行车就骑着自行车半夜进城等天亮，结果到那个地方，说报名时间已经过了。】

4.教书-写作

【文学艺术这个东西，就是如果你不做到一流的，它几乎就没有意义。因

为对读者来讲，有那些一流的东西就够了。】

5.读书-写作

【在文学当中遇到那些最伟大的人，在文学当中遇到那些最美好的情感，在文学当中遇到那些最宽广的胸怀。】

6.田野调查

【我的小说所有东西，除了人物关系不能还原，所有东西都是可以完全还原的。】

7.沃日土司官寨

【这个土司本人性格很懦弱，但是他老婆很厉害，人更漂亮，而且精明强干。】

8.西索民居

【这个地方叫西索，跟土司官寨有一个遥相呼应，居于土司官寨的下方。】

9.大藏寺

【总有不怕死的人，总是有人在维护真理。某种程度上他也是一个最不屈不挠的那个时候的知识分子。】

10.《尘埃落定》

【我没有构思过《尘埃落定》。我觉得我可能有一点像话剧的美工师，我搭了一个舞台，这就是这个小说的空间。那么到底接下来那儿有一扇门，舞台的右边有一扇门，谁推门进来我都不知道。】

11.来成都

【我故乡给我提供的可能性，如果我要在文化方面发展就是尽头了，你必须到另外一个空间当中去寻找可能性。所以我觉得是离开的时候了。】

12.《空山》

【《尘埃落定》写的那前五十年，就是这个制度怎么解体。但后五十年又是个什么情况？等于《空山》和《尘埃落定》加起来，是嘉绒藏族地区的百年史。】

13.人日祭杜

【我说文学的深度就是体验的深度。那么这个社会你真切要体验，你首先得有一个角色，或者就是一个职业。】

14.爱上植物

【真正我们要想环境很好，我们就要充分认识到一草一木，一只飞鸟，一个动物都是我们生命，有一个词叫生命共同体，我们都是生命共同体的一个成员，我们要尊重它，认识它。】

15.植物猎人

【我下一部小说差不多我就要写一个植物猎人。今天我做的这件事情也是在进入那个状态的一种方式，我已经在扮演一个植物猎人。】

16.故乡的边界

【我现在说我并不认为必须回到我老家，我出生那个村子，它才是我的故乡。当我们日渐扩大的时候，我会把故乡放大。我现在可以说，整个川西北高原，如果我不能说是整个藏区的话，我都把它看成是我的故乡。】

1. 梭磨河

【梭磨河，尽管短，但是它是在文学中情感的力量。】

【在我们这个山区，好像人都住在山里，其实人是住在水边的，就是哪里有水，哪里才有人家。】

地点：四川阿坝州马塘村阿来家门口，梭磨河边

张同道：梭磨河是从哪儿发源的，流到这儿大约多长？

阿来：可能有50来公里吧，是从这个草原发源的。

张同道：你这儿还在上游？

阿来：对。但是这个河很短，梭磨河加起来就100多公里。因为100多公

里它就汇入另一条河，就叫大渡河了。所以这是大渡河的三条上游之一吧。

张同道：你是从小就在这个河边？

阿来：对。有鱼，但是这个水很冷嘛，而且这个水这么清澈，几乎没有什么营养。所以它的上游还有大鱼，因为草原上，在那个沼泽地里头，水很肥，那些鱼还能长到两三斤。那到这儿你看，我们都是那个石头的河床，没什么吃的。有一种无鳞的鱼，叫裸鲤，这算鲤鱼科，但是裸体，就是没鳞的意思，这么大，没人吃。小时候，夏天水没有那么凉，鱼会游到浅的地方来晒太阳，水也冷，就抓一些玩儿。最多河边生堆火烤两条，都是刺，没什么好吃的。

张同道：你最早有一本诗集就叫《梭磨河》，为什么这条河会在你的文学中反复出现？

阿来：因为我觉得所有文化人群的生活，其实都是一些水滋养的。所以尤其在我们这个山区，好像人都住在山里，其实人是住在水边的，就是哪里有水，哪里才有人家。所以沿着河，而且河边有一点平地，都是过去这个河造成的，它逐渐逐渐升迁下来，才在河边造成一些小平地，适合耕作，这是河流的作用。

张同道：你会喝这个河里的水吗？

阿来：直接喝河里的水很少，几乎每户人家旁边都有一个小泉眼，待会儿我们去看我们家的那个，就是一般会喝从泉眼里直接出来的水。

张同道：你写梭磨河，那是在80年代，可能因为森林的砍伐带来一些环境的破坏。

阿来：对，那个时候很厉害。80年代，我们这些村子周围好多，每一条山沟里头都有那个伐木场，在这儿砍树的工人的数量，超过我们当地的村民，往往一个伐木场就是几百上千人。你想他们在这儿，应该是50年代中期，就开始砍，一直砍到90年代末。这些山，你看，其实都是砍伐过的，这是第二次长起来。那个时候你看到群山不是像今天这样，到处都是满目疮痍。像那个山，因为山上砍了树，他直接往山下滑树，就把一片山坡搞得很烂。然后山坡底下到处堆着木头，这木头其实就是树的尸体嘛。所以其实那个时候你要用一个词叫作"尸横遍野"一点儿都不过分。山坡上到处都是泥石流的痕迹，因为你把植被破坏了。当然还好，自然界还有一个自我修复的能力，你息下来也就十多年，一下子当年那种让人看来很难过的景象就没有了。所以我那个时候总是对那种现象不舒服，不舒服就觉得一个这么美丽的大自然，我们把它变成那样一种情况。

所以不管是我写的诗歌也好，小说也好，都对这种现象有批评，或者说也是一种呼吁，希望大家保护大自然。今天好像人人都会说这种话，但是当时，好像这是理所当然，国家搞建设，就需要木头。而对当地来说，木头可以变钱。所以它还带来老百姓的一些伦理观念的变化。过去，实际上我们这里是森林地带，家家户户都烧柴火，到今天为止还是这样，有一点电是辅助的，取暖烧火，主要还是烧柴火。但那个时候是有规矩的，几乎不会去伐大树。如果有些时候他烧了大树，是那个大树已经枯死了，不行了，有些树会被雷劈了，或者它长得太老了，朽掉，忽然有一天一场大雪压倒下了，他只会去找这种东西。如果要砍伐，就砍这些小树。因为这些小树你伐了，第二年就在那个原地就抽条，最多这些树七八年就能长起来。

过去就是取薪柴都有规矩，今年砍这儿，明年砍那儿，过个七八年十来年，这么大的山，你一回头到那儿去的时候，它已经又长好了。但是后来伐木是国家率先伐嘛，国家组织森林工业局成千上万人，这时候我们阿坝州高峰时期，全州不到80万人口，其中有10万是砍树的。你想这是一个什么规模。所以老百姓后来也想，说这些树我们祖祖辈辈的传下来保护，结果这样弄。我在一部小说《空山》里头也写，那老百姓也跟着干了，先是不舒服、不满意，甚至还跟森林工人起冲突。那你跟工人起冲突有什么用？工人也是领一份薪水，在那儿很辛苦地来伐树。

国家把大片的林子砍光了，残留一点，老百姓又去弄，弄了也就是换几个钱。森林采伐，这是个高危的行业，就我们这个村子里，我知道的就是死在这个木头上的人，就有三四个吧，其中有个还是我中学同学。

张同道：被树砸了？

阿来：反正是死在木头上的，车祸。因为伐了还要拉，拉出去卖。市场不在这儿，家家户户买个大卡车，伐。但是它又造成一个矛盾，国家伐是正当的，因为我们国家说所有东西都是我的，是不是？那老百姓的观念他有冲突，过去说这座山就是我们的，过去没这样说。但是有个规矩，这座山长森林就是由这家人来使用的，别人是不会来的，约定俗成。但是现在你一来，说这些都是你的。你想，所有都叫国有，土地就是国家的，树是国家的，他跟这个当地老百姓的观念完全不一样。而且说对啊，国家砍，你们砍，那我们也去砍点儿，你发大财，我发点儿小财，不行，乱砍乱伐，监狱里。我弟弟都坐过那个拘留所，我还去送东西。

全村心态就变了，那个时候很疯狂。但是现在慢慢慢慢，其实你国家制定了好的政策，老百姓又回头来珍惜这些东西。过去我们家上面，很糟糕的，现在出门，过去是个水塘，就是过去这个山上砍树，一下雨就往下冲下来泥土石头，后来就把这个水塘都填平了。原来很漂亮的水塘，小时候我在那里头淹到过，因为水塘久了，它底下有淤泥，几岁的时候，下去就起不来了，幸好旁边还有大人，不然就真淹死在里边。那个时候水塘都淤了，但才没多少年，十几年时间，你看那些痕迹一点儿都没有了。后来老百姓也认识到，说他们搞糟了，他们要走啊，我们得在这儿，是不是？

张同道：你小的时候，这一片林子有什么？河的两岸。

阿来：河的两岸有更大的树，现在我们这儿就剩下一点点，就我老父亲很顽固，不让我们动。原有很大的树，后来老百姓可以挣钱，他们就在家旁边，不砍白不砍。但是我父亲会说，你们要弄，至少远点儿弄，这几棵树你可不能弄啊。

张同道：他是想要把它保下来，要让自然和谐。

阿来：所以这个河流两岸，所有人烟都是顺着河流分布的，你只要，即便是高高山上你看到一户人家，那旁边一定有个泉眼，不然他不会在那去住，他到哪儿去取水？

张同道：这河后来就流进了你的文学。

阿来：对。小时候就觉得，使所有这些东西美丽起来的，就是水，就是河。我们生活至少磨坊是水推动的，60年代开始修小水电站，我父亲还是那个时候水电站的发电员，经常还跟他睡在水电站。本身对水依赖很多，过去那个粮食脱粒，也是靠水来带动。没有电，脱粒机也是靠一个水轮来带动的。其实它跟推磨的原理是一样的。

张同道：你有没有顺着这个河，走过附近的村寨呀？

阿来：我走通过大渡河的，徒步，中游。我从泸定，就是长征飞夺泸定桥那个地方，去上贡嘎山。下了山，大家就坐车回成都。我突然想，回成都干吗？背着包就开始走，也没想过，没有计划，就把皮鞋脱了，反正那个皮鞋也不好，在那个商店里头买了一双旅游鞋，就开始走。

张同道：走了多久？

阿来：一段一段走的，当时一走就走了十几天，就一个村庄，一个村庄。那个时候，其实我已经写过《梭磨河》那些诗了，但是我觉得好像我对这种河流的认识，直接的感受没有那么强烈，就从下游往上游，一天一天走，一天一天走，走到路上。那个时候鞋质量不高，换一双鞋，再买一双鞋，又继续走。就一个村子，一个村子看。我在一本书里头写过这个经历，叫《大地的阶梯》。

张同道：如果说选一条河作为你的文学的河流，你会怎么选？

阿来：梭磨河。尽管短，但是它是文学中情感的力量。

张同道：阿来的河流。

阿来：它从高海拔将近4000米的地方发源，那完全是草原牧场，那儿的藏民讲另外一种语言。逐渐农耕开始出现，然后一路往下，品种会越来越多，果树什么的会开始出现。所有这些东西，任何出现一种新的作物，新的一种东西，首先影响到当地人的饮食，饮食一旦影响，又扩张开来，它会影响到生活的别的方面。

2. 村庄

【那个时候想象的不是家乡好，而是想象不出来这个世界上还有比这个地方更坏的地方吗？】

地点：马塘村山上的茶马古道驿站

张同道：你说那个废弃的村庄就是这一块吗？

阿来：对，甚至不是一个村庄，是"茶马古道"上的驿站。因为上面是3800米的雪窦山。那个时候翻山下来做生意，其实很大规模，几十头牛，或是上百头，驮东西，但是最大宗进来的东西就是茶叶。当然还有一些工业品，什么布匹啊，甚至是灯的灯油。运出去的一个是兽皮，牛皮、羊皮，牛毛、羊毛，还有就是各种药材，珍贵的有虫草、麝香，当然还有一些更大众的药材，过去这条道是络绎不绝的。人跟牛一队，一天一般来讲就走四五十里地，路难走的地方二三十里地，就是这样一个驿道上的小集镇。过去它是一条街，其实就是大路两边盖房子，有些商铺、饭铺，但主要还是客栈。那个时候的客栈，住人的门也小，后院很大，一来这些牛马都要吃东西，白天走一天，晚上喂草料，都在那个后院里头。

我看过一个最近的资料，民国三十七年，1948年，有一个文人从这儿过，对这个地方有记载。他说有二十七八户人家，那个人做工作做得很详细，他调查的哪一户人家，哪一户人家，现在他们后代都还在。所以他们祖先我们都知道，好多其实要再往上数都是亲戚。但是50年代一解放，解放就是边修公路边进山的，公路一通，这个古道就废弃了。一废弃，那么原来这些经商的人，生活就失去着落了，有一部分是从内地来的，有少部分是回老家了。但是大部分人还是在这儿慢慢往外移，因为这个地方海拔比较高。往外移有两个原因：一个是到海拔低一点，适合开垦土地的地方，过去做经商的人，现在就变成农民了。一个呢，人都是向交通方便的地方走的；第二个原因大家都要搬到公路边去。

但是一直也有好几家人。我们小时候还有七八家人，一路可以数下去，哪家是哪家，现在每一家的位置我都想得起来，应该最后一户人搬离这儿不到20年。所以那个时候好多空房子，但是还叫哪家哪家。我们这儿有些时候房子是有名字的，就是藏民都有一个词，房名就是家族名的意思，也就是汉族的姓的意思。我们是认房子，你是哪一家房，哪个房子出来的，意思就是你是哪一个家族出来的。慢慢，这个地方就逐渐衰落了。

张同道：原来你们家是不是也在这儿经商？

阿来：我们没有。我父亲是外来的嘛，我妈妈家是外面的农民，不是这街上的。农村里头嫁来嫁去，我们家的兄弟媳妇，原来是这老街上的。

张同道：你父亲到你爷爷，原来不是做生意过来的？

阿来：我爷爷也是生意人，但是不在这儿做，在别的地方。我父亲是认识我母亲的关系才到我们这儿来的。我父亲是个外来人，我母亲是当地人，村子里的。我父亲可能那个时候算，用那个时候话说出身不太好，然后大概我们那个地方解放的时候，就算家破人亡了吧，那时候他大概十五六就参加了解放军。那时候在藏区很不安定，就是打了好多年仗，他一直就是一个骑兵部队的士兵，打仗嘛，打仗打到1956年、1957年，还分配了一个乡干部的工作，就在我们老家那个乡，跟我妈妈结婚，有我，我那个时候还是城镇身份。我1959年出生的，这个时候所谓三年自然灾害嘛，那个时候国家负担不起，就压缩了很多已经成为国家编制的人回到农村，所以我父亲又失去这种干部的资格，包括我们一家人，我就回到我老家，我妈妈那个村子，成为农民。过了好多年，他们这些人，有些人找政府上访，要恢复身份，有些人也成功了。但是我父亲问我，我说算了吧，我说我养你。你问问你过去跟你同事那些人恢复工作以后，他们挣多少钱，我说我先付你这笔钱，然后我再给你搭一点烟跟酒，增加一点。中国历史总是有一部分人作为牺牲品，作为代价。

张同道：没搭上车，被车甩下来了。那你小的时候经常在这一带活动？

阿来：经常来。因为那个时候是人民公社时期，所有人是一个大集体，这个沟里头也有一些土地，集体劳动。今天说到这块地来收割，这块地来播种，那么大家都到这块地来，所以不管你走多远。那个时候效率很低，就是经常走到劳动那个地方要五六公里，然后到了休息一会儿，没干多少活该吃中午饭了，吃完午饭先休息一会儿，再干，那还有好几公里，还得回家，又回家。而且是在地头吃，很多时候，别人家里多烧两壶茶，就到人家家。每家我们都去过，干粮自己带。那个时候，这沟里还有六七户人家。

张同道：那个时候，你在这道山上打柴、割草？

阿来：打柴是必修课，割草也是必修课。因为冬天要，不只是冬天，夏天也要烧火，冬天更要取暖。那么打柴是必修课，包括出来劳动，给生产队干活，但是有空，看见路边有什么干柴，大家都会捞一把背回去。然后每年要春播，割草干什么呢？牛冬天很难过，光吃这些是不行的。所以春天草好的时候，夏天，有些地方草好的，长到半身高，割草晾干，一捆一捆捆起来，就挂在那种大树上。村子里都有大树，大树就是用来晾那个干草的，因为它又通风，又能遮住雨，滴水不漏。有时候我们在外面露营，比如上山采药干什么，如果没有帐篷，没有房子，就睡在那种大树下避雨，生堆火就可以了。

张同道：你以前还上山采过药材？

阿来：什么都干过，捡蘑菇，背后就是我们这个村里头蘑菇最多的山。再进去两三里地吧，上山放羊。对面那些草坡、那些山，我全部都去过，采药、放牧，都去过。

张同道：你一边读书，一边帮家里干活？

阿来：我们农村里对小孩有个要求，我们大概就是能动的时候我们都帮家里干活儿的。到山上去采各种野草喂猪，野菜出来了采野菜，蘑菇出来采蘑菇，然后满山去捡柴，把柴背回来，各种活儿都干，包括地里的活儿都干。但是我一看到有字的东西，就找个地方藏起来就读，我妈妈就不高兴，说我们这个大儿子懒。她认为我是在偷懒，我父亲不吭气儿，就假装没看见。但是我觉得我父亲好像是高兴我这么做。

张同道：那你那阵就很喜欢读书吗？

阿来：喜欢。

张同道：没时间读？

阿来：主要还是没书读。那个时候，我没读过什么书，看报纸。村里，尤其是那个小学里头会订一两份报纸。所以现在他们有些时候说讨厌看报纸，我说我不讨厌，什么消息你都可以看，只是你怎么看的问题，对吧？

张同道：你主要看什么报纸？

阿来：《人民日报》《四川日报》。

张同道：正好是"文革"时期，是吧？

阿来：我们就是刚好是"文革"开始的那一年，开始在村里上小学嘛。

张同道：那这些文字文体文风对你后来的创作有影响吗？

阿来：我觉得没有，主要是认字。但是呢，后来回想起来，你也能够理解一件事情，你要做什么样的事情，说什么样的事情，要达到什么样的目的，它必然就要一个特别的文风。即便是"文革"当中那些文章，有些还是非常"雄辩"的，没道理要说成有道理。

张同道：你上山有没有发生过危险的事情？野兽，或者说？

阿来：山上野兽很多，遇到过熊，遇到过狼。回想起来，在我们这个村里，我知道有一两例野兽把人伤了，前提是他们去打猎，先把别人弄伤了，它才反扑的。经常我们徒手上山，小孩儿满山跑，我们没有听说过谁被什么野兽咬了，吃了，没有，没有听说。过去经常见到，后来当然越来越少了，现在这些又慢慢开始恢复了。

张同道：那有没有比较好玩儿的？

阿来：我们也没有觉得特别好玩儿，就是很正常，上山肚子饿，什么小鸟啊，野兔啊，因为那个时候还可以带猎狗，猎狗帮你追嘛，它跑不动了，你把它捉来。还有一种雪雉，雄的羽毛非常漂亮，现在是国家二级保护动物。那个时候山上一下雪，山上它就没吃的，雪太厚，它都是靠刨草籽什么吃，就下山来。野鸡有个特性，它下山慢慢可以飞，也可以跑，但是往回，它飞不起来。那你看到我们山边都是一排一排栅栏，那么野鸡下到河谷里头了，下来不是一只两只，栅栏都安上套索，从下面往上来追。上坡，很多野鸟是飞不起来的，上坡就跑，遇到栅栏了，它只有找到那个空隙去钻，一钻都钻进陷阱了，下一场大雪你可以抓到好多只。那个时候吃的东西少，吃点儿肉。有些时候甚至野外生堆火烤了，半生不熟就吃。

张同道：主要种什么庄稼？

阿来：我们这儿，山下种庄稼，山上放牧，每家人都是，这儿是半农半牧。我们这儿海拔高，过去就是青稞嘛，豌豆，小麦都不太种得好。小麦生长期比这个大麦、青稞要久要长。但是我们这儿9月份它可能发生霜冻，霜冻的小麦不能成熟，产量很低。这儿当地就不种粮食了，种蔬菜，反正它有几种蔬菜，长得特别好，反而能供应大城市，而且它这个蔬菜跟内地的季节又是错开的，晚一点，甚至晚几个月，大家就很稀奇。高原上要么都不长，但是如果一旦某种东西可以长，它品质一定比内地长得好，当地的土豆品质非常高。

张同道：你记忆中小时候挨过饿吗？

阿来：挨过。

张同道：是个什么情况？

阿来：人民公社分的粮食，一年就分给你一家人就那么多粮食。一般来讲，那是不够的。当然我们倒不至于说这顿吃了，下一顿就没有。但是每一顿少一点，掺杂的别的东西多一点。我们去爬山放羊，就给带点儿东西，那个爬山，体力劳动量很大的，羊满山跑，你还要去看住。早上吃那点儿东西，可能两个小时就没了，让再带一点儿，带一点儿也不会带太多。上学的时候，你可能第二节课，你就肚子已经空了。因为那个时候上学还要走路。

张同道：带什么吃的？

阿来：就是带麦面做的烧饼，再不行，煮几个土豆。到底地广人稀，比起内地那个时候的艰难程度，还是稍微有好一点，而且那个时候也不觉得，因为那个时候大家都一样。

张同道：也能吃到肉吗？

阿来：少。家里粮食少，喂一头猪，也不会长太大。但是这头猪可能就是这一年的肉。生产队那个时候也会杀几头牛，一个人分个几斤牛肉，很快就吃完了。

张同道：那时候有没有想，我长大了一定要离开这个地方？

阿来：太小的时候没想，上学以后肯定是想。

张同道：你上中学就离开家了，是吗？

阿来：对，因为中学不在当地嘛，中学就很简单，其实那个时候也不像现在学校这么好，就是一个乡校，那个时候叫作戴帽子，戴帽子初中。因为当时说要走"五七道路"。本来我们可以到县城，就说你不用来县城，我们给你办，那么师资、别的东西都不行，都差。当然更重要就是生活条件很差。就是腾了一两间教室，大家住在一起，然后有个简单的伙房，伙房有时候还吃不饱。有一阵子我们还自己做饭，自己做饭就可以。到了中学就是给你配粮食，一个月30斤粮食。伙房还会克扣一点，还是吃不饱。

张同道：家里带粮食吗？

阿来：国家配，因为你上了中学，家里就不给你分粮了。

张同道：你才那么点儿就会做饭，十多岁嘛。

阿来：那没办法，就是因为你自己做，你的半斤米，你就真吃到半斤。但那个时候如果你吃伙房，跟今天不一样，伙房师傅是一定会克扣的，也许那你就可能只吃到4两。反正那个时候也没什么菜，也没什么东西，其实就是煮一碗饭嘛。

张同道：就是干米饭？

阿来：有菜也是随便一点儿咸菜，诸如此类的嘛。

张同道：你当时上学的地儿就在现在官寨旁边？

阿来：对，就那个河边，现在那个学校已经没有了。

张同道：那时感觉生活很苦吗？

阿来：但是当时还是不觉得，什么都是你现在回想起来的。当时有一个情况，不像今天有人过得很好，有人觉得苦，就是因为看到别人过得很好。那个时候大家都一样，不太觉得这件事。

张同道：你在那儿上了几年？

阿来：那个时候初中。

张同道：就读了两年。

阿来：学制要缩短，教育要革命，当时说的。也没怎么上学，天天劳动。

张同道：上什么课呢？

阿来：说学工学农，工没地方学，就学农，就天天帮生产队去劳动，干农活儿。因为不想劳动，劳动饿得快。说中学要开课，语文课当然可以，政治课当然可以，数学课还勉强，化学课干什么？农村去做肥料，就是割青草什么东西堆在一起，这不是化学反应吗？物理课，说去看拖拉机耕地，拖拉机在前面耕了，翻起来的石头杂物，你要把它拣干净，大的那个土疙瘩要打碎，所以还是劳动。但是他说你看这是拖拉机耕地，这是物理课。

张同道：上完初中，你就回来了？

阿来：对，城里的念了中学都要下农村，那我们念什么去啊？第二个呢，那个时候家里，所有人家子女都多，我是老大，老觉得应该帮父母了，不应该老去读书。因为你读书多多少少要花钱，要花点儿钱，然后家里还帮不上。那个时候我们也不知道要高考。

张同道：你回家多久，才有机会到水电站去？

阿来：就两三个月时间，因为我们回家那一年，毛泽东去世。我现在记得在我们大队部那个晒场上搭了一个灵堂，白天就让大家在那儿哭嘛，在那儿干什么，晚上就让我们这些人站岗，给你一支步枪，站在遗像前面，但是步枪里又没子弹，空枪。晚上阴风惨惨的，满屋子糊成白的，像上面又挂一个黑纱，半夜风一吹，稀里哗啦。

这后来说有个地方修水电站，要民工，马上报名，我说我去。人家说你去不行吧，民工很苦的，抬石头、挖土方。我说不管了，我要去。因为那时才16岁多嘛。

张同道：为什么要去？

阿来：1976年我初中毕业，一想家里边也穷，然后城里的知识青年，人家都要下乡，我想他们没指望了，这个书还念什么啊？那个时候我们读一个月书，也得一个月花20来块人民币。那个时候农村里头，我们父母他们挣工分一天挣几毛钱，很大一笔钱。说那就算了嘛，回去，命不好。

回去农村里又觉得念了书，农村里这个日子没法过，就是永远都是，天天都是那种样子。然后说有个地方修水电站，每个村要给它派民工，很多人不愿意去，我说我去。那个时候一想，肯定外面再坏肯定都比这个地方好。因为"文革"期间那种乡村的生活已经到了无以复加的地步，说不可能，你想象不出来，那个时候想象的不是家乡好，而是想象不出来世界上还有比这个地方更坏的地方吗？不可能有。我就去了。

那个时候它很怪异，就是阶级斗争的时代，总有工作队下来，辅导大家来互相斗争。我们这个村呢，过去都是经商，好多家庭，一捋吧，都有点儿说不清楚，很少有苦大仇深的。贫下中农，虽然当时已经过得非常悲惨了，好像说起过去，还都不一样。一个月一个农民配 2 两白酒，都不会拿回家，打出来，一家人就一斤多酒嘛，供销社前头一块草地，供销社也就是一个石头房子，拿出来，一个村子的男人们围坐一圈，酒倒一碗，转圈，爱喝的人就喝大口一点，不太爱喝的喝小口一点，喝点儿酒就话说当年。因为眼下没什么好说的。话说当年，老子骑一匹高头大马，赶了几十头牦牛，光是牦牛背上这个东西值多少钱。老子还背一把那个英式快枪，当地把步枪叫快枪，说这段嘛，遇到什么事情，怎么对付的，跟眼下生活反差完全很大的。

张同道：你那时候常常听到他们讲这个故事吗？

阿来：不常讲，不喝酒的人也不敢讲，经常搞运动，问你过去干过什么事情没有。这些事情都被看成不好的事情，说你经商，你不是剥削人吗？你开店，也是剥削阶级，老跟你算那个账。所以不到特定的时候，大家都闭口不谈，整个气氛很压抑。本身非常近的人，弄得大家互相提防，甚至有些时候也难免互相揭发。

这背后还有一片地，要从这儿什么地方翻山过去。你想我们从那个村子里出来，翻到那个地方就快吃午饭了，你说能劳动多会儿？有一次割草，割完草就在那个树上晾，我就从那个树上摔下来，摔脱臼，是我们村的赤脚医生把我背下去的。

这些地都开了，过去这些地都有名字，这儿有一块地叫市场。它又不光是住店，市场是专门做交易的地方。这儿叫营房，清朝的时候，因为这儿是一个要道，驻扎绿营兵。那个时候，每一块地的名字就是过去这儿的机构的名字，或者是某一家族，比如说下面有个地叫潘家地，就是潘家的地。那个地叫市场，这儿叫营房。上面还有一块菜地，叫头人的房子，是黑水的一个头人在那儿盖的。还有一块地叫学校，也是一块地。

张同道：你记忆中的村庄是什么样？

阿来：我们那个村子人很少，因为我出生的时候可能就不到三百人吧，两百多人，二三十户人家。人口很少，但是地理很广大。现在就是纵贯这个村子的公路里程将近30公里一个峡谷，两边都是雪山，中间一个山谷。那么我这样一算，那得有两三百平方公里了。现在我们说藏区可能每平方公里几个人，那我们那儿就真是这样，可能就每平方公里两三个人，就是人口很少，自然界。

张同道：半农半牧。

阿来：对，你看我们夏天山谷里头平地上，我们种麦子，种青稞，然后你花两三个小时爬到山上，穿过森林地带，海拔上升1000多米，就到了高山的草甸，那个地方就是我们的牧场，每家人都有自己的牛群、羊群。

3. 水电站–高考

【12点下了班吃点儿东西，借了一个自行车就骑着自行车半夜进城等天亮，结果到那个地方，说报名时间已经过了。】

地点：阿坝州松岗水电站

张同道：你当年来这儿工作，是什么时间？

阿来：1976年冬天吧，因为我1976年初中毕业嘛。

张同道：当时在这儿主要都做什么呢？

阿来：那个时候都没有机械，这个工地上，我记得有两万来人。这几里地全是人，我们这各县各乡组建一个民工队。

张同道：你才十几岁？

阿来：16岁，初中毕业嘛。来了呢，原来都干粗活，粗活干什么呢？你看这个引水渠一直到那个电站，这沿途全是挖引水渠。第二个原来公路在下面，你要把公路改建了，就是挖土，抬土，抬石头。

张同道：你受得了吗？

阿来：受不了也得受，而且慢慢干。刚开始吃不消，但是劳动还是锻炼人，慢慢慢慢肌肉也结实了，能挑能扛，能打锤子。但是后来来了一批那种小型的拖拉机，可能有二三十台吧，说要抽调一些拖拉机手。当时民工队里头有些人是会开拖拉机的，首先当然第一步选的是这些人。第二步就是说还有一点文化的。民工队伍里头，初中生都很少很少。那么我们那个乡的队里头大概就我一个，而且考也没考试，来个干部，而且干部级别还非常高。

我记得一个山西人，说，小鬼，听说你上过中学？我说上过。认不认字？认字。顺便从身上掏了一个报纸，你给我念一段，就站在我们那个工地上，我说行，我给你念一段。你每个字都认识，我说是。那写字怎么样？工地上没纸，那个时候不是流行戴那个解放军军帽吗，的确良军帽嘛，我也有一顶。但那个时候就怕别人会偷你那个帽子，没有笔也没写，我就把帽子脱下来，翻过来写。他一看，说你字还写得好。说，想不想学技术？我说，想。能不能学好？我说，当然能学好。他说了，回去卷铺盖卷。其实就是从这个工棚，其实那个都是席子搭的，顶上是那个油毛毡，七八个人住一个大通铺，说你搬到工程队去。那个时候说工程队就很了不起。一个是干技术活嘛，第二个，虽然我们还是民工，但是就另外你每天有补贴，民工队是自己做饭的，我们就可以在伙房吃饭了。

张同道： 吃的东西也好些？

阿来： 一周可能吃两次肉嘛。粮食要多一些，一帮人挖土，挖的土就装在我们拖拉机上，拉的远一点倒了，就这个。说你们的粮食是按重工几级配的，45斤粮食，那个时候吃肉少，人正能吃，你知道吧。

张同道： 所以你这叫技术活，原来那叫粗活。

阿来： 确实技术活。我们到每个民工队去，都想你多帮他拉一车，我吸烟就那儿学会的。民工队就会有一个人专门伺候你，怎么伺候呢？一盒烟，一个暖瓶，暖瓶给你泡了一杯茶，一旦歇下来，你跑回来，这边民工正在往拖拉机上装土、装石头，赶紧就给你点一支烟，赶紧就把茶缸子端给你。他其实就想让你多给他跑两趟，如果你不伺候我跑得慢一点，或者我早半个小时下班都有。

张同道： 你拉一趟就省了他的劳力了。

阿来： 那当然是，拉一趟起码上百人要挑啊，因为都是要检查的，必须把这个挖深到几米，宽到几米，你必须完成这个叫土方量。挖了又不能倾倒到原地，不然把河道又堵了不行。你看嘛，那个水渠，实际上你看，那个时候树都挖得光秃秃的。树都长这么大了，你看那儿有一个山嘴，那儿就是我们住的地方，现在长的，松树都长那么大，那个时候完全把地平了。

张同道：你就是在这个工地上参加了高考？

阿来：对，我1976年底来，1977年也是冬天，一年以后。这个地方正在下大坝，挖得很深，因为把机位下很深。冬天就三班倒。夏天要好一点，尤其冬天，水小了嘛，水小了好施工，仍然有很多水，几十台抽水机排开抽水，然后灌混凝土，那我们就一车一车把混凝土拉来，拉来倒下去。就有一种电动的搅拌的一个棍子，整个响，而且还冷。那个时候水泥没有现在先进，周围山里拉那个劈柴，周围山都点着大火烧，能把局部的气温，大概能提高个两三度。

阿来：这个时候就听说恢复考试了，那个时候跟我们说不走，大概一年两年，将来我们就可以转成正式工人，说修完这个电站再去修另外的电站。那时候刚刚粉碎"四人帮"嘛，高考通知来了。

有一天晚上我记得，说县城在报名。这儿隔县城是15公里。那个时候没汽车，晚上我是12点下的班。12点下了班吃点儿东西，借了一个自行车就骑着自行车半夜进城等天亮。结果到那个地方，说报名时间已经过了。但是那个时候规章制度大概没有这么严，现在什么东西都真正成了铁板一块，所以没什么意思。我就在那儿不走，要报。后来旁边一个人说，人家不就是考试嘛，考得上考不上都不知道，就让他填一个表嘛，才过两三天是不是？就真让我填一个表，填完表说你回去吧，哪天来考试。

我回来不敢说，那个时候说想走，不热爱劳动，这个是不对的。天天还是一样的，大冬天，就在这个河边劳动，回去就睡觉。也没复习资料，也不知道复习什么，反正想管它呢。到那一天又是晚上加了班儿，工作服都没换，我一身都是油，开拖拉机的很脏的，一身都是油嘛，又骑个自行车天亮进考场。考了两天吧好像，考完回来继续劳动。结果过了几个月，都三四月份了，通知来了，所以我在这儿大概待了一年半的样子。

张同道： 就是马尔康师范学校。

阿来： 对，我本身想走得远，我报的是地质学校。那个时候我还记得有两所地质学校，一个在昆明，一个在长春。因为我觉得地质学校肯定走得很远，那个时候特别想离家乡远一点。结果没来，左等不来，右等不来，最后来了一个通知，当地的师范学校。而且那个学校就在我过去上的中学旁边。我上中学的时候，那个学校开始第一届招生，我们去大概就第三届的样子。那个学校，不想去，我还磨蹭了一阵子。后来是工地上一些搞技术的人，说无论如何还是读书，你还这么年轻，还考上了，我们都想不到你会考上，那得去读。是这些人劝我，因为这些人都是有文化的人，我才去的。

张同道： 你们是春季入学吗？

阿来： 春季入学，我入学是4月份，快5月。

张同道： 你们那个班叫文史班？

阿来： 文史班。那个时候非常缺师资，所以我们那个开班的方式又不一样。我们那儿有大量的是考大学没考上的，我们是直接考中专。因为我想我初中毕业，不敢报大学嘛，就直接考中专。但是我们那个班，后来我进去就是，绝大部分是考大学没录取，但是觉得单科，某一方面成绩还不错，分数我具体忘了。那么我们要成立一些专业班，专业班就是应对阿坝当时缺师资，尤其是缺中学教师，到处又都在兴办新的中学。我们进去就学的是那个相当于大学专科的课程，但是就只学两三种课程，语文、历史。当然因为你学师范嘛，就要学点教育学，诸如此类的。所以我们那个班上50来个人，具体数字我记不得了，我们只有三个像我这样是初中考中专的，那就是成绩就相当好了。

张同道： 其他都是高中毕业。

阿来： 别的都是大专，大学没有录取降下来，降下来降给我们。

张同道：这几十年，你的命运发生了很大变化，今天到这儿有什么感触吗？

阿来：也没有什么特别感触，我就觉得时间好快。我说刚才那些情形，好像就在昨天一样，那些人，当时的那个情况都在。但我只有看到，我说这个树这么大了，原来那儿是草都没有，刚挖平的时候草都没有。过去我们那儿搭那个席子铺，一大片那个油毛毡顶的席子做的工棚，你看现在松树都成林了。

张同道：树犹如此。

阿来：人何以堪。

4. 教书－写作

【文学艺术这个东西，就是如果你不做到一流的，它几乎就没有意义，因为对读者来讲，有那些一流的东西就够了。】

地点：马尔康县中学

阿来：一点都没有了。

张同道：房子没有了，是吧？

阿来：大概操场还是原来的位置，原来这儿是一栋，不再那么高，这儿是一栋教学楼，那个台阶那儿，过来一个平房一个宿舍，我们单身的年轻人，刚来的都住在平房宿舍。这栋楼的旁边，是学校的图书室。我在这儿倒是读了不少书，我1982年到1985年在这儿。这旁边是一个四合院，我们住到这个四合院里头，也是平房。这些房子没有变，看得到山下的，拉个铁丝网，怕学生打球球飞了。别的没有，这些房子都没有。那个时候，每天吃完饭，从这背后就上山了，上坡。

张同道：当时教室在什么地方？

阿来：就是现在这个看台这儿，这个地方是个两层楼，三层。

张同道：你是从脚木足中学调到这儿来的？

阿来：我师范毕业分配在一个更远的地方，达维，都不通公路，走三天才能走到那个学校。在那儿一年，然后调到中学。然后在这儿有两年多。我是1980年到1985年，就是这三个学校。在这儿长一点，两年多三年。

张同道：你在这儿教的是高中？

阿来：高中，先在那个乡村教小学，到后来就教初中，到这儿来就教高中。因为那个时候师资比较强的少，"文革"刚结束，所以到处招老师。那个时候高中还是两年制，我们有一个组，相当于就是，始终教毕业班。好一点的师资，都放在毕业班。其实那时候规模不大，只有两个班，一个理科班，一个文科班。

张同道：你是教历史的？

阿来：对，我是教历史。其实也在初中部教，同时在初中部教别的课。

张同道：教语文？

阿来：教语文。

张同道：我听你的一些老学生都讲，你在学校也还是个传奇，上课不带书。

阿来：对。因为那个时候，你想教历史，薄薄的就那么几本书。但是过去学校，他背后还有本书叫教学大纲，你每一节课重要的知识点你要给学生讲什么，你看一看，结合着你的教材，就很明白。而且你想文科的教学，那个时候我就觉得有问题。那些字谁都认得，历史书。让你还把它翻来翻去讲，没法讲。你说陈胜吴广起义，多少多少年，你怎么讲？写明白了。目的是你得让他记住这个事情，对吧？但是我们那个时候，老讲意义。所以我就想脱开课本，我自己摸索。我就想与其照本宣科，把那些内容，用另外的话重复一遍，我不如扩张他们的知识。其实我就想把它扩展开来，讲得生动一点。比如要讲一个战斗，我会给他们画地图，而且这个地图不是预先画好，他走到哪儿，打到哪儿，把地图画出来，逐渐逐渐它这个成型了。那个不代表我不认真，其实我很认真。但是，理科我不懂，我对现在的文科教学当中有些做法是不太赞同的。

张同道：其实教学也要改革。

阿来：对，既是基于课本，又要脱离开课本，因为文科现在学生有些不爱学就是，都写得很明白。老在翻来覆去讲，而且讲那些可能没有，我们挖掘很多意义，其实那些意义是没有意义的意义。不如历史就讲大量的人物史实，故事。中国人懂历史都是从故事开始的。

张同道：意义是仁者见仁，智者见智。

阿来：对。意义是规定的，又不是说我们开动脑筋，我们随便讲个意义。教学大纲规定，陈胜吴广农民起义，就三条意义，那你就讲三条，不能讲偏了。就成了最后不是背史实了，是背意义。历史变成背意义的时候，它就没有意义了。

张同道：这个话说得好。

阿来：那个时候我20多岁，但是确确实实自己读书。我自己没有受过特别专业训练，但是正好是自己读书读出来的感觉。要是按照那样一个方式，教语文也一样。你说一篇语文课文，讲生字，当你教会了他学拼音字母，发给他一本《新华字典》，你上一堂课还讲20分钟生字，什么意思？对不对，没有意思。

张同道：不考虑学生的学习能力，就灌输。

阿来：对，你就让他自己查，查了拼音，这是什么音，然后这是什么意思。古人也说过，读书百遍，其意自见。但是我们语文课也是糟糕，这篇文章的意义，不由我们自己来理解，也是教学大纲里面规定的，老师就要按照这个写成教案。后来我都遇到过这种问题，我写的文章，编到学校教材里面去了。家长说，哎老师，我们认识啊。把小孩带来说，你给他说说你的文章的意思，我肯定不敢说。后来问那个小孩，你们老师怎么讲的？

张同道：他们讲了你文章的意义。

阿来：不是我理解的，我都没想透。高考也出现过这种情况，说选了某作家的什么文章，怎么分析，最后让这个作家自己去答，不及格。过去我们这儿乡下，都是妈妈嘴巴里嚼嚼嚼，吐到孩子嘴里，哺育这个字是这么来的。你长大了他自己能吃了，你还这么嚼着给他？我们现在文科教育这样办不应该。

张同道：你在这个学校还是很有收获的。

阿来：找了个老婆。

张同道：据说这也是，在当时领风气之先了。

阿来：也没有吧。

张同道：我听你的学生说，看你们俩拉着手去散步也是一道风景。

阿来：那个时候我们所有人，散步不是往街上去，背后有一条道，村道，对面山坡上有一个寨子，而且周围都是很好的自然环境，我们都是沿着那条路散步。当然我们都以为走到田间野外了，拉拉手。最后学生都在楼上看着，可能也是当时，他们觉得比较喜欢的。那时我21、22岁，学生17、18岁，中间差距都很小。那个时候学生们玩弹弓，打水枪，上课收起来，放一桌子。一下课我先给他们打过去。上课是上课，下课了大家一起玩。上课，在全校我的课堂纪律是最好的。甚至有隔壁的学生闹翻天了，我还会停下来，到隔壁去维持秩序。下面闹成这样，你还能讲课，是不是？开玩笑。

张同道：我估计是你当时这种新的方法，也可能包括对学生的态度，让学生感觉到没有这种威压、刻板，所以他能接受你。

阿来：对，反正我是，学生都很听的。我老婆第一次对我感兴趣，她每次从我的教室窗户前过，只有我的声音，学生鸦雀无声，除非我要他们说话。

张同道：这也构成了你们爱情的起因。

阿来：对，她觉得可能这个人有点别的什么意思。

张同道：是不是从这开始写作？

阿来：对，我来了一年之后，就77届第一届本科那些学生毕业分配，一次来四五个，我们依次住在那个平房里，从里到外。当时他们有学不同的专业，学地理的，学数学的，我记得，也有学中文的，但是无一例外，所有人都是文艺青年，都在写作。那时候我就是整天上街，每天看有没有新书。图书室大概有几千册书，我想我大致有些当然仔细看，至少每一本都过过手。

张同道：第一次看到那么多书？

阿来：对，而且那个时候，我还是读历史，读古典多，也不觉得当代文学好。那个时候看一点，就觉得怎么特别唧唧歪歪，那个时候正是伤痕文学，反正我自己本能地不喜欢那种调子。一把鼻涕一把泪，受委屈了，然后哭诉，我觉得这个不是好的文学方式。所以就又回到，还是读古典文学多，或者是外国，比较系统地读外国文学，刚好学校有。因为这个学校是个老学校，"文革"期间，这些封存了，这些东西居然还在。到时候一开封又拿出来，大部分书没人动，只有我一个人愿意动。

张同道：你那阵是写诗？

阿来：其实都在写，后来就看他们写，写写写，也受感染，我也开始写了，就这儿开始的。

张同道：发作品是在这儿吗？

阿来：也是在这儿。因为写诗，当时他们觉得发表很难，也很奇怪，我写第一首诗就发表了，而且汇款单一来50块钱。那个时候我工资才40多块钱，就觉得那个时候，这钱有点管用。

张同道：是《西藏文艺》吗？

阿来：对，《西藏文学》吧，寄过去就发表。这些人，他说我们写了多少年了，还没有发表，在大学里就写，而且这个活儿还挣钱。

张同道：第一首发的是哪个？

阿来：说起来也是挺肉麻的，《高原，我遥遥的对你歌唱》《我热爱家乡》《草原美丽》之类的。

张同道：写小说是后来的事？

阿来：对。那个时候刚开始上手，肯定觉得诗歌写得更成熟一些，更好一些。因为小说的技术它总是叙事文学，它总是更复杂一些。但是当我确实觉得90年代，我能驾驭到小说这种东西，慢慢慢慢就离开诗歌，就不写了。

张同道：你后来调走也是因为发作品？

阿来：就是因为发表一些作品，这儿有一个文艺杂志《芳草地》，也去参加他们一些活动。最后1985年就调到那边去。他们就两个意思，一个是做编辑，第二个就是说，这么做可以让你有更多的时间写东西。学校教学任务很重的，你就是要把一个班五六十个人，就把这些人的作业改一遍，得几个小时。每次抱来，值日生一抱来桌子上几大摞本，一本一本地改。

张同道：你在马尔康前后生活了十几年？

阿来：那是我1982年来。

张同道：不止，你上马尔康师范就一年。

阿来：那时候师范不在这个地方，在卓克基。

张同道：还不算马尔康市。

阿来：这个是后来迁到这个地方来，那个时候学校在卓克基，就是官寨旁边。1982年来，1996年走。

张同道：你生命中很重要的一个阶段。

阿来：14年。

张同道：那你最早的作品，全部都是在这边。

阿来：至少就是文学这个弯，是在这儿转的。就觉得写到这个程度，写了两本书，突然觉得这个写作好无聊。但这个说出来也不好，像剥夺了别人写作的可能性。当时我和我老婆说，我们本单位那些写作的都要退休了，也没有建树，但还是很吭哧吭哧写，我说难道我写作，一辈子就成为某某某？那我就觉得，确实是这一生就太亏了。那我随便去干点别的，我宁愿回中学去教书，因为它会产生意义，你总会影响到一些人。因为文学作品，文学艺术这个东西，就是如果你不做到一流的，它几乎就没有意义，因为对读者来讲，有那些一流的东西就够了。这样说出来有点对人家的劳动不公，人家也是真心诚意，一辈子是这么干的，但是当时确实有这样一个想法。所以1990年就开始当驴友到处走，搞调查。

5. 读书-写作

【在文学当中遇到那些最伟大的人，在文学当中遇到那些最美好的情感，在文学当中遇到那些最宽广的胸怀。】

【我第一次听贝多芬，第一次听柴可夫斯基，第一次听德沃夏克，我觉得这是音乐，这是可能我们将来要写小说写诗，要写出这种味道来。】

地点：马尔康阿来家中

张同道： 你什么时候第一次去北京？

阿来： 第一次去北京，1985年。我的编辑说，去我家。那个时候很少在外面请吃饭。说我看你小说还行，你在读什么书？我就反问，你们读什么书啊？这样一句话两句话说得清楚？他说那你去我家看看。他31岁多一点的，北京文化界是很领先的，他就让我参观他的书房。我一看，我自己也很吃惊。我跟他们读的书，没有区别。我说我读的书跟你一样，他不相信。

在这样一个地方有点儿不可思议。就是一般我们面对基层作者的时候，他们可能生活很扎实，但是他们可能没有这样的意识，这个意识包括两个方面，一个是文体的，一个是思想的。

你看这些就是我当年读的书，我读的文学。我也不知道我为什么，我读的文学全是世界上应该读的那些书，一直读的就是一流的作品。那个时候我就读钱钟书，那个时候我就读聂鲁达，你看随便抽一本书，那个时候我就读加缪。

他们问我你怎么读的？我说我狗鼻子尖。但是我确实走进书店里，到今天为止，你想我们书店里挑书多难啊。但是我走到那个书柜面前，没有看内容，也没有看作者，我抽出那一本书不会太差，不敢说最好，今天为止还是这样。我觉得好像，可能我只能解释，可能我们这个地方有个老天爷觉得我们这个地方没文化，我们得出个有点儿文化的人，他愿意帮我一把吧。不然我没有办法解释。当然我可以说直觉。

张同道：其实我有这么一个想法，我跟很多作家谈到这个问题，我觉得所有优秀的艺术家，都是被选中的人，他不是表达自己，他是表达一个群体。

阿来：对。

张同道：我在你这儿看到很多那个时代的东西，这是《走向未来》。这是那一代人都要读的。

阿来：对，你看这些，他是当时介绍的最好的，20年代最流行的法国文学最好的东西。但是在我们这些地方是没有的。我买这些书，很多不是当地买的。你比如说去一次成都，不去别的地方，我就去书店。那个时候一个月，我工资40多块钱，会买掉半个月的工资。

张同道：你的文学教育事实上是自我教育。

阿来：我这个人，出生在一个没有文化的乡野当中，自己学历很低，我其实没有受到特别正经的教育。而且我那种环境，过去什么是文学我都没有听说的，说实话我听到把这个字组成一个词，说世界上有一种东西叫文学，都是上了中专以后。

我自己觉得我这一辈子的教育其实是一种我自己对自己的教育，那么我自己对我自己教育是通过什么途径呢，就是通过文学。在文学当中遇到那些最伟大的人，在文学当中遇到那些最美好的情感，在文学当中遇到那些最宽广的胸怀，就把我们从一个小地方出来的人，没有任何见识的人，更没有文化修养的人，慢慢把自己变成今天这个样子。所以我经常说，围绕文学我就三种生活，写作、阅读、行走，三位一体。但这个过程当中，其实最大的一个收获就是我把自己变成了另外一个人，如果没有文学，这样一个变化是不可能发生的。从某种意义上说，文学成了我的信仰，文学成了我的宗教。

确实我到今天为止，我还是用非常庄重的那种态度来对待文学，不管是我的写作，还是我在书里头读到的越来越多的作品，以及作品背后的那种人，或者说为了这些目的，我又在越来越多的地方行走，观察，其实这个时候它已经带上一种审美的文学的眼光在看。那么也许同一趟旅行，一群人去同一个地方，可能我得到的东西就多一些，因为我带着这样一种心理，带着这样一种期待，带着这种态度，总是在去发现那种美好的东西，不是简单的一种消费，不是一种简单的休闲。所以就是让你始终处在一种与其说是创作的这种激情当中，还不如说在一种学习的提升自己的这样一个过程中。而且我觉得这个过程不会结束，我20多岁的时候是那样一种心境，今天还是这样一种心境。而且它确实把我改变了，不光是文化程度提高了，视野开阔了，然后可能物质生活也比过去丰裕了，但更重要的，我觉得甚至把我一个人的性格都改变了，把我可能从一个简单的急于求成的人，变成现在一个可以不慌不忙的，处变不惊的，用非常平静的一种态度来感受这个世界，变成这样一个人。

张同道： 你最喜欢的作家有哪些？

阿来： 我自己出生在自然力量很强大的地方，还是喜欢这种雄健一点的、壮美一点的东西，宽广一点的东西。尤其是惠特曼、聂鲁达这些。为什么喜欢聂鲁达？惠特曼也是跟我有点类似，也是出身很贫寒，小地方出来的，然后也没怎么上过学，但是就是在这种不断的游历这种过程当中，他感受美国，然后写出来。聂鲁达更厉害，他是智利人，智利国家多小，他把讲拉丁语的整个拉丁美洲当成他的故乡在写作。

张同道： 你说过你写作时喜欢听音乐。

阿来： 我第一次听贝多芬，第一次听柴可夫斯基，第一次听德沃夏克，我觉得这是音乐，这是可能我们将来要写小说写诗，要写出这种味道来。我第一次听贝多芬，不是他最典型的这些作品，叫《春天奏鸣曲》，就是钢琴、小提琴，就像中国人的山歌，两个人对歌一样，就是钢琴跟一个小提琴的乐队，互相在唱和。我想起来就是那种原始状态，通过男女在对歌，这种对歌互相激发、互相挑逗、互相诱惑，然后我们一步一步往最美的那个地方不断地进入，不断地升华。而且它这种挑逗结果不是越来越往下，它越来越美，越来越纯净。原来如果我把钢琴比成阳，小提琴乐队比成阴，原来阴阳之间还有这样一种，让彼此用这样的一种方式上升，而不是下降。虽然我们做文学的人不相信宗教，但我觉得有时候我们会有一个非常接近宗教的一种感觉。

张同道：情怀。

阿来：我把它叫做宗教感。我们可能不可能信教了，但是宗教有时候它会有一个很高的，接近天光的，满天霞光的那个感觉。如果你要让我解释德国古典哲学说的形而上，我把黑格尔他们的这种东西往诗意方面解说，我觉得就是往贝多芬、莫扎特他们指引的这个方向去的。所以我经常写作时背后就是放着唱片，其实我没认真听，但它给我营造了一个这样的气氛。当年我就坐在这张桌子上写，外面也不是有太高级的音响，不是交响曲，往往是那种小乐队，就是我们经常讲的室内音乐，或者是钢琴跟提琴，或者是提琴乐队跟钢琴彼此之间那种配感。我觉得我们小说当中好像特别需要这样一种调子。

张同道：你当时有没有觉得在这个地方比较孤独？

阿来：有。其实这种孤独感，我以为到了大城市以后就会消失，后来我发现到了大城市，比如说我到了成都，我发现更孤独。因为原来我们有个期待，可能是写作的同行中间，不是更多的写作的人，或者是更多的所谓知识分子，但是我觉得恐怕我们对于生命的那种理解，对世界的看法，可能完全会不一样。

张同道：我可以设想你当时是在马尔康。从文化地理来讲，这是一个相对偏远的地方，你很难找到同志。你怎么接触到这样一些作品？

阿来：我觉得是我的直觉。

张同道：所以在写作过程中感觉到好像不是自己的手拿着笔在写，而是被上帝拿着你的手在写作。所以会出现那种写作的迷狂状态，我不知道你有没有这种状态？

阿来：我倒没有这么迷狂的状态，我一直期望。因为我也看书，看过别的东西，看见说这种东西可能会有，但是这种状态一直没有出现。我觉得至少我在读书，可能是生活当中我觉得特别有一个指引，这个指引好像我无法解释。因为我没上过大学，而且后来我们这一代的作家都去进修过，不同的学校的作家班，包括鲁迅文学院。也许是现在我们这一代50后、60后作家当中，我可能是唯一的一个没上过作家班的。就是因为我觉得我只要能在书店里头挑到好的书，就可以了，因为书会教你。我们唯一需要别人教的，我觉得就是让我挑好书。但是我觉得好像我不太有文化的时候，我先天的，我就基本会挑书了。那么既然我会挑书，如果一本书里头有某一个字我不认识，我翻《新华字典》，《新华字典》不够，我翻高级字典，一直翻到《康熙字典》。我书架里头曾经有一部《康熙字典》。但是我觉得，文学的东西不是靠别人跟你解读，而是靠自己领悟。我在之前，我也有一个障碍，就是某一个字我们可能不认识，其实汉语它很奇妙，就是甚至你可能不认识它，你上下文一猜，你就猜出来，读不出来，但是你已经猜出来它的意思是什么了。

张同道：语境。

阿来：当然语境造成了你可以理解它的意义，当然你读不出它的那个读音，但是读不出读音不要紧。当然我是比较认真，那我一定把字典打开。

张同道：我对你的作品有两个特别突出的印象，也可以说是好奇，一个就是作品中的现代意识。你的地方经验、民族经验毋庸置疑，可是从你的教育来看，你一直到写《尘埃落定》的时候，你都没有走出马尔康。

阿来：对。

张同道：可是你的作品出来的时候有一种现代意识，不是我们通常说的少数民族作家，这是第一个。第二个呢，学术化。就是你的作品中，学术的含量还是比较高的。

阿来： 对。这个就是，比如说我们已经谈过，我怎么去调查土司的历史。你看土司历史，今天我讲有书面的记载，有口传的资料。但是这一袋资料拿到你面前，你对这些资料有个认知。因为我作为一个写作的人，我并不想，因为我们现在很多写作的人弄不好是在于他们有个毛病，说我不是调查一个东西吗，我生都生活了，听到一个故事，这个故事其实就是一个题材。但是你想古今中外，有什么题材是没被人写过的？你说现在我们电视剧演宫斗，那个哈姆雷特不是宫斗吗？诸如此类吧，好多好多。那么其实就是有个题材的处理方法。那我们拿到一堆题材，我始终认为，我很年轻时候我就懂得，让我冥思苦想，就觉得我对这个题材会得出一个解释，而且是高于别人的解释。

那么对一个题材，现代社会是什么解决方法呢？不同的学科。比如说我拿到一段口传资料，说这儿我们2000年前出现一件什么事情。那么我们就可以有三个学科，甚至四个学科可以利用。第一是口传，考古学有没有给你支撑？因为我们这儿后来也有考古学了，也搞了考古发掘，说我们这儿进入石器时代，出现了陶器，真正的定居文明。那传说跟这个对应能不能对应上？第二个，历史学。我讲的不光是中国的二十四史，世界历史学，它对人类社会不同的文明形态，进行了分析，进行了归纳。如果你要承认它在大的方向是对的，那么你就得把你这个东西放在这个框架里头去考察，你不是独立的嘛。

张同道： 它有坐标系。

阿来： 对，你放在一个坐标里考察，一放就明白了，竖轴嘛。那你说你这个文明阶段，你该放在那个公元哪一年哪一年。因为今天我们会走到一个寺院里，还会有喇嘛说，我们这个寺院一万多年。如果我们仅仅是基于只是一个藏族人，而且对这个宗教有一定尊重，我也愿意相信。但是从整个人类史看，一万年是不可能的，对不对？那我们就必须采用这样的方法，而且更好有政治学、社会学、人类学，还有很多不同的学科。那你说我们已经生活在现代了，不学习这些认知方法、学习方法，那你太顽固了。

张同道：那你是通过个人的努力弥补了这一套现代知识体系和方法论体系。

阿来：对，因为你现在有方法论，你不能假装我们还生活在一个没有方法论的时代，而且这个方法论是通过各种真正的学科支撑的。比如说那个时候我读摩尔根的《古代社会》，那你一看，你就明白我们这个社会是一个什么社会，对不对？这个很简单的。

张同道：事实上你在马尔康的时候，一是阅读，二是写作训练。

阿来：对，第三个是大量的田野考察。我都不想用"深入生活"这个词，因为现在"深入生活"被用烂了，用成另外一种特别形式主义的。所以我更愿意用学界的"田野考察"。

张同道：你的目的不是去做一个学者。

阿来：实证。

张同道：你是做一个作家。

阿来：我只需要部分实证，我不需要全部实证。

张同道：所以我想这个是为什么你的作品《尘埃落定》出的时候，给人以横空出世的感觉。

阿来：对，我相信这个书里有。比如当时我读的书里头，就有外国一套书，有一个人就写说怎么对待民间口传文学，弗雷泽的《金枝》。对，我在这个书柜里一定有这个书。

张同道：《金枝》是人类学的一个典范嘛。

阿来：对，那个时候读汤因比的《历史研究》，我读黑格尔的《美学》。你看我这一排全是这样的书，诺奖作家的书。

张同道：就在这个小房子里，你开始写《尘埃落定》?

阿来：就是读书嘛。我一般上午读书，下午写作。就每天写两三个小时，那个时候都还要上班的。三四千字吧，我一般就写两个小时。《尘埃落定》就是在这儿写的，写完了，打印出来从这儿寄出去。一个针打机，我不是说我有个爱普生的针打机吗，那个时候打印纸纸边上还有圈，一点，嘎嘎嘎打。

张同道：《尘埃落定》修改过几次？

阿来：没有。我大部分作品很少修改，我一般都一次性成稿，第二遍其实就是文字上更舒服。

张同道：我看你写的文章里讲到，你是最早使用电脑写作的，换笔的作家之一。

阿来：那个时候我觉得可能我要写长的东西，但是怎么写长的东西，我觉得要是再让我去手写，再抄一遍，改，我就不行。那个时候他们就告诉我说电脑特别奇妙。后来我去成都，到电脑公司一看果然是这一块删了，而且可以把这一块挪到另外一个地方，而且你改一个字，别的字还在，不用重抄一遍，我觉得这个太诱惑人了。

张同道：可是那时候一台286，这可能是你将近一年的工资。

阿来：我一年哪有那么多工资？我一年那个时候可能就2000块钱吧。电脑加打印机，那个时候是一万左右了。

张同道：哪儿拿出这么大一笔钱来？

阿来：那个时候我就挣点儿小钱，但是我太太只要是在写作方面花钱，她从来不管。而且当然也有个前提，我们始终有点儿小收入。

张同道：稿费。

阿来：对。当然那个时候稿费也就是100、200。也是收一张稿费，发了两首诗，人家寄100块钱来。

张同道：你有没有遇到刚开始用电脑写作的那种困惑，比如说我看到一些作家说一用电脑之后不会写了。

阿来：因为我买电脑的时候，我已经有两年没写了。后来我觉得出电脑这么一个新玩意儿，得玩玩儿。然后就刚好家里有那么一些钱，就倾其所有，买了电脑，也没写。那个时候我还读古典的东西。从外国文学学的是观念、方法，但是外国文学不能解决我们怎么用中文处理我们现下的经验。所以我就从古典开始读，甚至佛经什么。你看我这儿，那个时候我就开始读佛经。

张同道：《金刚经》。

阿来：《金刚经》，那个时候就读。现在我全文都能背。

张同道：《心经》你很熟。

阿来：《金刚经》也能背，你不信拿起书我背给你听，没问题的。"如是我闻。一时佛在舍卫国。祇树给孤独园。与大比丘众。千二百五十人俱。"没有问题。

张同道：你是一个藏族作家，但你的语言是中文。你没有用藏文写。

阿来：对。

张同道：为什么呢？

阿来：我们有两个条件，第一就是我们这个方言跟藏文的书面语差异很大，可能比汉语所有的方言跟汉语的书面语的差异还大，这是一。第二是因为我们是"文革"期间成长起来的一批人，那个时候基础的我们没有学过。后来我也想过要不要学，曾经也试着学过一段，就是藏族人嘛，不懂自己文字。但是我觉得成本太高，而且从这个语言当中，你获得的知识量跟看法不会太多。除非你特别想研究传统的文化，尤其是宗教文化。但是我觉得今天我们已经来在了现代社会，比如说除了学好中文以外，我还愿意，如果我有同样的经历，比如假定我学英语呢，它是不是收获？对个人的收获是不是更大一些？但是后来英语也没学。我对地方口语的经验很重，但那因为只是书面语嘛。这些天你也听见我不断跟那些讲我们当地语言的人，我都尽量跟他们讲当地语言。

张同道：就是你的藏文，口语是没有任何问题的。

阿来：口语就是我们当地的方言嘛。其实藏语里头也跟汉语一样，有很多不同的方言。我们这是一个方言区，我们大概有七八个县，三四十万人吧，讲这种方言。

张同道：你当时写作是在这儿吗？

阿来：对，就是这个桌子嘛，还有一把椅子，不是这把椅子，就是一个跟电脑桌配套的。286电脑，你看机箱装在那儿，键盘放在下面，电脑放在上面。

张同道：你不是说还喜欢在餐桌上写作吗？

阿来：对，但是餐桌上写作就是我在那儿堆一堆书。现在我在家里就老霸占餐桌，因为手提电脑了嘛，挪到哪儿都一样。反正我家里人少嘛，一堆书在那儿，有时候我做点儿小笔记什么，到今天为止就是我们家那个餐桌就永远堆着一大摞书，而且不是一大摞，就是非常多的摞。我们家里书房我很少进，很奇怪，除非要去找书，我的床头柜、卫生间、餐桌上，全是书。

6. 田野调查1989-1994

【我的小说所有东西，除了人物关系不能还原，所有东西都是可以完全还原的。】

【文字记载最多是记载文字那个人做了一次加工，但口传材料，可能被加工过一百次，被一百个讲述的人，它加工就是越来越美，越来越曲折，越来越神奇，而这些东西刚好是文学需要的。】

地点：成都巴金文学院

阿来：对我来说，写作是一种自我建设。那么叽叽歪歪写那些故事干什么？编个故事，写诗就是酿造一种自己都觉得有点虚假的情绪，然后还把它抽象，然后把它用不同的形象呈现。写小说编它那个故事，塑造几个人物性格。写了十年时间差不多，大概1982年、1983年开始写，七八十首诗，大概有十几个中短篇小说。

1989年，我写了一首诗，叫《30周岁时漫游若尔盖大草原》，我感觉到一个诗人已经诞生了。

> 现在，诗人帝王一般
>
> 巫师一般穿过草原
>
> 草原，雷霆开放中央
>
> 阳光的流苏飘拂
>
> 头戴太阳的紫金冠
>
> 风是我众多的嫔妃
>
> 有流水的腰肢，小丘的胸脯

1989年30岁了，出了两本小书，因为一般来讲就是说，哎呀我算是初步成功了。出版的时候还是很盼望的，天天在盼着。拿到这个包裹，把这个书一打开的时候，突然发现自己不愿意再看了，很空洞的感觉，就觉得自己没写好。我想与其这种写作不如过去我在中学教书。所以那个时候就背个背包，带一台相机，到处走动，做一些当地实地的调查。

从1989年到1994年，一个字没有写过。我真是做田野调查，我就开始研究地方史。我觉得我们写半天，你把自己本地都没有搞明白。那个时候经常在山里头走，突然领悟一件事情就是，我跟这个土地，到底有没有关系？用文学理论说肯定有关系，但是怎么找到你跟他发生关系的方式，尤其当我们要进行文学表达的时候。后来我这个可能是笨办法吧，我说那我就去走吧，我就一座山一座山去爬吧。

我到各个县里去，第一件事情就是找县志。县志读完，再去找档案馆的各种史料。有了这两个基础垫底，再到民间去收集各种民间传说。当然地方史就是两个，一个是宗教演变，从文化上讲，从制度上讲就是土司制度。我走访过上百座的寺院，嘉绒地区是18个土司，我研究过所有这18个土司的家族，实地走访整理了一年半载的书面材料，大量地收集民间的口传材料，其实我也不知道要干什么。但是我慢慢在知道，就是哲学问题：我是谁？我在哪里？我们知道这个不是一个简单概念叫马尔康，族群上叫嘉绒人。你觉得你获得这些知识其实没有用，有用的意思是跟自己情感跟内心有联系。在世界上找明确自己的位置，这个位置是要靠自己定位来明确的。

张同道： 这种意识是不是也受到了福克纳的影响？

阿来： 其实那个时候我读这些书是少的。因为小说这些东西我都是读个开头，读个三分之一，我没读完。我觉得下去我肯定知道它要干什么，翻到结尾果然是这样。我大量的阅读其实还是学术方面的阅读。我想我们同辈作家当中，我在这方面阅读肯定比所有人都多。

那个时候我开始读德国古典这些东西，因为我觉得他们才是非常认真地在回答这些问题。不一定都懂，但是真读。还读大量的历史，中国的历史，西方人写的历史，中国历史看二十四史，西方历史好像更多是在学方法。

在这个过程中，你就想到想把你们民族这段历史搞清楚。那么关于民间文学、口头文学，他有两个方向可以理解民间文学：一个是我们把它向文艺的、虚构的这个方向去理解，它包含一些美学阐释，这个你不能自己琢磨。世界上现成的理论，比如弗雷泽的《金枝》；还有一部分是我们要把这些东西还原成历史记载的书面史，它其实有个覆盖的问题，还原历史，它是良性的。这个东西你完全靠自己的猜测跟琢磨，有些时候会出大问题的。

其实人家人类学也好，民族志也好，它有大量工具方法，你也需要。

张同道： 你去调研时候还没有想到写作？

阿来： 从来我都不太愿意说那种自己不理解的话。我说这好比是一个姑娘，你连她的名字都不知道，你说你爱她。我们大部分的爱就在那种状态，或者是我们誓言的那种爱。

我对中国古典文学非常重视，因为我觉得我们语感是从这儿来的。不管你形式怎么变，但是中国汉语的语感，这个不是现代文学讲的。现代文学更多是一种新观念、新方法。那语感还是从《诗经》延续下来的，还是从古典散文延续下来的，甚至它不是从小说来的，就是从诗歌跟散文来的。

张同道：这是你的小说一个很大的特点，就是语言中经常带有诗化的东西。

阿来：所以我觉得这个就是汉语的。我觉得汉语在全世界语言当中是最优秀的，非常多意，非常饱满，同时又非常虔诚。

张同道：不是分析性的语言。

阿来：对，声音声调都有。不是像外文一字一个虫子爬过去歪歪扭扭，每一个都是个形象。但是现在，今天的中国当代文学书写对这个关注不多。我说这个倒是被我一个非汉族的人去琢磨。

张同道：对。你的小说把很多文化的东西给融合在一起。

阿来：传奇性是来自于口传文学，而比较新颖的那种结构表达，可能是受现代文学影响，西方的现代文学，但是语感一定是来自古典汉语的。一般都是说，你写过诗你语言好。我说问题是现在一大堆写诗的人的语言也不好，那怎么解释？

张同道：我曾经研究诗歌，中国现代诗歌我觉得长了两个病菌：一个病菌就是新文学以来的大水词，全部兑了一百遍水的酒；第二个毒是模仿翻译诗歌，整那种似通非通的语言，不知所云。

阿来：我是非常注意。我读佛经，也是在研究这种汉语的变化。

张同道：很多也是口语。

阿来：它的音响、节奏，我是考虑这个。我每天早上功课，20分钟到半个小时，我读过不知道多少。我尤其喜欢鸠摩罗什。

张同道：你这么说我就明白了。其实我看《尘埃落定》的时候还有些不明白。因为那根本不是你的生活，你没在那种时代生活过，可是你写出来那个东西那么自然，就好像，用佛教来说你曾经有一世就是土司，就在那个环境中生活，我就没搞懂你这个是怎么来的。其实你的写作方法也是带有一定的学术性。

阿来：对。而且更重要是，我人生在不同的阶段有不同的方向。文化认知，尤其今天民族主义高涨，族群关系成为今天的一个问题。文化是冲突还是融合也是成为今天一个越来越重要的问题。

我就讲不同的阶段我自己想的问题。《尘埃落定》讲个故事还不容易？这几乎就是一个文学处女地，所有东西都没人碰过。即便有些题材被人写过，等于没写，在我看就是没写。因为它不是一个真正的文学表达，那么它就是一个处女地，题材都很多。如果只是一味要写作，要成名成家其实比这个快得多。但问题是，我已经放弃了所有学校教育的最终可能，那么这个文学就是我的一个途径，其实我写的每一本书等于就是我一段时间考虑这些问题的一个心得而已。我没觉得是个什么特别的文学创作。每一本书其实在回答我自己的问题。一本书写完我有另外一个问题要出来了，在今天不管是从官方大的意识形态解读，还是我们学术界对于同类问题的研究，我都不可能找到现成的答案。

张同道：事实上你是一种生命体验，体验出来的问题，然后想办法找答案。

阿来：对，不管是官方的意识形态还是我们学界的学术研究，因为你要寻找答案就只能从这两个渠道来寻找这个答案。官方的答案说服不了你，学界的研究好像永远没有进入到这样一些范围、层面，它是另外一种路数。

张同道：能不能说你的写作其实是生命自己与自己的一种对话？

阿来：差不多就是这样，你就是解决自己的问题。那比如写完《尘埃落定》，其实我思考的就是，我们"除旧"就除了吗，《尘埃落定》就除了旧。那么"布新"，建立新社会，这新社会怎么建立？这样一个过程就通过一个村庄，我写《空山》写了七八十万字，写了那个世纪的后50年。其实后来大家也觉得，其实他说的不光是一个藏族的村庄，其实是一个中国农村，中国乡村一个普遍的命运。至少我有这样一个感觉。把旧的搞掉很容易，新的建立太难，就写这样一个过程。后来就在不同的阶段遇到这些问题。

张同道：其实《尘埃落定》才真正地打开了你的文学、你的世界，把它作为第一块石头。那一般来讲这第一块石头这么大个、这么成熟，但这个恰巧是那么多年调研的成果，所以一出来它就是一个很完整很成熟的形态。然后又不断地开辟新领域，《空山》其实是时间上往后延，《格萨尔王》可以说从空间上延展。

阿来：《格萨尔王》就是说我写出来一个新东西，藏族文化。因为它这个族群比较小。英国有个出版社说我们有个国际项目叫"重述神话"，就是不同国家民族的神话用现代小说方式来重新表达。世界上有很多一流作家都参与了，现在我也不知道他们进到哪个国家。说我们想找你写西藏，我说三年以后。他说你为什么要写这么长？我说要用两年做调查。不光是原始材料的调查，我把这个有关这个题材古今中外，大概西方人从一百多年前开始做这个方面的研究，中国学界大概从民国开始，慢慢慢慢有人开始做这方面的研究。不光是文本，应该说我把拿得到的这些所有的研究材料全部梳理。

张同道：你的研究跟学者研究的区别在于，你是完全体验性的。

阿来：这个是最重要的一部分。第一趟就在外面跑了三个月，而且后来读了材料以后，又回去重返那些地方。

张同道：你在实地跑的过程中有没有让你记忆很深刻的东西？

阿来：也不会太多。无非就是印证吗？这个在藏区在中国，其实整个中国都一样。我们整个的这种历史记忆都是很差的。

张同道：比如你下去调研，能调研到什么呢？口头传说？

阿来：口头传说，其实有些时候可能也是激发自己当时当地的一种情绪。

张同道：就是回到那一个历史现场。

阿来：对。我在那个地方跟坐在书房里面还是不一样的。

张同道：格萨尔王是在康定这边，是吧？

阿来：不是，还在上游，就是金沙江两岸，西藏，青海，也包括甘孜的西部。

张同道：像这种调研，包括你写那个《尘埃落定》之前，用了五年的时间调研。那个过程中会不会在调研过程中就会有很多灵感出来？

阿来：《尘埃落定》的时候没有，因为那个时候没有想写东西，但是后来带有写作的目的，当然有。

张同道：你怎么打通历史人物历史事件跟你的生命感受？

阿来：我觉得要让那种小说变成一种非常有史感的东西。非常正式的东西就得靠两个，一个确实是对那种当时的各方面的情况，不光是一个故事的问题，就是生活起居种种方面。我说过一句话，我说我的小说所有东西，除了人物关系不能还原，所有东西都是可以完全还原的。

张同道：包括那些使用的东西，生活的环境？

阿来：这些不会有任何虚的。

张同道：这些都是经过考证的？

阿来：对，肯定是考证，你完全要重建，前期工作跟你们做纪录片是一样的。这是一个。第二个就是，其实作家还有一个能力，就是你能够把我们在这个社会当中种种生命体验要转移到人身上。所以很多人问我说，小说当中哪一个人是你？我说每一个人都是我。我没有进去，我怎么写那些东西？他摸到东西的感觉，那是我的感觉，哪是他的？当然我是从他的身份当中抒发的。西方史学界讲两个原则，我非常同意：一个是说任何历史都是当代史，一个是我们学的方法，说同情之理解。我们在那个复原的现场里头变成那个人。

张同道：时间变了，地点变了，事件变了，能通的就是生命体验。

阿来：对啊，我在他的身体里，在他当时的那个场景当中。他拿个碗，我知道这个碗是什么样子，他穿上一件衣服，那个衣服的质感、气味我都闻得到。

张同道：如果我想拍到你小说中写的这些东西，现在还能找到这些遗迹吗？

阿来：有一部分有。因为我不搞收集，要收集当然就留下了。因为对我来讲就是我的一个过程。我绝不把我没有见过的东西、没有把握的东西写到里面。

张同道：你收集到的大多是口头资料？

阿来：对。刚开始写作，别人写什么，当时流行什么，就模仿。但是我可能觉悟比较快，我觉得我们那些80年代写作就是一个，好像是互相模仿，那自己觉得特别没意思。那么如果你要想这个没意思的地方在哪里，当然肯定就是那种独特的经验没有，独特经验除了自己以外，这种地方的经验肯定很重要。而地方经验肯定跟地方历史、地方文化联系得很紧密。但那个时候都不懂，不懂就是这一个跟我们中国学校有关系，就是我们学校都教大东西，不教小东西。甚至我们知道法国大革命怎么了，美国独立战争怎么了，但是我们当时当地发生什么事情，我们不知道。到今天为止，我想我们的学校教育还是这样，就是本乡本土的不知道。那么文学就要回答一个我是什么人？这个问题你要回答清楚。如果你不了解这种地方历史、地方文化，你几乎不能回答这样的一个问题。

藏区的历史，它很少写在书里头，过去当地它也很少有书写习惯，即便有书写习惯，很多时候它是用藏文记录。藏文记录，第一我们没有学过。第二个，藏文记录它有一个麻烦的问题，就是它那种宗教仪式太强了，它把所有事情，最后都给一个宗教解释，也是一种非常意识形态的东西。因为我们见惯了意识形态是什么，最后就只好自己来做这种调查研究。那个时候"文革"刚过，很多当地人对这种事情是比较忌讳的，不太愿意谈。反正日积月累吧，零零星星，也从书本上看到一鳞半爪的东西，但这一鳞半爪的东西，刚好可以跟你在当地听到的一些民间的传说、故事，它可以互相对应，让你慢慢地去挖。

因为做文学的人，也不是做真正的历史学科考证，也不一定说我要把每一个细节都落实，然后刚好就在这种是与不是之间，60%是，40%还没弄清楚，

70%是了，30%还没弄清楚。但是这个没弄清楚的刚好你可以用想象去填补的，而这个东西正好是文学擅长的。有时候我都想，幸好没拿到那些材料，如果拿到那可能我就变成一个历史学者。但是刚好，我们这儿是口传的资料，文字记载的资料偏少。而口传材料当中，其实有一大部分，后来也就发现了一个问题，每个人讲一个故事的时候，他要加东西。讲故事的人，他说我要讲这个土司的故事，我要讲他们民间的故事，他并没有说我要像历史学者一样告诉你们，他其实在讲一个英雄故事，他在讲一个传奇。实际上他不由自主就按照自己的理解，他要加工，不然他觉得不精彩、不英雄、不神奇，他就有加工，口传材料本身就跟史实相距甚远。

但是现在怀疑说历史材料文字记载的未必可靠。文字记载最多是记载文字那个人做了一次加工，但口传材料，可能被一百个讲述的人加工过一百次。但是对史学可能是造成麻烦。但是刚好这些东西，它加工就是越来越美，越来越曲折，越来越神奇，而这些东西刚好是文学需要的。所以可能我跟好多中国作家有点不太一样，就是他们可能从书面要来的东西多，但我耳朵听来的东西多，从别人嘴里讲出来的东西多。最后当你自己要开始写的时候，就有一个趋势，说我是按照那个书面的材料呢，还是愿意用那个口传的材料？当然写历史可能你就会偏向书面的那个东西，但是你说我是写小说，你发现原来口头那个东西是对你更有用的，就是审美上对你更有影响。

7. 沃日土司官寨

【这个土司本人性格很懦弱，但是他老婆很厉害，人更漂亮，而且精明强干。】

张同道： 这个碉楼是什么时候修的？

阿来： 清代。明代国家政权没有抵达这里。宋代有一个故事说，赵匡胤在图上一画，大渡河以西化外之地不要，所以从宋代、明代几乎是这些地方首领自己管理，也没有国家的待遇。但清代不一样，顺治年间就把这些地方豪强收了，册封土司，比如他叫沃日土司。土司也有等级，宣慰司就比安抚司要高，长官是又要比安抚司要小，他有级别的。

张同道：这是个大土司吗？

阿来：中等，是乾隆年间有大小金川战事，他们有参与战事，而且是帮助朝廷输送军粮。战后又给他提拔了一级，这个安抚司大概相当于六品或者五品，一直延续到解放，最后一代土司。这个土司本人性格很懦弱，但是他老婆很厉害，人更漂亮，而且精明强干。临解放国民党要撤退，在成都办游击干部训练班，建立反共基地，这个女的到成都去上游击干部训练班，蒋介石来接见，后来果然是国民党。那个男的不打仗，这个女的就参加反共游击队，后来抵抗不住，逃到我们老家那个县，被解放军击毙在那儿。

张同道：这是不是有点《尘埃落定》里女土司的影子？

阿来：土司史上经常会出现男的不行。我们藏族这边什么观念呢，就是不把男女分那么清楚。我们的语言有点儿像外语，不像汉语，妈妈这边跟父亲这边我们是不分的，我们不会说这是表亲，这是堂亲，所以女的掌权大家也不觉得有什么。

这是他家的藏经楼，信佛就要请很多佛经。

张同道：那些是新修的？

阿来：改变还不太大，原来院子的轮廓。"5·12"地震以后，加上现在新农村建设整体的打造，但这两个东西留存下来了。这也是当地历史的见证。

张同道：这是你80年代寻访的那一批吗？

阿来：18个土司当中的一个。

张同道：你当时来这看到的跟现在有什么不一样？

阿来：这两个还是一样。这些村子没这么多人，而且房子都在周围，但是他们家原来老的那个宅院，基本上还完整的。房子已经塌了，女主人抵抗被打死的，这个男的也接受改造，后来也是在当地政协吧，早就进城了，好像他们也没有后代。80年代初这个人还在。

张同道：这个楼能上去吗？

阿来：应该不能上去。我估计现在上去也空的了，那些经书什么早就没了。这地方很明显的受汉族建筑的影响了，不过碉还是典型的藏式，但藏经楼的样式有点像内地佛教寺院的东西。

张同道：建筑还是好的。

阿来：乾隆年间打这个碉。当地人造这个东西太厉害了，刚倒完一座，不远处迅速又起来一座，又搞十天半个月搞不下来。当地俘虏了很多，全部解到北京去，在香山建了很多这样的碉，让八旗兵演练怎么破这个碉，而且是八旗兵里头从东北来的最厉害的索伦兵，应该是东北北边的少数民族，演练好了才开拔这么远。北京香山脚下有一个村叫番子村，完全汉化了，他们知道自己的祖先是大金川的俘虏，那个村今天也在。

张同道：冷兵器时代这样一个碉是非常厉害的。

阿来：那个时候是红衣大炮，打一个铅弹出去，小小地砸个坑。演练最后的方法，就是让这些人学会爬高，口里衔着刀，要么就是架很多柴火在下面。但是往上堆那个柴火，人家上头火药跟弓箭都伺候着，就架起来大堆的柴烧。它好像相当于拿铁蛋子一下一下去砸，终于砸它个窟窿出来，然后引燃炸药。但是那个时候没有炸药，就是火药包，火药包就是把里头的东西弄燃，其实它那个爆炸性不强的，就是打枪那个火药。

张同道：所以金川打得那么难。

阿来：十几年。

张同道：伤亡严重。

阿来：前线一个士兵，火药要运，铅弹要运，最重要吃粮食。一个人从成都出发，背100斤粮10天，路上他一天要造两斤，路上又没别的吃的，回城还要吃，所以他一来一往他要吃掉40斤粮，就背到前线去只有60斤。60斤一个士兵能吃多久呢？往往那个时候就是一个士兵加上他的火药，加上别的这些消耗，一个士兵要三个背夫，络绎不绝。

张同道：供给线很差。

阿来：供给线很差，络绎不绝，全是人，背粮的，背各种各样器械的，所以一路他要设置很多粮台，隔几站就要饮水渠，而且是六路进军。你想，那个时候清代不是有很多买官的吗，买官的就是候补知县。候补什么？这个时候全部上来了，就管这些。那段时间所有候补的官都找到实职了，但是都在前线搞后勤。

张同道：事实上有的战争打的就是补给。

阿来：古代战争就是这样，所以说那么难打。当地人也懂这个，经常去抄他们的粮寨，抄他们的军火库。然后也有前线都快饿得不行了，饿死接不上了，最后投降的都有，被诱围，后勤供应不行。

张同道：古代战争截粮是一个重要的策略。

阿来：对啊对啊，因为他一路要囤粮。

张同道：那碉里头应该也都是粮什么东西都囤里头。

阿来：当然囤在里头了，而且他们过去还有一种方法就是利用落差。过去我们当地有个灌溉技术，制陶，饮水。清兵过去不懂，就包围着这个碉，你有粮食你没水喝吧？那么围了一个月，人家还有，还示威，还拿瓢往外泼水给你看。他从那个山上把烧的陶管埋在地下，甚至可以上坡。清兵还想不通。人家一桶一桶往外倒，表示你不要攻了，让你绝望。

张同道：碉都有战略工事。

阿来：对，有些山口这种半人高的胸墙、石墙有几里长，中间做过几个碉互相呼应，但这些都在那种高山隘口上。

8. 西索民居

【这个地方叫西索，跟土司官寨有一个遥相呼应，居于土司官寨的下方。】

张同道：西索民居大约有多少年了？

阿来：这个没有记载，上千年是有了。这个地方叫西索，解放以前，跟土司官寨有一个遥相呼应，居于土司官寨的下方。这个寨子里的人基本不种庄稼，他不干别的，土司家会有很多杂活，相当于是一个嘉绒的寨子，有专门给他放马的人，专门给他送信的人，专门给他制作各种用具的人。在寨子里头最下层的那些人就是直接伺候他们生活的人。但是除了生活之外，还有专门给他打柴的人，或者是再高级一点，他们自己房间里烧木炭，那木炭也要人手。过去藏语里头有个词叫"科巴"，大概就是家奴的意思。

张同道：《尘埃落定》里你写的银匠是不也住在这个村？

阿来：肯定是住这个村里。

张同道：你当初调研的时候，这个村里还有传统的一些痕迹吗？

阿来：没有了。因为我那个时候是90年代初吧，我1990年到1992年这几年做这个关于土司制度调查的。1950年、1951年解放，多少年了，那个时候是人民公社的一个生产队，所以在这里还有我的中学同学。

张同道：你读中学是不是就在这儿？

阿来：对啊。

张同道：我上次来这听到一个传说，这个村子还藏着土司官印，有这回事吗？

阿来：这个有可能。因为每一个土司他必须得到中央的册封，换代的时候，比如说父亲传给儿子，或者是哥哥传给兄弟。这个时候自己传了是不行的，过去有一套东西叫"印信"，还有号纸，相当于是一个委任状，这个是要从北京来的。所以他土司家传几代以后，他可能不止一个印，东西流落在别的人家手里完全可能，因为那个旧的土司去了以后换新的土司，旧的印就不用了，新的土司就用新的印嘛。

张同道：这里还有当年那些匠人的后代吗？

阿来：大部分应该都还没变，因为这里的每一家每一户基本上还是原来的人家。

张同道：你当时那些同学里有他们的一些后代吗？

阿来：当然有了，只是说我们那个时代都已经变成农民了。70年代，正是大搞人民公社的时候，是一个生产队。

张同道：但是手艺也都没有了。

阿来：现在这种手艺消失很快，而且那个时代尤其是人民公社，几乎就没有可能了，因为不允许过去的匠人自主经营的，不允许个体经济存在。因为匠人他不像农民，农民是种了粮食自己吃，匠人的东西不能吃，他得给别人搞交换。计划经济体制，除了国家的配给，你不能私下搞交换。这些匠人就归成一些叫作手工业合作社，比如说铁匠，因为需要，因为农民要镰刀、要锄头，木匠也是，他也需要做一些工程的，但是过于精细的什么刺绣、金银匠，这些几乎就慢慢消失了。

张同道：这些匠人是土司家里长期养着吗？

阿来：他们都不太一样，有些是直接有这种隶属关系，有些关系浅一点，但是至少要首先要保证他的用度，然后闲了也可以给别人做一点东西。

张同道：家奴和自由民还是不一样的。

阿来：身份上他没有自由民那么自由。比如说我就是一个农民，土地都是土司的，你自己没有土地，但是你租不租他土地，相对来讲这个自由你是有的。你说我还愿意去做点小生意，干点别的。但是这些人差不多是世袭的，这个没有选择。那除非说土司愿意给你一个自由之身。

张同道：相当于农奴？

阿来：他比农奴又高一点的，农奴这个词是一个西藏社会的词吧，就是这社会结构到底还是不太一样。

张同道：就是家奴？

阿来：就是个半自由民吧。土司他同时也有一个照顾他的责任，你给我干活，我保证你的基本生活吧，这个建筑跟这个土司的寨子就形成一个关系。现在我看沃日土司也是，这个是有个高地，那个是在平地，他就在中央，那些村子就围在他旁边，别的就是自耕农，就更远一些了。

张同道：尔依是不住在这个村里？

阿来：行刑人可能就直接住在官寨里了，那么他下面不是有个监狱吗？还有个把门的柱子这些。

张同道：那个也是世袭的，是吧？

阿来：当然是。过去的社会当中，并不认为这些职业是一个高尚职业，不世袭恐怕不好找人干。

张同道：我看你写那个尔依是一个很奇怪的一种性格。

阿来：对，他因为长期被人歧视、忽略嘛，正常人都不跟他交往了，他很自然就要形成另外一种性格，而且他又需要有足够的残忍。

张同道：一个土司哪有那么多人要杀，他平时是不是也没事？

阿来：平时大部分时候是没事的。不成文的法也有，老人和过去有文化人都知道。例如你偷人东西了被抓住了该怎么处理，他也不是说今天兴之所至。你一个暴虐的人，你一个不好的土司，民间也会形成对他的看法跟口碑，而且说不定，你太暴虐无道我们把你干掉算了。干掉一个人很容易的，你要出门，山林里头随便来一斧头，就把你干掉了。所以他土司也希望博取一个好的名声，而且在我们这个藏语里土司是"亚尔布"，其实就是国王的意思，小国寡民。

张同道：王也是有法的。

阿来：对，不成文的法都有，约定俗成。比如说偷盗了，偷了多少，而且首先还是民事纠纷，还是趋向于调和来解决，包括杀了人了。先把大家弄到一起，说能不能用一个现金赔偿的方式来赔偿。那个时候很多刑法可以用现金赔偿的方式，包括杀人都是可以这么做的，所以过去有个词叫"命价"，一条命值多少钱。

张同道： 土司的行为有的很令人匪夷所思，他把人家杀了之后还把孩子送走，那是为他自己留下后患，最后也确实是被找上门。

阿来： 人性的复杂性，有些时候他会有一些需要彻底残忍的时候未必能，人未必能真的做到，有时候又需要彻底的善良的时候也未必能做到，这个恐怕就是人性的一个最基本的问题。其实很多问题如果我们只从道理上讲，需要残忍我们就足够的残忍，需要宽容我们就足够的宽容，那么什么都解决了。

9. 大藏寺

【创建这个寺院的人是我们当地人，就是马尔康人，叫阿旺扎巴。】

【总有不怕死的人，总是有人在维护真理。某种程度上他也是一个最不屈不挠的那个时候的知识分子。】

张同道： 您什么时候第一次来到大藏寺？

阿来： 90年代初，1991年、1992年。

张同道： 你做民族宗教调查的时候，是吗？

阿来： 对，做土司历史的调查也需要做当地宗教的调查。因为过去我们说藏区政教合一，西藏是宗教的直接就是行政领袖，这儿的土司还是世俗的，但是他也要有一个宗教的支持。所以一些寺院跟土司的家族有非常复杂的关系，你中有我，我中有你，甚至有些寺院的主持都是土司家族的人，所以也是他重要的一个另类。

这还关系到当地的文化演变。过去这些地方没有藏传佛教，7世纪左右从西藏传过来，他传过来是另外一个教派，比较早的，叫宁玛派。

但这个寺院是后起的一个教派，后来在藏区影响很大，就是格鲁派，俗称黄教。格鲁派兴起是因为宗喀巴搞宗教改革。但它有一个背景，各个教派过去都跟政治关系很深，藏区佛教有这个特点。过去他们掌权，久了以后跟世俗社会勾连太多，这样慢慢慢慢就造成寺院也开始腐化。因为有权力，骄奢淫逸，戒律松弛，大家不是一心向学。所以宗喀巴当时看到这个情况就觉得要改革。他的改革就两个：第一，回到佛学思想本身。思想在哪呢？在经典里头，我们读经典。今天我们也看到许多，觉得信教就是拜菩萨、上香、许愿、还愿，宗喀巴当时也看到这个情况，就说这个不对。佛教是个思想体系，都写在佛经里头。但佛经是需要学习的，读书嘛，所以他首先在寺院里头规定，僧人进到某一个阶段，必须完成基本经典的哪一部分的学习，在这个寺院里头胜任的阶梯上他才能一步一步上升。这是第一个，就是回到佛教思想。

第二，我们知道佛教是有阶梯的。你刚信了，作为普通老百姓你要信教，那你要受七居士的阶梯，小和尚刚刚进门，头上烫个戒疤，那你就要知道你要信多少条，戒律有几条不准干的事情。佛教里头有一些僧人他们修到高阶的时候他们的戒律是几百条，只有这些戒律才是对他行为的严格规范。所以宗喀巴就搞这个之后，他这个宗教在西藏很快影响就传播越来越宽，影响到很多人。

创建这个寺院的人是我们当地人，就是马尔康人，叫阿旺扎巴。他过去其实是另外教派的教徒，然后他到西藏去学习，突然接触到正在出现的这个东西，符合他心目当中的关于佛学的理想，所以说是宗喀巴第一代学生，其实就是后来的达赖、班禅，实际是同学。就有点像孔门多少子弟一样，也是宗喀巴直接的徒弟。他后来就觉得他学到差不多的时候，跟宗喀巴讲我要去藏地的东方，也就是我的家乡去传播你的教义。他发了一个誓，说要在我的家乡建108座寺院。这108是不是实数倒不一定，它是个吉祥数，表示圆满的数。这个寺院叫达苍，现在翻译成汉语翻译成大藏，就是结束、圆满了，他在他师傅宗喀巴大师面前发的这个愿完成了，这是最后一座寺院，也是他所建的这些寺院里头应该是今天现存的规模最大的一座寺院。

他在我们家乡这一带影响很大，现在他们又把他的灵塔放在这个地方。最初是放在一个非常朴素的小寺院里，非常清静、非常小。80年代来这些大殿都还没有，"文革"时这个寺院全毁了。我第一次来就是，其实那个时候也是另外一种壮观，一山坡的废墟，待会可能往里头走还能看到一些残墙。这几年他们不断整理。

张同道：这大约修于什么时代？

阿来：宗喀巴是1419年圆寂的，据说建这个寺院时间是1414年，就相当于明代的永乐年间。也是明代比较厉害的，修《永乐大典》，航海也是这个时候，就对应的那个时间吧，1414年。

张同道：这个寺庙在马尔康地区影响很大的。

阿来：因为它是规模比较大的寺院，而且加上阿旺扎巴的个人魅力。虽然他圆寂已经多少年了，但是大家对他的崇敬程度比较高。过去也是跟土司互相之间，严格讲他就跟周围这些土司之间也有同生的关系。

在嘉绒地区寺院到这样规模是少的，如果在别的藏区当然这个都不算什么，但是在这儿就是，因为这的老百姓在信教跟生产生活之间，这个平衡我觉得是一个比较恰当的。

张同道：每个家里也都有佛堂，是吧？

阿来：那肯定是。

张同道：那这个地方总共有多少种教派？

阿来：佛教所有教派至少在阿坝州的范围都有。过去对于藏区来讲，如果说拉萨一些地方是中心，那么这是一个边缘地带，很多在中心角逐当中失败的人就往边地走，这是个东北边。

张同道：大概有几种？

阿来：你看格鲁派就算是最新的，之前有噶举派，再之前有萨迦派。元代的国教萨迦派，萨迦派之前有最早的宁玛派，而且还有本地的比较原始的本土宗教吧，还有苯教。这些教派，至少在马尔康地区都有。

张同道：你写《尘埃落定》，写到从西藏回来的格西，要传播格鲁派的教义。

阿来：对。

张同道：这个是不是取自阿旺扎巴？

阿来：那倒没有，因为他传播教义的时候大概没有障碍。阿旺扎巴传播格鲁教义，是一个很健康的时代，但后来这些地方有点儿开始抗拒。格鲁派是后起，为什么呢？宗喀巴搞宗教改革，康熙时期把格鲁派扶上了政教合一，康熙把原来世俗的王废掉了，所以你达赖喇嘛既是宗教领袖，也是世俗的领袖，过去至少是两个，一个宗教的王、一个世俗的王。

张同道：《尘埃落定》的背景是西藏势力政教合一。

阿来：渗透这个地方，对。

张同道：《尘埃落定》里那个僧人翁波意西的形象有原型吗？

阿来：没有。因为文学总是需要创造一点，因为我觉得他应该有点象征性，如果完全写成一个僧人也许没有那么好，但他已经有了另外的意思。

张同道：但这个僧人其实是非常有意思的一个人物。

阿来：当然，我们写小说你总要有一个人有意思。小说家的本事是不那么真，但是写得跟真的一样。

张同道：你看这个僧人在里头出现的场景并不是很多，但是一出场就很有性格，一上来很自信，充满理想。

阿来：对。

张同道：也根本不把这些世俗的权力看在眼里，给远路的人倒碗茶，搞得土司好像心里都很不高兴他。

阿来：对。他本身在过去历史讲，本身他觉得背后有一个大的依仗，他容易有，但是我觉得是慢慢把他想成另外一个人了，就是他多少想带来一点新文化、新变化的。那么这个时候我们总不能脱离开生活现实，带来什么东西呢？至少从宗教教义上讲他带来的东西那是真的，他可能使得我们满怀理想，他个人是满怀理想。

张同道：这倒不像是争夺世俗权力的人。

阿来：也不是宗教界全部都这样。我走访过一些寺院，有些人就在外面挣钱，有些人甚至住在庙里还觉得不够清静，庙背后还有一个山洞在里头，那就是修行。但是我们现在往往看到的是那些满世界走动的真真假假的这些。

张同道：甚至做生意、上电视的和尚越来越多。翁波意西最后的命运还很悲惨，舌头被割了，但是呢他还坚持要说真话，然后舌头又给割了一次。

阿来：割一次是过去的刑法制度，是可能的，乱说。割两次那是我的想象。就是总有不怕死的人，中国历史也有，而且不怕死不是为了财富，不是为了别的，就是觉得这个世界上虽然很少，但总是有人在维护真理，或是发现真理告诉人家，因为他要做的事情就是要把这真实的历史记录下来。某种程度上他也是一个最不屈不挠的那个时候的知识分子。当然，在记录过程当中，慢慢他就有想法，他也希望有所表达。

张同道：事实上藏族人过去是不是每个家里都有人去出家？

阿来：看什么地方吧。一方面宗教需求，一般有两个儿子以上肯定会有一个会去出家，信仰程度它也有强烈。过去还有一个情况，有些教派像格鲁派这样的，他是出家了就真出家了，但是有一些教派他的僧人在这方面松弛一点，他也可以在家，或者不用天天在庙里，该干活的回去干活，该念经的到寺院去念经，甚至当地有些教派是允许娶妻生子组成家庭，所以这也是一个变通的方式嘛。不然的话这个会造成很大问题，就是劳动力缺乏。

张同道：你有个舅舅出家了。

阿来：圆寂了，有十来年了。

张同道：你对这些生活的了解是不是也是通过你舅舅？

阿来：这个不需要，在这随便一看就看得见，只要你不把它神秘化。

张同道：西藏一直在世界上——不光在中国，它是一个神话一样的东西。

阿来：世界上还好点吧，因为只要是来的人愿意，他们一般来讲还是愿意把这个事情看清楚。但是可能来的人少，他不能都来，就听二手传说。我觉得这个在中国非藏族的人群当中非常厉害，就是他来了也不打算认真看，反正我就这么想了。来了，他叫做有选择的看见，不符合我的想象的我就看不见，符合我的想象的我就极力把它放大，而且这些往往还是有点文化的人，拍照、书写，过去在小资杂志上发文章，到了浪漫的地方、神圣的地方、圣洁的地方，只抬头看，脚下一堆大便没看见。现在不用了，现在就直接微信、微博。其实这个情况只是在西藏程度更深。比如中国的小资们去了巴黎，写的也不是我们看到的巴黎，他们早就把巴黎塑造成另外一个东西。

张同道：所以你说你的写作要把西藏给祛魅。

阿来：对。我觉得所有的文学，应该最大的一个功能就是祛魅，而不是煽动一种、鼓吹一种、构成一种并不真实存在的东西。但是这件事情有点难。因为你只能影响到那种愿意想一想自己的行为方式、思维方式有没有什么不对头的人。今天中国大部分城市的人首先身上就有一种强烈的优越感，到这来跟到纽约去的心情是不一样的，去纽约的心情是半蹲着去的，任何一个人都有一个文化的落差嘛。

张同道：我想这是不是某种程度上造成《空山》《尘埃落定》那么受到关注？

阿来：对啊！就是有些时候所有人都说我们要真相，你扔给他真相的时候，他其实不要的。

张同道：可以从祛魅这个角度，从藏区表达的角度看你的任务还大着呢。

阿来：我也不承认是我的一个任务，干吗我要承担这个任务呢？难道只有我一个人是这个地方的人，而且我得了一个特别的上天的命令？因为只有这种寺院里头才有一些人是上天选中的，我们又不是上天选中的。

张同道：对，我理解某种意义上您也是被选中的。

阿来：这么想，每个人自己会选定一个自己理解世界的方式。虽然我已经这么理解世界了，那么我就把这个传递出来。现在看来，多多少少这个祛魅的效果还是有，但不是我们想象的那么大。过去我们认为，有那些说法、想法只是因为不了解，你只要告诉了他，他就了解。后来发现，现在信息高度发达，对很多人来讲，比如说你看网络上的言论攻击，真相是没有意义的，他就是要说话，就是永远要按照他那种方式说话。而且用这种方式表达一种强烈的存在感，甚至于是非常强烈的情绪，他觉得这个就很好了。慢慢慢慢就觉得，原来我们的想法都有些偏执吧。

张同道：理想。

阿来：对，或者是说对人有一个更美好的期待。

10.《尘埃落定》

【我没有构思过《尘埃落定》。我觉得我可能有一点像话剧的美工师，我搭了一个舞台，这就是这个小说的空间。那么到底接下来那儿有一扇，舞台的右边有一扇门，谁推门进来我都不知道。】

地点：阿坝州卓克基土司官寨

张同道：当时对索观瀛是不是有过一些专门研究？

阿来：有。比如说我们写马尔康县"四土"，最大那个土司曾经是我们老家那个梭磨土司。但是梭磨土司在20年代就绝了，党坝土司也是奄奄一息，剩下一个老土妇，就是男人都没有了。下面那个松岗土司也是奄奄一息，后来是另外一个地方不具备土司身份的人，他有政治野心，崛起的力量，来入赘上门，实力不可挡。那么索观瀛当时在四个土司当中，其实他辖地面积各方面不是太大，但他正是年富力强，无形当中就成了四土地区的一个领袖性的人物，他的影响就超出了他辖地本身，而且他还学过汉文学，懂一些汉文，这个房子，三楼是他的住宿。红军长征，毛泽东他们一方面军的行军路线就是通过这个山沟，叫梦笔山，梦笔山就是一方面军翻越的第二座雪山，下了夹金山到小金，小金过来翻这个山，就在这儿驻扎。土司他们当时就跑了。现在想来就应该跑到大藏寺去了，因为他那儿里面有一个像夏宫一样的房子。原来藏族土司家里还有《三国演义》，有个故事说后来这些人作为统战的民主人士到北京，毛泽东说，我还睡过你家房子，还看过你的《三国演义》。

后来这个地方和平解放，他也起过很好的作用。他看到这个历史大势，觉得共产党要来，建立人民政权。这个潮流可能不能阻挡。所以他那个时候也是比较倾向革命，倾向进步。后来在人民政府当中，他担任一些职务。

张同道：你当时看到过他的照片什么的吗？

阿来：照片这些都看到过。

张同道：构思《尘埃落定》的时候有没有受到这些形象启发？

阿来：我没有构思过《尘埃落定》。那个时候我就说，就特别想弄清楚当地历史。当地历史，当然这儿只是一个代表性的，藏族一个方言区，就是我们这个所谓嘉绒藏族。嘉绒藏族因为离汉地比较近，实行土司制比较完备。那么整个嘉绒这个方向就是18家土司，我几乎研究过每一个家族，他们的这种历史。但是那个时候研究，其实就是想弄明白刚才我说那个问题，不是那么功利，说我就是收集点儿材料写部小说。如果是这样的话，你就了解一个家族的东西都足够了，而是确实后来对整个地方的历史有兴趣了，而且越进去越有兴趣，越进去越有兴趣。所以18家土司的这个家史，或深或浅的我都研究过。有些留下的资料多。比如说还有比他更靠近汉地的，那么他们这个家族史就更完备，有些就更粗放一些。就是每个家族留下来的史实也不一样，口传材料也不一样。而且过去跟清朝政府，跟民国政府的关系不一样，在官方史中的记载也有详有略。所以我最后就完成了一个研究当地史的兴趣。这样可能有三四年时间吧。

突然有一天觉得三四年没写小说，写一写吧，也没想写什么，就开了一个头，就往下写，就定格，就相当于有了一个调子，就定下来，人物就是人物，一个个出场，没有想过说我要写一个什么东西。而且我觉得它其实是一个，后来写出来以后，综合性很强的，那个时候还有一个担心，说太像某一家了。因为你又不是写报告文学歌颂他，对不对？当然该歌颂要歌颂，但是我们是客观、比较准确地反映历史的大势。它正面的就正面写，反面就反面写，残酷的就往残酷写，愚昧的就写愚昧的部分。那个时候也有担心，因为那个时候很多写作的人会在这个方面惹麻烦，就是说，很多就是他们的后代不同意。

如果有些时候觉得某一些细节，它也有点像，反而会改写，回避。就是我觉得更多还是对这18个土司家族，在清末民初，尤其是民国时期面临这种大的风雨震荡，这样一个时代的反应。

张同道：所以麦琪土司是很多土司的一种综合？

阿来：对，综合性的。一个是不愿意写成是某一家。因为我写小说特别讨厌说以某一个人为蓝本，某一个家族为蓝本。第二个，我觉得它小说要有一定的普遍意义，你太拘泥于某一家，而不是从历史的大势出发来写的时候，那么它那种普遍意义就会降低了。

张同道：事实上也根本没有计划要写这小说？

阿来：没有。

张同道：也没有列出人物关系图。

阿来：我写任何一本小说，没有这种打算。我就觉得，我就想起一个很好的场景，有时候就想起很好的一句话，这样作为一个开头，我就往下写。因为这个调子一定，它就非常顺畅的，一个个人物登场。登场他也很自然，就像现实生活当中的一幕戏它在重演一样，我觉得不用刻意安排。所以很多时候我觉得我都是在跟踪我那些人物，在记录我这种人物。跟你们纪录片的方式很相像，我觉得我没有很多设计跟加工。

张同道：你的小说像泉水一样，它自己流动。

阿来：对，他们那些人物一出来，你给他创造了一个环境。比如说我想我可能有点像一个，最多像一个话剧的导演，都说不上，我觉得我可能有一点像话剧的美工师。我搭了一个舞台，这就是这个小说的空间。那么到底接下来哪儿有一扇，舞台的右边有一扇门，谁推门进来我都不知道。但是他一旦进来，就是在我给你规定好的这个空间当中行动，说话，思想，欢乐，痛苦。因为这个空间跟生活空间一样，只要你是按照人情的、人性的，以及现实生活的那种逻辑来行动，你必然就只能那样行动，而不是这样行动。当然每个人还有因为他不同的性格，当然这个就是小说家的基本功夫嘛。所以一旦开始，一旦他们推门进来，他们就自己认识，他们就自己发生关系，他们就自己发生冲突，然后变成一台戏剧。我觉得我提供的所有小说空间也是这样一个空间，我就定了一个调子。

张同道：每个人物有自己的性格，按照性格，就走出了他的命运。

阿来：对，他是自己走。就像我们人，其实那个也是对现实生活，我们经常说艺术模仿了生活，我觉得这也是对生活的模仿。小说当中，我们现实当中的人物，很多时候都身不由己，你说我们几个人是被人设计的或自己设计的？大部分时候我们也不知道。

我是一个乡村少年的时候，我不知道我会去修水电站，家里没有电灯，我怎么知道？然后我要去跟人家修水电站，哪知道说1977年还恢复高考？恢复高考，那我肯定念高中了呀，那我肯定就上大学了，然后读研究生了。然后说教书了。我想好啊，一分配，我们老家通公路，人家说读书都会把人读好，读了半天书，从有公路的地方到没公路的地方去了，是不是？这都不知道的。

张同道：最终小说中的人物要走到哪儿，不是你能安排的。

阿来：对，你安排他，太刻意安排不好，就像我觉得我们生活当中，我们都很难安排我们自己一样。所以有些时候小说不太好，就是我们对它安排的痕迹，作者的意图太过强烈，它就成了一个影响表达什么东西的工具，我们对于生活的那种真正通过一个人物去体味生活的能力反而降低了。

张同道：那个傻子形象从何而来？

阿来：傻子就是刚才我已经反复讲，其实埋伏了这个线索。土司传几代、十几代，到了民国年间，共产党不来，大部分也都不行了。我不是说"四土"，就剩这一家还可以的，大部分都到了寿终正寝的时候。寿终正寝不是人家夺了他的权，也不是别的原因，有一部分是大家互相争斗中势力衰落，但是有一部分就是直接生理退化。生理退化它也有一个好解释，他们这18家土司互相之间是亲戚，讲门当户对，他们主要的婚姻是在这18家当中，今天你嫁过来，明天我嫁过去，十几代以后就不行了。

为什么我说几家土司，他们到后来都没有自己的儿子，然后叫入赘上门，种种手段，后来好多灭了，好多其实都是生理原因，生理它都走到了这种穷途末路，而且确实其中就有这种半疯半傻的。这个索观瀛家就有，不太正常，不太灵光，就有这样的人，别的家也有这样的人，很奇奇怪怪的事情。但是后来我想，就是这个时候，种鸦片，时代动荡。时代动荡，因此我们经常会看到一种情况，就是聪明人，其实他是按常规出牌的人。那么土司按常规出牌，哪有种鸦片？只有傻瓜敢乱出牌，乱时代乱出牌的人，我们经常在现实当中也能看到这种。就是我们要能把这种社会生活的经验来转移，转移到这种，它又不是真实的，但是他就可以不按常理做事。如果是一个正规正常的时代，那他没什么活路，他就是一个傻子。时代乱了，那些聪明人、正常人，脑子里头的那些规则没用了，正常人养成的正常思维是按正常时代的那个路数来走的，这也是我年轻时代读历史读出来的一个体会。

张同道：所以这个傻子他也有文化寓意。

阿来：对，他就是放大到封建王朝，任何一个，你想中国封建王朝史哪一个王朝不是这样？但是你说就完全写成这样子，它也没什么意思。后来我是看那个，得到一个启发。是莫扎特的儿子吧，因为过去欧洲宫廷里头不是弄小丑、侏儒来插科打诨吗？但是后来我突然有一天想，你把他当弱小的，然后他在那个旁边很冷静的，藏在那样一个卑微的外表下，他脑子没有问题啊。他来看你们的时候，又是个什么东西。我突然想，我想这个傻子可能是这样的。

张同道： 莎士比亚的戏剧中经常有这种角色。

阿来： 对。后来我就是读到一个瑞典表现主义作品，作家名字我忘了，小说就叫《侏儒》。他那个小说写得其实并不太好，但是我读过，但是他确实提过一个，刚好是我在想那个莫扎特，这个人就是用他的眼光来写那个宫廷。他是一种非常嘲讽。

张同道：《尘埃落定》从写作到出版经历了4年，怎么会那么长时间？

阿来： 我觉得现在想来是正常，当年可能对出版界有点绝望。因为我自己写《尘埃落定》的时候，我大概写到三分之一左右吧，我觉得这个肯定是一个特别棒的小说。之前我大概也就写了10年左右的东西了，然后我觉得这个可能就是我在期待我写出来的那种作品。但是这个作品发给出版社，反应与我的预期不一样。然后他觉得这个小说有点难以定义。因为现在编辑都是科班训练出来的，也就是大学中文系这些出来的，当然他就受文学理论的这种熏陶。但是文学理论不是一个前瞻的东西，更多的时候它是一个对以前的那些经典性作品的一个总结，然后它就形成一个标准。我觉得文学艺术总是不断突破这种已有的标准，创新嘛，这个新的东西很难用过去的那个标准来评判。他们都说是不是你做一点修改？后来我得到一个不太好的名声，他们就说这个人很狂妄。我倒不觉得是狂妄，我觉得我在坚持一个标准。我知道在我内心里头，情感里头，写完这本书跟没写这本书不一样的。我给他们统一所有的回答就是，我说这本书只有一个情况可以修改，说什么？我说如果有错别字的话。其实我相信我的稿子可能错别字都没有，因为我肯定是反复斟酌的，而且我就是编辑出身，我对错别字高度敏感。可能有4年时间10多家出版社没有出版，但是最后还是出版了。

张同道： 最后是人民文学出版社出的？

阿来：对，人文出的。人文当时很奇怪，我反而特别不想给人文，因为当时我们觉得人文出了很多经典性的作品，但是我总希望是一个，它有些文化品牌，它是跟创新有关的，我觉得那个时候人文的创新不够。但是很奇怪，恰好就在这个地方得到通过。

张同道：什么机缘到了人文社？

阿来：他们当时来四川，然后我们就到邓贤家吃饭。然后就说我们听说你有小说，我们看一看？我说不给你们看。因为那个时候我对出版界有点失望。他们坚持说看一看，我也没抱希望。因为原来我特别抱希望那些地方都把这个稿子否决了。这是我最不报指望的，我根本没有指望过他们，突然回个信来说好，这个稿子很好，我们签下了。

90年代那个时候很不容易，那个时候是文学书最低迷的时候，不像现在。出两万册，我觉得很好。过两天他们出版社的发行部主任说，他们送了一套稿子，他中午睡午觉，就把这个稿子打印稿拿来看看，看看就有点放不下，下班又带回家看，居然看一个通宵，说激动。第二天早上就说这个书不能只印两万，多印点。果然出来就是那样一个结果。

张同道：获茅盾文学奖是在三年之后？

阿来：两年多三年吧，因为1998年12月出版的，1999年，2000年，2001年，因为得奖是2001年夏天嘛。

张同道：听到意外吗？

阿来：我也不太意外。因为我觉得我们写东西，当然我们也不指望这些东西，但是当你自己对自己这个作品有个充分的估量以后，不得也是题中应有之义，但得了也觉得当之无愧。当时我是在做杂志，我在南京。南京有个书展，我带了十几个人，我们刚好推出一个新的杂志，我们在那儿做宣传。然后就来几个记者说我们告诉你个好消息，我知道就是这件事情。人家说你为什么没表情呢？我说难道我要给你们表演一个蹦起来裤带断了裤子掉下去？我说不得也是可以理解的，但得了也是应该的。所以我说我没有什么要特别喜形于色的,因为这不是意外之财,不是大街上突然捡到钱,押了宝。得了就是这个奖评得好,如果没得,就是这个奖评得不太好,就是如此而已,跟这个作品的品质无关,然后完了。

第二天美国《时代周刊》来了,一个记者跟拍我一天,不知道拍了多少个胶卷,但是最后在《时代周刊》上就一张照片。我也不管他,我不给你摆什么,你要跟我拍就拍,不拍也就罢了。因为他们也觉得这本书得了中国的茅盾文学奖,有点不可思议,就有点这个意思。

11.来成都

【我故乡给我提供的可能性,如果我要在文化方面发展就是尽头了,你必须到另外一个空间当中去寻找可能性。所以我觉得是离开的时候了。】

张同道:你为什么离开马尔康?

阿来:《尘埃落定》是1994年年底写完的,当时我觉得我就面临一个问题:如果留在当地,如果我去当领导干部当别的或者做别的事情,可能有一定空间。但是做文化这件事情,肯定是在大城市才能做。那么我就觉得过去有点舍不得离开,一方面可能是确实自己没有写出更多自己期待当中好的东西,但写完《尘埃落定》以后,将来不管是那个时候得没得奖,出没出版,但是我自己内心对这个地方,对故乡做了一个交代,就是你生了我,养了我,但是我这个作品也算是对生我养我的一个超级回报。我故乡给我提供的可能性,如果我要在文化方面发展就是尽头了,你必须到另外一个空间当中去寻找可能性。所以我觉得是离开的时候了。《尘埃落定》还没有出版,因为我1996年离开的,1994年写完,1995年年底,又过了一年我就离开。

张同道:那是一个什么机会让你离开?

阿来:那个时候外地有很多选择,但我就想做一做出版。因为我自己在这本书的出版过程当中，就遇到一种不可理喻：《尘埃落定》明明是个好东西，就是今天不管是从艺术上讲，还是从市场上讲，中国文学，说实话就是新时期以来文学这么成功的作品，两三部而已，都是用个位数来计算。但是当时他为什么不接受？我没有什么个人恩怨在里，但是我是会考虑到出版体制，它可能是有问题的。那么是什么问题？我想去试试，因为现在中国所有文化界到今天为止，电影、电视、纸媒、出版，我们都有个不约而同的暗示，心理暗示，说要走市场就不是走高，是走低。认为好了，高了，就会丧失普通读者，丧失普通观众。

但是我觉得情形恐怕不是这样。而且文化这件事情，我们一味用低的东西去满足低端的读者跟观众，那可能是越喂越低。反过来我觉得文化它应该是有一点难度，文化本身是件有难度的事情，知识从来是一件有难度的事情，不然我们为什么要学习啊？我说我的文化理想不一样。那时我去办杂志试一试，我们往高一点走行不行？后来证明我的想法是对的，就是不迎合，我们按照文艺生产本身的规律、文化产品生产本身的规律办事。

张同道：你怎样把《科幻世界》从一个杂志变成很多本杂志，而且市场大获成功？

阿来：我坚持辞职以后，就到了成都。我们开会，就说你们这个稿子编成这样是怎么想的？你的动机是在什么地方，你说这个稿子好吧，它可能明显不好。他们就经常会用一个东西来遮挡，就说读者，读者懂，如果我们再好读者就不懂了，我们有个假定。我们办公室面向成都市最繁华的人民南路，我就把编辑们叫到那个窗口前，我说好，那现在我们来讨论一下读者，他们说读者是上帝，那么你们帮我看一下下面乌乌泱泱来来去去的人，谁是读者？第一，全部都是读者，他们不敢回答。因为我说全部都是读者的话，这个杂志不可能揭不开锅，那得了吗？中国多少亿人。如果不是，是少部分人是读者，那么请你们帮我指出来，哪一个是读者，你们认定了帮我叫上来。读者是上帝，真是上帝，什么样子我们都不知道，上帝不就是我们不知道他什么样子吗？你们在这个意义上你们说对了。

我说不要再跟我说这件事，我们只是提供了一种公共产品。这个公共产品不要跟我说雅俗共赏，没有这件事情，不可能。我们就老老实实做一个产品，就是相信这个社会当中有少部分有文化情怀、有文化追求的人，他会需要它。某种程度上讲，雅就是雅，俗就是俗。文化是个软需求，不是饭馆里面的饭，不是电脑，不是胸罩，一年必须穿戴多少个，没有这回事情。也不是卫生巾，卫生巾我们这么多妇女同志，每个月要用几张，这可以预估。问题是中国人哪强制每个人必须读几本书？没有，需求是软需求。所以你所有的市场评估原则在这个地方会失效。

张同道：那你怎么最后做到了几百万册？

阿来：我就是保证我生产的产品，在这个领域当中，在这一类别当中它的高品质。

张同道：你最后发展成多少种杂志？

阿来：6种，我再不走我就上市了。我当时遇到的情况我自己很冲突，就是我一半又特别想写东西，但写东西过程当中，当时遇到这样一个情形，就想去试水一下商业，发现商业没有那么神秘。只要你真正弄明白了这个市场供需的原则，这个东西，不管你办10个、20个、60个都是一种商业模式，出钱吧，投资吧，定位吧，推出一个新产品。而且你已经有一个成功在前，他就有一点品牌效应，人家就买你的账。第二个也成功了，第三个又成功了，但你发现商业做久以后其实就是数钱。当然如果是你这个人就是觉得数钱很幸福，那当然就没有问题。更何况我们是国企，是给国家数钱，我就过个手。但是也见过钱了，百万、千万都见过。但你再做下去，其实对我们这种人来讲就是他觉得没意思，就是熟的一个模式，现在叫商业模式，就是不断地复制这种模式。

张同道：你离开之前，杂志达到了什么样的规模，出版量？

阿来：出版量，我们加起来可能有个六七十万份吧，那个时候就是我们来计算公司的收益都是用差不多是千万级的吧，而且我们也搞了很多固定资产，办公楼，培训中心。但是我觉得没意思。他们说你为什么不做了？我说我可能也做不成李嘉诚，因为这个行业本身有限制，这种行业的利润规模、资产规模就决定你其实你从个人来讲是个小成功，但是真正放在整个商业圈子里也是个小生意。后来我觉得还是可能写作本身更有魅力吧，就是它确实不断产生新的东西，新的什么。所以我是2007年坚决不做了。

张同道：2009年你就被选为四川作协主席。

阿来：我没想过要当。但过了两年多吧，因为中国作协改选，巴老已经去世了，中国作家协会选了新的领导，地方都是模仿中央，所以我们的老主席90多岁了，说我也不能干了。省委说那谁干？说那阿来同志干，当然还要考察。我没有任何这种想法，我就是想认真写小说。

张同道：文人总是有各种心理。这里面从马尔康到成都，其实生活节奏、生活范围、生活方式都会发生很多变化。

阿来：我觉得人生变化是应该的，你想人生如果一直不变化多没趣。你过去在老家那个地方，你每天遇见什么人、遇见什么事都在预料之中，很少有新的东西。但是上大都市以后，尤其是做商业以后，你往往会有很多出乎意料的事情。对一个作家来讲吧，我们说深入生活，你哪用深入别人生活，你在这儿亲自生活，你在深入自己的生活，那种体验。因为当你是一个公司的老板，不管是大公司还是小公司，你跟人家谈合同，人家不会说你得了茅盾文学奖，我让你两个百分点，不会的。这个时候他就是一个真切的生活的体验。

张同道：成都生活感觉如何？

阿来：成都这个地方呢，总体来讲，整个气氛还是比较放松，比较闲适。我早上一般五点半起来，有时候写个两个小时，吃早餐，上班儿。该开会开会，该谈工作谈工作。如果有半个小时空档，我就读书。如果有一个小时空档，我就写作。也可能我永久要做一个成都市民，在这儿安居乐业，但是一方面所有说它的好，千般好、万般好都是沉迷于对于我们这具肉身的满足。但是我们得知道我们这个肉身里头还包含了另外的东西，我们有一颗心，我们长了一个发达的大脑。如果我们只是满足于物质层面的东西，那人类进化都不必要让我们大脑长到这么大的一个程度。一个羊吃到每口草就觉得世界很完美，一个猪吃到一个营养丰富的饲料觉得世界很完美，但有时候我们过于讲究物质层面东西的时候，就相当于我们就把自己界定在一个动物的层面。

张同道：你现在每天的基本生活节奏是个什么样？

阿来：早起，写作，出去锻炼，听音乐，读书，再写作，再吃饭，再喝酒，再锻炼，再读书，睡觉。如果没有意外的情况就这个。

张同道：一组动词。你现在一般多久回老家一次？什么情况下？

阿来：我没有对自己强制，有时候一两年回一次就不错了。因为我们这代人要照顾父母、兄弟姊妹，我的父母我要赡养，关心他们，但是我也把他们已经搬到县城了。有一次，我老母亲突然就风尘仆仆到成都来了。我想她老太婆有什么事。我说生活费不是经常都给你们的吗？我听说他们钱有点花不完，经常给别的人。终于想了半天说，儿子，他们说你写字能赚钱？我说是。我说给你们的钱，我自己花的钱都是写字赚的。是不是真的？因为她说我跟你爸有时候晚上有点睡不着，操心你，说你是不是干坏事？因为她的观念，写字，她意思是你是不跟那些官员一样，说不能要的钱不能要，你给我们钱我们也高兴，但是你要是干那个，我们不要你的钱，我们要你好。我说我真的很好，我非常好。放心了，回去了。这个时候，因为过去在我们生活里它没有这样的。

张同道：超越了她的生活经验。

阿来：对，超越她生活经验，她不相信，说过去喇嘛写书也没挣到钱，凭什么你写字就挣到钱了，还给我们那么多，给我们买房子。

12.《空山》

【《尘埃落定》写的那前50年，就是这个制度怎么解体。但后50年又是个什么情况？等于《空山》和《尘埃落定》加起来，是嘉绒藏族地区的百年史。】

地点：四姑娘山

张同道：这一片泥石流是怎么形成的？

阿来：上面就是冰川，现在不说全球气候变暖吗，高山上冰川融化就加快，太热就暴发洪水，洪水一来就把山上的石头带下来。也就一个晚上的事情，突然暴发，然后把这片树林也就碾死。而且这个树是只有四川西部山区才有，非常漂亮的树，叫四川红松，秋天落叶一片金红，特别漂亮。

张同道：树林破坏，一个泥石流，一个火灾。

阿来：火灾，除此之外就是自然的循环，自然老死。但是不会同时老死，参差不齐，老死了倒下，成了肥料，又滋养别的树。这种就中途夭折了吧，你看背后都还是长得很好的。秋天9月底10月份来，那种金红很难形容，特别漂亮，加上背后再衬着雪山。现在就是冰川，过去冰川还会比现在低，现在慢慢慢慢冰川少了。

张同道：你少年时代，周围的村里发生过这样的泥石流吗？

阿来：那个时候少，因为那个时候我记得气候比现在冷得多，尤其冬天，比现在可能低个五六七八度吧。泥石流发生是两个原因，一个就是冰川过快地流动，还有一个就是原有的植被把它砍伐掉。所以泥石流，我觉得应该就是六七十年代就多。为什么多？那个时候砍森林很疯狂，我的小说《空山》里头有很大的内容，就是森林的消失。

张同道：《空山》里写两场大火，一个是多吉自己放的火，一个是天火，这两场应该是有寓意？

阿来：你看这些林子就是杂灌。这些草坡其实也是当地人的牧场，那么牛羊是不吃这些灌木的，所以这些灌木长多了，到冬天，因为冬天雪已经从山顶上拉下来，上头是雪线，不怕火往上攻，所以它在底下划出这种防火道来，那个时候是有意放火。不是烧森林，就是烧这种草坡，主要是把草坡上的这些杂灌烧掉。这个草木也是肥料，第二年草场质量更好，那个是人为的。但是现在不准了，担心失控。过去是每隔几年，小时候我们都参加过，比如从这儿往上，因为火都是从下往上跑，让全村人出来也是为了预防这个火越界，选一个无风的天气，大火烧，草坡上这些没用的灌木给烧了。森林失火当然也要扑灭，但是"文革"期间就是形式感。"文革"也是一场烈火，成千上万人来灭火，天天开誓师大会，喊口号，写决心书，但是不去扑火。等把这些仪式性的东西都做完以后，火也差不多了。

张同道：我看你写的那个火，写的是一步步过来，到了河边。

阿来：对，因为这些大树含油脂是很多的，松树、杉树这些树含松脂很多，甚至有些松脂会形成，像一个人长了瘤子一样，一个巨大的松树包。烧到那儿它就炸了，炸飞几十米远。我们一条溪流，一个天然界限，有时候就十几米，你觉得火不会到对岸去，它就到对岸去了。或者是一棵树，大树，烧倒了，轰然一声，我们这儿有很多天然的桥，就是那个树倒在河上形成的。

张同道：树烧了，动物也都烧死了。

阿来：烧过一场大火以后，我们就去捡烧死的动物。鸟这些飞起来，就没有了，很多它是呛死的，不是烧死的。一只野鸡基本上都烤熟了，有些地方都焦了。会死很多动物。

张同道：还有就是砍伐，一些木材大量的被砍伐。

阿来：我们那些村子周围都是森林，后来来砍树人的数量超过我们当地村民的数量。一直到1997年整个长江流域大水，这个时候才认识到，尤其要保住这些地方，长江上游的天然林，才停止。伐木的又转向植树造林，这些地方还好，它甚至都不用人工来栽，大自然有自我恢复的能力。但中国内地很多地方，自然不能恢复。你把它毁灭一次，然后它又恢复，恢复你又毁灭它，这要重复四五次才能完成这个过程，所以这个想起来也是特别触目惊心。

人其实知道这个环境改变。我们刚开始伐木，老人们就说气候在变，风怎么这么大，林子对风是减速的，尤其冬天寒风一吹，无遮无拦。第二个，水变小了，就是冬天正常的水，春天水变小了，夏天有山洪、泥石流。村子背后的山都被砍光了，暴雨一下，无遮无拦。那个时候不知道，村落都沿着山边建，十几岁的时候，我们村子遭过一次灾，几百亩地，几户人家，一个晚上就没了。

张同道：森林的涵水功能没有了。

阿来：对，没有涵水功能，没有遮蔽。森林是两个，保持水土，它调节，水多的时候，树要吸水的，冬天它要防冻，把多余的水分排出来。春天因为生命要运行，要展开，树叶要呼吸，老百姓都知道树上水了，3月份说树怎么滋润起来了。冬天它往外排水，你正是枯水期，一棵树排一点，水量变化不大。现在怎么，冬天没水，夏天水一来又保不住，水量都不稳定。1997年到现在重视了，我们也看到了自然修护确实很重要的。

张同道：你写到《空山》第二部的时候，人的行为、心理都比较疯狂，砍树砍得疯狂，着火疯狂，新生事物疯狂。

阿来：对，一个是政治带来那种狂热，疯狂。你想80年代大家都要挣钱，所有人都去干这件事，合法的都在干，不合法的也在干。所以就不光是挣钱的问题，道德观就彻底没了。80年代以前是政治，80年代以后是疯狂的金钱崇拜，两个疯狂。之前是政治斗争疯狂，"文革"刚结束，所有人，政府、团体、个人挣钱，我们那些地方什么挣钱呢？国家集体把大的拿了，剩下一点，老百姓要发点财，弄一点，但他是违法的，所以也很悲惨。你想真要老百姓违法是不可能的，那是存在腐败，比如说那个时候木头往外拉，就一条公路，有检查站，你拿不出合法的运输证你就出不去，那有人贩卖这个运输证。木头又不是个小物件，走私毒品他塞在屁股眼里。那么大的，一卡车一卡车的，路上无数检查站，一根杆子一拉在路上你走不了的。

张同道：检查站变成收费站。

阿来：他们就是拿到一个私相授受的权利，我们过去说的寻租，就这回事。但执法的人就在践踏法制最疯狂的时候，自然界也是满目疮痍，人也是特别奇怪的。我其实那个时候很少回家去，不想回去。

张同道：我感觉你的环保意识比较早，很早的时候你就写过《梭磨河信札》，信上就在讲砍树的问题，这是80年代的事。后来写《空山》也是因为这样一个思考点。

阿来：我们这些地方乡村出现问题，其中重要的一个就是环境问题。环境的问题既使生存环境恶化，也改变了人性，改变了社会基本的道德伦理。那么多森林，砍树都不是随便砍的。除非是要盖房子了干什么，这个时候要去砍伐一点大树，因为那个是必需。

张同道：那时候已经有意识维持自然的平衡。

阿来：民间的智慧当中，虽然没有"生态环保"这样的一些词，但是他那个观念是有的。因为他也知道祖祖辈辈在这儿，因为至少我们这些地方文明史还是很长的。从考古各方面发掘，已经是比较成熟的农业社会了，有陶器、铜器也四五千年了，一直在这儿生活，他也积累了很多自然的知识。刚才我说放火也是，怎么使我们的草场更新。现在反而有点绝对化了，现在这些草场的质量就下降了，它对当地人放牧是有影响的，放火也是肥沃土地的一个方法。

张同道：写《空山》最直接的启示是来自于哪儿？

阿来：我就是因为之前写《尘埃落定》，很奇怪，中华人民共和国建立刚好是把一个世纪分成两半，尤其在四川地方解放，我们那个地方是1950年或者1951年改天换地。《尘埃落定》虽然很精炼，也就是写的那前50年，就是这个制度怎么解体。但后50年又是个什么情况？等于《空山》和《尘埃落定》加起来，是嘉绒藏族地区的百年史。

张同道：《尘埃落定》带有一定的传奇性，从历史谈起。到《空山》就非常现实，甚至有些地方比较复杂。

阿来：过去那种东西一个是原点，相对还是简单。但是你真要写好现代的社会，当时有两个选择，没有传奇我也可以制造传奇，尤其少数民族题材，编点什么离奇的故事，发挥想象。但是我要想写的是一段真实历史的生活。我自己觉得我并不想把自己拘束在某一种风格里头，用什么风格用什么方式写，完全是看这个题材需要什么风格用什么样的方式。当现实是这么严酷的时候，我们采用特别浪漫主义的这样一个笔调去写，其实是不负责任，甚至是逃避。我觉得我们不能逃避。

张同道：这种方式形成了两个结果：一个结果就是这个作品很沉重，既包括现实的沉重，又包括思想的沉重；另一个结果就是人们对这部作品的反响远远不如《尘埃落定》。

阿来：没批评这个，我觉得很多时候他们其实已经失去了思想的本领。因为这么多年中国的批评界或者是理论界，就是急于贩卖外国人的二手理论，除此之外真的没什么建树。批评就是自己编个筐子，适合的东西就扔到那个筐子里头去。第二个，精神里头很大一部分是思考也好，是独立精神也好，很大程度上是用批判性来昭示的。但是我们非但自己没有批判性，我们也害怕那种批判性，有批判性的东西很少。所以这个很正常。我觉得我的写作就是表达我自己的所思所见，结果好当然也好，结果不那么好呢，也就罢了。也有人关注，但是现在要指望当下的批评界很难。

张同道：这里边确实有很多面对现实、很有分量的描述和批评，不仅是描述，你有很多地方直接就带有思辨性。

阿来：完全现实主义的作品，你只是一个照相机式的，对于那种现实生活的描绘大概也没什么意思。因为这种生活它已经给你提供了一个我们可以辩驳的东西。先用政治折腾，后用经济折腾。现在慢慢慢慢至少在环境上，有点明白了，知道光挣钱这个事情大概不行，但是这个时候又面临一个选择，是否允许我们大家自由去探索，自由去表达。

张同道：看来你的《空山》不是王维的空山。

阿来：空洞，什么都没有。

张同道：一直在充斥着新与旧的斗争。

阿来：对，问题是我们这么多年来的新的东西，最后好像都不那么好。但是中国人从五四以来到现在，唯新是从，觉得只要是新东西恐怕都好。过去这个国家是太古老，太老旧了，形成这样一个东西，造成一些不好的东西。现在也就是对新的东西是不加辨别的，接受起来比谁都快。可能全世界接受新东西比中国快的恐怕没有了，一点障碍没有，西方现在还觉得有点保守，我们也不知道哪个对。但是恐怕有些时候真是要慢一点，有很多人，一个新的东西到来的时候，有很多人各抒己见，讨论清楚。有些事是对的，但有些时候也不那么对，但这个贯彻力度很大。

张同道：缺乏独立思考恐怕不是从上一个百年开始的，这是我们中国人很长时间以来的特征。

阿来：至少新文化运动出现了这样一个特点，就是那代知识分子，他们那么不同，后来的政治选择，鲁迅、蔡元培、陈独秀、胡适，至少在反对旧文化方面他们有相当高的一致性。但是在选新路往什么地方发展的时候，他们才产生分歧，其实就是左中右的分化。有左到陈独秀那样子，也有相对保守一点的像胡适那样，但是他们至少在面对旧东西的时候是同仇敌忾，是同一战场，这点是没有问题。

思考嘛，其实也很怪，也跟民族性有关吧。我觉得好像有些很专制很黑暗的时候，反而产生很深刻的那种思考者。而我们有些人有一点压力的时候，就刚好作为不思考的借口。我们特别希望有借口，特别愿意有借口。

张同道：但在《空山》里你也没有放弃一些希望的东西。

阿来：因为生活确实要希望，文学也是要看到希望。《空山》写到后来，我就写一个年轻人，他也是觉醒了，也有一个自我救赎。尤其90年代以后确实出现了一些新的形态，比如说不砍树了以后，他往旅游业的转换，这些带来变化，其实也是实在的。你也不能说我一旦说问题，把自己变成那种简单的人，站立场，我希望文学家不是这样的。确实我们在乡村，吃了这个苦头，干部干坏了就走了，砍树的工人砍光了就走了，但是他们还得留下来，还要重建他的生活。重建生活必须重建环境，不重建环境不可能。你今天刚种一亩地，晚上泥石流浩浩荡荡下来，不就没了吗？旅游业的出现，既保护环境，同时环境也作为一个有价值的资源，可以从中得到一些好处，得到一些收入。而且旅游业也可以改造人，因为他给人服务，他要学新的东西，原来那么脏是不行的，动不动就要动刀子杀人，打一架不行，我天天自己酿一坛酒喝醉是不行的，慢慢也会改变。

其实新的东西出来，它总是改变人塑造人，关键是把人往哪个方向改变，往哪个方向塑造。旅游业很规范，就把人往好的地方引，诚信经营，新的方式，这些东西。你看昨天我们去看那些老百姓，他盖房子，过去能想象农民盖房子那么盖？他知道要给人家提供服务，所以他自己的环境改变了，住进这样的房子他自己就会洗脸，是不是？他自己就要学习跟人交流。

张同道：这个机村是机巧的机，机器的机？

阿来：藏语的译音，因为藏语有很多，有很多弹音，但是汉语是没有这种音的，机村是"种子""根子"的意思。

张同道：机村乍一看是带有藏族特征，你在深处也不只是藏族。

阿来：我不希望我自己写的东西仅仅是一个少数民族的东西，好的文学作品当然有它的特殊性，但更应该有普通性。机村之类的这种东西过去被政治彻底改造，然后在经济浪潮当中又疯狂地想回归，这个是中国所有乡村的普遍现象。甚至恐怕好多汉族地区的村庄，比机村还悲惨。

张同道：就人物的心理变化来讲，概括的意义可能不止藏族地区。

阿来：对，但我想是中国的一个百年，完全可以看成是百年的中国乡村史。如果不是上海郊区的乡村，至少也是70%、80%的中国乡村。同样的，因为一个国家一个政策，经济风潮也是席卷每个角落。人民公社是全部都实行的，合作社是全部实行的，"文化大革命"是全部实行的，这些都是普通的。

张同道：这也是你写作中历时最长的一次创作？

阿来：对，后来发现要写50年，第一自己熟悉，第二个可能情感牵扯更多，觉得它可能需要那样一个体量。50年每一个阶段又不一样。过去中国乡村上千年不变，现在你弄得他晕头转向的。

张同道：事实上这50年也是你的50年。

阿来：对啊！

张同道：从你有记忆开始，基本上就在跟随。

阿来：对，而且我的家人，我们的村子一样经历这些，而且很多经验就来自于自己的经历。

张同道：有些细节就是在生活中。

阿来：20岁以前我也是迷茫的。

张同道：您特别讲到来了一个勘探队，拿了一个卫星照片。

阿来：真的。我们地方山大水大，一个村子很大，结果地图上找不着。航拍照片上一个褶子，就像一个人的皱纹一样，说你们村就在这个褶子里。

张同道：某种意义上这张地形图可能是你的启蒙，改变世界观的一张照片。

阿来：关于大与小的观念，外面有世界的观念，过去我们村子里怎么知道呢？

张同道：像这些树大约的有多少年？

阿来：都在100年以上。由于高寒的地区树长得很慢，一年它大概可能真正生长期就三四个月，冬天这些树处于休眠状态。你把它打开，不是我们说树有年轮嘛，这个年轮很薄很薄，可能就一毫米、两毫米。

张同道：这是什么树？

阿来：云杉。

张同道：我看长得很直、很高的。

阿来：因为这种乔木它都是往上，第二个就是过去森林比较密集的时候，大家都要争那个，光合作用争阳光，所以它必须迅速向上。过去我们在那种真正密集的森林里头，刚开始的时候，同年龄的很多，长个10年左右，有些没长高的没有阳光慢慢就枯死，最后剩下的是在竞争当中最成功的，也是最强健的，所以它树林也归一，一次一次过滤掉，淘汰掉一些生长不好的树。因为它只要跟不上这个高度，不能再得到阳光，光合作用就停止，就枯死了。

张同道：像这么大的树，在你的这个童年时代会不会很多？

阿来：童年时代出门就是，森林都很密集。后来就伐木嘛，伐过的这种树桩，这些也是起码当时的直径至少也在五六十厘米吧，这么大的树，所以这些都是剩下的。过去砍树这算文明的，比较文明就是那些砍树的人懂得我们要留下一些树。留下一些树，当时有个树名字叫母树，因为这个树是每年你看见没有？一个一个黑乎乎的那个是它的果子，这是它的种子，秋天就成熟了，所以它周围的地方慢慢慢慢播撒种子。如果有一两棵大树，旁边把别的砍了，这个空地它会长出小树林来。

但有一些地方就可能遇到那种只追逐利益的伐木人，不管这件事情的人。过去有个词叫"剃光头"，那可以把一座山搞得一棵树都不剩，那种就对水土的破坏很严重，后来再恢复也很难，除非人工恢复。依靠它自己的力量在长，你看旁边有些小树，就是后来在十几年前、二十来年前它的种子重新长起来。

张同道：那像这种百年大树今天都只是幸存者了。

阿来：那当然。

张同道：我们一路上都看不到几棵。

阿来：因为我们这一路还是走那个主干线、交通干线，如果上得高一点，偏僻一点的地方多，甚至有一些地方也都还有完整的，完整原生态的那个树还不多，转头看一下那一片就一定是。

张同道：那是因为在偏远的地方？

阿来：对，远一点的。我们是从50年代，甚至是民国时期，但是比较更厉害的是60年代、70年代、80年代、90年代，长江上游的这个天然林停止采伐是1997年大洪水以后。如果上游森林再毁掉的话，那将来那种大洪水的爆发，其实下游没有安全。不光洪水。慢慢慢慢大家有新的认识，那么空气，因为我们内地城市我们今天做的最多就是少排放一点废气，但它不能制造氧气了。哪里在制造氧气？就是这些森林地带在制造氧气，空气是四处流动的。第二个水质也变好了，我们不光是要不要暴发洪水的问题，是中国人要不要喝干净水的问题，或者说中国人要不要有水喝的问题。这些将来没有的话，夏天就大洪水，冬天水就干涸了，没有水。有些时候东部发达地区，做一点这方面的投资的时候，他们觉得他们在做一个特别慷慨的事情，这些地方他要保护下来这些资源，对当地来说他就要放弃很多发展机会，他们做出的这种环境保护方面做出的牺牲，那么东部、中部得益的地方回报人家一点是应该的。但是今天有人以为钱多就是大爷，然后钱多就有一种特别优越感。这种国家首先是一个完整的生态系统，这样一个概念还没有建立。

张同道：您说的是资本的任性。我看你一篇文章中谈到，现在看到大片的粮食，大片的农作物已经很困难了，因为那都是最卑贱的东西。

阿来：我去过内地几个地方，比如说我去那种产粮的，比如我去东北，黑龙江、吉林，比如说去华北平原，比如说去河南，第一个印象就是高速路是忽略乡村的。路牌上就是城市到城市，远方的城市，偶尔经过一个地方大家在那吃个快餐，汽车加个油、上个厕所离开，包括在这样的一个网络建设里头，包括一个路牌设置你看农村是不在的，经过的地方是不重要的。第二个，我们到了那些地方，当地人都说我们是穷地方，我们这个地方不发达，种地技术很好，种地难道不是一个技术？我说这有一个很好的生产产品出产，难道这没有包含技术、没有包含智慧？反而我们给手机上发表一款手游，这个太高技术了，有用吗这个？当然资本说有用，地方政府也许会说有用，GDP增加嘛！我们弄几个人去玩球，当然强身健体是可以，也不知道为什么一年要挣1000万？难道一个一年只挣2000块钱的农民比他的辛苦程度低？反过来说对这个国家的真正的基础性的安全，我并不是说不承认资本，说你这种脑筋太旧，出现这么多新的东西你都不接受，我可以接受。你把这些东西都弄在一个价值链那么高端的一个地方，其实某种程度上说，我们生活当中是可以没有这个的，但是土地里长出来这个东西不能没有。但是没有任何一个人是说这个是值得尊重的，种地的人值得尊重，一个帮农民把地种好的农业科学家是真正值得尊重的。当然现在我们有一个代表人物袁隆平。中国环境问题也不单是环境问题，跟整个国家共识有关。一个种地的、种粮食的人，跟在电视里头给我们秀个什么东西，裙子穿得短、胸露得多，我并不是说那个没有价值，我们看一看也是可以的，但什么时候你把他弄到这么高端的时候，而把这些弄得这么低端，我们能不能把这些提起来？

第二，这种看起来经济不发达，偏远的地方，在对中国做一个最大的贡献，就是环境贡献。环境贡献你说对，树长在你这儿，树出来的氧气流到你那去了，那其实是环流的。我这没盖工厂，起初要盖工厂很容易，因为这些山里头都是矿石，但是这一开矿，生态又变化了，水土流失，矿业的加工自然带来空气跟水流的污染，那么水流的污染流到下游，那么下游又是一个什么概念？所以其实这个国家很多东西他应该变成一个共享的机制，只要我们共享程度不够、社会公平程度不够，就是我们没有把另外一些好像处于今天在中国定义为弱势的，比如说从阶层上讲是农民，如果从地区上讲是西部，或者是跟城市远的这些边远地区，我们认为他们没有能耐，而不认为是我们这个社会没有把他们所做的贡献给他足够的价值。

我觉得这个社会真正要变成一个大家上下一心，对这个国家有真正的认同感，真正觉得这个国就是我们家。如果这些问题不解决，这个认同起来只是抽象的说我们要爱国，这个难。

张同道：你说这个我觉得是两个系统，一个是自然生态系统，还有一个价值系统。

阿来：对。包括对自然生态系统怎么认知也是一个问题，而且你一旦要保护环境，有些事情你就不能做，尤其是这些地方现在作为中国的生态屏障。那既然你都提到这么高的程度，那当地人很多事情，比如说他砍倒一棵，像过去一样砍倒一棵树，那这棵树就可以卖上万块钱，那不能做了，但是你又没有别的提供。过去说靠山吃山，你又没有给他提供新的挣钱的可能，那么他就要少挣钱，这就是他为环境付出的代价。这里头有矿山但是不能开，开了也是环境问题。但这都是应该的，但是他现在在哪里？那么当然通过国家的体系，比如说财政的资源，所以现在有些时间我们外地来，发达地区来，你喝的水、你呼吸空气好一点的，都是从这儿去的，那他觉得这个是天经地义的，我要小小给你个几千万，那可就不得了了！而且几千万他还往往还是用在当地一些基础设施，更重要还是老百姓并不会拿到这个钱。

张同道：你看一下那棵树大约砍了多久了？

阿来：砍了20年到30年了，那个也是起码100多岁的树，你看它周围正在长的这棵新的柏树，将来也会长得很高的。

张同道：就是这个砍树的过程你是完整的经历过？

阿来：反正我们出生其实就刀斧声声了。

张同道：我看你们家周围那个山上全是小树苗。

阿来：那就是十几年长起来的，那地方几乎就没有了，都砍光了。但是还好，幸运的就是这些山里还没彻底破坏，因为这样的破坏来个两三轮，那就跟我们在别的地方街上看到的那种荒山秃岭，它叫做不可逆转。现在这个大自然，我们搞的是第一轮，它有一个很强的自我修复能力。

张同道：像这一片林子现在多已经很少见到了。

阿来：在这一带还是多，我们这一带还是多。这个树林有100年了，一百多二百来年了。你看那个一棵一棵那个暗紫色的那个就是松果，正在长。那个果子到秋天长这么大，里头有几十颗籽，有点像松子。那种松它打开，里头一片一片还带一个羽翼，透明的羽翼，因为它一干它那个鳞片就张开了，风一吹那个种子小小的一颗，然后带着透明的翅膀满天飞，非常漂亮的。

张同道：树上挂的那些须须是什么？

阿来：这个是一种苔藓，而且这也是一个指标性的，它对空气的清洁度要求非常明显，当地的话叫树挂。一旦空气质量稍微出一点问题，这个东西马上就没了。植物学里头还有很多词，那天我们只讲了一个先锋植物，还有一种叫标志性植物，标志性就是当有它的时候，是个什么状况，这个是一个空气标志，空气纯净度的标志。还有一些植物也许我们看到可以说，就当它出现的时候，是表示这个环境在弱化，或者是当它出现的时候这地方有矿场，因为它特别喜欢铜的那种酸，或者是铁质比较丰富的地方它就特别适合那种，找矿的人都看，先不用把地撬开，这长什么树，长什么草，那种又叫标注性植物。

张同道：你这么说植物是很有灵性的。

阿来：对对对，这个就是一个空气指标。环保局的人都不用到这来测，发现这个有没有就知道。猴子拿这些东西它也是当食物，树上攀岩的，过去传说金丝猴就吃这个。

13. 人日祭杜

【我说文学的深度就是体验的深度。那么这个社会你真切要体验，你首先得有一个角色，或者就是一个职业。】

地点：成都杜甫草堂

张同道：今年春节人日祭祀杜甫你是主祭人，每年都举行吗？

阿来：对，可能有十多年了吧，每年都有一次。因为杜甫一首诗"草堂人日我归来"，大年初七，就从这首诗生发出来。他出去玩儿了，大年初七人日这一天回到这个草堂来。

张同道：你是第一次祭杜甫吗？

阿来：第一次。

张同道：我是觉得你来祭祀杜甫，这里边有两个很有意思的点：一个藏族作家祭祀一个汉语诗人，一个当代作家和一个一千年前的诗人。

阿来：对。其实他们已经写好了一个东西给我，写得也很好，杜甫的生平、成就都说得挺好。但是我觉得好像不是我的方式。他跟我有点儿一样，我们从某种绝对的意义上讲都是客居这个地方。因为我们并不是当地人，他从北方来。然后我自己地理距离上近，但是文化距离上可能更远。过去汉语里头写北方多，那么他其实是基于北方的那种语言方式，写的也是北方现实生活中的内容，杜甫也是这样。杜甫在这儿写了四年多点儿的时间，可能关于成都，关于四川，有200多首诗，而且可能也是杜甫一生当中写出名篇最多的一个时代。过去大家都讲诗穷而后工，我觉得可能是换了一种生活环境，一种新鲜的经验、生活感受，它一定会激发出来一种新的语言状态，而不是完全是一个个人处境的问题，当然这个处境可能有点儿关系。所以我自己重新写这篇祭文，我就揣想他，当时他到底是一种什么样的方式，尤其是语言的方式，跟这个地方发生关系。

张同道：其实你在建立你和杜甫的关系。

阿来：当然。我们在讲我们跟一个语言的关系，我们不可能，也没有能力说从石器时代开始，把有文学史以来的所有的语言经验，都一网打尽。那么我们有一种方式，就是挑我们自己最喜欢的。那么中国诗歌史上，杜甫、苏东坡可能就是我自己的最爱。

张同道：你是从什么角度来感受到这两个人物和他们的作品，跟你建立了一种内在的精神关系？

阿来：我自己觉得我们要表达这一种对现实生活的感受，然后要书写一个更广阔的世界，可能最能学到经验的就是杜甫，或者还加一个苏东坡。因为中国历代有很多很多，各方面写得都非常好的人。但是有一些人，他可能都是在一种风格下，书写一种经，他可能换一个东西就不灵了，风格化很强烈。比如说王维，这样的人，如果你始终要坚持这样一种写作，他后面难免就是"为赋新词强说愁"。而我自己喜欢的诗人是，不管是中国还是外国的，我都觉得，就是他处理各种各样题材的能力都很强，他不会把自己拘束在某一种风格，或者是世人给你贴了一个标签。我觉得不管是世界也好，人生也好，我觉得还是丰富一点好，广阔一点好。

既然我从一个小的文化当中，走到一个大的文化当中来，这也算是一个很巨大的，甚至刚开始也是很艰难的跨越。但是我觉得一旦进入到这个世界，我现在用中文这样一种语言来写作的时候，那么前辈这些诗人作家，提供了那么宽广的一种书写途径。杜甫就是遇到什么题材，写什么题材，古人话叫涉笔成趣，都能写出意思来，写出意味来，写出意蕴来。所以我觉得这是非常了不起的。

张同道：我知道您了解杜甫，但是我不知道您了解到那么细的程度，几乎我看您能背诵他的诗，可能很多中文系的研究生也未必能背出那么多诗来，而且了解得那么细。

阿来：杜甫到成都来，先是寄居在一个寺院里。那个时候，杜甫有一个表弟，大概是远房的，姓王，王司马，找他借钱。借钱干什么？就是说我要盖一个房子，他把这个借钱的过程写成一首诗。他又写《卜居》，卜居就是朋友们帮他找一个地方盖房子，说什么地方是适合他老杜住呢？住在城里头，城嚣太重。但是隔城太远，又不好，他又是一个诗人身份，一定要找一个自然环境非常优美的这个地方，他有一首诗《卜居》，写这个过程。那他又问弟弟借钱，也写诗。然后草堂建成了，他觉得一个光秃秃的房子不够，我要栽一些树。他首先想到的就是要栽老家的桃树。今年成都的水蜜桃品种也很好，但是大概那个时候是少的，因为他诗里头写说"河阳县里虽无树"，北方，"濯锦江边未满园"，说这儿没有。所以他给一个朋友写信，说"奉乞桃栽一百根，春前为送浣花村"。桃树不光是美观，他后来还有一首诗里头有两句，说为什么要栽这么多桃树？"秋高总畏贫人实，春来还放满眼花"。说秋天的时候它结出果实来时，尤其像我们这些穷人是可以吃的，甚至可以拿到市上去变卖，换点儿小钱。春天呢？又开出漂亮的花。光栽了桃树还不够，觉得还应栽一点儿风雅的东西，那中国文人爱竹子，四川又是一个产竹子最多的地方。今天我们四川有个县还叫绵竹，就给那个地方的人，做官的人写诗说，入川的时候，他经过了这个地方，在这儿吃过饭，跟人喝过酒，人家招待过他，看到了竹子好，人家就给他送竹子来，又把竹子栽下了。说桃树是小树，说要栽大树。今天这个园子里头最好的树是楠木，但是楠木有一个情况就是生长慢。四川还有一种树是香樟，但生长相对慢，但是估计他不会住太长。所以他就希望栽一个长得快一点儿的树，那么四川就有一种桤木，长得快，他觉得要有。这个地方景观要有层次，桃树，竹，再栽一种高大的树，长得快的树。

四川大部分地方树冬天都要落叶的，他希望栽一种常绿的树。所以又跟别人要松树，松树就常绿，而且松树会有一个巨大的树冠，伞样，亭亭如盖，又写一首诗，人家又送松树来给他。这还不够，穷啊，又没东西，但是也有讲究。过去四川出一种青瓷，雪白白瓷，就在这儿大邑县，那个时候是一个州，崇州，高适在这儿当过知州。还给人家写一首诗，说"大邑白瓷轻且坚，叩如哀玉锦城传"，弹一下，那个声音像玉发出来的声音，说这个名声很大，成都都传遍了，成都是锦城嘛。"君家瓷碗胜霜雪"，说，听说你们家那一些瓷碗家具、茶杯什么，这一套，比霜雪还白。但是我没有啊，所以你是不是给我送点儿来，"急送茅斋也可怜"。那特别生活。

文学史上有一段时间把他塑造成一种完全是一个批判性的诗人，《三吏》《三别》。但是他没有把自己固定在那种风格。到这儿来，摆脱了战乱，然后成都这个地方，气候又好，各种植物生长那么快，朋友们也比较善待他。那个时候都是文人，大官节度使严武对他就有帮助，县官、州官，都在可能的情况下照顾他。所以他心情一变，那种幽默，甚至多少调侃一下，在这些富贵的人面前，调侃一下自己的贫穷，然后人家照顾他。而且这个草堂一落成以后，马上写《卜居》《堂成》，他一生当中最闲适的一段，《春夜喜雨》，然后"舍南舍北皆春水，但见群鸥日日来"，晚上坐在这儿《水槛遣心》，自己江边还盖个亭子，坐在这儿远望城中灯火，隐隐约约，"城中十万户，此地两三家"。你看他是什么题材都能写，都能写得很好，而且他不因为我已经写过《三吏》《三别》这样的诗了，然后我从此就把自己塑造成一个苦大仇深的形象。但是当闲适的生活出现了可能的时候，他也是愿意享受这种闲适，愿意享受生命、生活的乐趣。所以我觉得这才是一个特别宽广的一个诗人。

他跟苏东坡很像的是，杜甫是躲避战乱，苏东坡是被贬职，然后客居一个地方，生活很贫苦，但是一点儿没有放弃生活乐趣。最后苏东坡一生当中最好的词《大江东去》，最好的散文《前赤壁赋》，最好的随笔集《承天寺夜游记》，最好的书诗双绝的《寒食帖》，都在黄州写的。而且很奇怪，他们两个在客居地方待的时间都差不多，四年多、五年。我去过两次还是三次黄州，说你去找什么？我找苏东坡呀。说苏东坡不在了，我说文章在。我站在江边读一读苏东坡跟站在别的地方读不一样，我站在浣花溪边读一读《春夜喜雨》，跟在别的地方的感受不一样，也是过去古代诗话里头如此，说思接千载，打通了。

张同道： 能不能这么说？像杜甫、苏东坡这样的古典诗人，也给你的写作提供了一种启示？

阿来： 他这种路径是一种启示。因为汉语，或者说中文，最终表达，因为它跟别的文辞都不一样，就是它的形体、它的声音。比如说外语就是一个轻重音，我们还有一个四声，声调。所以它还有形体的声音的讲究。那么今天我们好像有一种误解，就是当我们开始写白话文的时候，就尽量贴口语了。而且因为今天诵读的方式慢慢从我们生活当中消失以后，其实文字就是一个没有声音的看读。但是我希望我在写作的时候，文字是发出声音的。

虽然我们现在用现代方式写小说，但是文字本身的这种属性，它的音乐感，他们怎么处理节奏，他们怎么使一个特别浅显的、大家都用的很熟很烂的词，让它焕发新意，焕发新的生机，产生新的意识，这个是今天白话文，严格说，一直没有解决好的一个问题。即便是那些名头很大的作家，也极少有人，他们可能更多还是，比如说新的形式创新，新的思想的输入啊，这些方面可能胜出。但是就从文字出发来讲，我们可能和古人还有很远的距离，就是我们忽视了一个东西。你说文学为什么存在？你说意思，很多学问都是说意思，他说意思还更充分。你说我要表达社会，那社会学比你更全面了。你说我要表达文化，人类学比你更厉害了。你说我要书写时代，历史比你更厉害，那些写思想哲学比你更厉害。那文学的存在理由是什么？语言，审美贡献。这个审美是通过语言来实现，而且尤其今天，图像时代，人家有人家的语言领会方式，人家也有很多他可以表达的，你说讲故事，现在拿一个摄影机，找个人一演，不是故事吗？老百姓接受起来，更轻松，更容易。

所以这个时候，就是文学存在的理由，从根本上讲。第一是语言，最关键是语言，就是通过语言来实现我们的目的。我觉得年轻时候，确实阅读没有到这种理性思考，但是我写过十几年以后，我慢慢慢慢开始明白这个道理。

张同道：你的母语不是汉语，但是你用汉语来写作，你是在两种语言中穿行。

阿来：对。我说老实话，你说为什么小说不发达？所以真正回，还是只能回到诗歌跟散文，这才是真正汉语言文学的最有价值的地方。尤其对文学创作的经验来讲，是这样。

张同道：是不是恰好因为你是一个藏族作家，你对汉语特性会格外敏感？

阿来：它可能会有，当你有两个语言系统，两种语言，同时看到一件事情，想表达的时候，有些时候它同时象征的是两个声音。两个声音，这时候你突然就发现，不同语言之间，它的长短，它就会体现，就显现出来。比如大家叙事状物抒情，那完全是方式不一样的，因为他基本的文化感受不一样。这个时候，那种书写传统更久的，他就积累了更丰富的——我们今天有些人说成文化积淀，我倒愿意更说成是审美经验。

张同道：因为藏语的文化，更多的是保留在口头上。

阿来：对，我自己是讲方言的。其实我们跟藏语的书面语距离也很远。那么方言当中，就是更多更朴素的，对这个世界本质性的那种感受。现在书面语过于审美以后，它可能跟事物本身，生活本身那种最贴切的那个东西，他会有一个疏离，就是过分的修辞，过分的沿用过去，因为他形成了一个象征的系统，隐喻的系统。弄不好，不小心就掉到那样一个系统里，过去说掉书袋了，引经据典。其实你不掉书袋，因为你一写，月亮早就规定了，马上就想起"床前明月光"，马上就想起"千里共婵娟"，马上就想起"对影成三人"，你想写出一点新颖词不容易的。

但是这个时候，如果我回到那个语言系统里头去，因为他没受过这种影响，他可能来表达月亮的时候，他就有一些更直接，跟生命直接对应的、感应当下的、很新鲜的语言。可能在那个语言当中也很老套，但是当这个语言经验转移到另外一个语言当中，那个新意一下就出来了，读者其实有这种敏感。

张同道：所以你用汉语的这种审美经验，来处理当下藏族的生活，而且把口语的传承、民间的文化融进来。

阿来：对，又能把藏语当中的一些审美经验，等于自己在脑子里做过一次翻译，又转移到汉语里头去。我碰见一个批评家，说你的汉语使用得很好。他有一种文化沙文主义，说你就是被我们同化了。我说请你看看我的小说，我写的是一种新汉语，新汉语就是它带来一个另外的文化的感受，不然那个书也不可能大家读起来有那样一种新鲜的感受。

张同道：事实上你给当代的汉语写作又带来了新的元素。

阿来：因为汉语就是一个很开放的系统，不断吸收别的文化。除了杜甫、苏东坡以外，我读过的佛经也不少，我也是考究语言。因为佛经，它当时汉语里头完全没有表达这些意思的那些东西，他必须创造很多词。所以魏晋南北朝以后，汉语有一个大的变化，这个证据非常确凿就是佛经。比如说儒家的理，儒家的世界观，甚至没有世界那个词，那个时候，天下嘛。第二个，那个时候他的天下观大概就是中原的汉族，南方是蛮人，东方是夷人，北方是胡人，西边是羌人，加上那么一堆就是天下。佛经里头才把世界这个词移过来。我们现在叫释迦牟尼管娑婆世界，阿弥陀佛管西方极乐世界，那是另外一个世界，跟我们这个平行存在的，原来世界大得很。因为世界太大，时间太长，不像天下只是一个空间概念，它表示了一个时间的概念。空间是个横轴的话，它已经有了一个竖轴，时间跟空间。空，汉语里头过去当然有空这个词，但是那就是杯子里没水了，这叫空。汉语过去只有这一层意思，翻译佛经以后才有了杨慎写的"是非成败转头空"，才有苏东坡《赤壁赋》里头的"渺沧海之一粟"，才有这种相对的观念。

所以只要我们回到语言的现场，就怕我们现在很多时候讨论一些问题，我们并没有在现场，而且我们也不打算回到现场，人云亦云，天天开会，写论文，还吵架。但是谁都没有回到那个语言现场去看一看。我的方法是，我也不开这个会，我也不参加这种讨论，我争取通过我的阅读回到现场。回到现场就是一个什么东西？就是学习古人的语言经验。

张同道：事实上古代汉语在五四以来这么一段时间里，被中国文学认为是一种腐朽的、僵化的，不能使用的文学语言。

阿来：对。因为他们主要是没有把语言跟一些不好的思想，或者是过时的思想分开。第二个，他没有把审美跟里头包含的关于历史的认知，道德教化的那些认知分开。其实胡适、陈独秀、鲁迅，他们反孔子，或者是反儒家，那反的是他里头后来被封建专制那种政体利用的那一部分。当然那个时候一反，双方一交锋，难免就升级。

我非常喜欢国学，但是今天反过来把那些糟粕都说成国学，比如说他们老讲《道德经》。我说《道德经》里头也有讲得好的，但是也有确实讲得不好的。比如说，老子说"吾有三宝，一曰慈，一曰俭，一曰不敢为天下先"，好不好？说我有三件宝，此生之道，第一件，生活俭朴，没什么不好。第二个，有慈爱，相当于孔子说要有仁心，差不多是一个意思嘛，也没什么不好。但是第三句话很糟糕，不敢为天下先，说老子到处都不出头，缩头乌龟。那你中国怎么办？竞争时代你怎么办？之所以大家反孔子，就是你不敢为天下先的结果。

我曾经写过一篇笔记，《论语》教他的学生怎么去见国王，上台阶就要把衣摆拉起来，然后一见到国王要碎步迈进去。

张同道：趋如也。

阿来：对，趋如也，碎步就进去嘛！我觉得知识分子，或者是像我这样的人，有点儿不一样。我有两句话，我说我们的责任就是，当所有人都说这个事情一塌糊涂的时候，我们有责任告诉他们没有这么糟，里头也有好东西；当有些人把这个事情说到无限好，我们又有责任告诉他们，未必有那么好，就是这个思想。今天很多事，我们愿意当合唱队当中的那个高音部。从古到今，文化人不是干这个的，杜甫没这么干，苏东坡也没有。苏东坡，人家都说变法好得不得了的时候，他说变法有不好的地方，然后就他成了保守党。当保守党上台，他该捞好处了，他又说你们不要把新法全部废掉，里头也有好东西。知识分子就是这样。

张同道：这也是中国所谓的士文化。

阿来：对，它的平衡。这个世界靠谁平衡？政治家平衡不了，资本家也平衡不了。那是权力，对那种冲动，很难克服。那么刚好有一些需要局外人。

张同道：很遗憾，现在变得局外人越来越少了。

阿来：我觉得不管别人吧。说你为什么这样呢？从老百姓到贪官，都说其实我也不想，别人都这样。古人也说吾从众，但是吾从众不是这个意思啊。

张同道：恰好是孔子批判的乡愿。

阿来：对，现在成借口了，因为别人都这样。那我说可以不这样，很多时候其实我们可以不这样。

张同道：你来成都21年，某种程度上，你现在也是成都人。

阿来：家乡36年。

张同道：对你的文学产生了什么影响？

阿来：我觉得，一个文学家，或者是不说家嘛，以写作为生的人，我总觉得是经历多一点是比少一点好的。那么也许再过几年退休，我也想换一个生活方式，离开成都也说不定。至少退休的前10年，在我的构想当中，我可能是不断旅行，而且跟这个旅行不一样，可能就是不断地换地方住。

因为现在写作很简单啦，带一台电脑，读书也很容易，因为现在公共设施很多，到处都有图书馆、档案馆，各个地方都可以利用。我设想的就是，比如说到这个地方住一个月，了解一些东西了，再换，也没有目的。换到一个地方，不喜欢，一两天就走，喜欢又多待一阵子。也许那个时候，又找到一个愿意待好多年的地方，现在都不用盖房子，就买一个嘛。

张同道：你一直不停地转换生活方式，教书，写作，经商，又重回写作，现在又做了行政工作。换句话说，你是一个很不安分的这样一个人，不断地在尝试新角色。这是出于一种生活的渴望？野性？挑战？还是一种什么样的心理？

阿来：我觉得其实它跟我写小说这个身份很吻合的。小说它对我有魅力，就是小说里头，我又观察到另外的生活、另外的人，而且有体验。这是一种生活的可能性，人生的可能性，这是一种。

第二个，现实生活当中，也遇到很多事情，因为我不太相信我们能深入生活。别人的生活你怎么能深入呢？别人的生活，不好深入。如果是文化的问题，你可以读理论，找到解释。但文学是一个情感的东西，体验，你怎么体验？所以我直接说，我说文学的深度就是体验的深度。那么这个社会你真切要体验，你首先得有一个角色，或者就是一个职业。

张同道：你在成都的写作，跟过去在马尔康有什么不一样吗？

阿来：没什么不一样。我到处写作，国外我也在写，都在写。因为我自己可能，我不乐意，特别当一个职业作家，老想干点儿别的，就老在流动当中，就必须训练自己，一有空闲时间，不是读书就是在写作，就是随时随地得让自己从一个状态转换到另外一个状态，就是迅速安静下来。

张同道：就不是一个娇气的作家。

阿来：娇气不了，我自己没有给自己创造那种条件。

张同道：得迅速从各种身份中切换。

阿来：对，切换。因为现在写小说篇幅大，所以这个可能比杜甫他们还难一些。因为它这个情绪转换过来，毕竟它有一个体量。他可能写一首诗，最多拈断数茎须，这个时间最多两个时辰。但是我们可能一部书一年两年，而且你必须迅速就把自己调整到那种状态。那种断断续续的写作，你一看就看得出来，因为它文气不贯通。

张同道：你每天还要走路。

阿来：对，因为可能我这人不安生，我还打算退休了多走一些地方，而且可能我去的好多地方，也确实还需要一些体力，本身写作也需要体力。所以我得保持一个身体的基本健康嘛。

张同道：每天大约走多久？

阿来：我每天现在是八公里是一个起点。医生建议我是不爬山，但是我说对我来说不爬山是不可能的。

张同道：很多作家从乡村到了城市，经过一段时间之后，就开始写城市。你有这个打算吗？

阿来：我不知道。因为我的每一个写作的题材，我从来没有规划过。我相信，就是生活当中那种随机的那种触发很重要。当然平常只是观察、思考、体验，同时一边读书。总体来讲，我的阅读时间比写作时间多得多。比如说一年，我可能贯通写作四五个月吧。比如今年我可能9月份开始动手写一个长篇，那么那个时候我保证每天写3000字的话，一个月是9万字，三个月就20多万字，那一篇长篇小说就出来了。到今天为止，我也不是一个特别高产的人。我觉得我的想法是不用写那么多，问题是每一本都要写好，然后就这样往下。

所以我自己也没有，不紧张。现在有些时候，我们写作有一个数量焦虑，不频频露脸，不频频发表东西，怕读者忘记，怕自己热度降低，我不管这件事情。因为说到底，写作是为自己，为自己的生命写作的，不是为别人。

14. 爱上植物

【真正我们要想环境很好，我们就要充分认识到一草一木、一只飞鸟、一个动物都是生命，他们有一个词叫生命共同体，我们都是生命共同体的一个成员，我们要尊重它，认识它。】

地点：四姑娘山

张同道：你对这么多的花的种类、形状、名字、属性，你得花多少时间才能搞清楚。

阿来：只要你有兴趣，认识回去之后就查什么字，但偶尔也有查不到的，现在大概有十几种始终没有查到，不认识，原本它就是个新的。因为这些地方说实话，可能我们植物学的那种调查还没有那么彻底。

张同道：你大概从什么时候开始调查这些植物，拍摄植物？

阿来：2007年吧，用别人的相机，我说我拍几张东西，我就拍到路边植物什么。后来觉得这个挺好的，等于又打开了另外一个世界。第二个，我们现在做的工作，尽管说我们要淡泊名利，其实还是难免跟功利是在一起。你说不要了，也不能说它来了你都不要，没到那个程度。本来过去开始是个人爱好，可能真是需要像爱音乐或者爱一个什么东西一样，是不变现的爱好。你看我现在，还有这么多年，我没有发表过一张照片，没有写过任何东西，我都觉得可能将来我老了，大概走不动了，那个时候一种一种地慢慢写，包含植物学的知识，怎么认识？怎么命名？它有什么特性？这些是科学内容。而且每一朵花你跟它的相逢都是在某种地理环境、某种游历的情况下产生，所以还把这些文字也摆进去，等于它就是一个，多少有点跨界的一个东西，但是我觉得会很有意思，自己的经历也在。

张同道：你和植物的相遇。

阿来：嗯，然后公众所需要的那些知识也在里头。因为说实话就是中国人跟国外的人，有点不一样，尤其是欧美的，他们对身边世界的了解，好奇心比我们强。中国人对自然真正有热情、真正有认知的人，其实是非常非常少。但是我相信这个情况也会慢慢慢慢变化。

张同道：你对植物热情其实在小说中也一直有呈现。

阿来：对。年轻时候就有一个发现，外国小说那些花草树木动物才是有名字的，比如在中国的小说、中国诗歌里头很多植物是没有名字的，花就是那些野花，树就是那些树，大树、小树、老树，没有名字的。所以自然它处在一种无名状态的时候，你要说我们热爱它，就像街上碰见一个人，名字都不知道，你要爱他，这个很难，所以先得认知。我刚开始想着，至少我写进小说里头那它必须是有名字的，所以那个时候其实无意识当中就有些积累，但是没有想到发展成这样一个个人的爱好。

张同道：你后来写《蘑菇圈》《三只虫草》。当你写这些植物的时候，自然而然就进到小说里了。

阿来：我们不写它是因为我们不认知，它就处在一个无名状态。我们的大自然是沉默的，无名的，其实它是有名的。西方人现在慢慢讲人不是唯吾独尊，那我们要建立一个关于土地或原野新的伦理观，人只是被这个土地承载的生命形式之一，仅仅只是一种。真正我们要想环境很好，我们就要充分认识到一草一木、一只飞鸟、一个动物都是生命，他们有一个词叫生命共同体，我们都是生命共同体的一个成员，我们要尊重它，认识它。

张同道：这是不是跟你藏族的万物有灵有关系？

阿来：没有关系，那么多藏族人还是让自然在无名状态。

张同道：你说这个事情对于绝大多数人来讲，一直生活在一种无名的世界，我们周围有什么树，知道有树，但是很难说得清它的名字。

阿来：对，有一个外国作家应该是帕慕克还是谁吧，说我们应该对于我们对于自然的无知感到恐惧。当一个人连10种植物都不认识的时候，他说他热爱大自然，我是绝不相信的。

张同道：你现在拍了有多少种花卉了？

阿来：没有统计过，七八百种是有。你看这些，看到的现在都不想拍了，都拍过了。但是这种习惯还是有，不断想用这样的方式回到这种原野当中，这种渴望总是有。

张同道：会不会感觉到看到这些花，像看到老朋友一样？

阿来：是。老朋友，少见的朋友太多了，美丽。

张同道：说不清楚，将来你花卉整理出来，你拍摄的花卉整理出来，植物学家会突然发现，冒出这么多新品。

阿来：这个可能会有。我的图像文件，家里头有一个文件叫做未知名植物。如果你一片惘然不行，先得学植物学，因为植物学有一个系统，比如说它重要的，它首先分科，你至少得大概知道，这个大概是哪一科的，科下面又有属，属下面有种，种才是我们说的哪一种，它自己的名字。先学，至少知道这个是报春科，你才有可能。不然你说完全一无所知，当然现在有些软件，手机软件都有，你把这朵花输进去，但是那个经常就是人工栽培的，公园里的，城市里的，或者家养的，常用的那些，现在没有延展到这部分。而且有些光是一朵花不行，比如说报春，同样是一种报春，它下面叶子不一样，不一样它又是一个品种。你先必须建立起来关于植物学的基本知识，不是所有的植物，有的学科叫植物分类学，就是专门发现命名植物的，就叫植物分类学，它有个体系。如果你连这个系统你都没有进去，那就恐怕很难。所以它还是需要一些基本的知识。我那时候就买大学的植物学基本教程看，基本概念就知道了。

张同道：你的自学已经不是文学了，而是伸向其他领域。

阿来：对，肯定扩。你老陷在文学里头，也特别没劲。但是现在好像有一个倾向，做文学做艺术的人就终身只干这个，或者世界上什么事情我都不感兴趣。问题是文学跟艺术是表达这个世界的，你把自己弄到那么狭小的一个空间里头，那你对世界的感知肯定会出现问题。我觉得做文学的人还是杂一点好吧。

张同道：尤其写小说。像你这样一种做法也是少见的。

阿来：有一次我参加一些科学界的考察，就问你为什么会痴迷到这个程度，你为什么要干这个？对他们来讲确实专业，就像我写小说一样，希望在这个领域里有所建树，有所发现。但是科学家不同，他们一辈子，他们很多人如果发现过一两个新的品种，那他在这个领域当中是非常有名的。他告诉你哪一种东西是我发现和命名的，然后国际承认，发表论文。我告诉他们，我说我就想有一个非功利的爱好，就发展一种。

张同道：你是能抽出点空就到山上来找？

阿来：其实专门出来还是少。刚开始是，像这种季节碰到新东西的机会其实不多，但是现在都带着。因为我自己工作的地区也是，我自己写小说调查采访，也是这些地方。有时候参加一点环保方面的公益这些，也是这些地方。所以就等于你多增加了一类，把那些活干完以后，我再干这件事情。或者说三天，大家伙走了，我多留一天，或者是平常大家休息的时候，我少休息两个小时，因为这个东西是顺便的，而且越是那种偶然的情况，惊喜好像还多一些。

15. 植物猎人

【我下一部小说差不多我就要写一个植物猎人。今天我做的这件事情也是在进入那个状态的一种方式，我已经在扮演一个植物猎人。】

地点：巴郎山

阿来：晴天的时候，鼠尾草里都是蜜，8月下来嗡就是，蜜蜂就往里头钻，就给它传粉。这个有点过了。你看这里会露出一点点给你看，它一展开就垂下来了。那两个花瓣皱在一起，它这个质感就非常好，它长得厚厚的。

张同道：这种花的生长特点是什么？

阿来：暮春时节开。它这个枝特别硬，而且当年的枝也长得比较直，所以过去用它做筷子。它的细枝比较直，就找它直的那段，削了就做成筷子，而且它木质也很坚硬。

张同道：这对海拔有要求吗？

阿来：绣线菊也是从低到高，大概平原上也有，但是它从低到高，它能长到5000来米。但是品种就不同。这个品种的绣线菊，大概就在3500到4500上下。若尔盖现在也多，我平常不戴表，但这个显示海拔，只有上山我会戴上。现在4300吧。

张同道：巴郎山上都有哪些花儿？

阿来：太多了，这个是菊科的一种，叫紫菀。还有那个白的是蓼科的一种叫圆穗蓼，那有个红的那个是马先蒿属的一种花儿，这还有一种白的这个叫香芹，是罂粟科的一种花儿，川西绿绒蒿。黄的还有佛耳草，你看就这么一个平米就有七八种了。等几天这些花儿谢了，再过十来天又会开出新的一波来。而且在这些花儿开之前，十来天以前，也有一波另外的花儿。这地方大概9月份雪就下来了，6月份这个地方雪才化，6月份到9月份几个月期间，大概就是10天到15天左右都会换一部分。所以只要你隔10天来看到的又是不一样的东西，你看这大片这些小灌木这都是杜鹃花刚开过。

张同道：这些花期都比较短。

阿来：自然界比较长的花期是不管在什么地带都少，高原上可能就更短一些。高原上的植物知道长期适应这个环境，这些地方的气候叫做长冬无夏，春天过去就是秋天，所以它都要抓紧时间。

张同道：那这些植物它有什么特点吗？我看都很小。

阿来：很小也是一种适应性，因为这个地方，我看4300，海拔再升高二三百米就没有生命了，我们再看山就是对面那种光石头了，就没有生命了，所以这也是生命的最高极限的一个地带，大概4000到4500吧。那么这个地方就是现在我们当然在太阳底下，但是如果待会下雨、阴天，气温会比现在低十几度。晚上甚至它可能会结冰，还有一个高山风很大。现在算是无风的时候，基本上可以视为没有风，但是也有这样一个风力。那么风一大起来非常大，所以这个地方的植物它必须具备两个特点，第一要抗风，抗风就长得矮，风太大长高了都吹折了；第二，抗冻呢也是需要长得矮小、长得紧密。所以你看这些灌丛，我们看到很多植物，它都贴地上，腹腔贴得很紧，像一个毡子一样，它不是我们在别的地方看到的往高处长、往竖了长，取暖，而且有的植物为了保暖，它还会长出毛；第三，你看大部分植物叶子都很小，这都是为了抗冻，有些花儿完全呈现另外一种方式。因为真正花儿有用是它中间这个花蕊，花蕊是雄性器官，旁边这个其实是个装饰，或者是个保护层，又或者它是一个吸引昆虫什么东西来传授花粉的、传播花粉的一个器官。所以这些花儿到晚上，或者是气温降低，它会关起来，所以这些花一生不是开放一次就完了，开放若干次，差不多每天开放一次，只要是这些展开的花都这样。所以如果没有太阳来也没用，如果是个阴雨天花都闭着，那么或者就像刚才我们看到的那种就挤成紧紧的一团，叶子也好、花也好，就是紧紧的一团。

张同道：今天有没有发现新的植物？

阿来：就是刚才那个山崖上那个黄色的花儿，那个花儿就是一种委陵菜，委是委身于人那个委，陵是什么呢？就是山包，说它就像女人委身一样，它是贴在那个山丘上，所以"陵"是表示山陵这样一个，所以你看它的名字都是这样一个名字。

张同道：委陵菜有什么特点？

阿来：它本身它的根茎是含一点淀粉，是可以吃的，而且热量比较高。高原上的东西，但是一般来讲就是这么高的长不长都不知道了，其实更多的委陵菜是长到海拔2000多、3000左右的这种地方，所以那个地方有些当地人会专门去挖一种它的根茎出来，花生米那么大，甜的，而且含淀粉还很高，它也是适应环境的一个变种。

张同道： 要拍这些植物，只有爬到这么高的山才能拍到。

阿来： 那当然，不然是没用的。因为越是这种高寒地带植物，人工引种驯化越难，因为你要制造一个跟它一样的自然环境，这是很难的。比如说现在我们种植热带植物，植物园里头反而比较容易一点，比较容易是什么呢？热带无非就是加湿一点、加热一点，那些热带的那些植物就开了。但是要模拟这种高山的这种植物环境，其实是不容易的。

其实世界上也不断地有人在寻花。过去这些地方尤其是解放以前，民国晚清时期西方有种探险家就叫植物猎人，他不像今天我们就是死爬一座山，爬山的同时他要来搜集猎物，然后他们带回到他们的国家去驯化、养殖，也做出了很多园艺观赏的品种。中国人当然过去也驯化品种，桃、梨、梅这些，海棠，但是据我所知，就是近几十年来好像我们把野生植物驯化而且把它改良变成一种新的观赏品种，这个事情好像几乎停止了，好像不特别有人在做了。我们这一带地区叫作中国横断山区，横断山区是中国的植物种类最丰富的地区，就是从四川西部到云南西部，这样一个狭长的地带，或者你也可以看作是青藏高原的东部边缘。那么这块地方是这种高山纵横、河川纵横，是植物种类最多的地方，而且尤其是刚才我说的这种马先蒿，数百种，几乎只在云南。其中10多种只有云南跟四川这一小块地方有，叫做中国特有种，别的地方没有，不可能生殖。杜鹃花是全世界都视为最好的观赏植物，今天它们开过了，很遗憾，不然漫山遍野，数量很大。你看那些灌木丛全是杜鹃花，你早半个月、20天来你就看见一片粉红色，你来那个树都看不见，但是现在我们公园里就栽点杜鹃叫什么比利时杜鹃，其实比利时哪有杜鹃？就是他们把中国的杜鹃拿过去引种了，适合在花园里栽培了，结果本来母本是我们的，出口了然后还转了一下转回来。比如吃的水果，类似的故事很多，中国也是猕猴桃的原产地，后来是外国人拿到新西兰培养成一个品质特别高的水果。我们也没有想到说，对啊，我们有那么多原生品种，我们把它驯化了也像这么干，不，我们又到新西兰去把猕猴桃引过来。我们很多观赏花卉，现在也在发生很多这样的事情。其实我们这是个大的资源国，解放以后不让外国人来了，现在外国的，主要的英国的、美国的很多重要植物园里一定有我们横断山区的植物。

张同道：洛克当年就带走好多植物种类。

阿来：对啊！你昨天问我我没说，为什么呢？这次就观花吗？因为我下一部小说差不多我就要写一个植物猎人，但不一定是洛克。昨天我还讲了报春花的故事，那个人叫威尔逊，威尔逊也是在这一带发现，隔这不远。我们那天进来那个河谷，那个河谷里头发现一种百合花。现在西方最好的百合花就是用那个改造的，但是我们的百合还在野生灌溉，我们很多花店里卖的百合品种也是外国人把中国人的野生百合驯养以后又转过来。

一方面他们作为植物学家，科学的那一面我自己非常敬佩，他们那个时候条件比我们差多了，起码徒步，威尔逊就是在采百合这个途中，从山上滚的石头把腿打断，终身成了一个瘸子。洛克的故事大家当然知道，在中国几十年。但是这些人也有极其不好的一面，就是那个时候他们都是些种族主义、殖民主义、白人至上主义，到这来如入无人之境。有钱，随便一点钱就雇佣很多当地老百姓，他们出来可不是一个人，几十个人，洛克这样的人甚至组织自己的武装卫队，12个人一色的盒子炮，一长一短，美国卡宾枪，那时枪随便买，如入无人之境，什么中国的主权所有这些东西没有了概念，当地的文化在他们那是种蔑视。

张同道：当地政府也不管？

阿来：那个时候政府一见洋人就害怕，不敢管，从晚清以来就已经这样。所以我想这一趟回去下一部小说就开始了。所以我觉得这一趟既是我自己爱好的一个延续，其实我也是尽量体会一下，沉静下来，我一个人坐在一个山坡上，坐在一个植物旁边。因为我知道很多故事，其至哪一个是谁命名的我都知道，也尽量体会一下他们的那种情绪跟心情，才能把我刚才说的既有敬佩他们的一面，也有厌恶他们的一面，那么从这样的两个角度可能才能写出一种复杂性。既不是把过去一些西方人都写成侵略者，但是也不能洋人都是大爷，是什么就是什么。这样我也研究过他们好几人的传记吧，而且我现在很多时候选择的拍这个植物的路线，其实也是当年他们行走的路线。

张同道：这座山洛克来过吗？

阿来：没有，但是别的人来过，比如说威尔逊。至少据记载他没有来过，因为他要继续往西北走，他要往松潘去。

张同道：那小说构思差不多了？

阿来：其实写小说不是一个构思。在我来讲，就是沉浸到一种小说需要的状态当中去，今天我做的这件事情也是在进入那个状态的一种方式，我已经在扮演一个植物猎人。

张同道：我感觉这一次又跟写《尘埃落定》的状态差不多。

阿来：对，《尘埃落定》那个时候就是去寻访土司的故事。我从来都这样，写《格萨尔》的时候也是寻访，写《空山》的时候就寻访那个村落，写《格萨尔》就是那个传说所及的地方，那个传说覆盖的地方。那么今天当然写这本书就是有那些植物的地方，这寻访也不一定都是拿个本、拿个录音机找个人说我问你一件事，不一定是这样的。

张同道：那你这里边肯定是到了一定的情境了之后，你就感觉到一部小说已经从里边长出来了。

阿来：其实我今年1月份就可以写。很多人是，我知道有些人是苦苦思索终于有一个想法，赶紧就开始写。我是压制自己，刚想写的时候我不会写的，放一段，让它还想又冒出来，我还压它，又冒出来我还压它，确实到了那个好像压不住了，不写不行了。这个就像我们追求爱情一样的，我们还是比较矜持的，不要看到一个美女就说"吴妈我要跟你困觉了"，不能像阿Q。有些压一两次就过去了，但是也有终于没压住的时候，其实写小说差不多就这个意思。

张同道：你感觉到这个故事已经一点点长大，像种子一样。

阿来：故事，对，而且更多它像一个情绪，它朦朦胧胧有一个面貌。而且我特别不太想，它的故事就会怎么样，什么场景会怎么样，我不想往那个方向去发展，就是更多还是让自己进入到那种需要的那种真正的情绪状态里面。而且为什么反复压呢？写小说可不是写一首诗，两个小时解决战斗，或者十分钟就行，因为它是个体力活，漫长的，至少比如说我估计得4个月左右时间，4个月左右时间，就是你每一天你得保证最后这个情绪没有消失，跑马拉松这个体能还有。所以长篇小说要写好，我自己有个感觉就是不要匆忙动手，反复压制、压抑过来，它最后开始喷发的时候，那个持续实际有后劲。小说没有后劲，经常我们看到那样的小说，前头觉得写得不错，作为行家来讲一讲就是这小子这气断了，在这已经没气了，只不过是继续在把故事往下写而已。

张同道：事实上你并没有一个明确的、完整的故事。

阿来：而且我有意不让自己这么去写，因为你实际上在这个状态里头每天电脑一打开，那些东西自然也就出来了，不需要设计。

张同道：实际上你的写作它也是个探险的过程。

阿来：小说就是一个探索可能性的过程，有很多可能性，往这边走一下它是这样一种可能，往那边走一下是那样一种可能。我们人生很遗憾就是不管我们面前出现过多少可能，我们最后也只能选一种，但是小说里头你可以不断地选。

张同道：这种写作的过程就充满刺激。

阿来：它就有享受，就像我在这野外累是有点累，但是就像我在这寻花儿一样、赏花儿一样，有一种内在的愉悦。所以说如果艺术劳动连这种愉悦感都没有，我恐怕这个人弄这个事情弄不好。所以就有一些人说这个人写病了、写死了，我想老天爷我才活几十年，好不容易找了个活干，是要把自己弄病、弄死的那我不干。

张同道：你这种爬山还是你的一个常规性的一个活动？

阿来：对，因为平常在城里我每天几乎都是12公里走，我知道我需要这个。就是写小说要有两个条件，一个要有激情，第二，写小说也一样要有体力，身体不好，人是蔫的时候，你对什么都不感兴趣。

张同道：尤其写长篇。

阿来：那个长篇几个月不过去，得挺住，体力也是很重要的。所以他有些人身体不好的、状态不好的，我们自己也体会得到，他马上就对很多事情就立马就没兴趣，就对付自己身体去。只有自己身体在一个比较正常的状态下，激情、对外在世界的兴趣他才有可能产生，不然他就没有。

张同道：为生存而奋斗。

阿来：对啊，就对付自己身体了，你想如果一辈子都对付自己身体，其实也划不来。

张同道：但是你爬山过程中，刚才说也受过一些伤害。

阿来：摔啊，你想都是没路的地方，你像那些石崖上一看到那个东西你就想上去，有些时候你心思不完全在脚上。你再到处看，你身上要拿着东西，平常还要背个摄影包，至少背个摄影包，背上有几十斤，几只镜头，所以负重，所以这个山上摔跤是正常的，所以我身上、腿上、手上到处是伤。

张同道：摔得厉害吗？

阿来：摔得有厉害的有不厉害的。有一年我在西藏摔了，而且看到一个非常尖利的一个岩石，就对着那个岩石去，但是你撑不住。而且当时那个伤口还很深，但是呢高原有个好处，细菌少，就用一个那种大号的创可贴粘着不让它再裂开，还得小心，后来就居然长好了。

这种高山上升几百米越有惊喜，或者是你横向移动几百米、千把米又会有新东西，所以经常这个山你跑到对面这个植物已经变成另外一个样子了，因为它长期适应这种环境，自然演化了。

张同道：多数人登山仅仅是登山。

阿来：过去我也是这么干，后来我想，真蠢，就是为了登山。寻找植物可以让行程更丰富，顺便就可以干，而且一点儿不影响，甚至情绪还好一些，不知不觉就上去了。不然你想，我们从山下开始爬，然后就看着远远的山，唯一的目的就是上到那个顶上去，枯燥、乏味。你要是这看到一个花赶紧上去，不知不觉就上去了。有一次三脚架架在山顶那拍，拍高兴了下来，在山顶上，夕阳照在三脚架上还在发光，但是这个时候不拍花了，再也鼓不足一股气再上去了，算了吧，留在那儿了。

张同道：你把这样一个普通的登山变成了一种寻美之路。

阿来：一个是你们的采访，第二个就是其实为下一部书做一个情境，就是专门出来体会。过去也都是顺带，比如说到哪里为另外一件事情，但是你要经过这些地方是不是？那么经过这地方你无非就是比别人多停留一阵子，别人先到三个小时，泡一壶茶喝、聊天，那我就待在山上，我比他们晚到三个小时。我肯定晚上累，睡得很香了。

16. 故乡的边界

【我现在说我并不认为必须回到我老家，我出生那个村子，它才是我的故乡。当我们日渐扩大的时候，我会把故乡放大，我现在可以说，整个川西北高原，如果我不能说是整个藏区的话，我都把它看成是我的故乡。】

地点：马尔康阿来家中

张同道：我发现你从《梭磨河》开始，写你家乡的这条河流，然后逐步扩大到土司，到机村，到格萨尔王，文学地盘一直在扩大，这也是你对藏区尤其嘉绒藏区探索越来越多的一个过程。

阿来：我觉得这种经验是一点一点扩张的，一个是你自己的活动范围在增加，这个经验在扩张；第二个，你的知识面在扩大，这个范围也在扩张。更重要的就是我们很多文学，老是拘泥于一时一地，后来你发现即便我就是永远要抒写我故乡那个村子，即便我没有扩大，如果你不研究更大范围的东西，你不可能说清楚这个村子的事情。比如说如果没有对嘉绒文化的了解，那么对这个民族，我们村子里头那些人的比如说他的信仰、他的行为方式，甚至他的一些生产耕作方式，你不可能了解的，说不清楚。只有放到一个大的文化范围考察，那么你必须把这个考察清楚、弄清楚。

第二，你说写《尘埃落定》或者写后来的，它也跟社会制度有关系。中国人现在喜欢说一句话，我最不爱听的，你们是体制内的。他们的意思是你只要在单位上班，拿了薪水这叫体制内，我是体制外。我说中国没有体制外，所有东西都在体制内，这是一句真话。一般人说说也罢，有些画两笔画的，没有拿国家工资，一个自由人就说我体制外。我说你等着吧，没有体制外，都在体制内，这是真的。那过去的村子，比如想写过去的村子，例如解放以前土司制度，这个就比我那个村子大多了，土司制度又从哪来的呢？清朝，康熙、乾隆、雍正，那你得把那段历史，为了弄清一个小问题，你真想把一个小问题弄清楚，你就得去弄大问题，这个小问题最后扩展成大问题。解放以后合作化，民营公司，共产党不光是中国共产党，全世界国际共产主义运动，一多半思想不是中国来的，那你还得去弄，同样的在中国农村这些社会实践，苏联也搞过，集体农庄，只不过我们叫人民公社而已。它一步一步就变成一个，你看一个小村庄的问题它最后居然是个全球化的。所以现在很多时候我们写一个东西，我就在这个地方深入生活，我每天跟着它，把这些所有的生活细节累积起来、叠加起来，觉得这就是，你不能不扩大这个问题。你看写《梭磨河》有点虚，抒写性多，所以我只有转成写小说。

写历史，又写当代藏族文化，寻找一个更远的文化，考察一个更远的文化。很简单，它变大也好、变小也好，其实最后还是跟你那个出发点从哪里开始，它是联系在一起，但是我肯定不会说因为这样我就永远把自己固定在一个地方，人、生命不是这样的。

张同道：你说我的故乡不光是那个村庄。

阿来：对，因为刚才这样一些想法，我觉得如果我们把故乡的理解变得过于狭隘，其实会出现问题。今天中国有很多，说我们爱一个村子，说我的家乡，我是哪个民族，我要爱我的民族，我是哪个国家，我要爱我的这个国家，都没错。但是往往我们对这些概念理解太狭隘，所以最后变成我们的爱变成一种莫名其妙的东西，有些是褊狭的，有些是愤激的，但是它就回不到一个正常状态。

所以既然我的家乡是那样一个情况，那么后来你发现在同样的这种地理山川当中，首先同样的是自然背景，那你发现都靠着森林、河流、雪山、草原，这中间有几块小冰地，盖同样的房子，实际上都一样，一样想问题的方式，一样的语言，一样的宗教背景。你非得说我这个村子就跟那个村子不是一个村子，老指有特殊性没有统一性，那世界怎么得了？所以慢慢慢慢我觉得这更是一个扩张，既是一个自己情感的归宿，也是文化追求的一种，不然多没意思。事实上，丰富和广大，不是规定性的东西。

我们这些所有人全世界的人，全中国的人，我们都有一个故乡对不对？不可能没有故乡，你想没有都不行，故乡是这样一个东西。但是呢，其实我们绝大多数人，其实我们对故乡并没有一个真正的认知，去认识它，了解它，就是我们很多故乡就是一个其实比较空洞的一个概念。开始写作的时候，你才突然发现，原来我是这么不了解，你看到一株树，这株树叫什么名字我们都不知道；你看到一朵花，这朵花叫什么名字不知道；我们看到一个老一点的房子，这个房子的历史我们不知道。但其实所有这些东西组合起来，它才真正构成了一个真正的我们对故乡的那种认知。如果你要抒写出来一种真正故乡独特的那种风味儿，你就不可能说还是按照别人写故乡那种套路或者是那些套话，我觉得我对于故乡的爱不是盲目说爱或者不爱，是说我按照它本来真正的面目去认知它。如果它有好的东西，我就歌颂它。但如果它出现了一些不好的情形，那么我也要把我这些忧虑，甚至某一种抗议，我们对故乡的尤其自然环境的破坏的忧虑，就把这些抗议或者这种忧虑，也把它表达出来。

所以我对故乡我曾经很不爱，现在有点爱。但是我跟别人谈的那种故乡之爱有点不一样，就是我不想美化它，我也不想丑化它，我所有的书写都想还它一个本来的面目。其实故乡也是我们自己的一个投影，写故乡也是写自己。如果能敢于真实地写出故乡的面貌，其实也是敢于对自己有个真实认知的一个过程。

我现在说我并不认为必须回到我老家，我出生那个村子，它才是我的故乡。当我们日渐扩大的时候，我会把故乡放大，我现在可以说，整个川西北高原，如果我不能说是整个藏区的话，我都把它看成是我的故乡。

文学的故乡

LITERATY HOMETOWNS 访谈录

NOURISH

我生命和文学的根
就是冰雪根芽。

迟子建

五、迟子建和她的冰雪北国

迟子建　张同道

【我生命和文学的根就是冰雪根芽】

迟子建，作家。1964年出生于黑龙江省漠河县。主要作品有小说集《北极村童话》《逝川》《白雪的墓园》《清水洗尘》《雾月牛栏》《世界上所有的夜晚》。长篇小说：《伪满洲国》（2000）《越过云层的晴朗》（2003）《额尔古纳河右岸》（2005）《白雪乌鸦》（2010）《群山之巅》（2015）《候鸟的勇敢》（2018）等。2008年，《额尔古纳河右岸》获茅盾文学奖。

2017年1月15日-22日，纪录片《文学的故乡》摄制组跟随作家迟子建回到黑龙江漠河北极村，在哈尔滨和北极村进行了三场访谈。

1. 大兴安岭

【黄昏的大兴安岭特别美，我觉得就是天泼出来的油彩。】

2. 手札

【看到这封信，我都能感觉到我父亲的呼吸。】

3. 透明的忧伤

《逝川》《亲亲土豆》《世界上所有的夜晚》

【死亡是如此的残忍，又如此的忧伤，但它隔不断这种真正的爱。它真的是一种透明的忧伤，带着一种青春朝气的忧伤。】

4. 写作

《群山之巅》《额尔古纳河右岸》《伪满洲国》《白雪乌鸦》《北极村童话》

【我依然感觉到有一支无形的笔，这里面还注满了墨水，而这墨水就是我心里涌动的一种对文学的热爱。它是我生长的这片土地，这些山川河流浓缩和注入给我的，甚至是植物和树木的这种香气、芳香，凝聚成的一种无形的墨水，还充盈在那里，还等待着我书写，等待着我闻到它们别样的芳香。】

5. 手稿

【我的颈椎病很重，我这样写了大概有600多万字，出版了80多本书，我就是这样写在灯下，每天跟一个农民劳作一样，日出而作，日落而息。】

6. 死亡

【我想写出这样一种死亡状态下的人的这种常态，一种日常的心态。我从来就没有觉得死亡是龌龊的、肮脏的，或者是一个避讳，从容地谈论死亡是一个人的勇气的体现。】

7. 回到北极村

【我觉得很亲切，有这样的鸡犬相闻之音，这就是我的乡音。炊烟也是一种无声的语言，它好像在对我轻轻地诉说，北极村的女儿回来了，回家了。】

1. 大兴安岭

【黄昏的大兴安岭特别美，我觉得就是天泼出来的油彩。】

张同道：您的小说里常常是冰雪背景，您的故乡是一种什么面貌？

迟子建：在我的故乡，我小的时候，这个季节漫山遍野都被冰雪笼罩了。但是夏天漫山遍野开满野花，是天然的大花园。我们采花，还去草甸子，我特别喜欢黄花草甸子。去那儿干吗？水泡子就是沼泽地，去那儿钓鱼。我父亲给我做一个鱼竿，他做灯笼竿做不直，做鱼竿也永远做不直，随便找一个树条子，捋巴捋巴，然后拴上一根丝线，再拴一个鱼钩。这个时候，我的任务就得去挖曲蛇——其实就是蚯蚓，我们叫曲蛇，拿一个铁皮盒儿提着。蚯蚓一般在阴湿的地方，垃圾比较多的地方，或者在大地、土豆地里挖出蚯蚓。所以我们习惯了春天翻地的时候带一个铁皮盒，铁皮盒里放一点土，养曲蛇的。曲蛇，你就是挖断了它，挖成几段，它依然活。它的生命力极其顽强，它的生命之流绝对不会因为你的铁锹碰到它会断流，它一直还在呼吸。我们就把曲蛇放到罐里，夏天去大地干活的时候，去黄花草甸，我就拿着父亲给我做的鱼竿，那么不直溜的一个鱼竿，拴上曲蛇，那是鱼的诱饵了，然后把它甩下去。不一会儿鱼居然咬钩，觉得鱼竿动了，然后一提，甩上来一条鱼。鱼咬钩那个瞬间，就像我的第一篇小说发表时那般喜悦。

水泡里的鱼基本就是小柳根儿、老头鱼。像黑龙江才能捕上来大鱼，鲤鱼、哲罗鱼、细鳞鱼等。我们在水泡子里钓上来的都是小杂鱼，但是只要有这小杂鱼我就快乐极了。这样的美食我们夏天会享用。因为我喜欢用小杂鱼做鱼酱，把它剁碎了，那个土腥味儿，你怎么能去掉它呢？我现在没办法给你们做这道美食，就把它剁得非常的碎，像虾酱一样的碎，然后从菜园里取出自制的黄酱，添上热油，炸出的鱼酱鲜香极了！再下上一锅面条，再从菜园里摘点儿生菜、菠菜、小葱，一蘸，一拌，多么美妙的晚餐！

黄昏的大兴安岭特别美。我两次去巴黎的奥赛博物馆，我特别喜欢看米勒的画，《晚钟》《牧羊人》，牧羊人在祈祷时刻。《晚钟》太美了，那是一种苍凉，一种深远，一种说不出的温暖，说不出的忧伤，总之人生那种很复杂的情感，都在画里，它能深沉地打动我。那么大兴安岭的画面就是这样，不断变幻，包括云，云特别浪漫，我觉得就是天泼出来的油彩，每时每刻天空在变幻，变幻颜色、变幻姿态，千姿百态，它敞开了怀抱给你看。

我们都市人见到这样妖娆的白云的机会少了，也丧失了可观察它们的机会。那么我还是希望我们未来的生活能跟自然更近一点，跟泥土更近一点，虽说这样的时代可能一去不复返了。但是我们的情怀、我们的心灵，我觉得离自然近的人，他的生死观是会变得豁达。而人的一生培养一个好的生死观，会修炼我们的人生，也会提升人生的价值，它也决定了你的文学能够走多远。

张同道：童年记忆最深的是什么？

迟子建：小的时候很有意思的事情就是采蘑菇。有一次，我们骑着自行车去山里采蘑菇，发现了一片榛蘑，蘑菇圈。天哪！你带去的这个筐，花筐，很快就采满了。没东西盛了怎么办呢？就把裤子脱下，把裤腿底下给它扎紧，把蘑菇塞进两个裤筒去。蘑菇很漂亮，你要是不采，觉得可惜了。可你要把它塞进裤筒呢，蘑菇的菌盖和它的这个粗腿儿就分离了，品相又不好了。但是我们就是努力地把身上能用于盛蘑菇的，都用上，哪怕为此得忍受蚊虫的叮咬。为了装蘑菇，你穿一条花花绿绿的衬裤就回家了。现在，大兴安岭主要的山产品是蓝莓。你看，来到这儿，外地的游客可以买蓝莓果，喝到蓝莓果汁，蓝莓冰酒。可是那时候全没有这种，我们就去采都柿，拎一个小桶进山了。蓝莓其实就是都柿果，漫山遍野，现在很难采摘了，而且有一部分是种植的。

有一次我就在山里碰到了一片大的都柿，粒儿又大，上面有一圈白霜儿，又饱满，如此的甘甜，我就吃。可是都柿吃多了是能吃醉的。我采满了以后装不下，我就把自己的肚子当容器了，不停地吃，也算塞满了。可是我摇摇晃晃地回来，家里人想这采都柿这么长时间还没回来，就出来找，远远地看见我晃晃悠悠地回来了，半醉的一个状态，这就是我的童年生活。

我们那时候要想喝都柿酒怎么喝？采多了以后很自然地放到一个大缸里，时间长了它慢慢发酵了，就成了自然的酒，慢慢的酒味儿就飘出来了，我们会舀一点来喝。这种鲜活的童年生活，我相信我80岁的时候回忆起来，依然觉得它像昨天的故事，依然觉得它是无限美好的。

张同道：您的父母怎么来到北极村的？

迟子建：童年的时候我在永安小镇住，我们那儿都是林业工人。在来永安之前，我们家在漠河乡和三合站都待过。1958年大兴安岭就上马了，我爸来得较早，1964年是国家正式大开发，我已在漠河乡、也就是现在的北极村出生了。现在马拉爬犁已成为北极村的一个风情旅游项目，我们小时要是能坐在马拉爬犁上那太幸福了。那时候马做什么工作呢？一个是给这个山场的林业工人运粮食，那个时候汽车罕见，顶多有台吉普车，上不去山。那马拉着雪爬犁上山，去运粮食，下山的时候也不空，它回来的时候要拉圆条。圆条是什么？是粗壮的松木，一条条地拖出来，马真是勤恳又耐劳，它能拖出很多这种圆条。

我父亲当过放映员，他来开发大兴安岭的时候认识的我妈妈，就是在北极村，我妈妈在乡广播站当广播员，所以才有了我。我父亲放电影有的时候就是坐马爬犁上。我今天坐在马爬犁上，也想起父亲，想我坐着那么冷，零下四十几度，我父亲当年也是，冬天的时候还去放电影，坐在那儿鞭子一甩，进山去给林业工人放电影了。我现在终于理解我父亲为什么那么爱酒，我想他进山去放电影的时候，穿行在林海当中，可能随身带着一壶酒，冷的时候要喝上一口。我有一部中篇小说，叫《别雅山谷的父子》，写的就是父亲的这段经历。他在大兴安岭办学，吹拉弹唱，样样都会。父亲接触的都是这些林业工人，林业工人伐木，后期才用油锯，早期都是弯把锯。在林海里面放倒一棵树的时候，这棵树要倒的时候他就要喊号子，"顺山倒喽——"，然后这棵树"唰"就倒下来。因为顺山倒，别人知道了会及时地闪开，否则会被树砸中。

我们家的邻居，在永安小镇的邻居，一个林业工人，他过早地去世，就是被一棵树砸中了，双肢砸断了，去哈尔滨截肢，还是没抢救过来，死掉了。我童年就知道林业工人这种雄壮的喊山号子里面，也有悲壮的成分。林业工人喊一声号子，也是因为在寂寥的森林里面，想对着大山喊一声，在这样的极寒之地还有生命的存在。那时候大兴安岭栋梁之材真多，一车皮一车皮地拉出去，我们的很多桥梁、建筑物，你们都市人很多的房屋，可能都是靠着我们这些圆木建造起来的。

小时候的一大景观就是，你站到公路上，能看到一车一车的松木被运材车运出大兴安岭。几十年过去，大兴安岭休养生息，现在停止采伐，我觉得特别对。因为森林需要喘息，像一个人的生命一样，我们过度地向它索取以后，要给它回馈。让机体衰老的生命，再恢复青春的活力，确实需要一个过程。我们要爱惜它，发展其他的替代的绿色产品，发展旅游产业，就很重要。

2. 手札

【看到这封信，我都能感觉到我父亲的呼吸。】

张同道：这里收藏的都是有纪念意义的东西。

迟子建：你看，我还存留着一些东西，我自己比较喜欢，我18岁的一张照片，这是小时候用过的铅笔盒。那时候上学还用粮票呢，有全国粮票，还有黑龙江省地方粮票。这个我觉得是最珍贵的了，这是我就读鲁迅文学院的时候，30年前的校徽。

张同道：你是1987年去的？

迟子建：1986年先去进修班，1987年，今年2017年，正好是30年。还有一些珍贵的家信。这是我父亲，塔河县永安学校，他是这个学校的校长。我父亲是很早去大兴安岭办教育。可惜他49岁就去世了。这是父亲去世前写给我的一封信。他是1985年10月21号写给我的，11月、12月，两个多月以后他就突发脑溢血去世了。他是1986年1月6号去世的。

看到这封信，我都能感觉到我父亲的呼吸。我有一篇小说，1985年发表在《北方文学》，叫《沉睡的大固其固》，《小说选刊》转载，我父亲特别的高兴。同时，我的第一部中篇小说《北极村童话》，《人民文学》留稿，准备在第二年，1986年3月份发表。他从事教育工作，也知道。那时候《小说选刊》《人民文学》发行量非常大。

他写的是"子建女儿，近期收到你的来信"。我父亲的字非常漂亮的。原先春节的时候，左邻右舍，没有这种印刷体的春联，都是用手写，家家买了红纸,求我父亲写春联,我就帮他裁纸什么的,有时候还帮他编春联。他知道我作品转载的消息后,写信说:"全家非常高兴,你母和我都感到自豪,家中祝贺你。望你认真读书,不负众望。"这都是大而化之的话,还有,"在前进的道路上扫除障碍",看到这儿我有时候想笑。然后,他再叮嘱我,"要以此为起点,要有恒心"。他当时用的是蘸水笔,笔迹浓淡不一,写着写着,你看一开始是浓的,后来浅了,他又要蘸一下,然后浅了再蘸一下。那时我已经在大兴安岭师范学校中文系当老师,突然收到他这封信。他说"家中想你",我觉得是父亲比较想我了,然后说"你和领导商定来家一探。你弟弟很好,望你勿念。父字。1985年10月21日。"这封信我觉得特别珍贵了,就是一个父亲对女儿的这种感情,他鼓励你的时候,表达的还是想你。那时候的邮票是8分钱吧。

我从大兴安岭师范学校毕业以后,分回大兴安岭塔河县永安学校,我爸爸是校长,我是他手下的一个教师。后来就觉得,我不能老在他手下,比较别扭。我在他手下大概是半年多吧,塔河县第二中学把我调去当高考补习班的语文老师。我有时候跟爸爸开玩笑,我跟他共事时,有时我去财会那儿领工资,财会说你的工资没了,你爸已经给你领回去了。我跟爸爸说,你凭什么把我的钱给没收了?

我珍藏了一些这样的家信。这个是我母亲写的,我母亲的字就是另外一种字形,工工整整的。有一年我的家乡塔河发大水了,她给我写的信,告诉我不要惦记,告诉我灾难过后他们乐观坚强面对。我母亲也是特别刚强的,她写信跟父亲一样,称呼我"子建女儿"。我母亲有记日记的习惯,写了好多本了。她来哈尔滨短住,也要写日记,临走还留下一本日记,我每天做些什么,我母亲都记下来,挺像我的记事本。我母亲年轻时是漠河乡广播站的广播员,声音特别好。

这是我弟弟迟钝给我写的信,我还曾经教过他一段。

这也是我母亲写的信,"子建女儿,好久没有接到你的来信了,我们都很挂念你。你最近忙什么呢？最近看到《黑龙江日报》才知道哈市洪水的情况。"他们惦记我，因为哈尔滨有一年也闹洪灾。

这是我的责任编辑宋学孟，我在《北方文学》发表第一篇被转载的小说《沉睡的大固其固》，就是他做的责编。我们通过多封信，都是一些谈小说的。

张同道：那个时候的编辑真是负责任。人和人之间要真诚得多，纯洁得多。

迟子建：那个年代，写信是交流文学的最普遍的渠道，宋学孟的信，都是针对我小说稿的意见的。那时的责编很负责任。而那时的生活不像现在这么喧闹，所以我觉得相对寂静的一个环境，对写作还是有好处的。

3.【透明的忧伤】《逝川》《亲亲土豆》《世界上所有的夜晚》

【我觉得是两个人之间那种爱，死亡是如此的残忍，又如此的忧伤，但是它隔不断这种真正的爱。】

【它真的是一种透明的忧伤，就像没有长白发的忧伤一样，那是黑发的忧伤，带着一种青春朝气的忧伤。】

张同道：鲁迅文学院作家班对你是不是有影响？

迟子建：我上鲁迅文学院是20个世纪80年代，参加这个班对我影响确实很大。那时候新时期文学刚开始，有大批的作家、大量的作品出现，文学刊物发行都挺好。随便的一本文学刊物，像我们本省的《北方文学》都发行有几十万册。那时候坐着火车旅行大家看的都是刊物，拿一本文学杂志，不像现在，我们在火车上、飞机场，大家都低头看手机。

上世纪80年代初文学思潮风起云涌，一会儿先锋文学，一会儿新写实，等等。我是大山里走出的孩子，爱文学极其天然，带着故乡的色彩和情怀来到北京，来到这样一个文化中心，脑子里没有主义的概念。

我们班的同学，很多日后成为知名人物。大家所熟知的莫言、余华、刘震云、严歌苓、毕淑敏等。我在班上是最小的同学。有一次看电影资料片，我还记得是劳伦斯的《查泰莱夫人的情人》，那天放那部片的时候，我也去看去了。我一进去莫言就说，"迟子建是儿童团的，不能让她看，给她清出去。"想想真有趣。上课的时候，我还做一些听课笔记。

在鲁迅文学院的学习给我打开了另外一个文学天地，就是我接触到不同的作家、不同的风格，各个老师带来不同的课程，对我的影响确实很大。就是你原来是一个相对封闭、狭窄的文学世界，到了鲁院以后，你可以说是置身一个众声喧哗的文学时代了，非常自由，每个人带着不同的色彩、不同的经历走到一起。我们有的时候还会为谁发表的一篇小说，聚在一起讨论那篇小说。可现在大家聚在一起，谁还去谈文学呢？对于我来讲，即便吸纳新东西，我也不会为文学潮流所动。第一，我性格比较倔强，有主见，这个倔强性格可能是漫长的风雪带来的，冰雪气息。还有一个，从我的阅读和我心里对文学的判断来讲，我特别喜欢有根，无论我的文学、我的笔和我的脚，都是有根的。连我走路的声音，都是有根的。我妈妈说只要我一上楼，我们三姐弟谁回家她能听出来，我走路的声音，永远是砰砰砰的，很响，她就知道这是我回来了。那我的文学也是这样，不管潮流怎样涌现，我就是钟情我那片土地、我熟悉的生活，还有那些我笔下的亲爱的人，这个亲爱的人就是，除了我的亲人之外——我故乡的人。

我的很多作品都是《收获》杂志发表的，《收获》曾发表过我的一篇小说叫《炉火依然》，还有一个中篇小说叫《遥渡相思》，即便我有根，间接也受了当时文学思潮的微妙影响，有一些心理描写和偏意识流的这些东西。短短的三年学习，回到哈尔滨以后，我自然褪掉了一些东西，更加坚持自己对文学的判断，我写了《逝川》，写了《亲亲土豆》，写了《白雪的墓园》，等等，以及《秧歌》《旧时代的磨坊》这样的系列小说。

张同道：《逝川》还专门出过集子。

迟子建：《逝川》是我个人偏爱的一篇小说。写《逝川》，是我看到有一些极其优秀的女人，确实是孤苦走过一生，她一生可能都没有婚姻。而她之所以孤苦走过一生恰恰是因为她的优秀，在中国这样的一个环境，很可能有这样的人，那么就有吉喜这样一个老渔妇的形象。《逝川》中写到的江我太熟悉了，我就生活在黑龙江畔，在冰封的黑龙江上捕鱼，也是我熟悉的生活。而小说中描写的老妇人，那个接生婆，也是我熟悉的。

现在妇女生孩子，都有产科医生，过去没有，就有了接生婆这个民间职业。汪曾祺先生写过《陈小手》，写的就是接生者，不过说的是一个产科男医生的故事。在我们那儿，生小孩，是请一个接生婆来家里，那么我就塑造了一个接生婆，她叫吉喜。这里有一条河叫逝川，有一种会流泪的鱼，每年会在初雪来临之前的夜晚降临。当地风俗是渔民捕上泪鱼，安慰它，你别哭了，再把它放生回逝川，这样一年就平平安安。雷达先生比较喜欢这篇小说，当年他还为这篇小说写了一篇评论，见我面还问，子建，真有泪鱼这种鱼吗？我说没有，这个泪鱼是我创造的。但是因为这个创造，我确信是有泪鱼存在的。我在黑龙江畔长大，小时候看到大人们捕鱼，鱼被捕上岸的那一瞬间，摇头摆尾，水珠迸射，它翕动的腮和鳍这种感觉，让你觉得它就像落泪一样。我感觉这就是泪鱼，一种流泪的鱼。你把它捕上岸以后，养在木盆里面，安慰它以后，得到了人间关爱，它把它的泪摆脱掉，又回到它的水下世界。

我写一个老妇人为人接生的故事，就放在这样一个捕泪鱼的背景中。我写了一个可爱的女人，直到老都没人娶她，她因为优秀而孤独，成为接生婆。她的生命，就像泪鱼一样。

张同道：《亲亲土豆》也是这时期的作品，不少读者都非常喜欢，里边浸着一种透明的忧伤。

迟子建：《亲亲土豆》也是很多人比较喜欢的一个短篇小说，可能有一些感人的细节。"亲亲"两个字，"亲亲"的不是别的，而是土豆。土豆是我们东北当地越冬最主要的蔬菜。我们小的时候有两项活儿是特别重要的，一个是冬天拉烧柴，一个就是种土豆。一到放寒假我就犯愁，我爸爸要让我们姊妹跟着他去拉烧柴，去山上的时候，要么拉着雪爬犁，要么就是手推车。拉雪爬犁得积雪厚的时候，不然露出那个泥土，爬犁在上面就很生涩，你使出牛劲也拉不动它；手推车是充气的，不怕土路，所以我们一般是用手推车拉烧柴。

春天夏天，我们最主要的活就是种土豆和侍弄土豆。直到现在，我知道什么时候去种土豆，土豆栽子怎么切，土豆什么时候开花，什么时候打垄、铲趟。到了秋天的时候，你发现垄台出现闪电一样的裂缝，那是土豆在里面笑了，它成熟了，开心地笑了，这时候就可以摸土豆吃了。

我们夏天用油豆角炖土豆吃的时候，我妈妈一般就命令我，去上土豆地，给我摸几个土豆来。那我一定就是找那个垄台儿上有裂缝的，裂缝越大土豆越大，说明它的笑容越饱满，你顺着那个裂缝摸出来的土豆，就很圆满。我觉得土豆很神奇，你摸土豆时可能会动了它的根系，但其他的土豆依然生长。等到深秋收获土豆的时候，一刨就是一墩。

写《亲亲土豆》并不偶然，因为我对土豆地太熟悉了，太有情感了。大兴安岭的冬天几乎没有什么越冬蔬菜，我们家家都有地窖，有的是在户外，有的是在室内。在户外的地窖中的，怕菜冻伤，隔几天要下一个火盆，从上面吊下去，所以有时人下到窖中，还容易一氧化碳中毒，因为火盆用炭火嘛。

土豆有时候是可以做主粮的，在吃土豆上，我们是花样翻新的，炖土豆、炒土豆、蒸土豆、炝土豆、做土豆饼，等等。如果过春节的时候能吃一道拔丝土豆，放上糖，那是我们最美好的享受了。通常的情况下，无论是在北极村还是在永安小镇，围着火炉，把土豆切成片，放到炉盖子上去烤土豆片吃，是最寻常的吃法。烤土豆片要飞快地翻，双面翻，翻了以后就看到微微的那种焦黄，那时候土豆就像夕阳一样，金黄色的。

《亲亲土豆》是一个忧伤的故事，写的是一对贫贱夫妻，一对恩爱夫妻的永别，我把故事放到了土豆地。土豆贯穿故事始终，是他们之间爱的语言。

故事来源于多年前，有一次我去省医院开药，走进一楼大厅，突然看见在一个柱子下，有一对夫妻，男人躺在担架上，面色灰黄，得了重病的样子，给人感觉将不久于人世，一个女人半跪在他旁边，他们两个人就这样紧紧地握着手，一言不发。两个人的眼神也是这样近距离的交流，那么多的脚从他们身边经过，可是他们旁若无人，互相凝视着、对望着，那种对死亡的恐惧和他们爱得难以分离的感觉，一下子就打动了我。平素我们在公园里，在小区的长椅上，大学校园里，能看到那些年轻的或者是老年人黄昏恋的时候，那种自然状态的亲昵动作，一种生活化的幸福状态，我们见得太多了。可是这种被死亡压榨的阴影下的深情和幸福，在那个瞬间震撼了我。我觉得这是一种真正的爱，这种爱如此朴实，所以很自然地把它放到《亲亲土豆》中了。我写男人得了绝症，来哈尔滨看病，当男人得知他病情实情，为了给家里省钱，放弃治疗，离开医院。他的妻子在哈尔滨四处寻他，以为他自杀了，或者是出家去了寺庙。实际上他给她买了一件旗袍，悄悄地回到故乡。最后我写他的妻子恍然明白，丈夫也许是回家了。她回到故乡，发现他果然在他们家的土豆地里收土豆。男人熬到冬天，还是去世了。大兴安岭的冬天特别冷。其实我父亲去世的时候就是冬天，腊月，那么你打墓穴的时候不能像夏天那样挖一个深坑，坑浅浅的，落下棺材，培一点土，立碑等要等到转年春天。我就想两个这么挚爱的夫妻，她可能会用土豆来给丈夫的棺材盖起来，在那样的一个冬天堆一个土豆坟。

这篇小说的结尾，也是我自己比较感动的，就是说她去祭奠丈夫，堆完这个土豆坟，她离开的时候，坟堆儿最上头的那个土豆骨碌碌滚下来，跟着她走，一直滚到她的脚边。所以她停下来，回头说了句，"还跟我的脚儿啊？"死亡是如此的残忍，如此的忧伤，但是它隔不断真正的爱。

《亲亲土豆》的写作几乎是一气呵成的，对我来说是非常重要的一个短篇。其实我早期的作品，《北极村童话》《北国一片苍茫》等，确实有忧伤的地方，但是它是一种透明的忧伤，就像没有长白发的忧伤一样，那是黑发的忧伤，带着一种青春朝气的忧伤，当然也特别美好。而一个作家作品的深刻和它的复杂性，我觉得不是求来的，它是一个作家不断地往前走，不断地写，一个渐变的过程。

我个人生活发生变故是2002年，我爱人车祸离世这样的一个事件，对我的人生是一个颠覆性的，对我的写作也是这样的，在那一个瞬间里，整个世界的天平倾斜了。我觉得甚至走在街上，整个的街和平时的色彩都是不一样了。一颗年轻的文学的心当时一直在蓬勃地跳动，但是它跳动的时候不安分，那么在那一个瞬间，这一颗心落下来了，虽然是沉重的，因为一个事件落下来了，但它很稳妥地跟我的人生、跟我的写作是在一起了，那么我就写作了《世界上所有夜晚》，对于我，也是一个纪念。

这部作品其实写的就是一个人的忧伤和众生的忧伤比起来，它确实是很轻，毕竟我的忧伤我还能倾诉。在那个时刻，我写的是一场矿难，这个小说叙述女主人公遭遇了滑坡，列车中途停靠到一个煤城小站。我当年——这也得益于我们那时的作协主席贾宏图老师——他带我们下去体验生活的时候，我们去过煤矿。我对矿区的生活场景印象非常的深，就像我小说里写的，他们当地人也讲，就是经常要打黑伞，夏天穿白衬衫的时候比较少，因为煤城空气不好，容易脏嘛。这些丰富的细节，我写小说的时候就用上了。

写《世界上所有夜晚》，我总是能从一些悲惨的事物当中联想到一些丰富的细节，比如说我确实保存着我爱人生前的一个剃须刀盒。每一个女人都渴望幸福，我觉得幸福不能以时间的长短去等量，我想上帝也许给我的就是这样几年的幸福，也许还会有我晚年未知的幸福，那我不知道，所以在这篇小说的结尾，我让这个剃须刀盒里面飞出了一只蝴蝶，而这只蝴蝶飞了一圈以后，落到她的无名指上，就像给她戴了一只蓝宝石的戒指。现实生活当中蝴蝶不会飞得如此准确，但是在小说里就可以。

你看其实有一些生机是穿越时空依然存在的。前面这不起眼的两枝绿竹，是我和爱人在哈尔滨的旧房子共同养的竹子。这么多年过去以后，竹子不断地生长，我不断地剪枝，它不断地发芽，把它根须剪掉以后，它还会生出新的枝叶。竹子活着，爱人却不活了。

《世界上所有夜晚》是我写作《额尔古纳河右岸》的前奏，这两部作品衔接得比较紧密，几乎是我写作完《世界上所有夜晚》以后，就进入了《额尔古纳河右岸》的写作，而且准备也几乎是同时的。那是我人生最不幸福的时刻，但却是我才情最为爆发的一个时刻。

4. 写作

《群山之巅》《额尔古纳河右岸》《伪满洲国》《白雪乌鸦》《北极村童话》

【写作最美好的永远在遥远的境界。】

【我依然感觉到有一支无形的笔，这里面还注满了墨水，而这墨水就是我心里涌动的一种对文学的热爱。它是我生长的这片土地，这些山川河流注入和浓缩给我的，甚至是植物和树木的这种香气、芳香，凝聚成的一种无形的墨水，还充盈在那里，还等待着我书写，等待着我闻到它们别样的芳香。】

【文学是一种信仰】

张同道：最近出版的《群山之巅》描写的是一组群像，所有人物几乎都在挣扎、搏斗：生存、爱情、犯罪、救赎，早期作品的温暖和诗意在减弱，人生的苍凉与人性的灰暗在增多，这是年龄带来的沧桑，还是社会发展的结果？

迟子建：目前为止我写了7部长篇小说，从第一部长篇小说《树下》，直到《群山之巅》，如果按发行量，影响较大的是《额尔古纳河右岸》，大概有40多万册了。《群山之巅》出版两年，也有20多万册的发行量，我也没有想到，读者对它抱以的这种热情，起码告诉我一点，这部长篇触及了一些人灵魂上的东西，它毕竟写的是当下的生活，当下的众生态，是小人物的群像，所以很多媒体在做消息的时候也在说是一个小人物的众生相。很多人能在里面找到自己的影子，能看到自己卑微的幸福，看到人性的复杂性，有灿烂，有阴影。看到生之挣扎。

《群山之巅》，我一直强调，它是一个不讨喜的写作，因为这里触及的社会矛盾特别多，人性的复杂度也是特别高。我前年的时候参加香港书展，谈的就是这个话题，就从《额尔古纳河右岸》到《群山之巅》，对于我的写作来讲是有变化的，尽管里面都涉及了历史，也都跟我生活的故土是有关联的，但是它们太不一样了。

《额尔古纳河右岸》，很多人可以顺着这样的一个民俗和文化的地标，去那儿旅行。有读者在微博给我留言，告诉我寻着小说的足迹，去了海拉尔、根河，呼伦贝尔大草原，也就是额尔古纳河右岸那儿。读者爱上了我塑造的这些人物，这些可爱的鄂温克人。游猎生活如此的艰辛，但它保持着原始的文明，鄂温克人乐在其中。而政府把他们迁到山下，盖了同一模式的房屋，让他们住在一起的时候，等于是连根拔起一棵树，这棵树可能会死亡。尊重这样的一个弱小民族的文明和信仰，才是真正的人类的文明。可是《群山之巅》对我的写作来说是巨大的挑战，因为它触及的是当下复杂的社会生活，一个作家绝对不能沉浸在自己的童话世界里拒绝成长，这是不成熟的表现。

我觉得一个作家的成长——我很喜欢但丁的《神曲》——就是要有地狱、炼狱、天堂，这样一个过程，写作也是这样。青春年少的时候我可以写《北极村童话》《北国一片苍茫》，写透明的忧伤，但没有多久，我就开始在《初春大迁徙》《葫芦街头唱晚》中，尝试写作的变化。我还有一个旧时代生活的系列写作，《秧歌》《香坊》《旧时代的磨坊》等，它们为我打开了写作的另一扇窗。

我最早的写作，是在大兴安岭塔河永安小镇的时候，练笔的时候就在缝纫机上，因为家里没有写字台，这台缝纫机正好面对窗口，窗外就是菜园，所以我写不下去的时候就看着花圃上的蝴蝶，看枝叶扶疏的稠李子树，无限的美好。这种童年生活挺像萧红的，那个后花园的感觉。院门外的土路上，一会儿是人走过了，一会儿是一头猪哼哼着走过了，一会儿是一条狗"汪汪汪汪"叫着过去，一会儿是一只鸡跑过，就是这样的一种生活。我家里的前院是豆腐房，小的时候经常是从家里仓房舀一点豆子，起大早去换豆腐，有的时候顺手打一点豆浆回来。

我小的时候挑水、劈柴、拉烧柴，这些活儿我都能做得了。我挑水是很能干的，我能连续挑几担水回来，把水缸挑满。腊月的时候家家要洗被子，洗衣服，洗澡。我写过《清水洗尘》，写的就是我们小时候的故事。腊月二十七八是放水的日子，家家洗澡，从老人开始，然后父母，最后到小孩儿，每个人都要洗澡，烧上热水。洗澡时我要多挑一点水，因为洗完澡有一堆脏衣服要洗。我还喂猪，养猪也能养出感情。夏天的时候，我一放学就扛着一条麻袋，上大地去给猪采猪食菜了，采灰菜、苋菜，等等，装到麻袋扛回来。给猪烀食的地方是在屋外的灶台，那里有一口大锅，切完了猪食菜，扔到锅里，添上水，点起火，给猪烀完食，猪吃得那个香啊，它那小尾巴晃来晃去的。我就用一把破木梳，掉了很多齿儿的，人不用了的木梳，给猪梳梳毛，梳的时候它特别幸福。跟猪有了感情，所以腊月宰猪的时候我就伤心，人家宰猪都高兴，我却哭，不舍得吃它的肉。但是过不上两天我又抵不过猪肉的诱惑，跟家人一样吃它了，这就是生活吧。

夏天菜园里面家家都有花圃，还有一个大酱缸，小的时候喜欢背诵课文，老师也是经常给布置作业，背诵课文。我喜欢坐在家里的菜园背课文。早晨大兴安岭是经常有晨雾的，坐在那儿估计跟一仙女一样，我就开始背诵了。那时候记忆力太好了，读几遍，甚至标点符号我都能背下来，所以不怕老师提问、背课文。

春节的时候家家都要贴春联。我父亲毛笔字写得非常好，买来墨，买来毛笔，左邻右舍的人买来红纸，我负责裁成条幅，是七言的还是九言的，横幅当然是四个字，我懂得裁成啥样。福字要裁得有大有小，因为大福小福都要有。他写完一幅要等墨干，我就给他打下手，一幅幅摊开。我父亲给人家写了那么多的福，可是他福气薄，走得那么早，他去世的时候我特别的伤心。父亲写好一幅，我要等墨迹干了再折叠，要是没干透的话，上下联黏在一起，春联的字就花了。写好的春联，我还要送给人家。

张同道：您在文章中写过，父亲每年元宵节都给你做盏灯。

迟子建：我生日是正月十五，父亲总要是想办法做盏灯，因为我小名叫迎灯。那时候经常吃猪肉罐头——我写过一篇散文《灯祭》，写到这个情节。外面是零下三四十度，上着霜的罐头瓶子拿回来，用一瓢热水浇下去，那个底儿就会掉了，掉得非常均匀，在底下做一底座，拿一根儿铁丝穿起来，再把一根钉子从底座钉过来，钉子成了立柱，把蜡烛插上去，然后点燃，我正月十五的时候就提着它走。

那时家家竖一个灯笼竿，年三十的时候要挂红灯。一般人家砍的是樟子松树，做灯笼杆，它冬天不凋，叫它"美人松"，明黄色的树干，绿色松针，非常漂亮。我父亲爱惜树，只砍一棵小树，或者弯弯曲曲的一棵树。我父亲到大兴安岭以后得了严重的风湿病，他40多岁的时候走路就有点一拐一拐的，我就老想我家的灯笼杆太像我父亲了，它不直溜，好像在摇摆着，那么我们挂灯的时候就要很小心，用线把灯笼拉到顶端的时候，经过它弯曲的地方，要慢，否则灯笼会被剐破，因为灯笼是用红纸糊的。我也是糊灯笼的高手，我们家的灯笼都是我来糊。

我父亲给予我很多的东西，除了爱，还有文学上的东西。很早的时候他读《红楼梦》，"文革"他从学校调到粮库，锻炼劳动，他和我母亲晚上偷着讲《红楼梦》的故事，我也听。后来有一套《红楼梦》，他们读的时候我也跟着看，我完全读不懂，但是《红楼梦》后来成了我最喜欢的一部中国古典小说，这些都是对我潜在的影响。

张同道：在您的创作中，《伪满洲国》是一部厚重的作品，60多万字，为什么会写一部历史小说？

迟子建：《伪满洲国》对于我来说也是我的一部重要的作品，可能因为它比较长，容易被人忽略，68万字嘛。我也讲过，就是写它的时候也很不容易，就是特别怕手稿遗失，每当回乡的时候总是要复印一份，带着走，生怕它万一丢了我怎么办呢？那我可就——用现在的话叫"悲催"了啊。写作它对我来说是工程量巨大，因为里面涉及的历史人物、民俗风情包括那个时代的历史事件，太多太多了。我可以举一些小的例子，比如说，你写伪满14年的历史，你不可避免地要涉及到溥仪这样的历史人物，那么我写这样的人物我不愿意用那种写大人物的笔法去写，要写伪满洲国时代的众生相，其实写了溥仪，也写了冈村宁茨，也写了其他的，剃头的、弹棉花的、开杂货铺的、私塾先生，还有抗联战士、杨靖宇，等等。各色人等出现在一个舞台上，一个大的舞台上，那么这样的众生相你就要给它搭建不同的小的舞台。

我当时搭建的是哈尔滨、新京（就是现在的长春）、奉天（现在的沈阳），这样几个主要舞台。回到刚才我说的，不管你掌握多少丰富的历史资料，小说是靠细节还原历史的。比如溥仪，我做资料时看到他在处理关东军司令部让他裁可的一些文件的时候，就是画一个圈这样的事情，他放到哪儿做呢？出恭的时候——在马桶上，我觉得很传神，把他傀儡皇帝心中的郁闷和苍凉，完全体现出来了。这样丰富而人性化的细节，就该是小说应有的细节。比如说《白雪乌鸦》，我写这个老道外，傅家甸，我们那天就很偶然，看到在那儿扭秧歌的人。我觉得哈尔滨市民，真是富有这种文化情怀，他们看到摄影师接近的时候，很自然就变换了一下队形。写这部长篇小说的时候不可避免地要写到东北的民俗秧歌，我还有一部中篇小说就叫《秧歌》，那么在《伪满洲国》里面我写到秧歌的时候，我就特别想知道那个年代的秧歌的扭法是什么样子，跟我们现在看到的和我小时候正月十五看到的那种举着花灯扭大秧歌，是不是一样的？我如果想当然认为是一样的，那么我就可以按我的经验来处理。但是我觉得我一定要找到那个时候的历史资料，那时候的秧歌究竟是什么样子。结果我从资料看到，还真是不一样，它的插花与现在是不同的。我写那段历史，涉及到秧歌时，就不能穿帮，在细节上要准确。

写作《伪满洲国》的时候我做的笔记太多太多了。我上高中的时候地理成绩并不是很好，但我在写作长篇小说的时候是一个好的地图学家，一个田野考察者，我会绘制一幅小说地图。实际上作家有的时候也真像一个田野考察者，然后你把从资料中获得的，和你实地去体验得来的都融汇在一起。我为伪满洲国搭建不同平台的时候，比如我在哈尔滨这一地，会绘制一个人物关系图谱，将街巷的名字写上，哪一条街是横的，哪一条街是竖的，那么你还要对照那个年代的街叫什么名字。比如说我们拍的中央大街，那时候叫"中国大街"，这些一定要准确。还有就比如说，那天回到的我工作过的《北方文学》，那儿叫耀景街，其实原来它叫的是"要紧街"，当时的中东铁路局局长霍尔瓦特要来住的街区，他是大人物，所以建花园别墅时，就叫了这么个名字，当然霍尔瓦特后来没过来住。"要紧"谐音过来就叫"耀景"。《伪满洲国》涉及的类似东西太多了。

我要搭建一座小说舞台的时候，就像造一所房子，有了栋梁，还得有泥石瓦料。我们小的时候年年都要给房屋抹墙泥，抵御寒风，你没有墙泥抹，再好的栋梁之材也会漏风，会让你感到寒冷，缺乏温暖感，不踏实，没有家的感觉。小说有了栋梁之材，好的立意，还需要泥、草、瓦，这样你的房子才能立得住，才能让你的人物入住，否则这些人物怎么出场呢？无法出场。

关于《伪满洲国》的缘起，与我第一次出访有关。中日青年友好交流，1990年我去了日本。在东京的时候遇到一位白发苍苍的日本老者。他见到我对我说，你从满洲国来的？我当时有一种受了奇耻大辱的感觉。

我北极村的姥爷，讲过不少伪满时的故事。我们家祖辈是从山东逃荒过来的，我姥姥讲的鬼神故事很多，可是姥爷讲的是跟日本人有关的故事，姥爷在胭脂沟，给日本人淘过金，他还讲怎么样藏金子呢。我姥爷讲，采了金以后，怕人家发现，把有一些金砂，藏在耳朵眼里。为什么关于这段历史，我的祖辈在提它，在异域他乡，曾经的一个日本通讯社的记者也在提，这勾起了我的兴趣。我回来以后，开始默默地做资料。这个资料做得太漫长了，对于我也是一种做功课的考验。坐图书馆，也实地去长春，去伪皇宫看，当年的环境是什么样子，溥仪住哪儿，婉容住哪儿，他们个人的历史资料我都要看。日本投降，他们逃亡的时候是什么时间、乘哪一辆列车、经由哪儿，比如说那时候的梅河口，我现在依然能回忆起来，你都要知晓。

所以说每一个作家写长篇小说，绝不是一朝一夕的事情。你看我写《额尔古纳河右岸》，仅仅写了两个多月，但先期的案头工作做了很多很多，还实地去了鄂温克营地。《白雪乌鸦》我也绘制了地图，我的长篇小说每一部几乎都是这样写出来的。

张同道：一般作家都经历过漫长的退稿期，《北极村童话》是什么情况下写出的，又是如何发表的？

迟子建：我是在大兴安岭师范读书时写《北极村童话》，开始喜欢文学的时候就不断地投稿。我高考不理想，进了这样的一所学校，当然我觉得又是幸运的，因为我是最后一名被录取的。中文的课程，又都是我所喜欢的，因为开设的课程是外国文学、中国古典文学、现代文学，等等，都是跟文学有关。我就大量地写日记，记人记风景，这是最早的练笔。

然后我开始投稿，经常是星期天我写好稿子，往一些杂志社寄出。从大兴安岭师范学校步行去城里，经过火车道，有时候就沿着山间的火车道一路走下去，到了邮局，把这稿子寄掉。离邮局很近的地方就是书店。那时候家里也不是很富裕，生活费不多，要省吃俭用。我曾经在师范学校，因为要省下钱来多买几本我喜欢的文学书，而我是那么一个贪吃的人，那我有时就得克制自己，不能老买好吃的。高粱米最便宜，可是我吃高粱米伤了胃，不止一次地呕吐，因为蒸得半生不熟。那么我寄稿子又需要邮票，邮票也是需要花钱的，我写东西又需要买稿纸等，都得花钱。省下的钱买了文学书籍，对我来说就是无比的享受。

我们那时是八个人一间寝室，熄灯以后我还想看书，还想写几笔，那就得点燃蜡烛。每个人一个蚊帐，我是住在下铺的，我那蚊帐就被烛火熏黑了。有时候又怕影响旁边姐妹们的休息，老是用手指去掐烛芯，烛芯长了，光强，掐短了它，烛火弱，就不影响他人休息，燃烧的时间还长，等于省了蜡烛。

我在《北方文学》发表的第一篇小说，还不是《小说选刊》选载的《沉睡的大固其固》，而是一个短篇《那丢失的》。我不断地投稿，基本是以小说为主，当然投的倒也不是很多，因为你有课业，写一个短篇小说那总要万把字吧，也需要一些时间。我写过一个短篇《友谊的花环》，投给《北方文学》，收到了编辑宋学孟的回信，他让我修改。可是我越改越失败，越改越不成器。宋学孟很有编辑经验，他来信说你不要再改了，你已把它改得越来越糟糕了，我就明白这篇小说是废了。

1984年毕业的时候，7月，我们毕业的时候收拾行李。我是宿舍的几个姊妹中，最后一个走的。因为要搭乘第二天的火车回塔河，我就提前要把行李捆好。那一夜在那个木板铺上，我就倚着行李和衣而睡，开着灯，有一种很凄凉的感觉。一个人，我就看到宿舍里面丢弃着很多东西，一只丝袜、半截蜡烛头，等等，我想起同学几年的生活情景，那种美好，这些东西都失去了，我们那么匆忙地结束了这样一段生活，我们遗失了美好，我特别地感慨。所以，那个夜晚我就开始了这篇小说的写作。这篇小说就叫《那丢失的》，然后很顺利的，几乎没有修改，这篇在很自然的情态下追忆大学生活的小说，就发在《北方文学》上了。之后是《沉睡的大固其固》，引起了一些反响。

其实比这更早的，在《那丢失的》之前，我写了《北极村童话》，它是一个中篇小说。我写《北极村童话》的时候没有考虑到技巧，也没考虑到说我要有一个什么样的立意，因为爱文学，我就特别想在毕业前夕的时候，写一篇我生长的故土的，我所熟知的一些人的事情。

晚自习的时候我就开始写作《北极村童话》，沉浸在一种非常美好的状态，能想起家中的大黄狗，我怎么偷姥姥蒸好的干粮，偷着喂给它。这条狗叫傻子。我其实一顿吃不掉两个馒头，我总是吃完一个拿着第二个咬着，我姥姥说还吃呀？还能吃吗？我说能吃。边咬着边出去了，上了后院，喂给傻子狗了。

北极村那老房子其实还在，它有一个偏厦子，我们叫小仓房，它那上面有个马蜂窝。我小的时候也比较顽皮，有一个蜂巢挂在那儿，马蜂进进出出的，我就老想把这个蜂巢给捅了，我姥姥就老警告我说你不要去，你要把这马蜂窝捅了就蜇着你。我有一天就戴上那个蚊帽，武装到牙齿，然后拿着一根长竿，把马蜂窝给捅了，然后马蜂倾巢而出，还是把我给蜇了。

我写《北极村童话》的时候写到姥爷、姥姥，还有东头的那个苏联老奶奶，她是苏联"肃清"时代过来的，教我跳舞。那时候中苏关系比较紧张，所以村人很忌讳和她交往，但是我们两家的菜园相连，从我姥姥家的菜园越过障子就是她家，她经常在那个菜园，吆喝我过去，我就跳过障子过去。她给我烤毛嗑（葵花籽）吃，教我跳舞，冬天的时候她戴着古铜色的头巾，冬天也喜欢穿着长裙子，长裙子到脚腕这儿，经常把我抱着，她在地下这样一旋转、一跳舞，我就觉得这个老奶奶和我的姥姥的风格完全是不一样的。

其实这里也隐含着政治的伤痛，我很自然地、无意触及了童年的这种忧伤。《北极村童话》写完以后给了《北方文学》，但是终审没过，我的责任编辑认可它，便转给了上海的一家杂志，现在这个刊物已经不存在了，叫《电影电视文学》，也发小说的，最后编辑给我的回复，说它比较散文化。

1985年，黑龙江作协在呼兰，也就是萧红的故乡，举办了一期小说创作班，把我叫去了，参加了这个学习班。《人民文学》的编辑朱伟，他后来去了《三联生活周刊》，当时他在《人民文学》负责东北一片的稿子，他来呼兰给我们讲课和看稿。我那时候也比较青涩，挺想让朱伟看看我这篇小说怎么样。他基本是看黑龙江那些比较有名气的中青年作家的稿子。他给我们讲完课，即将出发回北京的时候，在会议室休息，我就拿着《北极村童话》的手稿，挺忐忑地敲了敲门。我说，朱伟老师，您能帮我看看，您看这像小说吗？朱伟一看挺厚的，因为一部中篇，又是手写稿装订到一起的。我装订的时候还常用钉子钻俩眼儿，拿一根线绳，然后把它穿上。他很客气地说，"好吧，我一会儿要走，我翻一翻吧。"结果他很快翻看完。就在他出发前，他敲我的房门，他说——我终生难忘，我在很多文章写道，他说，"你为什么不早点儿寄给《人民文学》？"这给我真是莫大的鼓励。

《那丢失的》《沉睡的大固其固》《北极村童话》，这一系列作品的发表和转载，使我走上文学之路，而我并不知道我这个路能走多久。直到今天，30多年过去了，我也50多岁了，我把自己的头发也写得白了不少，容颜也开始逐渐衰老，可是我依然觉得我这支笔，虽然有的时候已经不完全用墨水来写作，可是我依然感觉到有一支无形的笔，这里面还注满了墨水，而这墨水就是我心里涌动的对文学的热爱。这墨水是我生长的这片土地，这些山川河流注入和浓缩给我的，甚至是植物和树木的香气、芳香，凝聚成的一种无形的墨水，还充盈在那里，还等待着我书写，等待着我闻到它们别样的芳香。它们可能会觉得我远远没在最好的状态，所以我一直在说，没有完美的写作，包括《额尔古纳河右岸》，包括《群山之巅》，都有不完美之处。所以我也有个习惯，就是我每发表一篇作品，每隔几年我回过头来重新读一遍，重读一遍等于审视自己，自己做自己最好的批评家。

我确实也是因为多年写作，腰椎、颈椎都不好，所以哪怕我做你们这个节目，我真是挺抱歉，我会不由自主地这样的晃一下，一个姿势坐着很难受。我写作之余的日常锻炼几乎都是对颈椎的锻炼，我会在音乐公园倒着走。医生告诉我，因为你平时正常的运动是一直向前走，你的肌肉是适应了这种，它整个的神经系统、肌肉组织是一种僵化的状态，如果你倒行可能会改变一下，会调整你的颈椎，能改善血液循环，等等。

我最初的长篇小说是《树下》，它对我是很重要的，因为是我长篇的起步。在北京鲁迅文学院读书的时候，我记得有一位同学回忆说那时候有两个作家比较勤奋，当然其中有一个说的是我，他说我整天拿着一个大笔记本，晚自习的时候老是坐在教室，硬壳笔记本翻开，吭哧吭哧地写。

写作有的时候长时间不写手会生，但是长时间不思考，要是心生了，写作会更生。那么无论是读书还是生活，还是写作，这几方面我都得重视，要协调起来，就像一个人，中医讲究要气血运行得比较好，人才健康，面色不是那种高血压式的红光满面，而是一种微微的红润，我觉得好的作品，就要使作品的五脏六腑，能达到这样的一个状态。

张同道：您对未来的写作有什么期待？

迟子建：我未来的写作路，我真不知道在哪里。我在鲁迅文学院的时候，给《文艺报》的一个作家谈创作的专栏，写了一篇《遥远的境界》。我现在还是这么想，写作最美好的永远在遥远的境界。俄罗斯有位作家写过一篇散文《火光》，就是在一条河上行舟，往前行时看到一团火光，大家觉得转过弯，就到了这个火光点，可是航行一段再看，火光好像还是那么远，难以企及。这个时候的火光有点星空的气象了。实际上真正的艺术，它有的时候真是一种天堂的微光，遥不可及的。写作可能也是这样。

我非常喜欢法国作家雨果的《九三年》，他那么高龄能写出《九三年》，我觉得非常了不起。汪曾祺先生，他也不是青春时代写出重要作品的，用您的话说，"大器晚成"。当然我认为他就是一个好作家，他迟早要把他心底流淌的最美的文字留给世间，他才会离去，这是他的使命。

我觉得生活、写作都会是充满生机，在死亡当中总会绝处逢生，所以即使是一个人的生活状态，我依然会善待自己，每天锻炼一下身体，然后做一些自己喜欢的菜，调配好饮食。因为我觉得，"我没有生病的权利"。比如我高烧了，我要喝一口水，要自己去倒一杯水。有一次早上颈椎病发作，天旋地转，我觉得可能起不来了，我真是对自己说：迟子建勇敢点儿，起来！起来！然后我把着床头，一点点地起来，活动着颈椎，扶着墙慢慢地走到洗手间。我没觉得悲切，这就是人生吧。

对于我来讲，我能在工作了一天后，坐在厨房窗子的一角，听着自己亲手炖煮的菜像唱歌一样发出声音，喝上一小口红酒，我会无限感恩。那时候并没有孤独感，虽然大家觉得我是一个人，但那时候我觉得上帝是如此的厚爱我，我还能看着窗外的风景，看着绿树，看着夕阳，看着我们大家共同看到的天光，夫复何求。珍爱生命，珍爱生灵，珍惜亲人，珍爱自己。生命就是这样，你看，哪一个冬天会没有尽头呢？哪一个春天会永远伴随着你呢？一定不会的。那么人生就是这样，我们经历了一季，下一季会等待着我们，所以吃蛋糕只是在生日的时候吃是对的，你一年365天吃蛋糕会腻死你的。对于我来说，我品尝一点蛋糕就可以了。

我期待未来，我现在50多岁，我还期待，无论在这房子，还是在哪里，期待写出相对好一些的作品。因为我能不断地看到自己的缺点，当然我也能看到自己在踏踏实实地进步，比如从《额尔古纳河右岸》到《群山之巅》，也许有的人不适应，但我看到了微小的进步。在这个过程中，哪怕你失去了一些读者，你又赢得了一些读者。让视野更开阔一点，你挖的井更深一点，你对人性的期望值更高一些，你把人性的复杂性探讨得更深入一点，一个作家只有这样做，才能走向更宽广，接近那个《遥远的境界》，离星空、离我所说的那种火光稍稍近一点。我没有更多的奢求，无论生活和写作，我希望自在一点、简单一点，不周折，然后随遇而安，平心对待一切事情，坚强、自信、乐观、自尊，这样不就很好吗？

陆文夫给我们鲁院讲课的时候，谈到一个作家重复自己是最不好的。确实，我觉得一个作家不断重复自己，其实就是搬起石头砸自己的脚，一个作家就不断地往前走，不断地突破自己，哪怕一个微小的进步，哪怕你在进步的过程当中会丧失原有的一些读者，但是一个作家不能拒绝成长，不能拒绝往深邃处、混沌处、人性的复杂性上开掘。

说穿了，文学是一种信仰。我们建立起来对文学的信仰之后，要真诚对待生活当中的好与坏、幸福与悲伤，这一切我们都要正视，这是人与生俱来的不可抗拒的东西。我们绝对不能为了刻意地营造光明而把黑暗的阴影遮蔽，当然我们也不能因为刻意地强调黑暗，而忽视了我生命当中哪怕些微的亮光。

那我们就可以看到在哈尔滨的街头,在都市当中还有人烤红薯的时候还在下象棋,怡然自得,我觉得我们生活就是这种苦中作乐。

作家不能重复自己,但山是要重复自己,连绵在一起才能成气势,水要不断地重复自己,才能源远流长。山水的重复,恰恰给了我生活和写作的生命之源,动力之源。

5. 手稿

【我的颈椎病很重,我这样写了大概有600多万字,出版了80多本书,我就是这样写在灯下,每天就跟一个农民劳作一样,日出而作,日落而息。】

张同道:知道您长时间用笔书写,那肯定积累了很多手稿?

迟子建:我拿出来的这些,这是放在我卧室旁边的小书柜上的,我存的手稿。我用电脑比较晚,所以手稿较多,这只是其中的一部分。我比较珍爱的六本,就是我最长的小说《伪满洲国》。手写体都是工工整整的,一共六卷。三种颜色,两种蓝的,两本是棕红的,两本是偏于橘色的。我那时候因为是手写,又不用电脑,不像现在这么方便,有U盘。我刚结婚那时候跟爱人两地分居,所以我每次走就要带着一个硬壳笔记本,走之前特别恐惧我写的手稿途中遗失怎么办?每次坐火车回去看他之前,第一件事我就要把我这些手稿,拿到复印社,把写的内容复印一下,在这儿备份。我觉得万一在火车上被偷,因为我上了火车有时候迷迷糊糊,比较能睡的,一夜醒来,我这个心血没了,被偷了怎么办?所以我每次走都要复印一下,直到它最后付印出版了,我才松了一口气。这六卷本,其中也有改动的,但是这个作品因为准备的时间比较充分,改动的还是稍微少一些。密密麻麻,真是爬格子啊。我的颈椎病很重,我这样写了大概有600多万字,出版了80多本书,我就是这样写在灯下,每天就跟一个农民劳作一样,日出而作,日落而息。

这个是《越过云层的晴朗》。你看我是用了三个笔记本来写，也是手写稿。这个是我写的第一章《青瓦酒馆》，那时我爱人还在世，我写完这章没多久他去世了。所以这个作品对于我来讲，等于说第一章以后，就剩下我一人了，我用《越过云层的晴朗》，度过了人生一段艰难的岁月。我每天就是想进入人物里，进入情节里。我看一下我是什么时候写完的，哦，2002年11月16日初稿。这种笔记本比较美观，写起来觉得，真好像是自己的一本书一样。

张同道：您为什么写这么密呢？

迟子建：我觉得看得也很清楚，你觉得很密？

张同道：对，您写得非常密。

迟子建：我已经很习惯了，就是这样了。这个是《逝川》的手稿，在《收获》发表，也是我个人比较钟爱的一个短篇小说。我写了大量的短篇小说。最初的篇名叫《美丽的逝川》，《收获》的编辑们就提出来，其实就是李小林，是巴金的女儿，《收获》的主编，我很多重要的作品，尤其《额尔古纳河右岸》，等等，包括近作《群山之巅》，她终审的时候都是要提一些意见。《收获》的编辑们是非常敬业的，他们就说这篇小说倒是不错，用一个《逝川》就已经足够了，为什么还要加一个"美丽的"？我说那就去掉。那时候是通信往来，我看到这个手稿的时候就觉得，那个年代的编辑和作家建立的这种关系，一种文学的信任，对文学的这种热情、赤诚、敬业，极其难得。我非常尊重编辑们提出的意见。这个手稿还比较工整。

张同道：很工整。

迟子建：很工整，我一般就是写作之前做好功课，进入小说写作以后状态比较好，就是成稿。第二遍誊清之前，这都是草稿，改动就不大。

张同道：您是打了腹稿？

迟子建：对，这就是草稿，这是1994年6月21日写的。结尾也都是没有改动的。

"吉喜用尽最后的力气，将木盆拖向岸边。"

"这最后一批泪鱼一入水，便迅疾地朝下游去了。"

很清楚的，我自己还标上页码，这是11页，页码我习惯有的时候标到左下角，这个是标到右上角的位置。

张同道：那你寄给杂志社的时候，另外再誊抄一份？

迟子建：寄给杂志社的时候另外再誊抄一份。所以我的工作量是巨大的。我这样写一遍草稿，然后再誊一遍，这个就是编辑部留存的，他们下稿的时候看到的不是这个稿，这是原始的手写稿，最初的草稿。

张同道：手稿确实珍贵，以后用电脑写没手稿。

迟子建：当然了，连书信都会越来越少了。

6. 死亡

【我想写出这样一种死亡状态下的人的常态，一种日常的心态。我从来就没有觉得死亡是龌龊的，是肮脏的，是避讳的，从容地谈论死亡是一个人的勇气体现。】

张同道：您在不少作品中写到死亡，特别是《白雪乌鸦》，读着让人透不过气来。为什么想到写这样一部小说？

迟子建：我是1990年调到哈尔滨的，原来真不是很喜欢都市生活，经常外出，也不觉得这是我的一个家，每年还是回到故乡，回到兴安岭，几乎是一半对一半的时间，能在我的故乡兴安岭待半年，在哈尔滨待半年。在哈尔滨我最喜欢逛的就是夜市，喜欢吃东西嘛，买各种的菜，听着各种吆喝声，觉得生活如此的美好，充满了人间烟火气。

我是渐渐地喜欢上哈尔滨的。有一年我外出归来，下了飞机，坐机场大巴车回城，深秋，看着车窗外的树，从机场路过来，那开阔的原野，那种清秋之感，真的美好，我发自内心的觉得这是我生活的城市啊。我热爱上这个城市，那么我就写了关于哈尔滨的一些作品，书写我生活了二十几年的城市。除了长篇《白雪乌鸦》，还有中篇小说《黄鸡白酒》《起舞》《晚安玫瑰》。

《白雪乌鸦》是写哈尔滨百年前的大鼠疫，在老道外，过去叫傅家甸，都是一些生活比较穷困的人住在那里。在我做这个资料的时候，从省图书馆把四维胶片的当年的《远东报》，几乎全调出来看。因为你要进入那段历史，你要对当时的历史特别的了解，小说要日常化，日常化你就要知道有一些什么街、什么样的店铺，那时候还有类似像兑换钱币的地方，叫"钱桌子"。我看那照片挺有意思的，一个老先生，戴着个眼镜，守着钱桌，坐在街角，然后有人来兑换钱币。每天的比值也是不一样的，像股市一样，也是在变化的。还有一些故事很有意思，提供了很多帮助。在清王朝末年，一个警察朝一个妓女，好像借了两块银元，然后没还，就被妓女给告了，这个也是报纸上的一条消息。我当时就想，那个时代，在这种动荡之中还有这种秩序，一个妓女把一个警察告了，你借钱不还我也可以告你。这样很丰富的细节，对《白雪乌鸦》的写作是做了一个很好的铺垫。

当然这些是小说的细节，小说的灵魂不是这个。小说，任何一个小说建构，要有灵魂，那么我这个小说的灵魂是写死亡之光的。这里有一个关键人物就是伍连德，一个剑桥大学毕业的博士，一个很了不起的医学斗士。现在他的事迹广为人知，在哈尔滨，很多人都知道他。这场大鼠疫的时候，哈尔滨道外傅家甸的人口还不是特别多，死亡人数已经达到五千人，这是个很高的数字，几乎每天都在死人，死亡数字不断地攀升。伍连德来控制疫情的时候，他通过解剖尸体发现这是肺鼠疫，可以通过飞沫传染。这是医学史上的一个进步，因为第一例尸体解剖是他做的。他采取了一系列的措施，做口罩、隔离、封城等。我也看到了那些照片，那时候做的口罩特别的大，戴到耳根这儿，武装到牙齿。这些措施使这场鼠疫的死亡数字逐渐地下降，下降。然后还有火葬，就是把这些患了鼠疫的人的尸体集中火葬，在哈尔滨来讲是一个惊天动地的事情，我觉得他功绩是非常伟大的。

但是小说要做的又不是这些。那么我要做的是什么？我想在那样一个地方，除了防疫的伍连德，道尹衙门的人，更多的是寻常百姓，挑柴的、剃头的、卖粮的、开当铺的。那里有客栈、海货店、茶庄、烟馆、妓院，等等。这些普通的人突然遭遇到鼠疫，面对死亡威胁的时候，会是什么样的？这是我要探究的。

生活依然在继续，鼠疫已经变成了一个特殊环境里的一个生活常态，你每天面对的就是死神。这些人在这里面，在这么个死亡情境当中，还仍然有生活的这种活力，我就要写出在这个状态之下，在死亡的阴影笼罩之下，仍然从板草泥小屋里面有炊烟飘出来，有炊烟飘出来就说明还有人顽强地活着，这是《白雪乌鸦》的魂儿。

为了写《白雪乌鸦》，我那一段经常一个人跑到老道外。做资料在图书馆是一个方面，那么你近距离的去感受当年的场景，试图去还原，也非常重要。这个时候的作家呢，有点像演员，你要揣摩每一个人物面临死亡的状态，有的人是惧死的，小说中就有吓疯的；有的人是不惧的，依然蓬勃地活着；有的人在救子时感染鼠疫，但爱促使她这样去做。

写《白雪乌鸦》对我来讲，其实是在死亡的丛林穿行，心情挺压抑的，这个有点像我写《伪满洲国》时的心境。写《伪满洲国》的时候，我走在街巷当中，觉得看到的人，都是穿着长袍马褂的。写《白雪乌鸦》也是这样的，我每天写完以后，都有点缓不过来气的感觉。

我想写出这样一种死亡状态下的人的这种常态，一种日常的心态。其实也有批评家谈到我作品，说写了形形色色的死亡。有一年接受中国国际广播电台的采访，他们有一个规定的动作，问每一个作家，你设想的死亡是什么样的？我觉得死亡真是不能设想的。我说可能每个人经历的那个时刻不一样。我是从森林来的，见惯了飞鸟，它们在天上飞来飞去，看惯了人间的生死，飞鸟可能把每一个人的死，看成林中的一片叶子凋零一样。可能一个人走了以后，天上的飞鸟会说，啊，又一片人间的叶子凋零了，仅此而已。那么死亡它是多种多样的，人们的出生是单一的，可是死亡却是无限丰富的。

从这个意义上来讲，死亡跟人生一样的精彩，我们对它要敬畏，它也是圣洁的。所以为什么世界上不管什么宗教，都给人一种未来指向，有另外的一个空间，我觉得其实谈的就是死亡，谈人的这种丰富性，它不是只给你一个神话世界，它也是给你一种勇气和信念。所以在我的想象当中，比如说我崇敬的一些作家，三岛由纪夫、川端康城、海明威，等等，这样一些自杀的作家，我从来不认为他们是懦夫，我觉得一个人能够在生命最恰当的时候把自己结束，像海明威用最后一枪给他的一生的写作画了一个惊叹号，或者说是句号一样，非常了不起。海明威不是懦夫，是一个伟大的战士，直到最后。我在分析《老人与海》的时候，曾经跟学生讲过，我觉得《老人与海》不是写一个硬汉的形象，他写的就是失败的人生。我说，也许这就是海明威自杀的前兆，一种预兆。他写一个老人在海上，80多天没有捕到一条鱼，后来捕到了一条大马林鱼，它拖着他这条小渔船，在回岸上的过程当中遭遇了那么多的风暴，就不断地有鲨鱼过来吞噬这条鱼，他就和它搏斗。在这小船上，他用尽了各种工具，可是他还是坚强、顽强地把这条大鱼，马林鱼带回岸上。可他拖回来的只是一条大鱼空空的骨架。

我觉得《老人与海》是一部伟大的哲学书，说明人生整个的过程，鲜活的东西是在不断地丧失，在人生之海过程当中，当你想从此岸到达彼岸的过程当中，很多东西是不断地被吞噬掉，被时光，被不可知的灾难、不可知的逆流，不断地阻碍。可是人只要活着，这所有的东西，哪怕他最后剩下一副骨架，我把它看作是一种精神的象征，仍然要带回来，带到岸上，带到他的人生博物馆，作为一个见证。

我小时生活的小镇，离鄂伦春人居住地很近。早期的鄂伦春人死后，是风葬的。在林间做一个尸床，把人的尸体放在那个上面，直接面对着星星，面对着月亮，其实就等于面对着他们的神灵。我能回忆起我在《群山之巅》

里也写到了这种死亡，上面是有月光在照耀着他，在点燃着他。我从来就没有觉得死亡是龌龊的，是肮脏的，是避讳的，虽说这世上因为战争和犯罪，等等，有那么多意外的死亡和牺牲，但死亡本身还是圣洁的，从容地谈论死亡是一个人勇气的体现。

有一些小说，像《白雪的墓园》，写的就是我亲历的父亲过世的故事。这也是我第一次直面亲人的死亡，那是1986年。我父亲很早就来到大兴安岭办教育，他教过物理、语文，吹拉弹唱他都行，乒乓球打得也好，印象中好像没有他不会的东西。因为他是永安学校的校长，在他的葬礼上，主持追悼会的县教育局的人，说希望家属有一个代表能够讲几句话。

父亲去世的时候，我已经是大兴安岭师范的一名老师了，所以县教育局的人就说，让他二女儿来代表家人讲一讲吧。因为那时候我的《沉睡的大固其固》已经发表，而且在《小说选刊》转载了。父亲离开我们31年了，但我那天讲的话，依然记得。我说父亲的去世，对于我们姐弟来讲，是失去了一个好父亲；对于我的母亲来讲，是失去了一个好丈夫；对于学生来讲，失去了一个好的校长；我非常怀念我的父亲。河北教育出版社在1995年做了一套女作家影集，我在后面附了一首诗，我还记得其中的几句：他离去了/亲人们不要去追赶他/让他裹着月光/在天亮以前，顺利地到达天堂/相信吧/他会在那里重辟家园/等着被他一时抛弃的你们/再一个个回到他身边/他还是你的丈夫/他还是你的父亲。

我觉得人生就是这样，生死就是一个轮回。我觉得一个人生命的过程，能够逐渐在年纪渐大的时候正确地对待死亡，摆脱死亡的阴影，就会活得灿烂，这一生才是真正的圆满。否则你即使活到一百岁，在战战兢兢当中，两眼瞪得溜圆，千般不舍，万般牵挂地闭不上眼地离世，那是活得不灿烂的，不管多长寿。

7. 回到北极村

【我觉得很亲切，有这样的鸡犬相闻之音，这就是我的乡音。炊烟也是一种无声的语言，它好像在对我轻轻地诉说，北极村的女儿回来了，回家了。】

张同道： 您多年没回北极村了，今天回来有什么特别感受？

迟子建： 今天回到北极村了，回到姥姥家了，我进村口的一瞬间不由自主地想起姥姥，我流泪了。我原来回来最想看到的就是姥姥。一进家门有一个老人在那里叫着我的小名，我会心里有一种暖洋洋的感觉。就像小的时候姥姥领着我，在我童年的菜园里面一样。开春的时候我和姥姥抬着农家肥，给地上肥，因为要种地了。夏天时菜园是绿油油的蔬菜，姥姥会吩咐我，你去间点儿菠菜，再间点儿小白菜，我们做蘸酱菜。或者吆喝我去拔两棵葱，做葱花，这种美好的时光，包括姥姥领我去黑龙江边刷鞋子，我第一次见到北极光的情景，都记忆犹新。

几十年过去，北极村发生了翻天覆地的变化。我最不想看到离去的人——姥姥和姥爷，都去了另外一个世界，心里有特别痛的感觉。

我姥姥和姥爷都是山东过来的，我是逃荒人的后代。童年时我偎在火炉边儿，听他们讲从齐鲁之地带来的故事，特别着迷，使我对山外的世界无限向往。火炉中的劈柴也像听众，噼啪噼啪响，听得欢欣鼓舞，像在鼓掌。劈柴燃烧的声音，太熟悉了，非常亲切，但是也给人一种忧伤的感觉。因为现在我们走进北极村，能找到烧劈柴的人家越来越少了，现在都烧煤了。

我的几位重要亲人的离去，对我的心灵世界的成长是有影响的。父亲病危时，在我们县城的医院，一天晚上，主治医生告诉我说他可能抢救不过来了，我特别的难过，我也不知道该去求谁，非常孤独，非常无助。父亲一直在抢救室抢救，有一天深夜，夜半一两点钟的样子，守夜陪护的我走出抢救室，来到外面，那是大兴安岭的一月，冷风刺骨。我就一个人跪在医院前的一个空场上，朝天祈祷，祈求天能把父亲留下，我不能没有父亲。我跪地求天的那个瞬间，一只黑猫突然簌簌地从我身边跑过，跑向的方位刚好是太平房，我心里就有一种不祥之感，父亲果然抛下我们走了。我姥姥和姥爷比父亲活得长，算是高寿，都80多岁，可是他们离去，我觉得一个童年的世界，彻底陷落了。人一代代故去，一代代的青年人也成长起来了，我听说这里还有个"子建文学社"，现在上学条件好了，我当年上学的时候还没有电，冬天上头一堂课的时候还点蜡烛。

现在的孩子在用电脑了，可是有一些东西我希望它是不变的，绿水青山。大兴安岭、漠河保留了最该保留的东西，我们能看到这样的蓝天，能看到如此美的白桦林，如此洁净的雪、透明的冰。我觉得在中国有这样一片纯美的自然，是我们的福气。

现在的北极村已经成了一个热闹的地方，你听外面传来了游人的欢呼声，也许他们在广场放孔明灯，这是我们小时候想都不敢想的事情。原来到了晚上九点左右，家家都关门闭户了，那时候屋子没有卫生间，我的任务是从院子里拎一个尿盆进来，放到灶房，晚上家人起夜用。

今天在北极村，回我们家老房子的时候，我们走出来的那一瞬间，大家都被北极村晚霞所震撼了。这还不是最美的呢，有时候晚霞绚丽到整个半边天全是红红的，那般妖娆，我无数次地在作品里写到。站在晚霞中的那一刻，看着炊烟升起来，一瞬间觉得天与地在对话，人间与天堂在对话，炊烟和晚霞也在对话，我觉得这就是我们的生活，就是我们的生命状态。

我们存在于它们之间，在尘埃里，这个尘埃是我作品中的凡人，是我接触到的这些底层的人们，是我生活中最广泛接触和最乐于接触的人。我所追求的艺术，我的精神世界，永远是在这个层面上，在人间烟火之上不断地提炼、凝练、升华，仿佛炊烟经过火的历练，飘扬而出。

2008年我的《额尔古纳河右岸》获得了茅盾文学奖，我故乡人为这个事情也是很高兴，有人建议在我的出生地建一个文学馆，让我能在这儿写作。我特别理解这种心情，但是我觉得在这一方土地上，如果建一个馆，用于文学更好，绝对不能用于我个人，我觉得这片土地已经给予了我很多的东西，我再占用它一点、一寸的东西，都会于心不安的。

我写作是写这片土地，是它滋养了我，而如果建起一个木头房子，竖在这里只为我而用，我觉得像我的一个牢笼，而且是浪费资源。作为我来讲，我是不喜欢这样一种方式的。现在这个文学馆变成了黑龙江文学馆的一部分，我们复制了文学馆的一部分内容到这里展示，有黑龙江各个历史时期的作家，这儿也成了中国最北的文学馆。

一个人从出生到最后走完自己的一生，什么是真正的东西呢？我觉得今天回来看，给我感触最深的，自然是永恒的，山、河是永恒的，那作为我来讲，我觉得只要我的笔不枯竭，我一直写下去，那么我和我这支小小的笔，就获得了永恒。我不需要造就任何的馆，再大的宫殿，也没有一个作家精神上真正的自由来得巍峨，来得壮美，来得永恒。

我就希望我回到这里，不是一个馆在等着我，而是升腾的炊烟。我今天走在乡间小路上特别感动，有一只狗一直盯着我，看我走过来的时候还迎着我。其实我比较怕狗，小时候被狗咬过，所以有的时候在家乡散步的时候，我手头会拿着一个木棒，那是打狗棒，要是雄壮的大狗威猛地跑过来，我会蹲下呵斥它一下。但是今天我就觉得很亲切，有这样的鸡犬相闻之音，这就是我的乡音。炊烟也是一种无声的语言，它在告诉我，好像在对我轻轻地诉说，北极村的女儿回来了，回家了。回到这样的一个地方，那我觉得每一粒雪对我来讲都是有感情的。

今天马拉爬犁的时候，那个马很调皮，我坐上去它要拉屎，它就站到那儿，拉了一堆粪球，我闻着那个气味也觉亲切。因为我童年在塔河县，在永安小镇的时候，我们家前一趟房是生产队，生产队里就有牲口房。那时候上小学的时候，我们在开学的时候是要交粪的，那么拾粪是我们小时候的一项工作，自己拉个小雪爬犁，上面坐一个小花筐，废弃的那种筐，拿着铲子去铲。有的时候铲不了那么多，我们就在生产队门口候着，牛马一出来拉屎就拾。马拉下的粪球圆鼓鼓的，在我眼里就像珍珠一样，得到了它，你开学的时候，要交的粪就差不多够了。牛要是多拉几盘屎，在我眼里就是盛开的花朵，没等它凉透，就赶紧拾起，不然让别人捡去怎么办呢？

张同道：您的作品不断地被翻译成各种语言，您怎么看待中国文学的海外传播？

迟子建：现在中国文学走出去成为一种比较时髦的说法。从《秧歌》开始，我最早的译作是法语版，不断地开始有英文版、日文版、韩文版、意大利文版，还有荷兰文等等的翻译作品，其中法语版的作品相对多些，那么不管有多少语种的译作，我回到这个村子，有一种感觉很强烈。那就是中国文学走出去是非常对的，走出去让世界认识中国，了解我们的文化，可以使我们的文学在全球化过程当中与世界互联，彰显我们的气质和精神。但同时我觉得走出去也要警惕一窝蜂，那种刻意摆拍的东西，因为文化是需要积淀的。

其实我们在走出去的过程当中，把文化走回来，也很重要。因为文化走回来，意味着你会把你的根系，把你写作之源、笔的动力之源找回来。为什么很多作家在青春时代写了一系列重要作品，突然就停止了呢，了无声息了呢？我觉得就是丧失了这种原创的动力，离我们脚踏的土地，离我们的鲜活的生活越来越远了。

我们有的时候是需要童年的这种劈柴，你看现在火有点不是很强烈了，烧的不是很好的时候它会呛你，刚才一瞬间我觉得有点呛。那我要说的就是，其实文学，有的时候我们需要一些热泪，需要一些人间烟火这种辛辣味儿，呛一呛你的眼睛，有这样的泪水流出来，才是我们写作真正的力量。

张同道：今天的北极村已经成为旅游点了，还有哪些童年的记忆？

迟子建：我们北极村有一个供销社，每次回来我都要去这个供销社。为什么呢？这个供销社跟我童年的印象还一模一样。它那个时候是一个松紧门，有一截弹簧，这样门能关得严嘛。小时我去那儿，不是姥姥就是二姨，给了我一点零钱，三毛钱两毛钱的，我嘴馋，就去供销社买糖了。我个子又不高，要踮起脚够着柜台，跟售货员说要这个要那个。糖多是"光腚糖"，就是糖球，没有包装纸的。买一把糖球，晚上要睡着了还含个糖球呢，你想对牙齿肯定是伤害很大的。

小时候去供销社，有一次我拽开门后，它立刻就弹上了，我还没有完全迈进门槛呢，脚后跟就被磕着了，掉了一块儿皮。我好多天不能出去玩耍了，一瘸一拐的，就在炕上待着。我姥姥、二姨和小舅，就叫着我的小名，说我爐嘎巴，嘎巴就是那个伤口结的痂。

还有一个地方我也比较有感情，就是北极村最北邮局，因为我的"灯迷"，很多因为喜欢我的作品来到了北极村。他们来到这里，寄给我的礼物几乎都是来到最北邮局，买一张明信片，盖上最北邮局邮戳，在那儿写一段温暖的话寄给我，让我感动。

今天在江边碰到了来自西安的一对儿年轻人，其中有一个读过我的作品，他见到我的那种喜悦和兴奋，也让我特别感动。一个作家真不算什么，可是当你的文字像我今天扬起的雪粒一样，让读者感受到它的清凉、透明和美，你还是有一种发自肺腑的感动，你会觉得你和他们是心意相通的。一个作家要有自己的根，要有宽广的视野和宽阔的胸怀，要有这种真正的人文精神，不是口头上说的那种，不居高临下，就能发现生活和艺术的朴素的美。

作家真就是很普通的一个人，你把自己放得低一点、再低一点，你才能看清泥土上的脚印，看到自己的足迹，牛马的蹄印，猪踏过的痕迹，鸡鸭留下的像松枝和梅花一样的爪印，这些对我来讲，就是大地上最美的印章。它刻在那里，也刻在我的记忆里，刻在我的生命和我的文学世界里。

张同道：您的作品里常常写到山川河流，这是自然进入的还是特意为故事设置的背景？

迟子建：很多读者喜欢我笔下的自然风景，日月星辰、山川河流，等等，因为我就生活在这样的一个环境里面。我出生地是北极村，我面临的就是这条黑龙江，父母离开了这儿，去了吴八老岛三合站，又是在黑龙江的边上，逐水而居，我又属龙，好像跟河流一直有关系。接着我们家来到了永安，就是塔河这个地方，呼玛河从那儿流过，也是一条非常美的河。是我小的时候在那儿玩耍的河，也是我四年婚姻我和爱人走过最多的一条河流。而我工作的城市有松花江，在南岗的居所对着马家沟河。

我一直与水有缘，好像命定如此。走到任何地方，见到水都有一种天生的亲近感。我笔下切近山、切近河，都是自然而然的，因为我笔下的人物就生活在这样的环境当中。比如说一个屠夫出场了，他背后是山，我会感觉他就像驮着一架山在慢慢地走。

我写到河，也是这样。河流一直环绕着我们的生活，我童年就在河边洗衣服，刷鞋子，看船，捕鱼。当我写人与水共处的时候，也是自然而然的。大兴安岭冬天漫长，没有水井的年代，夏天直接从河里挑水，冬天冰封的时候就刨冰块，用麻袋装着冰块，用马拉爬犁或是手推车把它拉回家。冰放到大锅里融化，热气蒸腾。我们走进兴安岭，你看到有多少人烟？可是我们看到的最大的人间烟火就是树，就是河，就是白雪。这种自然，它成为我生命的底色，也自然地成为我作品的底色。当然它不会是我作品唯一的底色，因为我也写一些城市题材，包括城市历史的作品。

张同道：您从大学毕业就开始教书，后来当编辑，成为专业作家，但您小说里写了形形色色的职业，您是怎样深入了解到这么宽广的社会层面？

迟子建：看似我经历比较简单，比如说在这儿出生长大，然后上学，上学以后工作，从事了一段编辑工作，现在是在作家协会工作。可是我跟其他人不一样，我童年时代走过整个大兴安岭，从大兴安岭中部的塔河，来到北极村，过去要走很多天，冬天坐大客车，夏天坐船，从三合站上船，逆流而上，三天才能到达北极村。我在小镇生活，很自然地接触了各色人等，我们小镇有像我父亲一样教书的，有林业工人，有店员，有屠夫，一到腊月的时候，家家宰猪，专职的屠夫他就来了。还有办白事儿的，有葬礼的时候他们就现身了，而到了婚礼的时候，又有主持红事的。一有红白喜事，我们就跑去看。看主持白事的人怎么打发死者上路，看主持红事的人怎么怂恿大家去闹洞房。有红白喜事的人家，要垒起锅灶，招待客人。大师傅掂起马勺是很神气的，而马勺里掂着的菜，要么是我们饲养的家禽，要么是我们种的菜。我们家前院是生产队，社员们干完一年的活儿，年底分红的时候，我们小孩子最愿意凑到那儿，因为大人们这时候如果分红分得比较多，就特别高兴和慷慨，给我们块儿八角的，我就可以买糖葫芦、糖球，买海拉尔的冰糕，这是我们无限神往的事情。那么我其实在少年时代，就接触了各色人等。

当我从事写作以后，从大兴安岭师范学校开始，渐渐投稿，最早写的《北极村童话》，就是这里的风土人情。我回到老房子，看到小说中苏联老奶奶的房子依然在，而她早就不在了，无限感慨。当我写作以后，我的生活和写作之源没有断过，因为我大概每年有几个月的时间是在下面，没有谁让我去深入生活，我就是喜欢这样的生活，喜欢和这些人在一起。

我们一下飞机，就来到漠河街头，当那样的一个夜晚刚刚来临的时刻，我走过商贩的摊位，跟卖东西的聊起天来，无比自然和亲切。他告诉我他2008年来到漠河，喜欢上这里以后，就把家从肇东迁来，逐渐地扩大铺子。我说你为什么喜欢这里？他说这里空气好，人也好，我的摊位放到这儿，晚上苫过布我就回去睡觉了，第二天早上，我这些山货什么还在那儿，一样都没丢。现在还有这样的地方吗？

我先前以为这里变成一个旅游热点城市后，民风不那么淳朴了，可是跟他聊天，他那番话打消了我的部分疑虑。对于我来说，不是要刻意地接近他们，而是天性让我自然而然接近了他们。如果让我在大城市的酒楼去赴一个宴会，我会有一种拘谨或者不踏实的感觉。可是如果让我坐在农家土炕上，吃着黏豆包，老乡们给我一口酒，我喝下去的时候，心里那种热是透到心里的。这种热是生命的热火，也是写作的热火。

我走到北极村的街头，总能碰到笔下人物。像我上次回来，就碰见了一个看着我长大的人，我问他还记不记得我？他叫着我的小名说，"记得呀"，他说，"你小时候可淘气呢，跳障子！"北极村的木栅栏叫板障子。

我刚才不是谈到中国文学走出去嘛，那年我二姨夫去世的时候，我没有赶回来，因为我在国外参加一个书展。就是说我淘气的这个老乡很质朴，他就问我家亲戚，说她为什么没回来？我姐姐就说，她在国外参加一个书展。他就骂着说，他妈的一个写中国的作家，还写到外国去啦？他的这番骂很生动，当我姐姐把这话转述给我时，我觉得这也是一种文学的提醒。虽然他没有多少文化，但是这样的话我会记到心头。

你与这样的人共处，感受他们的呼吸，你笔下的人物才会活起来，否则你居高临下地去看他们，你哪怕布置最好的山水，可你的人物是僵化的。我还是希望我作品的人、情、景融合在一起，那才是一幅真正和谐的画面。我说的和谐，是文学意义上的，这里当然也有苦难和忧伤。一个作家就要找到这种文学，就像摄影师找到它的聚焦点一样。我觉得我做得不够好，还需努力。

这次回北极村，从飞机舷窗往下望，当飞机飞到大兴安岭上空，我能看到整个兴安岭上空一道一道雪的时候，我的心开始跳得异常了。尤其是来到冰封的江面，看到了儿时捕鱼的情景，在这个火炉边，我依然能听见火炉在唱歌，哪怕在这样的严寒里。我更坚定了这样一个信念：我生命和文学的根就是冰雪根芽。这个根芽是美丽的，这个根芽是青春的。

我今天在雪野里情不自禁，像童年一样地扬起一把雪的时候，我觉得我思绪在飞扬，我终于接近了我最理想的生活，我被一些精灵包围了，那真就是冬天的白蝴蝶一样，一种有生命的蝴蝶。我有这样的冰雪根芽，不管我个人经历了多少生活的磨难和写作的艰难，我觉得都是值得的，都是幸运的。没有冬天，哪有这样的根芽？而没有冬天，又怎能对春天无比感恩呢。

（本文经迟子建2018年11月删改和校正）

六、毕飞宇和他的苏北水乡

毕飞宇　张同道

【我没有姓氏，没有故乡，我是个天生的小说家。】

毕飞宇，作家，南京大学教授，1964 年出生于江苏兴化。主要作品有《叙事》《哺乳期的女人》《青衣》《玉米》《平原》《推拿》。2011 年《推拿》获茅盾文学奖。

2017 年 3 月 31 日至 4 月 14 日，纪录片《文学的故乡》摄制组跟随作家毕飞宇回到故乡江苏兴化，期间进行了一次室内访谈和多次现场随机访谈。这是访谈整理稿。

1. 祭祖

【原来我是有祖先的，原来我是有故乡的。所以当我第一次看见我祖父的那个坟墓的时候——我讲的你不要觉得怪异——在悲伤的同时，我充满喜悦。】

2. 孤独

【你在成年之后，如何能够重新发现你的童年和少年，我觉得这个才是关键。】

3. 父母

【我相信只要我在那个大地上书写过，尤其是童年时代，只要我在那个大地上书写过，我就有理由把它看成我的故乡。】

4. 县城

【我得承认小说里面的一切都是虚构的。但你真的要找，你会发现，虚构真的有它的酵母，真的有它的出发点。】

5. 启蒙

【如果有人问我只允许用一句话来界定你读大学的意义，我一定会说我在读大学的时候，懂得了一个关键的概念，叫"启蒙"。它决定了我写作的走向。】

6. 写作

【后面没有一次兴奋和担忧，强度能达到那样一个程度，就是发处女作的时候。因为我非常清楚，那一年1991年，我26岁，27岁，年纪不算小了。和我同时代的许多作家都已经成名了。我发表了第一篇小说，我知道开始了。】

7.《青衣》

【它无非是一个作家，把一个人物写好了。什么叫写好了？就是一个小说家，把她内心的那种疼痛感，呈现出来了。这个疼痛感不属于作家。这个疼痛感属于大伙儿。】

8.《玉米》

【通过小说写作，写到最后，让自己成了一个真正的知识分子，一个真正的公共知识分子。这个是我至今精神上的一个目标。是永远要往那儿走的。】

9.《玉秀》

【因为有了玉秀，我的整个小说生涯将不会胡来，肯定不会胡来。】

10.【《地球上的王家庄》】

【一个孩子渴望穿过这个大纵湖，然后直接抵达太平洋。】

11. 平原

【我觉得我处理了一直萦绕在我心头的几个问题。第一个谈的是知青的问题，第二个谈的是农民的精神困境问题。第三个问题，就是小说里的那个"右派"问题。】

12.《推拿》

【这个小说的体量，我是做了一个相反的努力。基本上是短篇小说的空间和短篇小说的时间，我刻意把它压缩的特别小，因为我要让它的内部产生拥挤感。】

13. 反哺

【为老家做点儿事。我们既然是风，我们的工作就让它吹，那些小种子们从外面吹到这儿来，落到这儿，从这儿飘到其他地方去，我们通通不管。】

1. 祭祖

【原来我是有祖先的，原来我是有故乡的。所以当我第一次看见我祖父的那个坟墓的时候——我讲的你不要觉得怪异——在悲伤的同时，我充满喜悦。】

张同道：你最初的创作和家世关系很密切，能不能跟我们讲一下，你父亲的身世和姓氏的由来。

毕飞宇：从写作来讲，我从一开始倒并没有确定一个土地观或者家庭观。有了这个套路，慢慢慢慢往前写。这个说实话，确实没有。但是如果你回过头来，看一下我的作品，你能感觉到有些东西在我的潜意识里面，它还是有所呈现的。比方说跟一块土地的关系，跟家族的关系。

说起家族，从我来讲，它就有一点麻烦。为什么有一点麻烦呢？实际上在相当长的时间里面，我是一个缺失家族的人。比方说姓氏。因为父亲来路很不明，他被一个姓陆的一个人领养了。然后由于政治和战争的原因，领养他的，也就是我父亲的养父在1946年又离开人世了。那么直到50年代之后，我的父亲才由政府出面，让他由姓陆改成了姓毕。

到了我，到了我儿子，其实也仅仅就是三代人。这个三代人意味着什么呢？意味着作为一个个人而言，当你回过头去寻找祖先的时候，你会发现它特别短。这个短对我来讲，就是一个巨大的遗憾。为什么我会和别人不一样？为什么我会成为一个没有来路的人？只能看到父亲，父亲之外的所有的东西，都是空白的，这是一个。

第二个，你要说起土地呢，那就更加糟糕。因为父亲本身没有来路，所以我就成了一个没有故乡的人。我父亲成了"右派"之后，他的工作不停地调动。那么我实际上就是一个随着父亲就职的地方永远在漂泊的这样一个人。

从这两点出发，对一个人来讲，没有故乡是一个巨大的一个遗憾，没有祖先也是一个巨大的遗憾。但是我作为一个作家，我倒没有想到，等我长大了之后，开始写作的时候，一定要去迎着这两条道路往前去找。倒没有那么一个很清晰的意识。虽然清晰的意识是没有的，但在不知不觉当中，偶尔他还会呈现出一个动机。我为什么不能在我虚拟的世界里面，去回过头来写写那块土地？为什么不能够回过头来，去写写我的祖辈？

既然写了，它倒不一定就是那么清晰的，就是有一块土地，有一个祖先意识，倒不是，它往往拐了一个弯。文学就是这样的，它面对许多问题的时候，它不像眼睛看眼睛那样直接对视。它有的时候像镜子一样，看的目光会有折射。折射过来以后呢，比方像我的小说里面，它就会对生育，对哺乳，对血液，对疼痛，对出生，对死亡，对这么几个主题特别感兴趣。即使我在进行一部小说写作的时候，开始没有一个清晰的理念要做什么，但是绕过来绕过去，这几样东西很自然地就在我的小说里面往外跳。

这几样东西构成了我小说的一个母体。从我开始写作，到我50岁前后，如果来概括我这段时间的写作的话，是说得通的。

张同道：有一种内在的吸引。

毕飞宇：对，它是说得通的。至于以后我会往哪儿写，我不清楚。命运给我的生命当中挖下了许多坑，不仅没把我埋葬掉，相反，它们给我提供了许多额外的能量。

张同道：我看你在一篇文章中讲到，52 岁才第一次祭祖。

毕飞宇：对。

张同道：为什么会在 52 岁才第一次祭祖？

毕飞宇：由于政治原因，我父亲的养父 1946 年就离开我们了。他是在哪儿去世的，怎么去世的，对我父亲来讲也是一个谜。从我出生到我长大，我就非常清楚地知道，我们家是光溜溜的。没听说过爷爷，也没听说过奶奶，更没有跟他们一起生活过。某种程度上来讲，我已经认可了这样的一种生活，那从我的内心来讲，有的时候也特别渴望从父亲那儿听到一些陈芝麻烂谷子。但问题是他永远都回避这些东西。我记得我读大学的时候，曾经问过他。但是问的结果非常不美妙，他永远对我沉默。那么从一个做儿子的角度来讲，一个父亲面对儿子的问题，他沉默了，无非就是两个答案。第一个，他不知道。第二个，他不想说。无论从哪一个角度来说，不管他是知道还是不知道，他是想说还是不想说，那么我们作为儿女，当父亲不开口的时候，你不能去撬他的嘴，是吧？你不能去撬他的嘴。

2015 年的年底，父亲突然告诉我一个消息，说由于一个亲戚的帮忙，终于找到我爷爷的坟墓了。从那一年开始，我第一次有机会去扫墓。我第一次去扫墓的时候，我看着我爷爷的那个墓碑，算了一下时间，他死亡的时候只有 36 岁。其实内心是沉痛的。一个人面对自己的祖先，哪怕你一次没有见过他，当你确认了你的血脉和这个土地有了关系之后，你的内心非常复杂。

可是反过来呢，我那天充满了喜悦。为啥呢？因为从童年开始，从我生长的那个村庄，看到每一个孩子到了清明的时候，跟着自己的爷爷奶奶、父亲母亲后边去扫墓的时候，带了好多食物，带了好多东西，然后一个一个地跪在一抔土地里面，然后还听到有一个人对着土地在那儿说话。我们远远望过去的时候，这是干吗呢？这个请客，干吗要到野外来请客？桌子上放了一些吃的东西，是吧？然后人还和泥土说话，羡慕得不得了。

回去问父亲，那是干吗呢？我记得非常清楚，我得到的第一个回答就是，那个是搞封建迷信活动，这个不好，以后你不要再问这些事情了。可你要知道，一个大人的一个道德评判，说别人在搞封建迷信活动，他抵挡不了一个孩子的好奇。你说一个人只有发疯了，他才有可能跪在那儿，对着泥土说话。可是在这个村子里面每一个人，我们都知道他们都不是疯子。他们为什么要跪在那儿跟泥土说话呢？这个仪式感很让人好奇。

我一天一天长大了，内心其实很失落。当然后来我也懂得了，那是清明节，那是祭祖。只有一个有祖先的人，只有一个确认了自己有故乡的人，他才有资格做这样的事情。等我年过五十了，我生命当中那么样一个巨大的一个缺失，在一个非常平静的聊天当中，父亲一下子给我打开了一个谜底：原来我是有祖先的，原来我是有故乡的。所以当我第一次看见我祖父的坟墓的时候，在悲伤的同时，我充满喜悦。我估计很少有人这样，像我这样去祭祖。我为什么喜悦？很简单，我得到了我生命里面特别要紧的东西，它确认了，这对我来讲是多么重大的一个事情。这种喜悦远远超越我没有经历过的那些悲伤。

2. 孤独

【你在成年之后，如何能够重新发现你的童年和少年，我觉得这个才是关键。】

【我现在也知道了我为什么如此热爱虚构，如此热爱写作，如此热爱小说。说白了，还是好奇心在那儿驱动。】

张同道：我觉得这个事跟你的创作关系很紧密。你小时候是不停地从一个村庄到另一个村庄，用你的话叫"漂泊"。而且你和村里的孩子不一样，你并不是农村人，你只是生长在农村。

毕飞宇：对，没关系，主要是没有构成关系。

张同道：你文章里边也提到，那些小伙伴都在忙，而你呢，更多的是一个人，在看这些，看那些，经常在村里到处串门。特别喜欢看那些杀猪宰羊的，各种手工。那是一个什么样的情景呢？

毕飞宇：这个可能也是好奇，好奇心使然。我到现在，年过五十了，我依然认为我是一个好奇心非常强的一个人。只要这个东西我觉得我没弄明白，或者说发生了一件我不知道的事情，我挖空心思我都在想办法把它看一看，弄清楚。一方面是好奇心这样强，一方面就是我和我生活过的那些村子里的小伙伴们有一些区别。这就导致了我一个非常特别的处境，那就是孤独的好奇。你要问我，你人生当中体会最深的一个东西是什么？我一定会告诉你，是孤独。

我长大了以后发现，面对孤独，是一个非常需要心智的事情。可孩子时你又没有那样的心智。对于一个乡村孩子来讲，最富裕的东西永远是时间。如果还有另外一个东西的话，永远是空间。他有的是时间，他有的是空间，可他没事干，那只能自己去找事干。村子里面有了婚丧嫁娶，那不能放过。那是一定要削尖了脑袋往里面钻进去，所有的细节我都要看个究竟。村子里面有老人快要去世了，我马上就过去，看什么呀？就听到那个嗓子里面，像秋天的叶子摩擦地面的那个声音，"咔咔"的那个声音，那口气咽下去了，我看见这个人去世了，死了。现在回过头来看，觉得不可思议，你这孩子怎么看这些东西？我看过许许多多的人在我面前去世，看过很多。实在没东西看的时候，那就去看庄稼，看土地里面的秘密。在哪儿挖出什么虫子来，在哪儿可以挖出蚯蚓来，在芦苇丛里面有什么，大地在阳光底下是哪些气味，在什么样的季节呈现出什么样的色彩。风来了之后，那些植物是如何摇摆的，如何颤抖的。

今天讲起来，仿佛是一个充满诗意的事情，可那个时候，很多人看到我这样，是非常讨厌的。这孩子真是，我们忙成这个样，你傻乎乎地站那儿一动不动，挂着一个下巴，傻了一样在那儿看。人都快死了，你还看什么呀？特别不招人待见。

可是好奇心这个东西了不得，它非得要满足。他挖空一切心思，他也要满足自己的好奇。可是在那个时候，也没有想到过长大了之后会写小说，也没有想到长大了之后会要用小说这种方式来表达神秘。

我在一本书里面看到过一句话，我看到了之后，我就特别开心。他说哲学是什么？这个话特别沉重，紧接着底下这一句话看到了以后，我就特别开心，他的回答是，哲学就是好奇。这是古希腊人说的，不是我说的。哲学就是好奇。你要问我，艺术是什么？我愿意模仿古希腊人说的，艺术也是好奇。你要问我诗歌是什么？小说是什么？我依然是回答——好奇。

在童年时代和少年时代，包括青年时代，我从来没有想过好奇心就是人生那一步，一个特别了不起的能量。当时不知道。我现在也知道了我为什么如此热爱虚构，如此热爱写作，如此热爱小说，还是好奇心在那儿驱动。说白了，也就是从我出生，从童年，到少年，到青年，生活给我培养起来的那种好奇心。渴望探究，渴望知道一个究竟。说到底就是这个东西。当生活满足不了自己的时候，当你的眼睛、耳朵和触觉，满足不了你的时候，你就去虚构。虚构就是小说，就是所谓的艺术。所以我从来没有把艺术看成一个特别了不起的一个大东西。我甚至认为，艺术其实和一日三餐，和早晨起来刷牙洗脸洗澡、穿鞋子换袜子是一个东西，它并不比这些东西高级。问题就在于，它也并不比这些东西低级。我觉得这就是艺术的本质。

张同道：关于这些虚构，其实很多恰好是在自己少年的观察。

毕飞宇：对，反正有关这个童年也好，少年也好，文学上当然也有很多说法。就是说一个作家，其实他的所有的一切，都是在童年就决定了。我倒也没有把童年的那些经历，把童年的那些感受，放到了那样一个地步。但丰满的童年永远是重要的，丰满的少年永远是重要的。但是如果你将来能够把事情做得像个样，能够深入下去，在我看来仅仅依靠童年和少年的丰满性是不够的。你长大了以后，你还得学会规整，你还得学会挖掘，还得学会发现。你在成年之后，如何能够重新发现你的童年和少年，我觉得这个才是关键，而不是童年和少年本身。

在我看来，也许许多人的童年和少年都比我有意思，但他长大了之后，由于从事其他类工作，没有回望，没有重新发掘这些经验，这些过往的人生，对他来讲不再有意义了。而对于我们这行的人来讲，它永远有意义，这个意义还在不停地重生，这个意义还在不停地升华。

3. 父母

【也许我还没有识字呢，我的父亲给我做了一个特别重要的一个教育，就是审美教育。】

【我的母亲是我的启蒙老师。】

【我相信只要我在那个大地上书写过，尤其是童年时代，只要我在那个大地上书写过，我就有理由把它看成我的故乡。】

张同道：你父母都是老师，他们从小对你，比如说读书、写字、思考，有没有一些要求？这些对你后边也产生了很多影响。

毕飞宇：要是跟普通的农家子弟比起来，那我的父母一定是给了我更多的营养，教我识字，教我算术，教我汉语拼音，这些都有。但是那个强度，远不如现在家长们在应试教育的背景底下，让他们考一个好成绩，然后逼着做作业、读书，没有那样的强度，远远没有那样的强度。它的强度是非常非常低的。可是我为什么觉得我的父母，那些低强度的开导和教育，对我来讲更有价值呢？它有价值就在于它目的性没那么强。它更多的是形成了一个氛围，在这样的氛围底下，形成了一个很高级的东西。我们把这个高级的东西叫什么呢？叫熏陶。

我父亲是接受旧式教育的，他是读私塾长大的，新式教育只接受了很少的一点点。大概从我懂事开始，差不多每个星期，都能在不同的情景底下，嘴里边冒出一两句诗歌来，或者说某部小说里的段落。这个是经常性的。换句话说，其实在我很小的时候，也是得到了一个表达的模板。当自己有了不同于一般的感受的时候，脑袋里边立即就想起了，像我父亲一样，用诗歌去表达。我觉得这种思维的惯性，这种表述方式的确认，比我多背一百首、两百首诗重要。

你比方说，有一天快要下雨了，我父亲突然从外面冲进了家门，说快出来，快出来，我以为发生什么事情了，然后抬头一看，满天的乌云。然后就在那个乌云中间，有一块大概两三米宽的空隙。就在那样一个空隙里头，金色的阳光从那个圆圆的洞里面穿了下来，其他地方都是乌云。其实这样的东西在乡村是经常可以看到的，我们在电影里面也经常可以看到这样的画面。然而我的父亲就把我喊上，就抬着头就在那儿看，说你看呢，你看到了吧？太美了！太美了！我说这个什么意思，我说这个事，也许我还没有识字呢，我的父亲给我做了一个特别重要的一个教育，就是审美教育。

所以你现在看，不管看我写小说也好，我的小说讲稿也好，我自己认为我是一个拥有审美能力的人。审美能力对一个人来讲太重要了。你知道什么是美，你知道什么是丑，你知道什么是得体，你知道什么是不得体。它既是一个美学的问题，它其实也是一个道德的问题。你知道哪些行为是美的，可以持续的。你知道哪些行为、说哪些话，是不得体的，你是不可以做的。所以作为一个不识字的孩子，就从天空当中，云的造型、云的色彩，和阳光的那个姿态，父亲用那么夸张的语言跟我讲，太美了。我现在回忆起来，我就觉得他当时在朗诵一样。这个都是发生在我生命当中非常真实的一个事情，如果划着一条船，运一点草回来，他也会经常会在那个河流的那个拐弯的地方，看着远方的桥，看着远方的杨柳，或者庄稼，有一种感叹。那我就知道了那些东西，就是美。

后来开始识字了，父亲在那儿开始聊他的唐诗宋词、先秦的一些散文，那你的能力马上又提高了。怎么样的东西用语言表达出来，构成了美。

我开过一个玩笑：像我们这样的人，在成为作家之前，实际上就已经是作家了。只不过作品还没有写出来而已，你所要等待的就是把那些作品写出来。你是一定能够写得出来的。为什么？你是有标准的。一旦有了标准，你做什么事情都方便。反过来说，如果没有标准，你做什么事情都麻烦。或者这样说，你一边干，一边在寻找标准的时候，你一定比人家吃力。当你拥有了标准之后，说得更简单一点，你就有了目标。你有了目标就简单了，把力气往那儿使呗，往那儿走呗，往那儿跑呗。这个东西我指的就是熏陶。熏陶这个东西，比父亲和母亲花很大的精力在那儿教你加减法，教你四则运算，教你画画，教你背诗，可能更管用。

有时候我也跟我父母开玩笑，直到现在，他们其实还是艺术老年。我的父亲就是一个艺术老年，我的母亲也还是一个艺术老年。喜欢唱，喜欢跳，到现在都是这样。

张同道：你写字很早，在操场上，在土基墙上。你有一篇文章当中讲到，如果每次回忆都从这儿开始，这就是你的故乡。这个土地留下了你的密码，这些密码是什么呢？

毕飞宇：这些密码其实就是日子。我在那儿生活过的一天一天的日子。也是我在这些日子里面，我每一天它的表达。

在我的识字还没有能够支撑我写句子的时候，其实我不是用粉笔写字的，一开始我用铁钉在土墙上写字。碰上不会写的字了，就用和这个字相近发音的字去替代。我生活过的一个村子，叫陆王村，我记得非常清楚，当我离开那个村子的时候，在学校围墙上，全是我的字。当然了，不会有人去注意它，写了一些什么呢？全是有关班里面的小伙伴们，对谁表示好，对谁表示不好，对谁表示满意，和对谁表示不满意的那些话。大部分都是狗屁不通的句子。

当我离开那个地方的时候，我们也不是了不起的人物，也没有做出什么事情来，什么也没有留下来。可是我留下了满围墙的汉字。你说那个对我，意义有多大？再怎么说，你没有故乡，你啥也没有，我相信只要我在那个大地上书写过，尤其是童年时代，我就有理由把它看成我的故乡。

张同道：你是在陆王村开始读小学，是吗？

毕飞宇：我读小学，应当说不是计划之中的事情。我读小学是在杨家小学。那一年我得了肾盂肾炎，医生就关照我的母亲，尤其在后期，你的孩子不能让他太调皮，得安静，让他多休息。

那还有一个客观原因在哪儿呢？就是打了针之后，屁股上的肌肉经常疼，所以我母亲就拿着一个小方凳子，上边放着一个小布垫，是为了把我管住，然后就放在教室的最后一排，坐那儿，别动。其实是管我的。毕竟是小学一年级的那些课程，就那么一点很简单的玩意儿，到了期末考试的时候，我母亲也给了我一张卷子，一考，还不错。然后就此就上学了，就算上学了。其实我上学的时候，倒没有像别的孩子那样，有一个仪式，今天你上学了，不是这样的。我是先进了课堂，然后才上学的。这个也正是得益于我的母亲是一位小学老师。所以我非常自豪地说，我的母亲是我的启蒙老师。

前几年教育界流行一个说法，叫赏识教育。就是你对孩子，你不要太多地批评他，一定要赞赏他。我觉得这个就是有道理。因为我没有上学的时候，我就在那儿旁听，然后我妈用她的手抓着我的手，拿一个铅笔在那儿描红，描字。我妈见一个人说一个，她说我那个儿子，一出手就好。就是干什么事情，还没学呢，一起手他就有模有样的。

这完全是一个做母亲的，对自己的孩子出于私心的赞美。可是这个对孩子内心的暗示是了不起的。她让我坚信了一件事情，无论我干什么，只要我干，一定能干好。这个坚定不移的信念，是我的母亲给我的。

张同道：那是给的自信心。

毕飞宇：对，非常自信。一年级还是二年级，我记不得了。到了考试的时候，几个同学考100分，然后99，98，97，这么往下排。我母亲给我改卷子的时候，我就趴在旁边，通常都是100分的。我母亲一边改一边给我说，不行，你是我儿子，我要给你100分不行的，我要给你扣1分，但是你知道你是满分，你是100分，因为你是我的儿子，我给你扣掉1分。我说没问题，扣掉。

虽然最后，很可能我也不是第一名、第二名，但母亲跟我商量了。这对一个孩子的心理是非常好的。

最关键的一条就是，我的父亲和母亲都是当地的教师。虽然很多人都知道我的父亲是一个"右派"，可农民哪儿管这个呢？农民不管这个。你是老师，这两天你们在清华的时候，你看别人提起我的父亲的时候，"毕先生"，别人提起我母亲的时候，"陈先生"。你看我 50 多岁了，到了我生活过的那些村子，他们不会叫我毕飞宇，叫什么？毕先生的孩子，陈先生的孩子，上了年纪的人依然这么称呼我。那意味着什么呢？那意味着我可以得到无穷无尽的宽容。

这个宽容最后导致的结果就是，你胆子特别大。你做再错的事情，你不要担心干完了以后，会有什么结果。觉得有意思，觉得好玩，就去干了。就是这种赏识、这种包容，对我的人生其实影响蛮大的。

张同道：我看你写的回忆少年的时候，你是很不安分，经常惹事，还打架，还让自己的生命有危险，光掉到水里就掉了很多次。

毕飞宇：对，掉到水里很多次，碰到其他的危险也很多。它是这样的，乡下孩子基本上没有得到过安全教育。许多事情他做的时候，根本不知道有多危险，所以很莽撞。

我记得有一次过一个木桥，木桥底下就是簖，捕鱼的东西，排成一排。顶端都是尖的，就在桥旁边。我有一次从那儿飞奔的时候，一脚踩空了，从桥上掉了下来，躺在那儿半天才起来。等我往回跑的时候，吓得魂不守舍，不是想到自己有可能被摔死，我的脚步要再大一点，我的肚子很可能就正对着那个竹签，就下去了，那多危险。

张同道：真是生命危险。

毕飞宇：真是生命危险。冬天的时候到河里面去取那个冰块，咕嘟一下就掉进去了，掉到冰窟窿里面去。好几次这样的事情，差一点死掉。

在乡村，六七十年代的乡村大地上，死一个孩子根本不算什么，家长哭几下，埋了就完了。我亲眼看到过好多小孩儿，就没了。

张同道：你游泳怎么会遇到过那么多危险？你是游到很深的地方吗？

毕飞宇：游泳遇到过危险，是我第一次意识到危险。那个时候的孩子，会游泳的在那儿游。好多很小的，还不会游泳的孩子，也在水里头，就在水很浅的地方，两个手趴在那个土上，然后那个脚就在河边扑通扑通打水。然后胆子大起来以后，也会往水深的地方去走几步。然后觉得差不多，不敢往下走了，赶紧再回来，都是这么玩的。

有一次我往下跑的时候，突然来了兴致，往下多走了几步，人就漂起来了。人一漂起来，如果这个时候，别人不去游过来把你给拽上来，你不就死了吗？有几次也是这样的。我自己记得，那种一下子，那个脚底下没有大地了，人开始往上漂的时候，那种恐惧不得了的，那种恐惧，非常非常恐惧。然后嘴巴里面开始呛水，很危险。

张同道：是不是那个时代，大家都这样？

毕飞宇：都这样，家家户户都这样。然后就在那儿玩。你要问我，我哪一天会游泳的，我根本不知道。只是到了秋天，天冷了，不能下水了，突然想起来了，我在这个夏天会游泳了。

张同道：那时候你打架还不少，是吧？

毕飞宇：哪儿有乡下孩子不打架的呢？你看看《动物世界》你就明白了。小动物不就是在打架当中长大的吗，他哪儿有不打的呢？我愿意把小男孩儿的打架看成成长的一个过程，他必须从这儿走过来。

那个时候，我的母亲经常说我们是泥猴子。今天刚刚换了一身新衣服，然后衣服上都是泥，都是灰，为什么呀？一定在打架的过程当中，倒在地上了，被人家骑在身上。或者说把人家打倒在地上，骑在人家身上。打过一顿，起来了，拍拍就回家了。偶尔也会打疼，但谁也不会计较。实在打得疼了，哭一下，第二天再接着打。

张同道：那网子，也是过去和你打架的人？

毕飞宇：那个网子是《平原》里面的一个人。

张同道：《平原》里面的夏网存。

毕飞宇：夏网存，对。

张同道：这个就来自于你的生活？

毕飞宇：来自于我的生活。到了年纪稍大一点的时候，那个打架打得就有点过分了，那就有点过分了。我脑袋被人家劈过好几次，有砖头打的，有棍子打的，有刀劈的。头破血流的，回家的时候头破血流的。但还好，我的父母还好。到合作医疗，请人裹裹，就行了。

4. 县城

【很小的时候就有这个念头了，一门心思要往远处去，特别渴望往远处去。】

【我得承认小说里面的一切都是虚构的。但你真的要找，你会发现，虚构真的有它的酵母，真的有它的出发点。】

张同道：这些都发生在中堡之前吗？

毕飞宇：我到中堡的时候已经 11 岁了。这时候，我自己觉得已经很大了。11 岁之前，基本上都是在村子里面度过的。

张同道：中堡给你留下最深的印象是什么？

毕飞宇：中堡留下最深的印象，就是刚进中堡的时候，就觉得在城里面生活了。别的不说，每天可以见到烧饼，看见人做烧饼，每天可以看见人炸油条，这对我来讲是一个多么了不起的事情！我小时候是一个特别贪吃的孩子，你在村庄里边，你怎么可能见到烧饼？怎么可能见到油条？卖油条、卖烧饼的地方，离我家只有几百米远，虽然不是每天都可以吃到它们，可是你想想，它每天可以见到，这个生活多么美好。每天能见到烧饼是如何从炉膛里面夹出来的，每天都可以见到油条如何在那个沸腾的油锅里面，越来越大，越来越长，然后芬芳四溢，漂起来，被人用筷子夹起来，放到一边。看到幸福得不得了。

在中堡，重要的事情有两个。一个就是抗震，那年地震，有相当长的一段时间，我们都生活在防震棚里面。我不知道成人是个什么感觉，但对我们来讲，很好奇，很有意思。一个抗震棚里面，不可能只住一家，好多人家挤在一个棚子里面，杂居。

另外一个事情就是 1976 年的时候，粉碎"四人帮"。中国改变了，中国的政治生态改变了。政治斗争结束了。这个有印象，印象非常深。

70 年代的时候，有两个字叫"反标"，也就是反动标语。有一天上午我起来以后，突然发现外面挂的全是标语，打倒某某某，打倒某某某，就是所谓"四人帮"，打倒他们。我的第一反应就是去汇报。一下子特别紧张，怎么搞的？那么巨大的一个"反标"。往前没走几步，又是一个，往前没走几步，又是一个。明白过来了，不是"反标"。如果是"反标"，不会那么多。这个印象深。

我很小就是一个关心时事的一个人。那个时候村子里面，邮递员不是每天都来的，几天才来一次。他也不是每天到公社去拿报纸，两三天，三四天，有的时候天气不好，四五天。

我那个时候多了一份工作，经常在下午 4 点钟左右，我的父亲跟我讲，去看看报纸有没有来。然后我就走到那个邮递员家里面去。邮递员一看是我来了，立即就懂了，就是把学校里面的报纸交给我。我会带给我的父亲，只要带到我父亲手上，他的任务其实就完成了。父亲再交到学校里面去，那是学校订的。有《人民日报》，有《新华日报》，有《文汇报》，还有一个特别关键的一份报纸，它叫《参考消息》。《参考消息》是新华社办的，基本上都是介绍全世界的一份报纸。所以尽管那个时候我还是一个乡下的孩子，但我知道朝鲜的事情，知道日本的事情，知道美国的事情，知道欧洲的事情，好多国家的领导人我都知道。偶尔，还跟我父亲有那么一两句的对话，美国换总统了，日本换首相了。这个在当时一般的乡村里面是比较少的。

因为父亲的影响，在很小很小的时候，我读了一份叫《参考消息》的报纸，让一个孩子从小就知道世界是宽广的，绝不是那么一点点，绝不是一个国家，一个小村庄，它很宽广。

张同道：其实这个信息很重要。在中国的孩子脑子里只有一个村庄的时候，你脑袋里有一个世界。

毕飞宇：有个世界，所以才出现了一个《地球上的王家庄》这样一个作品。虽然我写那个作品的时候，已经到了新世纪。

张同道：但是一个8岁的孩子，要划到太平洋，大西洋，这和你看《参考消息》有关系。

毕飞宇：有关系，你往回找的时候，是这样的。我得承认小说里面的一切都是虚构的，但你真的要找，你会发现虚构真的有它的酵母，有它的出发点。用牛顿的说法，再怎么虚构，它都有上帝的一脚。上帝的那一脚，一定要把它踢出去。没有那一脚，你的想象力不可能获得能量。这个能量你都能找到相对应的东西。只不过小说是一个系统，是一个整体，而你的生活是零散的，是混乱的。

张同道：这个很难一一对应。可能某一个念头，某一个意象，童年的一闪。

毕飞宇：我想起来了，大概是1975年，《参考消息》上第一次出现了基辛格的消息，基辛格。

张同道：他是1971年访问中国的。

毕飞宇：1971年，我记不得了，那就更早了。我为什么对这个名字记忆那么深呢？就是听到我父亲他们讲，说基辛格要来了。基辛格嘛，按照我们中国人的思维模式，他一定姓鸡，名字叫辛格。我在旁边没有笑，可是我心里面是想笑的，这名字怎么起得那么怪？天底下还有姓鸡的，但后来把报纸一看，原来是那个基。《参考消息》对我的一生影响是巨大的。它决定了我思维的空间。

张同道：你是一个乡村少年，又不止有乡村生活。这和你父母这种知识分子的眼界有关系。

毕飞宇：有关系，他就是老想着外面嘛，老是想着外面。一门心思要往远处去，特别渴望往远处去。这个远方究竟在哪儿，我其实不知道。等我长大了以后，写了很多小说了，回过头来看，其实在我写小说的过程当中，在土地和家族以外，还有一个动机，就是渴望到远方去。

张同道：因为知道有一个远方。

毕飞宇：你别以为我生活在苏北，我跟那个海洋岛屿上的孩子、跟山沟沟里面的孩子有什么区别。真没有。人们一听说这孩子来自于一个很闭塞的地方，第一反应就是山沟沟里面的，四周都是大山，然后一个小山洼子里面，你永远也走不出去，你永远陷在那儿。其实我告诉你，别看我生活在平原上，我也是一个山沟沟里面的孩子，也很闭塞。这是由于我们的地理所决定，我生活在苏北的里下河地区，这是一个非常著名的水网地区，全是水。六七十年代哪儿有那么多的桥，虽然我也说，水是液体的道路，水可以把我们带向远方，但那毕竟是遐想。当你真的动你的两只脚往外走的时候，你发现到处都是障碍，根本走不了多远。

张同道：到了兴化，这个世界就改变了。

毕飞宇：我到兴化跟我家到兴化，不是一个概念。我到兴化比较早。我父亲小时候在城里长大的。我的两个姐姐就在中堡读完了中学，乡下读完了中学，等到了我读中学的时候，父亲通过关系，把我一个人送到了兴化城里面开始读中学，读高中。可是家也不在这个地方，就把我放在一个远房亲戚家里面。我就在远方亲戚家里面住了很长时间。

后来我的父亲"右派"平反了，调到城里面来。我和父亲两个人，就住在一个小旅店里面，然后两个姐姐和母亲才回来的。一共分了三步，我先进城，我的父亲进城，我的全家进来。

虽说进来了，实际上我到了兴化的时候，极其不愉快。一个人在这儿读中学，那个时候还没有所谓的寄读这个说法，在 70 年代的时候，哪儿有离开父母到外面去读书的？等我父亲回来的时候，突然又发现，其实在县城里面，我们是没有家的。在一个旅店里头，虽然你的生活固定下来了，可旅店的生活给人的感觉更加漂泊，很乱。

所以有相当长的时间，是特别不愉快的。一个人有的时候在小街里面走走停停，看见比中堡镇更加开阔、丰富的世界，花花绿绿的，商品比中堡的时候多多了，可我觉得它跟我一点关系都没有。

我经常在大街上瞎晃悠。然后我的学习开始出问题，出大问题，就是这个时段。我到了高中的时候，学习就已经很差了，没有心思学习。读书也读不进去。小学阶段和初中阶段，都特别好。等我到了县城之后，特别不愉快，很压抑。所以你要是问我，我的人生最不好的一个阶段，就是我的青春期，青春期非常不好，很忧伤。加上那个时候，又开始喜欢诗歌，喜欢读点小说。

尤其是那个时候，开始接触宋词。所以我一直很不喜欢宋词，唐诗很好，我一直不太喜欢宋词的原因就在于它太忧伤了。我的感受力又非常强，一个人离开了家，在一个城里面，举目无亲。这么大一个大县城，世界上再也没有比县城更大的地方。你说你在北京，仍然是几个人，你在上海，仍然是几个人，你的生活空间是非常有限的。虽然它的文化空间很大，但你的人脉，你生活所占有的空间，不就是你的办公室跟你的家吗？还有几个饭店和茶馆，它其实很小。可县城巨大无比，五六万人，或七八万人，或十几万人，这里面构成了一个无限复杂的社会关系。一个在县城里面生活的人，可能他能认识几万个人，可你在北京认识不了几万个人，你在上海你也认识不了几万个人。

对我来讲，县城是一个汪洋大海。我写过都市，我写过小镇，我写过村庄，但写县城的，你永远找不出来。知道为什么吗？扛不动它。你要想写一个在县城里面的人，这个人的背后，可能有几千个，大几千个，上万人的社会关系，复杂极了。

我记得很清楚，我大学毕业后，在南京工作了，偶尔我和父亲在县城逛个街，或者到哪儿去办件什么事情，在这个步行的过程当中，不停地有人跟他打招呼，然后我的父亲就站在旁边跟人家说几句话，我就在那儿等着。我这么一说，好像我的父亲是这个小县城里面的大明星，根本不是，熟悉的人太多了，大家彼此都认识。

我大学毕业的那一年，曾经有可能回到我们县城来工作，但是我第一反应就是坚决拒绝，我承受不了这个县城的巨大，太大了。任何一个县城对人际关系来讲，对社会关系来讲，都是汪洋大海。相反，你要在南京生活，你要在北京生活，你要在上海生活，你有可能"躲进小楼成一统"。

在这样一个小县城里面，我就觉得特别孤独，这个孤单跟农村、跟我少年和童年时代乡村时候的那种孤单比较起来，就不一样了。那种孤单是我生活在大自然里面的，它毕竟还有庄稼，还有流水、白云、鸟、昆虫。你到了县城之后，你和大自然的关系完全切断了。最后你所能构成的就是一个什么？社会关系，可你又建立不了。

我记得我读高一的时候，一个年级就有八九个班，甚至十几个班，这对一个乡下孩子来讲，是不可想象的，谁也不认识谁。每天做早操的时候，那么大一个操场上，乌泱乌泱的全是人，很不适应。

【文学创作的生涯，高中时候开始的。但是我真正开始静下心来，把写小说当成职业来做，那已经是我大学毕业之后了。我处女作是 1991 年发表的。】

张同道：那这种情况下，是不是就催生了你的文学创作？

毕飞宇：我开始写小说就是在高中阶段。

张同道：第一次投稿，还记得吗？

毕飞宇：具体记不得了。但是我记得我最早开始投稿，不是投给文学期刊的，是投给报纸的。因为那个时候，有一些报纸也发一些短篇小说，所以寄给报纸的比较多。那个时候开始写小说，还有一个重要的原因，那个时候我开始失眠了。高中阶段是我一生当中睡眠最糟糕的阶段，经常失眠。

张同道：那很痛苦。

毕飞宇：很痛苦，我高中的时候非常瘦，很抑郁，人特别忧伤，找不到任何一个出口，家也是残破的，就是我和父亲在这儿，俩姐姐跟母亲还在乡下。跟同学玩，也不太玩得起来。人家都有自己的一个家，我一个乡下孩子过来，一开口，人家就知道我是乡下人。我的样子长得又特别土，衣服又特别土，身上也没钱，满大街好吃的东西，我又买不了。就看看，看看，挺好，掉过头就走。

那个时候，我终于发现一个高级的东西，叫电影院。这个在乡下是永远也看不见的。可电影院要钱呢，哪儿有钱去看电影，所以很忧伤。学习也不好，干什么？开始读诗歌，读小说，开始写小说。严格意义上来讲，我文学创作的生涯，是高中时候开始的。

张同道：开始读朦胧诗了。

毕飞宇：读朦胧诗是在后期了。我的父亲进城之后，因为他毕竟在电台工作嘛，他非常容易地帮我一个忙，给我在兴化图书馆办了一个图书证。那个时候办一个图书证很不容易。我有一个图书证，所以我可以很骄傲、很自豪地去图书馆读书。

还有那个时候的垃圾堆里面，莫名其妙地会有一些书，旧书。所以我那个时候也有一个偏好，就是老喜欢逛垃圾堆。好多人家家里面把一些书，反正也没人看嘛，那些书也用不着，就开始往外扔了。我经常在垃圾堆里面捡到一些书，这些书往往都特别好。

我第一次读到卢梭，包括我的卢卡奇的几卷本文集，都是在垃圾堆里面找到的。卢卡奇的书，一本那么厚，都被我珍藏了许多年。在图书馆看书的时候，我的个子已经长起来了。我每天到图书馆去读书之前，必须要做一个事情，就是换上我父亲的中山装，穿上我父亲的这个中山装，我就觉得自己是个大人。

现在回过头来看，一个十多岁的孩子，穿上一个成人的中山装，我估计很滑稽。但是那个时候，我一点都没有觉得自己滑稽。

张同道：到发表处女作，这种过程大概有多长？

毕飞宇：那个时候投稿，投得少。要从那个时候开始算，那就长了。但是我真正开始静下心来，把写小说当成职业来做，那已经是我大学毕业之后了。我处女作是 1991 年发表的，那算起来还是很长的。所以我对退稿这个事情是一点都不陌生。

我在高中阶段，有一次我给《兴化日报》投了一篇稿子。后来有一天我的语文老师就到课堂上来把一个信封递到我的手上。信封递到我手上的时候，已经被打开了，也就是退稿信和我的稿件，我的老师已经看到了。当时他把我喊过去，我把那个信封拿到手上的时候，往自己座位上走的时候，我一点点都不夸张，我想死的心都有。要说起来，一个孩子投稿被退回来，多么正常的一个事情，可是那个时候没有人干这个。而且整个教室里面，所有人都看着老师把这个退稿给我。并且他又看过了，他清清楚楚知道在干什么，笑眯眯地把那封信交到我的手上。我痛苦了很久，为这个事情。甚至后来我对投稿充满了恐惧。

我在扬州大学读书的时候，又开始投稿。你知道我的地址写的是谁吗？写的是兴化。等我工作的时候，我的学生经常看到我一摞一摞的退稿。我的学生还帮我拿回来，毕老师，又有那么多的退稿。我说那当然，一分耕耘，一分收获嘛。那个时候已经没问题了，因为我面对的是我的学生嘛，再也不会有那种羞愧感。

5. 启蒙

【如果有人问我只允许用一句话来界定你读大学的意义，我一定会说我在读大学的时候，懂得了一个关键的概念，叫"启蒙"。】

【我是一个非常感性的人，特别感性。但是在我骨子里面最崇尚的一个东西还是理性的精神。当然，这个理性的精神包含了自由的精神，它决定了

我的生活，也决定了我写作的一个走向。】

张同道：都没变?

毕飞宇：回到我的大学，发现一点都没变，这个地方是我们乙班，这个是甲班，那个地方是大教室。这个地方基本上一点点都没什么变化。你看在童年、少年那些时光，每到一个地方，其实实物都已经没有了，当时我就觉得人生好苍凉，其实这就是正常的，时光在过去，人在一点点变老。然后有些东西该没有就没有了。所以孔夫子讲"五十而知天命"，我们都是年过50的人，我们也没有他那么智慧，对他来讲，到了50岁懂了天命，天上、地上和他自己构成的这样一个关系，他懂了，我们未必懂。

可不管怎么讲，还是懂一些的。就是看到了生命里面一些真相的东西，时光确实要过去，自然永远留存在那，人类的痕迹终会过去，在走的过程当中，内心一定有那些负面的情绪，甚至伤感都会有，但是我一点点都不难过。为什么呢？我反而看到了写作的意义，包括你们工作的意义。意义到底是什么？我很确定地说就是一件事情：和遗忘斗争，来记住，要想尽一切办法记住，因为时光是没有记忆力的。时光只是过去，像一棵树一样生长了倒下去了，又生长了又倒下去了。我们要留下一些东西，这个东西就是在跟时光扳手腕的过程当中，我们把它留下来，我们把这个东西叫做艺术。艺术的本质，在我这次和你们一起一路走过来的时候，我觉得变得越来越清晰。这个斗争很可能最后也是无聊的，可是我挺喜欢这样扳手腕的。我们最后真的可能什么都记不住，但是能记住多少就是多少。关键的问题是你怎么才能把它记住。

你的文字一定要有效，一定要真正地走进内心。也许有一天我们也不在了，后来的眼睛可以沿着我们的画面和文字想象出一些东西，所以我觉得记忆的最高境界就是想象。

张同道：我们要和时间搏斗。

毕飞宇：对，我们也在和时间搏斗，这个搏斗非常残酷，可是我从这个搏斗的残酷性里面，看到了乐趣和亲切，这个搏斗的过程其实很有乐趣。它考验的是我们的心智，我们有多大的能力，我们的想象的极限到底在哪，我们能不能突破。然后看看我们所做的工作能不能变成一个非常有价值的东西，那就是记忆。

我当年读书的时候，它叫扬州师范学院中文系，现在它变成了扬州大学文学院。我曾经开过一个玩笑，说我已经是一个没有母校的人了。在我读书的时候，那么多的好老师曾经哺育过我们，此时此刻我想的是他们已经逝去的一张张的面容。我想起他们的时候，内心也不难受，因为我现在也是教师，也是大学老师，他们当年怎么样教育我的，当年怎么样给予我的，我现在也有机会做他们的事情，所以挺安静的，挺开心的。

我始终觉得我就是一个从土地里面蹦出来的一个人，怎么走都会在一个小村子里头。我把那样一个阶段称作我的一个自然状态的人。我真正意识到自己成人了，是一个人了，我觉得是从扬州师范学院走出去的时候。

如果有人问我，只允许用一句话来界定你读大学的意义，我一定会说，我在读大学的时候，懂得了一个关键的概念，叫"启蒙"。

我并不是说古代文学，之乎者也，唐诗宋词、法国文学、俄罗斯文学、拉美文学、逻辑学这些没有用，不是这个意思。但那些东西对我来讲都是知识，都是辅助性的东西。我觉得从精神上成长起来，还是欧洲启蒙主义运动，那一段的思想帮助了我。人得有理性，人不要见到什么东西盲目地跪下去，人要知道自己为什么活在这个世界上。卢梭、孟德斯鸠、狄德罗、伏尔泰，这些人光辉的思想，鲁迅、胡适那一代人把他们拉到了中国，然后到了我的老师曾华鹏他们这一代人，在讲述现代文学的时候，告诉了我们中国、五四运动、中国的现代文学和启蒙运动的关系。到了这个时候，我才意识到我作为一个人应该是怎么回事，文学应该是怎么回事，这个对我的帮助可能是终身的。其他所有的一切，都是知识，这个东西是我的魂。我是一个非常感性的人，但是在我骨子里面最崇尚的还是理性的精神。当然，这个理性的精神包含了自由的精神，它决定了我的生活，也决定了我写作的走向。我以往的人生和未来的人生都是靠这个支撑起来的。所以当我大学毕业的时候，我由一个自然人成了一个社会意义的一个人，成了一个更高端的人，这个在我的内心是非常清晰的。

张同道： 看书的就是这个地方？

毕飞宇： 那个时候我们的文学期刊特别发达，我在这待的时间特别多，我的精神就是在这儿成长起来的。这个对我来讲太重要了。

张同道： 图书馆就是思想库。

毕飞宇： 对，一点都不假。现在是一个网络时代，年轻人经常拿着个手机在那看，我不知道别人怎么看，我就觉得一个人到了思想的青春期，疯狂长个子的时候，靠吃点零食可能还不行，非得大鱼大肉去补自己才行。大鱼大肉在哪？那么多的蛋白，那么多的维生素在哪儿？我不认为在手机里头，我认为在图书馆里头。

我读书的时候，整个中国的大地上，都弥漫着诗歌，尤其在大学里面，尤其在大学的中文系里头。我记得 1983 年我刚刚进入扬州师范学院中文系的时候，同学们都在谈论诗。有一天我接到一个学长的通知，说我们扬州师范学院要建立诗社了，我听了以后高兴得不得了，赶紧拿着我的那个小纸片，上面写着我那些狗屁不通的那些诗歌去找他们，就特别想和他们混在一块儿。让我万万没有想到的是，我刚刚进校的一个 83 届的学生，在第一次建立诗社的时候，被那些学长们推举为我们诗社的社长。

我们就自己办的一份民间刊物，我也成了那个刊物的主编。我记得那个时候很流行泰戈尔，那一天我手上正好拿了一本泰戈尔的一本诗集，叫《流萤集》，然后就说，我们将来的那个诗歌刊物的名字就叫流萤，我们这个诗社叫流萤诗社。我在这个学校里面做了整整四年的社长和主编。但是到了三年级的时候，我基本上已经不太过问这些事情了，因为我看到比我年轻的那帮小孩写诗歌的才华比我好很多。扬州当时也有一帮地下诗人集中在这，然后我就派我的同学们就到四处工厂里面去联络。联系好了，到了星期天上午，我们就一起从桥下过来，沿着这个水边，在树跟树之间牵一根绳子，然后请一位女诗人带来好多木头夹子，家里晒袜子的那个夹子，每个人来了之后，把自己的那个小纸片挂在这儿，风一吹哗啦哗啦地都在晃。有的时候人多一些，有的时候可能也就七八个人。我们聚在这，一首一首地看，看过了之后，我觉得挺好玩的。大伙儿就开始说，也有相互吹捧，避免不了的，但是也有彼此的批评，被批评了之后，就为自己辩解，辩解不好相互之间急眼，这个情况也有。然后就讨论了一些诗，我认为那个时候我们所有人的诗歌写得都不好，跟那个四川跟上海，华师大张小波他们那个夏雨诗社和西南的非非，我们跟他们的距离差得很远。但是我觉得这个不重要，重要的是什么呢？重要的是我们每个人都觉得自己是一个婴儿，都很无知，然后有现代主义和现代性这样一个宏伟的目标，这样一朵云在我们的脑袋上面，我们特别渴望去做一个事情，写出我们心中的现代诗。

我们每一个人，无论从人文理念上来讲，还是遣词造句来讲，我们渴望从一个封闭的文化背景里头去寻找我们精神上的现代性。我觉得精神上的脉络，精神上往前迁移的这个驱动，这个对我们一代人来讲，这个是最宝贵的。至于你诗歌的文本最后呈现出来它是怎样，我觉得反而不要紧。那现代性究竟是什么？老实说我至今依然不知道，它也许有它的困惑。但伴随着我们自己那个小小的诗歌运动，我所感受到的那个东西是什么呢？是在诗歌面前的那种平等。我们都是写诗的人，在这种平等底下，我们彼此之间有赞美，有批评，在这个过程当中，我们找到了每一个人的独立性。在这种独立性面前，我们的内心有时候靠得很近，有时候拉得很远。在我看来，在80年代的中国，所谓的现代性就是独立性。从一个巨大的群体里面你确认了自己，从一个庞大的集体无意识当中你创建了一个个人记忆，我觉得这就是我理解的，特别简单的一个现代性。现代性不是一个非常鲜艳的东西。

如果我们一定要给现代性找到一个理由的话，那就是历史到了这，我们必须给生命找到一个合理性。在我看来，现代性就是生命的合理性。就这么简单。你看我这母校周边，这有很多水，水边上有很多小小的都不能算生灵的这些小小的生灵，在这些树跟树之间、树叶跟树叶之间有我们的诗歌，有我们的亲切，有我们的翻脸。现在回忆起来，我就觉得这个倒真的不是黄粱美梦，虽然它很遥远了。我觉得这个对我来讲它恰恰不是一个梦，它反而是现实的。对我来讲，我愿意把现实大地上的许多东西看成梦，因为它们会灰飞烟灭。我更愿意把精神上的一些东西看成一个现实，看成一个真实。甚至我愿意把精神上的东西看作一个最高的真实，这些东西就是我内心的真实，它特别宝贵。

张同道： 你那时候会经常讨论北岛、舒婷的朦胧诗。

毕飞宇： 北岛在我们心目当中是丰碑，我们这一代人不管现在写不写诗，都感受过北岛。从一个北岛的读者来讲，我清晰地感受到北岛的骨骼，虽然我也没摸过它。我跟北岛有过几次接触，北岛给人的感觉非常儒雅，文绉绉的这样一个人。北岛给我的感觉特别结实，身体的骨骼特别硬朗。他的身体是可以支撑一些东西的，所以舒婷给北岛的一个形容词，一个定义，叫"硬邦邦的北岛"。我觉得舒婷这个词用得特别好。从我的阅读史来讲，我阅读诗歌的历史比我阅读小说的历史要长得多。

我对诗歌的感情比对小说的感情也深得多。我任何时候都愿意把诗歌放在文字类的艺术式样的巅峰。我之所以没有写诗，选择了小说，我只是觉得我的诗歌的能力上没有达到那个高度。也许我写来写去，很可能就是一个很糟糕的诗人。我很小的时候，就有这个判断。因为我当时接触过地下的杰出的诗人。我觉得只有小说可以让我的能力发挥到最大化。所以诗歌我是割爱，但是这个并不妨碍我成为一个诗歌的追随者，就是热爱这个东西，尤其是在诗歌里面语言所呈现出来的那种魔力，小说是达不到的。

就是因为对诗歌的喜爱，我的小说里面多了一个东西，那就是诗意，这个我还是很满意的。很可能我一生当中都写不出一首诗来，但是我把诗歌给打碎了，我的小说就是碗里面的一杯水，诗歌就是盐，我拿了那么一点点兑到那碗水里面去，这碗水的局面彻底改变，它变得有味道。

张同道：《平原》开头就是一段诗。

毕飞宇：谢谢你这么说，但是它离真正的诗歌还是有距离的。

张同道：不可能都是通才，不可能都是泰戈尔。

毕飞宇：对。

张同道：那一阵我也是迷泰戈尔，但是我跟你迷的不一样，我那一阵儿是天天看他的那个《飞鸟集》。

毕飞宇：《飞鸟集》我是高中时候读的。我刚开始读泰戈尔的时候，最爱的就是《飞鸟集》，但到了读大学的时候，我觉得他更多的有那种东方智者的警句式的那种的感觉。慢慢的我的兴趣开始变化了，你看《飞鸟集》里面，鸟在叫，他的警句是这样的：鸟的翅膀要是拴上了黄金，它就飞不远了。好多树枝，《飞鸟集》里面是这样说的：斧头向树要斧头的柄，树给了它。

张同道：天空没有翅膀，而我已经飞过。

毕飞宇：对，都是。2012 年，我去过泰戈尔的家，在他出生的加尔各答。我站在他出生的床边，感慨万千，我终于走到他的身边了。以往我很少有过那样的一个感觉。

张同道：我一直想去印度，没找着合适的时候，泰戈尔那一阵是我们的谜。

毕飞宇：是我们的谜，我们每个人的心中都有一个泰戈尔。北岛也是，他这么说的，每棵树有每棵树的猫头鹰。他有他的象征性，具体象征着什么，我们不讨论。我接着你刚才的话讲，对于我们这一代热爱诗歌的读者来讲，每个人的心中都有每个人的泰戈尔。

张同道：我记得罗曼·罗兰评价的一句话：我每天读一行泰戈尔，世上就没有了烦恼，清新。

毕飞宇：确实泰戈尔是那种内心的干净。

张同道：清新、纯净、友爱。

毕飞宇：对，泰戈尔诗歌里面有一个特别多的意象就是露珠。我觉得泰戈尔真的就是一个露珠。你一觉醒来，也没有下雨，由于气温的变化，在树的树叶子上面，你看到一个水珠，那个水珠就叫露珠。你走近了一看，它其实不是水，它是一种液体的光聚集在那，所有的光不是从天空射进了露珠。露珠像太阳一样，自己会放出光芒来，只不过那个光芒它是没有颜色的，它纯净嘛，对它来讲颜色都是一个污染。剔透晶莹，我心中的泰戈尔就是那样一个人，就是一个露珠。但是泰戈尔的小说不行，我觉得他正好跟我相反，他的诗歌确实好。

现在回忆起来，我们读泰戈尔的时候，正处在一个特别骄傲，特别自恋，特别自大的一个年纪。所以有个东西其实是不太好理解的，就是泰戈尔诗歌里面的谦卑。

张同道：谦卑，宗教谦卑。

毕飞宇：谦卑，不知道为什么，现在回忆起泰戈尔那个诗歌里面的谦卑的时候。你看里面总是有"园丁"这样一个词。

张同道：有一个《园丁集》嘛。

毕飞宇：对，《园丁集》也很好，那种谦卑，谦卑了以后是这样一个近乎圣人的人，他的生命形态变得如此柔软。

张同道：但他是上帝的园丁。

毕飞宇：对，他是神的园丁。我们现在到了这个年纪，谦卑这个东西越来越多的在我的内心，它的面积越来越大。那种狂躁的东西、那种自负的东西在我的身上越来越少。我就觉得阅读，尤其是年轻时候的阅读还是有效。

张同道：泰戈尔也是一粒种子，就在我们的生命中，慢慢的，不知什么年龄发一个芽出来。

毕飞宇：如果我前面说启蒙运动更多的是影响我精神性的东西，我觉得泰戈尔对我影响更多的可能还不是精神性的，他可能是情感性的、灵感性的。一个在动脉血管里头，一个在静脉血管里头，是有区别的。可是不管怎么说，它都在我们的身体里头。

6. 写作

【历史感无非就是一个内向虚构，可是这段生活让我觉得我和历史是那么近。】

【后面没有一次兴奋和担忧，强度能达到那样一个程度，就是发处女作的时候。因为我非常清楚，那一年，1991年，我二十六七岁，年纪不算小了。和我同时代的许多作家都已经成名了。我发表了第一篇小说，我知道，开始了。】

毕飞宇：我在这个地方生活了好几年。为什么在这个地方租房子呢？就是1992年的时候，我从特殊教育师范学校调到《南京日报》去了，《南京日报》离这不远的，解放路53号。这个地方该离那儿比较近，当时我家在螺蛳桥。螺蛳桥到解放路骑自行车要80分钟，所以在这就租了一个房子。在房间里面，把窗户一拉，手就可以直接摸到城墙。那个感觉特别怪异，你知道这个城墙是明朝的，六百多年了，手一伸才四五十公分，一下子就可以摸到600年前，蛮瘆人的。可是也激荡人心，这个感觉很怪异。

尤其是这些城墙上的那些汉字，让我觉得不可思议。我曾经写过一个短篇小说叫《是谁在深夜说话》，小说写的是在深夜的时候，我看见许许多多的人在这修城墙，结果城墙修起来之后非常完整，等把城墙很完整地修好了之后，我意外地发现有许多多余出来的砖头在那。我想这是一个标准的历史怀疑主义者所写的一部小说。某种程度上来讲，我对历史是怀疑的，尤其是你在历史书写的过程当中，一定会有许多多余的东西，这些多余的东西我觉得是非常可疑的，它怎么会多出来一些东西？那篇小说是在这个地方写的。

张同道：但有意思的是你写的建筑队还是兴化的。

毕飞宇：对，建筑队还是兴化的。实际上我想说什么？虽然我在这个地方生活的时间不能算特别长，1994 年到 1997 年这几年，但我写了大量的作品，工作量非常大。那个时候每天坐下来就有，我还没想好这个小说写什么呢？只要拿起纸来，拿起一支笔想一会儿，马上就有东西可以写。那时候还没有用电脑。

你看，远处有一个足球场，我记得有一届我们南京市的"市长杯"就是在这个地方打的。我在《南京日报》六年，1992 年到 1998 年。我参加过四届"市长杯"，成绩相当不错。我们得过两届冠军、两届亚军。我至今记得江苏电视台有一个一米九多的大个子，我到现在不知道他叫什么名字，他把我弄得很惨，他一直在防守我，其中有一次就在这个地方。当时我们比赛还挺正规的，每次比赛都有国家级的裁判帮我们执法，就是这一带。其实这个地方的生活相对于我在南京的生活，它只是一块边角料，可它也是我非常特殊的一个记忆，这个特殊的记忆就在这个城墙上。其实我还是喜欢带有一些历史感的小说，历史感是什么呢？历史感无非就是一个内向虚构，可是这段生活让我觉得我和历史是那么近。

城墙特别好看，它是历史的一个部分。我其实不相信历史，因为古今中外有那么多著名的防御工事，最后都没有用。这是一个很奇怪的事情，我想这个问题我们的历史学家早就帮我们解决了。历史是个什么呢？如果以我个人的说法，无非就是人生活的一个轨迹，一个流程，或者说是我们人类的一个流程。它也没啥，可是我觉得历史是有意义的，可是我们如果内心有历史，我们的记忆可能就不是此生的记忆，很可能就可以延续到五百年前，一千年前。这个时候许许多多人生的成与败，它将不再是历史的记忆，反而成为我们个人的记忆，我们能看到许许多多东西。

大部分人觉得自己是例外的，历史是从我这才开始有的，以往的教训可能对别人来说是教训，对我来说不存在。这是非常愚蠢的。

张同道：中国历史不断地循环。

毕飞宇：不断地循环，当有人在那个地方摔倒了之后，你要不把那个地方修好，一代一代人还会在那摔倒，这特别没意思，特别令人伤感。我们这个国家，我们这个民族什么时候能够真正成为一个智慧的民族呢？要是我们都记住我们历史当中一次又一次跟头，一次又一次失败，然后找到一个更好的方法，把历史当中最糟粕的部分规避掉，重新开启我们这个民族的新的航程，这是我真心的一个愿望。

有关城墙我也不想特别说什么，我只是愿意以一个欣赏者的身份，以一个审美者的姿态来看待它。真的很漂亮，南京城令人荡气回肠。这是一个特别棒的一个城市，有山，有长江，有湖，有城墙，它的文艺气息非常重，这个是我格外喜欢这个城市的原因。

当然我们不该忘记的是它还有历史的伤疤，并不是每个城市都有刚才我所描绘的那么多的城市元素的，我们南京都有。虽然我不是南京人，可是我现在总把"我们南京"放在嘴边，好像我真的成了一个南京人。当然，如果有人说我是南京人，我现在也很高兴，我愿意把这个地方看作我的一个故乡，最起码我儿子是南京人，这是他的故乡。

张同道： 在南京时期的写作最努力，花工夫最大。

毕飞宇： 写得最苦的时候，就是在处女作发表之前。应当说我知道我一定会有作品发表。但这一天到底什么时候来，我不知道。实际上中学阶段我也写，那毕竟是玩嘛，你主要还是要上课，学习。大学毕业那就不一样了，你决定写作了，那基本上就是你选择了一个职业。虽然那个时候我的职业是教师，但是我非常清楚地知道，我未来要干什么，非常清楚了。大学都毕业了嘛，你都已经工作了嘛，你再做什么事情，那一定是和你未来的一生紧密相连的事情。最痛苦的就是这个阶段，永远没有机会。每次投稿的时候，都把投稿的日期记在我的笔记本上。没有一天不等。

我在南京特殊教育师范学校当教师的时候，在我的作品发表之前，我没有一天不去期刊室，没有一天不去传达室。去传达室总希望得到一个好消息，得到了一个录用通知。有些稿子已经退回来了，有些稿子没有退回来。可我就是不死心，总怀着一个幻想到期刊室去，把我曾经投过稿的那个刊物拿出来，万一一打开来，上面有我的作品呢。总有这个梦，一次又一次的失望。

张同道：绝望吗？

毕飞宇：不绝望，从来没有绝望过。它只是时间长短而已。

张同道：是什么支撑你相信肯定能行？

毕飞宇：没有什么支撑我。

张同道：那怎么知道肯定能行呢？

毕飞宇：问题是我每天要写，我每天都有东西要写，天天在写。我只要不停有新作品出来，你什么也挡不住我。我不是写了两篇之后，我没有了，然后我在那儿等，我绝望，不是。我永远在写。而且那时候写得特别快，那退吧。它就跟割韭菜一样的，我不停在写，我怎么可能绝望呢？你再退，我再写，你再退，我再写。源源不断地往下写，总有一天有机会的。这个我一点也没有绝望过。我对未来能写到什么地步，作品能写得有多好，社会对我有多大的认知？我不知道，但是我的作品可以发表出来，这个从来没有怀疑过，一定的。

我们这代人做事情有点傻乎乎的，就是硬撞。就是那种靠自己的身体，野蛮地往上撞，一定要把墙推倒。其实那个时候可以托托人，请人替我们寄寄稿子，引见引见，可能要方便得多。可是我现在回过头来，你如果让我重新选择，我的写作生涯，我依然会这样。不通过托人，不通过走那些路子的办法，还是通过这样。为什么呢？你别看我退了那么多年的稿，做了那么多年的无用功，它对我的小说的修炼，它对我小说质量的提升，帮助巨大。虽然那个时候没有一个老师在教导我任何写作，我经常说，我是我自己最好的老师，我也是我自己最好的学生。我常说这句话。我一定是我自己最好的老师，不停地通过阅读、思考、体会，教自己如何提高。同时在阅读和感受的前提底下，让自己如何变得更好。

张同道：你的处女作发表，也是很偶然的一个机会。

毕飞宇：很偶然。我的那个作品是寄给《花城》的，那个责任编辑叫朱燕玲，我终身感谢她。我把稿子寄给她之后，她看都没看，她都没打开来，就扔了。但是她没有把它扔到外面去，就把它扔在地板上。到了年底的时候，那个地板上，基本上已经像一个小山包一样的，都是。朱燕玲后来告诉我，她一直是有心的，每年把这些稿件清理的时候，她都喜欢蹲在那儿，把没有打开的那些稿子打开来，翻两页，别漏了一些什么。有一天她在清理稿件的时候，发现我的投稿没被打开。然后她就把它打开了，她就蹲在那儿，读了几行，给我写了封信，这封信改变了我的命运。所以我对朱燕玲永远感激。没有这篇稿子，我下面又拖到什么时候，就不知道了。

文坛就是这样，你处女作出来了，开始有人知道你了，底下的事情就好办。最起码你下一次投稿的时候，你底下有一行字，曾经在《花城》某年某月某日，发表过什么什么东西。人家一看，这个作者已经发表过作品了，那就不一样了。你没有这个东西，你没有一个资历，你是不行的。

张同道：当你知道这个作品要发表的时候，心情上还是有波动的。

毕飞宇：我拿到朱燕玲信的时候，我记得很清楚，我把这个信拿在手上，我没有回宿舍，我去了足球场。我一个人在足球场的跑道上，不是足球场，运动场。我一个人在运动场上，走了很久很久，才让自己平静下来。我不知道走了多远，一直在那儿走。走的时候，不相信这个事情是真的。打开来看看，看完了以后，折叠起来放回去，再走。再走几圈再打开来，不相信，像做梦一样。我几乎没有，后面没有一次兴奋和担忧，强度能达到那样一个程度，就是发处女作的时候。因为我非常清楚，那一年，1991年，我二十六七岁，年纪不算小了，和我同时代的许多作家都已经成名了。我发表了第一篇小说，我知道，开始了。

张同道：那时候你主要写的是先锋小说。

毕飞宇：先锋小说。

张同道：哪些小说是在这城墙旁的房子写的？

毕飞宇：就是在这，外面就是北京东路，非常繁忙喧闹，一进来，我就很难界定这是哪了。你说这个地方是一个小村子也行，是一个小镇也行，是一个大都市也行，唯一的区别就是这么一个墙，墙外面就是玄武湖。

这个地方静，所谓闹中取静，有时候我在深秋的深夜拿出一个凳子来，看着天上的月亮。不管房子怎么变，不管其他东西怎么变，树的这个基本的几何关系没变，就在这个地方，看看星星，站很久。20多年也就过去了，那一年才31岁。

张同道：哪些小说是在这写的？

毕飞宇：就是写完了《摇啊摇，摇到外婆桥》之后那一段，中篇小说《好的故事》《哥俩好》《是谁在深夜说话》，影响比较大的是《是谁在深夜说话》。那段时间，我刚刚从先锋小说打算向现代写实过渡，刚刚从语言实验向小说人物过渡。我不知道你养过狗没有？就是一条狗长到八九个月的时候，它叫尴尬期，它已经告别了那个狗的童年了，憨态可掬的样子已经没有了。身架子已经起来了，可是毛还没长好，精神头还不足。所以我们养狗的人都把那八九个月的狗叫尴尬期，它有样子了，但还没长起来。我的写作那个时候就是一个尴尬期。

这个时期的结束期以1999年的《青衣》作为标志的，《青衣》写完了之后，我觉得我的小说又往前推了一步，小说的人物和结构又找到了一个方法。

张同道：驱动这些变化，使创作往前走的核心动力是什么？

毕飞宇：核心动力是我读了那么多的先锋小说，我没有看见小说人物。就是当我平时和朋友们聊天的时候，我们一次又一次的谈起了那些作家的名字，一次又一次谈起了小说的名字。怎么就没有小说人物呢？有一天夜里面，我记得我跟一个朋友大概聊到深夜很晚了，我突然有了一个警醒。天哪，先锋小说在小说人物方面有它天然的缺陷。我不是说要批评人家，因为先锋小说的意义和功能不在这。我不是说批评人家，先锋作家很好，许多都是我的榜样，我是说我看到了我的可能性，那个时候我觉得在我们这些作家里面，包括先锋作家本身意识到这个问题的人不多。如果大家都意识到了或者更早，我想情况就会改变。

等我在《青衣》里面写完了这个筱燕秋、面瓜；在《玉米》里面写完玉米、王连方、彭国梁；在《玉秀》里面写完了玉秀；在《玉秧》里面写完了玉秧，朋友们坐下来的时候，文学的话题变了，话题都集中在小说的人物上，说什么的都有。我坐在那不吭声，心中窃喜，我觉得方向对了，说一千道一万，小说怎么能放弃小说的人物呢？不该放弃。

在这个地方写的哪部小说影响都不是很大，但是它在继续。等我从这个地方搬出去的时候，我有一个很清晰的感觉：属于我的时代来了，春天到了。非常清晰。

7.《青衣》

【它无非是一个作家，把一个人物写好了。什么叫写好了？就是一个小说家，把他内心的那种疼痛感呈现出来了。这个疼痛感不属于作家，这个疼痛感属于大伙儿。】

张同道：我们下边说《青衣》。这个人物形象，性格特别鲜明。这都不是复杂，它是一下子就很抓人。但是我想想这个人物又不是你生活里面的人物，你怎么会写这个呢？怎么会想到这样一个人物呢？

毕飞宇：这个人物呢，就是要从1999年我在写的一个短篇小说说起。1999年，我在思考一个问题，现代科技给人类会带来什么？我在1999年的时候，第一次知道一个概念，叫克隆。那我就想一个问题，就是一个人和他被克隆的那个人，两个人遇上了之后，会是怎样的？我一直找不到答案。两个人见面之后，两个人是把另外一个人看作另一个自己，看成挚爱亲朋，还是有其他的可能性，我不知道。但既然克隆技术已经有了，作为一个科技的伦理问题，它就是我的一个问题。

那一天，我在学校门口，碰到我班上的一个女生。我说你过来，我说门口有一个人，跟你长得一模一样，可像了。我怎么也想不到这个女生听完这个话之后，满脸痛恨，她掉头就走。她掉头就走之后，给我带来一个问题。我就想一个人为什么听到另外一个人跟自己长得很像，她掉头就走？她为什么不好奇，那人是谁？在哪儿？我去看看她。就把这个克隆问题就想起来了。别看科技这么发达，科技发达到最后，人把自己克隆出来之后，这个人可能未必是他自己，极有可能他并不待见他，极有可能他是他自己的敌人。

有了这个想法之后，我立即就把笔拿起来了，就写了一个小说，叫《唱西皮二黄的一朵》。我就写了一个戏校里面的一个学生，遇到了一个跟自己长得很像的一个人。然后那个小女生要求自己的男朋友，把门口那个卖西瓜的那个女人，跟她长得很像的那个女人赶跑。在赶的过程当中，还发生了暴力事件，就这么一个故事。那当然，我写的是一个戏校里面唱青衣的一个学生，这么样一个人。就在这个作品写到一半的时候，我在《扬子晚报》上，看到了一篇报道，说我们一个青衣去北京演出，她一身的病。她为了在人民大会堂完成她的演出，在东大门的底下停了一辆救护车。底下的结论就是，某某某艺术家是一位德艺双馨的艺术家。

我看完这个报道以后我想，这个青衣干吗要这样？她都病成那个样了，时刻都有可能送到医院去抢救，她干吗不把这个舞台让出来给别人唱一唱呢？这个问题出来的时候，我正在写《唱西皮二黄的一朵》。我就觉得另外一个青衣的形象，顿时在我心目当中活动起来了。

但是这个不是关键，有一个事情比这个更关键，就是1999年的1月份，在此之前，相当长的时间里面，我们的媒体，我们的知识分子都在讨论一个概念，这个概念叫世纪末。世纪末是我们中国人梦寐以求的一个东西。因为刚改革开放的时候，我们经常听说，到了世纪末我们怎样怎样，到了世纪末我们怎样怎样，好像世纪末成了一个解决中国所有问题的一个时间点，只要我们过了世纪末，一些问题全好了。未来甜甜蜜蜜。我写《青衣》的时候，我突然发现不是这样的。这是我必须的要证实的一个问题，就是生活的基本面貌。

无论用怎样的理由，用怎样的借口，来描绘我们未来的时候，有一个东西我们是永远无法解决的，就是人自身的那些悲剧性。所以我就特别愿意写一个世纪末的时候依然留存在我们内心和肉体上的那种疼痛感的一个小说。

恰巧那个时候，我手上有一本书，是我读大学的时候买的，叫《京剧知识一百问》。我就把那个书拿起来，什么是青衣，什么是花脸，什么是老旦，什么是小生。反正有关《青衣》的那些东西，我都看了一遍。然后我就写了一万多字。

就在那个时候，我碰见了一个人，是浙江省越剧团的冯杰，是跟茅威涛搭档的，经常给茅威涛写戏。他们正好到南京来演出，晚上他就陪我看戏。我记得那天晚上我们看的是越剧《五女拜寿》。其实我平时几乎不看戏，那大概是我看过的唯一的一部越剧。

他问最近在写什么呢？我说我最近在写一个小说，跟戏剧人生有关。他问你写的是个什么东西？然后我解答。反正在看戏的时候，我们俩一直在那儿耳语。他问你知道什么叫"贴片"吗？我说不知道。那你知道舞台上的大幕意味着什么？我说不知道。他说你知道什么叫"包头"吗？我说我不知道。他说老毕，你莽撞了。那么简单的问题，你都不知道，你这个小说写出来要成为笑话的。

这事我觉得麻烦了。然后我立即找人，找到这个江苏省京剧院的一位老演员。你知道在我已经动手写了一万多字，之前我从来没有考虑过，我写的那个叫筱燕秋的青衣，她究竟是谁，我不知道。你要用这个专业的说法，就是已婚的、端庄的、带有悲情的，这样中年的女性都叫青衣。可青衣究竟是什么？我不知道。结果我找到戏校里面已经60多岁、退休的一个青衣，跟她聊天，我们聊了一个小时，东扯西扯。

当她开始摇晃着她的手指头，斜着眼睛盯着我，在我面前讲她的过往人生的时候，我知道青衣是谁了。什么是青衣？再怎么说，她就是女人，一个女人而已。你不把这个东西你抓住，你无论写什么，你都写不起来。当我意识到青衣是一个女性的时候，我觉得一切都好办了。所以我回去一个月的时候，我就把它写完了。当然写完了之后，我没有把它寄出去。为什么呢？这个小说的名字我没想好。我又花了一个月的时间，才把"青衣"这两个字给找到。

2000 年发表。一发表出来之后，我再也没有想到，引起那么大的动静。到了 2000 年的时候，文学已经非常衰微了。这个时候很少有一个小说，像 80 年代那样引起轰动，很少很少了。《青衣》出来以后，那么多人跟我聊起来。其实《青衣》这个小说红起来的时候，我并不知道。为什么？因为我很快就进入《玉米》的创作了。因为《青衣》基本上没有耗我什么精力，也没有耗我什么体力，写得特别顺，就把它写完了。我也没有想到这个，它成为一个类型，或者说它成为一个女性的一个典型，它是一个立得住的这样一个小说形象。老实说，即使到了后来，它的影响那么大的时候，我也没有想到《青衣》对我来讲意味着什么。直到各种各样的这种改编，舞剧、电视剧、京剧，后面的话剧，一起扑过来的时候，我回过头来一想，那已经有了小二十年了。现在依然有那么多的人在惦记它，我知道《青衣》这部小说，以及那个叫筱燕秋的那个女人，她活下来了。我估计相当时间里面，她不会轻易去死掉。

你要说这个小说，我又有多少形而上的追问，我对《青衣》有多少真知灼见，我还真不愿意这样说。虽然我知道这样说也可能使这个人物升华，但我更愿意把它说得简单一点，无非是一个作家把一个人物写好了。什么叫写好了？就是一个小说家把他内心的那种疼痛感呈现出来了。当这种疼痛感呈现出来的时候，那么多的读者一看，他们发现这个疼痛感不属于作家，这个疼痛感属于大伙儿。如果我愿意夸张一点，我还想这样说，类似于筱燕秋的疼痛，是我们每个人的疼痛。如果说这个小说是成功的，我觉得根本的原因一定在这儿。而不是你做了什么有关克隆的思考、世纪末的思考、政治性的思考。

相反，它的理由要朴素得多，简单得多，小得多。满足了小的理由，它有可能是一个大作品；它仅仅满足了大的理由，它在许多地方没做到，它很可能最后就是一个空洞的一个泡沫。这是我写了这么多年的小说，对小说的一个基本认识。你得让它成立。

张同道：它不是一个概念。

毕飞宇：我跟李敬泽聊天，李敬泽说的特别多的一个词，就是成立。这个小说成立，这个人物成立，这个人物关系成立。我觉得很可能我写了一个成立的小说。好坏且不论，它成立。这个成立在哪儿成立的？第一，在作家的笔下它成立了。第二，它在读者的阅读过程当中成立了。所以我告诉自己，你永远要写可以成立的小说，你永远不要去写那些不可能成立的小说。成立，我觉得是一个关键词。

张同道：从读者的角度，你抛出来一个东西，读者接住了。

毕飞宇：对，你说的特别对。

张同道：有的时候作家以为抛出去了，但读者没接着。

毕飞宇：你以为抛出去了，其实你没抛出去。你以为读者接着了，你不是在天上飞，就在地上滚，你让人家怎么接？接住是非常重要的，我同意你这个词。

张同道：一部经典的产生，不是作家写的，是读者阅读出来的。

毕飞宇：这个是我在《小说课》里面反复强调的一个概念，就是作品永远是作家写出来的，经典永远不是作家写出来的，经典是读者读出来的。作家不可能写经典，作家只能写作品。只有读者可以让一个作品成为经典，作家你怎么做都没有用。

张同道：这个人物，不仅是女读者有感觉，我觉得她的概括度超越了性别。

毕飞宇：是这样的。其实有一个说法，我是大不以为然。就是当年媒体为了宣传，就是给我贴了一个标签，说是写女性最好的作家，男作家。当然了，在当时为了让更多的人了解我,来阅读我的书,这个说法也不能算错。首先,这个说法不是我说的。但是有一条,你不能因为这个说法比较惊悚,比较骇人听闻,它就一定是真理,我就一定要接住,一定要把这个帽子戴到我的脑袋上来。这个说法是不成立的。这个帽子我不接,我也不会把它戴到我的脑袋上来。我能够接住的是,我是一个写作的人,我写了一个小说人物。我尽我的可能把这个人物成立起来,丰满起来,让大家接住。让别人觉得它成立。

张同道:我看到你在写这个人物的时候,尤其是筱燕秋为了再次上台,做了那么多的努力,甚至要挣扎。减肥,陪老板睡觉,对学生,其实是在求学生不要走。特别是一激动之下,又怀了孩子,为了上台要流产。我想知道你在写这些的过程中,有没有强烈的情感波动?

毕飞宇:我在写作的时候是比较冷静的。无论我的情感多么波动,我要对自己说,要控制好。《青衣》后来要拍电视剧,请了一个程派青衣张火丁来配唱。在请她去配唱之前,我们晚上看了张火丁的一场戏。那是我在现场第一次看京剧青衣,唱得好极了。我多次流泪。张火丁那天晚上演的是程派著名的代表作《荒山泪》,特别抒情。

张火丁一下来,我就去了后台,跟她聊。我说这个戏,我也是第一次看,那么动人。我说我们经常有一个说法,一个艺术家要想感动别人,首先要感动自己。我说你在处理那么强的情感的时候,你要哭了怎么办?你脸上全花了。说我们在台下哭没事,我们把眼泪擦一擦,我们接着看,是吧?你要哭了,你已经上了妆了,你要哭了,那麻烦大了。张火丁跟我说了一番话,她说我是一个职业演员,我的目的是有效地把戏剧人物的情感传递给你,而不是替戏剧人物哭泣。我当时听了这番话,我就觉得她说得特别好,几乎可以说是真理。

所以我就联想起我的写作,我在写作的时候,不放纵自己。我如果写得特别动感情的时候,甚至可以说我泪流满面的时候,我就放下了,我找个地方把自己的眼泪淌干。我平静了,我再来回过头来看自己,刚才是什么东西打动我的？我被打动的时候，我精神上的状况是怎样的？小说人物的精神状况是怎样的？然后以一个职业作家的冷静，把那个过程很准确地传递到文字里面去。而不是我自己在失控的时候，张大个嘴巴哭天抢地。把哭天抢地的东西给别人，那不是作家该干的事。那样的文字是无效的文字。为什么？那样的文字不是你在写小说人物，那样的文字是作家在自我表演。

我觉得作家最要紧的事情是，不能在你写小说的时候，在刻画别人的过程当中，趁机来表现自己。你要将作者自己要隐去。你要让小说人物和读者面对面，你只是一个介绍人。你不能让小说人物还没出场呢，读者还没出场呢，你把他们两个分开，你自己在那儿唱大戏，那要出问题。

我不是没有犯过这样的错误，我多次犯过这样的错误。但是好在我是一个有反思能力的人。第二天上午我起来就想，我昨天晚上一边哭一边写，一边哭一边写，多么饱满，我多么动情，真情实感，一定能打动人。我把电脑打开来一看，天呢，我怎么写了这么一个烂东西？全部删掉，毫不留情，重写。无数次重写，我重写过不知道多少遍。所以我打过一个比方，人在喝醉的时候，人是很幸福的，很愉快的，可那个时候说的话往往不算数。那个时候所使用的语言它往往不算数。你可以喝，你可以喝得很醉，没问题，但你别指望那个时候你的语言是有效的。你可以享受生活，你可以把你说的那个话重复20遍，你可以吹牛，你可以说你肩膀上扛了多少东西，能走多少路，没问题。但是你要对自己的语言负责任。对我们作家来讲，我们的基本责任、我们神圣的使命，就是对我们的语言负责任。这个是我们的职业道德。

张同道：做到这一点，其实很不容易。

毕飞宇：要有自省能力。

张同道：我看你在一次访谈中，说《青衣》其实和高音喇叭还有一点关系。

毕飞宇：高音喇叭。

张同道：你在小的时候，经常听京剧。

毕飞宇：我其实没有听过京剧，我听的是样板戏。那个时候我对几个样板戏都很熟悉。毕竟是个文艺少年嘛，就喜欢这些东西。喜欢这些唱腔，就是那些旋律，确实很特别。尤其是京胡的那个音色。你在世界上再也找不到任何一种乐器，演奏出来的声音能那么走心。京胡的声音只要一起来，你就知道，那是中国的声音。那个声音只有我们中国有。我在欧洲也经常去听欧洲的歌剧，听交响乐。你再说你如何喜欢，还是隔的。那个东西只属于我们中国，是我们基因里的东西。

我在很小时，在这个村子里面的时候，高音喇叭里面每天都有样板戏，我每天听，每天听。我有一段时间，大概在 1972 年、1973 年、1974 年这么几年，我在外面不管多么疯，到了 6 点钟我一定回家，拿个小凳子，坐在那儿听。我父母都不知道我坐在那儿干吗，他们不知道，只有我知道。其实听不懂，里面那些台词我听不懂，就拿着那个《红旗》杂志上那个剧本，一句一句对着。

其实如果你要问我，在语言之外对什么东西最敏感？我对旋律非常敏感，虽然我没有学过音乐，我也不识谱。我对旋律非常非常敏感。另外一个就是对旋律的记忆力，我听过的旋律基本上都能记住。我的旋律的记忆力非常好。所以我命中注定，应当写一部《青衣》。

8.《玉米》

【我从未体验过那样的一种语感，就是轻松得不得了，一点点都不用我发力，一点点都不用我动脑子。我顿时最大的感觉就是解放，就感觉我整个人、整个身体，跟我的小说完全的合二为一。】

【通过小说写作，写到最后，让自己成了一个真正的知识分子，一个真正的公共知识分子。这个是我至今精神上的一个目标，是永远要往那儿走的。】

张同道：从《青衣》到《玉米》也是一个很大的转换，这个动力是什么？

毕飞宇：这个没有动力，不是我预料的。到《青衣》是我预料之中的事情，

《玉米》等作品的出现，从大的方向上来讲，也是我预料之中的事情，但是我没有想到小说的语言形态和人物突然变成那样。一下子就进入了这个王家庄系列。它似乎是妙手偶得。

张同道： 自然而然长出来的。

毕飞宇： 自然而然的，但是我想说的是这个自然而然也并不那么自然，它还是有我内心的努力在那。没有我内心的那种追问，没有问题的悬置，没有坚定的一个文学理念，这种妙手偶得不会出现。天上永远不会下饺子，天上只会掉树叶。玉米、玉秀、玉秧以及端方、吴曼玲，哗啦哗啦的，树叶子全掉在我的脑袋上来了，包括后来《推拿》里面的那些人物，全砸在我的脑袋上了。挺幸福的。其实有人对作家的幸福用过一个很古怪的词："自私而可怜的幸福"，我不知道他要说什么，我不懂他。作家的幸福怎么自私还可怜？一点都不自私，一点都不可怜。这个幸福是开阔的。如果作家有自私的幸福，这个自私也属于公众，也属于文化。

张同道： 《青衣》也不是偶然，还是和你的生活是有关系的。但是在《青衣》的这种状态，并不长。我看到了一个材料，说很快就写出了《玉米》。而且当编辑看到《玉米》之后觉得非常诧异，是不是同一个作者？

毕飞宇： 对，就在《青衣》写完了之后，我就写《玉米》了。

那个是《小说月报》的编辑叫刘书棋，他专门给我打过一个电话，问我，是不是你？我说是。那天我特别高兴，像得了一个文学大奖一样。他是来求证的，没有任何赞美我的意思。他没有任何赞美我，但我在我的写作生涯里面，我把它看成我的一个文学大奖。这是对一个小说家的一个褒奖。

张同道： 那这种核心的变化，发生在什么地方？为什么同一个作家的作品，会让人看作像是两个人写的？

毕飞宇： 这个跟《玉米》的具体的写作状况有关系。其实我写《玉米》的时候，用的笔调是跟《青衣》一样的笔调往下写的。写到差不多快一万字的时候，就进入具体的人物刻画，我突然发现，我为什么要用那么复杂的语言去写玉米的母亲施桂芳呢？我为什么不能用更接近乡村、更相近生活的语言，更本分的语言，来描写70年代的那个农村和农民呢？然后整个小说就是在这样的一种语调底下，用李敬泽的说法，腔调，就是在这样一种腔调底下，语言就往下走了。

当我找到那个调子的时候，当那个调子出现的时候，另外一种语言风格出现的时候，你知道那一天我高兴得不得了。我把《玉米》前半部分全拿掉了，全不要了。

一找到那个语调的时候，我突然觉得我不是在写小说了，是小说在写我。我就特别顺，按照那个调调，我就被它拉着往前走。就跟我年轻时跑步的时候一样，前面几步我还觉得要发力，让左腿右腿发力，不停地往前跑。到了那个时候我就觉得人的身体已经产生一个惯性了。我只要保持那个状态，胳膊自动就会摆动，两个腿自动就知道往前走。那个势能是非常巨大的，好像我后面有一个力量在推着我往前跑一样。

我写《玉米》的时候，也三十五六岁了。前面写了那么长时间了，我从未体验过那样的一种语感，轻松得不得了，一点点都不用我发力，一点点都不用我动脑子。王朔有一个说法，说上帝抓着我的手在写，我真有这个感觉。王朔说这个话，一点都不矫情。我顿时最大的感觉就是解放，就感觉我整个人、整个身体，跟我的小说完全的合二为一。

张同道：一万多字。

毕飞宇：一万多字我全部不要了。然后直接从出现这个语调的地方开始，这就让《玉米》《玉秀》《玉秧》和《平原》出现了一个非常稳定的小说语言形态，非常简单，非常厚实。《玉米》《玉秀》《玉秧》这几个作品加起来也好长时间了，我印象最深的就是两件事情。

第一件事情，大概在写《玉米》的时候，我去买香烟。我走到那个烟店门口的时候，我给了他100块钱之后，我就回头了。然后那个人就在后面不停地喊，我不知道他为什么喊。其实我从离开我的电脑，下楼，买烟，把钱给人家，我脑子里面始终处在那样一种行文的语调里头。就始终的不停地还在那儿一个一个句子往下捋，人已经好像刀枪不入那个状态。

到了写玉秀的时候，也有一个事情特别有意思。我每天上午一进书房，那时候家里面还没有暖气，手一摁空调，再一摁电脑，开始工作了。然后再出去一会儿，抽根烟什么的。然后等我回来的时候，里面开始暖洋洋的了。我站在电脑面前，把衣服脱下来，把我的那个棉袄架在我的椅子上，然后坐在那儿开始工作。等我写完了，出去的时候，再把那个衣服带上。每天都是这个节奏。有一天我走到那儿去以后，把电脑，把空调打开来了，我突然意识到我拉衣服的时候，衣服是个夹克。我把夹克拿在手上一看，棉袄哪儿去了？其实那个是冬天的事情，什么时候由棉袄变成夹克的？整个过程我一点都不知道。我只是在挂的时候突然想起来了，不知道哪一天棉袄已经换成夹克了，我一点都不知道。

张同道：完全沉浸在小说里。

毕飞宇：我觉得是整个小说全部被打散了，那些字、那些秩序全部就在我的家里面，我只是生活在其中而已。小说的整个氛围环绕在我的周边；而我的衣食起居，它们是附带的。我现在回忆起来，那个时候是我很特别的一个写作状况。我一丁点也没有意识到，我要努力，我要全身心投入，我要干一个大事情。没有，一点都没有。我就觉得每天在玩，特别轻松。我只是回过头来觉得，那个时候状态真是特别好。

张同道：你是不是在书房里就能看见玉秀、玉米？

毕飞宇：不能，不能看见。我只有在写的时候，就是那样一个氛围。就是我在一点一点写那个王家庄的时候，因为小说的这个需要，有些东西小说里面有所涉及，有些东西小说里面是没有的。但是不管有没有，我那个脑袋，整个那个王家庄，哪一户在哪儿，哪一户在哪儿，哪儿有棵树，哪儿有个鸡窝，哪儿是猪圈，我清清楚楚的，像航拍一样。虽然小说里面写的仅仅是有限的一个部分，但它非常完整。我每天就生活在那儿，写着写着写着，我脑海里面的那个场景，我完全在现场。当然那个现场是不存在的，它完全是一个虚构的世界。

张同道：你需要画一张图纸吗？

毕飞宇：完全不需要，我非常清楚。甚至于在哪一个路边上，哪儿翘着一块石头，我都能看见，虽然我永远不会写它。比方说我写一个场景，玉米几个人在那儿干什么事情，其实周边的东西我都看得见。周边有什么，发生了什么事情，有一只鸡走过来，我都看得见。我只不过不写而已，有什么气味，非常立体。所以我认为想象是一个很神奇的东西。

张同道：所有的创造都是神秘的。

毕飞宇：可是在那个过程里面，你又同时觉得，就像乔治·桑对巴尔扎克所说的：生活就是这样的。她概括批判现实主义和浪漫主义的时候，说过一句话。所谓现实主义就是生活就是这样，浪漫主义是生活应该这样。我当时的感觉就是，应该就是这样。

张同道：那是什么东西让你突然觉得原来那种语言不适合你？

毕飞宇：那就是因为我长期以来有一个心理习惯，我对自己的语言有洁癖，有高度的洁癖。我特别渴望自己的语言能有效，能呈现出我的美学趣味。这是我内心非常坚定的一个东西。我对作品始终有要求。这个要求到底在哪儿实现，我不知道，它最后会变成什么样，我也不知道。但是有一条，你只要有要求，你就一定会有回报。这个回报究竟是什么，你不知道，但回报一定会有。

张同道：现在回过头来看，是由于出现了王家庄，你觉得需要找到和王家庄匹配的语言，还是因为有什么情况？

毕飞宇：我没有做那种细微的判断，产生一种细微的追求。我只是有一个大的设定，就是我的写作有目标。我告诉自己，一直要尝试自己没有尝试过的东西。作为一个小说家，你必须永远往前走。你不能永远在那儿循环，是吧？在那循环是一个很糟糕的事情。我们都听过那个卡带录音机。你只有往前走，一首歌才能唱起来。要是磁带在那儿不停地循环，对所有人来讲都是一个灾难。作家最需要避免的就是卡带，不能干这个事情，那会把自己写成一个笑话。我有大目标，脑子里面有关小说，我有一个大的系统。至于在局部，你哪一个小说该采取什么样的语调，我倒是觉得这不是一个动脑子的事情。你坐那儿想是没有用的。小说家的思维和哲学家的思维，区别是巨大的。哲学家的思维很可能他在吃饭，他在旅游，一边走路，一边想，然后诞生一个伟大的思想。小说家的思维更多的是，它伴随着你的手，伴随着你创作具体的状况，他写着写着写着，某种状况出现了，某种语调出现了，你就沿着那个往下走就行了。

张同道：尤其是那个"了"，我没见过一个作家是这样写作的。

毕飞宇：对，都是小小的短句子嘛。其实我是非常用力气的，这个就有点像体育运动一样。你看一个运动员，动作那么流畅，那么潇洒，他是用力气的。他如果脑子里面光顾了潇洒，光顾了流畅，他最后不是这个效果。只不过他的体态已经比较和谐了，他在做动作的时候，心里面对这个动作更有把握。实际上我从开始写作，在先锋的小天地里面晃悠，然后争取从先锋里面出来。这个出口我觉得就是《青衣》。然后到了《玉米》这一块，"王家庄"这个系列。然后再出来，到了《推拿》等后面的作品。语言的这些变化，我自己是非常清楚的。并不是说我预先作了一个计划，哪一部小说用哪种，不是。这个变化它是不自觉的，又是自然而然的这样的一个过程。

张同道：具体分析。

毕飞宇：不分析，我在南京大学上小说课，我讲得非常清晰。我只能说，我是一个具有逻辑分析能力的人，我拥有这个能力。但从整体上来讲，我特别感性。有人讲男人理性一些，女性感性一些，我有时候觉得我自己真的像个女人，特别感性，尤其在写作的时候。完全不是通过思考产生的一个结论，然后我沿着这个思考得来的结论往前走的这样一个过程。完全是开放的，完全是自由的，轻松的，不付出的。我觉得是零消耗。我没有那种全力以赴完成一个伟大的使命，只有我自己非常清楚，人特别轻松。

张同道：是不是像韩愈说的，潮水起来了，你置身于潮水中？

毕飞宇：对，你跟着它走就行了，你不要抗拒。你要相信自己的才华，它就在你身体里头，它会涌动的。你顺着它走就可以了。那种才华的那种涌动的能力，也不是你想抗拒就抗拒得了的，一定要顺应自己内心的那些东西。

张同道：不是为了一个字推敲。

毕飞宇：为了一个字，停留好几个小时，这个也是有的。你始终觉得这个词不恰当。就是我写的时候，就这么往下走，往下走，特别快。等我写完了之后，我读到这儿的时候，我觉得这个词，或者这个句子，始终觉得跟它前后的这个关系有那么一点点不合适，自己马上就知道了。这个差距是非常细微的，但是这个所谓的细微又是非常巨大的。比方说你楼底下有一个楼梯，这个楼梯它的间距是 20 公分，你走了 20 年了。你突然有一天，你把一个台阶变成了 18 公分，或者 22 公分，你走到那儿，你自己一定知道高了或者低了。前提是，你必须走 20 年。你要到一个陌生环境里面，你的脚没那么敏锐。只要把 20 年走下来，无论多么细微的改变，你都能知道是不恰当的，它对你是构成妨碍的。你一定要把它弄成 20 公分，你的每一脚下来的时候，你才是觉得构成了你日常生活的那个步态，步行的步，态度的态。那个步态他很自然就出现了。

张同道：那这个语言的准确性，包括标点符号。

毕飞宇：很敏感，这个可能是跟我出身于一个教师家庭，从小父母跟我们一起玩文字游戏有关系。另外，我很小很小的时候就陪着我的父亲改作文，他是一个中学老师。每次他上完了作文课，抱着一大堆的作文本回来，是我特别开心的时候。我就跪在凳子上，我父亲就拿一个红墨水的钢笔在那儿修改，我就待在旁边看。看他改，特别有意思。有时候看他把一个词动一动，有时候看他把标点符号动一动。然后旁边还写一个批注，有的时候是奖励的话，有的时候是批评的话。看了不知道多少年，我认为这个东西可能对我是有影响的。就很小很小的时候，就把一个良好的语言的审美的体系给建立起来了。语言的审美体系说起来很复杂，其实就是两句话：第一，准确；第二，生动。除了公文，天下所有的叙事性的语言，只要满足这两点就行了，就像我们人跟人之间说话一样，要很准确地表达出来。如果你还有富余的才能，你把它说得很生动，让人听了以后很有感染力，或者说特别幽默，这就是生动的那部分。

张同道：你的语言准确性是特别突出的一个特色。很多小说气势很大，情感也是，但是到具体那个词汇，有一点松动，有的可替换，你的是不可替换。我第一次读到那种语言，它看似大白话，但是每一个词的力度，像钉子一样，准准地、牢牢地钉在那儿。怎么这么用标点符号？喜欢用句号。小短句，大量地用"了"。这个是没有过的。

毕飞宇：其实有过。我现在就可以给你举一个例子，我为什么喜欢大量用"了"，你知道我的师父是谁吗？欧阳修。

张同道：《醉翁亭记》。

毕飞宇：《醉翁亭记》就是大量用句号和大量地用"了"。"环滁皆山也。其西南诸峰，林壑尤美，望之蔚然而深秀者，琅琊也。……峰回路转，有亭翼然临于泉上者，醉翁亭也。"你看他每说几句，也，也，也，他就是那样的。他构成了一个非常好的，文本内部的一个态势，非常潇洒。

张同道：俯仰自得。

毕飞宇：俯仰自得，你说得特别对，俯仰自得。如果你身边有一个人给你读《醉翁亭记》，他把那个"也"没给你读出来，你真想去抽他的嘴，不能少的。就是一个一个的"也"构成了文字内部的一个韵致。这个韵致是非常重要的。所以你说没人这么用过，我告诉你，有，欧阳修。

张同道：我真的没有把他跟你联系过。

毕飞宇：它是有来处的。所以我们写作的人千万不要过于自恋，总觉得自己是创世纪的英雄。我可以样讲，写小说所有的一切，太阳底下无新事。

你都可以找到蓝本。

张同道： 而且是传统的一个人。

毕飞宇： 对。无论你有多大的才能，回望历史的时候，你都可以找到与你相应的传统。人类的文明已经不是二三十年、一两百年的这个历史，已经非常漫长了。人类的文明已经非常成熟了。

张同道： 它是一条河流。

毕飞宇： 对，所以你是可以找到老师的，关键问题是，你有没有那个能力，去把那个老师给找到。

张同道： 你这么一说，我有一种开朗的感觉。因为你不是从现代文学中去找，你是跨越了将近一千年的时光，从古文学中去找。

毕飞宇： 对，我觉得我的逗号、句号，就是跟苏东坡学的。他那个句逗之间，那种让人身体的那种舒服，真是无法用语言去表达。"壬戌之秋，七月既望，苏子与客泛舟游于赤壁之下。清风徐来，水波不兴……"你能感觉到那种调调吧？

张同道： 水的波涛一样。

毕飞宇： 对。如果你有一个好的父亲、好的老师，从小把这种波涛移植到你的血管里头去了，这种韵律、这种韵致，将会伴随你一生。好的语言就是这么来的。

张同道： 它的节奏是有音律的。

毕飞宇： 前人已经为我们做得特别好了。像唐诗里面，它为什么是二二三，二二三，七律就是这个节奏。然后再加上平仄，平平仄仄平平仄，平平仄仄仄平平，仄仄平平仄仄平。它都是有讲究的，只不过这种讲究对前人来讲是费了一番大工夫的。对我们来说，这种感觉就在我们的舌头上。所以到了我们修改小说的时候，不用动脑子，完全依靠舌头和眼睛的生理机能，就能判断语言的好坏。马上能判断出来，不要动脑子。

张同道： 他有本能。

毕飞宇： 他有本能。问题是，你是否有机会在 17 岁之前建立这个东西。现代心理学早就告诉我们，人类的审美能力，尤其是把审美的认知转化成你的生理机能，这个过程发生在 17 岁之前。你到了 30 岁、40 岁，你再去学，你就是不行。比如踢足球，你不从六七岁、七八岁开始踢，你到了 20 岁以后开始踢；你弹钢琴，你不从六七岁开始弹，你过了 30 岁你去弹，哪怕你 24 小时不睡觉，你的手达不到那个水准，永远达不到。为什么？你在长见识和长才华的时候，你在长身体。这几样东西，见识、才华和身体它是一起长的，它长到最后，它就长在身体里头了。你身体都已经长起来了，你再去长才华，可能有，但它不属于你的身体，就没那么好的语感，没那么好的球感，没那么好的乐感。它一定是在身体完全发育好之前，一点一点到你的身体的内部，成为你的肌肉，成为你的筋骨，成为你的感知能力。

张同道： 你这个说法特别有意思。我原来只是认为，所有和体能相关的，都需要童年和少年来做。游泳、跳舞、武术，这个年龄大了干不了。但是你这个理解比我要更开阔。它不仅仅是和体能相关的，就包括审美这样的天赋，也是需要在少年时代培养的。

毕飞宇： 我前面说过，我的父亲是读私塾长大的，他受的是旧式教育。从很小很小的时候，老师也不讲，就带他们读。然后他跟我讲起许多事情的时候，他会呈现一个状态，什么状态呢？摇头晃脑。在我看来，摇头晃脑就是中国文言的语言节奏。不是现代汉语的语言节奏，是文言文的语言节奏。他用那样的文言，构成了那个语言，你最后读起来的时候，你身体一定会是那个状态，就是摇头晃脑。

张同道： 鲁迅的《三味书屋》上写的。

毕飞宇： 我记得去年，有一次我在开会，一个作家坐在我旁边，写了两句古文。我立即就跟他说，你这儿少了一个字。他说不可能，怎么可能少一个字。然后他随即就到网上去查了一下，果真少了一个字。为什么呢？我读的时候，那语言的节奏不对，它不是那个节奏。那它在那个地方，它一定会有一个音，不可能错的。

张同道：长在身体里的节奏。

毕飞宇：所以童年和少年对一个人的影响是巨大的。你对自然的认识，对人的认识，对语言和语言美学的认识，这些东西如果都移植到你的身体内部去的话，它总有一天会呼风唤雨。这一天有可能来得早一点，有可能来得晚一点，它一定会呼风唤雨，否则就没有天理。

张同道：这个种子种下了。

毕飞宇：一定的，它有必然性。所以你前面问我，退稿都退到那个地步了，有没有绝望过？我非常自负地告诉你，我从来没有绝望过，这一点都不是狂妄。机会什么时候来？我确实不知道。但机会一定会来，这个我坚信不疑，它不可能不来。

张同道：我们回到《玉米》。你最早是怎么看到玉米这个形象？感觉到她向你走来？

毕飞宇：我看到玉米这个形象之前，仅仅是一个愿望。什么愿望？抒写爱情的愿望。就是这么一个简单的愿望。因为我在《玉米》之前，我没写过爱情小说，我渴望书写一次爱情。我为什么渴望书写爱情？因为在 90 年代末和 20 世纪初的时候，中国文坛兴起了一股身体写作，势头非常猛，产生了许多好的作品。这些作品已经形成气候了。

我反过来想了一件事情，欲望书写已经书写到这个层面了，欲望的背后，一个很简单的，很原始的爱情，很收敛的爱情，这个时代究竟有没有？后来这个问题变得很简单，这个爱情有没有已经不重要了。重要的是，我渴望写。到哪儿去找呢？好像应在当代找——这个当代指的是 20 世纪初，不一定能找到。那我往前推吧。在都市里面找，也不一定能找得到，那我到乡下去找吧。

我突然就想起来一件事情。在我童年时代，有一天，我到一个小伙伴家里面去，找小伙伴玩。

我们苏北，中间有个堂屋，西边是个房间，东边也有一个小厢房。小厢房的北侧，通常是孩子们住的地方。然后东厢房的南侧是灶台。那个灶台呢，锅是在北侧的，烧火的那个口呢，是对着南侧的。那一个小空间放了许多柴禾，放了许多草，然后把那些草放在里面烧。那地方都是草。我的童年时代，尤其是冬天，经常喜欢和朋友们在那儿玩。如果哪一个小伙伴开始做饭了，烧火了，我们就蹲在那儿，看着炉膛里面的火，暖暖和和的。

那一天我到小伙伴家去玩的时候，家里没人。我就感觉到那个灶台后面，有很琐碎的动静。等我过去的时候，我发现惹祸了。一个上门的毛脚女婿，还没有结婚的毛脚女婿，跟我们村子里面的一个女青年，正在草堆上亲热。然后我去了以后，其实他们要不动，我根本看不见他们。他们有了动静之后，我就不放心，我就过去。等我走过去一看，他们突然就站了起来，吓了我一大跳。虽然是个孩子，但我立即就知道，我撞上了不该撞上的事情，我掉头就走了。然后这个事情我跟谁都没说，总觉得把人家的事情说出来不好。

我想起来的就是这个小草垛，我突然就回忆起来了。所以《玉米》里面，写玉米跟那个飞行员彭国梁，很长很长的一段，就在那儿，是吧？

张同道：我选的这段。

毕飞宇：你选的这段，是吧？那段写的特别温暖。那个是我为数不多的小说里面书写爱情的短文。可是我要告诉你的是，实际上《玉米》这个作品并没有写完，完全没有写完。等我写到玉米的母亲的时候，我依然觉得这是一个爱情故事。等玉米的父亲王连方出现的时候，我觉得出问题了。我看到了一个比我原有的计划要宏大和开阔得多的小说局面。到了这个时候，我的野心出来了，我觉得我不该仅仅写一个爱情故事。现在回过头来讲，你可以把《玉米》看成爱情小说，你也可以把它看成历史小说，你也可以把它看成政治小说，是吧？甚至你还可以把它看成反思小说，但不管怎么说，在玉米的爱情故事的背后，我撞开了历史的那扇门。

小说打开了。既然打开，那我就打开吧。所以《玉米》这个小说其实在写到王连方出现以后不久，已经失控了，已经不在我的控制范围里边了。但是我一点点都没有遗憾。在我《玉米》还没有写完的时候,我立即就想起来一个补救的一个措施,我接着往下写吧。

再写《玉秀》。我相信我一定可以把《玉秀》这篇小说写成一个特别好的爱情故事,但是非常不幸的事情又发生了,《玉秀》又失控了。所以回过头去又写《玉秧》。写《玉秧》对我来讲,已经非常困难了。为什么呢?这就是我的莽撞造成的一个后果,我《玉米》这个动机,上手上得太早。一上手以后写出来,发表了。《玉秀》又写出来,又发表了。走到任何地方,大家都在谈这两部小说。我这个时候其实内心后悔得不得了。如果《玉米》跟《玉秀》这个时候没有发表,我的《玉秧》的写作难度就没那么大。为什么?因为玉秧的故事是顺着那两个姐姐往下发展的。许多时间、许多地点、许多人物关系,它全部确定了。也就是说我写到《玉秧》的时候,自由度已经非常小了。只要我稍稍一不留神,它会跟前面的《玉米》跟《玉秀》有矛盾,它就会穿帮。

我写《玉秀》的时候,我像个会计一样。把《玉米》里面的时间段、地点,拿一张纸,专门写在一张纸上,放在电脑那儿,时刻告诉自己,不要在写《玉秧》的时候,把时间点跟人物关系搞得出了问题。包括玉秧那一年多大岁数,哪一年玉米多大,哪一年玉秀多大,我写到这个时间段的时候,玉秀多大。我还要做加减法,来确定玉秧是多大的年纪,否则你就写不了。

《玉米》这个中篇我 40 天写完的。《玉秀》这个中篇,我四个月写完的。《玉秧》这个中篇,我七个月写完的。为什么会花七个月?原因就在这儿。写《玉米》的时候完全不一样,那时候没有任何限制,愿意让时间在哪儿、地点在哪儿,都是我说了算。到了《玉秧》的时候,我说的都不算了,两个作品已经放在那儿了。好多节点卡得死死的,那个写得太痛苦了。《玉秧》写得很遭罪,极不舒服。

张同道:那以后就不能再写了,再写比《玉秧》还费劲。

毕飞宇:不能写了。许多人都不知道,说你为什么不往下写了?我就敷衍过去了，当然这些话我跟他们没说。当《玉秧》往后面要再写的话，我估计七年都不一定能写得了。因为它时间又进一步确定了，没法弄了。

张同道：其实如果不是发得快，你有可能写成长篇。

毕飞宇：如果不是发得快，我一定会把它写成一个长篇。

张同道：那就舒展多了。

毕飞宇：那就不一样了，我的整个写作历程也就不一样了。所以《玉米》《玉秀》《玉秧》写完了之后，我紧接着上手的就是《平原》，一定要写一个长篇的。老实说，《玉米》写完了之后所带来的效果出乎我的意料。当《青衣》出来的时候，外面红火起来了之后，我一门心思在《玉米》上。在《玉米》发表出来的时候，有朋友问我，你好像觉得自己很得意，觉得写了一个可以传世的一个作品，你是不是内心充满了喜悦？一点都不是。我《玉米》写完了以后，唯一的愿望就是它能发表。我为什么要写《玉米》呢？是《收获》的程永新给我打了一个电话，叫我给他写一个中篇。写完了之后，我对《玉米》没把握。我就觉得，到《收获》那儿，给程永新一看，你怎么写了这么一个老土的东西？

我这个《玉米》完全不在当中国文坛的小说语境里头，所以我就特别没把握。没把握怎么办呢？我就请高人把把关。这个高人是李敬泽。他是我非常信得过的一个文友，也是我非常尊敬的一个文学批评家。我说敬泽，我写了一个东西，你帮我看看吧。结果一看，出事了。我一直把李敬泽看成我的一个文友，他就是一个文学批评家。有一个身份我忽略了，他还是《人民文学》编辑部的人，他当时是《人民文学》编辑部的主任。

我把小说给他的时候，我没告诉他这个小说是给别人的。没过几天，他给我汉显的寻呼机上留了一行话：《玉米》发第四期。留下来就留下来了呗，我就开始写《玉秀》了。当时我内心就感激得不得了。我还以为发不出来呢，《人民文学》要发了，就很高兴。

李敬泽这个人，他特别奇怪，他把这个小说留下来之后，在许多不同的场合，我不在的时候，给予了这个小说非常高的评价。可他在我面前，没有说过一句这个小说不错的，小说写得好。他从来不跟我讲这些。

张同道：在你写续的时候，还是充分地表达。

毕飞宇：对，那是另外一个话题了。我只是告诉你，就是这个小说，李敬泽决定在《人民文学》发的时候，我一点点都不知道它未来会给我带来什么。只是《人民文学》决定发了，我松了一口气，这么土的东西，李老师还能把它发出来，挺好，挺好。

张同道：不合时宜。

毕飞宇：不合时宜，我知道不合时宜。我就觉得挺开心的，然后就过去了。

张同道：有没有想到后来会引起那么大的轰动？

毕飞宇：没有，完全没有。

张同道：我们再讲王家庄，是无意之中就这么写出来了，还是有意？

毕飞宇：完全是无意的，我没有设想过自己，一定要完成一个什么使命。我不会设计的。

张同道：那王家庄写的时候，是自然而然就出来了。

毕飞宇：自然而然出来的，我首先要告诉你，为什么我不会去设计？因为我从 20 多岁开始写小说的时候，有过无数的设计。在写小说之前，某一个具体的作品之前，诞生过许多次宏伟的愿望，我以为这个小说出来之后，会轰动全国；我以为这个小说出来以后，会吓人一跳；我以为这个小说完成了我一个伟大的文学使命，这些都发生在我的内心，它都有相对应的一些作品。我告诉你的是，没有一次是这样的。相反，我觉得这个作品写得挺轻松的，我也没那么耗力气，它火了，它红了，它受关注了，它得到好评了。其实在我比较年轻的时候，我就懂得了一个常识，这个常识就是：一个作家，当你决定写一个作品的时候，别对它有设定。它的命运你是控制不了的。这就跟父亲生了一堆孩子一样。你想把这个孩子培养成谁，你不一定能成的。你也没有培养孩子，你就给他吃饱了，穿暖了，你让他慢慢长，长大了之后，他也许能吓你一跳。别去做这一个没用的梦，毫无意义。所以我不太设定这个东西。

外界有这样一个说法，老毕这个人大局观好，他做什么事情都是有板有眼的，他知道在什么时候写什么样的作品。这都是我作品写出来之后，他们根据我的文学之路，自己在那儿瞎琢磨，自己在那儿下结论，完全没有。

张同道：尽管王家庄没有设定，但是王家庄还是和你生长的村庄是有关系。

毕飞宇：你也可以把它看成有关系，你也可以把它看成没关系。我可以告诉你，当我在决定这个村子叫王家庄，而不叫张家庄、李家庄、高家庄，这个是有象征意义的。王是什么？王意味着专制。

张同道：所以这不是陆王庄的王？

毕飞宇：这不是陆王庄的王。你把我的这个小说生涯推倒了，让我再来一遍。王家庄这个概念，一定还会出现。在哪一个年纪、哪一个时间节点上出现，我不知道，但它一定会出现。我不把它写出来，我对不起自己，我对不起自己的生活。生活发生了，我没有办法，但我要把我的态度表明了，我要把我的批判性表明了。我要告诉这个世界，我的小说是有立场的，我支持什么，我抨击什么，这个立场不能动摇。

因为小说家无论怎么写来写去，一个小说家一生就做两件事情。第一个，精神诉求，这个是命根子，你必须在精神上有你的诉求。第二个，美学呈现。任何一个艺术家，我可以说，尤其是小说家，必须要完成这两个使命。为什么我对鲁迅的评价那么高，对汪曾祺评价没那么高？原因就在这儿。汪曾祺在美学呈现上，是达到了一个极高的水准。所以前不久有人采访我，说你是不是汪曾祺的继承人？学习的汪曾祺？我说不是，在我的心目当中，汪曾祺不算一个好作家，是一个小作家，是一个有特点的、写得很好的小作家。属于闲情逸致的那种类型的。在我心目当中，真正的好作家是鲁迅。因为鲁迅是在精神诉求和美学呈现这两个方面都完成得很好的一个作家。当然反过来也有，有些作家在精神诉求方面，到了一个比较高的水准，但是他的美学呈现、艺术能力太欠，所以也不行。

在我看来，中国的现代文学史和当代文学史，从辛亥革命到现在，这样一百多年的文学史里面，鲁迅是一个高峰。这是我心目当中的一个判断。那么如果我要有一个精神上的一个目标，我的文学写作有一个榜样，鲁迅就是我的榜样，鲁迅就是我的目标，我要做的就是这样的作家，我不会去做沈从文、汪曾祺那样的作家。在我心目当中，他们跟鲁迅的距离是巨大的。

张同道： 两种人。

毕飞宇： 对，两种人，可是你要问我，那你为什么又摇头晃脑地在课堂上去讲汪曾祺？因为我许多地方给孩子们分析小说，讲小说的这个 ABC，讲汪曾祺又是合适的。汪曾祺写得确实很好，汪曾祺是一个非常棒的手艺人。他不能算一个顶级的艺术家，他是个手艺人。教孩子们写小说，从手艺这个角度来讲，分析汪曾祺是非常必要的。

张同道： 你讲得很有意思。在我心目当中，可能一个是知识分子，一个是文人。

毕飞宇： 对，鲁迅是知识分子，汪曾祺是文人，周作人也是文人，就是这个意思。文人跟知识分子永远没法相提并论。说起知识分子来，我再荡开来，补两句。因为微博的兴起，产生了许多大 V，然后这些大 V 被公众命名为"公共知识分子"。然后这些公共知识分子的形象变得很糟糕，有一度成了大家激愤的一个对象，成了小丑，成了笑话。我们不管，我们不管微信，我们也不管微博，我们也不管那些所谓的大 V 和公共知识分子，我们都不管，我们就谈这个概念。我要补充的是，公共知识分子这个概念在我的心中是神圣的。公共知识分子在我的心中永远有分量。不管我们这个时代把公共知识分子这个词用得多么脏，许多人把污水往这个概念身上泼。这个概念在我的心目当中，永远在那儿。

张同道： 脏只是使用的。

毕飞宇：对，没错，这个概念在我心目当中非常有地位。如果有一天，我离开这个世界了。假如有一天，有人说，100年前、50年前有个叫毕飞宇的作家，他是一位公共知识分子。那一天我会在泥土底下笑，会把大地震开一道口子，我会很高兴。我为什么很高兴？因为我知道我离这个标准还有距离。

张同道：就是左拉、雨果，一路来的。

毕飞宇：一点都没错。其实我有这样的想法也是有精神脉络的。到我们的鲁迅，到俄罗斯的那些伟大的作家们，文学史有这个传统的。

通过小说写作，写到最后，让自己成为一个真正的知识分子，一个真正的公共知识分子，这个是我至今精神上的一个目标，是永远要往那儿走的。就像周扬描述他对鲁迅崇敬的那两句话："横眉俯首，百代宗师。高山仰止，心向往之。"

9.《玉秀》

【因为有了玉秀，我的整个小说生涯将不会胡来，肯定不会胡来。】

张同道：《玉米》之后是《玉秀》，我从你后来的描述中知道，跟现代小说有一个完全不同的处理方式。为什么会出现这个？

毕飞宇：这个很复杂。我要是能把它讲得清晰一点就好了。首先，我觉得我这个作家是在写《玉秀》的时候成长起来的，虽然那个时候《玉米》已经写完了，《玉米》的评价也比《玉秀》更高，但是我这样一个人，我这个小说家写完了《玉秀》之后，我觉得自己提升了一大块。怎么提升的？就是在写《玉秀》之前，我始终觉得作家是上帝，作家可以决定小说里面人物的命运。

写完了之后，我知道了，作家就是作家，作家不是上帝。你不能按照你的意愿，去决定小说人物的命运。小说人物的命运得由人物自己决定。或者说得有小说内部的小说生活来决定小说人物的命运，而不是作家去决定他的命运。

这是一个大前提。那么这个底下呢，又可以细分。这个细分就在于，第一，当一个作家去决定小说人物命运的时候，小说里面的人物跟作家之间，是不能扳手腕的。你要一扳，作家强有力的手腕会把他摁下去，你决定他的一切。写《玉秀》的时候，玉秀和我扳了一次手腕，这个扳手腕的结果是，我没有把她摁下去。当然，她也没有把我摁下去，我们进入了一个僵持的状态。

也就是说当作家想决定小说人物命运的时候，小说人物是可以跳出来跟你对话的。作家你等一等，我不能同意你的安排。玉秀是第一个这么干的人。作为一个作家，我第一次从小说人物自身当中，看到了、体会到了小说人物的反弹力。这个对我来讲，意义太重大了。我可以这样讲，因为有了玉秀，我的整个小说生涯将不会胡来，肯定不会胡来。

第二个就是，《玉秀》的第一稿里面玉秀是死掉的。写完了之后，我曾经想放弃小说写作，因为写到玉秀的时候，她死了之后，我真是寝食难安。每天都生活在极其糟糕的状态里头。我就觉得我是一个多么脏的人，我觉得小说这个职业是太糟糕的一个职业。是吧？你那么不负责任，就让那么美好的生命，说让他们死，就让他们死。我觉得小说家跟绑匪差不多，所以我在《羊城晚报》上发了一篇文章，文章的题目是《小说家是不洁的》。但我恰恰又是一个有洁癖的这样一个人，所以再三再四的煎熬之后，我等于把《玉秀》这个小说重写了一遍。为什么《玉米》写了40天，而《玉秀》写了四个月？原因就在这个地方。它等于写了两遍。

还有一点很重要，就是我想让玉秀活下来，最关键的一个，内心的一个隐秘的一个点，就在于我特别想写我的父亲。我的父亲是一个没有来路的人，他的生母、生父是谁，他一直不知道。所以等我写到玉秀的时候，玉秀最后活下来了，她把孩子生下来了。最后孩子被她的姐姐玉米抱走了，然后送人了。回过来，到玉秀的床前，玉秀问她，我的孩子呢？玉米说送人了，你还有脸去问你的孩子？从此，命运开启了。那个叫玉秀的母亲，和那个还没有名字的玉秀的儿子，从此天各一方。对玉秀来讲，那个再也见不到的儿子，永远是她内心的一个大窟窿。对这个没有名字的孩子来讲，玉秀也是这个孩子未来一生的一个大窟窿。我估计你得问我，你为什么要写这两个大窟窿？因为我的父亲就是一个大窟窿。因为生我父亲的那个女性，我本来该叫她奶奶的那个人，也是一个大窟窿。所以我必须留这样一个尾巴。当然这个是我内心很隐秘的东西，我对我父亲都没有说过。

张同道：我看了你很多家族性的东西，但是我还真是没有从玉秀分析。

毕飞宇：它有这个意思，我坚持最后把这个小说重写，一定要让玉秀活下来，原因就在这儿。但是我做了一个糟糕的事情，就是我在修改这个小说的时候，无论如何，应当把这个修改之前的《玉秀》做一个备份。所以这个世界上，只有两个人看过我的《玉秀》的第一稿，一个是我，一个是《钟山》当年的编辑，现在的主编贾梦玮。

张同道：不过现在的《玉秀》更符合你的最终的愿望。

毕飞宇：对。

张同道：会不会是玉米这个形象本身，跟青衣的身份本身有很大的变化，你觉得这个身份会要求用一种新的语言。

毕飞宇：那当然，那是毫无疑问的。你描写一个人物，首先要考虑这个人物的文化背景和语境。在一个特定的文化背景和语境底下，一定会产生一种特殊的语言。比方说现在有一个位置特别高的一个官员，他一步一步走到台上去了，是吧？你马上就能知道，他所用的语言是一个什么样的格局。那就是官员做报告的那种语言。当底下掌声雷动的时候，你永远不要指望那是宋丹丹和郭德纲在那儿说相声。反过来说也一样，你得配套。这个配套就是需要作家去捕捉的。捕捉了以后，然后还要一个字一个字地把它完成出来，这个很关键。

10.《地球上的王家庄》

【我不打算把我童年和少年的时候命名为乡村生活，在我看来其实很原始，我觉得是一种原始生活。】

【一个孩子渴望穿过这个大纵湖，然后直接抵达太平洋。】

张同道：《地球上的王家庄》是个很短的作品。在你写作中，像个小插曲一样。

毕飞宇：完全是个小插曲。

张同道：但是这个味道又很足。我一开始还真没有把这个小说当回事。我说这么短，就像个散文一样，长散文一样。但是读了一遍之后，再回过头来看，这是一个很有意味的。看着是很荒诞的一个外表，一个男孩儿赶着一群鸭子要找大西洋。王家庄的人怎么会找大西洋去？这个构思是怎么想的？

毕飞宇：这个你说得一点都不错，就是我到底是在《玉秀》跟《玉秧》之间写的，还是在《玉米》跟《玉秀》之间写的？确实我记不得了。因为那个时候我的重点，肯定在那几个作品上面。这个《地球上的王家庄》一定是我在一个为数不多的几天休息的期间写的。写完了，我也没有往心里去。什么时候开始觉得《地球上的王家庄》不能等闲视之呢？有一天我碰见了南京大学的教授王彬彬，那个时候我还没去南大。王教授那眼界之高，那是毫不留情的一个人。他跟我讲，我刚刚看到你的《地球上的王家庄》，写得太好了，写得太好了，他重复了两遍。我说真的吗？我不相信。但他说了，我信了。后来过了没多久，外面的这个评价开始反弹回来了。看来王老师说的是真的。

这个小说为什么而写？一句话我就可以告诉你，为了 WTO 而写。因为写这个小说的那个前后，中国知识分子们正在争论，我们应当是继续关门，还是应当打开大门，去迎接这个世界？两派人争论得很厉害。我要表明我的观点，我要亮出我的立场。这个观点就是，我们再也不能封闭下去了。我不能预见中国拥抱世界所带来的结果，也不知道中国拥抱世界之后究竟会怎样。但有一条，我生活过的生活告诉我，当我们闭关的时候，当我们封锁自己的时候，当我们一定不让自己自由的时候，我们是如何愚昧的。我把它说出来的这个能力，我拥有。

所以我选了一个古怪的小说名字，叫《地球上的王家庄》。地球，一个大概念，一个开放的概念，是圆的，它没有边界。王家庄是一个小概念，是一个封闭的概念。在我写《地球上的王家庄》的时候，其实我就是想把一个结核病人病好了之后还保留在肺部上的那个大黑斑，那个 X 光的图片呈现出来。已经失去生命的那样一个大黑斑，已经钙化了，它虽然在肺上面，但它已经不是肺了，因为它已经不参与身体的这个循环了。《地球上的王家庄》，我其实就写了一个东西，就是愚昧。

张同道：多少年以后，更多的读者不知道它和 WTO 有关系。

毕飞宇：所以我利用这个机会，我得把它说出来。但为什么一个王家庄的孩子，乘着一条船，沿着这个大纵湖，要去大西洋？其实我想说得是，直到现在，我们似乎拥抱了这个世界。我的鞋，"阿斯克斯"，日本的，衣服哪个国家的我也不知道。我想我们现在所有的中国人，往外一走，从脚到脑袋，手机一掏，貌似这个人是和世界紧密相连的，但是我要说的是，今天的中国人，今天的中国，在精神上依然还有王家庄的痕迹。

盲目的民族自豪感对这个民族只有坏处，没有好处。一个真正热爱自己民族的人，应当学会心平气和地看自己的民族，看其他的民族。这才是一个正确的做法。

张同道：回归理性。

毕飞宇：要回归理性。一定要知道，我们都是生活在地球上的生命，我们都是平等的。你最后你的自豪感，让你觉得你的民族是世界上最牛的，你一定要高高在上，这个要给世界带来麻烦的。这样的例子在历史上有过，它给我们人类带来了巨大的灾难。我特别渴望我的这番话，能被今天的年轻人看到。

张同道：你在大纵湖遇到过危险没有？

毕飞宇：没有，什么危险都没有。能看到底下的鱼在游，看到虾，看到螺蛳和河蚌，都看得清清楚楚。最好玩的一件事情就是一个猛子扎下去之后，通常我们眼睛都不闭的，睁着眼睛在水底下游，然后你能感觉到很清凉的湖水从眼角膜上滑过去。那个感觉很神奇，比这个时候要清得多得多。那个时候没有工业，没有污染。

张同道：那个时候十来岁吗？

毕飞宇：十来岁，十一二岁。

张同道：你现在到湖里还能想象到当年那种场景？

毕飞宇：能，如果是夏天的话，我们还可以下去玩一会儿。但是我上一次回来的时候，有一个不适应的地方，就是我们那个脚对淤泥不适应，有恐惧感，脚在那个淤泥里面一上一下的，总觉得那个脚不知道踩到什么东西，什么地方。年轻的时候没有这个感觉，现在可能离开它太久了。

这个脚板底下变得更敏感，因为我们不赤脚很多年了。童年和少年的时候，因为都是赤脚的，脚板对水，对泥土，那个时候反应迟钝，现在太敏感，也容易感觉到疼。有时候看《动物世界》，大象，那么厚的垫子踩在泥土上，我经常想起来我们小时候那个场景，脚对无论是泥土还是石头，还是砖头，都没什么感觉。可以跑的，可以疯跑。

张同道：我看你写的，好像都五六岁、七八岁，一直光着身子，觉得这样跟自然很匹配，是吧？

毕飞宇：那个时候光身体是很普遍的。你只要没有发育，都可以光着屁股，没有人觉得是个不堪的事情。

张同道：我想这种观念和当时的自然环境也是一体的，是吗？

毕飞宇：对，实际上到了70年代初期的时候，成人们在那搞"文革"，对于我们那帮孩子来讲，其实是一个完全被遗弃的一群人。

我们今天可以概括说，它是一个很自由的一个生命状态，其实就是被所有人遗忘了，被抛弃了一样，没有人管我们。我们每天都是在这种自然底下，给自己寻找一点乐趣，其实也就是把我们的精力给消耗消耗。我记得在中堡的时候，每天都要跟南面的那个蜈蚣湖有联系，那么到了星期天什么的，我们一群人也会到北部的大纵湖来。简单地说，我当年在中堡生活的时候，中堡就是一个哑铃，那个镇前面那个部分是蜈蚣湖，后面这个部分就是大纵湖，中间有一条河流，也叫水路，把它贯穿起来。整天就是和水一块儿，所以在我的生命里头，从某种意义来讲，水也不仅仅是在河里面、在湖里面，水也在我们的身体里头。你比方说在水面上，我们的身体很容易保持平衡，你这么摇晃什么的，对我们来讲根本就不算一个什么事情。我们身体内部，它自己能找到平衡。外地的，城里面的人到我们这一晃起来以后，他一下子就不知道该怎么办了。

张同道：所以你写那个《地球上的王家庄》的时候，也不是刻意的，大纵湖自然就进来的，是吗？

毕飞宇：这个小说主要还是我想谈别的东西，只不过借地表上的这点事，说一点别的东西。倒也并不是写故乡，也不是写风貌，更不是写自然。那大致就是一个小孩划着一条小船到了这个大纵湖。我记得我写的时候关于这个大纵湖好像它太自然地就冒出来了，都不用动脑子，这个词自然就会往外冒。一个孩子渴望穿过这个大纵湖，然后直接抵达太平洋。那其实还是闭塞，这样的一个水网地区，这一群人永远像被关在这个地方一样，特别渴望一个外边的世界。一个孩子内心有疯狂的遐想，特别渴望沿着自己的水路出去。我们也没有翅膀，我们也不能飞出去，那时候也没有铁路，也没有公路，整个这么一个苏北地区的人其实是非常封闭的，很少很少有机会出去。这种感觉和在大山里面其实差不了太多，虽然天很高，大地很广阔，但你走不了。唯一能把我们的想象力，把我们的思绪带动出去的，就是这个很安静的水。这个很安静的水面，某种程度上来讲，在我的眼里面，在一个孩子的眼里面，它就是通往外部世界的路。

这个路，我觉得在冬天的时候，就更加具体一点。因为那个时候所有的水面上都是冰，我们就不知道，沿着这个冰往外走，我们能走到哪去？这个东西非常吸引我们。我记得我都已经读大学了，到了南京，有一天我特地站在那个铁轨上，站在那个铁轨中间，沿着铁轨往前走，不知道这个铁轨的尽头在哪？所以河流也好，水面也好，对我们来讲它就是道路，通往远方。

张同道：你沿着冰面走过吗？

毕飞宇：走过走过。沿着冰面，有的时候一群十几个人，一群孩子就在冰面上玩，然后年纪大一点的把我们在冰面上往前推，然后就滑出去。当然我们这个地方人玩冰跟北方人的玩冰有一个不太一样的地方，没有冰刀，也不像在那溜冰什么的，它就是也很原始。当然有时候家长们也很担心我们的安全。通常在我们的身上就会捆一个扁担。手张开，然后把这个扁担捆在自己的肩膀上，跟胳膊一起出去，这就安全了。万一有些地方冰有一些薄，一脚踩破了，不至于掉下去。

我们这个地方的水，它跟海里面的水跟长江和黄河的水是很不一样。它最多只有一点很小很小的波浪，用一个词来说叫涟漪。我们这个地方的水一般来讲都很安静，即使在冬天狂风呼啸的时候，你也看不到那种巨大的波浪，很安宁，就像镜子一样的，就像最好的那个轧路机压出来的高速公路一样，很平整。你甚至可以假想，自己要有一匹马多么好，可以在绿色的水面上一路纵横。

当然也就是想想，因为我们这没有马。

张同道：在你的少年时代，不是坐车，主要是坐船。

毕飞宇：那个时候哪有车？我们的人往外走就是坐船，就是三毛钱，三毛五到一个什么地方去。普通老百姓的话，他们家家都有船，都会划船。对小孩来讲，更多的是用篙子，就是一根竹竿，然后站在船尾把它撑起来，船就可以走动起来了。如果船特别大的话，那就摇橹，摇橹对我们来讲就难一点了，因为那个橹就很重。我们小孩那个时候出来玩，就拿一根竹竿就行了。拿一根竹竿把它撑起来，但是竹竿也有一个问题，你如果到一些比较深的河流，它就撑不了。那个竹竿也就三四米长，三四米长大部分还是在水上面的，到了水下面也就一米多。要是水太深的话，它就到不了底，到不了底它就没有反弹力，所以就行驶不了。

像这些地方对我们来讲两个季节是特别重要的，像这个季节，春天，我们永远不会选择到这个地方来玩。第一个肯定是夏季，夏季走到这之后，如果身上还有一个短裤的话，就把短裤一扔，然后就随便抛在什么地方。然后就沿着这个芦苇的浆根悄悄地游过去，游到一个地方的时候，把这个手合一下，你就指不定有的时候能够捉到一个虾。鱼是捉不到的，因为鱼的动作特别敏捷，虾相对来讲笨拙一些，往往能被我们逮着。逮了一只虾以后会念一个口诀，"先吃头后吃尾，长大之后会舞水。"这个"舞水"就是游泳的意思，其实那个时候我们已经会游泳了。但抓到虾之后，把虾脸上那个螯掰掉，然后头放在嘴里面一口咬了，然后再把尾巴一口咬了，中间那个肉往嘴里面一扔，就随时抓到，随时就吃了。

张同道：现在叫河鲜。

毕飞宇：河鲜。那么夏天是这个，秋天就跟夏天不太一样。夏天主要还是一个物质性的东西，找吃的，秋天相对来讲就更加有诗意一些，我们通常到蒲苇堆里面去采蒲苇。但我再强调一条，这个地方其实我没来过，这个地方没来过。

到了秋天的时候，往往里面也就干了，夏天的时候里面是湿的。秋天就干了，干了之后我们有的时候一群十几个同学进去。我没有跟他们交流过，也不知道他们什么感觉，其实我们都往里面走的时候，更多的是一个什么心态呢？是寻找英雄主义的那种东西。因为童年时代看过太多的战争电影。

许多战争都是在芦苇里面，高粱地里面，所谓青纱帐嘛，就在里面。总觉得在这个里面可以找到日本鬼子，总觉得在这里面可以找到敌人，然后和他们进行一个战争。当用手划着这个芦苇往前走的时候，有悲壮感，有游戏感，也有悲壮感，总觉得我们革命了，我们进入到战争里头去了。现在看起来很可笑，就是你说起这个来，我就觉得教育这个东西特别重要。你像我们在和平年代长大的孩子，就是因为看了太多的那些电影，内心特别渴望战争。我们到了这个年纪了，回过头来看，这个真要好好反思的。我觉得这是一个大问题。我在少年和青年时代，其实内心最渴望的就是战争。你看战争那么糟糕的一个事情，那么邪恶，可是我们特别神往。

张同道： 其实在激发一个少年的英雄主义？

毕飞宇： 我并不认为那叫英雄主义。

张同道： 但那个时候它是？

毕飞宇： 那个时候是，特别渴望流血牺牲。不知道为啥，可能跟我的天性也有关，就是无论到什么地方玩，内心总喜欢带着戏，从小就是这样。现在虽然不这样了，其实说到底写作还是这样，一个写小说的人，他其实是带戏生活的。他内心有很丰富的戏在那儿等你。

我就觉得生活一个有意思的地方在哪呢？即便是我自己回忆起当年的那个生活场景，芦苇里面的鸟窝，头顶上还有蓝天白云，水底下的鱼虾，芦苇上面的这些飞鸟，现在想起来特别特别有诗意，可那时候没想到会和诗意联系在一块儿。所以我就觉得一个人在童年和少年时代，要见得多，见得越多越好，哪怕它毫无意义。这些见得特别多的东西，到了一定的年纪之后，它会改变它的化学性质，也就是说它会发酵，它本来也就是粮食和水，到了一定的年纪之后，它流淌出来之后它就成酒了。我就觉着童年应当是和自然在一块儿的，所以我当了父亲之后，特别强烈的渴望就是把自己的孩子带到大自然里头去。

这个愿望非常强烈，可实际上最后人又在不知不觉当中向自己投降了。为什么呢？当他进入学校面对这些考试压力的时候，我作为一个父亲，很快就会把"让他走进大自然里面"的这个愿望剔除得干干净净的。永远最关心孩子考得怎么样？老师的作业完成了没有？对一个做父亲和做母亲的人来讲，内心的美是妥协，是投降。对孩子来讲都是不幸。问题就在于当你意识到的时候，机会已经没有了。所以我现在看到我童年时候的场景、少年时候的场景，就觉得愧对孩子。当然了，你要真把他赶到这个地方来，他也不一定喜欢看。

张同道：我看到你写的，如果少年时代能够和自然在一起，那是一生的财富。

毕飞宇：一定是好的，我们不说灵魂，那些东西虚，我们就说身体，眼睛、耳朵、鼻子、嘴巴，因为我们在大自然里面成长起来的，所以我们的这些感官几乎就是大自然的一个部分。

假如这个地方底下有一条鱼潜在这个水底下，你们一定看不见，我一眼就能看见。你为什么看不见？因为鱼是在大自然当中，为了自己的安全，它慢慢就这么长了。你从上往下看的时候，鱼的背景一定是深色的，因为它是深色的，所以你从上往下看，它跟河底的颜色，它跟水底的颜色是一个颜色。所以它就把自己给隐藏起来了，你就看不见它。反过来说，如果水底下有一条蛇，它从水底下往上看，看见河面上天空上的颜色，它是白色的，鱼的肚子恰恰又是白色的，鱼又把自己给藏起来了。它都是有道理的。因为我们也是从大自然里面和鱼和虾一起成长起来的，所以我们就懂得这个秘密。并不是因为我们读了多少书，懂了多少科学，它是一个生命的本能，我们就能懂。它玩的什么心思我们就明白，所以它这个颜色骗得了城里人，它骗不了我们。我们一下就能看见。

张同道：大自然本身就是一个非常好的教育。

毕飞宇：对，所以我经常跟我孩子炫耀我的耳朵、眼睛、鼻子，我能捕捉到很多他们捕捉不到的东西。其实他的身体条件比我们好太多了，但他们看不见，我们看得见，我们也听得见。你像到了秋天，我们去捉蛐蛐，完全靠耳朵，就黑咕隆咚地沿着墙壁往前走，完全靠耳朵。这个水里也好，大地上也好，芦苇丛里面也好，里面的声音是非常非常复杂的。秋天来看的时候，上面那个絮非常的肥硕，风一吹过来，所有的都斜过去，像一个舞蹈队一样的，每一个芦苇的动作都像有导演规定好了的，你看上去，哗啦哗啦，很漂亮。

张同道：其实这也是一个审美的熏陶。

毕飞宇：对，我们有时候在文章里面，在教室里面，听老师们讲所谓的歌唱春天什么什么的，我作为土地上成长起来的一个人，我想说的是，大自然的每一天其实都很美，它只是不一样而已。回忆起来，那秋天也是真的很好看。当年没觉得多好看，回忆起来我脑子里面的风景，好看的画面真是太多了。但是我们在童年和少年的时代，也没有怀着一颗审美的心来面对生活。我们有别的目的，总是找吃的，找鸟什么的。

张同道：这种审美是自然而然发生的。

毕飞宇：对，时光和年纪很重要。那个时候我们太小，身体里面有勃勃的生命力，光顾着生长。到了一定的年纪之后你的生长停止了，你就有回味了。

张同道：是不是说随着年龄的增长，时间的推移，这些像种子一样在日后的艺术中慢慢发芽？

毕飞宇：对，实际上我并没有系统地去写过我的童年、我的少年。但你从许多的作品当中可以看到，比方说像莫言、余华、迟子建、苏童，我读他们的作品，有时也会会心一笑。就是童年和少年的经验在一个人写作生涯里头，指不定在哪就会有一个小小的体现。

张同道：所以从这个意义上来讲，一个作家的产生不是教育的结果，它是一个自然生长的结果。

毕飞宇：都很重要，但是我觉得第一步首先老天爷必须选择他，然后给他好多不一样的器官。这个器官就是信息的捕捉器，然后大量的信息、大量的素材储存在那儿，然后到了一定的年纪之后，我觉得教育依然是重要的。你得到一个好的教育之后，你回过头来再去搜寻你脑海中的那些资料，它就会变得特别有用。

我还是那句话，艺术家是从器官开始的。器官是第一步，很多人之所以不能做艺术，是童年时的器官发育不过关。当然，他在别的地方发育得好，他在别的地方有过人之处，他可以干别的。

张同道：我觉得艺术家跟他的童年，和他成长的这个土地关系非常密切。

毕飞宇：一个好的商人可能在童年时代可以不那么重要，但对艺术家来讲，的确至关重要。即使你把我的眼睛蒙起来，你把我带到一个水边，基本上我就靠鼻子都能判断是春天还是夏天，还是秋天。那个味道是很不一样的，尤其是从春天往夏天过渡的时候，你走到太阳的温度一点点地往上升了，然后这个温度沿着河流的表面，温度一点一点到了河床。当这个温度抵达河床的时候，河床底下的有许多东西就反过来往上冒，那个气味就是河床底的味道，在春末我们就能闻得到了。只要一闻到那个气味，我们就知道了，夏天快到了。

即便是盛夏很热的时候，我们在水面上嬉戏游泳，水的那个表层相对来讲，它还是比较凉爽的。可你一个猛子下去了，到了很深的地方，底下冷得很。即使是盛夏，冷得不得了，底下，底下非常冷。我们最喜欢的游泳，你都无法想象是什么时候，是盛夏一场暴雨之后。你知道原因在哪吗？因为大地被烤了十几天、二十多天，烤得滚烫滚烫的，然后中午突然来了一场暴雨，所有的水往河里面淌，这个时候你到河里面去，往水里面一跳，舒服极了。用我们长大以后的话说，像温泉一样。躺在河面上，水很脏，很浑浊，因为我们那时候没有沥青，没有水泥，没有砖头什么的，那水都是带着泥土下来的，很浑浊。里面也有泥土的那个味道，暖和得不得了，暖洋洋的。虽然在盛夏，但它又不热，所以你躺在水面上把肚子给露出来，躺在那儿拍着水，特别舒服。

张同道：当时能感觉到这种美好吗？还是回忆让它变得这么美好？

毕飞宇：那是很体感的东西，那种又凉爽又暖和的东西裹着自己的身体。那个时候我们都很有经验了，只要是天热的时间特别长，突然来一场暴雨，我们一定要到河里面去的，一定要下去一下。下去完了等身体干了再回去，父母都不知道我们在外面干了什么。今天的生活，孩子的生活，父母的生活彼此都在彼此的世界里头，像我跟儿子的生活，他是什么样我清楚，我是什么样，他清楚。

我在童年和少年的时候，我的父母永远不知道我们每天发生了什么，永远都不知道。在家里面我和父母上午见一面，傍晚见一面，白天我们根本不会在家里面的，永远在地里面，在水里面，在树上，永远在两个世界里头。

我的童年和少年几乎没有什么户内生活，都在外头，直接面对天空和大地。每天都是这样，即使上课，课也很少，就上午一点课，下午就在外面飘了。然后年级高一些了，大家下午也就是一两堂课，到了三四点钟就放学了。你说那个夏天三四点钟算啥，还有好几个小时可以在外面混。

天快黑的时候，我母亲找我回来吃晚饭，从村子的东面喊到村子的西面，从村子的南面喊到村子北面，就听到我母亲在那儿喊。喊完了她回去了，我肯定也在一个什么地方听到了，或者有人过来转达了。有的时候我母亲喊我回家吃晚饭要转好几道，谁听到了告诉一个人，然后这个人转达到另外一个人，最后这个消息传到我的耳朵里面来，反正就在一个村子里面。我们没有觉得特别或者哪不对，生活就该是那个样子。这可能也是乡村生活和城市生活的一个巨大的区别。

11.《平原》

【我觉得我处理了一直萦绕在我心头的几个问题。第一个谈的是知青的问题，第二个谈的是农民的精神困境问题，第三个问题，就是小说里的那个"右派"问题。】

张同道：从《地球上的王家庄》，到《玉米》《玉秀》《玉秧》这个系列完了之后，你很快又进入一个厚重的长篇，就是《平原》。我个人对《平原》有非常多的感慨。某种意义上，我对这个比对《玉秀》《玉米》的理解更深一些。这个时候，你的年龄已经到了12岁，那是1976年，中国发生了很多大事。

毕飞宇：对，12岁。

张同道：这种写法跟你前面都不一样。前面还是以人物为中心来写的，但这个又出现了一个人物网，一个巨大的人物网。《平原》是怎么来的？怎么会在你玉字系列还没有完全结束，这个念头就出来了？

毕飞宇：《平原》这个作品是到目前为止，我付出最大的写作，它前前后后耗了我三年七个月的时光。那三年七个月里头，我几乎什么都没做，所有的注意力都集中在这个作品上。应当说它是我特别看重的一个作品，虽然这个作品不像后来的《推拿》引起了那么好的社会反响，得了那么多的奖。它什么奖都没有得过，但是它丝毫也不影响我对它的一个基本判断。

十几年过去了，真正的好读者，可能更看重《平原》这个长篇。你要说我为什么要写《平原》，理由其实有很多，很复杂，产生写这个小说的动机，其实是在山东潍坊，我在序言里面也交代过了。

如果你一定要问我这个对《平原》在意的是哪个部分，我觉得我处理了一直萦绕在我心头的几个问题。一个问题是知青问题。我们新时期文学里面有一个专门的文学名词，叫知青文学。知青文学基本上还是写"文革"时期的中国乡村的。但是这里面有一个重要的问题，那就是这帮知青回城之后，他们拿起了笔，他们拥有了话语权。与此同时，那些农民有没有拿起笔？换句话说，那些农民有没有话语权？这个对我来讲非常重要。

在我看来，如果知青文学只有知青的书写，而没有农民的书写，这个可能是要出问题的。所以我写《平原》的时候，里面写了一堆知青，可是我的立场是农民的立场。知青来了，在村子里面做农民，和这个村子里面的农民，其实是有很大区别的。因为某种程度上来讲，知青的农民身份是强加的，而农民的身份是铁定的。

如果我说得不错的话，在许许多多的国家，农民其实是一个职业身份，但是我们不能忘记我们中国的特殊性，在我们中国，农民不只是一个职业的身份，更多的时候，它是一个文化身份。它构成了中国的最底层，可以说是基石一样的底层，也是最多的一个大多数。

如何去看待他们？我觉得中国作家只有一个人在他的写作生涯里面做得特别棒，那就是鲁迅。实际上在鲁迅之后，再也没有一个作家好好地、认真地，能够把农民作为一个文化形象，好好地来刻画一番。我在写《平原》的时候，一边是知青，一边是农民。在这个问题上，我特别渴望有我自己的一个突破。

第二条，那就是农民里头有许多特殊的人，这些人参与了中国社会发展各个阶段的历史事件。在诸多历史事件当中，实际上农民是什么角色呢？虽然革命的时候，农民永远是先锋，永远是主力，但是农民只是能量，只是汽油，方向盘永远不在农民的手上。

中国的历次政治运动，我们都可以看到农民的身影。但是他们的这个身份恰恰又是非常可疑的。这里面出现了一个非常特别的群体，那就是农民当中所产生的积极分子，每次运动来了之后，他们都是冲在最前面。这些积极分子他们的精神诉求是什么？他们的理想目标是什么？

某种程度上来讲，他们就是跟在后面的一个，提供能量的一个，这样的一个能源。所以每次革命发生之后，在他们的内心真正留下了什么，我想到了我们，到了我们这一代作家，得好好去反思反思。

我为什么对这个问题如此感兴趣？这个和我童年时代，我一个同班同学的父亲有关。我那个同班同学，家里面的房子是村子里面最好的房子，是地主留下的。我不记得是四年级还是三年级，有一天，我这个同学坐在教室里面上课的时候，门外进来一个人，说你赶快回家，你爸爸上吊了。结果我们一到了放学的时候，我们到他家一看，真的上吊了，奄奄一息，可是活过来了。问题不在他活过来，问题在我下面要说的一个事情。

从那个时候开始，他的父亲就开始了艰苦卓绝的自杀，一次又一次地自杀，到最后成为村子里面的一个大问题。没有人能够理解他为什么要自杀，所有人都觉得他是村子里面最幸福的一个人，因为他分到了一个最好的房子。是吧？在村子里面，家里面经济条件是最好的。

我后来听到了一个传说，我听说他和那个房子的主人原来私交非常不错。那个房子的主人叫王五，这个同学的父亲总是在那说，昨天夜里面又梦见王五了，王五跟他要房子。过了几天又听到这个消息了，又梦见王五了，王五跟他要房子。所以他这个噩梦和他的自杀之间，它是有逻辑关系的。大概是

1975 年，我要"祝贺"这个农民，他终于成功了，他死的那一天，我就在尸体的旁边。他一共有五个儿子，其中最小的一个儿子跟我同班。

我为什么要"祝贺"他？我为什么要用这样一个词，因为他家里面，从我同学的妈妈到他弟兄几个，到他几个堂兄弟，所有人都松了一口气。为什么？他把所有人都快折磨疯了，每天派人盯着他，怕他自杀。几年过去了，他终于抓住了一次机会。我到现在我还记得，在那个屋梁上悬下来的这个，吊死自己的那个痕迹。

这个事情给我的刺激是非常大的，我没有和任何人讨论过，我也不知道真正让他不停地、一而再再而三地自杀的真正的原因是什么。但是随着我年龄的增长，尤其我人到中年之后，我回过头来，有一个问题我是要面对的，那样的一个农民积极分子，在他掌握了地主的这个财产之后，他在精神上究竟有没有困境？如果有，他的困境究竟是什么？

我觉得在《平原》里面，我尝试着把我的笔深入到农民的精神困境里头，我对自己感到欣慰。我们作家通常有一个死角，觉得精神困境这个东西属于知识分子，精神困境这个东西属于现代人，所谓现代性下面的现代病，农民果真没有精神的困境吗？我不相信。

所以你说起这个，我对我们中国文学描写农民的时候，在外围占了太多，进入内心的部分太少，这是说的第二个了。第一个谈的是知青的问题，第二个谈的是农民的精神困境问题。

第三个问题，就是小说里的"右派"问题。如果我记得不错的话，在新时期文学兴起之后，"右派"作家纷纷复出了。通常，"右派"作家都是一个被侮辱、被损害的这样一个形象，以控诉者的身份来控诉。我是一个"右派"的儿子，如果我不是"右派"的儿子，可能这个小说我还不敢写，因为我是一个"右派"的儿子，我觉得我敢写，也能写。这个能写意味着什么？那就是这一群被侮辱与被损害的知识分子有没有反思的必要。

没错，你有控诉的正当理由，你该不该反思？在你控诉的那些所有的罪恶里头，有没有你的那一份？这个我觉得是重要的。我说对自己写了《平原》之后有一点欣慰，总体上说就是这三点。

我也无法预料《平原》这部小说未来会怎么样，我也不敢吹这个牛。但我相信《平原》这部书对中国的当代文学是有意义的，是有价值的。只不过它不像《推拿》那样得到了一个特别好的境遇。因为《推拿》的影响太大了，某种程度上来讲呢，《推拿》把它给盖了。

这个在一个作家写作的过程当中，也是经常有的事情，自己的某一个作品，由于影响太大，自己把自己给覆盖了。所以我也没什么可抱怨的。如果在未来，《平原》这本书被忽略了，我也不会呼天抢地。但我还是相信读者是有眼光的，我永远相信读者，好读者真的有。读者有的时候比作家更有能力。

我在许多的闲聊当中，和许多高端的读者讨论起这个小说，每一次讨论的时候，我都能得到一些欣慰，所以我也没什么担心的。《平原》这个小说能否在未来得到一个更好的境遇，我不关心。但是《平原》里面所面对的问题，我们不该忽视。

张同道：《平原》它这种人文的发现，为文学贡献了新的东西。

毕飞宇：我很感谢你这么说。

张同道：因为相似的形象有的是，而且已经很多很多了。那么有没有对这个形象有新的方向？一个艺术作品无非两样，第一是人文；第二是美学。

毕飞宇：是这样。

张同道：它在美学上贡献了新的质的东西，包括那个老顾。

毕飞宇：对。

张同道：那老顾为什么会这样？你看看顾准的日记。

毕飞宇：这个老顾最后几乎丧失了所有的能力，不仅仅是理性能力，连生理能力都没有了。他最后只是一个拥有记忆的人，他已经失去了语言表达的能力，他唯一的表达是背诵。这个在小说里面有所呈现。

张同道：他只有谈起他那一套，他才是滔滔不绝。他现实生活中，他失语的。他连一个农妇都对付不了。

毕飞宇：对，我不知道你注意过没有，就是说我写小说还有一点固执的，我非常不害怕炒冷饭，无论是我写小说，还是我讲小说。大家都习以为常的，被人不知道写过多少遍的东西，我不惧怕这样的话题，我敢写。即使你写过一万遍了，我依然敢写。因为我知道这里面还有许多东西没有挖掘出来。所以写作有的时候是不能过分猎奇的，猎奇有的时候反而没什么意思。

张同道：是要淡定。

毕飞宇：对，得有勇气。

张同道：这里头不仅是一种新的人文发现，它在美学上也跟过去有了很大的区别。它不仅是长篇，而且很像是长篇，广阔的社会关系出来了。原来以一个中心人物为核心组织出来的关系，其他人物是他的陪衬了。

毕飞宇：说到这个的时候，我特别想跟你说一下这个纯文学跟通俗文学的基本区别。纯文学，你所描绘的对象是独具魅力。这个魅力从哪儿来？靠作家去树立。通俗文学正好相反，作家、作者是没有能力去赋予它魅力的，但是它所构成的事件，事件里面所产生的那些悬念本身是好看的，它是靠那些事件本身赢得了读者。

一个灰姑娘，到底最后能不能嫁给一个王子呢？一个新娘子，新婚之夜她就死了，到底是谁把她杀的呢？因为这个事情本身它就有悬念，读者关注事情本身，然后通俗作家们完成了一个通俗的小说，就靠事件本身去吸引了读者。纯文学作家都很自尊，都很自尊，不太愿意去写那些能够过分吸引读者的，那些所谓的人和所谓的事。他往往去盯着那些最普通的人、最普通的事情。就在我们日常生活里面，容易被我们所有的人所忽略、所忘记的那一些事情，然后完全靠你的见识、靠你的艺术才能，让如此普通的人、如此普通的事情散发出文学的魅力。这才是纯文学该干的事情，靠一个一个的悬念组织起来的一个通俗故事，永远不在我们作家讨论的范围里面。

张同道：在田里干活，养猪，尤其是养猪那一段很生动。其实包括我在内都很诧异，以你的身份和年龄，是不应该了解这些事。

毕飞宇：确实是不应当了解，可是有一个事情你有所不知。我在童年和少年时代，因为家庭的特殊性，我家也没有农民，也没有农活，又是在学校里头，家里面也没什么家务，我有两个姐姐。实际上我从小到大就是一个游手好闲的一个浪荡子，很孤独。这就导致了我实在是闲得无聊的时候去找事情玩。这个玩在大人眼里面是干活。

比方说我会到生产队的养猪场那儿，帮人家养猪，帮人家喂猪食，打扫猪圈。所以有一度我的道德形象好得不得了，在农村里面，个个夸我。小伙子人真好，意思就是我是雷锋。只有我自己内心知道，我不是为了劳动，不是为了干活，是太无聊了，想找个事情，跳到猪圈里面可以跟猪玩一会儿，夏天的时候提点水，把猪圈里面冲得干干净净的，我也很有成就感。

我家的邻居家里面养了一只羊，我动不动就去给他放羊。大爷跟大妈看见我去帮他们放羊，老是拿我作为正面典型去批评他的儿子，你看看飞宇多好多勤劳，又替我们家放羊了。

其实只要等羊一出那个村庄，他不知道我在干什么，我会拿着一个小树枝抽那个羊的屁股，然后跟那个羊不停地往前跑，在那疯。当然了，我也保证回家之前，我让它吃得饱饱的。其实就是为了玩，太无聊了。

这在客观上帮我建立起了一些乡村的劳动经验。其实我没有干过农活，许多时候我是乱插手，但让我对许多劳动变得比较了解。比方说杀猪，你要现在给我一头猪，要我用最传统的方式把它杀了，我一定会给你杀得很漂亮，一块一块把它分得清清楚楚。为什么？我不知道亲眼看见杀过多少猪，这个流程我看过不知道多少遍，太熟悉了，就这么来的。

我的好多生活经验，其实并不是因为我出于劳动、出于讨生活而得来的，完全是作为一个闲得无聊的看客，看得太多。我到现在也保持着这样的心理习惯。比方说我出国，到哪儿去，我看见一个没看见过的一个东西，我就站在那能看几个小时。我在大街上遇上流浪汉，我身上带足了烟，我会花一天的时间跟流浪汉在一起。虽然我的语言达不到顺利交流的地步，我就坐在那儿，从上午坐到下午，然后就聊，他讲他的故事给我听。虽然许多东西我听不懂，但一边听一边猜，大致上能交流得起来。

我真的是一个对生活充满好奇心的人，但凡我搞不懂的东西，我一定要想办法把它看明白。好奇心太重了。

有一天，我一个朋友帮我买房子，买房子是多大的事情啊，他给了我特别大的一个优惠，前提是我必须去跟人家见过面，然后把那个买房证给领回来。那天我正好路过宠物医院，我发现一个人捧着这么大一个乌龟过去了。医生诊断下来之后，说这个乌龟得了结石，必须马上手术。我一听说他要手术，我立即就跟医生讲，我说我能不能看你给乌龟做手术？因为我实在是想不出来怎么给乌龟所手术，上面的那个壳那么硬，底下的那个底盘那么硬，这个手术你怎么做的？是吧？医生断然就拒绝了我。我出去买了这么大的蛋糕和鲜花过去献给那个院长。他说你给我买蛋糕过来干吗？我说没干吗，给你吃。我就想看看你怎么样给乌龟做手术。他最后终于答应我了，我在他那个手术室里面一直待到晚上八点多，看完了整个手术的过程。好玩极了，把乌龟翻过来，还打麻药，护士们用手托着它，然后就用装修用的那种圆的锯子，在它那个肚子上切下来一个方的那块底盘的那个骨头，然后做手术。

手术做完了以后，就是用那个工业胶水又把它粘上，我怎么也没有想到我今生今世可以看见这样的一台手术。然后卖房子的急了，到处找不到我，晚上终于找到我了，他说你干吗去了？我说我看乌龟做手术去了。他说你记不记得下午两点钟我们约了一个见面，我说是的，确实有这么一个事情，全忘了。当然房子最后我买到了，但是对我来讲，如果能看见这样一台手术，即使房子没买到也值得，太有意思了。

张同道：我看了你的一些作品，我对一个字印象很深，"咬"。旺旺见惠嫂咬，《平原》的结尾，吴曼玲见了端方咬。

毕飞宇：从来没有人问过我这个问题，为什么会咬？可能还是跟我乡下人身份有关。农村人做事情，好多东西是没有工具的，有一些问题又需要解决，通常是咬。牙齿对我们乡下人来讲，它的功效，它参与劳动的概率是非常高的。这是一个。

第二个，可能就是我在乡村里面见过太多的农民的斗殴。你知道妇女是不会打架的，年轻人也不太会打架，因为他没有力气，他打架的时候，最多的时候，用的武器就是咬。这也使我就突然想起了一个故事，我这边的几个牙崩掉了三分之一，有一个磨牙崩掉了三分之一，我记不得是在什么时候了，反正也是帮什么人做一个什么事情，我也没法解决。可是我又诚心诚意想帮别人把这个事情做好，我就把东西咬在嘴里面，最后还是没有能够解决，最后我只能摇晃。就在摇晃的过程当中，我的一小块牙，就从嘴巴里面崩出去了，后来是补的。可是我真没有想到过我在小说里面写过那么多次咬，我没想到过。这个可能是潜意识在那支撑我就这么写了。

可能咬这个词，或者咬这个动作，在我小说里面重复的次数比较多，它未必具有什么特别的象征意义。但是既然话说到这儿了，我对一个东西感兴趣，真的，那就是牙。我写牙的概率更高。

张同道：《祖宗》。

毕飞宇：写咬没有什么特别的含义，写牙是有的。第一，为什么我那么喜欢牙齿，我在很小很小的时候，我就从我父亲那得到一个词，叫明眸皓齿。第二，在我的心目当中，牙齿和另外一个概念紧密相联，文明。在我的童年时代，每天上午起床之后，我们一家五口在那门口刷牙，不像现在有卫生间，有瓷盆。我们刷牙的时候，一手拿着牙刷，一手拿着水缸，就站在门口弯着个腰在那刷牙，几乎每天都有人看我们一家刷牙。

我母亲有一口特别漂亮的牙，在我的这个成长过程当中，从我懂事以后开始，我母亲走到任何一个地方，马上得到的一个评价，陈老师你的牙真好。非常幸运，我从我母亲那里得到了一口特别好的牙。

在一个没有人刷牙的这样一个环境里面长大的人，他对牙齿一定是敏感的。

《祖宗》是我专门写的一个有关牙齿的小说。因为农村里面有一个说法，就是一个人到了一百岁的时候，如果他的牙还一颗都没掉的话，这个人死后要变成鬼。所以家里人在她一百岁生日的那一天，把老太太的牙全给拔了。因为拔了牙，所以老太太最后就死了，失血过多。

张同道：那么在《平原》里头，我觉得还涉及一个问题，你写的这样一个乡村环境，但是风俗描写其实很少。

毕飞宇：写了的，在《平原》的初稿里面，我花了很大的篇幅去写乡村风俗。直到最后，我把这个小说交给这个《收获》杂志社的时候，我觉得这一部分乡村描写对小说是有害的，所以我很果断地把那 8 万字全部删了。一开始我的《平原》是 33 万字，最后发表出来的时候是 25 万字。那 8 万字，有 4 万左右写的是风俗，还有 4 万写"右派"顾先生读哲学的，我觉得也是有害的，我全把它们删了。我在删那一段，那个部分的时候，我就想起了罗丹那个著名的雕塑，就是巴尔扎克。罗丹把那个雕塑弄完了之后，在展览的时候，大伙儿发现巴尔扎克的手雕得太好了。有人说一看到这个作品，第一看到的就是这双手。罗丹觉得这不是个事，他渴望所有的人看到这尊雕塑的时候，更多的能看到巴尔扎克那个硕大的头颅。所以罗丹毫不犹豫地拿起斧头，一下就把手给砸了。罗丹能做到，我也要这么做。

虽然那个部分我自己非常喜欢，但是我觉得对小说的整体有害，我就把它给删了。这个在我看来是必须的，至于是好还是坏，只有老天爷知道。删小说是极其痛苦、极其煎熬的。有的时候你要下黑心，你才能下得了手，一定要有巨大的决心，一定要有大心脏你才能删得了，那个跟割肉是一样的。心得狠，这个心一定要狠。

张同道：每个句子都是亲儿子。

毕飞宇：对，真的是这样。每次我用鼠标把那个部分拉黑了之后，尤其在刚刚一开始的时候，点还是不点，要犹豫很长时间。因为我知道点下去就没有了。一旦点下去，这个头打开来了，底下那手就狠了。这就跟那个医生做手术的时候，那刀下去的时候，你一定是犹豫的，等你下去了之后，已经落了一寸了，下面的一寸就好办了。我在删稿子这个问题上，心脏是巨大的，我估计没几个人会像我这样，太狠了，真的太狠了。

张同道：我不知道理解对不对，小说是否更现代化，或者取决于过去那种乡土描写。

毕飞宇：不。第一个，我渴望这个小说能够完美；第二个，就像《平原》的这个作品里面那个风俗描绘，我承认那些部分写得很美，但是它跟我的精神其实有时候又有一些抵触。你知道那个部分那些文字很像汪曾祺的东西，那种水乡小村落的那种小腔小调，很闲适，很优美，确实是那样。如果我没有把那些东西删掉的话，我始终觉得《平原》这个小说里面有汪曾祺的阴影，我不太允许那个东西放在那儿。

可是我写的时候，我的美学趣味又很痴迷那个东西，一写到那儿我就来劲，啪啪啪啪写了好多。写完了之后我发现我真正要的东西不是这个，所以我必须把它给删掉，一点都没有留。

张同道：底稿都没留？

毕飞宇：底稿都没留，因为我知道我底稿留下去，也许一个月之后，我再一次修改的时候，又把它给填上去了。我就怕这个东西，怕自己后悔。以前我干过这个事情，删掉的东西留到那儿了，最后我又把它给拖回来。所以我干脆把它删了，删了以后你就踏实了，你就不想它了。

张同道：写完这个，你就离开了王家庄，到现在也没有再写王家庄？

毕飞宇：再也没有过。

张同道：我算了一下，你写王家庄基本上两个时段，一个是 1971 年，一个是 1976 年。那就在你七八岁和十二岁这个阶段。是不是因为这个阶段以后，你自己的乡村生活结束了？

毕飞宇：这是一个有力的说法。当然从我个人的这一个愿望来讲，如果我要写"文革"的话，1971年和1976年，我是必须得写的，这两个时间点所有的中国人都知道意味着什么。因为1971年林彪死了，"文革"的内部发生了一个转折，前"文革"和后"文革"。到了1976年的时候，差不多从硬件上来说"文革"结束了。这两个时段我是要写的。

但是我觉得你刚才说的也有道理，因为我到11岁的时候，确确实实也离开村庄了。因为父亲平反，下面改革开放之后，实际上对那些东西，那些乡村，我已经没什么兴趣了。

实际上我的"文革"书写，是和乡村书写紧密相联的。这句话也可以反过来说，我的乡村书写和我的"文革"书写是紧密相联的。所以它一定是发生在我12岁之前的那个部分。换句话说，一定是1971年和1976年。我觉得有了这两个点，对我来讲，对自己可以交代了。

为什么呢？我们这一代作家是新时期的作家，起手的时候是从先锋文学开始的。可是你不管怎么说，我们是60后的作家，不管你那个时候懂事还是不懂事，你毕竟经历过"文革"，是吧？从我两岁到12岁的时候，正好是处在"文革"。

那因为有了这样一个经历，对我来说，我的书写里面如果不涉及"文革"，我觉得我这个作家是不及格的。即使有关"文革"的这个部分，哪怕我写得不好，从一个作家的道义上来讲，我必须给自己的写作生涯要有一个交代。你说一个德国作家，经历过"二战"，结果你的小说里面跟"二战"一点关系都没有，我觉得这个是说不过去的，道义上说不过去。

张同道：你对自己要有要求。

毕飞宇：要有要求，对。

12.《推拿》

【《推拿》这个小说的体量，我是做了一个相反的努力。基本上是短篇

小说的空间和短篇小说的时间，我刻意把它压缩得特别小，因为我要让它的内部产生拥挤感。】

张同道：写《推拿》其实不是偶然，写的时候你在南京已经生活了那么长时间。

毕飞宇：生活了很多年了，对，《推拿》是 2006 年开始写的。

张同道：你 1987 年就到了南京？

毕飞宇：对，差不多有 30 年了。

张同道：你是酝酿了这么多年的一种城市生活经验？

毕飞宇：《推拿》其实也有很多命中注定的东西。我还是相信一个作家他命中注定的那些因素。谁能想到我大学毕业之后，得到的第一份工作会是南京特殊教育师范学校呢？虽然那个学校里面都是健全人，虽然我一开始教语文，后来教现代汉语，再后来教美学，我和残疾人也没有什么关系。

虽然我没有关系，但是我的学生他们将来毕业之后要到各地去，要到残疾学校去当残疾人的老师的。后来等我去做推拿的时候，我根本没有想到那么多的残疾人会知道我。因为我是他们老师的老师，我也没有想到他们对我特别友善，这个友善首先体现为信任。说实在的，我跟残疾人在一起的时候，尤其是和那些盲人朋友在一起的时候，我的身份不是一个老师，也不是一个作家，我是一个居委会的大妈。

他们有了重大的问题，第一个想到的就是得跟毕老师谈谈，这个对我后面写《推拿》提供了一个物理性的帮助。没有这个条件，我还写什么《推拿》呢？我根本走不进他们的生活，我根本就不可能了解主流社会的人永远都看不见的那个世界。他们如何恨，他们如何爱，他们如何交际。

张同道：你写作的两个基本条件，第一个，你对他的日常生活，他的用具、生活方式，你总得了解，否则写出来是不对的。

毕飞宇：那个是次要的，那个是入门，那个靠最简单的交往就可以做到，但是如果仅仅停留在这个层面，那肯定是不够的。

我之所以敢写《推拿》，我可以说我差不多知道盲人的思维模式。虽然人跟人是不一样的，每个人都是具体的，但是整体上来讲，盲人有他们规律性的东西，这个规律性的东西就是永远不相信，这是共同的。盲人永远不相信人，永远不相信外部的世界。其中有一个朋友为这个事情还特别不好意思地跟我说过这个问题，他说毕老师，我们这些人怎么就是不相信别人的呢？我还安慰过他们。

张同道：我看一个采访上说，写完《推拿》之后，你心里感觉很压抑，是感觉到触碰了别人的利益？

毕飞宇：还好。我每一个作品写完之后，我内心都要经历一段时期的动荡，这个是常态，也不是什么太严重的事情。其实整体上来讲呢，长时间写作，一个作品离开自己之后，这是一个正常的情绪性的反映。倒并不是说我公开了盲人的秘密什么的。在这个问题上，我倒是觉得可以坦荡的，毕竟我这个小说几乎全部的细节，还是来自于我的想象，虽然它们很逼真。我跟盲人朋友私底下聊天，他们告诉我的，他们之间的那些事情，我基本上都没碰。

有些事情我永远不会把它写在我的小说里面去的。这个好像也是写这么多年的小说，我心里对自己提出来的一个要求。哪一个朋友告诉我一个具体的事情，然后我把这个事情原封不动地写到小说里面去，这样的事情在我身上不多。

即使由于这个事情触动了我，我有了其他的想象，然后我生成了一个小说，这样的事情非常多，但一般来讲都拐了好几个弯了，我不会把朋友的事情原封不动地往小说里面搬。这个无论是做人也好，还是一个小说家的基本的尊严也好，我都不会让自己干这个事情。小说嘛，本质上来讲它是虚构的，你不虚构了，你还写小说干吗，对吧？我的压抑，我的情绪反应，跟这个倒关系不是特别大。

张同道：能预感到吗？又获那么大大奖，又受到影视的推崇，而且销量也不错。

毕飞宇：没有，没有预料到。我本以为我的《平原》可以得茅盾文学奖，因为那个写法跟评奖的基本的框架是吻合的。但我在写《推拿》的时候，真没有去考虑过得奖的事情。如果我要去考虑得奖的事情的话，你对现当代文学茅盾文学奖那么了解，就知道茅盾文学奖的评奖，它不可能看得到《推拿》这种类型的作品。

它又没有实时模式，它又不追求宏大，它又不追求厚重，它跟某个特定时期的历史也是完全脱节的，然后还没有主人公，一堆群像。同时，你还要注意到《推拿》这个小说的体量。我可以这样讲，《推拿》这个小说的体量，我是做了一个相反的努力。基本上是短篇小说的空间和短篇小说的时间，我刻意把它压缩的特别小，因为我要让它的内部产生拥挤感。就是一个推拿法，还有一个舒适。时间，就几个月的时间。

你想想茅盾文学奖的评奖什么时候钟情过这样的作品？我又不是不了解情况，我要是冲着这个获奖的目标去的话，我断然不可能去写这样一个作品。怎么可能？我又不是不知道茅盾文学奖的口味是什么，我知道。只能说明一件事情，只能说明茅盾文学奖的评奖更开放了，只能说明茅盾文学奖的评价自己做了一个调整，它更包容了，它不再坚守那个所谓的实时模式。

所以我反反复复强调感谢茅盾文学奖的评委们，最大的原因就在于它不是一次评奖的问题，它改变了有关长篇小说的审美。如果在第八届茅盾文学奖之前，这个作品发表出来，我们中国文学对长篇小说的这个看法很可能还是僵死的。

在《推拿》得茅盾文学奖之前，中国文坛，尤其是我们江苏的媒体，是有一个固定的评价的，这个评价就是江苏作家中短篇写得好，长篇都不行。

我们反反复复为自己辩解，我们的长篇很好。然后人家一句话就把我们打死了：你说你们长篇写得好，你们到现在怎么也得不到茅盾文学奖啊？然后我们接下来就要说，不得奖并不意味着我们作品写得不好。人家就觉得你这个话完全是辩解，没有力量。好吧，江苏作家《推拿》这种品相的作品，这种模样的作品，小得不能再小了，它得奖了。

而我也可以用他们的腔调反过来说，你说我不好，我怎么能得奖呢？当然这句话没道理，一点道理都没有。所以在我看来，《推拿》这个长篇小说得奖，并不意味着这个作品有多好，我只能说中国作家协会有关茅盾文学奖的评审进步了，他们的眼界更宽了，有关长篇小说，他们重新定义了。再怎么说，外界认可了这个写法。当然话还得说回来，你不认可，兄弟我也还是这么干。

13. 反哺

【为老家做点儿事。我们既然是风，我们的工作就是让它吹，那些小种子从外面吹到这儿来，落到这儿，从这儿飘到其他地方去，我们通通不管。】

毕飞宇：在我的生命里面，大概离我最近的两个人，第一个近的就是施耐庵，只有一两公里。施耐庵最伟大的文学才能，就在于他能用最少的文字迅速将一个人确立起来。1975 年有一个评《水浒》的政治运动，一下子就让施耐庵跟他的《水浒》受到了更大的关注。我们其实也是有错觉，就觉得他写的是我们身边的事，写了一本我们身边的书，它构成了我们日常生活里面的一个部分。老百姓哪怕不识字，没有人不知道《水浒》，哪怕一个字都不识，都有人在这个树荫底下给你讲《水浒》的故事，水浒里面的每一个人都很熟悉。这个我觉得作家能做到这样特别棒。

后来我生活在城里面一段时间，在那个竹巷里头，离郑板桥的故居就几百米，这是离我最近的两个人。兴化这个地方"人文荟萃"，这四个字我觉得我们这个地方担当得起。

张同道：你在兴化办文学沙龙。

毕飞宇：九期了。

张同道：为什么要办这个小说沙龙？

毕飞宇：这个吧，说起来真不是我想要做什么好事，真不是。是兴化对我非常友善，我是这儿的人，就一直想给我做一个工作室。最后就把这样好的一个地方给了我做工作室了。目的是想让我有机会回老家在这个地方写作。这么大一个好的四合院空关了好多年。

我就想到了一个词，叫"暴殄天物"，关了好几年了，这长期下去也不是个办法。你说这么好的一个地方，我总得把它用起来。后来庞余亮、金倜和我，我们三个发小就说起这个东西来了，我们就干脆把这个地方用起来。怎么用呢？就定期在兴化，或者兴化周边的这些业余作者当中，挑一些比较好的作品，我们把所有的文学爱好者都聚集在这个地方，咱们一起来讨论。讨论完了以后让他修改，修改之后，再把这些讨论的时候大家再发言，放在这个《雨花》杂志上去刊发出来。《雨花》杂志社，我也感谢他们非常支持我们。那么就弄起了一个小说沙龙，这个沙龙就这么建立起来了，也有好几年了，今年第九期嘛。后来我们发现，前面还有一块地，还空在那儿。那怎么办呢？庞余亮、金倜加上我，我们三个人又坐了下来，说建个小图书馆吧，给兴化的这些孩子们一个读书的地方。

然后我们又办了一个小图书馆，都是全国各地好的出版社，我们给他们打电话，请他们捐助的。都是无偿给我们的。那现在这个毕飞宇工作室，这个部分就是小说沙龙，前面部分就是广场书。为什么叫广场书呢？因为我们旁边就是儒学广场，就靠着那个广场，所以叫广场书。

这个弄起来以后，应当说方方面面都很支持我们，我们三个人也很高兴。不管怎么说吧，我们都是这个年纪的人，我在南京，庞余亮在靖江，金倜马上也快退休了。你说一个人到了这个年纪了，还不想到为社会、为老家做一点事，要等到什么时候？那也不能等到我们80岁之后再来吧，对吧？

所以说起沙龙，说起书，我们要感谢的人非常多，这个真不是因为我们挖空心思，高风亮节，德艺双馨，我们非得要做那个事情，真不是。它的出发点，首先是兴化对我的一番好意。然后随着时间的推移，情况有了一点一点的变化，我们把它做成今天这个样子。

那么在做这个事情的过程当中，我反反复复跟我们的工作人员和我们的志愿者特别强调一个观点，就是我们每个人都要抛弃一个观点，就是培养人才的观点。我们必须把这个观点全部抛弃掉，从我开始到所有的工作人员。我们是谁？你凭什么培养人才，咱们不培养任何人？你愿意写，到这儿来玩；你要读，到这儿来玩。经常有七八岁、十来岁的小孩儿在这儿读书，有人讲你们是不是要给兴化未来培养好多好多的作家，我们没这个想法。你到这儿来读书，你将来干啥，跟我们没关系。

反过来说，20年之后，50年之后，有一个作家从我们这儿成长起来了，那时候我们已经在地底下了。有一个50多岁、60多岁的作家回过头来告诉大家，当年我们就在这个地方读书的。虽然我听不见，我也会高兴。如果你确信做的是一个有意义的事情，如果你确信自己做一个好的事情，你一定要告诉自己，你可以看不见，你也可以听不见。这才是好事，这才有价值。

如果我们从现在开始，给自己一个规划，我们未来一定要在这个地方，在小说沙龙或者广场书里面，要培养几个作家，要出多少作品，我觉得那庸俗了，特别没意思。所以现在我们所有人都很开心，就是给大家提供这样一个场所，我们不培养人，我们没有这个义务，我们也没有这个能力。

我们是什么？我们是风，用一个小资的说法，天空中飘着蒲公英的种子，也许这个地方就有蒲公英的种子，那我们就是风。最后它飘到哪儿？表面看来是我们说了算，其实我们说了不算。

我的意思就是说我们既然是风，我们的工作就是让它吹，那些小种子从外面吹到这儿来，落到这儿，再从这儿飘到其他地方去，我们通通不管。这就是我们一个基本的想法。

后 记

《文学的故乡》始于 2016 年，历时两年完成。原定 2018 年 6 月播出，因故改期。现在，纪录片即将播出，作家采访也将结集出版。当年拍摄时，我常常为作家们的精彩言论所感动，而受篇幅所限，纪录片里使用的采访不到十分之一甚至二十分之一。《读库》刊发过一些访谈，主编老六告诉我反响热烈。现在，访谈录终于要出版了，在此特别感谢为本片提供帮助的人。

首先，感谢莫言、贾平凹、刘震云、阿来、迟子建、毕飞宇六位作家接受拍摄，感谢莫言老师为本片题写片名。

其次，感谢央视纪录频道立项支持，徐欢、刘鸿彦两位制片人和吴小满、杨婧两位监理倾力相助，梁红总监为纪录片最后定名。

第三，感谢总策划张清华教授、艺术顾问梁碧波、肖同庆两位先生在创作过程中所付出的努力与智慧。

第四，感谢所有为本片提供帮助的朋友：管笑笑、刘雨霖、毛丹青、陈迈平、张阿利、木南、王鹿毓、庞余亮、管吉文、傅勇林、刘波涛、刘洪久、孙喜国、崔苏琳、罗纯睿、杨素筠、王亚彬、邓宝剑、张竹林、刘广宇、吴建宁、金倜、郭亚群、张琳、邵春生、苗昂、庄绪成、贺嘉钰、毛维杰、管襄云、陈观旭、苑新景、王林、刘亮、孙颖思、胡小鹿、杜兴等。

最后，感谢我的团队：项目策划黎煜、文学策划杨栗、摄影师大飞、导演兼录音兼制片范高培，导演助理张树奇、冯琛琦、王一帆、刘艺、刘鹏、张淑玲，摄影助理吴书衔、王鹏飞等。

采访稿是青年作家杨栗跟我一起整理的,她的文学素养在采访中发挥了独特作用。

当前,疫情蔓延全球,感染者超百万。我期待本书为隔离在家的人提供一点精神慰藉。

张同道

2020 年 4 月 5 日洛杉矶